【传世经典 文白对照】

太平广记

十

卷三八三至卷四二一

〔宋〕李昉 等 编

高光 王小克 主编

中华书局

目录

第十册

太平广记

卷第三百八十三
再生九

索卢贞	琅邪人	胡勒	颜畿	馀杭广
曲阿人	贺瑀	食牛人	丘友	庾甲
李除	张导	石长和	古元之

索卢贞

　　北府索卢贞者,本中郎荀羡之吏也,以晋太元五年六月中病亡,经一宿而苏。云,见羡之子粹,惊喜曰:"君算未尽,然官须得三将,故不得便尔相放。君若知有干捷如君者,当以相代。"卢贞即举龚颖。粹曰:"颖堪事否?"卢贞曰:"颖不复下己。"粹初令卢贞疏其名,缘书非鬼用,粹乃索笔,自书之,卢贞遂得出。忽见一曾邻居者,死已七八年矣,为太山门主。谓卢贞曰:"索都督独得归耶?"因嘱卢贞曰:"卿归,为谢我妇。我未死时,埋万五千钱于宅中大床下。我乃本欲与女市钏,不意奄终,不得言于妻女也。"卢贞许之。及苏,遂使人报其妻,已卖宅移居武进矣。因往语之,仍告买宅主,令掘之,果得钱如其数焉,

索卢贞

　　北府军的索卢贞,原是中郎荀美手下的官吏,晋太元五年六月病故,过了一夜又复活了。他说,在阴间看见了荀美的儿子荀粹,荀粹又惊又喜地说:"你的阳寿还没到期,可是官府需要选拔三名将领,所以不能这样放掉你。不过你如果知道有像你一样的人,就可以让他替代你,放你还阳。"卢贞就举荐了龚颖。荀粹问:"龚颖能胜任吗?"卢贞说,"他一点也不比我差。"荀粹开始让卢贞把龚颖的名字写下来,卢贞写了以后,荀美一看他写的不是阴间通用的字,就要了笔亲自写下龚颖的名字,然后就放卢贞出来了。卢贞忽然遇见一位已死了七八年的邻居,现在做太山门主。这邻居对卢贞说:"索都督竟然被放回去了吗?"接着就拜托卢贞说:"您还阳以后,请替我向我的妻子赔个罪。我生前,曾偷偷在屋里的大床下埋了一万五千钱。我本想用这钱给女儿买手镯,没想到我突然死了,没法告诉妻子和女儿。"卢贞就答应了。卢贞还阳以后,就派人去告诉邻居的妻子,然而她已经将原住的房子卖掉搬到武进去了。卢贞就去武进传话给她,又告诉买房子的主人,让他按说的地点挖掘,果然挖出了那一万五千钱,

即遣其妻与女市钏。寻而龚颖亦亡,时辈共奇其事。出《幽明录》。

琅邪人

琅邪人,姓王,忘名,居钱塘。妻朱氏,以太元九年病亡,有三孤儿。王复以其年四月暴死。时有二十余人,皆乌衣,见录云。到朱门白壁,状如宫殿。吏朱衣素带,玄冠介帻。或所被著,悉珠玉相连结,非世中仪服。复将前,见一人长大,所著衣状如云气。王向叩头,自说妇已亡,余孤儿尚小,无相奈何,便流涕。此人为之动容,云:“汝命自应来,为汝孤儿,特与三年之期。”王诉云:“三年不足活儿。”左右一人语云:“俗尸何痴!此间三年,是世中三十年。”因便送出,又活三十年。出《幽明录》。

胡勒

湖熟人胡勒,以隆安三年冬亡,三宿乃苏。云为人所录,赭土封其鼻,以印印之。将至天门外,有三人从门出曰:“此人未应到,何故来?且保身无衣,不堪驱使。”所录勒者云:“下土所送,已摄来到,当受之。”勒邻人张千载,死已经年,见在门上为亭长。勒苦诉之,千载入内,出语勒:“已语遣汝,便可去。”于是见人以杖挑其鼻土印封落地,恍惚而还。见有诸府舍门,或向东,或向南,皆白壁赤柱,禁卫严峻。始到门时,遥见千载叔文怀在曹舍料理文书。

于是就让邻居的妻子用这钱给女儿买了手镯。不久，龚颖也死了，当时的人听说这件事后，都觉得十分惊奇。出自《幽明录》。

琅邪人

有个姓王的琅邪人，忘了他的名字是什么，住在钱塘。他的妻子朱氏，在太元九年病故，撇下三个孩子。这年四月，王某又突然去世。王某死后看见二十多个穿黑衣的人，把他捉了去。到了一个白墙红门的地方，像是宫殿。官吏们穿着红衣，系着白腰带，戴着黑帽冠，扎着长耳头巾。有的还穿着用珠玉连缀而成的衣服，不像人世间的服饰。王某被领到殿前，看见一个身材高大的人，穿的衣服好像云雾似的。王某就向他磕头，并诉说妻子已经先死了，留下年幼的孩子，没有人照顾，说着就流起眼泪来。那个人被打动了，对王某说："你命中注定要到这儿来，但因为你的孩子太可怜，我特别再多给你三年的阳寿。"王某仍哭诉说："三年不足以养活我的孩子。"他旁边有个人说："你这个俗鬼怎么这样傻！阴间的三年，就是阳间的三十年。"于是就把王某放回人间，又活了三十年。出自《幽明录》。

胡 勒

湖熟人胡勒，在隆安三年冬天死去，过了三天又复活了。他说被人抓去后，用红泥堵住了鼻子，并盖上了印记。被带到天门外时，见门里走出三个人说："这个人还不该来，怎么把他抓来了？而且还光着身子连件衣服都没穿，不好使唤。"抓胡勒的人说："他是阳间送来的，既然已经抓来了，就该留下他。"胡勒已经死了一年的邻居张千载也在这里，现在是天门的亭长。胡勒就向他苦苦哀诉，张千载进了天门，不一会儿出来对胡勒说："已经答应放你回去，你可以走了。"于是看见有人用棍子将封在他鼻子上的红泥印挑落到地上，他就迷迷糊糊地往回走。看见有不少府宅，有的门朝东，有的门朝南，都是白墙红柱，警卫森严。刚到天门时，远远看见张千载的叔叔张文怀在官署中整理文书。

文怀素强,闻勒此言,甚不信之。后百余日,果亡。勒今为县吏,自说病时,悉脱衣在被中,及魂爽去,实俣身也。出《广异记》。

颜　畿

晋咸宁中,琅邪颜畿,字世都,得病,就医张瑳,死于瑳家。家人迎丧,旐每绕树不可解。乃托梦曰:"我寿命未应死,但服药太多,伤我五脏耳。今当复活,慎无葬我。"乃开棺,形骸如故,微有人色。而手爪所刮摩,棺板皆伤。渐有气,急以绵饮沥口,能咽。饮食稍多,能开目,不能言语。十余年,家人疲于供护,不复得操事。其弟弘都,绝弃人事,躬自侍养。以后便衰劣,卒复还死也。出《搜神记》。

馀杭广

晋昇平末,故章县老公有一女,居深山。馀杭广求为妇,不许。公后病死,女上县买棺,行半道,逢广,女具道情事。女因曰:"穷逼,君若能往家守父尸,须吾还者,便为君妻。"广许之。女曰:"我栏中有猪,可为杀,以饴作儿。"广至女家,但闻屋中有挤掌欣舞之声。广披离,见众鬼在堂,共捧弄公尸。广把杖大呼,入门,群鬼尽走。广守尸,取猪杀。至夜,见尸边有老鬼,伸手乞肉。广因捉其臂,

张文怀为人向来倔强，听胡勒说了这些事后，根本不相信。过了一百多天，张文怀果然死了。胡勒现在是县吏，据他自己说，他生病时脱光了衣服躺在被子里，所以等他的魂魄抓到阴间去时，他确定是光着身子的。出自《广异记》。

颜畿

晋代咸宁年间，琅邪人颜畿，字世都，生病后请医生张瑳治疗，后来死在了张瑳家中。颜家的人到张瑳家迎回灵柩时，招魂幡总是缠在树上解不开。接着颜畿就给家人托梦说："我寿数未到，本来不该死，只是由于吃药太多，伤了五脏。我会复活的，千万别把我埋葬。"家人就打开棺木，见颜畿的尸体还像原先一样，气色也有些像活人。棺材板上有被他手指甲抠坏的印迹。后来颜畿就渐渐能喘气了，家人赶快用丝绵沾了水润他的嘴，他也能把水咽下去。吃东西也渐渐多了，能睁眼，只是不能说话。就这样过了十多年，家里人疲于供养护理，没法再做别的事了。他的弟弟弘都辞去了公私事务，亲自来照顾他。然而颜畿却一天比一天衰弱，最终又死去了。出自《搜神记》。

馀杭广

晋代昇平末年，故章县一个老人有个女儿，他们一同住在深山里。馀杭广向老人的女儿求婚，老人没有答应。后来老人病故，女儿到县里去买棺材，走到半路上，碰见馀杭广，就把老人的死讯说了。她接着说："我已经走投无路，如果你能到我家替我为父亲守灵，我从县里回来后，就嫁给你。"馀杭广答应了。女子又说："我家有一口猪，你可以把猪杀了，好招待帮忙办丧事的人。"馀杭广来到女子家，只听见屋里有拍着手高兴地跳舞的声音。他扒开篱笆一看，只见一群鬼正在堂上，摆弄老人的尸体。馀杭广就抄起一根棍子大喊着进了门，那群鬼都逃掉了。馀杭广就守护着老人的尸体，并把猪杀了。到了夜里，又见一个老鬼在老人的尸体旁边，伸手向他讨肉吃。他一把抓住老鬼的手臂，

鬼不复得去，持之愈坚。但闻户外有诸鬼共呼云："老奴贪食至此，甚快！"广语老鬼："杀公者必是汝，可速还精神，我当放汝。汝若不还者，终不置也。"老鬼曰："我儿等杀公耳。"即唤鬼子，可还之。公渐活，因放老鬼。女载棺至，相见惊悲。因取女为妇。出《幽明录》。

曲阿人

景平元年，曲阿有一人病死，见父于天上。谓之曰："汝算录正余八年，若此限竟死，便入罪谪中。吾比欲安处汝，职局无缺者，唯有雷公缺，当启以补其职。"即奏按入内，便得充此任。令至辽东行雨，乘露车，中有水，东西灌洒。未至，于中路复被符至辽西。事毕还，见父苦求还，云不乐处职。父遣去，遂得苏活。出《幽明录》。

贺 瑀

会稽山阴贺瑀，字彦琚。曾得疾，不知人，惟心下尚温，居三日乃苏。云，吏将上天，见官府，府君居处甚严。使人将瑀入曲房，房中有层架，其上有印及剑，使瑀取之。然虽意所好，短不及上层，取剑以出。问之："子何得也？"瑀曰："得剑。"吏曰："恨不得印，可以驱策百神。今得剑，惟使社公耳。"疾既愈，每行，即社公拜谒道下，瑀深恶之。出《录异记》。

老鬼想逃也逃不掉,越抓越紧。这时就听外面有一群鬼喊道:"老家伙太贪吃了,真快呀!"馀杭广对老鬼说:"这位老人一定是你杀的,你赶快把他的魂还回来,我就放你。不然的话,你休想逃脱。"老鬼说:"是我的儿子们杀的。"说罢就喊他的鬼儿子们,让他们快快把魂还给老人。老人渐渐活转过来了,馀杭广就把老鬼放了。老人的女儿拉了棺材回来,一见父亲复活,又惊又悲。于是馀杭广就娶她为妻了。出自《幽明录》。

曲阿人

　　景平元年,曲阿有个人病死了,在天上见到了他的父亲。父亲对他说:"你的阳寿正好还有八年,但如果你现在死了,就会获罪受到处分。我想给你安排一个好位置,但府衙里没有缺额,现在只有一个雷公的缺,我会向上面请求让你补这个缺。"父亲就向上司奏报,批准他担任雷公。上司派他到辽东降雨,他就乘着装满了水的车子,在天上从东到西向地下洒雨。还没洒完,半路上又传来命令让他到辽西。降雨回来后,他见到父亲,苦苦哀求放他回去,说不愿意干这个差使。他父亲就放了他,于是他就复活了。出自《幽明录》。

贺　瑀

　　会稽山阴人贺瑀,字彦琚。有一次得了病,病得不省人事,只有心口还有点温热,三天后才苏醒。他说,被一个差役带到天上,看见一座官府,府君的住宅戒备森严。差役把他带进一间密室,屋里有一层层的架子,上面放着官印和宝剑,那人让他随意拿。然而虽然是根据自己的意愿去取,但由于他个子太矮,够不到上层,就拿了一把剑出来了。差役问他:"你拿了什么?"他说:"拿了一把剑。"差役说:"很遗憾你没拿到官印,那样你就可以驱使众神了。如今你拿了把剑,就只能管管土地神而已。"后来贺瑀病好了,每当一出门,就会有土地神站在路旁拜见,贺瑀特别讨厌。出自《录异记》。

食牛人

桓玄时,牛大疫。有一人食死牛肉,因得病亡。云,死时见人执录,将至天上。有一贵人问云:"此人何罪?"对曰:"此坐食疫死牛肉。"贵人云:"今须牛以转轮,肉以充百姓食,何故复杀之!"催令还。既更生,具说其事。于是食牛肉者无复有患。出《幽明录》。

丘友

乌程丘友,尝病死,经一日活。云,将去上天,入大廨舍,见一人著紫帻坐。或告友:"尔祖丘孝伯也,今作主录。"告人言友不应死,使人遣之,友得还去。出门,见其祖父母系一足,在门外树。后一月亡。出《录异记》。

庾甲

颍川庾某,宋孝建中,遇疾亡,心下犹温,经宿未殡,忽然而寤。说初死,有两人黑衣来,收缚之,驱使前行。见一大城,门楼高峻,防卫重复。将庾入厅前,同入者甚众。厅上一贵人南向坐,侍直数百,呼为府君。府君执笔,简阅到者。次至庾曰:"此人算尚未尽。"催遣之。一人阶上来,引庾出,至城门,语吏差人送之。门吏云:"须覆白,然后得去。"门外一女子,年十五六,容色闲丽,曰:"庾君幸得归,

食牛人

桓玄掌权时，牛疫盛行。有一个人吃了死牛肉，得病死了。他复活后说，死后被人捉去，带到了天上。有个大官问道："这个人犯了什么罪？"拘拿他的人回答说："他犯了吃病死牛肉的罪。"那个大官说："如今人世间的牛命该轮回转世，它们的肉可以用来充当百姓的食物，你们怎么把吃牛肉的人杀死带到阴间呢？"命令赶快把他放还人间。这个人复活后，向人们详细地说了他在阴间经历的事。于是吃牛肉的人们再也没有得病的了。出自《幽明录》。

丘　友

乌程人丘友，曾经得病而死，过了一天又活过来了。他说，死后被带到天上，进了一座大府衙，看见一个戴紫色头巾的官坐在堂上。有人对丘友说："这是你的祖父丘孝伯，现在是这里的主录官。"他说丘友不应该死，就派人送丘友回去，丘友得以离开。丘友出了阴府的大门，看见自己的祖父和祖母一只脚被绑在门外的树上。丘友还阳后一个月，他的祖父母果然死了。出自《录异记》。

庚　甲

颍川有个姓庚的，宋孝建年间得病死去，但心口还温热，一夜没有入殓埋葬，忽然又苏醒过来。他说刚死之后，有两个黑衣人来绑了他，赶着他往前走。来到一座大城，城楼很高，防卫一重又一重。他被带到一个大厅前，一起被带来的人很多。只见厅上朝南坐着一个大官，周围有好几百名侍从，都称他为府君。府君手拿着笔，查点被带来的人。点到庚某时，府君说："这个人阳寿还未到期。"就催人放庚某还阳。一个人走下台阶，带庚某出去，来到城门前，告诉门官派人把庚某送回阳间。门官却说："我得回府君那儿再请示一下，才能放他。"这时城门外有个女子，年纪有十五六岁，长得文雅秀丽，对庚某说："你有幸能够生还，

而留停如此,是门司求物。"庾云:"向被录轻来,无所赍持。"女脱左臂三只金钏,投庾云:"并此与之。"庾问女何姓,云:"姓张,家在茅渚,昨霍乱亡。"庾曰:"我临亡,遗赍五千钱,拟市材。若更生,当送此钱相报。"女曰:"不忍见君艰厄。此我私物,不烦还家中也。"庾以钏与吏,吏受,竟不覆白,便差人送去。庾与女别,女长叹泣下。庾既恍惚苏。至茅渚寻求,果有张氏新亡少女云。出《还冤记》。

李 除

襄阳李除,中时气死,其妇守尸。至夜三更,崛然起坐,抟妇臂上金钏甚遽,妇因助脱。既手执之,还死。妇伺察之。至晓,心中更暖,渐渐得苏。既活云:"吏将去,比伴甚多。见有行货得免者,乃许吏金钏,吏令还,故归取以与吏。吏得钏,便放令还。"见吏取钏去,不知犹在妇衣内。妇不敢复著,依事咒埋。出《续搜神记》。

张 导

齐武帝建元元年,太子左率张导,字进贤。少读书,老饵术。每食不过二味,衣服不修装。既得疾,谓妻朱氏曰:"我死后,棺足周身。敛我服,但取今著者,慎勿改易。"

却被这样留下来,这是门官在向你要东西。"庾某说:"我被抓来时身上空空的,什么东西都没带。"女子就摘下左臂上戴的三只金镯子递给庾某说:"就把这个给门官吧。"庾某问女子姓什么,女子说:"姓张,家在茅渚住,昨天因为得了霍乱病死的。"庾某说:"我死前,曾让人拿五千钱,是准备买棺木的。如果我能复生,一定用这钱报答你。"女子说:"我是不忍心看你在门官面前为难。这镯子是我私房的东西,就不麻烦你到我家去还了。"庾某把金镯子给了门官,门官就接受了,也没再去请示,便派人把庾某送出城来。庾某和那女子告别,女子长叹一声哭泣起来。庾某迷迷糊糊地就苏醒了。后来他到茅渚去寻找,果然有个张家的少女刚刚死去。出自《还冤记》。

李 除

襄阳人李除,得了流行传染病而死,他的妻子在尸旁守灵。到夜里三更时分,李除突然坐了起来,并用手急促地将妻子手上的金镯子,妻子忙帮他把镯子摘下来。李除拿着镯子,立刻又躺下死去了。妻子仔细地观察李除。到了早上,发现李除的心口变暖了,渐渐地苏醒过来。复活后,他对妻子说:"有差役把我带走,和我一起走的人很多。我看见有人给那差役送礼,差役就把他放了,我就对差役说我要送给他金镯子,差役就让我回来,于是我就回来取了给他。他得了金镯子,就把我放回来了。"李除虽然看见那差役把金镯子拿走了,却不知金镯子还在妻子的衣服里。不过妻子不敢再戴那镯子了,就念了符咒把镯子埋了。出自《续搜神记》。

张 导

齐武帝建元元年,太子左率张导,字进贤。他年轻时读书,老来常服食白术。每顿饭都不超过两样菜,穿衣服也不讲究。后来他得了病,对妻子朱氏说:"我死后,做的棺材只要能把我装进去就行。我的寿衣也用我现在穿的旧衣服,千万不要换别的。"

及卒，子乾护欲奉遗旨，朱氏曰："汝父虽遗言如此，不忍依其言。"因别制四时服而敛焉。敛后一月日，家人忽闻棺中呼乾护之声，人皆一时惊惧。及至殡棺，见导开目，乃扶出于旧寝。翌日，坐责妻曰："我平生素俭，奈何违言，易我故服？"谓子曰："复敛我故服。"乾护乃取故衣敛之。敛后又曰："但安棺中，后三日看之。若俨然，即葬；如目开，必重生矣。"后三日，乾护等启棺，见眼开，人皆惊喜，扶出遂生。谓子曰："地府以我平生修善著德，放再生二十年。"导后位至建德令而卒。出《穷神秘苑》。

石长和

　　赵石长和者，赵国高邑人也。年十九，病月余卒。家贫，未及殡殓，经四日而苏。说初死时，东南行，见二人治道，在长和前五十步。长和行有迟疾，二人亦随缓速，常五十步。而道之两边，棘刺森然，如鹰爪。见人甚众，群足棘中，身体伤裂，地皆流血。见长和独行平道，俱叹息曰："佛子独行大道中。"前至瓦屋，御楼可数千间，屋甚高。上有一人，形面状大，著皂袍四缝，临窗而坐。长和拜之，阁上人曰："石君来耶？一别二千余年。"长和便若忆得此别时也。相识中有冯翊牧孟丞夫妻，先死已积岁。阁上人曰：

张导死后,他的儿子乾护本打算按他的遗愿办丧事,但张导的妻子说:"你父亲虽然有这样的遗言,但我实在不忍心按他说的办。"就另外做了四季的寿衣为张导装殓了。没过多久,家里人忽然听见张导在棺材里喊儿子乾护的声音,一时间家人都非常害怕。将要埋棺时,竟看见张导睁开了两眼,就把他扶出来送回他过去住的屋里。第二天,张导坐起来责备妻子说:"我一辈子都十分节俭,你为什么不按我的遗言料理我的丧事,竟把旧衣服换了下来?"接着就对儿子说:"重新用旧衣服装殓我。"乾护于是拿来旧衣服,重新装殓了父亲。装殓后张导又说:"你们只管把我放在棺材里,过三天再来看我。那时如果我表情严肃,就把我埋葬;如果我眼睛睁开,那就是我复活了。"过了三天,乾护和家人打开棺木,见张导两眼睁着,全家又惊又喜,立刻把张导扶出棺材,他就复生了。张导对儿子说:"地府见我一生行善积德,所以把我放回来再活二十年。"张导后来当了建德县令,才死去。

出自《穷神秘苑》。

石长和

石长和,赵国高邑人。十九岁时,生病一个月后死去。他家很穷,还没等将他入殓,过了四天又复活了。他说刚死以后,往东南走,看见前面离他五十步远的地方,有两个人正在修路。长和走得时快时慢,那两个人也随着他走路的速度时缓时急,但始终保持着和长和五十步的距离。而道路的两旁长满了像老鹰爪子一样的荆棘。只见很多人在荆棘里跋涉,遍体鳞伤,地上都是血。这些人看见长和走在平坦的路上,都感叹地说:"只有信佛的人才能走在平坦的大路上。"长和再向前走,来到一片瓦屋,有好几千间楼房,房子都很高。楼上临窗坐着一个很高大魁梧、面方耳大的人,身穿有四条衣缝的黑袍子。长和拜见了他,楼上的人说:"石君来啦?我们一别已经有两千多年了。"长和听了这话,好像记起真和那人分别过似的。他相识的人中有冯翊的地方长官孟丞夫妻二人,他们已经死去很多年了。楼上的人说:

"君识孟丞不?"长和答曰:"识。"阁上人曰:"孟丞生时不能
精进,今恒为我司扫除之役。孟妻精进,居处甚乐。"举手
指西南一房曰:"孟妻在此也。"孟妻开窗,见长和,厚相慰
问,遍访其家中大小安否,曰:"石君还时,可更见过,当因
附书也。"俄见孟丞执帚提箕,自阁西来,亦问家消息。阁
上人曰:"闻鱼龙超精进,为信耳。何所修行?"长和曰:"不
食鱼肉,酒不经口,恒转尊经,救诸疾痛。"阁上人曰:"所传
不妄也。"语久之,阁上人问都篆主者:"审案石君篆,勿谬
滥也。"主者按篆:"余三十年。"阁上人曰:"君欲归不?"长
和对:"愿归。"乃敕主者,以车骑两吏送之。长和拜辞,上
车而归。前所行道,更有传馆吏民饮食储峙之具。倏忽至
家,恶其尸,不欲附之,于尸头立。见其亡妹于后推之,踣
尸面上,因得苏。法道人山,时未出家,闻长和所说,遂定
入道之志。法山者,咸和时人也。出《冥祥记》。

古元之

后魏尚书令古弼族子元之,少养于弼,因饮酒而卒。
弼怜之特甚,三日殓毕。追思,欲与再别,因命斫棺,开已
却生矣。元之云,当昏醉,忽然如梦。有人沃冷水于体,
仰视,乃见一神人,衣冠绛裳蜕岥,仪貌甚俊。顾元之曰:

"你认不认识孟丞?"长和说:"认识。"楼上人说:"孟丞在人世间不能积德行善,所以死后一直在我这里当清扫杂役。孟丞的妻子生前积德行善,所以她现在过得十分快乐。"说着用手指指西南一间房子说:"孟丞的妻子就住在那里。"这时孟妻打开窗子,看见了长和,就十分热情地问候他,一一打听自己家里的老老少少是否平安,并说:"石君回去时,请再去看看他们,顺便托您给我家捎封信。"不一会儿,长和看见孟丞拿着扫帚提着簸箕,从楼的西边走来,也向长和打听家里的情况。这时楼上的人说:"我听说鱼龙超行善积德做得很好,是真的。他是怎样修行的呢?"长和回答说:"他不吃鱼肉荤腥,不喝酒,持之以恒地诵经,平日常救危扶困解人疾苦。"楼上人说:"看来对他的传说是真实的了。"又谈了很久,楼上人问主管文书的官吏说:"你查一查石长和的案卷,千万别弄错了。"那官吏查完后回答说:"石长和还有阳寿三十年。"楼上人问长和道:"你想回人间吗?"长和回答说:"想回。"楼上人就指示管事的派两个官吏用车马送长和还阳。长和拜谢辞别后上车往回走。见来时的路上,增加了驿馆以及供过往官员百姓饮食用的器具。不大一会儿,长和就回到了自己的家里,看见自己的尸体后心里十分厌恶,不想再让魂去附自己的肉身,就站在尸体的头旁边。这时长和已死的妹妹在他身后猛地一推,长和跌倒在自己的尸体上,因而苏醒过来。当时,法山道人还没有出家,听了长和讲述阴间的事,才下决心出家学佛。法山是咸和年间的人。出自《冥祥记》。

古元之

　　北魏尚书令古弼同族兄弟的儿子古元之,小时候寄养在古弼家,因贪酒而死。古弼十分疼爱这孩子,死后三天将他装殓。古弼很思念他,想再和他道个别,就让人把棺材打开,一看,古元之竟然复活了。古元之说,他喝酒喝得昏沉沉的,恍恍惚惚就像做梦一样。有人往他身上洒冷水,抬头一看,看见一个神人,穿着深红色衣裳,披着彩虹披肩,相貌很英俊。他看着元之说:

"吾乃古说也,是汝远祖。适欲至和神国中,无人担囊侍从,因来取汝。"即令负一大囊,可重一钧。又与一竹杖,长丈二余,令元之乘骑随后,飞举甚速,常在半天。

西南行,不知里数,山河逾远,欻然下地,已至和神国。其国无大山,高者不过数十丈,皆积碧珉。石际生青彩簵筱,异花珍果,软草香媚,好禽嘲哳。山顶皆平整如砥,清泉迸下者,三二百道。原野无凡树,悉生百果及相思、石榴之辈。每果树花卉俱发,实色鲜红,翠叶于香丛之下,纷错满树,四时不改。唯一岁一度暗换花实,更生新嫩,人不知觉。田畴尽长大瓠,瓠中实以五谷,甘香珍美,非中国稻粱可比。人得足食,不假耕种。原隰滋茂,莸秽不生。一年一度,树木枝干间,悉生五色丝纩,人得随色收取,任意纴织。异锦纤罗,不假蚕杼。四时之气,常熙熙和淑,如中国二三月。无蚊虻蟆蚁虱蜂蝎蛇虺守宫蜈蚣蛛蠓之虫,又无枭鸥鸦鹘鸺鹠蝙蝠之属,及无虎狼豺豹狐狸鼍蛟之兽,又无猫鼠猪犬扰害之类。其人长短妍蚩皆等,无有嗜欲爱憎之者。人生二男二女,为邻则世世为婚姻,笄年而嫁,二十而娶。人寿一百二十,中无夭折疾病喑聋跛躄之患。百岁已下,皆自记忆;百岁已外,不知其寿几何。寿尽则欻然失其所在,虽亲族子孙,皆忘其人,故常无忧戚。

"我叫古说，是你的远祖。我正要到和神国去，没有人为我挑行李做我的侍从，所以把你召来了。"说罢就让古元之背起一个大行囊，约有三十斤重。又给他一根一丈二尺多长的竹杖，让他骑上一匹马跟随在后面，飞行得非常快，常常腾起在半空中。

　　往西南走，不知走了多少里，过高山跨大河，突然就落下平地，已经到了和神国。这和神国里没有大山，最高的山也不过几十丈，山上全是碧绿的美石。石缝里生长着颜色深浅不一的细竹，到处都是奇花异果，细草散发着香气，各种珍禽在啼叫。山顶都像磨刀石一样平坦，有二三百条清泉从山石缝中流出飞溅到山下。原野上没有普通的树，结满各种果实以及相思子和石榴之类。每株果树都开着花，结着鲜红的果子，掩映在一丛丛翠绿的树叶里，纷繁交错结满树枝，一年四季不凋零。只是每年一次，悄无声息地花开花落，结出新果代替旧果，重新长出嫩的来，人们都察觉不到。田地里到处都生长着瓟瓜，瓟瓜里长满了五谷粮食，这些粮食特别香甜美味，人世间的粮食没法和它相比。这粮食足够人吃的，人们不必依靠耕种。土地十分肥沃湿润，一点杂草都不长。每年一次，树木的枝干上会长出各种颜色的丝线，人们喜欢什么色的就从树上拿，然后随意编织。奇异细密的锦缎，不需要养蚕纺织就可以获得。一年四季气候总是温和美好，像人世间二三月时一样。这里没有蚊、虻、蟆、蚂蚁、虱子、马蜂、蝎子、毒蛇、壁虎、蜈蚣、蜘蛛、螽虫之类的害虫，也没有乌鸦、猫头鹰、鹞鹰、八哥、蝙蝠之类的飞禽，也没有豺、狼、虎、豹、狐狸、蓁驳等凶猛的野兽，也没有猫、鼠、猪、狗之类侵扰危害性的动物。这里的人高矮美丑都一样，人们没有贪欲爱憎等等私欲。每一对夫妻都生二男二女，邻居间世世代代通婚，女孩子一成人就出嫁，小伙子一到二十岁就娶妻。人们的寿命是一百二十岁，一辈子也不会发生疾病、夭亡、耳聋、哑巴、跛腿的事。百岁以下的人都能记得自己的年龄；百岁以上的人，就不知道自己多大岁数了。寿数到了的人会突然消失，不知去了哪里，即使他的亲戚子孙也很快就把他忘了，所以人们从来没有忧愁悲伤。

每日午时一食，中间唯食酒浆果实耳。餐亦不知所化，不置溷所。人无私积囷仓，余粮栖亩，要者取之。无灌园鬻蔬，野菜皆足人食。十亩有一酒泉，味甘而香。国人日相携游览，歌咏陶陶然，暮夜而散，未尝昏醉。人人有婢仆，皆自然谨慎，知人所要，不烦促使。随意屋室，靡不壮丽。其国六畜唯有马，驯极而骏，不用刍秣，自食野草，不近积聚。人要乘则乘，乘讫而却放，亦无主守。其国千官皆足，而仕官不知身之在事，杂于下人，以无职事操断也。虽有君主，而君不自知为君，杂于千官，以无职事升贬故也。又无迅雷风雨，其风常微轻如煦，袭万物不至于摇落。其雨十日一降，降必以夜，津润条畅，不有淹流。一国之人，皆自相亲，有如戚属，各各明惠。无市易商贩之事，以不求利故也。

古说既至其国，顾谓元之曰："此和神国也。虽非神仙，风俗不恶。汝回，当为世人说之。吾既至此，回即别求人负囊，不用汝矣。"因以酒令元之饮。饮满数巡，不觉沉醉，既而复醒，身已活矣。自是元之疏逸人事，都忘宦情，游行山水，自号知和子。后竟不知其所终也。出《玄怪录》。

这里的人每天中午才吃一次饭,其它时间就只喝点酒吃些水果。吃下去的东西也不知道消化到哪里去了,这里从来没有厕所。人们从来不私自存储粮食,多余的粮食都放在田地里,谁需要谁就去拿。这里的人也从来不种菜卖菜,野菜就足够人吃了。每十亩地里有一口酒泉,味道甘美香醇。这个国的人每天扶老携幼地到处游玩,唱歌吟咏十分快乐,到晚上就散去,也没有人会喝醉。每个人都有仆人婢女,他们都天生谨慎,理解主人的需要,不用主人支使他们。随便一座房舍宅院,都华丽无比。这个国里的家畜只有马,都十分顺服,而且都是良马,从来不喂草料,自己吃野草,也不走近积聚粮食的田地。人们要骑就抓来骑,骑完就放掉,也没有人管它们。这个国里各种官员无一不备,但当官的人却感觉不到自己在当官,和老百姓们混在一起,因为从来没有什么公务要他们处理。虽然有皇帝,但皇帝也不自认为是高高在上的皇帝,混在官员们中间,因为从来没有官员升降的事需要皇上来处理。这里也从没有雷电风雨,风总是轻柔温暖的,吹什么也不会吹掉。每十天下一次雨,而且下雨一定是在夜里,使土地滋润,河水通畅,但绝不会泛滥淹没什么。全国的人都相亲相爱,如同亲戚,人人聪明智慧。没有什么经商买卖的事,因为谁也不贪图小利。

　　古说到这个国家后,对古元之说:"这就是和神国。虽然不是仙界,但风俗还不错。你回人间后,要向人们说说这里的情形。我已经到这里了,回去时会找别人给我背行囊,不用你了。"说罢就拿来酒请古元之喝。元之喝满几杯后,不知不觉地昏昏醉去,等醒来时,自己已经复活了。从此以后,古元之就对世事人情看得越来越淡漠了,做官也觉得没有什么意思,就游山玩水,自号知和子。后来也不知道他到底去了什么地方。出自《玄怪录》。

卷第三百八十四
再生十

周子恭

唐天后朝,地官郎中周子恭忽然暴亡。见大帝于殿上坐,裴子仪侍立。子恭拜,问:"为谁?"曰:"周子恭追到。"帝曰:"我唤许子儒,何为错将子恭来?即放去。"子恭苏,问家中曰:"许侍郎好在否?"时子儒为天官侍郎,已病,其夜卒。则天闻之,驰驿向并州,问裴子仪。仪时为判官,无恙。出《朝野佥载》。

李 及

李及者,性好饮酒,未尝余沥,所居在京积善里。微疾暴卒,通身已冷,唯心微暖,或时尸语,状若词诉。家人以此日夜候其活。积七八日方苏。自云,初有鬼使追他人。其家房中先有女鬼,以及饮酒不浇漓,乃引鬼使追及。

周子恭

唐武则天时,地官郎中周子恭突然亡故。他看见高宗在大殿上坐着,裴子仪站在旁边侍候。子恭叩拜高宗,高宗问:"这人是谁?"裴子仪说:"周子恭被带来了。"高宗说:"我叫的是许子儒,怎么把周子恭错抓来了? 快放回去。"子恭苏醒后,问家人说:"许侍郎还安好吗?"当时许子儒任天官侍郎,已经病了,当天夜晚就死了。武则天听说这件事,便派人乘驿马到并州,打听裴子仪的消息。裴子仪当时任判官,没出什么事。出自《朝野佥载》。

李　及

有个叫李及的,非常爱喝酒,喝起酒来一滴也不洒,家住在京城积善里。有一天他得了很小的病,却突然死去,全身已冰凉,只有心口还有温热,还不时地嘟囔几句话,像是在申诉。家里人因此都日夜守在他的旁边盼望他活过来。过了七八天,李及才苏醒过来。他自己说,起初有个鬼卒在追捕别人。李及家原来有个女鬼,由于李及平日喝酒时一点也不洒在地上,女鬼喝不到酒,就把外面追捕别人的鬼卒领进来,让鬼卒把李及抓去了。

及知错追己,故屡尸语也。其鬼大怒,持及不舍。行三十余里,至三门,状若城府。领及见官,官问:"不追李及,何忽将来?"及又极理称枉。官怒,挞使者二十,令送及还。使者送及出门,不复相领。及经停曹司十日许,见牛车百余具,因问吏:"此是何适?"答曰:"禄山反,杀百姓不可胜数,今日车般死按耳。"时禄山尚未反,及言:"禄山不反,何得尔为?"吏云:"寻当即反。"又见数百人,皆理死按甚急。及寻途自还,久之至舍。见家人当门,不得入,因往南曲妇家将息。其妇若有所感,悉持及衣服玩具等,中路招之,及乃随还。见尸卧在床,力前便活耳。出《广异记》。

阿 六

饶州龙兴寺奴名阿六,宝应中死,随例见王。地下所由云:"汝命未尽,放还。"出门,逢素相善胡。其胡在生,以卖饼为业,亦于地下卖饼。见阿六忻喜,因问家人,并求寄书。久之,持一书谓阿六曰:"无可相赠,幸而达之。"言毕,推落坑中,乃活。家人于手中得胡书,读云:"在地下常受诸罪,不得托生,可为造经相救。"词甚凄切。其家见书,造诸功德。奴梦胡云:"劳为送书,得免诸苦。今已托生人间,故来奉谢,亦可为谢妻子。"言讫而去。出《广异记》。

李及知道自己被错抓,就不断申辩。鬼卒十分生气,抓住李及不放。带他走了三十多里,来到三座门前,样子好像是座官府。领他见官,官问鬼卒说:"我并没有让你抓李及,你怎么忽然把他抓来了?"李及忙大喊冤枉。官员大怒,打了那鬼卒二十鞭子,命令把李及送回人间。鬼卒把李及送出门,就不再管他了。李及在官署待了大约十天,看见有一百多辆牛车,就问官吏:"这些车要到哪里去?"官吏说:"安禄山造反,杀死的百姓不计其数,这些牛车都是运死人案卷的。"当时安禄山还没有造反,李及就问:"安禄山没有造反,为什么这样做呢?"官吏说:"马上就会造反的。"接着又看见好几百人,都急急忙忙地在整理死人的案卷。后来,李及自己找到路往回走,很久才到家。他见家里人都堵在大门前,自己进不去,只好到南面巷子的妻子家里暂歇一阵。李及的妻子好像感觉到了什么,就拿着李及的衣服器物,在半路上招李及的魂,李及就跟着妻子回家了。见自己的尸体躺在床上,李及用力向前一扑,就活过来了。出自《广异记》。

阿 六

饶州龙兴寺有个仆人叫阿六,宝应年间死了,按照惯例去见阎王。阴间的官员说:"你阳寿未尽,把你放回阳间。"临出门时,阿六遇见一个以前关系不错的胡人。这胡人活着时是卖饼的,现在他在阴间还是卖饼。他看见阿六后十分高兴,向阿六打听自己家人的情况,并求阿六给他往家捎封信。过了一会儿,他拿着一封信对阿六说:"我没什么礼物送你,只有麻烦你把信捎给我家吧。"说完,猛地把阿六推进一个坑里,阿六就复活了。家人在阿六手里得到胡人的信,信上说:"我在阴间常受各种刑罚,不能托生转世,要为我抄写佛经才能使我得救。"信里的话说得很凄凉悲伤。胡人的家人见了信以后,就为他做各种功德。后来阿六梦见胡人对他说:"劳烦你为我送信,使我不再受苦遭罪。现在我已经托生到人世,特来感谢你,并请代我谢谢我的妻儿。"说完就离去了。出自《广异记》。

崔　君

　　故崔宁镇蜀时,犍为守清河崔君,既以启尹真人函,_事具《灵仙篇》也。是夕,崔君为冥司所召。其冥官即故相吕谲也,与崔君友善。相见悲泣,已而谓崔曰:"尹真人有石函在贵郡,何为辄开? 今奉上帝命,召君按验,将如之何?"崔谢曰:"昏俗聋瞽,不识神仙事,故辄开真人之函。罪诚重,然以三宥之典,其不识不知者,俱得原赦。傥公宽之,庶获自新耳。"谲曰:"帝命至严,地府卑屑,何敢违乎?"即召按掾,出崔君籍。有顷,按掾至,白曰:"崔君余位五任,余寿十五年。今上帝有命,折寿十三年,尽夺其官。"崔又谢曰:"与公平生为友,今日之罪,诚自己招。然故人岂不能宥之?"谲曰:"折寿削官,则固不可逃。然可以为足下致二年假职,优其廪禄,用副吾子之托。"崔又载拜谢。言粗毕,忽有云气蔼然,红光自空而下。谲及庭掾仆吏,俱惊惧而起曰:"天符下!"遂揖崔于一室中,崔即于隙间潜视之。见谲具巾笏,率庭掾,分立于庭,咸俯而拱。云中有一人,紫衣金鱼,执一幅书,宣道帝命。于是谲及庭掾再拜受书。使驾云而上,顷之遂没。谲命崔君出坐,启天符视之,且叹且泣,谓崔曰:"子识元三乎? _{元相国弟三,名载也。}"崔曰:"乃布衣之旧耳。"

崔　君

　　当初崔宁镇守蜀地时，犍为郡守清河人崔君因为打开了尹真人的一个匣子，这件事记载在《灵仙篇》中。当天晚上，就被阴曹地府召去了。那里的冥官就是已故的相国吕谭，吕谭生前和崔君是好友。在阴间相见后，两个人都悲伤地哭了起来，接着吕谭对崔君说："尹真人有个石匣子在你所管辖的郡里，你为什么随便地去打开它呢？现在我奉了上帝的命令，召你来查问这件事情，你让我怎么办？"崔君谢罪说："我凡俗糊涂，寡闻少见，根本不懂得神仙的事，才随便打开了尹真人的石匣子。我的罪确定是很重的，但法典中有三种可以宽恕的情况，那些不了解情况不知道真相的，都应该被原谅赦免。如果您能饶恕我，我一定会改过自相的。"吕谭说："上帝的命令很严格，我这地位卑微的阴曹地府，怎么敢违抗上帝呢？"说罢就叫来一个管理文书档案的小吏，叫他查一查崔君的卷宗。过了一会儿，小吏来向吕谭报告说："崔君在人间还可以再做五任官，还有十五年阳寿。现在根据上帝的旨意，把崔君的寿命减去十三年，并削夺他的全部官职。"崔君听后又谢罪说："我和您生前是好朋友，今天的罪，全是我自己招来的。然而作为老朋友就不能宽恕我一次吗？"吕谭说："折你的寿命削你的官职，这本身是逃不掉的。但我可以想办法让你在人间再做两年代理的职务，然而薪俸是很高的，以不辜负你的嘱托。"崔君于是又连连拜谢。刚说完，忽然弥漫起了云雾，有一道红光从天而下。吕谭以及堂上的官吏、仆役们都惊慌地站起来说："天符来了！"吕谭于是请崔君到另一个屋里暂避一下，崔君从门缝中向外偷看。见吕谭戴好头巾拿好笏板，率领着官吏们分别站在厅堂两边，个个都低头拱手。这时云里有一个人，穿着佩有金鱼袋的紫色官服，手里拿着一张文书，宣读上帝的圣旨。宣读完了，吕谭和官吏们连连跪拜并接过了圣旨。那使者便驾云而去，很快就不见了。吕谭请崔君出来坐下，打开天符看，一面感叹一面哭泣，他问崔君说："你认识元老三吗？元相国排行第三，名叫元载。"崔君说："我和元载没做官时就是朋友。"

谭曰:"血属无类,吁,可悲夫!某虽与元三为友,至是亦无能拯之,徒积悲叹。"词已又泣。既而命一吏送崔君归。再拜而出,与使者俱行。入郡城廨中,己身卧于榻,妻孥辈哭而环之。使者引崔俯于榻,魂与身翕然而合,遂寤。其家云:"卒三日矣,本郡以白廉使。"崔即治装,尽室往蜀,具告于宁。宁遂署摄副使,月给俸钱二十万。时元载方执国政,宁与载善,书遗甚多。闻崔之言,惧其连坐,因命亲吏赍五百金,赂载左右,尽购得其书百余幅,皆焚之。后月余,元载籍没。又二年,崔亦终矣。出《宣室志》。

刘溉

彭城刘溉者,贞元中,为韩城令,卒于官。家甚贫,因寄韩城佛寺中。岁未半,其县丞窦亦卒,三日而寤。初窦生昼寐,梦一吏导而西去,经高原大泽数百里,抵一城。既入门,导吏亡去。生惧甚,即出城门。门有卫卒,举剑而列。窦生讯之,卫卒举剑南指曰:"由此走,生道耳。"窦始知身死,背汗而髀栗。即南去,虽殆,不敢息。俄见十余人立道左,有一人呼窦生,挈其手以泣。熟视之,乃刘溉。曰:"吾子何为而来?"窦具以告。曰:"我自与足下别,若委身于陷阱中,念平生时安可得?"因涕泣。窦即讯冥途事,

吕谭说："他将要被灭族了，唉，真是太可悲了！我和元载虽然是朋友，到这个地步我也没有办法救他，只能增加我的悲叹。"说罢又哭了起来。然后，吕谭就派了一个小吏送崔君还阳。崔君再三拜谢后，和那小吏一同上路。他们来到郡城官署后，崔君看见自己的尸体正躺在床上，妻儿们正围着哭泣。那使者领着崔君，让他俯身在床上，他的灵魂和肉身立刻合为一体，就醒过来了。崔君的家人对他说："你已经死了三天，郡里已将你的死讯向观察使报告了。"崔君于是整理行装，全家赶到成都，把自己死而复活的事报告给了崔宁。崔宁就让崔君当代理副使，每月二十万钱俸禄。当时元载正执掌朝政，崔宁和元载是朋友，书信来往很多。崔宁听了崔君的话，怕自己受到元载的牵连而获罪，就派了个亲信带五百金，贿赂了元载身边的人，把他和元载的一百多封信都买回来，全烧掉了。过了一个多月，元载因罪被抄家。两年之后，崔君也死了。出自《宣室志》。

刘 溉

贞元年间，彭城人刘溉在韩城当县令，死在任上。他家很穷，家人只好暂时寄居在韩城的寺庙里。不到半年，这个县的县丞窦某也死了，过了三天又苏醒过来。起初窦生有一次白天睡觉，梦见来了一个差役领他上路往西走，经过高山大泽，走了好几百里，来到一座城下。刚进城门，领他的那个差役就不见了。窦生十分害怕，就又回头走出城门。城门两旁有很多举着刀剑的卫士。窦生就向他们问路，一个卫士用剑指指南面说："往这儿走，就是活路。"窦某这才知道自己已经死了，立刻吓得双腿发抖冷汗淋漓。赶快往南奔去，虽然累得要死，也不敢歇一口气。忽然看见有十几个人站在道旁，其中有一个人叫窦某的名字，并拉着他的手哭了起来。窦某仔细一看，原来是已死去的县令刘溉。刘溉问道："你来这里做什么？"窦某就说了详情。刘溉说："我自从和你分别以后，就像掉进了一个陷阱里，想回到生前，又怎么可能呢？"说罢便流下眼泪。窦某就向他打听阴间的情况，

潝泣不语。久之又曰:"我妻子安在,得无恙乎?"窦曰:"贤子侨居韩城佛寺中,将半岁矣。"潝曰:"子今去,为我问讯。我以穷泉困辱,邈不可脱。每念妻孥,若肘而不忘步。幽显之恨,何可尽道哉!"别谓窦曰:"我有诗赠君,曰:'冥路杳杳人不知,不用苦说使人悲。喜得逢君传家信,后会茫茫何处期。'"已而又泣。窦遂告别,未十余里,闻击钟声极震响,因悸而寤。窦即师锡从祖兄,其甥崔氏子,常以事语于人。 出《宣室志》。

朱　同

朱同者,年十五时,其父为瘿陶令。暇日出门,忽见素所识里正二人云:"判官令追。"仓卒随去。出瘿陶城,行可五十里,见十余人临河饮酒。二里正并入岸坐,立同于后。同大忿怒,骂云:"何物里正,敢作如此事?"里正云:"郎君已死,何故犹作生时气色?"同悲泪久之。俄而坐者散去,同复随行。行至一城,城门尚闭,不得入。里正又与十余辈共食,虽命同坐,而不得食。须臾城开,内判官出。里正拜谒道左,以状引同过判官,判官问里正引同入城。立衙门,尚盘桓,未有所适,忽闻传语云:"主簿退食。"寻有一青衫人,从门中出,曳履徐行,从者数四。其人见同识之,因问:"朱家郎君,何得至此?"同初不识,无以叙展。主簿云:"曾与贤尊连官,情好甚笃。"遂领同至判官,与极言相救。

刘溉哭着不说话。好半天才问道:"我的妻子和孩子怎么样了,还平安吗?"窦某说:"你的儿子借住在韩城的寺庙里,快半年了。"刘溉说:"你回人间后,替我问候他们吧。我在阴间受困受辱,长久无法解脱。常常思念妻子和孩子,就像被人拉住后总想摆脱一样。阴阳两界生离死别的悲痛,怎能完全表达得出来呢?"他又对窦某说:"我赠你一首诗,这诗是:'冥路杳杳人不知,不用苦说使人悲。喜得逢君传家信,后会茫茫何处期。'"说罢又哭了起来。窦某于是告别了刘溉,走了不到十多里,听见一阵很响亮的钟声,他吓了一跳,就苏醒过来了。窦某就是师锡的本家哥哥,他的外甥崔氏之子,常向人说起这件事。出自《宣室志》。

朱 同

朱同十五岁时,他的父亲是瘿陶县令。有一天闲暇无事出门玩,忽然看见平时很熟的两个里长说:"判官让我们带你去。"朱同就慌忙地跟着去了。出了瘿陶城,走了约五十里,看见十几个人在河边喝酒。两个里长一起走到岸边坐下,让朱同站在他们的身后。朱同大怒,骂道:"你们这两个里长算什么东西,怎么敢这样对待我?"里长说:"你已经死了,何必还像你活着时那样气势汹汹呢?"朱同一听,悲伤地哭了好一阵子。一会儿喝酒的人散了,朱同就又跟着里长走。他们来到一座城前,城门还没开,进不去。这时里长又跟十几个人在一起吃饭,虽然这次让朱同坐下来了,却不给朱同东西吃。不大会儿城门开了,一个判官走出来。里长就在道旁拜见了判官,又拿着解送公文带朱同一起参见判官,判官就让里长领着朱同进城。来到衙门前,徘徊了一阵,正不知该做什么时,衙门里面忽然传出话来说:"主簿大人退堂准备吃饭了。"不一会儿有一个穿青色衣衫的官员走出衙门口,趿拉着鞋慢腾腾地走,后面跟着好几个仆役。这位主簿认识朱同,问道:"朱家公子,到这儿来做什么呀?"朱同根本不认识主簿,不知说什么好。主簿说:"我曾和你父亲共过事,感情很好。"说完就领着朱同去见判官,极力替朱同求情想救他出阴间。

久之，判官云："此儿算亦未尽，当相为放去。"乃令向前二里正送还。同拜辞欲出，主簿又唤，书其臂作主簿名，以印印之，诫云："若被拘留，当以示之。"同既出城，忽见其祖父奴下马再拜云："翁知郎君得还，故令将马送至宅。"同便上马，可行五十里，至一店。奴及里正，请同下马，从店中过。店中悉是大镬煮人，人熟，乃将出几上，裁割卖之。如是数十按，交关者甚众。其人见同，各欲烹煮。同以臂印示之，得免。前出店门，复见里正奴马等。行五十里，又至店。累度二店，店中皆持叉竿弓矢，欲来杀同。以臂印示之，得全。久之，方至瘿陶城外。里正令同下马，云："远路疲极，不复更能人城。"兼求还书与主簿，云送至宅讫。同依其言，与书毕，各拜辞去。同还，独行入城，未得至宅，从孔子庙堂前过，因入廨歇。见堂前西树下有人自缢，心亦不惧。乃入堂中假寐，忽然便醒。醒后使人视树，果有死人。出《广异记》。

郜　澄

　　郜澄者，京兆武功人也。尝因选集，至东都。骑驴行槐树下，见一老母，云："善相手。"求澄手相。澄初甚恶之，母云："彼此俱闲，何惜来相？"澄坐驴上，以手授之。母看毕，谓澄曰："君安所居？道里远近？宜速还家，不出十日，必死。"澄闻甚惧，求其料理。母云："施食粮狱，或得福助。

过了半天，判官说："这个少年的阳寿也还没尽，应该放他还阳。"说罢就让刚才送朱同来的那两个里长送他回去。朱同拜谢告辞后刚要走，主簿又叫住他，在朱同的手臂上写下了自己的名字，并盖上了印章，告诫他说："如果在回去的路上被谁拘捕，你就把臂上的名字和印章给他看。"朱同出了城，忽然看他祖父的仆人下马拜见说："你祖父知道你被放回阳间，所以派我牵着马来送你回家。"朱同就骑上马，走了约五十里，来到一个店铺。里长和仆人请朱同下马，到店中来。店里尽是些大锅，锅里正在煮人肉，煮熟了，就捞出来放在案子上，切割着卖。这样的肉案子有几十个，前来进行交易的人很多。店里的人看见朱同，就抢着要把朱同下汤锅烹煮。朱同把臂上的印给他们看，才免了下汤锅。走出店门，又看见里长和牵马的仆人。走了五十里，又到了一家店铺。总共经过两家店，店里都是些拿着叉子、棍子、弓箭的人，要来杀死朱同。朱同又给他们看臂上的印，才得以幸免。走了很久，才来到瘿陶城外。里长让朱同下马，说："我们一路奔波实在太累了，就不送你进城了。"又请朱同给主簿写封回信，说已经把他送到家了。朱同就按里长的要求写了信交给他们，互相拜别而去。朱同一个人进了城，没到家之前，从孔子庙前路过，就进去歇脚。看见庙堂西面的树下有一个人上吊，心里也没感到害怕。于是就到堂上小睡，忽然就醒过来了。醒来后他让人去看那棵树，树下果然有死人。出自《广异记》。

郜 澄

郜澄，京兆武功人。曾因等候选官，到东都洛阳去。他骑着驴走到一棵槐树下，看见一个老妇，对他说："我善于看手相。"请求给郜澄看一看。郜澄起初很讨厌她，老妇说："你我都闲着没事，给你看看又有何妨？"郜澄就坐在驴上，把手伸给老妇。老妇看完后说："你家在哪里？离这里有多远？你最好赶快回家，因为不出十天你一定会死。"郜澄听了很害怕，就求老妇帮帮他。老妇说："你给监狱的囚犯施舍些吃食，也许能得到神的佑助。

不然,必不免。"澄竟如言,市食粮狱。事毕,往见母,令速还,澄自尔便还。至武功,一日许,既无疾,意甚欢然,因脱衫出门。忽见十余人,拜迎道左。澄问所以,云:"是神山百姓,闻公得县令,故来迎候。"澄曰:"我不选,何得此官?"须臾,有策马来者,有持绿衫来者,不得已,著衫乘马,随之而去。行之十里,有碧衫吏,下马趋澄拜。问之,答曰:"身任慈州博士,闻公新除长史,故此远迎。"因与所乘马载澄,自乘小驴随去。行二十里所,博士夺澄马。澄问:"何故相迎,今复无礼?"博士笑曰:"汝是新死鬼,官家捉汝,何得有官乎!"

其徒因驱澄过水,水西有甲宅一所,状如官府。门榜云"中丞理冤屈院"。澄乃大叫冤屈。中丞遣问:"有何屈?"答云:"澄算未尽,又不奉符,枉被鬼拘录。"中丞问:"有状否?"澄曰:"仓卒被拘,实未有状。"中丞与澄纸,令作状,状后判检。旁有一人,将检入内。中丞后举一手,求五百千,澄遥许之。检云:"枉被追录,算实未尽。"中丞判放,又令检人领过大夫通判。至厅,见一佛廪小胡,头冠毡帽,著麖靴,在厅上打叶钱。令通云:"中丞亲人,令放却还生。"胡儿持按入,大夫依判,遂出。复至王所通判,守门者就澄求钱。领人大怒曰:"此是中丞亲眷,小鬼何敢求钱?"还报中丞,中丞令送出外。

不然，一定不能免死。"郜澄按老妇说的，买了很多食物施舍给监狱。办完以后，又去见那老妇，老妇让他快快回家，郜澄就回家去了。到了武功，过了一天左右，他无病无灾，心里挺高兴，就脱了衣衫出门。忽然看见十多个人，在道旁跪拜迎接他。他问是怎么回事，那些人说："我们是神山的百姓，听说大人被任命为县令，所以来迎候大人。"郜澄说："我还没有参加选官，怎么会得了这个官呢？"不一会儿，有赶着马和拿着绿色官服的人来迎接，郜澄不得已，只好穿上官袍骑上马，跟他们走。走了十里，又有一个穿青绿袍子的官员，下马向郜澄跪拜。问是谁，回答说："我现任慈州博士，听说大人新被任命为长史，特来相迎。"说罢就把他的马给郜澄骑，他自己骑上小驴随行。走了二十多里，那博士突然把郜澄的马抢了去。郜澄问："为什么你来迎接我，现在又如此无礼？"博士大笑说："你不过是个刚死的鬼，阴司要抓你去，你哪是什么官呀！"

那些人赶着郜澄过了一条河，河西有--座府宅，像是衙门。门上的匾写着"中丞理冤屈院"。郜澄就大喊冤枉。中丞派人问他："有什么冤屈？"他回答说："我阳寿未到，也没有阴曹的符录传我，却被鬼卒硬抓了来。"中丞问："有没有状子？"他说："急匆匆被抓来，没有状子。"中丞就给郜澄纸，让他写状子，写完后中丞让人去查一查。只见旁边一个官员拿着簿子到里面去查。中丞又举起一只手掌，暗示向郜澄要五百千钱作贿赂，郜澄远远地示意答应给钱。不一会儿去查验的官员报告说："郜澄是被错抓来的，他的阳寿确实没尽。"中丞听了就判决释放，又让那官员领他去见大夫进行裁决。来到一个厅前，见一个佛廪国的胡人少年，头戴毡帽，脚穿鹿皮靴子，在厅上玩打叶钱。领郜澄来的官员让他进去通报说："这是中丞的亲属，命令放他还阳。"那胡人少年拿着公文进去，大夫同意中丞的判决，郜澄就出来了。又来到王所在的地方进行裁决，门口把守的人向郜澄索贿。领郜澄来的官员大怒说："这是中丞的亲属，你这小鬼竟敢要钱？"又回去向中丞报告，中丞就让人把郜澄送出门外。

澄不知所适，徘徊衢路。忽见故妹夫裴氏，将千余人西山打猎。惊喜问澄："何得至此？"澄具言之。裴云："若不相值，几成闲鬼，三五百年，不得变转，何其痛哉！"时府门有赁驴者，裴呼小儿驴，令送大郎至舍，自出二十五千钱与之。澄得还家，心甚喜悦。行五六里，驴弱，行不进。日势又晚，澄恐不达。小儿在后百余步，唱歌。澄大呼之，小儿走至，以杖击驴。惊澄堕地，因尔遂活。出《广异记》。

王　勋

华州进士王勋，尝与其徒赵望舒等入华岳庙。入第三女座，悦其倩巧而蛊之，即时便死。望舒惶惧，呼神巫，持酒馔，于神前鼓舞，久之方生。怒望舒曰："我自在彼无苦，何令神巫弹琵琶呼我为？"众人笑而问之，云："女初藏己于车中，适缱绻，被望舒弹琵琶告王，令一黄门搜诸婢车中。次诸女，既不得已，被推落地，因尔遂活矣。"出《广异记》。

苏履霜

太原节度马侍中燧小将苏履霜者，顷事前节度使鲍防。从行营日，并将伐回纥。时防临阵指一旗刘明远，以不进锋，命履霜斩之。履霜受命，然数目明远，遽进，

郜澄不知该往哪里走，就在大道上徘徊。忽然看见已亡故的妹夫裴氏带着一千多人去西山打猎。裴氏惊喜地问郜澄："你怎么到这里来了？"郜澄就详细说了情况。裴氏说："你如果不遇见我，很可能会变成一个到处游荡的闲鬼，三五百年也不能转世，那将多么悲惨啊！"当时府门外有租驴的，裴氏就叫来一个赶驴的少年，让他把郜澄送回家去，自己拿出二十五千钱付了驴钱。郜澄能回家了，心里很高兴。走了五六里地，驴因为太瘦弱走不动了。而且天色将晚，郜澄担心到不了家了。那赶驴的少年在他后面有百余步，正悠闲地唱着歌。郜澄大声招呼他，少年走过来，用棍子打了驴一下。郜澄吓了一跳，摔了下来，就活过来了。出自《广异记》。

王　勋

华州有位进士叫王勋，有一次和同伴赵望舒等人逛华山岳庙。他们来到庙中第三座女神像前，王勋看那女神像非常美丽动人，就勾引调戏女神，当时就倒地死去了。赵望舒吓坏了，立刻找来女巫，供上酒肉，在神像前又唱又跳，过了很久，王勋才苏醒过来。王勋苏醒后很生气地对赵望舒说："我在那边一点罪都没遭，你为什么让神婆子弹琵琶喊我？"大家笑着问他到底怎么回事，王勋说："我一开始被神女藏在她的车子里，两个人刚要缠绵交欢，被赵望舒找的神婆子弹着琵琶告到大王那里，大王下令让黄门官搜查每个婢女的车。搜到这个神女的车时，她没办法，才把我推到地上，我就活过来了。"出自《广异记》。

苏履霜

太原节度使、侍中马燧的手下有位年轻将领名叫苏履霜，曾在前任节度使鲍防帐下任职。在跟随鲍防的日子里，曾跟鲍防一起率部队讨伐回纥。当时鲍防亲自在阵前指挥，他指着第一旗的刘明远，因其没有往前冲，就命令苏履霜斩了他。苏履霜得到命令，几次用眼神向刘明远示意，刘明远立即冲上前去，

得脱丧元之祸。后十余年卒。履霜亦游于冥间，见明远。乃谓履霜曰："曩日蒙君以生成之故，无因酬德，今日当展素愿。"遂指一路，路多榛棘，云："但趋此途，必遇舍利王。王平生曾为侍中之部将也。见而诉之，必获免。"告之命去，履霜遂行。一二十里间，果逢舍利王弋猎。舍利素识履霜，惊问曰："何因至此？"答曰："为冥司所召。"乃曰："公不合来，宜速反。"遂命判官王凤翔令早放回，兼附信耳。谓履霜曰："为余告侍中，自此二年，当罢节。一年之内，先须去，入赴朝廷。郎君早弃人世。慎勿泄之。"凤翔检籍放归。至一关门，逢平生饮酒之友数人，谓履霜曰："公独行归，余曹企慕，所不及也。"生五六日，遂造凤翔。凤翔逆已知之，问云："舍利何词？"曰："有之，不令告他人也。"凤翔曰："余亦知之。汝且归，余候隙，当白侍中。"旬日，遂与履霜白之。侍中召履霜讯之，履霜亦具所见。凤翔陈告后，所验一如履霜所言。盖凤翔生自司冥局，隐而莫有知之者，因履霜还生而泄也。出《玄怪录》。

景　生

景生者，河中猗氏人也。素精于经籍，授胄子数十人。岁暮将归，途中偶逢故相吕谭。以旧相识，遂以后乘载之而去。群胄子乃散报景生之家。而景生到家，身已卒讫，

逃脱了丢脑袋的大祸。过了十多年，刘明远死了。苏履霜此时也去了阴间，见到了刘明远。刘明远就对履霜说："昔日蒙你好心救过我的命，想报答却没机会，今天正好了却我的心愿。"说罢指着前面一条长满荆棘的路说："你只要顺着这条路往前走，定会遇到舍利王。舍利王生前曾是马侍中的部将。你看见舍利王后向他求诉，他一定能救你逃出阴间。"说完就让履霜快走，履霜就走上了刘明远指的路。走了一二十里，果然遇见正在打猎的舍利王。舍利王认识履霜，惊奇地问："你怎么会来到这里？"履霜说："是被冥府召来的。"舍利王说："你不该来，最好赶快回去。"说完就命令判官王凤翔快放履霜回人间，并让履霜捎信。他对履霜说："替我告诉马侍中，两年内，他会被免去节度使的官。所以一年之内，要先自动离职，到朝廷去。他的儿子会很早就死去。这些事千万不要泄露出去。"王凤翔就查验簿册放履霜还阳。履霜走到一个城关的门前，遇见了他在人间的几个酒友，他们对履霜说："你独自被放回人间，我们太羡慕你了，可真是比不了你。"履霜复活后，过了五六天，就去见王凤翔。其实王凤翔事先已经知道了，问："舍利王说了些什么？"履霜说："他说了些话，但不让我告诉别人。"王凤翔说："我也知道。你先回去吧，我找机会，就告诉马侍中。"过了十天，他就和履霜一同去禀报马侍中。马侍中召履霜讯问，履霜就说了他在阴间所经历的事。王凤翔说了情况以后，一验证，和履霜说的完全一样。原来王凤翔在人世时就在阴间任有官职，一直保密没有人知道，由于履霜的复活，这事才泄露了。出自《玄怪录》。

景　生

景生是河中猗氏人。他对儒家典籍十分精通，曾教授过几十个国子学的生员。年末要回家的时候，他在路上偶然遇到了已去世的相国吕谭。吕谭因为和景生过去有交往，就让景生坐在自己随从的马车里，带着他走了。景生的学生们于是纷纷到景生家里去报信。然而景生已经在家里了，并且已经死了，

数日乃苏。云："冥中见黄门侍郎严武、朔方节度使张或然。"景生善《周易》，早岁兼与吕相讲授，未终秩，遇吕相薨。乃命景生，请终余秩。时严、张俱为左右台郎，顾吕而怒曰："景生未合来，固非冥间之所勾留。奈何私欲而有所害？"共请放回，吕遂然之。张尚书乃引景生，属两男，一名曾子，一名夫子。闰正月三日，当起北屋，妨曾子新妇。为报止之，令速罢，当脱大祸。及景苏数日，而后报其家。屋已立，其妻已亡矣。又说曾子当终刺史，夫子亦为刺史，而不正拜。后果如其言。出《玄怪录》。

许　琛

　　王潜之镇江陵也，使院书手许琛因直宿，二更后暴卒，至五更又苏。谓其侪曰：初见二人黄衫，急呼出使院门，因被领去。其北可行六七十里，荆棘榛莽之中微有径路。须臾，至一所楔门。高广各三丈余，横楣上，大字书标榜，曰"鸦鸣国"。二人即领琛入此门。门内气黯惨，如人间黄昏已后。兼无城壁屋宇，唯有古槐万万株。树上群鸦鸣噪，咫尺不闻人声。如此又行四五十里许，方过其处。又领到一城壁，曹署牙门极伟，亦甚严肃。二人即领过曰："追得取乌人到。"厅上有一紫衣官人，据案而坐，问琛曰："尔解取鸦否？"琛即诉曰："某父兄子弟少小皆在使院执行文案，实不业取鸦。"官人即怒，因谓二领者曰：

过了几天又复活了。他说："我在阴间见到了黄门侍郎严武和朔方节度使张或然。"景生通晓《周易》，过去曾经给相国吕谭讲授过，还没讲完，吕相国就去世了。这次吕相国把景生召到阴间，就是让他把剩余的讲完。当时严武和张或然分别担任左右台郎，他们生气地对吕谭说："景生不应该来，阴间本身就不是他的逗留之地。怎能为了你的私欲而加害于他？"他们一起请求把景生放回去，吕谭就同意了。张或然于是拉过景生，托他照顾自家的两个儿子，一个叫曾子，一个叫夫子。曾子打算闰正月初三盖北屋，但这北屋会妨害他新娶的妻子。他托景生告诉家里人，让他们立即停止盖房，就可以免去大祸。景生复活后，过了几天才去告诉曾子家不要盖房的事。然而房已经盖起来了，曾子的妻子已经死了。景生在阴间时又听张或然说，曾子最终的官职会是刺史，夫子也能当上刺史，但不是通过正式任命当上的。后来果然是这样。<small>出自《玄怪录》。</small>

许　琛

　　王潜镇守江陵时，使院里有个叫许琛的抄书吏夜里值宿，二更后突然死去，到了五更又复活了。他对同事们说：起初看见两个穿黄衫的人，很急促地把他叫出使院门外，就带着他走了。往北走了约六七十里，荆棘草丛中隐约有条小路。不一会儿来到一座两旁立有木柱的大门前。大门高宽都有三丈多，横楣处挂着一块大字写的牌匾，上写"鸦鸣国"。那两个人就领许琛进了门。门内阴森昏暗，像人世间黄昏以后那样。也没有城墙房舍，唯有千万株古槐。树上成群的乌鸦在乱叫，声音大得人面对面说话都听不见。又走了大约四五十里，才算过了这块地方。两个人又领许琛来到一堵城墙下，见官府衙门建造得十分宏伟，也很庄严。两个人就领他进府衙报告说："捕杀乌鸦的人已抓到。"堂上有一个紫衣官人坐在桌子后面，问许琛说："你很会捕捉乌鸦吗？"许琛连忙辩解说："我的父兄子弟从小就在使院里从事文案工作，实在没有捕捉过乌鸦。"那官人大怒，对两个领他来的人说：

"何得乱次追人?"吏良久惶惧伏罪,曰:"实是误。"官人顾琛曰:"即放却还去。"

又于官人所坐床榻之东,复有一紫衣人,身长大,黑色,以绵包头,似有所伤者,西向坐大绳床。顾见琛讫,遂谓当案官人曰:"要共此人略语。"即近副阶立,呼琛曰:"尔岂不即归耶?见王仆射,为我云,武相公传语仆射,深愧每惠钱物。然皆碎恶,不堪行用。今此有事,切要五万张纸钱,望求好纸烧之,烧时勿令人触,至此即完全矣。且与仆射不久相见。"言讫,琛唱喏。走出门外,复见二使者却领回。云:"我误追你来,几不得脱。然君喜当取别路归也。"琛问,曰:"所捕鸦鸣国,周递数百里,其间日月所不及,终日昏暗,常以鸦鸣知昼夜。是虽禽鸟,亦有谪罚。其阳道限满者,即捕来,以备此中鸣噪耳。"又问曰:"鸦鸣国空地奚为?"二人曰:"人死则有鬼,鬼复有死。若无此地,何以处之?"初琛死也,已闻于潜。既苏,复报之。潜问其故,琛所见即具陈白。潜闻之,甚恶即相见之说,然问其形状,真武相也。潜与武相素善,累官皆武相所拔用,所以常于月晦岁暮焚纸钱以报之。由是以琛言可验。遂市藤纸十万张,以如其请。琛之邻而姓许名琛者,即此夕五更暴卒焉,时大和二年四月。至三年正月,王仆射亡矣。出《河东记》。

"你们怎么可以乱抓人呢?"两个人惊惶恐惧了半天,认罪说:"我们确实是抓错了。"官人看着许琛说:"现在就放你回人间去。"

官人坐的床榻东面还有一个紫衣人,身材高大,黑皮肤,头上包着绵布,好像是受了伤,脸朝西坐在一张大绳床上。他看了看许琛,对坐在桌案后面的官人说:"我要跟他说几句话。"就站到旁边的台阶处,招呼许琛说:"你不是马上要回人间了吗?你看见王仆射,替我传话,就说武相公告诉他,十分感谢他常送来钱物。但钱都是破的,没法使用。现在我这里有急事,需要五万张纸钱,希望他一定用好纸钱烧掉,烧的时候不要让人碰,这样我收到的纸钱就能是完整的了。此外我和王仆射不久就会相见了。"说完后,许琛大声地答应了。走出大门外,又看见抓他来的那两个人来送他回家。他们说:"我们错抓了你,差点使你回不了人世。然而可喜的是你可以走另一条路回家了。"许琛问他们鸦鸣国是怎么回事,他们说:"抓你的鸦鸣国,方圆好几百里,太阳月亮都照不进这个国来,常年黑暗,只能以乌鸦的叫声来区分昼和夜。这些乌鸦虽然是鸟类,对它们也有贬谪和惩罚。那些在人间寿命已到期的乌鸦,就被抓到这里,让它们在这里鸣叫。"许琛又问:"鸦鸣国里的那些空地是干什么用的?"二人说:"人死了变成鬼,但鬼也会死。如果没有这些空地,鬼死了以后往何处放呢?"许琛当初死的消息已有人报给王潜了。许琛复活后,又报告了王潜。王潜就问许琛到底是怎么回事,许琛详细述说了在阴间的经历见闻。王潜听说武相公说很快就会与自己相见,心里很厌恶,然而问许琛武相公的长相,还真就是他。王潜当初和武相公关系很好,每次升官都是武相公提拔的,所以武相公死后,王潜经常在月末和年末烧些纸钱报答他。所以他认为许琛说武相公的事是真的。于是王潜就买了十万张藤纸烧了,以满足武相公的请求。这天夜里五更,许琛一个同名同姓的邻居突然死去,这是太和二年四月的事。到了太和三年正月,王仆射也死了。出自《河东记》。

卷第三百八十五
再生十一

崔绍　　辛察　　僧彦先　　陈龟范

崔　绍

　　崔绍者,博陵王玄暐曾孙。其大父武,尝从事于桂林。其父直,元和初亦从事于南海,常假郡符于端州。直处官清苦,不蓄羡财,给家之外,悉拯亲故。在郡岁余,因得风疾,退卧客舍,伏枕累年。居素贫,无何,寝疾复久,身谢之日,家徒索然。繇是眷属辈不克北归。绍遂孜孜履善,不堕素业。南越会府,有摄官承乏之利,济沦落羁滞衣冠。绍迫于冻馁,常屈至于此。贾继宗,外表兄夏侯氏之子,则绍之子婿,因缘还往,颇熟其家。大和六年,贾继宗自琼州招讨使改换康州牧,因举请绍为掾属。康之附郭县曰端溪,端溪假尉陇西李彧,则前大理评事景休之犹子。绍与彧,锡类之情,素颇友洽。崔、李之居,复隔落相近。彧之家,畜一女猫,常往来绍家捕鼠。南土风俗,恶他舍之猫产子其家,以为大不祥。彧之猫产二子于绍家,绍甚恶之,因命家童縶三猫于筐篋,加之以石,复以绳固筐口,投之于江。

崔　绍

　　崔绍是博陵王崔玄晦的曾孙。他的祖父叫崔武,曾在桂林做官。父亲崔直,元和初年也在南海做官,曾代理端州刺史。崔直为官清苦,从不聚敛余财,所得薪俸除了养家糊口外,都用于周济亲朋。他在郡里待了一年多,因为得了中风,退居客舍,卧床不起好几年。本来就很穷,又得了重病卧床很久,身死之日,家里几乎什么也没有。因此家里的亲戚也没有能力回北方故土。崔绍于是勤勉行善,从未丧失清白的节操。南越的节度使府可以安排代理官职,以帮助那些漂泊、沦落的士大夫。崔绍迫于饥寒,常常屈身来到这里。贾继宗的表兄夏侯氏的儿子,就是崔绍的女婿,因为这层关系,二人交往很密,贾继宗对他家很熟。太和六年,贾继宗由琼州招讨使改任康州刺史,就举荐崔绍到州衙里任佐吏。康州所属有个县叫端溪,代理县尉陇西人李或是前任大理评事李景休的侄子。崔绍与李或有同僚的交情,一直处得很融洽。崔、李两家住得也很近。李或家里养了一只母猫,常跑到崔绍家抓耗子。南方有种民俗,十分讨厌别人家的猫在自己家产崽,认为这是很不吉利的事。李或家的母猫在崔绍家生了两只猫崽,崔绍十分厌恶,就让家童把三只猫拴在一个筐子里,弄了些石头装在里面,又用绳子把筐口拴死,扔到了江里。

是后不累月，绍丁所出荥阳郑氏之丧，解职，居且苦贫。孤孀数辈，饘粥之费，晨暮不充。遂薄游羊城之郡，丐于亲故。

　　大和八年五月八日发康州官舍，历抵海隅诸郡，至其年九月十六日，达雷州。绍家常事一字天王，已两世矣。雷州舍于客馆中，其月二十四日，忽得热疾，一夕遂重，二日遂殛。将殛之际，忽见二人焉，一人衣黄，一人衣皂，手执文帖，云："奉王命追公。"绍初拒之，云："平生履善，不省为恶，今有何事，被此追呼？"二使人大怒曰："公杀无辜三人，冤家上诉，奉天符下降，令按劾公。方当与冤家对命，奈何犹敢称屈，违拒王命？"遂展帖示。绍见文字分明，但不许细读耳。绍颇畏耆，不知所裁。顷刻间，见一神人来，二使者俯伏礼敬。神谓绍曰："尔识我否？"绍曰："不识。"神曰："我一字天王也。常为尔家供养久矣，每思以报之。今知尔有难，故来相救。"绍拜伏求救。天王曰："尔但共我行，必无忧患。"王遂行，绍次之，二使者押绍之后。通衢广陌，杳不可知际。行五十许里，天王问绍："尔莫困否？"绍对曰："亦不甚困，犹可支持三二十里。"天王曰："欲到矣。"逡巡，遥见一城门，墙高数十仞，门楼甚大，有二神守之。其神见天王，侧立敬惧。更行五里，又见一城门，四神守之。其神见天王之礼，亦如第一门。又行三里许，复有一城门，其门关闭。天王谓绍曰："尔且立于此，待我先入。"天王遂乘空而过。食顷，闻摇镳之声，城门洞开。见十神人，

此后不到一个月，崔绍的母亲荣阳人郑氏去世，崔绍罢官守孝，生活更加贫苦了。家里有好几辈的孤儿寡母，连喝粥的钱都供不上，天天吃不饱饭。崔绍实在没办法，就在广州游荡，向亲戚朋友们乞求。

他于太和八年五月八日从康州官舍出发，走遍了海边的几个郡，到这年的九月十日，到了雷州。崔绍家里经常供奉一字天王，已经供了两代。崔绍到雷州后住在旅店里，当月二十四日，他突然得了热病，过了一夜更重了，第二天就死了。临死的时候，他忽然看见两个人，一个穿黄衣，一个穿黑衣，手里拿着公文对他说："我们奉大王的命令追捕你。"崔绍一开始很抗拒，说："我一辈子做善事，从未做过恶，如今我犯了什么罪，要被你们捉去呢？"两个使者大怒，说："你杀害了三个无辜的人，被害人告了你，上天下了公文，让大王审问你。准备让你为受害人抵命呢，你怎么还敢叫屈，抗拒王命？"说罢展开手中的公文给他看。崔绍见上面的字写得很清楚，但不许他细看。崔绍这时心里十分害怕，不知如何是好。顷刻间，见来了一个神人，两个使者赶快伏在地上恭敬叩拜。神人对崔绍说："你认识我吗？"崔绍说："不认识。"神说："我就是一字天王。你家供奉我多年了，我常常想报答你。现在我知道你遭了难，所以来救你。"崔绍跪伏在地下求一字天王相救。天王说："你尽管跟我走吧，一定不会有灾难。"说罢天王就走了，崔绍紧跟着天王，那两个使者在崔绍身后押着。四通八达的宽广大路，不知其边际。走了五十多里，天王问崔绍："你累不累？"崔绍回答说："也不太累，还能支撑二三十里。"天王说："快到了。"很快，远远看见一个城门，城墙有几十仞高，门楼很高大，有两个神把守着。他们见天王来了，都敬畏地侧身站立。又走了五里，又看见一个城门，有四个神守着。这四个神见了天王后，表现得也像第一个城门前的神那样。再走三里多地，又有一个城门，但城门关着。天王对崔绍说："你先站在这儿等着，我先进城去。"说罢天王就腾空飞进了城。过了一顿饭工夫，听见城门上的大锁有摇动声，城门大开。见有十个神人，

天王亦在其间，神人色甚忧惧。更行一里，又见一城门，有八街，街极广阔，街两边有杂树，不识其名目。有神人甚多，不知数，皆罗立于树下。八街之中，有一街最大。街西而行，又有一城门，门两边各有数十间楼，并垂帘。街衢人物颇众，车舆合杂，朱紫缤纷。亦有乘马者，亦有乘驴者，一似人间模样。此门无神看守。更一门，尽是高楼，不记间数。珠帘翠幕，眩惑人目。楼上悉是妇人，更无丈夫。衣服鲜明，装饰新异，穷极奢丽，非人寰所睹。其门有朱旗，银泥画旗，旗数甚多，亦有著紫人数百。

天王立绍于门外，便自入去。使者遂领绍到一厅，使者先领见王判官。既至厅前，见王判官著绿，降阶相见，情礼甚厚，而答绍拜，兼通寒暄，问第行，延升阶与坐，命煎茶。良久，顾绍曰："公尚未生。"绍初不晓其言，心甚疑惧。判官云："阴司讳死，所以唤死为生。"催茶，茶到，判官云："勿吃，此非人间茶。"逡巡，有著黄人，提一瓶茶来。云："此是阳官茶，绍可吃矣。"绍吃三碗讫。判官则领绍见大王，手中把一纸文书，亦不通入。大王正对一字天王坐。天王向大王云："只为此人来。"大王曰："有冤家上诉，手虽不杀，口中处分，令杀于江中。"天王令唤崔绍冤家。有紫衣十余人，齐唱喏走出。顷刻间，有一人著紫襕衫，执牙笏，下有一纸状，领一妇人来，兼领二子，皆人身而猫首。

天王也在中间,看他们的神色都很忧虑恐惧。又走了一里地,又见一个城门,城里有八条街,街道十分宽阔,两边种着各种树木,认不出来是什么树。街上有很多的神人,数不清有多少,都排列着站在树下。八条街中有一条街最大。顺着这条街往西走,又有一个城门,门两旁各有好几十间楼房,都挂着帘子。街道上各种人很多,车轿混杂,高官繁多。有骑马的,也有骑驴的,和人世间的街市一模一样。这个城门没有神看守。又过了一道城门,尽是高楼,数不清有多少间。楼上的房门都挂着珠帘翠幕,看得人眼花缭乱。楼上全都是女人,没有一个男人。她们的衣服十分鲜艳华丽,佩戴的首饰非常新奇,极尽高贵绚丽,非人间所见。每家门上都挂着朱红的旗子,用银粉绘制,旗子数量很多,还有好几百个穿紫衣服的人。

　　天王让崔绍在城门外先站一会儿,自己先走进去了。那两个使者领着崔绍来到一座大厅堂上,让他先见一见王判官。到了大堂前,穿着绿袍的王判官谦逊地和崔绍相见,很热情地接待了他,并向崔绍施礼回拜,问寒问暖,问他在兄弟间的排行,并请崔绍走上大堂就座,还让人煎茶。过了很长时间,王判官才看着崔绍说:"你还没有生。"崔绍不懂他这句话是什么意思,心里十分惊慌。王判官解释说:"阴间忌讳说死,所以把死叫作生。"说罢就催人快点上茶,茶端上来以后,王判官说:"这茶你不要喝,因为它不是人世间的茶。"很快,有个穿黄衣服的人提了一壶茶来。王判官说:"这才是阳间的官茶,你可以喝了。"崔绍喝了三杯茶。判官于是带他去见大王,手里拿着一张公文,也不经过通报就进去了。大王正和一字天王对面而坐。天王问大王说:"我就是为这个人而来的。"大王说:"有受害人上诉,尽管他没有亲手杀人,但是他曾经亲口下了命令,让别人把受害人杀死在江里。"天王命人传唤被崔绍杀害的人。有十几个穿紫衣服的人齐声答应并叉手行礼,走出了大堂。不一会儿,有一个人穿着紫色的袍衫,手里拿着象牙笏板,笏板下有一张状纸,领着一个女人上了堂,还跟着两个孩子,这三个人都是猫头人身。

妇人著惨裙黄衫子，一女子亦然，一男子亦然，著皂衫。三
冤家号泣不已，称崔绍非理相害。天王向绍言："速开口与
功德。"绍忙惧之中，都忘人间经佛名目，唯记得《佛顶尊胜
经》，遂发愿，各与写经一卷。言讫，便不见妇人等。大王
及一字天王遂令绍升阶与坐，绍拜谢大王，王答拜。绍谦
让曰："凡夫小生，冤家陈诉，罪当不赦，敢望生回。大王
尊重，如是答拜，绍实所不安。"大王曰："公事已毕，即还
生路。存殁殊途，固不合受拜。"大王问绍："公是谁家子
弟？"绍具以房族答之。大王曰："此若然者，与公是亲家，
总是人间马仆射。"绍即起申叙："马仆射犹子磻夫，则绍之
妹夫。"大王问："磻夫安在？"绍曰："阔别已久，知家寄杭
州。"大王又曰："莫怪此来，奉天符令勘，今则却还人道。"
便回顾王判官云："崔子停止何处？"判官曰："便在某厅中
安置。"天王云："甚好。"绍复咨启大王："大王在生，名德至
重，官位极崇，则合却归人天，为贵人身。何得在阴司职？"
大王笑曰："此官职至不易得。先是杜司徒任此职，总滥蒙
司徒知爱，举以自代，所以得处此位。岂容易致哉？"绍复
问曰："司徒替何人？"曰："替李若初。若初性严寡恕，所
以上帝不遣久处此，杜公替之。"绍又曰："无因得一至此，
更欲咨问大王，绍闻冥司有世人生籍。绍不才，兼本抱疾，
不敢望人间官职。然顾有亲故，愿一知之，不知可否？"曰：
"他人则不可得见，缘与公是亲情，特为致之。"大王顾谓

那女人穿着淡色裙子黄衫子,一个女孩穿着同样的衣服,一个男孩穿着黑衫。三个受害人在大堂上哭号不止,说崔绍无缘无故地杀害了他们母子。这时天王对崔绍说:"你赶快答应为他们做功德。"崔绍由于又慌又怕,竟一时想不起在人间常念的佛经的名字了,只记得有一部《佛顶尊胜经》,就忙许愿说为他们各自抄写一卷经文。刚许完愿,那三个告状的就消失了。大王和一字天王就让崔绍走上台阶来坐下,崔绍忙向大王拜谢,大王也施礼回拜。崔绍非常谦恭地说:"我是一个凡夫俗子,被受害人控告,是不该得到宽恕的,怎敢期望生还。大王尊贵显要,还这样向我还礼,我实感不安。"大王说:"你的事已经处理完了,马上可以返回人间了。死生是完全不同的两界,所以我不该接受你的拜礼。"大王崔绍问:"你是谁家的子弟?"崔绍详细说出了自己的族系。大王说:"你说的如果是真的,那么我和你还是亲戚,我就是马总,人世间的马仆射。"崔绍一听立刻站起来说:"马仆射的侄子璠夫,就是我的妹夫。"大王问:"璠夫现在何处?"崔绍说:"我们分别很久了,只知道他寄居在杭州。"大王又说:"这次捕你到阴间请不要责怪我,我是奉了上天的命令审你的案子,现在放你还阳吧。"说着回头问王判官道:"崔公子现在在什么地方住?"王判官说:"就在我厅中安置。"天王说:"很好。"崔绍又询问大王:"大王在世时,德高望重,官位颇尊,现在应该归入天界,成为仙人。怎么在阴司做官呢?"大王笑着说:"我这个官职很来之不易。我的前任是杜司徒,我受司徒的赏识喜爱,所以他才推荐我代替他,担任了这个职务。岂是随随便便就能当上的?"崔绍又问:"杜司徒又替换了谁的官职呢?"大王说:"杜司徒替换的是李若初。因为李若初性情严酷不够宽厚,所以上帝不让他长期任此官,就让杜司徒替换了他。"崔绍又说:"我偶然到阴间来一趟不容易,还想请问大王,我听说冥府有登记投生者的名册。我没有什么才能,又身患疾病,不敢奢望做官了。然而我还有些亲友,我想知道一下他们的情况,不知行不行?"大王说:"别人的是不许看的,看在你我是亲戚的份上,特别照顾你一下吧。"大王回头对

王判官曰:"从许一见之,切须诚约,不得令漏泄。漏泄之,则终身喑哑。"又曰:"不知绍先父在此,复以受生?"大王曰:"见在此充职。"绍涕泣曰:"愿一拜觐,不知可否?"王曰:"亡殁多年,不得相见。"

绍起辞大王,其一字天王,送绍到王判官厅中,铺陈赡给,一似人间。判官遂引绍到一瓦廊下,廊下又有一楼,便引绍入门。满壁悉是金榜银榜,备列人间贵人姓名。将相二色,名列金榜。将相以下,悉列银榜。更有长铁榜,列州县府僚属姓名。所见三榜之人,悉是在世人。若谢世者,则随所落籍。王判官谓绍曰:"见之则可,慎勿向世间说榜上人官职。已在位者,犹可言之,未当位者,不可漏泄,当犯大王向来之诫。世人能行好心,必受善报。其阴司诛责恶心人颇甚。"绍在王判官厅中,停止三日。旦暮严,打警鼓数百面,唯不吹角而已。绍问判官曰:"冥司诸事,一切尽似人间。惟空鼓而无角,不知何谓?"判官曰:"夫角声者,象龙吟也。龙者,金精也。金精者,阳之精也。阴府者,至阴之司。所以至阴之所,不欲闻至阳之声。"绍又问判官曰:"闻阴司有地狱,不知何在?"判官曰:"地狱名目不少,去此不远。罪人随业轻重而入之。"又问:"此处城池人物,何盛如是?"判官曰:"此王城也,何得怪盛?"绍又问:"王城之人如海,岂得俱无罪乎? 而不入地狱耶?"判官曰:"得处王城者,是业轻之人,不合入地狱。候有生关,则随分高下,各得受生。"

王判官说:"允许他看一下吧,不过千万提醒他,不许有丝毫泄露。如果泄露,就会一辈子成为哑巴。"崔绍又问:"不知道我已故的父亲是仍在阴间,还是已经转世托生了呢?"大王说:"他现在在阴间任职。"崔绍哭着说:"我想和先父见上一面,不知允许不允许?"大王说:"他已经去世多年,你们不能见面了。"

崔绍起身告辞大王,由一字天王送崔绍到王判官的厅堂上,厅堂里铺陈摆设的物品都和人间一样。王判官领着崔绍来到一个瓦廊下,那里又有一座楼房,判官便领他进了门。只见满墙都是金榜和银榜,上面写满了人间贵人的姓名。凡是为将为相的,名字都列在金榜上。将相以下的官员,都列在银榜上。还有一块很长的铁榜,上面列的是州、府、县的官员姓名。崔绍看到的这三块榜上的人,都是在世的官员。如果去世了,名字就没有了。王判官对崔绍说:"看看就可以了,回去后千万别向人说榜上人的官职。已经在位的说了尚不要紧,还没任命的,千万不能泄露,否则就犯了刚才大王对你的警告。世上的人如果心地善良,就必会得到善报。如果作恶,那阴间惩罚恶人的法度是非常严厉的。"崔绍在王判官那里停留了三天。这里早晚警戒很严,敲击好几百面警鼓,只是不吹号角。崔绍问判官说:"阴间的各种事,都和人间一样。唯有这光敲鼓不吹号角,不知是什么原因?"判官说:"这是因为号角声很像龙吟。龙是金精。金精就是阳气的精华。而阴曹地府是最阴的地方。这最阴的地方,是不能听到最有阳气的声音的。"崔绍又问王判官:"听说阴间有地狱,不知这地狱在哪里呢?"判官说:"地狱的种类有不少,离这里不远。罪人按他们罪过的大小分别进入各种地狱。"崔绍又问:"这里的城市怎么那么繁华,城里人怎么那么多?"判官说:"这里是阴间的王城,繁华热闹又有什么奇怪的呢?"崔绍又问:"王城里人山人海,难道他们都没有犯罪吗?怎么不入地狱呢?"判官说:"能够在王城里居住的人,都是罪很轻的人,不该入地狱。他们在这里等待,一旦有转世的机会,就会随着他们业力的高低,各自转世托生了。"

又康州流人宋州院官田洪评事，流到州二年，与绍邻居。绍、洪复累世通旧，情爱颇洽。绍发康州之日，评事犹甚康宁。去后半月，染疾而卒。绍未回，都不知之。及追到冥司，已见田生在彼。田、崔相见，彼此涕泣。田谓绍曰："洪别公后来，未经旬日，身已谢世矣。不知公何事，忽然到此？"绍曰："被大王追勘少事，事亦寻了，即得放回。"洪曰："有少情事，切敢奉托。洪本无子，养外孙郑氏之子为儿，已唤致得。年六十，方自有一子。今被冥司责以夺他人之嗣，以异姓承家，既自有子，又不令外孙归本族。见为此事，被勘劾颇甚。令公却回，望为洪百计致一书，与洪儿子，速令郑氏子归本宗。又与洪传语康州贾使君，洪垂尽之年，窜逐远地，主人情厚，每事相依。及身殁之后，又发遣小儿北归，使道体归葬本土，眷属免滞荒陬。虽仁者用心，固合如是。在洪浅劣，何以当之？但荷恩于重泉，恨无力报。"言讫，二人恸哭而别。居三日，王判官曰："归可矣，不可久处于此。"一字天王与绍欲回，大王出送。天王行李颇盛，道引骑从，阗塞街衢。天王乘一小山自行，大王处分，与绍马骑。尽诸城门，大王下马，拜别天王，天王坐山不下，然从绍相别。绍跪拜，大王亦还拜讫，大王便回。

绍与天王自归。行至半路，见四人，皆人身而鱼首，著惨绿衫，把笏，衫上微有血污，临一峻坑立，泣拜诸绍曰："性命危急，欲堕此坑，非公不能相活。"绍曰："仆何力

有一个宋州的院官叫田洪,职务是评事,由于获罪被流放到康州两年了,和崔绍是邻居。两家几辈人都有交情,处得很融洽。崔绍离开康州时,田洪还平安无事。离开半月后,田洪就得病死了。因为崔绍还没回去,所以根本不知道田洪的死讯。等崔绍被捉到阴间,已经看见田洪在那里了。两个人相见之后都哭了起来。田洪对崔绍说:"自从和你分别以后,没有几天我就死了。不知你因为什么事,突然来到阴间呢?"崔绍说:"我被大王传来查问一件小事,事情已处理完了,即将放我回人间。"田洪说:"我有一件小事,想拜托你料理一下。我本来没有儿子,收养了外孙郑氏的儿子做我的儿子,已经取名叫致得。我六十岁,才自己得了个儿子。现在我被阴司捕来,就是因为我夺了别人的儿子,以异姓人作为子嗣,自己已经有儿子了,又不让外孙回归自己本族。现在我正为这件事,被追查得很紧。希望你回到人世后,想方设法替我捎封信给我的儿子,让他赶快让郑氏的儿子回归他自己的宗族。再替我给康州的贾使君捎个信,我田洪在垂老之年,被流放到边远的地方,贾使君对我情意深重,事事帮助我。我死后,他又让我儿子护送我的灵柩北归,使我能在故土安葬,使我的家眷不至于困留在荒远的地方。虽说出于仁者之心,应当如此。但我田洪这样一个鄙陋的俗人,怎么担当得起呢?我如今在九泉之下,也是愧恨无力报答贾使君。"说罢,田洪和崔绍痛哭着告别。过了三天,王判官说:"你该回家了,不可长时间停留在阴间。"一字天王要和崔绍一同回去,大王出来相送。天王的导从人员非常多,开道的和骑马的随从,把整条街都堵塞了。天王驾着一座小山自己走,大王吩咐给崔绍一匹马骑。过完各个城门,大王下马拜别天王,天王坐在山上没下来,只是和崔绍一同与大王拜别。崔绍跪拜行礼,大王也回拜后,就回去了。

崔绍和天王一起往阳间走。半路上,遇见四个人,都是人身鱼头,穿着浅绿色衣衫,手拿笏板,衣衫上有点点血迹,站在一个大深坑边上,哭拜着向崔绍说:"我们性命危在旦夕,马上就要跌进这深坑里,只有你能救我们的性命。"崔绍说:"我哪有能力

以救公?"四人曰:"公但许诺则得。"绍曰:"灼然得。"四人拜谢,又云:"性命已蒙君放讫,更欲启难发之口,有无厌之求,公莫怪否?"绍曰:"但力及者,尽力而应之。"曰:"四人共就公乞一部《金光明经》,则得度脱罪身矣。"绍复许。言毕,四人皆不见。却回至雷州客馆,见本身僵卧于床,以被蒙覆手足。天王曰:"此则公身也,但徐徐入之,莫惧。"如天王言,入本身便活。及苏,问家人辈,死已七日矣,唯心及口鼻微暖。苏后一日许,犹依稀见天王在眼前。又见阶前有一木盆,盆中以水养四鲤鱼。绍问此是何鱼,家人曰:"本买充厨膳,以郎君疾殗,不及修理。"绍曰:"得非临坑四人乎?"遂命投之于陂池中,兼发愿与写《金光明经》一部。

出《玄怪录》。

辛　察

大和四年十二月九日,边上从事魏式暴卒于长安延福里沈氏私庙中。前二日之夕,胜业里有司门令史辛察者,忽患头痛而绝,心上微暖。初见有黄衫人就其床,以手相就而出。既而返顾本身,则已僵矣。其妻儿等,方抱持号泣,喷水灸灼,一家仓惶。察心甚恶之,而不觉随黄衣吏去矣。至门外,黄衫人踟蹰良久,谓察曰:"君未合去,但致钱二千缗,便当相舍。"察曰:"某素贫,何由致此?"黄衫曰:"纸钱也。"遂相与却入庭际,大呼其妻数声,皆不应。

救你们呢?"那四个人说:"你只要答应救我们就行了。"崔绍说:"我当然愿意。"四个人连忙拜谢,又说:"我们的性命已被您救了,现在还想开难开之口,提出一个贪得无厌的请求,您不会怪罪我们吧?"崔绍说:"只要是我力所能及的,我一定尽力为你们办。"那四个鱼人说:"我们四个人一同向您请求为我们抄一部《金光明经》,我们的罪身就可以获得超度了。"崔绍又答应了。说完,那四个鱼人就消失了。崔绍回到阳间,来到雷州的客舍,看见自己的尸体还僵卧在床上,用被子盖着手脚。天王说:"这就是你的肉身,你要慢慢进入你的身子,别害怕。"崔绍按照天王的话,慢慢进入自己的肉身,就复活了。苏醒后,问家中的亲人,才知道自己已经死去七天了,只有心和口鼻尚有一丝暖气。复活后过了一天多,崔绍还隐约看见天王在眼前。他又看见院子台阶前有一个木盆,盆里用水养着四只鲤鱼。崔绍就问这鱼是怎么回事,家里人说:"鱼本来是买了准备下厨做菜的,后来您突然得病死去,鱼就没来得及处理。"崔绍说:"这不就是在坑边向我求救的那四个鱼人吗?"就让人把鱼投进池塘里,并许愿为它们抄写了一部《金光明经》。出自《玄怪录》。

辛　察

太和四年十二月九日,任边疆从事的魏式突然死在长安延福里沈氏的家庙中。他死前两天的晚上,胜业里有个司门令史叫辛察,忽然得了头痛病死去,但心口还有点温热。他先是看见一个黄衫人来到他的床前,用手搀着他走出门去。他回头看躺在床上的自己,已经僵硬了。他的妻子儿女们,正抱着自己的尸体号哭,又是喷水又是灸疗地抢救他,一家人十分惊慌。辛察看到这情景心里十分厌恶,就不知不觉地跟着黄衫人走了。到了门外,黄衫人徘徊了很久,对辛察说:"你不该到阴间去,只要你能给我二千缗钱,我就放掉你。"辛察说:"我向来贫穷,上哪里弄这些钱给你?"黄衫人说:"我要的是纸钱。"于是辛察就和黄衫人又回到院子里,辛察向他妻子大喊了几声,妻子都没有应声。

黄衫哂曰:"如此,不可也。"乃指一家僮,教察以手扶其背,因令达语求钱。于是其家果取纸钱焚之。察见纸钱烧讫,皆化为铜钱,黄衫乃次第抽拽积之。又谓察曰:"一等为惠,请兼致脚直送出城。"察思度良久,忽悟其所居之西百余步,有一力车佣载者,亦常往来,遂与黄衫俱诣其门。门即闭关矣,察叩之。车者出曰:"夜已久,安得来耶?"察曰:"有客要相顾,载钱至延平门外。"车曰:"诺。"即来。装其钱讫,察将不行。黄衫又邀曰:"请相送至城门。"三人相引部领,历城西街,抵长兴西南而行。时落月辉辉,钟鼓将动。黄衫曰:"天方曙,不可往矣。当且止延福沈氏庙。"逡巡至焉,其门亦闭。黄衫叩之,俄有一女人,可年五十余,紫裙白襦,自出应门。黄衫谢曰:"夫人幸勿怪,其后日当有公事,方来此庙中。今有少钱,未可遽提去,请借一隙处暂贮收之。后日公事了,即当般取。"女人许之。察与黄衫及车人,共般置其钱于庙西北角。又于户外,见有苇席数领,遂取之覆。

才毕,天色方晓,黄衫辞谢而去,察与车者相随归。至家,见其身犹为家人等抱持,灸疗如故,不觉形神合而苏。良久,思如梦非梦,乃曰:"向者更何事?"妻具言家童中恶,作君语,索六百张纸作钱,以焚之。皆如前事,察颇惊异。遽至车子家,车家见察曰:"君来,正解梦耳。夜来所梦,不似寻常。分明自君家,别与黄衫人载一车子钱至延福沈氏庙,历历如在目前。"察愈惊骇,复与车子偕往沈氏庙。

黄衫人嘲笑地说:"你这样办根本行不通。"说罢就指着一个家仆,让辛察用手扶着他的后背,然后通过家仆的嘴说需要纸钱。于是他家里人果然拿来纸钱烧了。辛察看见纸钱烧完后,都变成了铜钱,黄衫人就一枚一枚地把铜钱抽过来堆放好。然后又对辛察说:"同样都是做好事,请你再找个脚夫把这些钱送出城去吧。"辛察想了好半天,忽然想起他家西边一百多步远,有一个推车拉脚的人,过去也常有来往,就和黄衫人一起来到他家。大门关着,辛察就敲门。车夫出来后说:"夜已深了,你来做什么?"辛察说:"有位客人要雇你的车拉脚,运些钱到延平门外。"车夫说:"好吧。"于是就来了。把那些钱都装上了车,辛察打算留在家里不走了。黄衫人又请求他说:"请把我送到城门。"他们推着车一起走,经过城西街,到了长兴里又往西南走。这时落月洒着清光,晨钟就要敲响。黄衫人说:"天要亮了,不能再走了。咱们先到延福里沈氏家庙去吧。"不一会儿来到了沈氏家庙前,庙门也关着。黄衫人前去敲门,一会儿有个女人,五十多岁,身穿白袄紫裙,出来开门。黄衫人向女人陪礼说:"夫人请不要见怪,我后天有公事,才到这庙里来。现在我有些钱,不能马上带走,请借庙里一个角落暂时寄存一下。后天公事办完,我就把钱拿走。"那女人同意了。辛察、黄衫人和车夫就一同把钱搬放在庙的西北角。又在门外看见几张芦席,便取来把钱盖上。

刚弄完,天已破晓,黄衫人辞别而去,辛察和车夫一起往回走。到家后,辛察看见自己的肉身还被家里人抱着,仍然在用灸灼的方法抢救,就不知不觉形神相合而苏醒了。过了很久,辛察回想起这件事觉得像梦又不像梦,就问:"刚才都发生了什么事?"妻子告诉他说,家仆突然中了邪,发出辛察的声音,让家里弄六百张纸做成纸钱,然后烧掉。这正是之前经历的事,辛察十分惊奇。他又立即到那车夫家,车夫一见辛察就说:"你来了,正好给我解解梦。我昨夜做了个梦,很不寻常。我记得清清楚楚,从你家和一个黄衫人运了一车钱到延福里的沈氏庙,现在这些事还历历在目。"辛察听后更是又惊又怕,就和车夫一同去沈氏庙。

二人素不至此，既而宛然昨宵行止。既于庙西北角，见一两片芦席，其下纸缗存焉。察与车夫，皆识夜来致钱之所，即访女人。守门者曰："庙中但有魏侍御于此，无他人也。"沈氏有臧获，亦住庙旁。闻语其事，及形状衣服，乃泣曰："我太夫人也。"其夕五更，魏氏一家，闻打门声，使候之，即无所见。如是者三四，式意谓之盗。明日，宣言于县胥，求备之。其日，式夜邀客为煎饼，食讫而卒。察欲验黄衫所言公事，尝自于其侧侦之，至是果然矣。出《河东记》。

僧彦先

青城宝园山僧彦先尝有隐慝。离山往蜀州，宿于中路天王院，暴卒。被人追摄，诣一官曹。未领见王，先见判官。诘其所犯，彦先抵讳之。判官乃取一猪脚与彦先，彦先推辞不及，黾勉受之，乃是一镜。照之，见自身在镜中，从前愆过猥亵，一切历然。彦先惭惧，莫知所措。判官安存，戒而遣之。洎再生，遍与人说，然不言所犯隐秽之事。出《北梦琐言》。

陈龟范

陈龟范，明州人，客游广陵，因事赞善马潜。一夕暴卒，至一府署，有府官视牒曰："吾追陈龟谋，何故追龟范耶？"范对曰："范本名龟谋，近事马赞善，马公讳'言'，故改一字耳。"府公乃曰："取明州簿来。"顷之，一吏持簿至，

他俩从来都没去过那里,但很快就像昨天晚上一样很自然地走到了庙前。在庙的西北角,他们看见有一两张芦席,下面的纸钱还在。辛察和车夫都认得昨夜寄存钱的地方,就去找那个开门的女人。守门人说:"这沈氏庙只有魏侍御,此外再没有任何人。"沈氏有个仆人也住在庙旁。听说了这件事,又听辛察和车夫描述那女人的衣服和相貌,就哭着说:"那就是我家太夫人。"原来那天夜里五更时分,魏式全家都听见了敲门声,让人去看,却什么也没看见。这样好几次,魏式想大概是盗贼。第二天,就报告了具吏,要求防备盗贼。这天夜里,魏式请客人一同吃煎饼,刚吃完魏式就死了。辛察想验证一下黄衫人那夜所说的公事是什么,就自己到庙周围偷偷探听,果然抓魏式去阴间就是黄衫人所说的公事。出自《河东记》。

僧彦先

青城宝园山的和尚彦先有些见不得人的罪过。一次他离开宝园山到蜀州去,半路上住在天王院,突然死去。他被人追捕后,来到一座官府中。那人没领他去见王,先去见了判官。判官问彦先犯的什么罪,彦先抵赖不认罪。判官就拿来一个猪蹄给他,他推辞不过,就勉强接受了,那猪蹄原来是一面镜子。彦先一照,看见自己在镜子里,从前做的那些见不得人的丑事,都清清楚楚地浮现出来。彦先惭愧惊恐,不知该怎么办。判官安抚他,告戒了他一番就放他还阳了。彦先再生后,到处说这件事,然而对他曾做过的那些坏事却一字不提。出自《北梦琐言》。

陈龟范

明州人陈龟范到广陵游历时,曾事奉赞善马潜。一天夜里陈龟范突然死去,到了一个府衙,一位府官看了公文后说:"我要抓陈龟谋,怎么把陈龟范抓来了?"陈龟范说:"我原名叫陈龟谋,近来在马赞善手下做事,他忌讳'言'字,所以我就改了一个字。"府官就说:"把明州的簿册取来。"一会儿一个小吏拿来了簿册,

视之，乃龟谋也。因引至曹署，吏云："有人讼君，已引退矣，君当得还也。"龟范因自言："平生多难，贫苦备至。人生固当死，今已至此，不愿还也。"吏固遣之。又曰："若是，愿知将来穷达之事。"吏因为检簿曰："君他日甚善，虽不至富贵，然职禄无阙。"又问："寿几何？"曰："此固不可言也。"又问："卒于何处？"曰："不在扬州，不在鄂州。"送还家癌。后潜历典二郡，甚见委用。潜卒，归于扬州，奉使鄂州，既还，卒于彭泽。出《稽神录》。

府官一查,果然陈龟范原名叫陈龟谋。于是把他领上公堂,堂上的官员说:"有人告你,但现在原告已撤诉,你可以回人间了。"陈龟范便说:"我在人间多灾多难,受尽穷苦。反正人早晚免不了一死,我既然来了,就不愿回去了。"官员坚持要送他还阳。他又说:"如果非让我回去,我想知道我将来的命运怎样。"官员就替他查看簿册,告诉他说:"你日后的命运很好,虽然不至于大富大贵,但官职俸禄是不会缺的。"陈龟范又问:"我还有多少年阳寿?"官员说:"这个可就不能告诉你了。"又问:"最后死在哪里?"官员说:"既不死在扬州,也不死在鄂州。"把他送回了家,他就复活了。后来马潜先后在两个郡当了郡守,很重用陈龟范。马潜死后,陈龟范回到扬州,又奉命到鄂州,回来的时候,死在了彭泽。出自《稽神录》。

卷第三百八十六
再生十二

贾　偶

　　汉建安中,南阳贾偶字文合,得病而亡。时有吏将诣太山,司命阅簿,谓吏曰:"当召某郡文合,何以召此人? 可速遣之。"时日暮,遂至郭外树下宿,见一少女子独行。文合问曰:"子类衣冠,何乃徒步? 姓字为谁?"女曰:"某三河人。父见为弋阳令,昨被召而来,今得却还。遇日暮,惧获瓜田李下之讥。望君之容,必是贤者,是以停留,依冯左右。"文合曰:"悦子之心,愿交欢于今夕。"女曰:"闻之诸姑,女子以贞专为德,洁白为称。"文合反复与言,终无动志,天明各去。文合卒以再宿,停丧将殓,视其面有色,扪心下稍温,少顷却苏。

贾　偶

　　汉代建安年间，南阳人贾偶字文合，得病去世。当时有一个差吏带着他来到太山，司命复核生死簿子，对官员说："应该召的是某某郡的文合，怎么把这个南阳郡的给召到阴间来了？快把他送回阳世吧。"当时天已黄昏，贾文合被放还出了阴间的城门后，在城外一棵树下歇息。他看见一个少女在独身走路，就问女子："你很像是大家闺秀，怎么一个人徒步走路呢？你叫什么名字？"少女说："我是三河人，我父亲现在是弋阳县的县令。昨天我被召到阴间来，今天被放回阳世。我看天色晚了，在别处休息怕男女之间多有不便，被人议论；看见你后，觉得你的容貌风度一定是个很贤德的人，所以我才走到你这儿来和你作个伴。"文合对女子说："我一看见你便萌生出喜爱的感情，今夜我们就作成夫妻吧。"少女说："我常听母亲、姨妈、姑母这些长辈说，女子的至德就是保持贞节，只有纯贞的姑娘才为人称赞。"文合反复向少女解释、求爱，但少女始终不动心。天亮后，两个人分道而去。文合已死了两夜，家里人停丧后准备装殓他，但看他脸上还有活人的气色，摸他的心口还有些温热。果然一会儿他就苏醒复活了。

文合欲验其事，遂至弋阳，修刺谒令，因问曰："君女宁卒而却苏耶？"具说女子姿质服色，言语相反复本末。令入问女，所言皆同。初大惊叹，竟以女配文合焉。出《搜神记》。

章　泛

临海乐安章泛年二十余，死经日，未殡而苏。云，被录天曹，天曹主者是其外兄，料理得免。初到时，有少女子同被录送，立住门外。女子见泛事散，知有力助，因泣涕，脱金钏三只及臂上杂宝托泛与主者，求见救济。泛即为请之，并进钏物。良久出，语泛已论，秋英亦同遣去，秋英即此女之名也。于是俱去。脚痛疲顿，殊不堪行，会日亦暮，止道侧小屈。状如客舍，而不见主人。泛共宿嬿接，更相问。女曰："我姓徐。家吴县乌门，临漊为居，门前倒枣树即是也。"明晨各去，遂并活。泛先为护军府吏，依假出都，经吴，乃对乌门，依此寻索。得徐氏舍，与主人叙阔，问："秋英何在？"主人云："女初不出入，君何知其名？"泛因说昔日魂相见之由。秋英先说之，所言因符，主人乃悟。惟羞不及寝嬿之事，而其邻人或知，以语徐氏。徐氏试令侍婢数人递出示泛，泛曰："非也。"乃令秋英见之，则如旧识。

文合复活后，想验证他在阴间的事，就去了弋阳县。他拿着自己的名帖去见县令，问县令说："你有个女儿死后又复活了吗？"并详细说了女子的相貌服饰，以及和自己谈话的经过。县令进内宅问女儿，女儿所说的和文合的话完全相符。县令先是又惊又感叹，最后把女儿许配给了文合作妻子。出自《搜神记》。

章 泛

临海郡乐安县有个章泛，二十多岁，死了没装殓，一天后他又复活了。他说被召到天曹，天曹的主管官员是他的大舅哥，经过疏通得以免死还阳。章泛刚到天曹时，有一个年轻的女子和他一起被捉了来，在门外等着。后来女子见章泛得以还阳，知道他在阴间有得力的人帮忙，就哭着摘下三只金镯子和臂上的其他宝物，托章泛交给主管生死的官员以求疏通营救。章泛就替女子向大舅子求情，并把金镯子等物送了上去。过了很久章泛出了大门，因为天曹主官说："章泛的案子已了结，遣回人世，秋英也一同送回阳世。"秋英就是那女子的名字。于是章泛和秋英就一同上路返回阳世。但秋英脚痛疲乏，实在不能再走，加上天色已晚，两个人就在道旁一个小房歇息。小房像个旅店，却不见主人。这天夜里，章泛就和秋英作了夫妻。章泛又仔细问女子的情况，女子说："我姓徐，家在吴县的乌门。家住河边，门前有一株倒了的枣树，那就是我家。"第二天早晨，两人就分手各自回家，两个人都还了阳。章泛原来在护军府当府吏，他请假出了城，到吴县去，找到了乌门，然后按秋英说的去访寻，找到徐氏的家。章泛向徐氏问候叙谈，并问秋英在哪里。徐氏说："我的女儿从来不出门，你怎么会知道她的名字？"章泛细说了他在阴间和秋英相遇的事。秋英复活后，已向父母先讲了这件事，徐氏一听章泛说的和秋英说的一样，就明白了。只是秋英由于害羞，没有说她在阴间和章泛作成夫妻的事。但徐氏的邻居有的知道，就告诉了徐氏。徐氏就把家里的几个丫环叫出来，挨个让章泛认，章泛都说不是。最后让秋英出来。秋英和章泛一见面，两人就像老相识一样。

徐氏谓天意，遂以妻泛，生子名曰天赐。出《异苑》。

谢弘敞妻

唐吴王文学陈郡谢弘敞，妻高阳许氏。武德初，遇患死，经四日而苏。说云，被二三十人拘至地狱，未见官府，即闻唤。虽不识面，似是姑夫沈吉光语音。许问云："语声似是沈丈，何因无头？"南人呼姑姨夫，皆为某姓丈也。吉光即以手提其头，置于膊上，而诫许曰："汝且在此，勿向西院。待吾为汝造请，即应得出。"许遂住。吉光经再宿始来，语许云："汝今此来，王欲令汝作女伎。倘引见，不须道解弦管。如不为所悉，可引吾为证也。"少间，有吏抱案引入，王果问："解弦管不？"许云："不解，沈吉光具知。"王问吉光，答曰："不解。"王曰："宜早放还，不须留也。"于时吉光欲发遣，即共执案人筹度。许不解其语。执案人曰："娘子功德虽强，然为先有少罪，随便受却，身业俱净，岂不怪哉！"更东引入一院，其门极小。见有人受罪，许甚惊惧。乃求于主者曰："平生修福，何罪而至斯耶？"答曰："娘子曾以不净碗盛食与亲，须受此罪，方可得去。"遂以铜汁灌口，非常苦毒，比苏时，口内皆烂。吉光即云："可于此人处受一本经，记取将归，受持勿怠。自今已去，保年八十有余。"

徐氏说这是天意促成的姻缘,就把秋英许配给章泛。后来他们生了个儿子,起名叫天赐。出自《异苑》。

谢弘敞妻

唐朝时,吴王有名文学名叫谢弘敞,是陈郡人。他的妻子是高阳的许氏,在武德初年得病死去,过了四天又苏醒过来。据她说,她被二三十人拘捕后送到地狱,没见到审案官本人,就听到官员喊自己的名字。虽然没见到人,听声音像是自己的姑夫沈吉光。许氏就问道:"听说话声像是沈丈,为什么没有脑袋呢?"南方人把姑夫姨夫都叫"某姓丈"。这时只见沈吉光用手提着自己的头,把头放在胳膊上,并警告许氏说:"你就在这儿呆着,千万不要到西院去。等我为你向上司求情,得到允许后你再出来。"许氏就在原地住下。沈吉光过了两夜才来见许氏,对许氏说:"这次把你拘到阴间,是因为大王想让你作乐伎。如果大王接见你,你就说不懂乐器。如果大王不信,你就让我为你作证。"过了片刻,有个官员抱着卷宗领许氏上堂,大王果然问许氏懂乐器不。许氏说:"不懂,沈吉光最知道我。"大王就问沈吉光,沈吉光回答说:"她真的不懂音乐。"大王说:"那还是早点把她送回去,这里不要留她了。"当时沈吉光想送许氏还阳,就和管案卷的官员商量办法。许氏不懂他俩说些什么。管案卷的官员对许氏说:"你在人世虽然积了很多功德,但你过去也犯过小罪。如果你在这里把罪赎净,带着一个干干净净的无罪之身回到人世,那该多么痛快!"说罢就领着许氏向东进了一个小院。小院门非常小。许氏看见院里有人正在受刑,心里十分害怕,就向主管的官员哀求道:"我在人世时一直行善积德,没犯过什么罪,为什么要让我到这里来受刑啊?"主管回答说:"你曾经用不干净的碗盛饭给老人吃,所以要受此刑后才能回人世。"然后就把烧化了的铜汁灌进许氏的嘴里。许氏觉得嘴里又苦又疼,等苏醒时,嘴里全烧烂了。沈吉光就对她说:"可以在此处接受一本佛经,把它带回去,念经拜佛不要懈怠,从此以后,就可以保你活到八十多岁。"

许生时素未诵经，苏后，遂诵得一卷。询访人间，所未曾有，今见受持不阙，吉光其时尚存。后二年，方始遇害。凡诸亲属，有欲死者，三年前并于地下预见。许之从父弟仁则说之。出《冥杂记》。

梁 氏

咸阳有妇人姓梁，贞观年中，死经七日而苏。自云，被收至一大院，见厅上有官人，据案执笔，翼侍甚盛。令勘问："此妇人合死不？"有吏人赍一案云："与合死者同姓名，所以误追。"官人敕左右，即放还。吏白官人云："不知梁有何罪，请即受罪而归。"官人即令勘按。云："梁生平唯有两舌恶骂之罪，更无别罪。"即令一人拔舌，一人执斧斫之，日常数四。凡经七日，始送令归。初似落深崖，少时如睡觉。家人视其舌上，犹大烂肿。从此以后，永断酒肉，至今犹存。出《冥报拾遗》。

朱 氏

唐郑州武阳县妇女姓朱，其夫先负外县人绢，夫死之后，遂无人还。贞观末，因病死，经再宿而苏。自云，被人执至一所，见一人云："我是司命府史。汝夫生时，负我家若干匹，所以追汝。今放汝归，宜急具物，至某县某村，送还我母。如其不送，追捉更切。兼为白我娘，努力为造像

许氏在人世时从来没有念过经，还阳后，她背诵了一卷经文。遍访人世间谁也不会她念的这一本经。一直到现在，许氏坚守佛戒从不松懈。沈吉光那时还活着，两年后他被人害死。凡是他的亲属中将要死的人，三年前沈吉光就会在阴间看到。许氏的叔伯弟弟仁则曾说过这件事。出自《冥杂记》。

梁　氏

咸阳有个姓梁的女人，唐贞观年间，死了七天后又活了过来。她自己说，自己死后被拘押在一个大院里，见堂上有个大官伏在桌子上，手里拿着笔，两旁站着很多侍从。大官命手下人查一查梁氏该不该死。这时有个官员拿来一个卷宗报告说："梁氏和一个该死的人同名同姓，所以抓错了她。"大官告诉左右的人立刻放梁氏回阳世。这时有名小吏向大官说："不知道这个梁氏在人间犯没犯罪，如果她有罪，应该让她受刑赎罪后再还阳。"大官就命人查看梁氏的卷宗。查完后小吏报告说："梁氏只有一项好骂人的罪，别的罪倒没有。"于是命一个鬼卒把梁氏的舌头拔出来，另一个鬼卒用斧子砍舌头，每天上好几次这样的刑罚。过了七天，才送梁氏回人间。梁氏先是觉得好像掉下一个深崖，过了片刻又像是突然睡醒了，就复活过来。家里人看她的舌头，仍然又肿又烂。从此以后，梁氏不但不再骂人，而且不再喝酒吃肉。至今她还活着。出自《冥报拾遗》。

朱　氏

唐代郑州武阳县有个妇女姓朱，她的丈夫原先欠一名外县人绢绸，她丈夫死后，就没人去还了。贞观末年，朱氏病死，过了一夜又苏醒过来。据她自己说，她被人抓到一个府衙，衙里的一个官员说："我是司命府史。你丈夫生前欠了我家若干匹绢绸没有还，所以我把你抓来了。现在我马上把你放回去，你回去后要赶快准备好绢绸，到某县某村还给我母亲。如果不还，我会马上再把你抓到阴间来！你还绢时顺便告诉我娘，要好生造神像

修福。"朱即告某乙乡闾,得绢送还其母。具言其男貌状,有同平生。其母亦对之流涕,歔欷久之。 出《法苑珠林》。

李强名妻

陇西李强名,妻清河崔氏,甚美,其一子,生七年矣。开元二十二年,强名为南海丞。方暑月,妻因暴疾卒。广州嚣热,死后埋棺于土,其外以墼围而封之。强名痛其妻夭年,而且远官,哭之甚恸,日夜不绝声。数日,妻见梦曰:"吾命未合绝,今帝许我活矣。然吾形已败,帝命天鼠为吾生肌肤。更十日后,当有大鼠出入墼棺中,即吾当生也。然当封闭门户,待七七日,当开吾门,出吾身,吾即生矣。"及旦,强名言之,而其家仆妾梦皆协。十余日,忽有白鼠数头,出入殡所,其大如独。强名异之,试发其枢,见妻骨有肉生焉,遍体皆尔。强名复闭之。积四十八日,其妻又见梦曰:"吾明晨当活,盍出吾身。"既晓,强名发之,妻则苏矣。扶出浴之。妻素美丽人也,及乎再生,则美倍于旧。肤体玉色,倩盼多姿。祎服靓妆,人间殊绝矣。强名喜形于色。时广州都督唐昭闻之,令其夫人观焉,于是别驾已下夫人皆从。强名妻盛服见都督夫人,与抗礼,颇受诸夫人拜。薄而观之,神仙中人也。言语饮食如常人,而少言,

积功德。"朱氏还阳后就把这事告诉了同乡的某乙,拿了绢绸还给那人的母亲,并诉说了阴间当司命的那个人的相貌。那人的母亲一听,他儿子的模样跟活着时一样,就对着朱氏哭了一场,感叹了很久。出自《法苑珠林》。

李强名妻

　　陇西人李强名的妻子清河人崔氏,长得很漂亮,有个儿子已经七岁了。开元二十二年,李强名担任南海丞。正是天热的时候,他妻子崔氏得了急病死了。广州那地方特别热,崔氏死后棺材入土,又在棺外用砖坯子封死。崔氏正当盛年暴死,强名又远在边地做官,所以他心里十分悲痛,哭得十分伤心,好几天哭声不绝。几天后,妻子忽然托梦给强名说:"我的阳寿还没尽,现在天帝答应让我复活。可是我的肉身已腐烂了,天帝要派天上的老鼠为我生出肌肉皮肤。十天以后,会有大老鼠在我的棺材里出入,那时我就会复活了。不过你得把咱家的门窗关严,等七七四十九天的时候,再开我的门,抬出我的身子,那时我才真复活了。"第二天早上,强名向家里人说他昨夜的梦,没想到他家的仆人和他的妾也做了同样的梦。十多天后,忽然看见有几只像小猪那么大的白色老鼠在崔氏的坟墓里出入。强名很奇怪,就试着把棺材打开。他看见妻子的骨头上果然长出了肉,全身都如此。强名赶快把棺材再封好。过了四十八天,崔氏又托梦说:"我明天早晨就复活了,该把我抬出来了。"天亮后,强名打开棺材,见妻子已经活过来了。他把妻子扶出来,为她洗了澡。崔氏本来就很漂亮,等到复活以后,比过去更加美丽。她的肤色像美玉一样,体态婀娜多姿,衣服华美,装束漂亮,简直是人世上的绝色美人。强名喜不自胜。当时的广州都督唐昭听说这事,就让他的夫人到强名家去看看。唐昭的夫人带着别驾官以下的夫人们来到强名家,崔氏盛装见都督夫人,和夫人平等地行礼拜见,并接受了其他夫人的施礼。大家仔细一看,崔氏简直美得像天仙一样。崔氏说话饮食和正常人一样,只是很少说话。

众人访之,久而一对。若问冥间事,即杜口,虽夫子亦不答。明日,唐都督夫人置馔,请至家。诸官夫人皆同观之,悦其柔姿艳美,皆曰:"目所未睹。"既而别驾长史夫人等次其日列筵,请之至宅,而都督夫人亦往,如是已二十日矣。出入如人,唯沉静异于畴日。既强名使于桂府,七旬乃还。其妻去后为诸家所迎,往来无恙。强名至数日,妻复言病。病则甚,间一日遂亡。计其再生,才百日矣。或曰,有物凭焉。出《记闻》。

荆州女子

开元二十三年,荆州女子死三日生。自言具见冥途善恶,国家休咎。鬼王令其传语于人主,荆州以闻,朝廷骇异,思见之。敕给驿骑,令至洛。行至南阳,遂喑不能言,更无所识。至都,以其妄也,遽归。出《记闻》。

周哲滞妻

汝南周哲滞妻者,户部侍郎席豫之女也。天宝中,暴疾,危亟殆死。平生素有衣服,悉舍为功德。唯有一红地绣珠缀背裆,是母所赐,意犹惜之,未施。其疾转剧。又命佛工,以背裆于疾所铸二躯佛,未毕而卒。初群鬼搏撮席氏,登大山。忽闻背后有二人唤,令且住,群鬼乃迁延不

大家问她话，好半天她才应一句。如果问她阴间的情形，她就绝口不谈，就是她的丈夫问她也不说。第二天，唐都督的夫人设了酒宴请来崔氏，众官员的夫人都来看崔氏。她们都非常赞赏崔氏艳丽端庄，都说从没见过这样的美人。接着，别驾夫人、长史夫人等都陆续设宴，请崔氏到家中做客，都督夫人也每次都参加宴会作陪。这样过了二十天，崔氏出入举止都和常人一样，只是比未死前更沉静寡言。后来强名到桂林出差，七十天才回来。强名出差在外时，很多人家还是依次接待崔氏，她也没有一点病或不适。强名回来后没几天，崔氏又说有病，而且病得很重，一天后就死了。算一算她复活到再次死去，正好是一百天。有的人说，这大概是有什么东西依附在她身上。出自《记闻》。

荆州女子

　　唐代开元二十三年，荆州有个女子死了三天后又复活了。她说不但看见了阴间的一切善恶凶果，而且知道了国家的兴衰大事，并说鬼王让她给人间的皇帝带了口信。荆州把此事上报朝廷，朝廷十分震惊，皇上想亲自见一见这名女子。于是皇上命人给她派来了驿站的马，让她到洛阳去。然而荆州这名女子走到南阳就突然变成了哑巴，不能说话，而且也分辨不清什么。到了京都，朝廷一看她这个样子，认为她是疯子，立刻把她打发回去了。出自《记闻》。

周哲滞妻

　　汝南周哲滞的妻子是户部侍郎席豫的女儿。唐天宝年间，席氏得了急病，病危得快要死了。席氏平时有些衣服，大都施舍给穷人积了功德，只有一件红底刺绣缀着珠子的坎肩，由于是她母亲给的，非常喜爱，没有施舍出去。后来，席氏的病更加重了，就让工匠把坎肩卖掉，在她患病的地方塑两尊佛像。佛像还没最后完工，席氏就死了。死后她被一群鬼又打又拉地拽着爬一座大山，忽然听到背后有两个人呼喊，让他们站住，鬼卒们就都站住不

敢动。二人既至，颜色滋黑，灰土满面。群鬼畏惧，莫不骇散。遂引席氏还家，闻家人号哭，二人直至尸前，令入其中，乃活。二人即新铸二佛也。出《广异记》。

刘长史女

吉州刘长史无子，独养三女，皆殊色，甚念之。其长女年十二，病死官舍中。刘素与司丘掾高广相善，俱秩满，与同归，刘载女丧还。高广有子，年二十余，甚聪慧，有姿仪。路次豫章，守冰不得行，两船相去百余步，日夕相往来。一夜，高氏子独在船中披书。二更后，有一婢，年可十四五，容色甚丽，直诣高云："长史船中烛灭，来乞火耳。"高子甚爱之，因与戏调，妾亦忻然就焉。曰："某不足顾，家中小娘子，艳绝无双，为郎通意，必可致也。"高甚惊喜，意为是其存者，因与为期而去。至明夜，婢又来曰："事谐矣，即可便待。"高甚踊跃，立候于船外。时天无纤云，月甚清朗。有顷，遥见一女，自后船出，从此婢直来，未至十步，光彩映发，馨香袭人。高不胜其意，便前持之。女纵体入怀，姿态横发，乃与俱就船中，倍加款密。此后夜夜辄来，情念弥重。如此月余日，忽谓高曰："欲论密事，得无嫌难乎？"高

敢动。那两个人赶了上来。他俩浑身漆黑，满脸是灰土。那群鬼吓得都逃散了。那两个人就领着席氏回家。到家后听见家里人正在号哭。两个人领着席氏一直来到她的尸体前，让她进入自己的身子里，席氏就活过来了。那两个人，原来就是新塑的两个佛像。出自《广异记》。

刘长史女

　　吉州的长史刘某没有儿子，只有三个女儿，都十分秀丽。刘长史很喜欢她们。他的长女十二岁时，病死在官舍里。刘长史向来和司丘掾高广处得很好，两个人做官的任期都满了，就一同回故乡。刘长史用船载着死去的女儿，高广也乘船一同上路。高广有个儿子，二十多岁，十分聪明，仪表也很潇洒。船走到豫章郡时，由于江水枯浅船不能走，只好停下来等水涨后再走。刘、高两家的船相离只有一百多步，所以两家人天天有来往。一天夜里，高广的儿子独自在船里看书。二更以后，有一个丫环，约十四五岁年纪，长得很不错，直接来见高公子说："刘长史船里的蜡烛灭了，向您借个火。"高公子看这个丫环生得貌美，心里很喜爱，就和她调笑，丫环也半推半就地不拒绝。后来丫环说："我算不了什么，我们家小姐那才叫艳丽无双呢。我可以替你通通消息，一定能成你俩的美事。"高公子又惊又喜，以为丫环说的小姐就是现在活着的，就和丫环约好了时间。第二天夜里，那丫环又来了，对高公子说："事已成了，你现在就等着吧。"高公子喜不自胜，就站在船外等待。这时天上一点云彩也没有，月色十分清朗。过了片刻，远远看见一个女子从后面的船上走出来，和那丫环一齐向他走来。离着还有十几步，就觉得那小姐光彩焕发，香气袭人。高公子心旌摇荡得控制不住自己，就迎上前去拉起小姐的手。小姐也一下扑进高公子怀里，十分动情。两个人就进了船里，亲亲热热地过了一夜。从此小姐每夜都来，两人的感情越来越深。这样过了一个多月，小姐忽然对高公子说："我想告诉你一件十分秘密的事，你不会嫌我怪我吧？"高公子

曰:"固请说之。"乃曰:"儿本长史亡女,命当更生。业得承奉君子,若垂意相采,当为白家令知也。"高大惊喜曰:"幽明契合,千载未有。方当永同枕席,何乐如之!"女又曰:"后三日必生,使为开棺。夜中以面乘霜露,饮以薄粥,当遂活也。"高许诺。

明旦,遂白广。广未之甚信,亦以其绝异,乃使诣刘长史,具陈其事。夫人甚怒曰:"吾女今已消烂,宁有玷辱亡灵,乃至此耶?"深拒之。高求之转苦。至夜,刘及夫人俱梦女曰:"某命当更生,天使配合,必谓喜而见许。今乃靳固如此,是不欲某再生耶?"及觉,遂大感悟。亦以其姿色衣服,皆如所白,乃许焉。至期,乃共开棺,见女姿色鲜明,渐有暖气,家中大惊喜。乃设帏幕于岸侧,举置其中,夜以面承露,昼哺饮。父母皆守视之。一日,转有气息,稍开目,至暮能言,数日如故。高问其婢,云:"先女死,尸枢亦在舟中。"女既苏,遂临,悲泣与决。乃择吉日,遂于此地成婚,后生数子。因名其地,号为礼会村也。出《广异记》。

说:"你尽管说吧。"小姐就说:"我本来是刘长史死去的女儿,命里该着复生。如今我已经得以承命侍奉郎君你,如果你真的喜欢我并愿意娶我为妻,就应该告诉家里,让他们知道。"高公子听后大为惊喜,说:"阴阳两界的男女结合,这是千年没有的事。而且我俩还能终生结为夫妻,这是多么好的事啊!"小姐又说:"三天后我必定会复活,你让人打开我的棺木。夜里让我的脸承接天上的霜和露水,白天做稀粥给我喝,我就能活过来了。"高公子答应了。

第二天早上,他就把这事告诉了父亲高广。高广不太相信,但他也觉得这事太奇怪了,就让高公子去和刘长史说这事。刘长史的夫人听后十分生气地说:"我的女儿连尸体都烂了,你怎么竟敢这样玷污死去的人呢?"她坚决不答应高公子的请求。高公子苦苦地向她哀求。这天夜里,刘长史和夫人都梦见死去的女儿来对他们说:"我命中该复生,上天让我和高公子结合,我以为你们定会高兴地应允。现在你们这样坚决地拒绝,莫非不愿意让女儿我复生吗?"刘长史和夫人醒来后,才恍然大悟。再加上高公子描述他女儿的衣服容貌都十分对头,就答应了高公子。三天以后,两家人共同打开刘小姐的棺木,见小姐的气色非常好,身上已有了暖气。家里人又惊又喜,就在河岸上围起了布幕,把小姐抬到里面。夜里仰面来接露水,白天做稀粥给小姐喝。她的父母都守在她身旁。一天,小姐开始能呼息了,并稍稍睁开了眼睛;到了晚上就能说话了,几天后就恢复得和好人一样了。高广问刘长史丫环是怎么回事,刘长史说:"这丫环是在女儿之前死的,丫环的棺材也在船中放着。"现在小姐复活了,那丫环就来了,哭着和小姐诀别。于是高、刘两家选定了一个好日子,就在当地为高公子和刘小姐举行了婚礼。后来他们生了好几个孩子。这件事使这河边的村子也出了名,人们把这村子叫作"礼会村"。出自《广异记》。

卢顼表姨

洺州刺史卢顼表姨常畜一猧子，名花子，每加念焉。一旦而失，为人所毙。后数月，卢氏忽亡。冥间见判官姓李，乃谓曰："夫人天命将尽，有人切论，当得重生一十二年。"拜谢而出。行长衢中，逢大宅，有丽人，侍婢十余人，将游门屏，使人呼夫人入。谓曰："夫人相识耶？"曰："不省也。"丽人曰："某即花子也。平生蒙不以兽畜之贱，常加育养。某今为李判官别室，昨所嘱夫人者，即某也。冥司不广其请，只加一纪，某潜以改十二年为二十，以报存育之恩。有顷李至，伏愿白之本名，无为夫人之号，恳将力祈。"李逡巡而至，至别坐语笑。丽人首以图乙改年白李，李将让之。对曰："妾平生受恩，以此申报，万不获一，料必无难之。"李欣然谓曰："事则匪易，感言请之切。"遂许之。临将别，谓夫人曰："请收余骸，为瘗埋之。骸在履信坊街之北墙，委粪之中。"夫人既苏，验而果在，遂以子礼葬之，后申谢于梦寐之间。后二十年，夫人乃亡也。出《玄怪录》。

刘氏子妻

刘氏子者，少任侠，有胆气，常客游楚州淮阴县，交游多市井恶少。邻人王氏有女，求聘之，王氏不许。后数岁，

卢顼表姨

洺州刺史卢顼的表姨曾经养了一只小狗,名叫"花子",卢氏十分喜爱它。有一天,花子忽然丢了,可能是被人打死了。过了几个月,卢氏忽然死了。她到了冥间,见到一个姓李的判官。李判官对她说:"夫人的阳寿快要完了,但有人替你重新算了一下,让你再活十二年。"卢氏拜谢后走出来,在阴间的大街上看见一个高大的府第,里面有个美人,被十几个丫环簇拥着。美人刚走出门前的影壁,看见了卢氏,就让丫环把卢氏请到家里,问卢氏道:"夫人还认识我吗?"卢氏说:"我想不起我来了。"美女说:"我就是花子啊。在阳间,我承蒙你不以我是个畜牲而轻视我,对我加以养育,我感恩不尽。我现在是李判官的姨太太,昨天在大堂上为你争取添加阳寿的就是我。冥司没有完全允准我的请求,只给你加寿十二年,我偷偷地把十二年改为二十年,以报答你对我的养育之恩。一会儿李判官来,希望把你的原名告诉我,不要说你当夫人的名号,我就用你的本名再向李判官为你说情增寿。"一会儿李判官来了,坐在一旁和美人说笑。美人就向李判官说已把卢氏的十二年阳寿改为二十年。李判官正要责备她,美人说:"我平生得到夫人的恩德,以此来回报,只不过是报答了人家万分之一罢了,想来你不会为难她的。"李判官很痛快地答应说:"这事虽然不好办,但念你这样恳切地求我,就答应你吧。"美人和卢氏告别时说:"请您把我的尸体收起来,把我埋掉。我的尸体在履信坊街的北墙下,被人扔在粪坑里。"卢氏还阳后,按美人说的地方去找,果然找到了花子的尸体。于是她用埋葬儿子的礼节把花子的尸体埋掉。后来,花子又给卢氏托梦表示感谢。后来卢氏果然又活了二十年才去世。出自《玄怪录》。

刘氏子妻

有个刘姓人家的儿子,年轻时抑强扶弱,以侠义自任。他胆子也很大,曾到楚州淮阴县游历,结交了不少市井恶少。刘某的邻居王氏有个女儿,刘某曾去求婚,王氏没有同意。过了几年,

因饥，遂从戎。数年后，役罢，再游楚乡。与旧友相遇，甚欢，常恣游骋。昼事弋猎，夕会狭邪。因出郭十余里，见一坏墓，棺枢暴露。归而合饮酒。时将夏夜，暴雨初止，众人戏曰："谁能以物送至坏冢棺上者？"刘秉酒恃气曰："我能之。"众曰："若审能之，明日，众置一筵，以赏其事。"乃取一砖，同会人列名于上，令生持去，余人饮而待之。生独行，夜半至墓。月初上，如有物蹲踞棺上，谛视之，乃一死妇人也。生舍砖于棺，背负此尸而归。众方欢语，忽闻生推门，如负重之声。门开，直入灯前，置尸于地，卓然而立，面施粉黛，鬓发半披。一座绝倒，亦有奔走藏伏者。生曰："此我妻也。"遂拥尸至床同寝。众人惊惧。至四更，忽觉口鼻微微有气。诊视之，即已苏矣。问所以，乃王氏之女，因暴疾亡，不知何由至此。未明，生取水，与之洗面濯手，整钗鬓，疾已平复。乃闻邻里相谓云："王氏女将嫁暴卒，未殓，昨夜因雷，遂失其尸。"生乃以告王氏，王氏悲喜，乃嫁生焉。众咸叹其冥契，亦伏生之不惧也。出《原化记》。

延陵村人妻

延陵灵宝观道士谢又损，近县村人有丧妇者，请又损为斋。妇死已半月矣，忽闻推棺而呼，众皆惊走。其夫开

因为生活无着落，刘某就从军当了兵。几年后兵役期满，刘某又回到楚州，和当年结交的那帮哥们儿重逢，十分高兴，常常和他们在一起骑马出游。他们白天打猎，晚上就在花街柳巷聚会。有一次刘某一伙又出城游玩。离城十多里地，他们看见一个塌坏的坟墓，棺材暴露在外面。游玩回来他们聚在一起喝酒。这时是夏天的夜晚，一场暴雨刚停。大家就开玩笑说："谁敢把一件东西送到那座坏墓的棺材上？"刘某仗着酒力胆气更壮，就说："我能！"大家说："如果你真能做到，明天我们大家共同出钱办一桌酒席来犒赏你。"于是就拿来一块土坯，把众人的名字都写在坯上，让刘某拿到墓地去，其他人一边喝酒一边等着。刘某独自一个人上了路，半夜时分来到坏墓前。这时月亮刚刚出来，他影影绰绰看见有个东西蹲在棺材上。仔细一看，是个死了的女人。刘某就把那块土坯放在棺材上，背起那具女尸往回走。朋友们正在屋里谈笑，忽然听得刘某推门，好像背着一件很重的东西。门开后，刘某一直走到灯前，把女尸放在地上。那女尸竟直挺挺地站着，脸上还擦着胭粉，头发半披着。朋友们都惊呆了，有的吓得逃掉，有的吓得趴在地上。刘某对大家说："这是我的妻子。"然后就搂着女尸上床一同睡下了。大家更加害怕。睡到四更时分，刘某忽然觉得女子的鼻子和嘴微微有气，仔细察看，这女子竟活过来了。问她是怎么回事，回答说她是王氏之女，得急病死了，不知怎么会到了这里。这时天还没亮。刘某打来水，让女子洗脸洗手，整理梳妆，这女子的病已经完全好了。后来乡邻们就纷纷传告，说王氏女将出嫁时突然死亡，还没入殓，昨天夜里打雷时，尸体忽然不见了。刘某就到王氏家讲了这件事，王氏悲喜交加，就把女儿嫁给了他。人们都惊叹阴阳两界竟能成就了婚事，也佩服刘某的胆量。出自《原化记》。

延陵村人妻

延陵的领县有个村人的妻子死了，这个人就请灵宝观的道士谢又损来作道场超度亡灵。他的妻子死了已有半个月，忽然听见她在棺材里喊叫着推棺材，人们都吓得逃散了。她的丈夫打开

棺视之,乃起坐,顷之能言。云,为舅姑所召去,云我此无人,使之执爨。其居处甚闲洁,但苦无水。一日,见沟中水甚清,因取以漉馈。姑见之,大怒曰:"我不知尔不洁如是,用尔何为?"因逐之使回。走出门,遂苏。今尚无恙。出《稽神录》。

赵某妻

丁亥岁,浙西有典客吏赵某妻死。未及大殓,忽大叫而活。云为吏所录,至鹤林门内,有府署,侍卫严整,官吏谇事及领囚禁者甚众。吏持己入,至庭下,堂上一绿衣一白衣偶坐。绿衣谓吏曰:"汝误,非此人也,急遣之。"白衣曰:"已追至此,何用遣也?"绿衣不从,相质食顷。绿衣怒,叱吏遣之。吏持己疾趋出,路经一桥,数十人方修桥,无板有钉。吏持之走过,钉伤足,因痛失声,遂活。视足果伤,俄而邻妇暴卒,不复苏矣。出《稽神录》。

棺材,看到那女人竟坐了起来,不一会就能说话了。她说:"我是被公婆召到阴间去的,他们说身边没人侍奉,召我去给他们做饭。他们住的地方很宽敞干净,只是苦于没有水。有一天,我看见一条沟里有很清的水,就打了水淘米作饭。婆婆看见了大怒说:'我不知道你竟是这么不干净!让你来有什么用?'然后就把我赶出了门。我一出门,就苏醒过来了。"这个女人到现在还活得很太平。出自《稽神录》。

赵某妻

丁亥年,浙西有个在官府当礼宾官的赵某。他的妻子死了还没有入殓,忽然大叫一声活了过来。她说被一个阴间的官吏抓了去,到了鹤林门里,来到一个府衙前。门前警卫森严,里面审案的官员和领出领进的囚犯很多。那官吏把她带到大堂下,只见堂上两个官员相对而坐,一个穿绿衣,一个穿白衣。绿衣官员看见她后就对带她来的官吏说:"你抓错了,不是她,快把她送回去吧。"白衣官员却说:"既然已经抓来了,何必再送回去呢?"绿衣官员不同意,两个官员争执了有一顿饭工夫。绿衣官员生气了,斥责那个官吏说:"我命令你马上把她送回去!"那官吏抓着她急忙出了府衙。路上经过一座桥,有几十个人正在修桥,但桥上没有板子,只有钉子。官吏抓着她过桥,钉子扎伤了她的脚,她痛得大喊了一声,就活过来了。看她的脚上,果然有伤。不久,赵某邻居的一个女人突然死了,而且再也没有复活。出自《稽神录》。

卷第三百八十七
悟前生一

羊　祜

晋羊祜三岁时，乳母抱行，乃令于东邻树孔中探得金环。东邻之人云："吾儿七岁堕井死，曾弄金环，失其处所。"乃验祜前身，东邻子也。出《独异记》。

王　练

王练字玄明，瑯琊人也，宋侍中。父珉，字季琰，晋中书令。相识有一胡沙门，每瞻珉风采，甚敬悦之，辄语同学云："若我后生，得为此人作子，于近愿亦足矣。"珉闻而戏之曰："法师才行，正可为弟子耳。"顷之，沙门病亡，亡后岁余而练生焉。始能言，便解外国语。及绝国奇珍，铜器珠贝，生所不见，未闻其名，即而名之，识其产出。又自然亲爱诸胡，

羊 祜

晋朝人羊祜三岁的时候,乳母抱着他出去游玩,他让乳母在东邻的树洞中找到一只金环。东邻说:"我儿子七岁的时候落到井里淹死了,他活着的时候曾经玩弄过这只金环,但不知道他丢到哪里去了。"于是请算命先生推算羊祜的前身,结果正是东邻的儿子。出自《独异记》。

王 练

王练字玄明,他是瑯琊人,任南北朝时宋的侍中。王练的父亲王珉,字季琰,东晋时做过中书令。王珉认识的人中有一个胡人和尚,这个和尚每当看到王珉的风采,都十分崇敬和欣喜。和尚经常对他的师兄弟说:"如果我生得晚,能给王珉作儿子,就心满意足了。"王珉听说后同他开玩笑说:"法师的才能和品行,正可以作我的儿子。"过了不长时间,和尚就病死了。和尚死后一年多王练出生。王练刚会说话,就懂得外国的语言。国内少见的奇珍异宝、铜器珠贝,王练生下来后从没有见过,也没有听说过,但他却能立即叫出名字来,而且能够说出这些东西出产在什么地方。王练还非常愿意亲近各国的胡人,

过于汉人。咸谓沙门审其先身，故珉字之曰阿练，遂为大名云。出《冥祥记》。

向靖女

向靖字奉仁，河内人也。在吴兴郡，有一女，数岁而亡。女始病时，弄小刀子，母夺取不与，伤母手。丧后一年，母又产一女。女年四岁，谓母曰："前时刀子何在？"母曰："无也。"女曰："昔争刀子，故伤母手，云何无耶？"母甚惊怪，具以告靖。靖曰："先刀子犹在不？"母曰："痛念前女，故不录之。"靖曰："可更取数个刀子，合置一处，令女自识。"女见大喜，即取先者。出《冥祥记》。

崔彦武

隋开皇中，魏州刺史博陵崔彦武，因行部至一邑，愕然惊喜。谓从者曰："吾昔常在此邑中为妇人，今知家处。"因乘马入修巷，屈曲至一家，命叩门。主人公年老，走出拜谒。彦武入家，先升其堂，视东壁上，去地六七尺，有高隆处。客谓主人曰："吾昔所读《法华经》并金钗五只，藏此壁中高处是也。其经第七卷尾后纸，火烧失文字。吾今每诵此经，至第七卷尾，恒忘失，不能记得。"因令左右凿壁，果得经函，开第七卷尾及金钗，并如其言。主人涕泣曰："己妻存日，常诵此经，钗亦是其物。"彦武指庭前槐树："吾欲

超过了亲近汉族人。人们都说王练的前身就是那个胡人和尚，所以王珉给他取名叫阿练，后来就成了他的大名。出自《冥祥记》。

向靖女

向靖的字叫奉仁，是河内人。他住在吴兴郡的时候，有一个女儿，活了几岁就死了。他女儿刚得病的时候，有一次玩一把小刀，她母亲夺刀她不给，争夺中小刀刺伤了她母亲的手。女儿死后一年，她母亲又生下一女。女孩四岁那年，对她母亲说："从前那把小刀在哪?"她母亲说没有了。女儿说："过去为争夺小刀，还刺伤了母亲的手，怎么说没有了呢?"她母亲感到非常惊奇，便把这件事告诉了向靖。向靖问："先前那把小刀还在不在?"女孩的母亲回答说："因为思念从前那个女儿，心里很悲痛，所以那把小刀一直没再使用。"向靖说："你可以拿几把同样的小刀，同原来那把混放在一起，让女儿辨认。"女孩见到小刀非常高兴，立即从中找出了先前那把小刀。出自《冥祥记》。

崔彦武

隋朝开皇年间，魏州刺史博陵人崔彦武因巡视所管辖的部属，来到一个市镇。他突然又惊又喜，对跟随他的人说："我从前曾经在这里做过女人，现在仍记得原来的住处。"于是他带着手下骑马走进深长的小巷，拐弯抹脚来到一家门前，命人敲门。这家的男主人年龄很大，他走出来拜见客人。崔彦武走进门去，先来到客厅，向东墙上看。那里离地七八尺高的地方有一处隆起。他对主人说："我过去读的《法华经》和五只金钗一起藏在这面墙壁中隆起的地方。那部经书第七卷最后一页，被火烧去几行文字。我现在每当背诵这部经书到第七卷的末尾，总是想不起来失去的文字。"于是他令人凿开墙壁，果然得到了一个装经书的匣子。打开经书查看第七卷的末尾和拿到的金钗，同他说的一样。主人哭泣着说："我妻子在世的时候，经常读这部《法华经》，金钗也是她的东西。"崔彦武指着庭前的槐树说："我快要

产时,自解发置此树空中。"试令人探树中,果得发。于是主人悲喜。彦武留衣物,厚给主人而去。出《冥杂录》。

岐王范

开元初,岐王范以无子,求叶道士净能为奏天曹。闻天曹报答云:"范业无子。"净能又牒天曹,为范求子。天曹令二人取敬爱寺僧为岐王子,鬼误至善慧寺大德房。大德云:"此故应误,我修兜率天业,不当为贵人作子。当敬爱寺僧某乙耳。"鬼遂不见,竟以此亡。经一年,岐王生子。年六七岁,恒求敬爱寺礼拜,王亦知其事。任意游历,至本院,若有素。及年十余,竟不行善,唯好持弹,弹寺院诸鸽迨尽耳。出《广异记》。

太华公主

世传太华公主者,高宗王皇后后身,虽为武妃所生,而未尝欢颜,见妃辄嗔。年数岁,忽求念珠。左右问:"何得此物?"恒言有,但诸人不知。始皇后虽恶终,然其所居之殿,及平素玩弄俱在。后保母抱公主从殿所过,因回指云:"我珠在殿宝帐东北角。"使人求之,果得焉。出《广异记》。

生孩子的时候，自己剪下了一缕头发放在了这棵槐树的树洞中。"他试着叫人在树洞中寻找，果然找到了头发。主人见此情景悲喜交集。崔彦武留下一些衣物，又给了主人很多钱，然后离开了。出自《冥杂录》。

岐王范

　　唐朝开元初年，岐王李范因为没有儿子，请道士叶净能为他奏请天曹赐给他一个儿子。天曹回复说，李范命中无子。净能又第二次奏请天曹，为李范求子。天曹命令两个小鬼去敬爱寺索取一个和尚作岐王李范的儿子，可是两个小鬼竟错误地来到善慧寺大德和尚的房中。大德说："这一定是弄错了，我修兜率天业，不应当作富贵人家的儿子，应当是敬爱寺的和尚某某。"两个小鬼于是不见了，敬爱寺的某某和尚果然死去。过了一年，岐王生了个儿子。这孩子到了六七岁时，总是要求到敬爱寺去礼拜。岐王也知道这其中的原因，就听凭他到那里去。他儿子来到敬爱寺，像是对这里的一切都很熟悉。到了十多岁时，这孩子竟然不行善事，只是喜欢玩弹弓，把寺院里的鸽子全都用弹弓打光了。出自《广异记》。

太华公主

　　传说太华公主的前身是唐高宗的王皇后，所以她虽然是武妃所生，可是从来没有露出过笑容，而且见了武妃就生气。她几岁的时候，忽然要念珠。服侍她的人问她哪里有念珠，她坚持说有，但服侍她的人不知道放在哪里。虽然当年王皇后死得很惨，但她生前所居住的宫殿以及平时的一些玩物还保存着。后来保姆抱着公主从王皇后住过的宫殿经过，公主回头指着宫殿说："我的念珠就在殿内宝帐的东北角。"派人去寻找，果然找到了。出自《广异记》。

马家儿

相州滏阳县智力寺僧玄高，俗姓赵氏。其兄子，先身于同村马家为儿，至贞观末死。临死之际，顾谓母曰："儿于赵宗家有宿因缘，死后当与宗为孙。"宗即与其同村也。其母弗信，乃以墨点儿右肘。赵家妻又梦此儿来云："当与娘为息。"因而有娠。梦中所见，宛然马家之子。产讫，验其黑子，还在旧处。及儿年三岁，无人导引，乃自向马家，云："此是儿旧舍也。"出《法苑珠林》。

采 娘

郑氏肃宗时为润州刺史，兄侃，嫂张氏。女年十六，名采娘，淑慎有仪。七夕夜，陈香筵，祈于织女。是夜，梦云舆羽盖蔽空，驻车命采娘曰："吾织女，汝求何福？"曰："愿工巧耳。"乃遗一金针，长寸余，缀于纸上，置裙带中。令三日勿语，汝当奇巧。不尔，化成男子。经二日，以告其母。母异而观之，则空纸矣，其针迹犹在。张数女皆卒，采娘忽病而不言。张氏有娠，叹曰："男女五人矣，皆夭，复怀何为？"将服药以损之，药至将服，采娘昏奄之内，忽称杀人。母惊而问之，曰："某之身终，当为男子，母之所怀是也。闻药至情急，是以呼耳。"母异之，乃不服药。采娘寻卒，既葬，母悲念，乃收常所戏之物而匿之。未逾月，遂生一男，

马家儿

相州滏阳县智力寺的和尚玄高,俗姓赵。他哥哥的儿子,前世是同村马家的儿子,在贞观末年死去。临死的时候,他对母亲说:"儿子与赵宗命中有缘,死后应当给同村的赵宗作孙子。"赵宗就与他在同村。他母亲不信,就用墨在儿子的右胳膊肘上点了一个记号。赵宗的儿媳妇也梦见马家的儿子来说:"我应当给娘做儿子。"赵家儿媳因此而怀孕。她梦中见到的人,和马家的儿子一样。孩子生下来后,查看他胳膊上的黑色墨迹,还在原来的地方。这个孩子长到三岁时,没人引导就自己走向马家,并说:"这是我原来住的地方。"_{出自《法苑珠林》}。

采 娘

有一个姓郑的人在唐肃宗时做润州刺史。他的哥哥叫郑侃,嫂子姓张。他哥嫂有个女儿十六岁,名叫采娘,贤淑而懂规矩。七月初七的夜晚,采娘摆上香案,向织女祈祷。当天夜里,她梦见仙人乘坐的用羽毛装饰的车盖遮蔽了天空,车子停下后有人对采娘说:"我是织女,你请求得到什么福分?"采娘说:"愿我能获得高超的针线活技艺。"于是织女送给采娘一根金针。针长一寸多,缀在纸上,放在采娘的裙带里。织女告诉采娘只要三天不说话,就会变得特别巧;如果做不到,就会变成男人。过了两天,采娘把这件事告诉了母亲。母亲感到奇怪要看那根针,见只是空纸,但针迹还在。张氏原有几个儿女都已经死了,采娘自发生这件事后又忽然病得不能说话。张氏这时又有了身孕,她叹息说:"男女五个孩子都没有养大,我还要孩子干什么?"就要吃药打掉胎儿。她端起药碗正要喝下去的时候,采娘在昏迷之中突然喊"杀人"。张氏惊异地问采娘为什么喊杀人,采娘说:"我的女身死去后,当成为男子,母亲怀着的就是。我见母亲要服药,情急之下就那样喊了。"张氏感到奇怪,就不再吃药。采娘不久就死了。埋葬了采娘后,张氏十分悲痛,非常想念她,就把她平常玩耍的物品收拾好保存起来。不到一个月,张氏就生下一个男孩。

人有动所匿之物，儿啼哭。张氏哭女，其儿亦哭。罢即止。
及能言，常收戏弄之物，官至柱史。出《史遗》。

刘三复

刘三复者，以文章见知于李德裕。德裕在浙西，遣诣
阙求试。及登第，历任台阁。三复能记三生事，云："曾为
马，马常患渴，望驿嘶，伤其蹄则连心痛。"后三复乘马，硗
确之地，必为缓辔，有石必去之。其家不施门限，虑伤马蹄
也。其子邺，敕赐及第。登廊庙，上表雪德裕。以朱崖灵
柩，归葬洛中，报先恩也。士大夫美之。出《北梦琐言》。

圆 观

圆观者，大历末，洛阳惠林寺僧。能事田园，富有粟
帛。梵学之外，音律贯通。时人以富僧为名，而莫知所自
也。李谏议源，公卿之子，当天宝之际，以游宴歌酒为务。
父憕居守，陷于贼中，乃脱粟布衣，止于惠林寺，悉将家业
为寺公财。寺人日给一器食一杯饮而已。不置仆使，绝其
知闻。唯与圆观为忘言交，促膝静话，自旦及昏。时人以
清浊不伦，颇招讥诮，如此三十年。二公一旦约游蜀州，抵
青城峨嵋，同访道求药。圆观欲游长安，出斜谷；李公欲
上荆州，出三峡。争此两途，半年未诀。李公曰："吾已绝

有人动张氏收藏起来的那些东西，男孩就哭。张氏思念女儿哭时，男孩也哭，张氏不哭了男孩也不哭了。到了男孩能说话的时候，经常拿起采娘原来玩过的东西。后来这男孩官做到柱史。出自《史遗》。

刘三复

刘三复因为文章写得好而得到李德裕的赏识。李德裕在浙西的时候，推荐他到朝廷去考试。他考中后被录用，多次担任尚书。刘三复能记住三辈子的事，他说："我前世曾经作过马，马经常口渴，远远地看见驿站就因高兴而嘶鸣，如果伤了蹄子就痛得连心。"后来刘三复骑马时，遇到坚硬而贫瘠的土地必然放慢速度，遇到石头多的道路必然让人清理掉。他家不设门槛，害怕伤了马蹄。他儿子刘邺，皇上下诏赐他进士及第。刘邺当官后，上表为李德裕昭雪，并将李德裕的灵柩归葬洛中，以报答李德裕对他父亲的恩惠。朝中的官员无不称赞刘邺。出自《北梦琐言》。

圆　观

唐朝大历末年，洛阳惠林寺有个叫圆观的和尚。他会耕种田地，有很多粮食和布匹。圆观除了研究佛学之外，对音乐也很精通，当时人们都叫他富和尚，但没人知道他的来历。谏议大夫李源，本是官宦人家的子弟。天宝年间，他整天吃喝玩乐，沉醉于歌舞之中。他父亲李憕镇守边关，被贼兵俘虏。李源被迫吃粗粮穿粗布衣服，落脚在惠林寺，将全部家产捐献给寺院。寺里的和尚每天给他一份饮食，不给他仆人使用，并且不告诉他外界的消息。他只和圆观结为知心朋友，两人经常促膝谈话，从早晨能谈到黄昏。当时的人认为他们两人在一起不伦不类，所以经常讥讽和嘲笑他俩。这样过了三十年，两人都老了。一天，两位老人相约要同游蜀州，到青城山、峨嵋山去访仙求药。圆观想从斜谷出去游长安，李源想从三峡出去到荆州。他们为这两条路线争论，半年时间也没有取得一致意见。李源说："我已经断绝了

世事，岂取途两京？"圆观曰："行固不由人，请出从三峡而去。"遂自荆江上峡。行次南浦，维舟山下，见妇女数人，襻达锦裆，负瓮而汲。圆观望而泣下曰："某不欲至此，恐见其妇人也。"李公惊问曰："自此峡来，此徒不少，何独泣此数人？"圆观曰："其中孕妇姓王者，是某托身之所。逾三载，尚未娩怀，以某未来之故也。今既见矣，即命有所归。释氏所谓循环也。"谓公曰："请假以符咒，遣某速生。少驻行舟，葬某山下。浴儿三日，亦访临。若相顾一笑，即其认公也。更后十二年，中秋月夜，杭州天竺寺外，与公相见之期也。"李公遂悔此行，为之一恸。遂召妇人，告以方书。其妇人喜跃还家，顷之，亲族毕至。以枯鱼酒献于水滨，李公往为授朱字，圆观具汤沐，新其衣装。是夕，圆观亡而孕妇产矣。李公三日往观新儿，襁褓就明，果致一笑。李公泣下，具告于王。王乃多出家财，厚葬圆观。明日，李公回棹，言归惠林。询问观家，方知已有理命。

后十二年秋八月，直诣余杭，赴其所约。时天竺寺，山雨初晴，月色满川，无处寻访。忽闻葛洪川畔，有牧竖歌竹枝词者，乘牛叩角，双髻短衣，俄至寺前，乃圆观也。李公就谒曰："观公健否？"却问李公曰："真信士矣。与公殊途，慎勿相近。俗缘未尽，但愿勤修，勤修不堕，即遂相见。"李公以无由叙话，望之潸然。圆观又唱竹枝，步步前去。山

尘世的事情,怎么能从两朝的京城路过呢?"圆观说:"走哪条路本来由不得个人意愿,就从三峡出去吧。"于是两人从荆江上三峡。船行到南洎时,停在山脚下。他们看见有几个妇女,衣裙艳丽,背着水罐到江边打水。圆观看着她们流下泪说:"我不想到这里,就是怕见到这几个妇人啊。"李源惊讶地问:"我们从此峡出来,见到不少这样的妇女,你为什么只哭这几个女人?"圆观说:"他们当中有一个姓王的孕妇,是我来世托身的处所。她怀孕三年还没有把孩子生下来,就是因为我没死的缘故。今天既然见到了她,是我命有所归,也就是佛教所说的循环轮回。"然后他又对李源说:"请您为我念诵咒语,使我快点投生。你的行船小驻几天,把我埋葬在山下。婴儿出生三天后,你到那家去寻访,要是婴儿见到你一笑,就是他认识你。十二年以后,中秋月夜,在杭州天竺寺外,是我与你相见的日子。"李源于是对这次出行很后悔,并为这件事感到悲哀。于是他将那个妇人叫过来,告诉她做好生孩子的准备。那个妇人高兴地回到家里。不一会,妇人的亲属都到了,以鱼干和酒祭献于江边。李源前往为她授朱字。圆观沐浴后,换了一身新衣服。当晚,圆观死了而孕妇生下了孩子。李源过了三天去看新生的婴儿,襁褓中的婴儿果然朝李源一笑。李源的泪水流了下来,把这件事详细地告诉了王氏。于是王氏拿出很多钱来埋葬了圆观。第二天,李源上船,返回惠林寺。他向算命先生请教,才知道这件事是命中注定的。

　　到了第十二年的秋八月,李源直接来到杭州,赴圆观的约会。当时天竺寺山雨初晴,洒满月色,他正不知道到哪里去寻找圆观,突然看见葛洪川畔有个牧童。牧童唱着竹枝词,骑在牛背上敲打着牛角,扎着两个发髻,穿着一身短衣,一会儿就到了天竺寺前。这人就是圆观。李源上前拜见说:"观老可健康?"牧童却对李源说:"你真是诚信之士。我与你走的道路不同,小心不要相互接近。你俗缘未尽,但愿能勤奋修行。如果你勤奋修行不懒惰,我们还会很快相见。"李源因为不能同圆观畅叙以往的友情而望着圆观流泪。圆观又唱起竹枝词,一步步向前走去。山

长水远,尚闻歌声,词切韵高,莫知所谓。初到寺前歌曰:"三生石上旧精魂,赏月吟风不要论。惭愧情人远相访,此身虽异性长存。"又歌曰:"身前身后事茫茫,欲话因缘恐断肠。吴越溪山寻已遍,却回烟棹上瞿塘。"后三年,李公拜谏议大夫,二年亡。出《甘泽谣》。

长水远,还能听见歌声。歌词深切,韵律高亢,不知唱的什么。初到寺前时唱的是:"三生石上旧精魂,赏月吟风不要论。惭愧情人远相访,此身虽异性长存。"还有一段唱的是:"身前身后事茫茫,欲话因缘恐断肠。吴越溪山寻已遍,却回烟棹上瞿塘。"又过了三年,李源当上了谏议大夫,两年后死去。出自《甘泽谣》。

卷第三百八十八
悟前生二

顾非熊

顾况有子，数岁而卒，况悲伤不已，为诗哭之云："老人哭爱子，日暮千行血。心逐断猿惊，迹随飞鸟灭。老人年七十，不作多时别。"其子虽卒，魂神常在其家，每闻父哭声，听之感恸。因自誓："忽若作人，当再为顾家子。"一日，如被人执至一处，若县吏者，断令托生顾家，复都无所知。勿觉心醒开目，认其屋宇兄弟，亲爱满侧，唯语不得。当其生也，已后又不记。至年七岁，其兄戏批之，忽曰："我是尔兄，何故批我？"一家惊异。方叙前生事，历历不误，弟妹小名，悉遍呼之。即顾非熊也。出《酉阳杂俎》。

顾非熊

顾况有一个儿子，活了几岁就死去了。顾况悲痛不止，作诗悼念儿子说："老人哭爱子，日暮千行血。心逐断猿惊，迹随飞鸟灭。老人年七十，不作多时别。"顾况的儿子虽然已死，但他的魂魄却经常在家中飘荡。每当他听到父亲的哭声，心里非常感伤悲痛。于是他发誓：如果将来再投生为人，还做顾家的儿子。有一天，他好像被人带到一个地方，有一个像县官模样的人判决命令他到顾家托生，再往后他就失去了知觉。过了一段时间，他忽然觉得心里明白了，睁开眼睛，认出了家和自己的弟兄。他的身边站满了亲人，唯独不能说话。他于是知道自己已经重新托生。对从这以后的事情，他又记不清了。他长到七岁时，他的哥哥和他玩耍时打了他，他忽然说："我是你的哥哥，你为什么打我？"一家人都很惊诧。这时，他才把前生的事讲述出来，每件事都丝毫不差。弟弟、妹妹的小名他也全都能叫出来。他就是顾非熊。出自《酉阳杂俎》。

齐君房

齐君房者,家于吴,自幼苦贫,虽勤于学,而寡记性。及壮有篇咏,则不甚清新。常为冻馁所驱,役役于吴楚间,以四五六七言干谒,多不遇侯伯礼接。虽时所获,未尝积一金。贮布袋,脱满一绳,则必病,罄而复愈。元和初,游钱塘,时属凶年箕敛,投人十不遇一,乃求朝飧于天竺。至孤山寺西,馁甚,不能前去,因临流零涕,悲吟数声。

俄尔有胡僧自西而来,亦临流而坐。顾君房笑曰:"法师,谙秀才旅游滋味否?"君房曰:"旅游滋味即足矣。法师之呼,一何谬哉!"僧曰:"子不忆讲《法华经》于洛中同德寺乎?"君房曰:"某生四十五矣,盘桓吴楚间,未尝涉京江,又何有洛中之说乎?"僧曰:"子应为饥火所恼,不暇忆前事也。"乃探钵囊,出一枣,大如拳。曰:"此吾国所产,食之知过去未来事,岂止于前生尔!"君房馁甚,遂请食之。食讫甚渴,掬泉水饮之。忽欠伸枕石而寝,顷刻乃寤。因思讲《法华》于同德寺,如昨日焉。因泣涕礼僧曰:"震和尚安在?"曰:"专精未至,再为蜀僧,今则断攀缘矣。""神上人安在?"曰:"前愿未满,又闻为法师矣。""悟法师焉在?"曰:"岂不忆香山寺石像前,戏发大愿,若不证无上菩提,必愿

齐君房

　　齐君房家住吴地。他自幼家境贫苦,虽然勤奋学习,但是能熟记的却很少。成年以后,尽管写了一些文章,但没有什么太新颖的地方。他曾为饥寒所迫而奔走于吴楚一带,拿一些自己创作的四、五、六、七言诗句去求拜访一些达官贵人,但多半不被赏识。虽然偶尔也能换来几文赏钱,但从来没有积攒下银两。他把钱存放到钱袋中,但只要攒够一串就必然得病;等到把钱用光了,病也就好了。元和初年,他漫游钱塘江。这时正值灾荒年,官府却趁机搜刮钱财。因此,他投奔十人也遇不到一个接待他的,只好每天到天竺寺去讨早饭吃。有一天,他刚走到孤山寺西面,因为饿得受不了而无法继续赶路,只好面对江水哭泣流泪,悲痛地呻吟。

　　一会儿,有个胡僧从西面走来,也面对着大江坐下,然后转过头对齐君房笑着说:"法师,尝到秀才在外旅游的滋味了吧?"齐君房说:"旅游的滋味已经尝够了,'法师'这个称呼可太荒诞了。"僧人说:"你不记得在洛中同德寺讲《法华经》的事情了吗?"齐君房说:"我活了四十五岁,只往返于吴楚之间,从来没有渡过长江,又怎么有洛中一说呢?"僧人说:"你现在正被饥饿所烦恼,没有时间来回忆以前的事情。"说着便伸手去口袋中摸出一枚像拳头那么大的红枣来,对齐君房说:"这是我国出产的,吃下去可以知道过去和未来的事情,岂止前生的事呢!"齐君房饿极了,就把枣吃了。吃完后他觉得口中非常干渴,就到泉边捧泉水喝。喝完水后他打个呵欠,伸个懒腰,头枕着石头就睡着了。醒来后他忽然记起了在同德寺讲《法华经》一事,就像发生在昨天一样。于是他流着眼泪向僧人施礼问道:"震和尚如今在哪里?"僧人说:"他钻研佛经没有达到顶峰,再度到蜀地做和尚了。现在他已经断了向上爬的尘缘了。"齐君房又问:"神上人现在何处?"僧人回答说:"他以前的心愿未能了结,听说又做法师了。""悟法师在哪里?"回答说:"你难道不记得他在香山寺石像前玩笑间许下的志愿吗?假若不能达到悟无上菩提的境界,就要

为趄趄贵臣。昨闻已得大将军。当时云水五人，唯吾得解脱，独尔为冻馁之士耳。"君房泣曰："某四十余年日一餐，三十余年拥一褐。浮俗之事，决断根源。何期福不圆修，困于今日。"僧曰："过由师子座上，广说异端，使学空之人，心生疑惑。戒珠曾缺，禅味曾膻，声浑响清，终不可致。质伛影曲，报应宜然。"君房曰："为之奈何？"僧曰："今日之事，吾无计矣。他生之事，庶有警于吾子焉。"乃探钵囊中，出一镜，背面皆莹彻。谓君房曰："要知贵贱之分，修短之限，佛法兴替，吾道盛衰，宜一览焉。"君房览镜，久之谢曰："报应之事，荣枯之理，谨知之矣。"僧收镜入囊，遂挈之而去。行十余步，旋失所在。

是夕，君房至灵隐寺，乃剪发具戒，法名镜空。大和元年，李玫习业在龙门天竺寺，镜空自香山敬善寺访之，遂闻斯说。因语玫曰："我生五十有七矣，僧腊方十二。持钵乞食，尚九年在。舍世之日，佛法其衰乎！"诘之，默然无答。乃请笔砚，题数行于经藏北垣而去，曰："兴一沙，衰恒沙。兔而置，犬而挈。牛虎相交亡角牙，宝檀终不灭其华。"出《纂异记》。

刘 立

刘立者，为长葛尉。其妻杨氏，忽一日泣谓立曰："我以弱质，托附君子，深蒙爱重。将谓琴瑟之和，终以偕老。何期一旦，舍君长逝。"哽咽涕泗，不能自胜。立曰："君素

成为有权势的将相。前不久听说他已经做了大将军了。当时我们五个云游僧人，唯独我得以解脱，也只有你还是个受冻挨饿的人啊。"齐君房流着泪说："我四十多年来每天只吃一餐饭，三十多年间只有一件粗布衣服。人世间的俗事，早就想同它断绝牵涉。为什么总是不能功德圆满，反而受难到现在呢？"僧人说："过错是你在教弟子的讲堂之上大讲异端邪说，使弟子们产生疑惑；歪曲佛经真义，使禅味沾染了膻味。虽然你讲经声音浑厚响亮，但始终不能修成正果。你身斜影歪，所以得到如今的报应。"齐君房又问："如今我应该怎么办呢？"僧人说："事到如今，我也没有什么办法。前世之事，希望能够对你有所警戒。"说着他伸手到口袋中拿出一面镜子，镜子的正面和背面都晶莹剔透。僧人对齐君房说："要知道贫贱的差别、苦乐的短长、佛法的兴衰交替、我们教门的前途，可以看一看这面镜子。"齐君房拿过镜子仔细观看，过了很久他道谢说："因果的报应，荣枯的道理，我都知道了。"僧人将镜子收入口袋里走了。他走出十多步远，便踪迹皆无。

这天晚上，齐君房到灵隐寺剪掉头发，受了戒，取法号为"镜空"。大和元年，李玫在龙门天竺寺攻习学业，镜空从香山敬善寺来看望他，对李玫讲了这段往事。镜空还对李玫说："我现在已经五十七岁了，做佛家弟子才十二年，拿钵讨吃的日子还有九年。我弃世而去那天，佛法将会衰落！"李玫问什么缘故，镜空只是沉默而不答话。接着他叫人拿来笔砚，在藏经阁的北墙上题了几行字："兴一沙，衰恒沙。兔而罝，犬而挈。牛虎相交亡角牙，宝檀终不灭其华。"出自《纂异记》。

刘 立

刘立是长葛县尉。他的妻子杨氏，有一天突然哭着对他说："我把自己羸弱的身体托附给您，深受你的厚爱。本以为可以夫妻和睦，白头偕老，没想到我就要舍弃你而离开人世。"杨氏说完呜呜咽咽地哭起来，悲伤到无法控制自己。刘立说："你平时

无疾恙,何得如此?"妻言:"我数日沉困,精思恍惚,自度必不济矣,且以小女美美为托。"又谓立曰:"他日美美成长,望君留之三二年。"其夕杨氏卒。

及立罢官,寓居长葛,已十年矣。时郑师崔公,即立之表丈也。立往诣之,崔待之亦厚。念其贫,令宾幕致书于诸县,将以济之。有县令某者,邀立往郭外看花。及期而县令有故,不克同往,令立先去,舍赵长官庄。行三二里,见一杏园,花盛发,中有妇女十数人。立驻马观之,有一女,年可十五六,亦近垣中窥。立又行百许步,乃至赵长官宅。入门,见人物匆遽,若有惊急。主人移时方出,曰:"适女子与亲族看花,忽中暴疾,所以不果奉迎。"坐未定,有一青衣与赵耳语,赵起入内,如是数四,又闻赵公嗟叹之声,乃问立曰:"君某年某月为长葛尉乎?"曰:"然。""婚杨氏乎?"曰:"然。""有女名美美,有仆名秋笋乎?"曰:"然。仆今控马者是矣。"赵又叹息惊异。旋有人唤秋笋入宅中,见一女,可十五六,涕泣谓曰:"美美安否?"对曰:"无恙也。"仆拜而出,莫知其由,立亦讶之。徐问赵曰:"某未省与君相识,何故知其行止也?"赵乃以实告曰:"女适看花,忽若暴卒,既苏,自言前身乃公之妻也,今虽隔生,而情爱未断。适窥见公,不觉闷绝。"立歔欷久之。须臾,县令亦至,众客具集。赵具白其事,众咸异之。立曰:"某今年尚未高,

一点病都没有,怎么会像你说的那样呢?"杨氏说:"我这几天十分困乏,精神恍惚,我想一定不会好了。我把小女儿美美托付给你。"接着又对刘立说:"等到美美长大成人后,希望你能留她两三年再嫁人。"当天晚上杨氏就死去了。

十年以后,刘立不再做官,仍居住在长葛县。当时的郑师崔公就是刘立的表丈人。刘立去拜访他,崔公待他很好。考虑到他很贫穷,崔公便让幕僚给各县写信,希望能接济他。有个县令某邀请刘立到城外去赏花。到了赏花那天,县令临时有事,不能一同前往,让刘立先走一步,到郊外赵长官的庄院。刘立走了二三里路,看见一个杏园,杏花开得正艳,园中有十多个女子正在赏花。刘立勒住马站在那里观看。其中有个女子,年纪大约十五六岁,也走到墙边偷偷看刘立。刘立又走了百十步,就到了赵长官的宅院。进院后,他看见人们匆忙地跑来跑去,好像发生了什么急事。主人过了很长时间才出来会客,他告诉刘立:"刚才女儿同家人一起赏花,忽然得了急病,因此未能出来迎接你。"刚坐了一会,有一个婢女同赵长官耳语几句,赵长官起身进入内室。这样出出进进好几次,接着又听到赵长官的叹息声,然后他问刘立说:"你某年某月做过长葛县尉吗?"刘立说:"做过。"赵长官又问:"娶的是杨氏吗?"刘立说:"对。"赵长官又问:"你有个女儿叫美美,有个仆人叫秋笋吗?"刘立说:"是,今天给我牵马的就是那个仆人。"赵长官又感叹又惊讶。一会儿,有人唤秋笋进内宅。秋笋看见一个女子,大约十五六岁,流着泪问她:"美美好吗?"秋笋回答说:"平安无事。"秋笋拜别出来,不明白其中的缘由。刘立也对这事感到惊讶,他慢慢地问赵长官:"我不记得过去同您相识,为什么您对我的一切都很了解呢?"赵长官就把实情告诉他说:"小女儿刚才赏花,忽然昏死过去。她醒来后说前世是你的妻子。现在虽然隔世转生,可是与你的情爱并没有断绝。刚才见到你心情激动,不觉昏死过去。"刘立听了感叹了很久。不多时县令也赶来了,客人全部到齐,赵长官把这件事又详细讲述了一遍,大家都感到很惊奇。刘立说:"我现在年纪还不算太大,

亦有名官,愿与小娘子寻隔生之好。"众共成之,于是成婿。而美美长于母三岁矣。出《会昌解颐录》。

张克勤

　　张克勤者,应明经举,置一妾,颇爱之而无子。其家世祝华岳神,祷请颇有验。克勤母乃祷神求子,果生一男,名最怜,甚慧黠。后五年,克勤登第,娶妻经年,妻亦无子,母亦祷祈之。妇产一子,而最怜日羸弱,更祷神求祐。是夕,母见一人,紫绶金章,谓母曰:"郎君分少子,前子乃我所致耳。令妇复生子,前子必不全矣。非我之力所能救也。"但谢其祭享而去。后最怜果卒,乃以朱涂右膊,黛记眉上,埋之。明年,克勤为利州葭萌令,罢任,居利州。至录事参军韦副家,见一女至前再拜。克勤视之,颇类最怜。归告其母,母取视之,女便欣然。谓家人曰:"彼我家也。"及至,验其涂记,宛然具在。其家人使人取女,犹眷眷不忍去焉。

孙缅家奴

　　曲沃县尉孙缅家奴,年六岁,未尝解语。后缅母临阶坐,奴忽瞪视。母怪问之,奴便笑云:"娘子总角之时,曾着黄裙白裤襦,养一野狸,今犹忆否?"母亦省之。奴云:"尔时

也还有功名地位,愿意同小姐求得隔生之姻缘。"大家都赞成此事。于是刘立就做了赵家的女婿。女儿美美反而比母亲大了三岁。出自《会昌解颐录》。

张克勤

张克勤参加明经考试,娶了一个小妾。他对这小妾非常宠爱,但是小妾没有给他生孩子。他们家世代信奉华岳神,祝祷祈求非常灵验。张克勤的母亲便祈祷神灵赐给他家一个孩子。后来克勤的小妾果然生了个男孩,取名叫最怜。这孩子非常聪明。五年以后,张克勤考中进士,娶妻多年也没有生孩子。他的母亲又去祈求神灵,儿媳果然也生了男孩。可是从那以后,最怜一天比一天消瘦,他母亲只好再去求神保佑。当天晚上,克勤的母亲梦见一个人,系着紫丝带,佩带黄金印,对她说:"你的儿子命中少子,先前生的那个孩子是我送来的,后来又让媳妇生了第二个,头一个儿子一定不会保全了。这不是我的力量所能挽救的。"这个人感谢了他们的祭品后就走了。后来最怜果然死了。家里人把朱砂涂在他的右胳膊上,把黑色涂在他的眼眉上,把他埋葬了。第二年,张克勤任利州葭萌县令;免职后,他仍居住在利州。有一天他到录事参军韦副家去做客,见到一个小女孩前来同他见礼。张克勤看她长得非常像最怜,回家后把这件事告诉了他的母亲。他母亲让人把她领来看一看,小女孩听到后非常高兴,并对家里人说:"那里也是我的家啊。"等到女孩来了,察看涂记的那些地方,印迹清清楚楚地都在。女孩家派人前来领她回去,她还非常留恋地不愿离去。

孙缅家奴

曲沃县尉孙缅有名家奴,六岁了还不会说话。有一天,孙缅的母亲在台阶上坐着,家奴忽然用眼睛直瞪着她。孙缅的母亲很奇怪,就问他为什么这样看自己。家奴笑着说:"夫人您小时候,曾经穿过黄色的裙子,白色的短袄,并且养过一只野猫。您现在还记得不?"孙母也记得这些事。家奴又说:"当时的

野狸，即奴身是也。得走后，伏瓦沟中，闻娘子哭泣声，至暮乃下，入东园，园有古冢，狸于此中藏活。积二年，后为猎人击毙。因随例见阎罗王，王曰：'汝更无罪，当得人身。'遂生海州，为乞人作子。一生之中，常苦饥寒，年至二十而死。又见王，王云：'与汝作贵人家奴。奴名虽不佳，然殊无忧惧。'遂送至此。今奴已三生，娘子故在，犹无恙有福，不其异乎！"出《广异记》。

文 澹

前进士文澹甚有德行，人皆推之。生三四岁，能知前生事。父母先有一子，才五岁，学人诵诗书，颇亦聪利。无何，失足坠井而卒。父母怜念，悲涕不胜。后乃生澹，澹一旦语父母曰："儿先有银胡芦子并漆毬香囊等，曾收在杏树孔中，不知在否？"遂与母寻得之。父母知澹乃前子也，怜惜过于诸兄。志学之年，词藻俊逸。后应举，翰林范学士禹偁坐下及第。澹之兄谷也。出《野人闲话》。

王 鄂

唐王鄂者，尚书鄯之弟也。西京乱离，鄯挈家入蜀，沿嘉陵江下。至利州百堂寺前，鄂年七岁，忽云："我曾有经一卷，藏在此寺石龛内。"因令家人相随，访获之，木梳亦存。寺僧曰："此我童子也。"较其所夭之年，与王氏子所生之岁，果验也。其前生父母尚存。及长仕蜀，官至令录。

那只野猫,就是我的前身。后来我得机会逃走,潜伏在房顶上面的瓦沟里,听到夫人的哭声了。夜里我下来,进入东园,园内有座古坟,我就在那里藏身生活;两年后被猎人打死。死后我照例去见阎王,阎王说:'你没有罪过,应当托生为人身。'于是我就托生到了海州,给一个乞丐当儿子。我一生都在饥寒之中,二十岁就死了。死后又去见阎王,阎王说:'就让你做富人的家奴吧。家奴的名称虽然不好听,但是没有什么忧虑和恐惧。'于是得以来到这里。现在奴才我已经转世三次了,夫人依然健在,尚且健康有福,不是很不寻常吗?"出自《广异记》。

文 澹

前进士文澹品德行为高尚,人们都推重他。他三四岁的时候就知道前生的事情。文澹的父母先前有过一个儿子,五岁就开始跟别人学读诗书,非常聪明伶俐,但不久失足坠入井中溺死了。父母非常怀念他,悲痛到了极点。后来又生了文澹。文澹有一天对父母说:"我先前有银胡芦子和漆球、香袋等东西,被我放在杏树洞中,不知还在不在那里?"于是他同母亲一起去寻找,果然找到了。父母才知道文澹就是先前那个儿子转生的,对他喜爱的程度超过了他的几个哥哥。文澹十五岁时,文章就写得词藻华丽,隽咏清秀。后来他参加科举考试,经翰林院学士范禹偁的主考,考中进士。文澹的哥哥叫文谷。出自《野人闲话》。

王 鄂

唐朝王鄂是尚书王鄯的弟弟。西京动乱时,王鄂带领全家前往蜀郡,沿着嘉陵江而下。行到利州百堂寺前,当时才七岁的王鄂忽然对家里人说:"我曾经有一卷经书藏在这座寺院的石龛之内。"说完让家人跟着他去找,果然找到了,同时还找到一柄旧木梳。寺里的和尚见到他说:"这孩子是我过去的童子。"查对童子夭亡的时间,同王氏生王鄂的时间果然相同。他前生的父母还在。王鄂成年后在蜀郡做官,一直做到令录。

僧道杰

相州滏阳县人信都元方，少有操尚，尤好释典，年二十九，至显庆五年春正月死。死后月余，其兄法观寺僧道杰，思悼不已，乃将一巫者至家，遣求元方与语。道杰又颇解法术，乃作一符，摄得元方，令巫者问其由委。巫者不识字，遣解书人执笔。巫者为元方口授，作书一纸，与同学冯行基，具述平生之意，并诗二首。及其家中，亦留书启。文理顺序，言词凄怆。其书疏大抵劝修功德，及遣念佛写经，以为杀生之业，罪之大者，无过于此。又云："元方不入地狱，亦不堕鬼中，全蒙冥官处分。令于石州李仁师家为男。但为陇州吴山县石名远，于华岳祈子，及改与石家为男。又再受生日逼，匆迫不得更住。从二月受胎，至十二月诞育。愿兄等慈流，就彼相看也。"言讫，涕泣而去。河东薛大造寓居滏阳，前任吴山县令，自云，具识名远。智力寺僧慧永、法真等说之。出《冥报拾遗》。

袁　滋

复州青溪山，秀绝无比。袁相公滋未达时，居复郢间。晴日偶过峻峰，行数里，渐幽奇险怪，人迹罕到。有儒生，以卖药为业，家焉。袁公与语，言甚相狎，因留宿。乃问曰："此处合有灵隐者，曾从容不？"答曰："有道者五六人，每两三日一至，不知居处。某虽与之熟，亦不肯言。"袁曰："某来修谒，得否？"曰："彼甚恶人，然颇好酒。足下求美酝一榼，就此宿候，或得见也。"袁公去，得酒持至，以伺之。

僧道杰

相州滏阳县人信都元方,小时候就有高尚的品德志尚,尤其喜好佛经。他二十九岁时,在显庆五年春天正月里死去。死后一个多月,他的哥哥法观寺和尚道杰因为十分怀念他,就把一个巫师请到家中,让他作法使自己和元方的灵魂对话。道杰自己也精通法术,他写了一道符,摄来了元方的灵魂,让巫师问他问题。巫师不认字,让会写字的人执笔记录。巫师替元方口授写了一封信,交给同学冯行基,陈述了一生的经历和志愿,同时还作了两首诗。给他的家属也留下了书信。文理顺畅,言词凄惨悲凉。他的信大致是规劝人们修行功德和让人们念佛写经的。他认为杀生之罪最大。他还说:"元方没有入地狱,也没有堕入鬼道,这全靠阴间官员安排。原来让我去做石州李仁师的儿子,只因陇州吴山县石名远到华岳拜祭求子,又改为去做石家的儿子。如今托生的日子逼近,时间紧迫不能久留。从二月怀胎,到十二月诞生。希望哥哥等亲人到那里去看我。"说完,哭泣着离去。住在滏阳的河东人薛大造是前任吴山县令,他说认识名远。智力寺僧人慧永和法真等也讲述过这件事。出自《冥报拾遗》。

袁 滋

复州青溪山景色秀丽,天下无比。袁滋还没有功名的时候,曾居住在复州、郢州一带。有一天,天气晴好。袁滋偶尔路过青溪山,走过几里地后,山势越来越幽深险峻,人迹很难到达那里。他遇到一个以卖药为生的读书人,这书生的家就住在这里。袁滋同他交谈,言语非常投机,于是当晚他就住在书生家里。袁滋问书生:"这里应该有隐居的仙人,你见过他们吗?"书生回答说:"有五六个道士,每隔两三天到这来一次,不知他们居住在什么地方。我虽然同他们很熟悉,但他们也不肯告诉我。"袁滋说:"我想来拜见他们,可以吗?"书生说:"他们非常厌恶生人,可是喜欢饮酒。你如果能够准备一坛好酒,然后住在这里等候,或许能够见到他们。"袁滋离开后,弄到了一坛好酒,带来等候仙人。

数夕果到,五人鹿皮冠或纱帽,藜杖草履,遥相与通寒暄,大笑,乃临涧濯足戏弄。儒生置酌列席,少顷,尽入茅舍,睹酒甚喜。曰:"何处得此?"既饮数杯,儒生曰:"某非能自致,有客携来,愿谒仙兄。"乃导袁公出,历拜俯偻。五人相顾失色,且悔饮此酒,兼怒儒生曰:"不合引外人相扰。"儒生曰:"兹人诚志可赏,况是道流,稍许从容,亦何伤也!"意遂渐解。复睹袁公恭甚,乃时与语笑。目袁生曰:"坐。"袁再拜就席。少顷半酣,颇欢,注视袁公,相谓曰:"此人大似西峰坐禅和尚。"良久云:"直是。屈指数日,此僧亡来四十七年矣。"问袁公之岁,正四十七。相顾抚掌曰:"觅官职去,福禄至矣,已后极富贵。"遂呼主人别,袁公拜,道流皆与握手。过涧上山顶,们萝跳跃,有若飞鸟,逡巡不见。出《逸史》。

崔四八

崔慎由,初以未有儿息,颇以为念。有僧常游崔氏之门者,崔因告之,且问其计。僧曰:"请夫人盛饰而游长安大寺,有老僧院,即诣之。彼若不顾,更之他所。若顾我厚,宜厚结之,俾感动其心,则其后身为公子矣。"如其言,初适三处,不顾。后至一院,僧年近六十矣,接待甚勤至,

几天后的一个傍晚，仙人果然来了。五个仙人有的戴鹿皮冠，有的戴纱帽，拄着藜杖，穿着草鞋。书生远远地和他们互相问候。这些人哈哈大笑着到了小溪边，一边洗脚一边说笑。书生立即摆上酒席。不一会儿，仙人们进到茅草房里，看见酒非常高兴，就问书生："在哪里弄到的酒？"喝了几杯以后，书生说："不是我弄到的酒，是位客人带来的，他希望拜见几位仙长。"于是书生引袁滋出来，袁滋挨个对仙人们施礼。五个仙人互相看了看，变了脸色，都后悔喝了这酒。他们又对书生发脾气说："你不应该引外人来打扰我们。"书生说："这个人的诚心值得嘉奖，况且他也是信奉道教的人，让他与你们交往有什么不好呢？"仙人们的态度才缓和了一些。他们又看到袁滋非常恭敬地站在那里，便改变态度，不时同他笑谈，并对袁滋说："坐吧。"袁滋拜了两拜坐下。不一会儿，酒喝到一半，大家都很高兴。几位仙人仔细看着袁滋，相互说："这个人非常像西峰的坐禅和尚。"过了好一会儿，又说："真是他。屈指一算，这个和尚已经死了四十七年了。"问袁滋多大年岁，正好四十七岁。几位仙人互相看着拍手说："寻求官职去吧，福禄全都会有的，你以后会非常富贵显赫。"然后仙人们招呼主人告别，袁滋也向他们施礼拜别。几位仙人都同他握手。他们越过山涧上了山顶，拉着藤萝跳跃着，像飞鸟一样，转眼之间就不见了。出自《逸史》。

崔四八

崔慎由起初因为没有儿子而感到忧虑。有个和尚经常到崔家作客，崔慎由就把这件事告诉了他，并且问他有什么办法。和尚说："请夫人好好打扮修饰一下去朝拜长安大寺。如果有老僧院就进去拜见。他如果不理你们，再到其他的寺庙。假如遇到热情接待你们的，你们就要同他好好结交。如果能够打动他的心，那么他死后一定会转生为你们的儿子。"按照和尚的说法，他们起初到过三个寺院，都没有遇到愿意接待他们的和尚。后来来到一座寺庙，遇到一个年近六十的老和尚，接待他们非常周到，

崔亦厚施之，自是供施不绝。僧乃曰："身老矣，自度无以报公，愿以后身为公之子。"不数年，僧卒，而四八生焉。或云，手文有"纲僧"二字。出《玉堂闲话》。

马思道

　　洪州医博士马思道，病笃。忽自叹曰："我平生不省为恶，何故乃为女子，今在条子坊朱氏妇所托生矣。"其子试寻之，其家妇果娠，乃作襁褓以候之。及思道卒而朱氏生，实女子也。出《稽神录》。

崔慎由也施舍给他很多钱财。从这以后，崔家不间断地供给施舍这个和尚。和尚说："我老了，自己揣度没有什么可以报答您的，愿来生做您的儿子。"不几年，和尚死了，而崔四八出生了。有人说，崔四八的手文上有"纲僧"二字。出自《玉堂闲话》。

马思道

　　洪州医生马思道病得十分严重。一天，他忽然叹息说："我一生之中从不做坏事，为什么让我托生为女子？如今要到条子坊朱氏那里托生了。"他的儿子试探着去寻找，朱家的女人果然已经怀孕，并且做好了褓褓等候孩子降生。等到马思道死的时候，正好朱氏生产，确实生了个女孩。出自《稽神录》。

卷第三百八十九
冢墓一

聪明花树

李正字弘卿,学道。见东王父,教之。十七年后,正身死,家人埋之于武陵,而冢上生花树,高七尺。有人遇见此花,皆聪明,文章盛。出《武陵十仙传》。

相思木

晋战国时,卫国苦秦之难,有民从征,戍秦不返。其妻思之而卒,既葬,冢上生木,枝叶皆向夫所在而倾,因谓之相思木。出《述异记》。

聪明花树

李正的字叫弘卿，他是个学道之人。他去见东王父，东王父就教授他道术。十七年后，李正死去，家人把他埋葬在武陵。后来他的坟上长出一颗花树，高七尺。凡是看到过这棵花树的人，都变得很聪明，文章写得非常好。出自《武陵十仙传》。

相思木

战国时代，卫国饱受秦国的威胁。有一个平民应征入伍，戍守在与秦国接壤的边界处，一直没有回来。他的妻子因思念他而死。把她埋葬以后，她的坟上长出一棵树，枝叶都朝向丈夫所在的方向，因此人们称它为"相思木"。出自《述异记》。

广川王

广川王去疾，好聚无赖少年游猎，罼弋无度，国内冢藏，一皆发掘。爱猛说，大父为广川王中尉，每谏王不听，病免归家，说王所发掘冢墓，不可胜数，其奇异者百数。为刘向说十许事，记之如左。

魏襄王冢，以文石为椁，高八尺许，广狭容三十人。以手扪椁，滑易如新。中有石床石屏风，宛然周正，不见棺枢明器踪迹，但见床上玉唾盂一枚，铜剑二枚，金杂具皆如新，王自取服之。

襄王冢，以铁灌其上，穿凿三日乃开。黄气如雾，触人鼻目皆辛苦，不可入。以兵守之，七日乃歇。初至户，无扇钥。石床方四尺，上有石几，左右各三石人立侍，皆武冠带剑。复入一户，石扇有关锁，扣开，见棺枢，黑光照人，刀斫不能入。烧锯截之，乃漆杂兕革为棺，厚数寸，累积十余重，力少不能开，乃止。复入一户，亦石扇，开钥，得石床，方六尺。石屏风，铜帐镖一具，或在床上，或在地下。似帱帐糜朽，而铜镖堕落。床上石枕一枚，床上尘埃朏朏甚高，似是衣服。床左右妇人各二十，悉皆立侍。或有执巾栉镜镖之象，或有执盘奉食之形。无余异物，但有铁镜数百枚。

魏王子且渠冢，甚浅狭，无枢，但有石床，广六尺，长一丈。石屏风，床下悉是云母，床上两尸，一男一女，皆二十许，

广川王

广川王刘去疾喜好聚集一些无赖少年一起游玩打猎。他做事没有节制，封国内的古墓全都被他挖掘过。爱猛说他祖父在广川王手下做中尉时，经常规劝广川王，但广川王不听，他祖父只好称病还家。据他祖父讲述，广川王挖掘的古墓多得无法统计，其中奇异的有一百多座。他给刘向列举了十多座，被刘向记录如下。

魏襄王墓，是用带纹理的石料做成的外椁。外椁高八尺，宽窄能容纳三十人。用手触摸，光滑得像新的一样。外椁中间有石床和石屏风，摆放周正。棺椁和陪葬的珍宝全部不见踪影，只见床上有一个玉痎盂、两把铜剑。几件日常应用的金器像新的一样，广川王拿来佩带在自己的身上。

襄王墓，上面是用铁水灌注的，开凿了三天才打开。墓穴里冒出的黄色气体浓得像雾一样，又苦又辣，强烈地刺激人们的眼睛和鼻子，使人无法进入。广川王只好暂时用兵把守，七天以后气才出净了。最初进到一个门里，门上没锁。里面的石床四尺见方，上面有石几。左右各有三个石人站立侍奉，都是武士装扮，身佩刀剑。再进入一室，石门上有锁。推开门就看到了棺材，黑亮亮的可以照人。用刀砍不进去，用锯截开，才知道是用生漆杂以犀牛皮做成的棺材，有好几寸厚，摆了十多层。因力量小打不开，只好作罢。再进入一室，也有石门，打开锁，看到一张六尺见方的石床。有石屏风和装饰铜叶的帐幔一具。铜叶有的散落在床上，有的掉在地上。显然是因为帐子腐烂了，所以铜叶坠落到地上。床上还有一个石枕，还有很厚一层黑乎乎的灰尘，好像是衣服腐烂后形成的。床的左右各有二十个站立的侍女，有的是拿着面巾、梳子、镜子的形像，有的是端着盘子送饭的姿态。没有其他的器物，只有数百面铁镜。

魏王的儿子且渠的墓，既浅又窄。墓中没有棺材，只有一张石床。石床宽六尺，长一丈。还有一面石屏风。床下全都是云母。床上有两具尸体，一男一女，全都是二十岁左右的年纪。

俱东首裸卧，无衣衾，肌肤颜色如生人。鬓发齿牙爪，不异生人。王惧，不敢侵，还拥闭如旧。

袁盎冢，以瓦为棺椁，器物都无，唯有铜镜一枚。

晋灵公冢，甚瑰壮，四角皆以石为鹰犬，捧烛。石人男女四十余，皆立侍。棺器无复形兆，尸犹不坏，九窍中皆有金玉。其余器物，皆朽烂不可别。唯玉蟾蜍一枚，大如拳，腹空，容五合水，光润如新。王取以成水书滴。

幽公冢，甚高壮。羡门既开，皆是石垩。拨除丈余，乃得云母。深尺所，乃得百余尸，纵横相枕，皆不朽。唯一男子，余悉女子。或坐或卧，亦有立者，衣服形色，不异生人。

栾书冢，棺枢明器，朽烂无余。有白狐儿，见人惊走。左右逐戟之，莫能得，伤其左脚。夕，王梦一丈夫，鬓眉尽白，来谓王曰："何故伤吾脚？"仍以杖叩王左脚，王觉，脚肿痛生疮。至此不差。出《西京杂记》。

袁 安

袁安父亡，母使安以鸡酒诣卜贡问葬地。道逢三书生，问安何之，具以告。书生曰："吾知好葬地。"安以鸡酒礼之，毕，告安地处。云："当葬此地，世为贵公。"便与别。数步顾视，皆不见。安疑是神人，因葬其地。遂登司徒，子孙昌盛，四世五公。出《幽明录》。

两具尸体头朝东裸身躺卧，没有盖被和穿衣服。他们皮肤的颜色像活人一样，鬓发、牙齿和手指同活人没有什么差异。广川王非常恐惧，不敢冒犯他们，退出去后像当初那样将墓穴掩盖。

袁盎墓，用陶瓦做棺椁，里面只有一面铜镜，没有其他的器物。

晋灵公墓，非常瑰丽壮观。四角都放置用石头雕刻成的鹰犬，捧着蜡烛。男女石人四十多个，都站立在周围侍奉。棺椁已经朽烂不成原形，但尸体还没有坏，九窍之中都放有金玉。墓穴内其他的器物全都朽烂得无法辨认。唯有一个拳头大的玉蟾蜍，腹中是空的，可以容纳五合水，光洁润滑像新的一样。广川王拿它储水磨墨用。

幽公墓，很高大壮观。墓道的门打开以后，里面全是白石灰。将白石灰拨除一丈多深以后，才见到云母。再挖下去一尺左右，才见到一百多具尸体，横七竖八相互枕压，都没有朽烂。只有一个是男子，其余全是女子。这些尸体有的坐着，有的躺卧，也有站着的，衣服的形色同活人一样。

栾书墓，棺椁和器物全都朽烂了。墓穴中有一只白色的狐狸，看见有人来吓跑了。随从们追赶着去刺它，没能抓到，只把它的左脚刺伤了。当天晚上，广川王梦见一个男子，鬓发眉毛都是白的，前来对他说："为什么刺伤我的脚？"并用手杖敲打他的左脚。广川王醒后，脚肿痛生疮，一直没有痊愈。出自《西京杂记》。

袁 安

袁安的父亲死了，他的母亲让袁安带着鸡和酒去卜问怎么选择墓地。途中他碰到三个书生，问袁安干什么去，袁安把事情告诉了他们。书生说："我知道一个好墓地。"袁安立即用携带的鸡和酒招待他们。吃喝完毕，他们将墓地的具体地点告诉了袁安，说："应当葬在此地，子孙世代能做大官。"然后同他分别。袁安走出几步后，回头看三个书生都不见了。袁安怀疑他们是神仙，就把父亲葬在那个地方。后来袁安果然官做到司徒，子孙昌盛，四代人中有五人做了三公。出自《幽明录》。

丁　姬

王莽秉政，贬丁姬号，开其椁户。火出，炎四五丈。吏卒以水沃灭，乃得入，烧燔椁中器物。公卿遣子弟及诸生四夷十余万人，操持作具，助将作，掘平恭王母傅太后坟及丁姬冢，二旬皆平。又周棘其处，以为世戒。云："时有群燕数千，衔土投丁姬穿中。今其坟冢，巍然尚秀。隅阿相承，列郭数周，面开重门。"出《水经》。

浑　子

昆明池中有冢，俗号浑子。相传昔居民有子名浑子者，尝违父语，若东则北，若水则火。父病且死，欲葬于高陵之处，矫谓曰："我死，必葬于水中。"及死，浑子泣曰："我今日不可更违父命。"遂葬于此。盛弘之《荆州记》云，固城临洱水，水之北岸，有五女墩。西汉时，有人葬洱北，墓将为所坏。其人有五女，共创此墩以防墓。又云，一女嫁阴县佷子，家资万金。自少及长，不从父言。临死，意欲葬山上，恐子不从，乃言必葬我渚下碛上。佷子曰："我由来不取父教，今当从此一语。"遂尽散家财，作石冢，以土绕之，遂成一洲，长数百步。元康中，始为水所坏。今余石如半榻许数百枚，聚在水中。出《酉阳杂俎》。

丁　姬

　　王莽执政期间,贬除了丁姬的称号,并命令兵士掘开她的坟墓。兵士掘墓时,有火从墓道里喷出,火焰达四五丈远。兵士用水把火浇灭后才得以进入墓中。进入后他们烧掉了墓中的器物。王公大臣派遣子弟、学生和家奴等十余万人,拿着工具,帮助掘平恭王母亲傅太后墓和丁姬墓,二十多天把两座坟都挖平了。又在四周围上棘藜,用来警戒世人。有人说,当时有数千只燕子,衔土投到丁姬的墓穴中。如今丁姬的坟墓高大壮美,墓中的建筑曲折相承,墓地四周筑了几道围墙,正面有几重门贯通着。出自《水经》。

浑　子

　　昆明池中有座坟,俗名叫作浑子。相传过去有户人家,他家有个儿子名叫浑子。浑子曾经违背他父亲的话,他父亲如果叫他到东面去,他一定去北面,如果让他提水,他一定去烧火。他父亲病得快要死了,想要死后葬到高处,特意把话颠倒着对儿子说:"我死后,一定要把我葬在水中。"等到父亲死了,浑子哭着说:"我这次不能再违背父命了。"于是将父亲葬到这里。盛弘之的《荆州记》记载:固城靠近洱水,水的北岸有座五女墩。西汉时,有人被安葬于洱水北岸,他的墓即将被水侵蚀。这个人共有五个女儿,五个女儿共同修造了这座土堆,用来防止洱水侵蚀墓地。《荆州记》上面还记载:一个女子嫁给阴县一个逆子,这个人有万贯家财,从小到大从不听他父亲的话。他父亲临死想葬在山上,恐怕儿子不听,就说:"一定要把我葬到水中的河丘上。"逆子说:"我从来不听从父亲的教诲,如今应该听他这句话。"于是卖掉家中所有的财产,造了一座石坟,用土围住四面。后来就成了一个小洲,有几百步长。这个小洲元康年间才被水冲坏。现在还留下像半张床那么大的石头数百块,堆在水中。出自《酉阳杂俎》。

王 粲

魏武北征蹋顿,升岭眺瞩,见一冈不生百草。王粲曰:
"必是古冢。此人在世,服生礜石,死而石气蒸出外,故卉
木焦灭。"即令凿看,果大墓,有礜石满茔。一说,粲在荆
州,从刘表登郎山,而见此异。曹武之平乌桓,粲犹在江
南,此言为当。出《异苑》。

孙 钟

孙钟家于富春,幼失父,事母至孝。遭岁荒,以种瓜自
业。忽有三少年诣钟乞瓜,钟厚待之。三人谓曰:"此山下
善,可葬之,当出天子。君下山百许步,顾见我去,即可葬
处也。"钟去三四十步,便反顾,见三人成白鹤飞去。钟记
之,后死葬其地。地在县城东,冢上常有光怪,云五色,气
上属天。及坚母孕坚,梦肠出,绕吴阊门。以告邻母,曰:
"安知非吉祥!"出《祥瑞记》。

吴 纲

魏黄初末,吴人发吴芮冢取木,于县立孙坚庙。见芮
尸,容貌衣服并如故。吴平后,预发冢人,于寿春,见南蛮
校尉吴纲,曰:"君形貌何类长沙王吴芮乎?但君微短耳。"
纲瞿然曰:"是先祖也。"自芮卒至冢开四百年,至见纲,又
四十余年矣。出《水经》。

王粲

魏武帝北征蹋顿时,登山远眺,看到一个小山冈,上面什么草也没长。王粲说:"那一定是座古墓。这个人在世的时候,服用过生礜石,死后石气挥发到外面,因此花草不能生长。"魏武帝就让人凿开来看,果然是个大墓,里面填满礜石。还有一种说法:王粲在荆州时,跟随刘表登上郜山,看见了上述怪异现象。魏武帝平灭乌桓时,王粲还在江南,所以后一种说法比较可信。出自《异苑》。

孙 钟

孙钟家住富春。他幼年丧父,侍奉母亲非常孝顺。遇到灾荒年头,他以种瓜为生。一天,忽然有三个少年来到孙钟的瓜地要瓜吃。孙钟很热情地招待了他们。三人对孙钟说:"这山下地势非常好,人死后葬在这里,后代能够出天子。你下山走一百多步,回头看到我们离去时的那块地方,就是可以埋葬的地点。"孙钟走了三四十步便回头观看,看到三个少年变成白鹤飞走了。孙钟记住了那个地方,他死后就葬在那里。那地方在县城的东面,坟墓上常有一些光环和五色云气,直冲云天。到孙坚的母亲怀孙坚时,做梦梦到肠子出来了,环绕着吴国的阊门。她把这个梦告诉了邻居老太太,老太太说:"怎么知道这不是吉祥的预兆呢!"出自《祥瑞记》。

吴 纲

三国魏黄初末年,吴国人挖掘吴芮的坟墓挖取木料,准备在县里建一座孙坚的庙。打开墓穴后,见到吴芮尸体的面目、衣服都同活着的时候一样。吴国被消灭以后,过去挖掘坟墓的人在寿春见到南蛮校尉吴刚,对他说:"您的形貌为什么非常像长沙王吴芮呢?只是您稍矮一些。"吴纲惊讶地说:"吴芮是我的先祖。"从吴芮死到坟墓被打开前后四百年,到再看到吴纲,又过去四十多年了。出自《水经》。

陆东美

吴黄龙年中,吴都海盐有陆东美,妻朱氏,亦有容止。夫妻相重,寸步不相离,时人号为比肩人。夫妇云:"皆比翼,恐不能佳也。"后妻卒,东美不食求死。家人哀之,乃合葬。未一岁,冢上生梓树,同根二身,相抱而合成一树。每有双鸿,常宿于上。孙权闻之嗟叹,封其里曰"比肩",墓又曰"双梓"。后子弘与妻张氏,虽无异,亦相爱慕。吴人又呼为"小比肩"。出《述异记》。

潘章

潘章少有美容仪,时人竞慕之。楚国王仲先,闻其美名,故来求为友,章许之。因愿同学,一见相爱,情若夫妇,便同衾共枕,交好无已。后同死,而家人哀之,因合葬于罗浮山。冢上忽生一树,柯条枝叶,无不相抱。时人异之,号为"共枕树"。

胡邕

吴国胡邕,为人好色,娶妻张氏,怜之不舍。后卒,邕亦亡。家人便殡于后园中,三年取葬,见冢上化作二人,常见抱如卧时。人竞笑之。出《笑林》。

戴熙

武昌戴熙,家道贫陋,墓在樊山南。占者云:"有王气。"桓温仗钺西下,停武昌。凿之,得一物,大如水牛,青色,无头脚。时亦动摇,斫刺不陷。乃纵著江中,得水,

陆东美

吴国黄龙年间，都城海盐有个叫陆东美的人。他的妻子朱氏，仪容举止很好。他们夫妻二人互相敬重，形影相随寸步不离，被人称为"比肩人"。夫妻二人都说："两人比翼双飞，恐怕不会有好的结局。"后来妻子死去，陆东美也绝食而死。家人非常悲伤，就把他们合葬在一起。不到一年，他们的坟墓上长出一棵梓树，同根双干，相互拥抱合成一棵树。经常有一对鸿雁栖身于树上。孙权听到这件事深有感慨，封这个地方叫"比肩"，墓叫"双梓"。后来陆东美的儿子陆弘和他的妻子张氏也一样相亲相爱，吴人又称他们为"小比肩"。出自《述异记》。

潘　章

潘章少年时容貌气质十分出众，人们都很美慕他。楚国的王仲先听到他的美名，特地赶来同他交朋友。潘章同意与他同学。两人一见如故，互相爱护，感情好得像夫妻。于是两人同床共枕，无比相好。后来两人一起死去，家人哀怜他们，就将他俩合葬在罗浮山。坟墓上忽然长出一棵树，枝条树叶全都相互缠绕在一起。人们感到奇怪，就把这棵树称为"共枕树"。

胡　邕

吴国的胡邕喜好美色，他娶张氏为妻子，十分爱她，一刻也不忍分离。后来张氏死去，很快胡邕也死了。家里人把他们的灵柩停放在后园中，三年后要埋葬他们时，看见坟上的土化作两个人，相互拥抱好像躺卧睡觉时一样。人们纷纷嘲笑他们。出自《笑林》。

戴　熙

武昌人戴熙家境贫寒，他的坟墓在樊山南面。算命的人说："这座墓有君王的气象。"桓温领兵西下、在武昌停留时，挖开戴熙的坟墓，得到一个东西，有水牛那么大，黑色，没头没脚。它有时候也动一下身子，用刀砍不进去。就把它抛到江中。一到水中，

便有声如雷,响发长川。熙后嗣沦胥殆尽。出《异苑》。

王伯阳

王伯阳家在京口,宅东有一冢,传云是鲁肃墓。伯阳妇,郗鉴兄女也,丧,王平墓以葬。后数日,伯阳昼坐厅上,见一贵人乘肩舆,侍人数百,人马络绎。遥来谓曰:"身是鲁子敬,君何故毁吾冢?"因目左右牵下床,以刀镮击之数百而去。绝而复苏,被击处皆发疽溃。数日而死。

一说,伯阳亡,其子营墓,得二漆棺,移置南冈。夜梦肃怒云:"当杀汝父。"寻复梦见伯阳云:"鲁肃与吾争墓,吾日夜不得安。"后于灵座褥上见数升血,疑鲁肃之故也。墓今在长广桥东一里。出《搜神记》。

羊祜

晋有相羊祜墓者云:"后应出受命君。"祜恶其言,遂掘断以坏其相。相者云:"墓势虽坏,犹应出折臂三公。"俄而祜堕马折臂,果至三公。《幽明录》曰:羊祜工骑乘,有一儿,五六岁,端明可善。掘墓之后,儿即亡。羊时为襄阳都督,因乘马落地,遂折臂。于时士林咸叹其忠诚。此出《世说新语》。

闾丘南阳

范阳粉水口有一墓,石虎石柱,号"文将军冢"。晋安帝隆安中,闾丘南阳将葬妇于墓侧,是夕从者数十人,皆梦云:"何故危人以自安?"觉说之,人皆梦同。虽心恶之,

这个东西便发出像雷鸣那样的响声,响声震动山川。从此戴熙的后代相继被牵连,几乎死绝。出自《异苑》。

王伯阳

王伯阳家住京口,他家的东面有一座坟,相传是鲁肃墓。王伯阳的妻子是郗鉴哥哥的女儿,她死后,王伯阳平掉那座墓来埋葬她。几天后,王伯阳白天坐在厅里,看见一个贵人乘坐轿子来到。有数百名侍卫,人马络绎不绝。贵人远远走过来对王伯阳说:"我是鲁子敬,你为什么毁我的墓?"于是用眼睛示意左右把他拖下床,拿刀头上的铁环打了他数百下离去。王伯阳气绝后又苏醒过来,他身上被击打的地方全部生疮溃烂,几天后他就死了。

另一种说法是,王伯阳死后他的儿子营造坟墓,掘出两具漆画棺材,把它们移到南冈上安放。夜里他梦到鲁肃发怒说:"我要杀了你的父亲。"一会儿又梦见王伯阳说:"鲁肃同我争坟墓,我日夜不得安宁。"后来在灵座褥上发现很多血,他怀疑是鲁肃的缘故。鲁肃墓现在在长广桥东一里处。出自《搜神记》。

羊 祜

晋朝有个风水师看过羊祜的墓地后说:"后代能出受命天子。"羊祜讨厌这个说法,就让人掘断墓地的地脉,以破坏这个风水。风水先生说:"墓地的地势虽然被破坏了,还是能出摔断胳膊的三公。"不久,羊祜坠马摔折了胳膊。他做官果然做到了三公。《幽明录》说:羊祜善长骑乘,他有个五六岁的儿子,正直聪明,心地善良。羊祜掘墓之后,他儿子就死了。羊祜当时为襄阳都督,因为骑马时摔下来,摔折了胳膊。当时的士大夫们都感叹他的忠诚。这种说法出自《世说新语》。

闾丘南阳

范阳粉水口有一座墓,墓前有石虎石柱,名为"文将军墓"。晋安帝隆安年间,闾丘南阳想把死去的妻子葬在墓侧。这天晚上他的随从数十人都梦见有人说:"为什么要危及别人来安慰自己?"睡醒后大家都说做了同样的梦。尽管闾丘心里厌恶这事,

耻为梦回。及葬,但鸣鼓角为声势。闻墓上亦有鼓角及铠甲声,转近,及至墓,死于墓门者三人。既葬之后,间丘为杨佺期所诛族。人皆为以文将军之祟。出《荆州记》。

古层冢

古层冢,在武陵县北一十五里二百步,周回五十步,高三丈,亡其姓名。古老相传云,昔有开者,见铜人数十枚,张目视。俄闻冢中击鼓大叫,竟不敢进。后看冢土,还合如初。出《朗州图经》。

隋 王

齐隋王尝率佐使,上樊姬墓酺宴。其夕,梦樊姬怒曰:"独不念封崇之义,奈何溷我,当令尔知。"诘旦,王被病,使巫觋引过设祀,积日方愈。出《渚宫旧事》。

楚王冢

南齐襄阳盗发楚王冢,获玉屐玉屏风青丝编简,盗以火自照,王僧虔见十余简,曰:"是科斗书《考工记》《周官》阙文。"

舒绰

舒绰,东阳人,稽古博文,尤以阴阳留意,善相冢。吏部侍郎杨恭仁,欲改葬其亲。求善图墓者五六人,并称海内名手,停于宅,共论莸,互相是非。恭仁莫知孰是,乃遣微解者,驰往京师,于欲葬之原,取所拟之地四处,各作历,

但是他认为因做梦而改变主意是不光彩的。到安葬的时候，便采用敲锣打鼓吹号角来壮声势。这时听到文将军墓上也有鼓角和铠甲碰撞的声音。送葬队伍渐渐接近墓地，等到了墓前，竟有三人突然死在墓门边。安葬妻子之后，闾丘及其家族被杨佺期所诛杀。人们都认为这是文将军在作祟。出自《荆州记》。

古层冢

古层墓在武陵县北面一十五里又二百步的地方。墓周围五十步，高三丈，已经不知道葬者的姓名了。很早就传说，过去有人掘开墓穴，看到有数十个铜人瞪着眼睛向外看。片刻又听到墓中击鼓喊叫，掘墓人最终没敢进去。后来他看到掘开的坟墓又自动合拢成先前的样子。出自《朗州图经》。

隋 王

齐隋王曾率随从人员到樊姬墓前喝酒喧闹。当天晚上，隋王梦见樊姬生气地对他说："难道就不想想加高坟墓的意义，为什么这样扰乱我？我要让你受到教训。"第二天早上，隋王就病了。隋王让巫师代替自己设祭认错，过了好几天才痊愈。出自《渚宫旧事》。

楚王冢

南齐襄阳的盗墓贼挖开楚王墓，得到玉鞋、玉屏风和用青丝编的书简。盗贼拿火把照看，王僧虔看到十多支简后说："这是用科斗文书写的《考工记》《周官》中短缺的文字。"

舒 绰

东阳人舒绰通今博古，尤其喜好阴阳之术，善长看墓地风水。吏部侍郎杨恭仁想要改葬父母，请来五六位并称海内名手、擅长墓地风水的先生。这些人住在他家，共同论证，互相评说对方的正确与否。杨恭仁不知道谁对谁非，便派一个略微懂卜墓之道的人赶往京城，到预选的四处墓地分别做了标记，

记其方面，高下形势，各取一斗土，并历封之。恭仁隐历出土，令诸生相之，取殊不同，言其行势，与历又相乖背。绰乃定一土堪葬，操笔作历，言其四方形势，与恭仁历无尺寸之差。诸生雅相推服，各赐绢十匹遣之。绰曰："此所拟处，深五尺之外，有五谷，若得一谷，即是福地，公侯世世不绝。"恭仁即将绰向京，令人掘深七尺，得一穴，如五石瓮大，有粟七八斗。此地经为粟田，蚁运粟下入此穴。当时朝野之士，以绰为圣。葬竟，赐细马一匹，物二百段。绰之妙能，今古无比。出《朝野佥载》。

李德林

隋内史令李德林，深州饶阳人也。使其子卜葬于饶阳城东，迁厝其父母。遂问之："其地奚若？"曰："卜兆云，葬后当出八公。其地东村西郭，南道北堤。"林曰："村名何？"答曰："五公。"林曰："唯有三公在，此其命也，知复云何。"遂葬之。子伯药，孙安期，并袭安平公。至曾孙，与徐敬业反，公遂绝。出《朝野佥载》。

郝处俊

唐郝处俊，为侍中死。葬讫，有一书生过其墓，叹曰："葬压龙角，其棺必斫。"后其孙象贤，坐不道，斫俊棺，焚其尸。

并记录各个墓地的方向、地形；又各取一斗土，和标记一起封好带回。杨恭仁把标记藏起来，拿出采来的土样让各位风水先生观察。几个人所说的取土的位置很不同，所说的地形地势又与标记的相背离。舒绰认定其中的一个地点可以选作墓地，就拿笔写出那地方四周的地形、地貌，结果同杨恭仁记录的一点不差。其他人都表示服气。杨恭仁赏给其他几人每人十匹绢让他们走了。舒绰说："选定的这地方，五尺深以下有五谷，如果得到其中的一种谷物，就证明是福地，世世代代不断公侯。"于是杨恭仁带着舒绰来到京城，让人在选定的墓地处向下挖了七尺。他看到一个洞穴，有装五石粮的瓮那么大，里面有七八斗谷子。这个地方曾经是谷地，蚂蚁把谷子运到了这个穴洞中。当时无论官员和普通民众都把舒绰当做圣人。安葬结束，杨恭仁赐给舒绰一匹骏马和两百段纺织品。舒绰的超人才能，古今没有能与之相比的。出自《朝野佥载》。

李德林

隋朝内史令李德林是深州饶阳人。他让儿子去请教风水先生，想要在饶阳城的东面选择一处墓地，用来迁移父母的灵柩。事后他问儿子："那地方怎么样？"儿子回答："卜兆说葬后我家能出八个公侯。那地方东有村，西有城，南有道，北有堤。"李德林问："村名叫什么？"回答说："五公。"李德林说："只有三公在，这是命中注定的，知道又怎样呢？"于是将父母葬在那里。李德林的儿子伯药和孙子安期都袭封为安平公。到曾孙一代，因和徐敬业谋反，公侯的封爵从此断绝。出自《朝野佥载》。

郝处俊

唐朝时，郝处俊在做侍中时死去。郝处俊被埋葬后，有一个书生经过他的墓地时感叹说："坟地压住了龙角，棺木将来一定会被砍断的。"后来郝处俊的孙子郝象贤因犯"不道"罪被诛杀，朝廷派人掘开郝处俊的坟，砍开他的棺木，烧了他的尸体。

俊发根入脑骨,皮托毛着髑髅,亦是奇毛异骨,贵相人也。
<small>出《朝野佥载》。</small>

徐　勣

唐英公徐勣初卜葬,繇曰:"朱雀和鸣,子孙盛荣。"张景藏闻之,私谓人曰:"所占者过也,此所谓'朱雀悲哀,棺中见灰'。"后孙敬业扬州反。弟敬贞答款曰:"敬业初生时,于蓐下掘得一龟,云大贵之象。英公今秘而不言,果有大变之象。"则天怒,斫英公棺,焚其尸,"灰"之应也。<small>出《朝野佥载》。</small>

韦安石

神龙中,相地者僧泓师,与韦安石善。尝语安石曰:"贫道近于凤栖原见一地,可二十余亩,有龙起伏形势。葬于此地者,必累世为台座。"安石曰:"老夫有别业,在城南。待闲时,陪师往诣地所,问其价几何。同游林泉,又是高兴。"安石妻闻,谓曰:"公为天子大臣,泓师通阴阳术数,奈何一旦潜游郊野,又买墓地,恐祸生不测矣。"安石惧,遂止。泓叹曰:"国夫人识达先见,非贫道之所及。公若要买地,不必躬亲。"夫人曰:"欲得了义,兼地不要买。"安石曰:"舍弟绍,有中殇男未葬,便与买此地。"泓曰:"如贤弟得此地,即不得将相,位止列卿。"已而绍竟买其地,葬中殇男。绍后为太常卿礼仪使,卒官。<small>出《戎幕闲谈》。</small>

人们看到郝处俊的发根都扎到了头骨里去了，皮托着毛附在骷髅上。郝处俊也算是一个奇毛异骨的贵相人了。出自《朝野佥载》。

徐　勣

唐朝的英国公徐勣当初占卜墓地时，卜辞说："朱雀和鸣，子孙盛荣。"张景藏听到了，私下里对别人说："这是算命先生的过错。应该是'朱雀悲哀，棺中见灰'。"后来李勣的孙子敬业在扬州造反，敬业的弟弟敬贞说："敬业刚出生时，在草垫子下面挖到一只龟，说是大贵之象。英国公一直保密不说，果然是大变故的征兆。"武则天大怒，命人砍开英国公的棺材，焚烧了他的尸体。"棺中见灰"的说法应验了。出自《朝野佥载》。

韦安石

唐中宗神龙年间，看风水的僧泓师同韦安石是好朋友。他曾经对韦安石说："我最近在凤栖原看见一块地，大约有二十多亩，有龙起伏的架势。葬在这个地方的人，一定会连续几代都做宰相。"韦安石说："我有个别墅在城南。等到闲暇时我陪法师到那地方看看，问问他卖多少钱。我们还可同游林泉，更是件高兴的事。"韦安石的妻子听说了，对他说："你身为天子的大臣，僧泓师精通阴阳法术，你怎么能同他一起偷偷到郊外野游？还要买墓地，恐怕会引来不可预测的大祸啊。"韦安石心里害怕，就打消了这一念头。僧泓师感叹说："还是夫人见识高，看得远，我是赶不上的。您要买地，不必亲自去。"夫人说："要得到最圆满的义谛，就不要在活着的时候买死后的用地。"安石说："我弟弟韦绍，有个十几岁死去的儿子，现在还没安葬，可以给他买这块地。"僧泓师说："如果贤弟得到这块地，就不能得到将相那样高的官位，只能做到卿一级的官职。"后来韦绍买了那块地，把未成年就死去的儿子葬在那里。韦绍后来果然做到太常卿礼仪使，死在任职期间。出自《戎幕闲谈》。

源乾曜

泓师自东洛回，言于张说："缺门道左有地甚善，公试请假三两日，有百僚至者，贫道于帘间视其相甚贵者，付此地。"说如其言，请假两日，朝士毕集。泓云："或已贵，大福不再。或不称此地，反以为祸。"及监察御史源乾曜至，泓谓说曰："此人贵与公等，试召之，方便授以此。"说召乾曜与语。源云："乾曜大茔在缺门，先人尚未启祔。今请告归洛，赴先远之期，故来拜辞。"说具述泓言，必同行尤佳。源辞以家贫不办此，言："不敢烦师同行。"后泓复经缺门，见其地已为源氏墓矣。回谓说曰："天赞源氏者，合洼处本高，今则洼矣；合高处本洼，今则高矣。其安坟及山门角缺之所，皆作者。问其价，乃赊买耳。问其卜葬者，村夫耳。问其术，乃凭下俚斗书耳。其制度一一自然如此。源氏子大贵矣。"乾曜自京尹拜相，为侍中近二十年。出《戎幕闲谈》。

杨知春

开元中，忽相传有僵人在地一千年，因墓崩，僵人复生，不食五谷，饮水吸风而已。时人呼为地仙者，或有呼为妄者，或多知地下金玉积聚焉，好行吴楚齐鲁间。有二贼，乘僵人言，乃结凶徒十辈，于濠寿开发墓。至盛唐县界，发一冢，时呼为白茅冢。发一丈，其冢有四房阁，东房皆兵器，弓矢枪刀之类悉备；南房皆缯彩，中衣隔，皆锦绮，上有

源乾曜

泓师从东洛回来，对张说讲："缺门道左有块地非常好。您可请两三天的假，待同僚来看您时，我在帘后察看他们。如果有长相显贵的人，就把那块地交给他。"张说按照他的说法，请了两天假。来探望他的朝中官员全到了，泓师说："有的已经很富贵了，太大的福份不会再来了。有的不适合葬在那里，否则反而会因此带来灾祸。"等到监察御史源乾曜来到时，泓师对张说说："这个人的富贵相同您一样，您把他请过来，好把那块地交给他。"张说将源乾曜请来，同他说了这件事。源乾曜说："乾曜家的墓地在缺门。对先人还未进行祭祀，现在请求回归洛川，去祭奠死去的先辈，特意前来辞行。"张说把泓师的话详细述说了一遍，认为一同去查看墓地更好。源乾曜以家里贫困不能做这事来推辞，并说不敢麻烦法师同行。后来泓师又经过缺门，见到这个地方已经成为源家的墓地了。他回来对张说说："老天保佑帮助源家，应当是洼地的地方，原来木是高冈，现在洼下去了，应当是高冈的地方，本来洼，现在高起来了。那墓门缺角的地方，全都修补了。问价钱，才知是赊买的。问那看风水的人，原来是个村夫。问他师门流派，原来是凭借乡村流传的一本书罢了。那营造墓地的规矩却这样一一合乎自然。源家子孙必然大富大贵。"后来源乾曜从京尹升为丞相，做侍中近二十年。出自《戎幕闲谈》。

杨知春

唐玄宗开元年间，人们忽然传说有一个埋在地下一千年的僵尸，由于坟墓崩塌而得以复活。这复活的僵尸不吃五谷杂粮，只是喝水吸风。人们叫他地仙，也有人叫他为狂人。他似乎知道很多地下金玉珠宝埋藏的地点，喜欢活动在吴、楚、齐、鲁一带。有两个盗贼根据他说的话，召集了十多个歹徒，在濠寿开掘古墓。他们在盛唐县界挖了一座被人们称为白茅墓的古墓。挖到一丈深，看到墓穴中有四间墓室。东室全是兵器，弓、箭、枪、刀齐全。南室全是丝织品，中间梳妆台上全是上等布匹。上面有块

牌云，周夷王所赐锦三百端。下一隔，皆金玉器物；西房皆漆器，其新如昨；北房有玉棺，中有玉女，俨然如生。绿发稠直，皓齿编贝，秾纤修短中度，若素画焉。衣紫帔，绣袜珠履，新香可爱。以手循之，体如暖焉。玉棺之前，有一银樽满。凶徒竞饮之，甘芳如人间上樽之味。各取其锦彩宝物，玉女左手无名指有玉镮，贼争脱之。一贼杨知春者曰："何必取此？诸宝已不少。"久不可脱，竞以刀断其指，指中出血，如赤豆汁。知春曰："大不仁。有物不能赎，卒断其指，痛哉。"众贼出冢，以知春为诈，共欲杀之。一时举刀，皆不相识，九人自相斫，俱死。知春获存，遂却送所掠物于冢中，粗以土瘗之而去。知春诣官，自陈其状，官以军人二十余辈修复。复寻讨铭志，终不能得。出《博异志》。

唐尧臣

张师览善卜冢，弟子王景超传其业。开元中，唐尧臣卒于郑州，师览使景超为定葬地。葬后，唐氏六畜等皆能言，骂云："何物虫狗，葬我著如此地？"家人惶惧，遽移其墓，怪遂绝。出《广异记》。

陈思膺

陈思膺，本名聿修，福州龙平人也。少居乡里，以博学为志。开元中，有客求宿。聿修奇其客，厚待之。明日将

牌子写着"周夷王所赐锦三百端"。下面一隔，全是金玉宝物。西室全是漆器，新得就像是昨天才做好的一样。北室中有一口玉棺，棺中有一美女，好像活的一样。美女头发乌黑稠密，牙齿洁白整齐，胖瘦高矮适中，好像是画上的美人一样。她身着紫色的帔巾，脚穿绣花袜子和镶嵌珍珠玉石的鞋子。用手抚摸一下，她好像还有体温。玉棺的前面有一个银杯，里面盛满酒。歹徒们竞相将酒喝了。酒味甘甜芬香，和人间的上等美酒一样。歹徒们各取锦缎宝物。玉女的左手无名指上戴着一个玉环，贼人争着去摘。一个叫杨知春的盗贼说："何必拿它，各种宝物已经不少了。"盗贼由于长时间摘不下玉环，竞相用刀砍断了美人的手指。手指中流出好像赤豆汁一样的血来。杨知春说："太不仁义了！这么多的宝物难道不能换取一个玉环吗，还要砍断她的手指？痛心啊！"众盗贼走出坟墓，认为杨知春这个人不可靠，想共同杀死他。他们同时举刀，忽然互相之间不认识了。九个人互相残杀，最后都死了，只有杨知春没死。他把抢掠来的宝物又送回墓中，草草用土埋上离去。杨知春去见地方官，向官员陈述了这次作案的情况。官员派二十多名士兵去修复这座古墓。再去寻找墓志铭，终究没有找到。出自《博异志》。

唐尧臣

张师览擅长看风水选择墓地，他的弟子王景超继承了他的技能。开元年间，唐尧臣死在郑州，张师览让王景超给他选定埋葬的地方。安葬了唐尧臣后，唐家的六畜都会说话了，它们骂道："什么猪狗东西，将我葬到这个地方？"家里人都很惊恐，急忙迁移了唐尧臣的坟墓，怪事从此没有了。出自《广异记》。

陈思膺

陈思膺的本名叫聿修，是福州龙平人。他年轻时居住在乡里，以博学作为自己的志向。开元年间，有客人来他家投宿。聿修见客人的相貌奇特，就非常热情地接待了他。第二天，客人要

去，乃曰："吾识地理，思有以报。遥见此州上里地形，贵不可言，葬之必福昆嗣。"聿修欣然，同诣其处视之。客曰："若葬此，可世世为郡守。"又指一处曰："若用此，可一世为都督。"聿修谢之。居数载，丧亲。遂以所指都督地葬焉。他日拜墓，忽见其地生金笋甚众，遂采而归。再至，金笋又生。及服阕，所获多矣。因携入京，以计行赂。以所业继之，颇致闻达。后有宗人名思膺者，以前任诰牒与，因易名干执政。久之，遂除桂州都督。今壁记具列其名，亦有子孙仕本郡者。出《桂林风土记》。

离开时对聿修说:"我懂得风水地理,想要报答你的盛情招待。我从远处看此州上里那地方的地形,好得不容随便说出来。如果作为墓地,一定能降福于后代。"聿修非常高兴,同他一起去那地方察看。客人说:"假如能葬在这个地方,可以世世代代做郡守。"又指着一个地方说:"如果采用这个地方,可一世为都督。"聿修向他表示感谢。过了几年,聿修的父母死去,聿修就把他们葬在当初客人所说的可以做都督的地方。有一天祭墓时,聿修忽然看见墓地上长出了很多金笋,就采了回去。再去时,金笋又长了出来。到守孝三年期满,得到的金笋已经很多了。聿修携带金笋进京,用以行贿;金笋不够,又用家产补充。他因此获得很大声誉。后来他同宗有一个叫陈思膺的,将以前朝廷发给自己的任命文书送给聿修,聿修便冒名顶替结交执政官员。时间久了,聿修果然被任命为桂州都督。如今的壁记上还列着他的名字,他也有子孙在本郡做官。出自《桂林风土记》。

卷第三百九十
冢墓二

奴官冢

鄮县有后汉奴官冢,初村人田于其侧,每至秋获,近冢地多失穄不稔。积数岁,已苦之。后恒夜往伺之,见四大鹅,从冢中出,食禾,逐即入去。村人素闻奴官冢有宝,乃相结开之。初入埏前,见有鹅,鼓翅击人,贼以棒反击之,皆不复动,乃铜鹅也。稍稍入外厅,得宝剑二枚,其他器物不可识者甚众。次至大藏,水深,有紫衣人当门立,与贼相击。贼等群争往击次,其人冲贼走出。入县大叫云:"贼劫吾墓。"门主者曰:"君墓安在?"答曰:"正奴官冢是也。"县令使里长逐贼,至皆擒之。开元末,明州刺史进三十余事。出《广异记》。

奴官冢

鄮县有座后汉奴官墓。当初村里人在墓的旁边种田，每到秋收的季节，靠近墓的田里便有很多庄稼因失去穗而减少收成。这样过了几年，村里人对此十分苦恼，后来便经常在夜里去探察。一天夜里，有人看见有四只大鹅从坟墓中出来吃庄稼，前去追赶大鹅便又回到墓中。村里人一向听说奴官墓中有宝物，于是就结伴去挖掘。刚进入墓道，就看到有鹅张开翅膀击打人。盗贼用木棒反击，鹅都不再动了，原来是铜鹅。渐渐进入墓室外厅，得到两只宝剑，还有很多不认识的器物。最后到了放置棺椁的主墓室。地上有很深的积水，有个穿紫衣的人站在门前同盗贼搏斗。盗贼群起攻击，那个人冲出包围逃了出去。他来到县衙大叫："有贼劫我的墓！"管事的人问他："你的墓在哪里？"回答说："奴官墓就是我的墓。"县令派里长去驱赶盗贼，到了墓地将盗贼全部抓获。开元末年，明州刺史讲述了三十多件这类事。出自《广异记》。

卢　涣

黄门侍郎卢涣，为洺州刺史。属邑翁山县，溪谷迥无人，尝有盗发墓。云：初行，见车辙中有花砖，因揭之，知是古冢，乃结十人。县投状，请路旁居止，县许之。遂种麻，令外人无所见，即悉力发掘。入其隧路，渐至圹中，有三石门，皆以铁封之。其盗先能诵咒，因斋戒近之。至日，两门开。每门中各有铜人铜马数百，持执干戈，其制精巧。盗又斋戒三日，中门半开，有黄衣人出曰："汉征南将军刘，忘名。使来相闻，某生有征伐大勋，及死，敕令护葬，又铸铜人马等，以象存日仪卫。奉计来此，必要财货，所居之室，实无他物。且官葬不瘗宝货，何必苦以神咒相侵？若更不已，当不免两损。"言讫复入，门合如初。又诵咒数日不已，门开，一青衣又出传语，盗不听。两扇欻辟，大水漂荡，盗皆溺死。一盗能泅而出，自缚诣官，具说本末。涣令复视其墓，中门内有一石床，骷髅枕之。水漂，已半垂于床下。因却为封两门，窒隧路矣。出《玄怪录》。

赵冬曦

华阴太守赵冬曦，先人垄在鼓城县。天宝初，将合附焉。启其父墓，而树根滋蔓，围绕父棺，悬之于空，遂不敢发。以母枢置于其傍，封墓而返。宣城太守刁缅，改葬二亲，缅亦纳母棺于其侧，封焉，后门绪昌盛也。冬曦兄弟七人，皆秀才，有名当世，四人至二千石。缅三为将军，门施

卢 涣

黄门侍郎卢涣任洺州刺史。洺州属地翁山县的河谷中无人居住。曾有盗贼去掘墓,他说,当初他刚走那里,看见车辙中有花砖,就揭开观看,知道是古墓,于是聚集了十个人,给县令写了封信,请求在谷中路旁居住。县令批准了。他们在古墓周围种上麻,使外人看不见里面,随后就全力挖掘。打开隧道,渐渐进入墓穴。古墓有三个石门,全都用铁封住。盗墓贼先念咒语,接着斋戒后接近石门。念咒、斋戒日满,两门打开。每个门内各有数百铜人铜马,全都手持兵器,制作非常精巧。盗贼又斋戒三日,中门半开,有个穿黄衣服的人出来说:"汉征南将军刘忘记名字。让我来告诉你们,他生前征战多次,立有大功,死后皇帝下令护葬,又铸了铜人马等,以象征生前的仪仗卫队。你们千方百计来这里,一定是想要陪葬财物,但他所居住的墓室里,实在没有什么其他东西。况且官葬不埋珍宝,何必苦苦用咒语相侵扰呢?假如再不停止挖掘,免不了两方都会受到损害。"说完又进去了,门像先前那样关闭。盗贼坚持多日不停地念诵咒语,门又开了。一个婢女又出来传话,盗贼还是不听。两扇门忽然打开,大水漂荡起来,盗贼都被淹死。有一个会游水的盗贼游了出来,他把自己捆住去见官自首,讲了盗墓的经过。卢涣派人再去查看那个古墓,看到中门内有一张石床,有个骷髅躺在石床上。水漂上来,淹到床下一半。于是封了两门,堵塞了墓道。出自《玄怪录》。

赵冬曦

华阴太守赵冬曦祖先的坟墓在鼓城县。天宝初年,他想将父母合葬。挖开他父亲的坟墓,看到树根滋生蔓延,围绕着他父亲的棺木,把棺木悬在空中。于是他不敢再挖,便把他母亲的棺柩安放在旁边,封上墓穴回去了。宣城太守习缅改葬父母,也是把母亲的棺木埋葬在父亲的棺木旁边,然后封土。后来习缅家族繁荣,人丁兴旺。赵冬曦兄弟七人都是秀才,在当时很有名望,有四个人享俸禄二千石。习缅做了三次将军,他家门前放置

长戟。开元二十年，万年有人，父殁后，家渐富，遂葬母。父樟亦为萦绕，不可解。其人遂刀断之，根皆流血，遂以葬。既而家道稍衰，死亡俱尽。出《纪闻》。

丁永兴

高唐县南有鲜卑城，旧传鲜卑聘燕，享于此城。旁有盗跖冢，冢极高大，贼盗尝私祈焉。天宝初，县令丁永兴，有群盗劫其部内。兴乃密令人冢傍伺之，果有祀者，乃执诣县，按杀之。自后祀者颇绝。《皇览》言盗跖冢在河东，按盗跖死于东陵，此地古名东平陵，疑此近之。出《酉阳杂俎》。

严安之

天宝初，严安之为万年县捕贼官。亭午，有中使黄衣乘马，自门驰入。宣敕曰："城南十里某公主墓，见被贼劫。宣使往捕之，不得漏失。"安之即领所由并器杖，往掩捕。见六七人，方穴地道，才及埏路，一时擒获。安之令求中使不得，因思之曰："贼方开冢，天子何以知之？"至县，乃尽召贼，讯其事。贼曰："才开墓，即觉有异，自知必败。至第一门，有盟器敕使数人，黄衣骑马。内一人持鞭，状如走势，幞头脚亦如风吹直竖，眉目已来，悉皆飞动。某即知必败也。"安之即思前敕使状貌，两盟器敕使耳。出《逸史》。

长戟。开元二十年，万年县有一个人，他父亲死后，家里渐渐富起来。后来这个人安葬母亲时，见到父亲的棺木也被树根围绕，无法解开，就用刀砍断了树根。结果树根全都流出了血。自从他这次合葬父母以后，家道开始衰落，人也逐渐死光了。出自《纪闻》。

丁永兴

高唐县南有座鲜卑城，过去传说鲜卑遣使访问燕国，就在这座城中欢宴。城外有盗跖的墓，墓很高大，盗贼曾经私下在这里祭奠祈祷。天宝初年，高唐县令是丁永兴。当时有一伙盗贼在本县作案，丁永兴暗中派人在盗跖墓旁埋伏。果然有人前来祭祀，差人便把他们缉拿到县衙，审问后处死。从那以后，祭祀的人便绝迹了。《皇览》上说，盗跖墓在河东。据考证盗跖死在东陵，这地方古地名叫东平陵，想来盗跖墓在此地比较可信。出自《酉阳杂俎》。

严安之

唐玄宗天宝初年，严安之任万年县捕贼官。一天中午，有位黄衣太监骑马从大门跑进来，宣读皇帝的命令说："城南十里某公主的墓现在被盗贼挖劫，命令你带人去缉拿，不得使一人漏网。"严安之立刻带领手下人携带器械棍棒，前去捕捉。赶到那里看到六七个人正在挖地，刚刚进入墓道。就把他们全部抓获。严安之让人去找那个太监没有找到，因而想道："盗贼刚刚开始挖掘，皇帝怎么知道的？"到了县衙，他把盗贼全部召集起来，审问盗墓的经过。盗贼说："刚打开墓道就觉得有些异常，意识到这次盗墓一定要失败。到了第一道门，看见有几个冥器，是为皇帝送信的黄衣太监骑在马上。其中有一个手里拿着鞭子，姿势像是正在纵马奔跑，头巾的一角像是被风吹得直竖起来，眼睛和眉毛也都在动。我们就知道这次盗墓一定不会成功。"严安之回忆前来宣读敕书的太监的相貌，原来是冥器敕使。出自《逸史》。

女娲墓

　　潼关口河湄上，有树数株，虽水暴涨，亦不漂没。时人号为女娲墓。唐天宝十三年五月内，因大风吹失所在。乾元二年六月，虢州刺史王奇光上言："今月一日，河上侧近，忽闻风雷。晓见坟踊出，上有双柳树，下巨石，柳各高丈余。"出《唐历》。

李 邈

　　刘晏判官李邈，庄在高陵，庄客欠租课，积五六年。邈因罢归庄，方将责之，见仓库盈美，输尚未毕。邈怪问，悉曰："某久为盗，近闻一古冢，冢西去庄十里，极高大，入松林二百步，方至墓。墓侧有碑，断倒草中，字磨灭不可读。初旁掘数十丈，遇一石门，锢以铁汁，累日洋粪沃之，方开。开时，箭出如雨，射杀数人。众惧欲出，某审无他，必设机耳。乃令投石其中，每投，箭辄出。投十余石，箭不复发。因列炬而入，至开重门，有木人数十，张目运剑，又伤数人。众以棒击之，兵仗悉落。四壁各画兵卫之像，南壁有大漆棺，悬以铁索，其下金玉珠玑堆积。众惧，未即掠之。棺两角忽飒飒风起，有沙扑人面。须臾风甚，沙出如注，遂没至髀。众惊恐退走，比出，门已塞矣。一人复为沙埋死。乃同酹地谢之，誓不发冢。"

女娲墓

潼关口河边沙滩上有几棵树，虽然河水暴涨，也没淹没和冲走它。当时人称它为女娲墓。唐玄宗天宝十三年五月里，这几棵树被大风吹走，不知吹到哪里去了。唐肃宗乾元二年六月，虢州刺使王奇光上奏说："本月一日，河畔附近忽然有打雷刮风的声音。早上看见有一座坟墓从水下冒出来，上面有两棵柳树，树下面有巨石。每棵柳树都高一丈多。"出自《唐历》。

李 邈

刘晏的判官李邈的庄院在高陵。庄客欠他的地租已有五六年之久，李邈因罢官回到庄院准备去催讨，看见仓库堆满好东西，还在不断地向里运。李邈觉得奇怪，就问庄客。他们都说："我们长时间做盗贼，最近听说有一座古墓，在由庄院向西走十里地的位置，坟墓非常高大。进入松林二百来步，才到了墓地。墓的旁边有块石碑，折断倒在草丛中，碑上的字迹已经磨损得没法辨认了。刚开始从墓的侧面挖掘，挖了数十丈深时遇到一个用铁水浇固的石门。连日用粪水浇它，才打开。刚打开时，箭像雨点一样射出，射死好几个人。众人害怕想要出来，我仔细察看了一下，感到没有什么别的东西，一定是设置的机关，就让他们向里面投石块。每投一次，箭就从里边射出来。投了十多次石块，不再有箭向外射了。于是众人举着火把进入墓中。到打开第二道门的时候，看到有十多个木人，瞪着眼睛，舞动利剑，又伤了几个人。众人用棍棒还击，兵器全被打落。看看四壁，那上面都画着卫兵的形象。紧靠南面石壁有个很大的涂漆棺材，用铁索悬吊在半空。棺材下面堆满金、银、玉器、珠宝等。大家看到后都很害怕，没有马上就去抢掠。这时，棺材的两个角忽然飒飒作响，刮起风来，同时有沙子扑面而来。片刻之间风更大了，沙子像水一样喷出，不久就埋过了脚踝。大家非常惊慌，纷纷退了出来。等逃出来时，门已被沙子堵塞住了，有一个人还被沙子埋死。于是大家一起洒酒祭奠谢罪，发誓再也不盗墓了。"

《水经》言越王句践都琅琊，欲移尤常冢，冢中生风，飞沙射人，人不得近，遂止。按汉旧仪，将作营陵之内方丈，外设伏弩伏火弓矢与沙。盖古制有此机也。出《酉阳杂俎》。

贾　耽

贾耽在滑州境内。天旱，耽召大将二人谓曰："今岁荒，烦君二人救民也。"皆言："苟利军州，死不足辞。"耽笑曰："君可辱为健步。明日，当有两骑，衣惨绯。所乘马，蕃步鬣长。经市出城，可随之，识其所灭处，则吾事谐矣。"二将乃裹粮，衣皂衣，寻之。果有二绯衣，经市至野，行二百余里，映大冢而灭。遂累石表之，信宿而返。耽大喜，发数百人，具畚锸，与二将偕往发冢，获陈粟数十万斛，人竟不之测。出《酉阳杂俎》。

张　式

张式幼孤，奉遗命，葬于洛京。时周士龙识地形，称郭璞青乌之流也。式与同之外野，历览三日而无获，夜宿村舍。时冬寒，室内惟一榻，式则籍地，士龙据榻以憩。士龙夜久不寐，式兼衣拥炉而寝。欻然惊魇曰："亲家。"士龙遽呼之，式固不自知，久而复寐。又惊魇曰："亲家。"士龙又呼之，式亦自不知所谓。及晓，又与士龙同行。出村之南，南有土山，士龙驻马遥望曰："气势殊佳。"则与式步履久之。

《水经》记载：越王勾践建都琅琊，想迁移尤常墓。结果墓中起风，飞沙射人，人不能靠近，就作罢了。根据汉朝旧有的制度，将作官营造陵墓，在墓室的一丈见方之处要设置伏弩、伏火弓矢及沙。大概古代的墓葬制度里就有这些机关。出自《酉阳杂俎》。

贾 耽

贾耽带兵驻扎在滑州境内时，天大旱。贾耽召见两名大将对他们说："今年是荒年，劳烦二位去拯救百姓。"两人都说："如果对军州有利，万死不辞。"贾耽笑着说："你们受点委屈走一次长路。明天，会有两个骑马的人，他们穿暗红色的衣服，骑的马迈著步、披长鬃。他们经这市镇出城，你们要跟着他们，记住他们消失的地方，我们的事情就成功了。"两位将军就带着干粮，穿上黑色的衣服，去寻找那两个人。他们果然看见两个骑马穿红衣服的人，经过闹市到野外去了。这两个红衣人走了二百多里路，在一座大墓前消失了。于是二将垒起几块石头作为标记，连夜返回。贾耽大喜，派出几百人，带着铁锹、箕畚，同两名将军一起前往挖掘古墓，挖到了数十万斛陈粮。人们最终也不知道这是怎么一回事。出自《酉阳杂俎》。

张 式

张式幼年时就死了父母，他奉遗命要将父母葬在洛京。当时有个叫周士龙的人会识别地形，称得上是郭璞、青乌一类的名家。张式同他到野外勘察了三天，没有什么收获。夜晚他们宿在村民家中。当时正值寒冬，室内只有一张床。张式打地铺，周士龙睡在床上。周士龙夜里久久没睡着，张式和衣抱炉而睡。忽然，张式在梦中喊到："亲家。"周士龙急忙叫醒他，张式不知道自己喊的是什么。过了一会张式又睡着了，又在梦中惊叫："亲家。"周士龙又叫醒他，张式还是不知自己喊的什么。天亮以后，俩人又一起出发，到了村南。南面有个土山，周士龙勒住马远远看着说："这山的气势太好了。"就同张式步行观察测量了很长时间。

南有村夫伐木，远见士龙相地，则荷斧遽至曰："官等得非择葬地乎？此地乃某之亲家所有。如何？则某请导致焉。"士龙谓式曰："畴昔夜梦再惊，皆曰亲家。岂非神明前定之证与！"遂卜葬焉，而式累世清贵。出《集异记》。

樊　泽

樊泽为襄阳节度。有巡官张某者，父为邕管经略使，葬于邓州北数十里。张兄弟三人，忽同时梦其父曰："我葬墓某夜被劫，贼将衣物，今日入城来，停在席帽行。汝宜速往擒之，日出后，即不得矣。"张兄弟夜起，泣涕相告。未明，扣州门，见泽，具白其事。立召都虞候，令捕之。同党六人，并贼帅之妻皆获。泽引入，面问之曰："汝劫此墓有异耶？"贼曰："某今日之事，亦无所隐，必是为神理所殛。某夫妻业劫冢已十余年，每劫，夫妻携酒爇火，诸徒党即开墓。至棺盖，某夫妻与其亡人，递为斟酌。某自饮一盏，曰：'客欲一盏。'即以酒沥于亡人口中，云：'主人饮一盏。'又妻饮一盏遍，便云：'酒钱何处出？'其妻应云：'酒钱主人出。'遂取夜物宝货等。某昨开此墓，见棺中人紫衣玉带，其状如生。某依法饮酒，及沥酒云：'至主人一盏。'言讫，亡人笑。某等惊甚，便扶起，唯枯骨耳。遂解腰带，亡人呼曰：'缓之，我腰痛。'某辈皆惊惧，遂驰出。自此神魂惝恍，即知必败。"悉杀之。数日，邓州方上其事。出《逸史》。

南山有个村夫在砍柴，远远看到周士龙在看风水，就带着斧子快步走过来说："两位官人莫非要选择坟地么？这个地方是我的亲家的，怎么样？如果你们相中了这块地，我可以带你们到他家去。"周士龙对张式说："昨天晚上你从梦中惊醒两次，喊的都是'亲家'，这难道不是神明所定的证明吗！"于是选中了这块墓地。后来张式家历代显贵。出自《集异记》。

樊 泽

　　樊泽任襄阳节度使时，有个巡官张某，他父亲曾做过邕管经略使，死后葬在邓州北面数十里的地方。一天夜晚，张某兄弟三人同时梦到父亲对他们说："我的坟墓某天夜晚被劫，盗贼带着盗来的衣物今天进城，将在席帽行停留。你们应当急速前往捉拿他们，太阳出来以后，就抓不到他们了。"张某兄弟半夜起身，哭泣着相互通知这件事。天还没亮，兄弟三人就去扣打州衙的大门，见到樊泽，把这事详细诉说了一遍。樊泽立即召见都虞候，让他带人去缉捕盗贼。盗贼同党六人以及头目的妻子全被抓获。樊泽命令将他们带进来，当面审问说："你们去盗这个墓有没有什么异常现象？"盗贼头目说："现在这事，我们也没有什么可隐瞒的了，一定是神灵要诛杀我们。我们夫妻已经盗墓十多年了，每次去盗墓都带上酒和火把，其他的同党就开始挖墓。打开棺盖的时候，我们夫妻要亲同死去的人共同喝酒。我自己先饮一杯，说：'客人先喝一杯。'再把酒洒到死者的口中，说：'主人也喝一杯。'接着，妻子喝完一杯，然后我说：'酒钱谁拿？'妻子回答说：'酒钱主人拿。'于是开始拿衣物宝物等。昨天挖这座墓，看到棺中的人紫衣玉带，神色好像是活人一样。我依照老办法饮酒，到洒酒时说：'请主人喝一杯。'说完，死者笑了。我们都很惊慌，便把他扶起来，原来只是个枯骨。便解他的腰带，死者大叫'慢点，我的腰痛'。我们这些人都很害怕，就急忙跑了出来。从那以后精神恍惚，就知道这件事情一定会败露。"樊泽将他们都杀了。过了几天以后，邓州才把这件事上报。出自《逸史》。

齐景公墓

贝邱县东北齐景公墓，近世有人开之。下入三丈，石函中得一鹅。鹅回转翅以拨石。复下入一丈，便有青气上腾，望之如陶烟。飞鸟过之，辄堕死。遂不敢入。出《酉阳杂俎》。

郭　谊

潞州军校郭谊，先为邯郸郡牧使。因兄亡，遂入郓州，举其先，同茔于磁州滏阳。县接山，土中多石，有力者卒，共凿石为穴。谊之所卜，亦凿焉。即日倍加，忽透一穴，穴中有石，长可四尺。形如守宫，支体首尾毕具。役者误断焉，谊恶之。将别卜地，白于刘从谏，从谏不许，因葬焉。后月余，谊陷于厕，几死，骨肉奴婢相继死者二十余口。自是尝恐悸，寤寐不安，因表请罢职。从谏以都押衙焦长楚之务，与谊对换。及刘稹阻兵，谊为共魁，军破枭首，其家无少长悉投死井中。盐州从事郑宾于言，石守宫见在磁州官库中。出《酉阳杂俎》。

寿安土棺

寿安之南有土峰甚峻，乾宁初，因雨而圮。半壁衔土棺，棺下有木，横亘之。木见风成尘，而土形尚固。邑令涤之，泥汩于水粉，腻而蜡黄。剖其腹，依稀骸骨。因征近代，无以土为周身之器者。载记云，夏后氏堲周，盖其时也。出《唐阙史》。

齐景公墓

贝邱县东北有齐景公的墓，近代曾有人发掘过这座墓。向下挖三丈，在一个石匣中看到一只鹅，这只鹅拍打着翅膀拔打石匣。再往下挖一丈，便有青烟向上升腾，看上去好像是烧制陶器的窑中冒出的烟。有飞鸟从上空飞过，立即坠地而死。于是没人再敢进入这座墓。出自《酉阳杂俎》。

郭　谊

潞州军校郭谊起初为邯郸郡牧使。因为哥哥死了，他就到了郓州，把父亲同哥哥一起安葬在磁州滏阳。那地方同山相接，泥土中石头很多。从事劳作的人死去，众人就一起为他凿石为穴墓。郭谊所选择的墓穴也在那开凿。工匠每天加倍用力打凿，忽然凿透一个地穴，穴中有块石头，长大约四丈，形状像壁虎，肢体、头尾全都有。工匠失手把它打断了。郭谊厌恶这事，想要到别的地方再找一处墓地，就向刘从谏说了这个想法。刘从谏不同意，于是就葬在那里。一个月后，郭谊掉进茅厕中，几乎死去，他的家人和奴婢等相继死了二十多口。从那以后，郭谊经常恐惧心跳，坐卧不安，就写了辞官报告。刘从谏用都押衙焦长楚的职务同郭谊对换。后来刘稹起兵造反时，郭谊为叛军首领之一，兵败被砍头，全家不论老幼全都被投到井里淹死。盐州从事郑宾于说，石壁虎现在在磁州的官库中。出自《酉阳杂俎》。

寿安土棺

寿安的南面有座土峰，非常险峻。乾宁初年，土峰因天下大雨被冲塌。有一面土壁的中间衔着一个土棺，土棺的下边有一根木头，横在那里。木头见风后变成了尘土，而土棺的形状还很坚固。邑官让用水浇它，泥块很快变成水粉，滑腻腻的呈蜡黄色。把泥棺从中间剖开，依稀可见里面的骸骨。考察近代人的风俗，没有用土做棺材的。史书上记载："夏后氏烧土为砖做棺。"这个土棺大约就是那时的墓葬。出自《唐阙史》。

李思恭

乾宁三年丙辰,蜀州刺史节度参谋李思恭埋弟于成都锦浦里北门内西回第一宅,西与李冰祠邻。距宅之北,地形渐高,冈走西南,与祠相接。于其堂北,凿地五六尺,得大冢,砖甓甚固。于砖外得金钱数十枚,各重十七八铢,径寸七八分,圆而无孔。去缘二分,有隐起规,规内两面,各有书二十一字。其缘甚薄,有刃焉。督役者驰其二以白思恭,命使者入青城云溪山居以示道士杜光庭,云:"此钱得有石余。"思恭命并金钱复瘗之,但不知谁氏之墓也。其地北百步所,有石笋,知石笋即此墓之阙矣。自此甚灵,人不敢犯。其后蜀主改置祠堂享之。出《广异记》。

武 瑜

安州城东二十余里,有大墓。群贼发之,数日乃开。得金钗百余枚,合重百斤。有石座,杂宝古腰带陈列甚多。取其一带,随手有水涌,俄顷满墓。所开之处,寻自闭塞。盗以二钗,子献刺史武瑜。夜梦一人古服,侍从极多,来谒云:"南蛮武相公也,为群盗坏我居处,以君宗姓,愿为修之。盗当发狂,勿加擒捕。"即命修之,群盗三十余人,同时发狂,相次皆卒。出《录异记》。

曹王墓

永平乙亥岁,有说开封人发曹王皋墓,取其石人羊马砖石之属。见其棺宛然,而随手灰灭,无复形骨,但有金器

李思恭

唐朝乾宁三年丙辰，蜀州刺史节度参谋李思恭把弟弟埋在成都锦浦里北门内西回第一宅，西面与李冰祠相邻。宅的北面地势渐渐高起来，高冈的走向是西南向，同李冰祠相连接。在宅堂的北面，挖地五六尺深，看到一个大墓，墓的砖壁非常坚固。在砖壁外挖到数十枚金钱，每个重十七八铢，直径一寸七八分，圆形而中间没有眼。离边缘二分处有凹槽，槽内两面各有二十一个字。金钱的边缘非常薄，有刃。监工的人急忙带了两枚钱骑马给李思恭报信。李思恭派人进青城云溪山居把两枚钱送给道士杜光庭看。杜光庭说："这种钱大概有一石多。"李思恭命令把金钱放回墓中重新埋上，但是不知是谁的坟墓。墓地北面一百步左右，有一尊石笋，李思恭知道石笋就是这个墓的阙门。从那以后，那里非常灵验，没人敢侵犯。后来蜀主把那里改作祠堂，用于祭祀。出自《广异记》。

武　瑜

安州城东二十多里处有座大墓。群贼去盗墓，好多天才挖开。盗得一百多枚金钗，合起来有一百斤重。墓中有个石座，石座上面陈列了许多宝物腰带。盗贼拿起其中的一条，随手涌出许多水，不一会墓室里面水就满了。挖掘开的地方也自己封闭了。盗贼把两个金钗献给刺史武瑜。武瑜夜晚做梦，梦见一个穿古代衣服的人带着众多侍从来见他说："我是南蛮武相公，群盗破坏了我的住处。因为你是我的同宗，希望你替我修好。盗贼都会发狂，不用缉捕他们了。"武瑜就让人去修好了大墓。那群盗贼三十多人同时发狂，相继都死了。出自《录异记》。

曹王墓

前蜀永平乙亥年间，传说开封人发掘了曹王皋的坟墓，取走了那里的石人、石羊、石马、砖石之类的东西。看着棺椁仍完好，可是用手一碰就像灰尘似的飞散，一点尸骨也没有了，只有金器

数事。棺前有铸银盆,广三尺,满盆贮水。中坐玉婴儿,高三尺,水无减耗。则泓师所云:墓中贮玉,则草木温润;贮金多,则草木焦枯。曹王自贞元之后,历二百岁矣,盆水不减,玉之润也。出《录异记》。

韩　建

韩建丧母,卜葬地。有术云:"祇有一穴,可置大钱,而不久即散。若华州境内,莫加于此也。"建乃于此葬母。明年,大驾来幸。四海之人,罔不臻凑。建乃广收商税,二载之后,有钱九百万贯。复三年,为朱梁所有。出《中朝故事》。

海陵夏氏

戊戌岁,城海陵县为郡,侵人冢墓。有市侩夏氏,其先尝为盐商,墓在城西,夏改葬其祖。百一十年矣,开棺,唯有白骨,而衣服器物,皆俨然如新,无所损污。有红锦被,文彩尤异。夏方贫,皆取卖之,人竞以善价买云。其余冢,虽历年未及,而皆腐败矣。出《稽神录》。

庐陵彭氏

庐陵人彭氏,葬其父。有术士为卜地曰:"葬此,当世为藩牧郡守。"彭从之。又掘坎,术士曰:"深无过九尺。"久之,术士暂憩他所,役者遂掘丈余。歘有白鹤自地出,飞入云中,术士叹恨而去。今彭氏子孙,有为县令者。出《稽神录》。

几件。棺椁前面有一个银盆,盆口三尺,盆中贮满水。中间坐着一个玉石婴儿,高三尺,水一点也没有减少损耗。正如泓师所说的:墓中贮藏玉器,草木就温润新鲜;贮藏金多,草木就焦枯。曹王自从贞元年间被葬之后,他的墓已经历了二百年,而盆中的水一点不减少,就是玉滋润的结果。出自《录异记》。

韩　建

韩建的母亲去世,请风水先生选择墓地。风水先生说:"只有一处较好的墓地,葬在那里可以得到许多钱财,但不久就会失去。假如葬在华州境内,没有比这再好的地点了。"韩建就在这个地方埋葬了他母亲。第二年皇帝驾临,全国各地的人都往这里聚集,韩建就趁机收取商税。两年之后,家里积蓄了九百万贯钱。又过了三年,这里就归朱梁所有了。出自《中朝故事》。

海陵夏氏

戊戌年间,海陵县建郡城侵占了一些坟地。有一个买卖的中间介绍人姓夏,他的先辈曾经做过盐商,坟墓在城的西面。夏氏只好改葬他的祖先。他家的祖坟已经有一百一十年了,开棺时里面的尸体已成白骨,可是衣服器物还都像新的一样,一点没有污损。有床红锦被,花纹和色彩尤其特殊。姓夏的生活贫困,便把从墓中取出来的东西全拿去卖。人们争着以高价来买。其余的坟墓虽然年头没有这么长,可全腐朽了。出自《稽神录》。

庐陵彭氏

庐陵有个姓彭的人准备安葬他的父亲。有个术士为他选择墓地,告诉他说:"葬在这个地方,就世代可做藩牧郡守。"彭氏听从了他的话。挖坑时,术士说:"深不要超过九尺。"过了一段时间,术士暂时离开去休息,干活的人就向下挖了一丈多深。忽然有一只白鹤从地里飞出,一直飞到云中。术士叹息遗憾着离开了。现在这姓彭的子孙,有做县令的。出自《稽神录》。

武夷山

建州武夷山,或风雨之夕,闻人马箫管之声。及明,则有棺椁在悬崖之上,中有胫骨一节,土人谓之仙人换骨函。近代有人深入绝壑,俯见一函,其上题云:润州朝京门内染师张某第三女。好事者记之。后至润州,果得张氏之居。云:"第三女未嫁而卒,已数岁。"因发其墓,则空棺矣。出《稽神录》。

林赞尧

丙午岁,漳州裨将林赞尧杀监军中使,据郡,及保山岩以为营。掘地,得一古冢,棺椁皆腐。中有一女子,衣服容貌皆如生,举体犹有暖气。军士取其金银钗镮,而弃其尸。又发一冢,开棺,见一人被发覆面,蹲于棺中。军士骇惧,致死者数人。赞尧竟伏诛。出《稽神录》。

张绍军卒

丙午岁,江南之师围留安,军政不肃。军士发掘冢墓,以取财物,诸将莫禁。监军使张匡绍所将卒二人,发城南一冢,得一椰实杯,以献匡绍。因曰:"某发此冢,开棺,见绿衣人面如生,惧不敢犯。墓中无他珍,唯得此杯耳。既还营,而绿衣人已坐某房矣,一日数见,意甚恶之。"居一二日,二卒皆战死。出《稽神录》。

武夷山

建州武夷山上,有时在风雨夜会听到有人喊马叫、箫管吹奏的声音。等到天亮时,人们看见一口棺椁在悬崖之上,棺椁中有一块小腿骨。当地人称它为"仙人换骨函"。近代有人攀上绝壁,俯身看见一函,上面题字:"润州朝京门内染师张某第三女。"好事的人把这记了下来。后来到润州,果然找到了张氏家。张氏说:"第三个女儿没出嫁就死了,已经好几年了。"于是打开她的棺木查看,看到里面已经空了。出自《稽神录》。

林赞尧

丙午年间,漳州副将林赞尧杀了监军中使,占据了郡城,依据山岩作为营地。军士在挖地的时候,看到一座古墓,棺椁全都腐烂了。棺中有一个女子,衣服容貌全都像是活人一样,整个身体还有温暖的气息。军士们拿走了她的金银钗环等首饰而丢弃了她的尸体。又掘开一个坟墓,打开棺材时,看见有一个人披发遮面,蹲在棺材中。军士们非常害怕,有几个人竟被吓死。林赞尧最后被杀了。出自《稽神录》。

张绍军卒

丙午年间,江南的军队包围了留安。这支军队的纪律很差,军士们到处挖掘坟墓来寻取财物,将官们也不禁止。监军使张匡绍所带的两个士兵挖掘城南一座坟墓,挖到一个椰子壳做的杯子,献给了张匡绍。这两名士兵告诉他说:"我们挖掘这座坟墓,打开棺材时,看见一个绿衣人,脸色好像活人一样,因恐惧没敢触动他。墓中没有什么别的珍宝,只得到这个杯子。等到我们回到营房时,绿衣人已经坐在营房里了。一天看见好几次,我们感到非常厌恶。"过了一两天,这两名士兵都战死了。出自《稽神录》。

马黄谷冢

安州城南马黄谷冢左有大冢，棺椁已腐，唯一髑髅，长三尺。陈人左鹏，亲见之焉。出《稽神录》。

秦进崇

周显德乙卯岁，伪连水军使秦进崇，修城，发一古冢。棺椁皆腐，得古钱破铜镜数枚。复得一瓶，中更有一瓶，黄质黑文，成隶字云："一双青乌子，飞来五两头。借问船轻重，寄信到扬州。"其明年，周师伐吴，进崇死之。出《稽神录》。

和　文

蜀人王昭远，戊午岁为巡边制置使。及文州，遇军人喧聚，问之，言旧冢内有尸不坏，或以砖石投之，其声铿然。昭远往，见其形质俨然，如新逝者，冢中得石版云："有唐故文州马步都虞候和文，年五十八，大中五年辛未五月五日卒，葬于此。"昭远致祭，复令掩闭之，于墓侧刻石以铭之。出《野人闲话》。

马黄谷冢

安州城南马黄谷墓左面有座大墓,棺椁已经腐烂了,只有一个三尺长的骷髅。陈地人左鹏曾亲眼见过这座墓。出自《稽神录》。

秦进崇

后周显德乙卯年,伪连水军使秦进崇领兵修城时,挖开一座古墓。墓中的棺椁全都腐烂了,从墓中找到几枚古钱和几面破铜镜。还找到一个瓶子,瓶中又有一个瓶。瓶是黄色的,上面有黑色的字,用隶书写着:"一双青乌子,飞来五两头。借问船轻重,寄信到扬州。"第二年,后周军队进攻吴国,秦进崇被杀。出自《稽神录》。

和　文

蜀郡人王昭远戊午年任巡边制置使。一次他到文州,路遇军人聚集在一块喧闹。他上前询问原因,有人告诉他说,有一个古墓内有具没腐烂的尸体,把砖石等扔进去,发出的声音很响亮。王昭远去察看,看见那尸体形状清楚,好像是新近死去的人一样。他在墓中找到一块石板,上面刻着:"有唐故文州马步都虞候和文,年五十八,大中五年辛未五月五日卒,葬于此。"王昭远进行了祭奠,又命令士兵将墓穴重新埋好,并在墓的侧面刻碑来记这件事。出自《野人闲话》。

卷第三百九十一
铭记一

李　斯

周末，有发冢得方玉石，上刻文八十字，当时莫识，遂藏书府。至秦时，李斯识八字，云："上天作命，皇辟迭王。"至汉时，叔孙通识二字。出《述异记》。

夏侯婴

汉夏侯婴以功封滕公，及死将葬，未及墓，引车马踏地不前。使人掘之，得一石室，室中有铭曰："佳城郁郁，三千年见白日，吁嗟滕公居此室！"遂改卜焉。出《独异志》。

张　恩

后魏天赐中，河东人张恩盗发汤冢，得志云："我死后二千年，困于恩。"恩得古钟磬，皆投于河。此又别见《圣贤城冢记》。出《史系》。

李　斯

周朝末年，有人在挖掘古墓时得到一块玉石，上面刻着一篇文章，共计八十个字。当时的人都不认识这些字，便把它藏在书馆中。到了秦朝时，李斯认出八个字，为"上天作命，皇辟迭王"。到汉朝时，叔孙通又认出两个字。出自《述异记》。

夏侯婴

汉朝的夏侯婴因功劳而被封为滕公，等到他去世将要安葬的时候，灵车尚未到墓地，拉车的马便仆倒在地再也不往前走。派人在这里往下挖掘，竟然挖到一个石屋。石屋中有铭文写道："佳城郁郁，三千年见白日，吁嗟滕公居此室！"于是将滕公改葬在这里。出自《独异志》。

张　恩

后魏天赐年间，河东人张恩盗掘商汤古墓，挖到一篇铭志，写着："我死后二千年，困于恩。"张恩将得到的古钟磬全投进河里。此事又见于《圣贤城冢记》。出自《史系》。

高流之

后魏高流之,为徐州刺史。决滹沱河水绕城,破一古墓。得铭曰:"吾死后三百年,背底生流泉。赖逢高流之,迁吾上高原。"流之为造棺椁衣物,取其柩而改葬焉。出《朝野金载》。

高显洛

洛阳大统寺南,有三公令史高显洛宅。洛每于夜见赤光行于堂前,如此者非一。向光所掘地丈余,得黄金百斤。铭云:"苏秦家金,得者为吾造功德。"洛遂造招福寺。世又谓此地苏秦旧时宅,当时元义秉政,闻其得金,就洛索之,以二十斤与之。案苏秦时未有佛法,功德者,不必起寺,或是碑铭之类,颂声绩也。出《洛阳伽蓝记》。

谢灵运

宋浦阳江有琵琶圻,圻有古冢,堕水。甓有隐起字云:"筮吉龟凶,八百年,落江中。"谢灵运取甓诣京,咸传视焉。乃验龟繇,古冢已八百矣。出《水经》。

王 果

唐左卫将军王果被责,出为雅州刺史。于江中泊船,仰见岩腹中有一棺,临空半出。乃缘崖而观之,得铭曰:"欲堕不堕逢王果,五百年中重收我。"果喟然叹曰:"吾今葬此人。被责雅州,固其命也。"乃收窆而去。

高流之

后魏时，高流之任徐州刺史。他要开掘滹沱河引水绕城作为防护，施工中挖开一座古墓。墓中的铭文写道："吾死后三百年，背底生流泉。赖逢高流之，迁吾上高原。"高流之重新给墓主造了棺椁制备了衣物，取出他的灵柩，改葬于别处。出自《朝野佥载》。

高显洛

洛阳大统寺南面有三公令史高显洛的宅第。每当夜晚高显洛便发现有赤光在堂前移动，这样的事已不止一次。他向发光的地点挖下去一丈多深后，得到了一百斤黄金。黄金上刻写着："苏秦家金，得者为吾造功德。"高显洛于是为他修建了招福寺。世人又说此处便是苏秦以前的宅第。当时是元义执政，听说高显洛得到这些金子，就向他索要，高显洛给了他二十斤。查考苏秦那个时代还没有佛教，所说的"功德"，不一定是建造寺庙，或者是用碑铭之类来颂扬名声业绩。出自《洛阳伽蓝记》。

谢灵运

南朝宋代浦阳江边有一处地方叫琵琶圻，圻上有一座古墓，被江水冲毁。墓砖上有隐约的文字是："筮吉龟凶，八百年，落江中。"谢灵运把那块砖带到京城，人们都传着看。于是查验龟卜，证实这座古墓已有八百年了。出自《水经》。

王　果

唐朝左卫将军王果被处分，出任雅州刺史。在乘船赴任的途中，有一天他把船停泊在江上，一抬头发现在岸边悬崖的半山腰有一口棺材，那棺材有一半悬空在外。于是他沿着悬崖爬上去观看，看到一行铭文，上写："欲堕不堕逢王果，五百年中重收我。"王果喟然长叹道："我现在就重新埋藏此人吧。我被贬雅州，原来是命中注定的啊！"于是他将棺材中的人落葬后才离去。

丰都冢

东都丰都市,在长寿寺之东北。初筑市垣,掘得古冢,土藏,无砖甓。棺木陈朽,触之便散。尸上著平上帻,朱衣。得铭云:"筮道居朝,龟言近市。五百年间,于斯见矣。"当时达者参验,是魏黄初二年所葬也。出《朝野金载》《两京记》。

樊钦贲

寇天师谦之,后魏时得道者也,常刻石为记,藏于嵩山。上元初,有洛川鄩城县民,因采药于山,得之,以献县令樊文。言于州,州以上闻,高宗皇帝诏藏于内府。其铭记文甚多,奥不可解。略曰:"木子当天下。"又曰:"止戈龙。"又曰:"李代代不可移宗。"又曰:"中鼎显真容。"又曰:"基千万岁。"所谓"木子当天下"者,盖言唐氏受命也。"止戈龙"者,言天后临朝也。"止戈"为"武",武天后氏也。"李代代不移宗"者,谓中宗中兴,再新天地。"中鼎显真容"者,实真宗之庙讳。"真"为睿圣之徽谥,得不信乎。"基千万岁"者,"基"玄宗名也,"千万岁"盖历数久长也。后中宗御历,樊文男钦贲,以石记本上献,上命编于国史。出《宣室志》。

姜师度

卫先生大经,解梁人,以文学闻,不狎俗,常闭门绝人事。生而敏悟,周知天文历象,穷冥索玄。后以寿终,墓于解梁之野。开元中大水,姜师度奉诏凿无咸河,以溉盐田。划室庐,溃丘墓甚多,解梁人皆病之。既至卫先生墓前,

丰都冢

东都丰都市在长寿寺的东北面。最初建城墙时，挖出一座古墓，是土藏，四周没砌砖，棺木已经腐朽，一碰就散架了。尸体头戴平上帻，身穿红衣。还有一行铭文，写道："筮道居朝，龟言近市。五百年间，于斯见矣。"当时经通晓这方面知识的人对照查验，是魏黄初二年所葬。出自《朝野佥载》《两京记》。

樊钦贲

寇天师字谦之，是后魏时的得道之人。他曾在石头上刻字记事，然后将这块刻字的石头藏于嵩山中。唐朝上元初年，洛川郜城县有一百姓因到山中采药，得到这块石头，把它献给了县令樊文。县令将此事禀报州官，州官又上奏给皇帝，高宗皇帝下诏将石头藏于内府。这块石上刻字记述的事很多，而且深奥难解。简要地说，有"木子当天下"，又说"止戈龙""李代代不可移宗""中鼎显真容""基千万岁"等等。所谓"木子当天下"，是说唐朝李氏受天命当皇帝。所谓"止戈龙"，是说则天武后临朝当政；"止戈"为"武"，指武则天。所谓"李代代不移宗"，是说中宗皇帝使唐朝重新振兴起来，使天地再度焕然一新。所谓"中鼎显真容"，其实是指睿宗的庙讳，因为"真"是睿宗的徽号。能说不对吗？所谓"基千万岁"，"基"是玄宗的名字，"千万岁"是指他当皇帝的时间长。后来中宗皇帝登位，樊文的儿子钦贲把石记本献上，皇帝下令将它编入国史。出自《宣室志》。

姜师度

卫大经先生是解梁人，他因有学问而远近闻名。他不媚俗，经常闭门谢绝与他人来往。他生来天资聪慧而有很高悟性，通晓天文历象，对天宇间的玄奥也有很深的研究和探索。后来他寿终正寝后，葬于解梁郊外。唐开元年间，解梁发大水，姜师度奉皇帝之命开凿无咸河，用以灌溉盐田。他拆除了很多房舍，铲平了很多坟丘，解梁的百姓都很不满。等挖到卫先生墓前，

发其地,得一石,刻字为铭,盖先生之词也。曰:"姜师度,更移向南三五步。"工人得之,以状言之于师度。师度异其事,叹咏久之,顾谓僚吏曰:"卫先生真奇士也。"即命工人迁其河,远先生之墓数十步。出《宣室志》。

邬 载

开元中,江南大水,溺而死者数千。郡以状闻,玄宗诏侍御史邬君载往巡之。载至江南,忽见道傍有古墓,水溃其穴。公念之,命迁其骸于高原上。既发墓,得一石,凿而成文,盖志其墓也。志后有铭二十言,乃卜地者之词。词曰:"尔后一千岁,此地化为泉。赖逢邬侍御,移我向高原。"载览而异之,因校其年,果千岁矣。出《宣室志》。

郑钦悦

天宝中,有商洛隐者任昇之,尝贻右补阙郑钦悦书曰:"昇之白。顷退居商洛,久阙披陈。山林独往,交亲两绝。意有所问,别日垂访。昇之五代祖仕梁为太常,初任南阳王帐下,于钟山悬岸圮圹之中得古铭,不言姓氏。小篆文云:'龟言土,蓍言水。甸服黄钟启灵趾。瘗在三上庚,堕遇七中巳。六千三百浃辰交,二九重三四百圮。'文虽剥落,仍且分明。大雨之后,才堕而获。即梁武大同四年。数日,遇盂兰大会,从驾同泰寺,录示史官姚訾并诸学官。详议数月,无能知者。筐笥之内,遗文尚在。足下学乃天

在向地下挖土时发现一块石头，石上刻字为铭，是当年卫先生留下的话。他写道："姜师度，更移向南三五步。"修河工看到铭文后，便把这一情形禀报姜师度。姜师度对此事十分惊奇，他感叹良久，回头对僚属们说："卫先生真是奇士啊！"就立即命令修河工们改变河道走向，离开卫先生的墓地几十步远。出自《宣室志》。

邬 载

唐朝开元年间，江南发大水，淹死好几千人。郡守把这一情况上报给皇帝，玄宗下令让侍御史邬载前往巡察。邬载来到江南，忽然发现道旁有座古墓，被水冲坏了墓穴。邬载心生怜悯，便叫人把墓中的骨骸迁到高地上。等到挖墓的时候，发现有一块石头，上面刻有文字，是记载这坟墓情况的。志后有铭文二十字，是占卜此地的人说的话。他写道："尔后一千岁，此地化为泉。赖逢邬侍御，移我向高原。"邬载看了后感到很奇怪，于是查验这墓的年代，果然有一千年了。出自《宣室志》。

郑钦悦

唐朝天宝年间，商洛有名隐士名叫任昇之。有一次，他给右补阙郑钦悦写信说："昇之所言是这样的：我隐退后居住在商洛，很久没有写信了。我独往山林，亲情之间断绝往来。今日有事想向你求问，他日再去拜访。昇之的上五代先祖曾在梁朝做官任太常，当初在南阳王帐下作官时，在钟山悬崖一处坍塌的坟墓中得到一篇古代的铭文。这篇铭志没有说明姓氏，用小篆刻的文字说：'龟言土，蓍言水。甸服黄钟启灵趾。瘗在三上庚，堕遇七中巳。六千三百浃辰交，二九重三四百圮。'文字虽有剥落，但仍很分明清晰。是一场大雨之后，才坠落下来而得到的。当时是梁武帝大同四年。数日后，恰逢盂兰大会，先祖随从皇帝一起去同泰寺，便将铭文抄录下来拿给史官姚誉及诸学官看。他们仔细地研讨了几个月，却没有一个人能知晓它的意思。当时抄录的文字，现在还装在筐笥之中。您的学问可以说是天

生而知，计舍运筹而会，前贤所不及，近古所未闻。愿采其旨要，会其归趣，著之遗简，以成先祖之志，深所望焉。乐安任昇之白。"

数日，钦悦即复书曰："使至，忽辱简翰，用浣襟怀，不遗旧情。俯见推访，又示以大同古铭，前贤未达，仆非远识，安敢轻言，良增怀愧也。属在途路，无所披求。据鞍运思，颇有所得。发圹者未知谁氏之子，卜宅者实为绝代之贤。藏往知来，有若指掌。契终论始，不差锱铢。隗炤之预识龚使，无以过也。不说葬者之岁月，先识圮时之日辰，以圮之日，却求初兆，事可知矣。姚史官亦为当世达识，复与诸儒详之，沉吟月余，竟不知其指趣，岂止于是哉！原卜者之意，隐其事，微其言，当待仆为龚使耳。不然，何忽见顾访也！谨稽诸历术，测以微词，试一探言，庶会微旨。当梁武帝大同四年，岁次戊午。言'旬服'者，五百也。'黄钟'者，十一也。五百一十一年而圮。从大同四年，上求五百一十一年，得汉光武帝建武四年戊子岁也。'三上庚'，三月上旬之庚也。其年三月辛巳朔，十日得庚寅，是三月初葬于钟山也。'七中巳'，乃七月戊午朔，十二日得己巳，是初圮堕之日，是日己巳可知矣。'浃辰'，十二也，从建武四年三月，至大同四年七月，总六千三百一十二月，每月一交，故云六千三百浃辰交也。二九为十八，重三为六，末言四百，则六为千，十八为万可知。从建武四年三月十日庚

生而知之，谋略、运筹两者兼备。像您这样有学识的人即使是前贤也比不上，近代也从未听说过。愿您能选其要旨，综合它的要义，将遗简的内容注释阐发出来，以了却先祖的遗愿。这也是我深深盼望的。乐安任昇之白。"

数日后，郑钦悦回信说："送信的使者已到，忽然看到您的信函，正可涤除我胸中的烦闷。您不忘旧情，甚至要屈驾来访。又把大同年间的古铭抄给我看，连前辈贤才都不能通晓，我没有那么高学识，怎敢轻言狂语呢？这让我更加惭愧了。我现在正在途中，没有什么资料可查阅，只是在马鞍上探求思考，但也颇有收益。修建这座古墓的人不知是何人之子，选择这个地方作墓地的人可称得上是绝代的贤才。对过去和未来的事情，他了如指掌。推论事情的始终，丝毫不差，比隗炤能预测到将有姓龚的使者来访还要高明。不说葬者的年岁，先记载坍塌的时间。从坍塌的时间来求索初葬的日子，事情就可以知晓了。姚史官也可称得上是当世的学者，反复多次与诸儒研讨，琢磨一个多月，竟不知那里面包含的旨意。当然还不止是这一点。推究占卜者的用意，是把事情说得含蓄些，话说得深奥些。这是等待我来作那个测算的龚使。如果不是这样，为什么你忽然来信求教于我呢？我稽查各种历术学说，揣测那些微词，试着作一次探索，希望能揣测出此铭的深意。当年是梁武帝大同四年，这一年正是戊午年。那里说的'甸服'，即是五百；'黄钟'即是十一。是说到五百一十一年坟墓将坍塌。从大同四年向上追溯五百一十一年，是汉光武帝建武四年，即戊子年。'三上庚'，说的是三月上旬的庚日。那年三月辛巳是朔日，即初一，再过十日是庚寅日，因此是三月初葬于钟山的。'七中巳'，说的是七月戊午朔日，也是初一。再过十日便是己巳日，这便是坟墓刚刚坍塌的日子。这一天是己巳可以知道了。'浃辰'是十二，从建武四年三月到大同四年七月，总共为六千三百一十二个月，每月一交替，所以说'六千三百浃辰交'。'二九'是十八，'重三'是六，尾字是'四百'，六就是千数，十八可知是万数。从建武四年三月十日庚

寅初葬,至大同四年七月十二日己巳初圮,计一十八万六千四百日,故云'二九重三四百圮'也。其所言者,但说年月日数耳。据年则五百一十一,会于'甸服黄钟';言月则六千三百一十二,会于'六千三百浃辰交';论日则一十八万六千四百,会于'二九重三四百圮'。从'三上庚'至于'七中巳';据历计之,无所差也。所言年则月日,但差一数,则不相照会矣。原卜者之意,当待仆言之。吾子之问,契使然也。从吏已久,艺业荒芜。古人之意,复难远测。足下更询能者,时报焉,使还不代。郑钦悦白。"

记:贞元中,李吉甫任尚书屯田员外郎兼太常博士,时宗人巽为户部郎中。于南宫暇日,语及近代儒术之士,谓吉甫曰:"故右补阙集贤殿直学士郑钦悦,于术数研精,思通玄奥,盖僧一行所不逮。以其夭阏当世,名不甚闻,子知之乎?"吉甫对曰:"兄何以核诸?"巽曰:"天宝中,商洛隐者任昇之,自言五代祖仕梁为太常。大同四年,于钟山下获古铭,其文隐秘。博求时儒,莫晓其旨。因缄其铭,诫诸子曰:'我代代子孙,以此铭访于通人,倘有知者,吾无所恨。'至昇之,颇耽道博雅,闻钦悦之名,即告以先祖之意。钦悦曰:'子当录以示我,我试思之。'昇之书遗其铭,会钦悦适奉朝使,方授驾于长乐驿,得铭而绎之。行及滋水,凡三十里,则释然悟矣。故其书曰,'据鞍运思,颇有所得'。不亦异乎!"

寅初葬，到大同四年七月十二日己巳坍塌，共计为一十八万六千四百日。所以铭上说'二九重三四百圮'。这里所说的只是年月日的数，按年说是五百一十一年，正合于'旬服黄钟'；按月算则是六千三百一十二个月，合于'六千三百浃辰交'；按日算则是一十八万六千四百日，合于'二九重三四百圮'。从'三上庚'到'七中巳'，根据历法计算，没有什么差错。所说的年和月日，只要差一个数，就不能相符了。当初卜者的用意，就是等待我来讲清楚的。你向我来询问，是天意早就安排好了的。我从政已经很久了，学业早已荒芜；古人的意思，又很难推测。您可以再问问别人，如有收获可及时告诉我。派使者送还此信面谢。郑钦悦启。"

据记载，贞元年间，李吉甫任尚书省屯田员外郎兼太常博士。当时宗人李巽为户部郎中。有一次在南宫，闲暇的时候谈到近代儒学术数的著名人物，李巽对李吉甫说："已故的右补阙集贤殿直学士郑钦悦对于术数研究精深，尤其对玄奥的事物能够深思通达，是僧一行所达不到的。因他在那时受到当朝者的压制，所以不很出名。你知道他吗？"李吉甫回答说："兄长用什么来证实呢？"李巽说："天宝年间，商洛的隐士任昇之，自称他的五代先祖曾在梁朝做太常。大同四年，他的先祖在钟山下得到一块古墓铭，那上面的文字隐秘难懂。他到处求教于儒学之士，却没有一个人能明白它的意思。于是他的这位先祖封存了古铭，并告诫儿子们说：'我代代子孙，要用这个古铭访寻于通晓它的人。如果能有知晓者，我就没有什么遗憾的了。'到了任昇之这一代，他很通法也很博学。当他了解到郑钦悦的名气后，就把先祖的意愿告诉了郑钦悦。郑钦悦说：'你应当抄录下来给我看看，我好试着研琢它。'任昇之便将铭文抄给他。此时正巧郑钦悦奉朝命出使，刚刚从长乐驿骑马出发，便得到铭文而对它进行解释。行到滋水，走了有三十里路，郑钦悦就悟出了其中的奥秘。所以他在信中写道：'据鞍运思，颇有所得。'这不也是件奇事吗？"

辛未岁，吉甫转驾部员外郎，钦悦子克钧，自京兆府司录授司门员外郎，吉甫数以巽之说质焉，虽且符其言，然克钧自云亡其草，每想其微言至赜而不获见，吉甫甚惜之。壬申岁，吉甫贬明州长史。海岛之中，有隐者姓张氏，名玄阳，以明《易经》，为州将所重。召置阁下，因讲《周易》卜筮之事，即以钦悦之书示吉甫。吉甫喜得其书，抃逾获宝。即编次之，仍为著论曰："夫一丘之土，无情也。遇雨而圮，偶然也。穷象数者，已悬定于十八万六千四百日之前。矧于理乱之运，穷达之命。圣贤不逢，君臣偶合。则姜牙得璜而尚父，仲尼无凤而旅人。傅说梦达于岩野，子房神授于圯上，亦必定之符也。然而孔不暇暖其席，墨不俟黔其突，何经营如彼？孟去齐而接淅，贾造湘而投吊，又眷恋如此，岂大圣大贤，犹惑于性命之理欤？将浼身存教，示人道之不可废欤？余不可得而知也。钦悦寻自右补阙历殿中侍御史，为时宰李林甫所恶，斥摈于外，不显其身。故余叙其所闻，系于二篇之后。以著蓍筮之神明，聪哲之悬解，奇偶之有数，贻诸好事，为后学之奇玩焉。时贞元九年十一月二十八日赵郡李吉甫记。"出《异闻记》。

辛未年，李吉甫转任驾部员外郎，郑钦悦的儿子郑克钧也由京兆府司录调任司门员外郎。李吉甫多次用李巽说的话去问他，虽然暂且符合事实，但郑克钧自己却说丢失了那封信的草稿。每每想那铭文的玄奥至深而又见不到原文，李吉甫都觉得非常惋惜。壬申年，李吉甫被贬为明州长史。在海岛之中，有一个隐士姓张，名叫玄阳，因为他明白《易经》，为州将所重用，被召聘安排到阁内。因他讲解《周易》卜筮之事，便把郑钦悦的书信给李吉甫看。李吉甫很高兴得到这封信，高兴得超过得到宝物，于是立刻将它编成册，又为它写文章论述道："一堆黄土，没有情。遇到大雨而坍塌，是偶然现象。而深明象数的人，把这偶然发生的事判定在十八万六千四百天之前。何况是在理乱的时运，而又艰难困厄之时，圣与贤不能相遇，君与臣偶然相合。就像姜子牙得到腾达而被称作尚父，孔子没有凤车却周游列国，傅说在岩下因梦被提拔，张良在桥上得神人传授，这都是必定要应验的事。然而孔子无暇暖其席，墨子不等到达黔而受挫，为什么要那样做？孟子去齐而匆忙得饭都来不及做；贾谊去湘江而凭吊屈原，又是这样眷恋。难道这些大圣大贤，还迷惑于宿命的说教吗？这是不是献身而存教，诏示人道而不可偏废呢？我无法知道。郑钦悦很快从右补阙升为殿中侍御史，被当时的宰相李林甫所嫉恨，排斥在外，使他不能显达。所以我才要叙述对他的所闻，放在这两篇书信之后，用来昭著蓍筮的神明，聪哲对玄妙疑难解释的本事，奇偶变化的有数，以此赠送给各位好事者，成为后世学子奇妙的玩味品。时间是贞元九年十一月二十八日。赵郡李吉甫记。"出自《异闻记》。

卷第三百九十二
铭记二

韩　愈　裴　度　张惟清　王　璠　柳　光
李　福　熊　博　王敬之　王承检

韩　愈

　　泉州之南有山焉，其山峻起壁立，下有潭水，深不可测，周十余亩。中有蛟螭，尝为人患，人有误近或马牛就而饮者，辄为吞食。泉人苦之有年矣。由是近山居者，咸挈引妻子，徙去他郡，以逃其患。元和五年，一夕，闻山南有雷震暴兴，震数百里，若山崩之状，一郡惊惧。里人洎牛马鸡犬，俱失声仆地，流汗被体，屋瓦交击，木树颠拔。自戌及子，雷电方息。明旦往视之，其山摧堕石壁数百仞殆尽，俱填其潭，水溢流，注满四野。蛟螭之血，遍若玄黄。而石壁之上，有凿成文字一十九言，字势甚古，郡中士庶无能知者。自是居人无复患矣。惧者既息，迁者亦归。结屋架庐，接比其地。郡守因之名其地为石铭里，盖因字为铭，且识其异也。后有客于泉者，能传其字，持至东洛。时故吏部侍郎韩愈自尚书郎为河南令，见而识之。

韩　愈

　　泉州之南有座大山，山势峻拔如壁耸立。山下有一个水潭，深不可测，面积有十几亩地那么大。潭中有条蛟龙，曾为人患。人不小心走近或牛马到潭边饮水，常常被它吃掉。泉州人受它的害已有多年了。因此靠近山边居住的人，都领着妻子儿女迁往他乡，以逃避其祸患。唐元和五年，有一天晚上，人们听到山南雷声大作，声震数百里之远，就像山崩一样。全郡百姓都很惊惧，乡里的人以至牛马鸡犬全都失声趴在地上，汗流全身。房屋上的瓦相互撞击，树木摇晃并连根拔倒。从戌时一直到子时，雷电才停息。第二天早晨人们去察看，只见那大山被摧塌，数百丈的峭壁全部化为平地，山石全都填进了深潭。潭水四溢，注满周围的原野。蛟龙的血到处都是。而石壁上却凿出了十九个字。字的形状很古奥，郡中有学问的人也没有能认识的。从此百姓再也没有担心了。恐惧没有了，迁往外地的人也都回来了。于是他们又重新造房架屋，一家挨一家地住了下来。郡守据石壁上的文字把此地命名为石铭里，也是为了记载这里发生的奇异之事。后来有个人到泉州来，能传递这些字，就把字抄下来带到东京洛阳。当时原吏部侍郎韩愈已由尚书郎改任河南令，他看见这些字识别了出来。

其文曰："诏示黑水之鲤鱼,天公卑杀牛人,壬癸神书急急。"然则详究其义,似上帝责蛟螭之词,令戮其害也。其字则蝌蚪篆书,故泉人无有识者矣。出《宣室志》。

裴度

元和元年,秋九月,淮西帅吴少诚死,子元济拒命。诏邻淮西者,以兵四攻之,凡数年不克。十三年,召丞相晋国公裴度将而击焉。度既至,因命封人深池濠,且发其地。有得一石者,上有雕出文字为铭,封人持以献度。文曰:"井底一竿竹,竹色深绿绿。鸡未肥,酒未熟,障车儿郎且须缩。"度得之,以示从事,令辩其义焉,咸不能究。度方念之,俄有一卒,自行间跃而贺曰:"吴元济逆天子命,纵狂兵为反谋。赖天子威圣,与丞相德合。今日逆竖成擒矣,敢贺丞相功。"度惊讯之,对曰:"封人得石铭,是其兆也。且'井底一竿竹,竹色深绿绿'者,言吴少诚由行间一卒,遂拥十万兵,为一方帅,且喻其荣也。'鸡未肥'者,言无肉也。夫以'肥'去'肉',为'己'字也。'酒未熟'者,言无水也。以'酒'去'水',为'酉'字。'障车儿郎',谓兵革之士也。'且缩'者,谓宜退守其所也。推是言之,则己酉日当克也。苟未及期,则可俟矣。"度喜,顾左右曰:"卒辨者也。"叹而异之。是岁冬十月,相国李愬将兵入淮西,生得元济,尽诸反者。度因校其日,果己酉焉。于是度益奇卒之辨,擢为裨将。出《宣室志》。

那文字是:"诏示黑水之鲤鱼,天公皁杀牛人,壬癸神书急急。"然而详细探究其义,似乎是天帝斥责蛟龙之词,下令要戮杀这一祸害。那些字是蝌蚪篆书,所以泉州没有能认识它的人。出自《宣室志》。

裴　度

　　唐宪宗元和元年九月,秋九月,淮西节度使吴少诚死去,其子吴元济叛变。皇帝下令邻近淮西的各路将领率兵从四方围攻他,然而围了好几年也没有攻克。元和十三年,又命丞相晋国公裴度率兵去歼灭他。裴度来到淮西后,便命令封人深挖水沟。在挖地时,有人得到一块石头,上面刻有文字为铭。封人把石头献给裴度。那铭文写道:"井底一竿竹,竹色深绿绿。鸡未肥,酒未熟,障车儿郎且须缩。"裴度得到这块石头后,拿给部下们观看,并叫他们辨别那文字的意思,结果他们都不能明白。裴度刚刚在揣度,很快有一名兵卒从队伍中跳起来祝贺道:"吴元济逆天子之命,指使狂兵谋反。仰仗天子的圣威,与丞相的贤德相合,今天这个叛逆之人就要被擒获了。应当庆贺丞相的功劳!"裴度很惊讶地询问他,他说:"封人得石铭,这是个吉兆。且看'井底一竿竹,竹色深绿绿',是说吴少诚原不过是队伍中的一名小卒,后来拥有了十万兵,成为一方统帅。这是喻说他的荣耀。'鸡未肥',是说没有肉。如果把'肥'字去掉'肉',就成了'己'字。'酒未熟',是说没有水。如果把'酒'字去掉'水',就变成了'酉'字。'障车儿郎',是说兵革之士。'且须缩',是说应该退守于自己的驻地。推论这些话的意思,是己酉日才可攻克淮西。假如未到时间,则可以等待。"裴度听后大喜,对左右道:"这士兵是一个很有辨析能力的人啊。"他又感慨又惊异。这年冬十月,相国李愬率兵攻入淮西,活擒吴元济,将反叛者全部消灭。裴度于是与铭文核对日期,果然是己酉日。于是裴度越发惊叹那位士兵的辨析之才,提拔他为副将。出自《宣室志》。

张惟清

黑山之阴,有李卫公庙。宝历中,张惟清都护单于。其从事卢立尝梦一人,颀长黑衣,告立曰:"吾居于卫公庙且久矣,子幸迁我于军城中。"已而遂去。及晓,立不谕,即入白于惟清曰:"卫公于国有大勋。今庙宇隳残,飘濡且甚,愿新其土木之制。"惟清喜而可其语。先是单于府以惟清有美化,状其政绩。请护军骆忠表闻于上。有诏,命中书舍人高公铢文其事,刻于碑。诏既至而未有碑石,惟清方命使采石于云中郡,未还。及修卫公庙,铲其西,得一石,方而长,其下有刻出"张"字,历然可辨。工人持以献惟清,惟清喜曰:"天赐吾之碑石。"即召从事视之,立且惊且异。因起贺而白前梦。于是以石为碑,刻高公之文焉。出《宣室志》。

王 璠

大和中,王璠廉问丹阳。因沟其城,既凿深数尺,得一石。铭文曰:"山有石,石有玉,玉有瑕,即休也。"工人得之,具以事告白献于璠。详其义,久而不能解,即命僚佐辨之,皆无能析其理者。数日,有一吏请谒璠之吏,且密谓曰:"吾闻王公得石铭,今有辨者乎?"吏曰:"公方念之,其义为何如?君岂即能究耶!"叟曰:"是不祥也。夫'山有石,石有玉,玉有瑕,即休也',皆叙王公之世也。且公之先曰鉴,鉴生礎,以文而观,是'山有石'也。礎生璠,是'石有

张惟清

黑山的北面有座李卫公庙。唐敬宗宝历年间,张惟清奉命都护匈奴。他的从事官卢立曾经梦见一个身体颀长、穿着黑色衣服的人。此人告诉卢立说:"我在卫公庙居住的时间很长了,希望你能把我迁到军城中。"说完就离去了。天亮后,卢立并没对其他人说这件事,他入内对张惟清说:"卫公对国家有很大的贡献。如今庙宇残破,不避风雨,并越来越严重,希望能重新修建一下。"张惟清一听很高兴,同意了他的请求。在此之前,匈奴单于府因张惟清有美好的德行,已为他写好了政绩,并请护军骆忠上表告知皇上。皇上曾下诏命中书舍人高公钺著文表彰他的事迹并刻到碑上。诏书已经到了而还没有碑石。张惟清不久前刚命人去云中郡采石,至今还未回来。可是在修卫公庙时,铲西侧的土时得到一块长方形的石头,石的下方还刻有一个清晰可见的"张"字。做工的人把它献给张惟清,张惟清大喜道:"这是天赐我碑石啊!"随即叫从事来观看。卢立看后又惊讶又奇怪,他于是起身向张惟清祝贺并说了从前做梦一事。于是就用这块石头做石碑,在上面刻上高公的文字。出自《宣室志》。

王 璠

唐文宗大和年间,王璠管辖丹阳。当时在城外挖掘护城河,当开掘到数尺深的时候,得到一块石碑,上面有铭文说:"山有石,石有玉,玉有瑕,即休也。"做工的人得到后,就把石碑献给王璠,并把挖出石碑前后的情形都告诉了他。王璠想要了解文字的含义,但看了很长的时间也解不开,就命他的僚属们来解释,可是谁都不能解释出其中的道理。数日后,有一位老者来求见王璠下属的一个官吏,并秘密地问他道:"我听说王公得到了石铭,如今有能解释出它的人吗?"那官吏说:"王公正在琢磨。那意思是什么,难道你能探究出来吗?"老者说:"是不祥之兆啊!'山有石,石有玉,玉有瑕,即休也',都是叙述王公家世的。王公的祖父叫鉴,鉴生礎,从文字上看,这是'山有石'。礎生璠,这是'石有

玉'也。璠之子曰'瑕休',是'玉有瑕即休',休者绝之兆,推是而辨,其绝绪乎?"吏谢之,叟言竟而去。至大和九年冬,璠卒夷其宗,果符叟之解也。出《宣室志》。

柳　光

太和中,有柳光者,尝南游。因行山道,会日晚,误入山崦中,松引盘曲。行数里,至一石室,云水环拥,清泉交贯。室有茵榻,若人居者。前对霞翠,固非人境。光因临流凝伫,忽见一缶,合于地。光即趋之,其缶下有泉,周不尽尺,其水清激。举卮以饮,若甘醴,尽十余卮而已醉甚,遂偃于榻,及晓方寤。因视石壁,有雕刻文字极多,遂写其字,置于袖。词曰:"武之在卯,尧王八季。我弃其寝,我去其庪。深深然,高高然,人不吾知,又不吾谓。由今之后,二百余祀,焰焰其光,和和其始。东方有兔,小首元尾,经过吾道,来至吾里。饮吾泉以醉,登吾榻而寐。刻乎其壁,奥乎其义,人谁辨,其东平子。"光先阅,阅而异之,遂行。出径数十步,回望其室,尽亡见矣。光究之不得。

有吕生者,视而解之,未几告曰:"吾尽详矣,此乃得道者语也。夫唐氏之初,建号武德。武之二年,其岁己卯,则武之在卯,其义见矣,盖武德二年也。'尧王'者,谓高祖之号神尧。曰'八季'者,亦二年也。'我弃其寝,我去庪'者,言其去,盖绝去之时,乃武德二年也。'深深然,高高然。人不吾知,人不吾谓'者,言其隐而人不知也。'由今之后,二百余祀'者,言君者来也。且唐氏之初,今果二百余矣。

玉'。璠的儿子叫瑕休,这便是'玉有瑕即休'。而'休'是绝的征兆。这样推究来辨析,他是要断绝世系了!"官吏谢了他,那老者说完便走了。到大和九年冬,王璠死而他全宗族被斩杀。果然符合老者的解释。出自《宣室志》。

柳 光

太和年间,有个叫柳光的人曾经南游。因为在山道中前行,天色已晚,误入到山中,松树枝杈屈曲盘旋。走了几里地后,来到一个石屋内。石屋的周围云水环抱,清清的泉流纵横交错。屋内有草榻,好像是有人在这里居住。榻前映着灿烂的晚霞和青翠的松柏,好像是仙境一样。柳光临溪伫立凝视的时候,忽然看到一个缶,放在地上。柳光急忙走过去。那缶的下面有泉水,周长不足一尺,泉中的水非常清澈。他于是拿起杯子舀泉水喝。泉水好像甘甜的美酒一样,柳光喝了十多杯后已大醉,于是躺在床榻上睡着了,到第二天天亮的时候才睡醒。他醒后四下观望,看到石壁上刻有许多字,柳光就抄录下那些字,放在袖中。刻字是:"武之在卯,尧王八季。我弃其寝,我去其宸。深深然,高高然,人不吾知,又不吾谓。由今之后,二百余祀,焰焰其光,和和其始。东方有兔,小首元尾,经过吾道,来至吾里。饮吾泉以醉,登吾榻而寐。刻乎其壁,奥乎其义,人谁辨,其东平子。"柳光先是看,越看越觉得奇怪,就走了。走出那条小路,回头再看那个石屋,已经踪影全无。柳光想探究文义,但是没有结果。

有个叫吕生的人,看到柳光带回的文字后加以解读,不久告诉他说:"我完全明白了这里面的意思。这是得道人的话。那上面写的是:唐氏初年,建号为武德。武德二年那年是己卯年,那么'武之在卯'的含义就清楚了,那就是武德二年。'尧王'说的是高祖的号'神尧'。'八季'指的也是二年。'我弃其寝,我去宸'说的是离去,就是离去的时间是武德二年。'深深然,高高然。人不吾知,人不吾谓',说的是他隐居而外人不知。'由今之后,二百余祀',说的是您来了。而且从唐初到现在确实二百多年了。

'焰焰其光,和和其始'者,'焰焰其光',谓岁在丁未也,焰者火,岂非南方之丙丁之谓乎?未亦火之位也;'和和其始',谓今天子建号曰太和其始,盖元年也。'东方有兔,小首元尾'者,叙君之名氏。东方甲乙木也,兔者卯也,'卯'以附'木',是'柳'字也。'小首元尾',是光也。'经吾道,来吾里'言君之来也。'饮吾泉以醉,登吾榻而寐'言君之止也。'刻乎其壁,奥乎其义。谁人以辨,其东平子'谓其义奥而隐,独吾能辨之。东平吾之邑也,即又信矣。如是而辨,果得道者之遗记也。"出《宣室志》。

李　福

洛京北邙太清观钟楼,唐咸通年中,忽然摧塌。有屋檩一条,其中空虚,每撑动触动转,内敲磕有声。人遂相传,来竞观之。道士李威仪不欲聚人,乃令破之,于其间得一黑漆板,上有陷金之字。曰:"山水谁无言,元年遇福重修。"道士赍呈洛中诸官,皆不能详之。李福相公罢镇西川归洛,见此隐文,反复详读数四,遂谓观主曰:"但请度工鸠徒,当以俸余之金,独立完葺也。百年之前,智者勒其志,已冥合今日。安得不重兴观宇乎!"洎观成,或请其由。福曰:"'山水谁无言'者,今上御名也。咸通名漼也。'元年遇福'者,改元之初作镇,获俸而回,福其不修,复待何人者哉!"出《玉堂闲话》。

熊　博

熊博者,本建安津吏。岸崩,得一古冢。藤蔓缠其棺,旁有石铭云:"欲陷不陷被藤缚,欲落不落被沙阁,五百年

'焰焰其光,和和其始'之句,'焰焰其光'是说在丁未年,'焰'就是火的意思。这难道不是指南方的丙丁吗?'未'也是火之位。'和和其始'是说今天子建年号叫太和是从这开始的,那就是元年。'东方有兔,小道元尾'说的是您的姓名。东方是甲乙木,兔是卯,卯附在木上,就是个'柳'字。'小首元尾',是'光'字。'经吾道,来吾里'说的是你来了。'饮吾泉以醉,登吾榻而寐',说的是您的逗留驻足。'刻乎其壁,奥乎其义。谁人以辨,其东平子',说的是那当中的意义深奥而又隐晦,唯独我能辨别解释它。东平是我家的地名,这就又让人相信了吧。像这样来解释,才符合得道之人的遗记。"出自《宣室志》。

李　福

洛京北邙山太清观的钟楼在唐咸通年间突然倒塌。有一条屋檩,中间是空的。每当用手拍打、触动或转动它,里面就有敲磕的声响传出来。人们就相互传说,竞相来看。道士李威仪不愿意聚众,就让人劈开它。从檩中间得到一块黑漆板,板上有阴文金字。金字是:"山水谁无言,元年遇福重修。"道士把它拿给洛中的众官员看,都不能明了它的意思。这时李福相公从西川卸任回归洛阳,他看见这个隐文,反复细读多次后,就对观主说:"只管请些木工、瓦工之类的人,我要用我俸禄中的余钱,来独力完成修葺。百年前的智者刻下的志文,已经应合在今天。怎么能不重新振兴观宇呢?"到观修好后,有人问李福为什么要出钱修观。李福说:"'山水谁无言'这句说的是现在天子的名字。咸通帝的名叫漼。'元年遇福',说的是我在改元之初任节度使,获俸禄而归洛阳。李福我不修这观,还等什么人修呢?"出自《玉堂闲话》。

熊　博

熊博原本是管理建安津的官吏。有一天建安津旁的河岸塌陷,露出一座古墓。只见藤蔓缠绕着棺木,旁边有块石头,上面刻有铭文说:"欲陷不陷被藤缚,欲落不落被沙阁,五百年

后遇熊博。"博时贫老,僧为率钱葬之。博后至建州刺史。
出《稽神录》。

王敬之

故邺都之西北门,曰芳林乡。齐村民王敬之,编户中
尤贫者,常以樵苏为业。丙午岁秋九月,因掘一株铜雀台
下,其地欻然小陷。随而锸之,三尺许,得一苍石,大如盆。
遂力索之,石忽破为二。若摧壳然,中有苍石匣,长尺有
咫,厚三寸,广四寸。敬之骇,内诸畚中以归。洁之以水,
则温润昭烂,真奇宝也。四傍及背引起龙骧凤翥及花葩之
状,雕镂奇诡,殆非人工。徐启之,中有白玉板,上刻大篆
六行。文曰:"上土巴灰除虚除,伊尹东北八九余,秦赵多
应分五玉,白丝竹木子世世居。但看六六百中外,世主留
难如国如。"于是敬之持以献魏帅乐彦真,彦真赉以束帛,
而蠲其地征焉,亦无能洞达其隐词者。噫,当曹氏石氏高
氏之代,斯则邺之王气休运所钟,于是诸贤众矣。焉知不
有阴睹后代,总括风云,幅裂山河之事,而瘞玉以谶之。今
石既出,其事将兆矣。出皇甫枚《玉匣记》。

王承检

王蜀秦州节度使王承检,筑防蕃城。至上邽山下,获
瓦棺,内无尸,唯有一片舌,肉色红润,坚如铁石。其舌上
只有一髑髅,中有一古钱,有二蝇,振然飞去。片石刻篆字
曰:"大隋开皇二年,渭州刺史张崇妻夫人王氏,年二十五,
嫁于崇,三年而娠。恶其妊娠,遂卒。"铭曰:"车道之北,

后遇熊博。"熊博当时很贫困,僧人们集钱替他安葬了古棺。熊博后来官至建州刺史。出自《稽神录》。

王敬之

原邺都的西北门外,有个叫芳林乡的地方。齐村有个平民百姓叫王敬之,他在所有在册的平民中是最为贫困的,曾靠打柴割草为业。丙午年秋九月间,他在铜雀台下挖一棵树,地面突然下陷,于是他就往下挖。挖到三尺多深时,发现一块青石,大小如同盆一样。于是他就用力往外挖。结果石头忽然破裂为两半,像裂开的果核一般。里面有一个青石匣,长一尺多,厚三寸,宽四寸。王敬之很惊惧,把匣放到竹筐中拿回去。用水洗干净后,发现那石匣光滑璀璨,真是一件奇宝。石匣四面及背上均有盘龙雕凤和花范图形,雕刻得十分奇特,绝非人工所制。慢慢地把它打开,里边有块白玉板,上面用大篆刻了六行字,写的是:"上土巴灰除虚除,伊尹东北八九余,秦赵多应分五玉,白丝竹木子世世居。但看六六百中外,世主留难如国如。"于是王敬之拿着它献给了魏帅乐彦真。乐彦真赏给他五匹帛,并免除了他的租税等。后来再也没有人能洞察通晓那些隐词。唉,当年曹氏、石氏、高氏各个朝代,全都是凭借邺都的王气所钟爱,因此圣贤出得很多。谁知道它不荫庇后代呢?总括风云变幻、江山易代之事,都可以用埋在地里的玉石来预言。如今石头已出,那些事将要得到应验了。出自皇甫枚《玉匣记》。

王承检

五代前蜀秦州节度使王承检修筑防备外族入侵的城池,修筑到邽山下时,挖到一口瓦棺,棺内没有尸首,只有一片舌头。舌头的肉色红润,坚硬如铁石。舌头上面只有一块死人的头骨,内含一枚古钱。有两只苍蝇从里面振翅飞走。有片石头上刻着篆字说:"大隋开皇二年,渭州刺史张崇妻夫人王氏,二十五岁时嫁于张崇,三年后怀孕。妊娠期间患病而死。"铭文说:"车道之北,

邙山之阳,深深葬玉,郁郁埋香。刻斯贞石,焕乎遗芳。地
变陵谷,嵼列城隍。乾德丙年,坏者合郎。"是岁伪乾德六
年,丙子岁也。言"坏者合郎",即王承检小字也。出《玉溪编
事》。

邙山之阳,深深葬玉,郁郁埋香。刻斯贞石,焕乎遗芳。地变陵谷,崄列城隍。乾德丙年,坏者合郎。"这年正好是伪蜀后主乾德六年,丙子年。铭文中说的"坏者合郎","合郎"就是王承检的小名。出自《玉溪编事》。

卷第三百九十三
雷一

李叔卿

汉河南李叔卿,为郡工曹,应孝廉。同辈疾之,宣言曰:"叔卿妻寡妹。"以故不得应孝廉之目,叔卿遂闭门不出。妹悲愤,乃诣府门自经,叔卿亦自杀,以明无私,既而家人葬之。后霹雳,遂击杀所疾者,以置叔卿之墓。所震之家,收葬其尸。葬毕,又发其冢。出《列女传》。

杨道和

晋扶风杨道和,夏于田中,值雷雨,至桑树下。霹雳下击之,道和以锄格,折其肱,遂落地不得去。唇如丹,目如镜,毛角长三尺余。状如六畜,头似猕猴。出《搜神记》。

李叔卿

汉代河南有个叫李叔卿的人，是郡府的工曹，被举荐为"孝廉"。同事们忌妒他，散布流言说叔卿和他寡居的妹妹通奸，因此没有资格得到"孝廉"的名衔。于是叔卿便闭门不出。他的妹妹非常悲愤，就到官府门前自缢了。接着，叔卿也自杀了，以表明自己没有做见不得人的事。接着家里人就把他们埋葬了。有一天，霹雳大作，把造谣中伤叔卿的人击死，并将这人的尸体抛在叔卿的坟墓旁。这人的家属将他收葬。埋葬完毕，这个人的坟墓又被霹雳击开了。出自《列女传》。

杨道和

晋代扶风人杨道和，夏天在田里劳动时赶上雷雨，便到桑树下躲避。霹雳来击他，他便用锄头与它格斗，并将其胳膊打断。那霹雳随即落到地上不能逃走。它的嘴唇像丹砂一样红，眼睛似镜子一样亮，头上的两只毛角有三尺多长，状如猪狗，头像猕猴。出自《搜神记》。

石　勒

后赵石勒时，暴风大雨雷雹。建德殿端门、襄国市西门倒，杀五人。雹起西河介山，大如鸡子，平地三尺，洿下丈余。行人禽兽，死者万数。历千余里，树木摧折，禾稼荡然。勒问徐光，曰："去年不禁寒食，介推帝乡之神也，故有此灾。"出《五行记》。

虢州人

唐虢州有兄弟析居，共分堂宇。至显庆元年夏夜，雷震烈风可畏。其兄甚惧，欲于弟舍避之，将去复止。门前十数步，先有长坑。风雨拔住屋及老小十一口，皆投坑死。所拔之处，尽坑也。仍卷数千巨细家用物，咸入于坑，讫无遗者，惟墙壁不动。庭槐大可数围，枝条甚茂，拔其根茎。洪纤俱尽，遂失所在，终寻不得。先是一年，其妻见树有羊，但共怪之，后遂遭此变。而弟所居，但拔露椽瓦，有似人拆之，余无所损。有子卫士，在京番直，刺史于立政奏之，敕放子还，仍赐物三十件。时桓思绪为司功，亲检其事。出《广古今五行记》。

封元则

唐封元则，渤海长河人。显庆中，为光禄寺太官掌膳。时于阗王来朝，食料余羊，凡数十百口，王并托元则送僧寺长生。元则乃窃令屠家烹货收直。龙朔元年夏六月，洛阳大雨，雷震杀元则于宣仁门外街中，折其项，血流洒地。

石　勒

十六国后赵石勒当政年间，暴雨大风雷霆成灾。建德殿的端门和襄国市西门都倒塌了，砸死五个人。雹灾发生于西河介山，雹子鸡蛋般大小，平地积了三尺多厚，低洼处达丈，致使行人及飞禽走兽被砸死数以万计。在千余里范围内，树木被折断摧毁，禾苗庄稼荡然无存。石勒问徐光这是为什么，徐光回答说："去年寒食节那天没有按老规矩禁火寒食，而介之推乃帝乡之神，因此有这场灾祸。"出自《五行记》。

虢州人

唐代虢州有兄弟二人，他们分家后各住在老屋的一头。显庆元年夏天的一个夜晚，狂风霹雳骤起，令人生畏。哥哥非常害怕，想去弟弟房间躲避，可刚一起身又止住脚步。原来门前十几步远处有一个大长坑，暴风雨把住房连同他的全家十一口人卷进大坑内，全都摔死了。拔除之处全是火坑，数千件大小家用器物全被卷入坑中，一件也未剩下，只有墙壁没有动。院内有一棵大槐树，需几个人才能围拢，枝条非常繁茂，也被连根带叶拔走。最终什么也没找到。事情发生的前一年，他的妻子看见树上有只羊，只是觉得奇怪，后来就遇到了这场变故。而弟弟所住的房屋，只是露出了椽子和瓦，像被人拆过一样，其他一点也没有受到损坏。他有一个儿子在京城服役担任宿卫，刺史于立政上奏了这件事，皇帝下诏放其子回家，还赐给他三十件物品。当时桓思绪做司功，亲自处理了这件事。出自《广古今五行记》。

封元则

唐代封元则是渤海郡长河人。显庆年间，他给光禄寺大官掌管膳食。正值于阗王前来朝拜，用做膳食的羊还剩余有近百只，于阗王委托元则把它们送给寺里的僧人饲养，元则却偷偷地让人宰杀、烹制，收取钱财。龙朔元年夏六月，洛阳大雨滂沱，雷电把元则击死在宣仁门外的大街上。他的脖子断了，血流遍地。

观者盈衢，莫不惊愕。出《法苑珠林》。

僧道宣

唐刘禹锡云，道宣持律第一。忽一旦，霹雳绕户外不绝。宣曰："我持律更无所犯，若有宿业，则不知之。"于是裼三衣于户外，谓有蛟螭凭焉。衣出而声不已，宣乃视其十指甲，有一点如油麻者，在右手小指上。疑之，乃出于隔子孔中，一震而失半指。黑点是蛟龙之藏处也。禹锡曰："在龙亦尤善求避地之所矣，而终不免。则一切分定，岂可逃乎？"出《嘉话录》。

苏践言

司礼寺苏践言，左相温国公良嗣之长子，居于嘉善里。永昌年六月，与其弟崇光府录事参军践义，退朝还第。弘道观东，猝遇暴雨。震雷电光，来绕践言等马，回旋甚急，雷声亦在其侧。有顷方散。其年九月，元肃言与赵怀节谋逆，践言妻妾并被缧绁数月，仍各解职。及良嗣薨，并放流荒裔。出《五行记》。

狄仁杰

唐代州西十余里，有大槐，震雷所击，中裂数丈。雷公夹于树间，吼如霆震。时狄仁杰为都督，宾从往观。欲至其所，众皆披靡，无敢进者。仁杰单骑劲进，迫而问之。乃云："树有乖龙，所由令我逐之。落势不堪，为树所夹。若

看热闹的人挤满了大街,没有不感到惊愕的。出自《法苑珠林》。

僧道宣

唐代刘禹锡讲:道宣执戒律最严。忽然有一天,霹雳在道宣的屋外绕来绕去,响声不断。道宣说:"我坚守戒律没有发生违犯之事;但有没有前生的罪业,就不知道了。"于是他脱下三件衣服放到屋外,因为他觉得有蛟龙附在衣服上。但衣服送出之后,霹雳声仍然不止。道宣观看自己的十个手指甲,只见在右手的小指上有一个芝麻似的小黑点。他颇为疑惑,就把那手指从窗户眼中伸出。结果一声霹雳,小手指被震掉半截。原来那黑点是蛟龙的藏身之处。刘禹锡说:"尽管蛟龙特别善于寻找躲避之处,但最后还是不能幸免。看来一切都是早已注定的,怎么能够逃脱呢?"出自《嘉话录》。

苏践言

司礼寺苏践言是左丞相温国公苏良嗣的长子,他住在嘉善里。唐代永昌年间六月的一天,践言与他在崇光府任录事参军的弟弟践义一起退朝回府。行至弘道观的东面,突然遇到暴雨。雷鸣电闪,在他们身前马后隆隆作响,一声紧似一声,半晌才停。这一年九月,元肃言和赵怀节谋反,践言和妻妾们一起被关押数月,还被解除了职务。等到苏良嗣死后,他们全家又被流放到了边远的地方。出自《五行记》。

狄仁杰

唐时代州西面十多里处的一株大槐树,有一次被雷所击,中间裂开好几丈长的口子,将雷公夹于其间,疼得它吼声震天动地。当时狄仁杰任都督,他带着宾客和随从前去观看。快要到达那地方时,众人都纷纷惊退,没有敢向前走的。仁杰独自骑马前行。他靠近大树后问雷公这是怎么回事,雷公回答说:"树里有个孽龙,上帝命我把它赶走;但因我击下的位置不佳,被树夹住了。如果

相救者,当厚报德。"仁杰命锯匠破树,方得出,其后吉凶必先报命。

偃　师

唐元和元年六月,偃师县柏李村,震电于民家。地裂,阔丈余,长十五里,测无底。所裂之处,井厕相通;所冲之墓,棺出地。亦不知所由也。

雷　斗

唐开元末,雷州有雷公与鲸斗。鲸身出水上,雷公数十,在空中上下。或纵火,或诟击,七日方罢。海边居人往看,不知二者何胜,但见海水正赤。出《广异记》。

漳泉界

唐开元中,漳泉二州,分疆界不均,互讼于台者,制使不能断。迨数年,辞理纷乱,终莫之决。于是州官焚香,告于天地山川,以祈神应。俄而雷雨大至,霹雳一声,崖壁中裂。所竞之地,拓为一径。高千尺,深仅五里,因为官道。壁中有古篆六行,二十四字,皆广数尺。虽约此为界,人莫能识。贞元初,流人李协辩之曰:"漳泉两州,分地太平。永安龙溪,山高气清。千年不惑,万古作程。"所云永安龙溪者,两郡界首乡名也。出《录异记》。

能够将我救出，我一定重重地报答你的恩德。"仁杰让木匠把树锯开，雷公才得以解脱。从此之后，凡有吉凶祸福之事，他都预先向狄仁杰报告。

偃　师

唐代元和元年六月，在偃师县的柏李村，雷电击中了老百姓的家。地裂开了一丈多宽，十五里长，探测不到底。凡是裂开之处，水井和厕所相连通；受到冲击的坟地，棺木都被掀到了地面上。也不知道是什么原因。

雷　斗

唐代开元末年，雷州发生了雷公与鲸格斗的事。鲸的身体跃出水面，雷公有好几十个，在天空中上下翻腾。他们有的施放雷火，有的边骂边打，经过七天才结束。在海边的居民都前去观看，不知它们谁取得了胜利，只看到海水都变成了红色。出自《广异记》。

漳泉界

唐代开元年间，漳州和泉州因为疆界划分不均而诉讼到府台，制置使不能判定此案。过了几年之后，这案子越来越乱，最终也没有个结果。于是二州官便焚香祷告，祈求天地山川之神给予回应。不久大雷雨来到，霹雳一声，将悬崖峭壁从中间劈裂。裂开之处，开辟出一条小路，有一千多尺高，只有五里深，因而将其作为一条官道。峭壁上有六行古篆字，一共二十四个，每个都有好几尺长。两州虽以此为界，但那些字没人认识。贞元初年，流亡在外的李协辨认出这些字，是："漳泉两州，分地太平。永安龙溪，山高气清。千年不惑，万古作程。"这上面所说的永安、龙溪，就是两州交界处第一乡的名字。出自《录异记》。

包 超

唐安丰尉裴翾,士淹孙也,云:"玄宗尝冬月,诏山人包超,令致雷声。"对曰:"来日午当有雷。"遂令高力士监之。一夕,醮式行法,及明至巳,曾无纤翳。力士惧之,超曰:"将军视南山,当有黑气如盘矣。"力士望之,如其言。有顷风起,黑气弥漫,疾雷数声。上令随哥舒翰西征,每阵尝得胜风。出《酉阳杂俎》。

张须弥

唐上元中,滁州全椒人仓督张须弥,县遣送牲诣州。山路险阻,淮南多有义堂及井,用庇行人。日暮暴雨,须弥与沙门子邻,同入义堂。须弥驱驮人王老,于雨中收驴。顷之,闻云中有声堕地,忽见村女九人,共扶一车。王有女阿推,死已半岁,亦在车所。见王悲喜,问母妹家事,靡所不至。其徒促之乃去。初扶车渐上,有云拥蔽,因作雷声,方知是雷车。出《广异记》。

蔡希闵

唐蔡希闵,家在东都。暑夜,兄弟数十人会于厅。忽大雨,雷电晦暝。堕一物于庭,作飒飒声。命火视之,乃妇人也,衣黄绸裙布衫,言语不通,遂目为天女。后五六年,能汉语。问其乡国,不之知。但云:"本乡食粳米,无碗器,

包　超

　　唐代安丰县尉裴翾是裴士淹的孙子。他说，玄宗皇帝曾经在农历十一月里，召见山人包超，让他引来雷声。包超回答说："明天中午应该有雷。"于是玄宗命令高力士前去监督。一天傍晚，包超开始祭祀祈祷，施行法术，一直到天亮再到中午，天空仍然没一丝云彩。高力士十分担心。包超说："将军请往南山看，那里应当有黑气盘旋不散了。"高力士望去，果然像包超说的那样。不一会刮起了风，黑云扩散开来，响起几声霹雳。后来皇帝命令包超跟随哥舒翰征讨西方，每仗都取得了胜利。出自《酉阳杂俎》。

张须弥

　　唐代上元年间，滁州府全椒县县官派遣仓督张须弥押送牲畜去滁州。山路崎岖难行，淮南一带很多地方都有义堂和水井，用来庇护过往的行人。太阳落山时下起了暴雨，张须弥和佛门弟子们一起进了义堂。须弥督促赶驮人王老汉冒雨把驴圈起来。过了一会儿，他们听见云里有声音落在地上，王老汉忽然看见九个村里的女子一起扶着一辆车。他有个女儿叫阿推，死了已经半年，也站在车子旁边。阿推见到王老汉悲喜交加，询问母亲和妹妹等家里的事情，没有她问不到的。和她一起的人再三催促，她才离去。她刚刚扶住车子，那车子就渐渐升起。有云在周围遮蔽，并发出响雷声，人们才知道是雷车。出自《广异记》。

蔡希闵

　　唐代有个叫蔡希闵的人，家住东都洛阳。一个暑天的夜晚，蔡希闵家的兄弟数十人聚集在大厅中。忽然下起了大雨，雷鸣电闪，天变得一片昏暗。忽然间，天上掉下一个东西落在院子里，飒飒作响。希闵让人拿来火把观看，竟是一个妇人，穿着黄绸子做的裙衫。跟她说话，言语却不通。于是便把她视为天上来的仙女。五六年之后，这个妇人懂得了汉语，可问起她的故国家乡来，她仍一无所知。只是说她的老家吃粳米，没有碗，

用柳箱贮饭而食之。"竟不知是何国人。初在本国,夜出,为雷取上,俄堕希闵庭中。出《广异记》。

徐景先

唐徐景先,有弟阿四,顽嚚纵佚,每诲辱之,而母加爱念,曲为申解,因厉声应答。云雷奄至,曳景先于云中。有主者,左右数十人,诃诘。景先答曰:"缘弟不调,供养有缺,所以诟辱。母命释之,非当詈母。"主者不识其言。寻一青衣,自空跃下,为景先对。曰:"若尔放去,至家,可答一辩。钉东壁上,吾自令取之。"遂排景先堕舍前池中,出水,了无所损。求纸答辩,钉东壁,果风至而辩亡。出《广异记》。

欧阳忽雷

唐欧阳忽雷者,本名绍,桂阳人,劲健,勇于战斗。尝为郡将,有名,任雷州长史。馆于州城西偏,前临大池,尝出云气,居者多死。绍至,处之不疑。令人以度测水深浅,别穿巨壑,深广类是。既成,引决水,于是云兴,天地晦冥,雷电大至,火光属地。绍率其徒二十余人,持弓矢排锵,与雷师战。衣并焦卷,形体伤腐,亦不之止。自辰至酉,雷电飞散,池亦涸竭。中获一蛇,状如蚕,长四五尺,无头目。斫刺不伤,蠕蠕然。具大镬油煎,亦不死。洋铁汁,方焦灼。仍杵为粉,而服之至尽。南人因呼绍为忽雷。出《广异记》。

用柳木制成的容器盛饭吃。最终也不知道是哪国人。她说,当年她在本国,夜晚出门时被雷抓上天空,接着掉落在希闵家院子里。出自《广异记》。

徐景先

唐代徐景先有个弟弟叫阿四,愚顽凶暴,放荡无羁。景先每次教诲他时反而要遭到他的侮辱。可他的母亲却倍加溺爱他,多方为他申辩。景先于是和母亲疾声争辩。一天,雷雨突然而至,把徐景先拽到空中。有个主人和几十名随从责问训斥他。景先回答说:"由于弟弟不好,在供养母亲方面做得很差,为此骂他。母亲为他开脱,但我并不是骂母亲。"主人听不懂他的话。随即有一婢女从空中跳下,与景先对话。她说:"如果放你回去,到家之后可写一申辩词,钉在东面墙壁上,我自有办法取它。"于是把景先推落入房前水池中。景先出水后一点也没有受伤。他找纸写好答辩词,钉在东墙上。果然一阵风刮来那申辩词就不见了。出自《广异记》。

欧阳忽雷

唐代有个人叫欧阳忽雷,本名叫绍,桂阳人氏,强健有力,善于打斗。他曾经当过郡府的武官,有名气,任雷州长史。他的寓所坐落在州城的西面,前面有个大池塘,曾溢出云气,在这居住的人死了不少。欧阳绍来此之后,毫不怀疑地治理它。他让人测量水的深浅,又开凿出一个大沟,深和宽都和那个大池塘一样。大沟挖成以后,他命人把池塘凿开一道口子。于是黑云滚滚而来,天地一片昏暗,雷鸣电闪,火光连地。欧阳绍带领部下二十多人,拉弓射箭,与雷公交战。他衣服烧焦了,身体受伤了,也不罢休。从辰时一直打到酉时,雷电散去,池塘也干涸了。从里面抓出一条像蚕一样的蛇,四五尺长,没有头和眼睛,砍刺均伤不了它,仍然在蠕动。拿来大锅用油煎炸,它也不死。最后放在铁水里才把它烧焦。欧阳绍把它捣成粉末,全部喝了进去。南方人因此称欧阳绍为欧阳忽雷。出自《广异记》。

宣　州

唐贞元年，宣州忽大雷雨，一物堕地，猪首，手足各两指，执一赤蛇啮之。俄顷云暗而失，时皆图而传之。出《酉阳杂俎》。

王　幹

唐贞元初，郑州王幹，有胆勇。夏中作田，忽暴雷雨，因入蚕室中避之。有顷，雷电入室中，黑气陡暗。幹遂掩户，荷锄乱击。雷声渐小，云气亦敛。幹大呼，击之不已。气复如半床，已至如盘。忽然堕地，变为熨斗折刀小折足铛焉。出《酉阳杂俎》。

华亭堰典

唐贞元中，华亭县界村堰典，妻与人私，又于邻家盗一手巾。邻知觉，至典家寻觅。典与妻共讳诟骂，此人冤愤，乃报曰："汝妻与他人私，又盗物。仍共讳骂，神道岂容汝乎？"典曰："我妻的不奸私盗物，如汝所说，遣我一家为天霹。"既各散已。至夜，大风雨，雷震怒，击破典屋，典及妻男女五六人并死。至明，雨尤未歇，邻人但见此家屋倒，火烧不已。众共火中搜出，觅得典及妻，皆烧如燃烛状。为礼拜，求乞不更烧之，火方自熄。典胁上题字云："痴人保妻贞，将家口质。"妻胁上书："行奸仍盗。"告县检视，远近咸知。

宣　州

唐代贞元年间,宣州忽然下了一场大雷雨。一个东西落到地上,长着猪头,手脚各有两个指头,正抓着一条红蛇吃。不一会儿云变暗了,这东西也不见了。当时有人画成图传扬这件事。出自《酉阳杂俎》。

王　幹

唐代贞元初年,郑州有个人叫王幹,胆大而勇猛。一个夏天的中午,他正在田里劳作,忽然来了大雷雨,他就进入蚕房躲避。不一会儿,雷电射入室内,一团黑气,天地顿时昏暗起来。王幹急忙关上房门,拿起锄头到处乱打。雷声逐渐变小,云气也收敛了。王幹大声呼喊,仍不停地打。云气渐渐变得像半张床那么大,又变成盘子那么大,然后忽然堕地,变为熨斗、折刀、断腿小锅等物。出自《酉阳杂俎》。

华亭堰典

唐代贞元年间,华亭县界村有个叫堰典的人,他的妻子与人私通,又偷了邻居的一条手巾。邻居知道了,到堰典家里寻找。堰典和妻子都不承认并辱骂他,邻居感到冤屈愤怒,就对堰典说:"你妻子和别人私通,又偷东西,你们都不认帐并且骂我,上天怎么能容忍你们呢?"堰典说:"我妻子没有和别人通奸,也没偷东西!如果像你说的那样,让我们全家遭雷霹!"之后他们各自散去。到了晚上,大风雨来了,雷霆震怒,击破了堰典家的房屋,堰典夫妻及家人男女五六口全被劈死了。到天亮时,雨还没停,邻居只见他家房倒屋塌,大火燃烧不止。众人在火中搜寻,找到了堰典和他妻子的尸体,已经都烧成了点燃的蜡烛状。邻居急忙跪拜,祈求不要再烧他们,火才自己熄灭。堰典的肋上写着这样一行字:"傻子想保妻子贞操的名声,拿全家人的性命作抵押。"他妻子的肋上写道:"与人通奸并偷东西。"邻居报告到县里来验尸,于是远近都知道了这件事。

　　吴越闻震死者非少，有牛及鳝鱼树木等。为雷击死者，皆闻于县辩识。或曰："人则有过，天杀可也。牛及树木鱼等，岂有罪恶而杀之耶？又有弑君弑父杀害非理者，天何不诛？请为略说。"洞庭子曰："昔夏帝武乙，射天而震死。晋臣王导，寝柏而移灾。斯则列于史籍矣。至于牛鱼，以穿踏田地，水伤害禾苗也。"或曰："水所损亦微，何罚之大？"对曰："五谷者，万人命也，国之宝重，天故诛之，以诚于人。树木之类，龙藏于中，神既取龙，遂损树木耳。天道悬远，垂教及人，委曲有情，不可一概。余曾见漳泉故事，漳泉接境，县南龙溪，界域不分，古来争竞不决。忽一年大雷雨，霹一山石壁裂，壁口刻字：'漳泉两州，分地太平。万里不惑，千秋作程。南安龙溪，山高气清。'其文今犹可识。天之教令，其可惑哉！且《论语》云：'迅雷风烈必变。'又《礼记》曰：'若有疾风迅雷甚雨，则必变。'虽夜必兴，衣服冠而坐。又曰：'洊雷震，君子以恐惧修省。'夫圣人奉天教，岂妄说哉！今所以为之言者，序述耳。因为不尔，岂足悲哉！夫然弑君弑父杀害无辜，人间法自有刑戮，岂可以区区之意，而责恢恢之网者欤！"出《原化记》。

李师道

　　唐元和中，李师道据青齐，蓄兵勇锐，地广千里，储积数百万，不贡不觐。宪宗命将讨之，王师不利。而师道益

听说吴越一带被雷震死的人不少，还有牛、鳝鱼和树木等被雷震死。被雷震死者的家属，听说此事后都到县里辩白。有人说："人若有过错，老天杀他是可以的；但牛和树木、鱼之类，难道也有罪恶而该杀么？另外，还有杀害君王、杀害父亲和无故杀人的，老天为什么不杀死他们呢？请给我们大概地讲讲这个道理。"洞庭子说："当年夏帝武乙，因射天而被雷震死；晋代大臣王导，因卧在柏树上而躲避了灾祸。这些都记载于史书典籍中。至于牛、鱼等，是由于踩踏田地、引水伤害禾苗而受到惩罚。"又有人说："水所损害的很小，为什么惩罚得这么重？"回答说："五谷是百姓的命根子，是国家最重要的财宝，因此上天要杀死它们，以此告诫人们。至于树木之类，龙藏身其中，天神既然要杀死龙，就必然损害树木了。天道深奥高远，教训下面的人，事情的来龙去脉都有情理，不可以一概而论。我曾听到过漳泉的故事：漳泉二州边界相连，县南面的龙溪，边界划分不清，自古以来争而不决。有一年，忽然一阵霹雳，将峭壁劈裂，壁口上刻：'漳泉两州，分地太平。万里不惑，千秋作程。南安龙溪，山高气清。'这些文字现在还可以辨认。上天的教诲怎么可以疑惑呢？而且《论语》中也说：'迅雷风烈必变。'还有《礼记》说：'若有疾风迅雷甚雨，则必变。'纵然在夜间也必须起来，和衣戴冠而坐。又说：'反反复复的雷震，君子们应当感到恐惧而不断地反省自己。'孔圣人是根据天意教诲我们的，难道是瞎说吗？现在之所以讲这些，是为了叙述一下；因为不这样，难道不是很悲哀的吗？何况杀害君王、父亲及无辜的人，自然有人间法律对他们进行惩治。我们怎么能够以个人的怀疑去指责疏而不漏的天网呢？"出自《原化记》。

李师道

唐代元和年间，李师道占据青、齐二州，屯集精兵勇将，地广千里，蓄积金银数百万两，不向朝廷纳贡，也不进京朝见皇帝。宪宗皇帝派军队讨伐他，结果却打了败仗。李师道从此越发

骄,乃建新宫,拟天子正殿,卜日而居。是夕云物遽晦,风雷如撼,遂为震击倾圮。俄复继以天火,了无遗者。青齐人相顾语曰:"为人臣而逆其君者,祸固宜矣。今谪见于天,安可逃其戾乎?"旬余,师道果诛死。出《宣室志》。

李 廓

唐李廓,北都介休县民。送解牒,夜止晋祠宇下。夜半,闻人叩门云:"介休王暂借霹雳车,某日至介休收麦。"良久,有人应曰:"大王传语,霹雳车正忙,不及借。"其人再三借之。遂见五六人秉烛,自庙后出,介山使者亦自门骑而入。数人共持一物,如幢,扛上环缀旗幡,授与骑者曰:"可点领。"骑即数其幡,凡十八叶,每叶有光如电起。民遂遍报邻村,令速收麦,将有大风雨,悉不之信,乃自收刈。至日,民率亲戚,据高阜,候天色。乃午,介山上有云气,如窑烟,须臾蔽天,注雨如绠,风吼雷震,凡损麦千余顷。数村以民为妖,讼之。工部员外郎张周封亲睹其推案。出《酉阳杂俎》。

徐 诃

唐润州延陵县茅山界,元和春,大风雨。堕一鬼,身二丈余,黑色,面如猪首,角五六尺,肉翅丈余,豹尾。又有半服绛裈,豹皮缠腰,手足两爪皆金色。执赤蛇,足踏之,瞪目

骄横，甚至模仿皇宫正殿的样子建造宫殿，卜算吉日搬进去居住。当天傍晚，乌云骤起，天地昏暗，狂风霹雳撼天动地，这座宫殿就被震塌了。不一会儿又燃起天火，烧得片瓦无存。青、齐二州的百姓奔走相告说："臣子背叛君主，自然要遭此灾祸。现在天已经怪罪下来，怎么能逃脱惩罚呢？"过了十多天，李师道果然被杀死。出自《宣室志》。

李　廓

唐代有个叫李廓的人，是北都介休县的平民。一天他解送文书，夜里住在晋祠内。半夜，他听见有人敲门说："介休王要临时借用霹雳车，某天到介休来收麦子。"过了很久，有人回答说："大王让我转告你，霹雳车现在正忙，不能借。"敲门那人再三要借。于是，就见五六个人拿着蜡烛从庙后走出来，介山使者也骑着马自门而入。好多人共同抬着一件东西，像仪仗用的旗子，旗杆上环缀着旗幡。他们将这件东西交给骑马的那位使者，并说："清点一下你就可以拿走。"使者数数这些旗幡，共十八面，每一面都闪闪发光，像放电一样。李廓把此事告诉了邻村百姓，让他们赶紧收麦，不久将有大风雨。人们都不相信，李廓就独自收割。到了那一天，李廓带领亲属站在高高的土山上，观察天气变化。到了中午，介山上出现了云气，像窑里冒出的烟，一会儿就布满了天空。随即大雨倾盆，风吼雷鸣，共损坏一千多顷麦子。不少村民认为李廓是妖人，向官府告他。工部员外郎张周封亲自见到县官审理这件案子。出自《酉阳杂俎》。

徐　诃

唐代润州府延陵县有个叫茅山界的地方。元和年间的一个春天，在一阵狂风暴雨中，从天上掉下一个鬼，身长二丈多，身体呈黑色，脸长得像猪头一样，角长五六尺，肉质的翅膀有一丈多长，长着豹子一样的尾巴。这个鬼身上穿着半服绛裤，腰间缠着豹皮，手脚和爪子全是金色。它抓着一条红蛇，用脚踩着，瞪着眼睛

欲食，其声如雷。田人徐诮，忽见惊走，闻县。寻邑令亲往
睹焉，因令图写。寻复雷雨，翼之而去。出《录异记》。

要吃蛇的样子,声音如雷。种田人徐诇突然见到它后吓跑了,并把这事报告给县里。县令立即亲自前往观看,并令人把它画下来。一会儿又来了雷雨,那鬼便展开翅膀飞走了。出自《录异记》。

卷第三百九十四
雷二

陈鸾凤

　　唐元和中,有陈鸾凤者,海康人也。负气义,不畏鬼神,乡党咸呼为后来周处。海康者,有雷公庙,邑人虔洁祭祀。祷祝既淫,妖妄亦作。邑人每岁闻新雷日,记某甲子。一旬复值斯日,百工不敢动作。犯者不信宿必震死,其应如响。时海康大旱,邑人祷而无应。鸾凤大怒曰:"我之乡,乃雷乡也。为神不福,况受人莫酹如斯,稼穑既焦,陂池已涸,牲牢飨尽,焉用庙为!"遂秉炬爇之。其风俗,不得以黄鱼彘肉,相和食之,亦必震死。是日,鸾凤持竹炭刀,于野田中,以所忌物相和啖之,将有所伺。果怪云生,恶风起,迅雷急雨震之。鸾凤乃以刃上挥,

陈鸾凤

唐朝元和年间，有个叫陈鸾凤的，是海康人。他自负气节，不怕鬼神，乡亲们都称他为后起的周处。海康有座雷公庙，当地人虔诚地打扫祭祀它。祈祷祝愿的事多了，妖邪妄诞的现象也时时发生。当地人每年听到第一声雷响时，就记下这个日子，以后每旬的这一天，所有工作都不能干。如果有人不相信这个而违犯了，夜晚睡下时必定遭雷击而丧命。这种应验就像回声那么准。当时正赶上海康地方大旱，当地人来到雷公庙祈祷降雨，然而毫无响应。鸾凤十分恼怒，说："我的家乡乃是雷公的故乡，雷公身为神灵不降福，况且还受到人们如此虔诚的祭奠和供奉！如今禾苗已经枯死，池塘已经干涸，牲畜都拿来做了供品，还要这座庙干什么？"说完他便举起火把烧了庙。当地的风俗是不允许人们将黄鱼和猪肉掺到一起吃，有谁这样吃了，也是必定要被雷击死。这一天，鸾凤手持竹制砍柴刀站立在田野里，将当地风俗所忌讳的这两样东西掺在一起吃了下去，然后站在那里等着雷击。果然有怪云出现，妖风刮起，迅雷挟着暴雨向他袭来。鸾凤便将手中的刀在空中挥舞起来，

果中雷左股而断。雷堕地，状类熊猪，毛角，肉翼青色，手执短柄刚石斧，流血注然，云雨尽灭。鸢凤知雷无神，遂驰赴家，告其血属曰："吾断雷之股矣，请观之。"亲爱愕骇，共往视之，果见雷折股而已。又持刀欲断其颈，啮其肉。为群众共执之曰："霆是天上灵物，尔为下界庸人。辄害雷公，必我一乡受祸。"众捉衣袂，使鸢凤奋击不得。逡巡，复有云雷，裹其伤者，和断股而去。沛然云雨，自午及酉，涸苗皆立矣。遂被长幼共斥之，不许还舍。于是持刀行二十里，诣舅兄家，及夜，又遭霆震，天火焚其室。复持刀立于庭，雷终不能害。旋有人告其舅兄向来事，又为逐出。复往僧室，亦为霆震，焚爇如前，知无容身处，乃夜秉炬，入于乳穴嵌孔之处，后雷不复能震矣，三暝然后返舍。自后海康每有旱，邑人即醵金与鸢凤，请依前调二物食之，持刀如前，皆有云雨滂沱，终不能震。如此二十余年，俗号鸢凤为雨师。至大和中，刺史林绪知其事，召至州，诘其端倪。鸢凤云："少壮之时，心如铁石。鬼神雷电，视之若无当者。愿杀一身，请苏万姓，即上玄焉能使雷鬼敢骋其凶臆也！"遂献其刀于绪，厚酬其直。出《传奇》。

果然砍中了雷公的左腿,将它砍断了。雷公跌落在地上,它的形状像熊和猪一样,身上有毛有角,还有青色的肉翅膀,手里握着短把的金刚石斧,伤处血流如注。此时,云和雨都消失了。鸷凤知道雷公并没有什么神威,便跑到家里告诉亲人道:"我把雷公的腿砍断了,请你们快去观看!"亲人听了又惊又怕,跟着他一起前去观看,果然看到雷公的腿已被砍断。鸷凤又举起刀来要把雷公的脖子砍断,还要吃它的肉。众人将他拉住,制止他说:"雷公是天上的神灵,你是下界的凡人,再要加害雷公,必定使我们全体乡民遭受灾祸。"众人死劲儿扯住他的衣襟,致使鸷凤不能奋力举刀去砍雷公。不一会儿,又有乌云雷电笼罩上来,挟带起受伤的雷公和它的断腿离去了。接着便下起了大雨,从午时一直下到酉时,干枯的禾苗都复苏挺立了起来。由此,鸷凤便遭到老幼乡人们的一致训斥,不许他回家。鸷凤只好带着刀走了二十里路,到了妻子的哥哥家。到了夜晚,他又遭到雷霆的袭击,住的房子也被天火烧了。他又持刀站在院子里,雷公终于未能伤害他。很快有人将他从前砍伤雷公的事告诉了他的妻兄,于是鸷凤又被赶了出来。他又到僧人居住的房子里落脚,到了夜晚同样遭到雷击,房子跟以前一样遭到天火的烧害。鸷凤知道已经没有容纳自己的地方,便趁夜举着火把走进溶洞里。雷火再也不能来袭击他了。在岩洞里住了三夜之后他便回到了自己的家里。自此以后,海康一带每当遭逢旱灾,当地人便凑钱给鸷凤,求他按照从前的办法将黄鱼和猪肉掺在一起吃下去,像上次那样持刀站在田野里。这样每次都有滂沱大雨从天而降,而鸷凤本人一直遭不到雷击。这样过了二十多年,民间称鸷凤为雨师。到了太和年间,刺史林绪得知此事,便把鸷凤召到州府衙门,询问此事的前因后果。鸷凤说:"我年轻力壮的时候,气威胆壮,心如铁石,诸如鬼神雷电之类完全不放在眼里,甘愿牺牲自己的生命来拯救万民百姓。天帝即使掌握着天下万物的生杀大权,又怎能使雷鬼恣意逞凶呢!"说完便将自己那把刀献给林绪。林绪送给他很多钱,作为他献刀的报酬。出自《传奇》。

建州山寺

唐柳公权侍郎,尝见亲故说:元和末,止建州山寺。夜半,觉门外喧闹,潜于窗棂中窥之。见数人运斤造雷车,宛如图画者。久之,一嚏气,忽斗暗,其人双目遂昏。出《酉阳杂俎》。

萧氏子

唐长庆中,兰陵萧氏子,以胆勇称。客游湘楚,至长沙郡,舍于仰山寺。是夕,独处撤烛。忽暴雷震荡檐宇,久而不止。俄闻西垣下,窣窣有声。萧恃膂力,曾不之畏。榻前有巨棰,持至垣下。俯而扑焉,一举而中。有声甚厉,若呼吟者。因连扑数十,声遂绝,风雨亦霁。萧喜曰:"怪且死矣。"迨晓,西垣下睹一鬼极异,身尽青,伛而庳。有金斧木楔,以麻缕结其体焉。瞬而喘,若甚困状。于是具告寺僧观之。或曰:"此雷鬼也,盖上帝之使耳。子何为侮于上帝?祸且及矣。"里中人具牲酒祀之,俄而云气曛晦,自室中发,出户升天,鬼亦从去。既而雷声又兴,仅数食顷方息。萧气益锐,里中人皆以壮士名焉。出《宣室志》。

建州山寺

唐朝的侍郎柳公权，有一次他听一名亲友说了一件事：元和末年，他住宿在建州的一座山寺里。半夜醒来时，听到门外一片喧闹声，他便隐蔽在窗后从缝隙间偷偷看。见有几个人在挥舞斧子砍削木头制造雷车，雷车的样子就像画上画的那样。看的时间长了，他忍不住打了一个喷嚏。顿时四面一片漆黑，他的两只眼睛便什么也看不清了。出自《酉阳杂俎》。

萧氏子

唐朝长庆年间，兰陵一家姓萧的有个儿子，以胆大勇猛著称。这名萧氏子在湘楚一带游历，到了长沙，住宿在仰山寺内。这天夜里，他灭掉蜡烛，独自一人呆在屋里。突然有暴雷响起，震得房檐都在颤动，好长时间雷声也不平息。一会儿他又听到西面墙脚下发出窸窸窣窣的声音。萧氏子依仗着自己力大过人，并不觉得惧怕。床前有一根粗大的木棒，他便操起木棒走到西墙跟前，弯腰扑了过去，一下子便打中了目标。只听棒下发出尖厉的叫声，好像在呼唤什么。他便连续扑打了几十下。叫声于是停止了，风雨也停了。萧氏子高兴地说："妖怪已经死了！"等到天亮时，他看到西墙下面看见有一个鬼，形状极为奇异：通身都是青色，驼背而瘦小，身边有把金斧头和木楔，有麻绳捆在他的身上。过了一会儿，这个鬼便急促地喘起气来，十分痛苦的样子。萧氏子便将这些情况都告诉寺里的僧人，让他们来观看。有人说："这是专管打雷的鬼，是天帝的使者。你为什么侮辱上帝？大祸就要临头了！"当地居民摆上猪羊与酒等供品进行祭祀。一会儿便有一缕昏黑的云气从屋里冒了出来，飞出门户升上天空，那个鬼也跟着去了。接着又响起了雷声，响了几顿饭的功夫才平息。萧氏子见此情形胆气更威更壮。当地人都称他为壮士。出自《宣室志》。

周　洪

　　唐处士周洪云：宝历中，邑客十余人，逃暑会饮。忽骤风雨，有物堕如玃，两目睒睒，众惊伏于床下。倏忽上阶周视，俄失所在。及雨定，稍稍能起，相顾，但耳悉泥矣。邑人云，向来雷震，牛战鸟坠，而邑客止觉殷殷然。出《酉阳杂俎》。

萧　澣

　　唐萧澣，初至遂州，造二幡刹，施于寺。斋庆毕，作乐。忽暴雷震刹，俱成数十片。至来岁雷震日，澣死。出《酉阳杂俎》。

僧文净

　　唐金州水陆院僧文净，因夏屋漏，滴于脑，遂作小疮。经年，若一大桃。来岁五月后，因雷雨霆震，穴其赘。文净睡中不觉，寤后唯赘痛。遣人视之，如刀割，有物隐处，乃蟠龙之状也。出《闻奇录》。

徐智通

　　唐徐智通，楚州医士也。夏夜乘月，于柳堤闲步。忽有二客，笑语于河桥，不虞智通之在阴翳也。相谓曰："明晨何以为乐？"一曰："无如南海赤岩山弄珠耳。"答曰："赤

周　洪

　　唐朝有个隐士叫周洪,他讲了一件事:宝历年间,有十几个客人来到乡下避暑,一起饮酒。突然来了一阵暴风雨,有个东西从天上落下来。这东西像只大母猴一样,两只眼睛一闪一闪的。众人见了都吓得钻到床底下去了。突然这个东西跳上门前的台阶向四周观看,眨眼之间它又不见了。等到风息雨停后,众人从床下慢慢爬了出来,互相看了看,只见各人的耳朵里全塞满了泥土。当地人说,以前雷震时,牛被震得浑身颤抖,禽鸟则从天上被震落到地上,而这些客人只是觉得有些震动而已。出自《酉阳杂俎》。

萧　濬

　　唐朝有个叫萧濬的人,他刚到遂州便营造了两根幡竿,赠送给寺院。斋庆结束后奏起了音乐。这时,突然响起迅雷,震击着这两根幡竿,幡竿全被霹雳轰击成几十片碎片。等到第二年幡竿遭受雷击的这一天,萧濬就死去了。出自《酉阳杂俎》。

僧文净

　　唐朝金州水陆院有个僧人叫文净。一次夏季房子漏雨,雨水滴在他头上,就变成个小疮。过了一年,小疮变得像个大桃子。第二年五月以后,由于雷雨震击,文净头上的那个赘疣被击穿一个洞。文净当时正在酣睡中,一点也不知觉,睡醒后只感到头上的赘疣疼痛。让人来察看,只见穿孔处好像用刀割的一样,里面有个东西隐藏着,就像一条龙蟠在里面的样子。出自《闻奇录》。

徐智通

　　唐朝有个人叫徐智通,是楚州的医生。一个夏季的夜晚,他借着月光在柳树成排的河堤上散步,忽然发现有两个陌生人站在河桥上说笑。这俩人没想到徐智通就站在他们附近的暗影里,他们互相谈论道:"明天早晨如何取乐呢?"一个人说:"什么也比不上去南海赤岩山弄珠子玩有意思呀!"另一个人说:"赤

岩主人嗜酒，留客必醉。仆来日未后，有事于西海，去恐复为萦滞也。不如只于此郡龙兴寺前，与吾子较技耳。"曰："君将何戏？"曰："寺前古槐，仅百株。我霆震一声，剖为纤茎，长短粗细，悉如食箸。君何以敌？"答曰："寺前素为郡之戏场，每日中，聚观之徒，通计不下三万人。我霆震一声，尽散其发，每缕仍为七结。"二人因大笑，约诺而去。智通异之，即告交友六七人，迟明，先俟之。是时晴朗，巳午间，忽有二云，大如车轮，凝于寺上。须臾昏黑，咫尺莫辨。俄而霆震两声，人畜顿踣。及开霁，寺前槐林，劈析分散，布之于地，皆如算子。小大洪纤，无不相肖。而寺前负贩戏弄观看人数万众，发悉解散，每缕皆为七结。 出《集异记》。

又

洛京天津桥，有儒生，逢二老人言话，风骨甚异。潜听之，云："明日午时，于寺中斗疾速。一人曰：'公欲如何？'一人曰：'吾一声，令寺内听讲驴马尽结尾。'一人曰：'吾一声，令十丈幡竿尽为算子，仍十枚为一积。'"儒生乃与一二密友，于寺候之。至午，果雷雨。霹雳一声，客走出视，驴马数百匹尽结尾。一声，幡竿在廊下为算子，十枚一积。出《录异记》。

岩山主人喜欢喝酒,到那里去的客人个个都要喝醉。我明天未时后有事要去西海,去赤岩山恐怕又要因喝醉酒而耽误事。倒不如就在本郡的龙兴寺前,与你比比技艺吧。"问:"你要表演什么把戏?"答道:"寺前有百余棵老槐树,我发一声雷响,把它们劈成细条,长短粗细都像筷子一样。你用什么技艺与我相比?"答道:"寺前一向是本州郡游戏作乐的场所,每天前来围观的群众总共不下三万人。我将发一声雷响,将这些人的发辫全都劈散开来,并让他们的每一缕头发上都有七个结。"于是二人大笑,约定好后便离去了。徐智通见此大为惊异,立即去告诉了六七个好朋友。天刚放亮,他们就来到寺前,先在那里等候着。当时天气晴朗,将近中午时,忽然有两片像车轮大的云彩出现了,静静地停留在寺庙的上空。刹那间天昏地暗,咫尺之远都分辨不出事物。不一会儿,又发出两声雷鸣,人与牲畜都被震倒在地上了。等到天放晴时,只见寺前的槐树林子中,一棵棵树都被劈成碎片。散落在地上,全部像计数用的竹签子,大小粗细,没有不相像的。而寺前挑担做买卖的、演戏卖唱的、围着看热闹的共计数万人,各人的发辫全部都散开了,每缕头发上又打着七个结。出自《集异记》。

又

　　洛阳京城的天津桥上有一个书生,一天,他遇到两个风貌气概与众不同的老年人,便在一旁偷听他们的谈话。他们正在说明天中午,要在寺庙里比赛谁的手法快。一个说:"你打算怎么比?"另一人答道:"我要发一声响,让在寺内听讲的人的驴马尾巴全都结在一起。"一个便说:"我要发一声响,让十丈高的旗杆全部碎成计算用的签子,并且每十根为一堆。"书生听了,便与一两个亲密朋友第二天到寺庙等候。到了中午,果然雷雨交加。一声霹雳响过后,香客们走出寺庙观看,见他们的数百匹驴马的尾巴全都结在了一起。又一声霹雳响过,便见十丈高的旗杆倒在房前碎成一根根签子,每十根为一堆。出自《录异记》。

雷公庙

雷州之西雷公庙,百姓每岁配连鼓雷车。有以鱼彘肉同食者,立为霆震,皆敬而惮之。每大雷雨后,多于野中得磐石,谓之雷公墨。叩之铿然,光莹如漆。又如霹雳处,或土木中,得楔如斧者,谓之霹雳楔,小儿佩带,皆辟惊邪;孕妇磨服,为催生药。必验。 <small>出《岭表录异》。</small>

南　海

南海秋夏间,或云物惨然,则见其晕如虹,长六七尺,此候则飓风必发,故呼为飓母。见忽有震雷,则飓风不作矣。舟人常以为候,预为备之。 <small>出《岭表录异》。</small>

陈　义

唐罗州之南二百里,至雷州,为海康郡。雷之南濒大海,郡盖因多雷而名焉,其声恒如在檐宇上。雷之北高,亦多雷,声如在寻常之外。其事雷,畏敬甚谨,每具酒殽奠焉。有以彘肉杂鱼食者,霹雳辄至。南中有木名曰棹,以煮汁渍梅李,俗呼为棹汁。杂彘肉食者,霹雳亦至,犯必响应。牙门将陈义传云:"义即雷之诸孙。昔陈氏因雷雨昼冥,庭中得大卵,覆之数月,卵破,有婴儿出焉。目后日有雷扣击户庭,入其室中,就于儿所,似若乳哺者。岁余,儿

雷公庙

雷州西边有座雷公庙,百姓每年祭祀时,都要配享连鼓雷车。如果有人把鱼和猪肉一起吃了,此人就会立即遭到雷击。因此,人们对这座雷公庙既敬重又惧怕。每逢大雷雨过后,常常在野外找到黑色的石头,人们称它为"雷公墨"。这种石头敲击起来铿然作响,晶莹光洁犹如涂了漆一般。还能在霹雳响过的地方或者土中、树木中,得到一种斧子样的东西,人们称它为"霹雳楔"。小孩将它佩带在身上,都能镇惊避邪;孕妇将它磨碎服用,可以当做催生药。十分灵验。出自《岭表录异》。

南　海

南海每当夏秋之间,有时云雾笼罩,天色暗淡,同时会看到像彩虹一样的一段光晕出现,有六七尺长。出现这种天象时,一定会有台风发生。因此,人们称它为台风之母。如果突然有惊雷震响,那么台风就不会发生了。使船的人常常以这些现象作为征候,事先做好防备。出自《岭表录异》。

陈　义

唐朝时候,从罗州往南二百里直至雷州,属于海康郡。雷州南面紧靠大海,此郡大概因为雷多而取了这个名字。雷的声音每每就像在屋顶和房檐上。雷州北面地势较高,也多雷,雷声响时就像在一丈之外。当地人对于雷既虔敬又畏惧,常常准备酒肉来祭奠它。如果有人把猪肉与鱼掺到一起食用,霹雳就会降临。南中有一种樟树,用它煮出的水浸泡酸梅和李子,民间称为"樟汁"。若将"樟汁"与猪肉掺在一起食用,也会导致霹雳临头。违犯这一禁忌者必定立即得到报应。牙门将陈义的传记中记载道:陈义就是雷的子孙。从前在一个因雷雨大作而变得昏暗的白天,陈义的母亲在院子里得到了一个很大的卵,把它覆盖几个月后,卵壳破裂,有个婴儿钻了出来。从那以后每天都有雷神扣打门户,进入他的房间,好像在给他喂奶的样子。过了一年多,小孩

能食,乃不复至,遂以为己子。义即卵中儿也。"又云:"尝有雷民,畜畋犬,其耳十二。每将猎,必笞犬,以耳动为获数,未尝偕动。一日,诸耳毕动。既猎,不复逐兽,至海傍测中嗥鸣。郡人视之,得十二大卵以归,置于室中。后忽风雨,若出自室。既霁就视,卵破而遗甲存焉。后郡人分其卵甲,岁时祀奠,至今以获得遗甲为豪族。或阴冥云雾之夕,郡人呼为雷耕。晓视野中,果有垦迹,有是乃为嘉祥。又时有雷火发于野中,每雨霁,得黑石,或圆或方,号雷公墨。凡讼者投牒,必以雷墨杂常墨书之为利。人或有疾,即扫虚室,设酒食,鼓吹幡盖,迎雷于数十里外。既归,屠牛彘以祭,因置其门。邻里不敢辄入,有误犯者为唐突,大不敬,出猪牛以谢之。三日又送,如初礼。"又云:"尝有雷民,因大雷电,空中有物,豕首鳞身,状甚异。民挥刀以斩,其物踣地,血流道中,而震雷益厉,其夕凌空而去。自后挥刀民居室,频为天火所灾。虽逃去,辄如故。父兄遂摈出,乃依山结庐以自处,灾复随之。因穴崖而居,灾方止。"或云:"其刀尚存。雷民图雷以祀者,皆豕首鳞身也。"
出《投荒杂录》。

能吃食物了，雷神就不再来了。陈氏便把这个小孩当做自己的亲生儿子。陈义就是从卵中生出来的那个婴儿。另有传说，曾有个雷州居民养了只猎犬，生着十二只耳朵。此人每当出去打猎时，必定抽打猎犬，凭着它有几只耳朵活动来判定扑获猎物的数量。这只猎犬的十二只耳朵从未全部活动过。有一天，猎犬的十二只耳朵全都活动了。他出去打猎时，看到野兽便不再追逐，来到海边沙滩上大声嚎叫。人们跑来一看，见他捡到十二只大卵往回走。他将大卵放在屋里后，忽然来了一阵风雨，就像从屋子里生出来的。雨过天晴后再到屋里察看，看到卵都破了，只有蛋壳留在那里。事后，当地人将那些蛋壳分别拿回家里，每年都按时进行祭奠。直到今天，凡是当年拿到蛋壳的人家，都是当地的豪门望族。有时赶上云雾笼罩的阴暗的傍晚，当地人称这是雷公在耕地。第二天拂晓到田野里一看，就会发现果真有耕垦的痕迹。有这种情况出现，便是吉祥的征兆。另外，还常常有雷火出现在田野里。每当雨过天晴后，就能拾到黑色的石头，有的呈圆形，有的呈方形，人们称其为"雷公墨"。凡是有人诉讼投状子，必定用"雷公墨"混和着普通墨来书写才是吉利。如果有人得了病，就打扫出一间空房子，摆设酒食供奉，吹吹打打，举着旗子伞盖，到数十里以外去迎请雷公。回来之后，杀猪宰牛进行祭奠。因为祭品摆放在门前，邻人便不敢随便进去。有人误入就被视为冒犯，是最大的不敬，必须拿出猪和牛来谢罪。三天之后又要送雷公，仪式和礼节与迎请时一样。还有传说道，曾有个雷州居民，在雷电大作时看到空中有个怪物，长着猪脑袋，身上全是鳞甲，形状十分奇异。他便抢刀去砍，这个怪物便跌落在地上，鲜血流到路上，而雷声愈加尖厉。当天晚上，怪物腾空而去。此后，挥刀乱砍的那个人居住的房子连续遭到天火的焚烧。他无论逃到哪里，天火都照旧去烧他的房子。他的父兄便把他逐出家门。他只好在靠山的地方搭间茅屋供自己藏身，但天火之灾又跟着他降临。他便到石崖的岩洞里居住，灾祸这才停止。有人说，那个人的刀仍然存在。雷州居民画来供自己祭祀的雷公像，都是猪脑袋，身上有鳞。出自《投荒杂录》。

叶迁韶

唐叶迁韶，信州人也。幼岁樵牧，避雨于大树下。树为雷霹，俄而却合，雷公为树所夹，奋飞不得迁。韶取石楔开枝，然后得去。仍愧谢之，约曰："来日复至此可也。"如其言至彼，雷公亦来，以墨篆一卷与之，曰："依此行之，可以致雷雨，祛疾苦，立功救人。我兄弟五人，要闻雷声，但唤雷大雷二，即相应。然雷五性刚躁，无危急之事，不可唤之。"自是行符致雨，咸有殊效。尝于吉州市大醉，太守擒而责之，欲加楚辱。迁韶于庭下大呼雷五，时郡中方旱，日光猛炽，霹震一声，人皆颠沛。太守下阶礼接之，请为致雨。信宿大霆，田原遂足，因为远近所传。游滑州，时方久雨，黄河泛滥。官吏备水为劳，忘其寝食。迁韶以铁札，长二尺，立一符于河岸上。水涌溢堆阜之形，而沿河流下，不敢出其符外。人免垫溺，如今传之。或有疾请符，不择笔墨，书而援之，皆得其效。多在江浙间周游，好啖荤腥，不修道行。后不知所之。出《神仙感遇传》。

元积

唐元积镇江夏。襄州贾墅有别业，构堂，架梁才毕，疾风甚雨。时户各输油六七瓮，忽震一声，瓮悉列于梁上，都无滴汙于外。是年积卒。出《剧谈录》。

叶迁韶

唐朝时有个叫叶迁韶的，是信州人。他小时候有一次在野外打柴放牧，在大树下面避雨。大树被雷劈开了，很快又合到了一起。雷公被合上的树夹住，无论怎样用力也飞不动。迁韶用石片把树分开后雷公才得以脱身。雷公惭愧地向他致谢，并和他约定说："第二天还到这个地方就行。"迁韶按雷公说的来到这里时，雷公也来了。它把一卷用篆字写成的书送给迁韶，说："照这本书上写的去做，就可以招来雷雨，驱除疾苦，立功救人。我们兄弟五人，你要想听雷声，只喊雷大、雷二就行，保证应声而出。但是，雷五性情刚烈暴躁，没有危急的事情你不要喊他。"从此，迁韶写符招雨，每次都有特效。他曾在吉州大街上喝得大醉，太守把他抓去大加训斥，并想对他施加苦刑。迁韶在堂上大声呼叫雷五。当时吉州境内正值大旱，天空烈日炎炎。忽听一声霹雳巨响，人们都被震倒在地上。太守见此，急忙走下台阶，对迁韶以礼相待，请他招雨。夜间果然下起了大雨，田地吸足了水份。迁韶能够求雨除害的事，因此传遍远近各地。他到滑州游历时，正赶上久雨不晴，黄河水泛滥成灾。官吏们整日为防水淹而辛劳，达到废寝忘食的程度。迁韶便在长二尺的铁片上画了符，拿来立在河岸上。洪峰像小山一样奔涌而来，然后顺着河床滚滚流下，不敢越过立符的界限。人们避免了被水淹没的灾难。这件事至今仍在传扬。有人得了病请他给画符，他便绝不挑捡笔与墨的优劣，写完就送给人家。这些符都收到了预期的效果。迁韶大多在江浙一带周游。他喜欢吃荤腥，不按照修道的规矩约束自己。后来不知他到什么地方去了。出自《神仙感遇传》。

元 稹

唐朝时元稹镇守江夏。襄州贾塈有座别墅，他在这里建造堂屋，刚把房梁架好，就来了狂风暴雨。当时，他所管辖的住户每户都要缴纳六七瓮豆油。突然一声雷响，所有的油瓮都排列在房梁上，没有一滴油污洒在瓮外面。这一年，元稹去世了。出自《剧谈录》。

裴用

唐大和，濮州军吏裴用者，家富于财。年六十二，病死。既葬旬日，霆震其墓，棺飞出百许步，尸枢零落。其家即选他处重瘗焉，仍用大铁索系缆其棺。未几，震如前。复选他处重瘗，不旬日，震复如前，而棺枢灰尽，不可得而收矣。因设灵仪，招魂以葬。出《集异记》。

东阳郡山

唐东阳郡，滨于浙江，有山周数百里，江水曲而环焉，迂滞舟楫，人颇病之。常侍敬昕，大和中出守。其山一夕云物曛晦，暴风雷电，动荡室庐。江水腾溢，莫不惶惑。迨晓方霁，人往视之，已劈而中分，相远数百步，引江流直而贯焉。其环曲处，悉填以石，遂无萦绕之患。出《宣室志》。

段成式伯

唐段成式三从伯父，少时于阳羡亲旧舍，夜值雷雨，每电起光中，见有人头数十，大于栲栳。出《酉阳杂俎》。

智空

唐晋陵郡建元寺僧智空，本郡人，道行闻于里中，年七十余。一夕既阖关，忽大风雷，若起于禅堂，殷然不绝。烛

裴 用

唐文宗大和年间，濮州有个叫裴用的军吏，家资富有。他六十二岁时病故。埋葬十天后，雷霆袭击了他的坟墓，棺材飞出约一百步远，尸骨与灵柩摔碎后散落满地。他的家属立即选取其他地方重新安葬他，并用大铁链子把棺材捆牢。但没多久又像前次那样遭到了雷击。再次选取其他地方重葬，不满十天，又一次同以前那样遭到了雷击，而且连棺材和尸骨都化为灰烬，再也不能收拾了。于是只好摆设灵位，招回魂魄来进行安葬。出自《集异记》。

东阳郡山

唐朝东阳郡坐落在浙江岸边，郡城旁边有一座方圆几百里之大的山，江水弯弯曲曲地环绕此山流过。进出郡城的船只行驶起来十分不便，行旅之人颇以此山的阻隔而苦恼。常侍敬昕于大和年间出任东阳郡太守。这座大山在一天晚上被云雾笼罩着，天色十分昏暗，狂风夹着雷电，剧烈地震动着房屋。江水翻腾奔涌，大有冲出江堤之势。人们见此情状无不惊恐惶惑。直到天亮才雨过天晴。人们来到山下观望时，只见大山已被从中间劈开，两边相距几百步远，江水从这里一直穿流过去。原来环绕弯曲的河道，全被石头填平了。从此以后，再没有环山绕行的困苦了。出自《宣室志》。

段成式伯

唐代段成式的堂伯父，年轻时住在阳美亲属的旧房子里。碰上夜晚打雷下雨时，他常常在闪电的光亮中看见有几十颗人头晃动，一颗颗人头比栲栳还大。出自《酉阳杂俎》。

智 空

唐朝晋陵郡建元寺内，有个僧人叫智空。他是本地人，道行闻名于当地，已有七十多岁了。一天晚上寺门关闭后，忽然起了大风雷，就像从禅堂内升起的一样。雷声隆隆不绝，蜡烛

灭而尘坌，晦黑且甚，檐宇摇震。矍然自念曰："吾弃家为僧，迨兹四纪，暴雷如是，岂神龙有怒我者？不然，有罪当雷震死耳。"既而声益甚，复坐而祝曰："某少学浮屠氏，为沙门迨五十余年，岂所行乖于释氏教耶？不然，且有黩神龙耶？设如是，安敢逃其死？傥不然，则愿亟使开霁，俾举寺僧得自解也。"言竟，大声一举，若发左右。茵榻倾靡，昏霾颠悖，由是惊愫仆地。仅食顷，声方息，云月晴朗。然觉有腥腐气，如在室内，因烛视之，于垣下得一蛟皮，长数丈，血满于地。乃是禅堂北有槐，高数十寻，为雷震死，循理而裂，中有蛟蟠之迹焉。出《宣室志》。

被狂风吹灭，尘土扬起，四周十分黑暗，房檐被雷声震得直抖。智空惊惶地环顾四周，自言自语道："我抛弃家人落发为僧，至今已有四十八载。暴雷如此逞狂，莫不是神龙有生我气的事情？如不是这样，就是我有罪该当被雷震死。"后来雷声更大了，他又坐下来祷告说："我从少年起修学佛教，当和尚已有五十余年，难道我的行为违背了佛祖的教义吗？如果不是这样，就是有亵渎神龙的地方吧？如果是这样，我怎敢逃脱死亡的惩罚？如若不是这样，那就希望赶快让天开晴，以使全寺的僧人得到解脱。"说完，只听一声巨响，好像就从身边发出。坐垫和床铺都被崩碎了，一阵黑烟袭来，他惊吓得仆倒在地上。过了一顿饭的功夫，声音才平息下来，云散月出，天气晴朗。但他感觉到有一股腥腐气味，好像就在自己屋内，于是举着蜡烛察看起来。他在墙脚下搜到一张蛟龙的皮，有几丈长，鲜血流了满地。原来这座禅堂北面有一棵槐树，有几十丈高。这棵槐树被雷震死，沿着纹理被劈开了，里面有蛟龙蟠踞的痕迹。出自《宣室志》。

卷第三百九十五
雷三

百丈泓

　　唐河东郡东南百余里，有积水，谓之百丈泓。清澈，纤毫必鉴。在驿路之左，槐柳环拥，烟影如束，途出于此者，乃为憩驾之所。大和五年夏，有徐生自洛阳抵河东，至此水。困殆既甚，因而暂息，且吟且望。将午，忽闻水中有细声，若蝇蚋之噪。俄而纤光发，其音稍响，輷若击毂，其光如索而曳焉。生始异之，声久益繁，遂有雷自波间起，震光为电，接云气。至旅次，遽话其事。答曰："此百丈泓也。岁旱，未尝不指期而雨。今旱且甚，吾师命属官祷焉。"巫者曰："某日当有甚雨。"果是日矣。出《宣室志》。

百丈泓

　　唐朝河东郡东南方向二百余里处,有个水池,叫百丈泓。池水清澈透明,极细小的东西也能看得清清楚楚。百丈泓位于驿道旁边,周围有槐树和柳树簇拥环绕着,烟波与树影交相辉映。路过这里的人,便把此地当做歇脚的优美处所。唐文宗太和五年夏天,有个徐生从洛阳去河东,走到百丈泓水边时,感到十分困乏,于是停下来暂时休息。他一边吟诵诗句一边观望景色,将近中午时,忽然听到水中有细微的声响,好像苍蝇蚊子在喧闹。不一会儿又见细微的光亮从池水中发出,水里的声音也渐渐大了起来,轰轰隆隆犹如车轮撞击的声音,那光线也像一条绳索被牵动着一样。徐生开始惊异起来。过了一段时间,声音越来越繁杂,便有雷声从波浪间响起来。雷声发出闪电,与云气相接。徐生赶到旅店后,急忙向别人讲起这件事。那人回答:“这个水池就是百丈泓。大旱年头,没有不指望向百丈泓求雨的。如今旱情特别严重,我的老师正让下属向百丈泓祈雨呢。”一位施行法术求雨的巫师说:“某日一定有大雨。”结果正是这一天。出自《宣室志》。

杨询美从子

唐御史杨询美,居广陵郡。从子数人皆幼,始从师学。尝一夕风雨,雷电震耀。诸子俱出户望,且笑且詈曰:"我闻雷有鬼,不知鬼安在,愿得而杀之,可乎?"既而雷声愈震,林木倾靡。忽一声轰然,若在于庑。诸子惊甚,即驰入户,负壁而立,不敢辄动。复闻雷声,若天呵地吼,庐舍摇动,诸子益惧。近食顷,雷电方息,天月清霁。庭有大古槐,击拔其根而劈之。诸子觉两髀痛不可忍,具告询美。命家僮执烛视之,诸髀咸有赤文,横布十数,状类杖痕,似雷鬼之所为也。出《宣室志》。

高邮人

唐进士郑翚家在高邮,亲表卢氏庄近水。邻人数家,共杀一白蛇。未久,忽大震雷,雨发,数家陷溺无遗。卢宅当中,唯一家无恙。出《因话录》。

王忠政

唐泗州门监王忠政云,开成中,曾死十二日却活。始见一人,碧衣赤帻,引臂登云曰:"天召汝行,汝隶于左落队。"其左右落队,各有五万甲马,簇于云头。俯向下,重楼深室,囊柜之内,纤细悉见。更异者,见米粒长数尺。凡两队,一队于小项瓶子,贮人间水。一队所贮如马牙硝,谓之

杨询美从子

唐时，御史杨询美住在广陵郡。他的几个侄儿年龄都小，刚刚开始跟随教师学习。有一天傍晚，风雨大作，雷鸣电闪，几个孩子都到屋外观望，边笑边骂道："我听说打雷时有鬼，不知鬼究竟在哪里。我希望捉到后杀掉它，可以吗？"他说完后，雷声更大了，树木都倒在地上。忽然一声轰鸣，好像发生在堂屋的游廊。孩子们十分吃惊，立即跑进屋内，背靠墙壁站着，不敢随便行动。又听到一声雷鸣，宛如天呼地吼，房屋震得直晃动，孩子们更加害怕起来。将近一顿饭的时间，雷鸣电闪才停息了，天空晴朗，月光皎洁。院子里有一棵挺大的老槐树，被连根拔起劈为两半。孩子们都觉得两条大腿疼痛难忍，于是把情况告诉了询美。询美让家僮拿来蜡烛照着察看，只见每人的大腿上全有红色条纹，条纹横向排列着，有十几条之多，好像是棍子抽打的痕迹，似乎是雷鬼干的。出自《宣室志》。

高邮人

唐朝进士郑翚家住高邮，他的表亲卢氏住的村庄靠近河水。一次，几家邻居一起杀死了一条白蛇。没过多久，忽然有大雷雨降临，河水暴涨，这几家邻居全被淹没了，没有一家幸免。卢家的房子处在他们中间，却只有他一家安然无恙。出自《因话录》。

王忠政

唐朝泗州城的守门官王忠政说，开成年间，他曾死了十二天后又复活了。当时的情形是：他先是看见一个穿绿衣服戴红头巾的人，这人拉着他的胳膊飞上云端，并说："天帝召唤你跟我走，你隶属于左落队。"那左、右两个落队各有五万披着铠甲的马匹，聚集在云端。俯身向下，只见下面有重重楼阁和深宅大院；屋内口袋和箱柜里的东西无论多么细小，都能看得见。更为奇异的是，他看到米粒有几尺长。这两队中，一队在短脖瓶子里装入人间的水，另一队所装的东西好像马牙硝，人们称它为

干雨。皆在前，风车为殿。每雷震，多为捉龙。龙有过者，谪作蛇鱼，数满千，则能沦山。行雨时，先下一黄旗，次下四方旗，乃随龙所在。或霆或雷，或雨或雹，若吾伤一物，则刑以铁杖。忠政役十一日，始服汤三瓯，不复饥困。以母老哀求，得归。出《唐年小录》。

史无畏

唐史无畏，曹州人也，与张从真为友。无畏止耕垅亩，衣食窘困。从真家富，乃谓曰："弟勤苦田园，日夕区区。奉假千缗货易，他日但归吾本。"无畏忻然赍缗，父子江淮射利，不数岁，已富。从真继遭焚爇，及罹劫盗，生计一空。遂诣无畏曰："今日之困，不思弟千缗之报，可相济三二百乎？"闻从真言，辄为拒捍，报曰："若言有负，但执券来。"从真恨怨填臆，乃归。庭巾焚香，泣泪诅之，言词慷慨，闻者战栗。午后，东西有片黑云骤起，须臾，霆雨雷电兼至。霹雳一震，无畏遽变为牛，朱书腹下云："负心人史无畏。"经旬而卒。刺史图其事而奉奏焉。出《会昌解颐录》。

张应

唐张应，自荥阳被命至河内郡。涉九鼎渡，所乘小驷惊逸。及北岸，视后足有物萦绕，状如大螾，绛色。乃抽佩

干雨。这两队都排在前面，而风车排在最后。每次发生雷震，大多是为了捉龙。龙有过错的，被贬为蛇或鱼。被贬的数目达到一千时，就能把山淹没。在行雨的时候，先落下一面黄旗，然后是四面方形旗，要依龙所在的位置而确定：或者施暴雷或者普通的雷，或者下雨或者下冰雹。如果我们伤害了一样东西，天帝就用铁棒来惩罚。王忠政在那里服了十一天役。他刚去时喝了三小杯汤，便不再饥饿困乏。他以母亲年迈需要服侍为由哀求放他回来，这才得以回家。出自《唐年小录》。

史无畏

唐代有个叫史无畏的，是曹州人，与张从真是朋友。无畏只能种田，生活窘迫困顿。从真家里很富有，便对无畏说："贤弟勤劳辛苦地种田，从早到晚忙忙碌碌收获却很少。我借给你一千串钱去做生意，日后只还我本钱就可以。"无畏高兴地拿了这些钱，父子一起到江淮一带做生意赚钱，没有几年便已富裕起来。从真家在遭受火灾之后，又遇到强盗抢劫，财产荡然一空，生活毫无着落。他便到无畏那里去说："今天我有困难，不想要你那一千串钱的回报，你可以接济我二三百串钱吗？"无畏听了从真的话，当即拒绝了，答复他道："如果说我欠你钱，请拿凭据来！"从真怨恨满腹，只好回去了。他在院里烧起香，边哭泣边诅咒无畏，言辞激昂慷慨，听到的人都浑身战栗。中午过后，东西两面有大片乌云骤然升起，不大一会儿便有暴雨雷电一起来到。霹雳一声巨雷响过，无畏顿时变成一头牛，腹部有红色字迹写道："负心人史无畏。"过了十天牛便死了。刺史知道后，将这件事情记录下来，上表报告给皇帝。出自《会昌解颐录》。

张 应

唐代有个人叫张应，他奉命从荥阳到河内郡。从九鼎渡涉水过河时，张应所骑的小马受惊跑了。到了北岸，张应看见马的后腿上有东西缠绕着，形状像只大蚯蚓，深红色。他就拔出佩

刀,断于地,辄复相续,坚缩如白角柹,红影若缕,横络之。遂置诸囊中,事毕而还,复渡河,至平阴。天景欲蒸,憩于园井,就之盥濯。因与园叟话之,取角柹置盆水上。忽然黑气勃兴,浓云四合,狂电震霆,雨雹交下。食顷方霁,盆涸而柹已亡。出《三水小牍》。

天公坛

巴蜀间,于高山顶或洁地,建天公坛,祈水旱。盖开元中上帝所降仪法,以示人也。其坛或羊牛所犯,及预斋者饮酒食肉,多为震死。新繁人王莄,因往别业,村民烹豚待之。有一自天公斋回,乃即席食肉。王谓曰:"尔不惧雷霆耶?"曰:"我与雷为兄弟,何惧之有?"王异之,乃诘其所谓。曰:"我受雷公箓,与雷同职。"因取其箓验之,果如其说。仍有数卷,或画壮夫,以拳抉地为井,号拳抉井。或画一士负薪栿,号一谷柴。或以七手撮山簸之,号七山簸。江陵东村李道士舍,亦有此箓。或云,三洞法箓外,有一百二法,为天师子嗣师所禁。唯许救物,苟邪用,必上帝考责阴诛也。出《北梦琐言》。

刀,把它砍断在地上。断了之后这东西又自行连接起来,紧紧地蜷缩着,好像一枚白色的牛角梳子。梳子上面有红色花纹,好像丝线一样横向缠绕着。他便把它捡起来放到口袋里。张应办完事情往回走时,又渡过那条河,到了平阴。当时,天气晴朗,烈日当空,地上的热气直往上冒。张应便在茶园的水井旁边休息,到井前洗洗手脸,顺便与园内的老头说起这件事,并拿出白色兽角梳子放在盆里水上。忽然,黑气勃然兴起,浓云从四面合拢过来,电闪雷鸣,暴雨与冰雹倾泻而下。过了一顿饭的功夫才雨过天晴。此时,盆里的水干了,那个白色梳子也已经无影无踪。出自《三水小牍》。

天公坛

　　巴蜀境内,常常看到在高山顶上或者干净的地方建有天公坛,用以祈祷解除水旱之灾。这大概是开元年间天帝所降下的礼仪办法,用来昭示人们的。如果有牛羊去触犯那天公坛,以及有原先吃素的人又喝酒吃肉的,多数被雷击死。新繁有个人叫王莄,因为要离家到他的别墅去,本村人便煮了猪肉款待他。有个人从天公坛斋戒回来,便坐到桌前吃肉。王莄对他说:"你不怕遭雷击?"答道:"我和雷公是兄弟,有什么可怕的!"王莄感到奇怪,便追问他原因。他说:"我接受了雷公箓,与雷公的职位相同。"于是拿出他的雷公箓让人检验,果然像他说的那样。除了画着他之外,还有好几卷,有的画着强壮的男子用拳把平地扠成一口井,号称"拳扠井";有的画着壮士背负着柴禾,号称"一谷柴";有的则用七只手撮起山来颠簸,号称"七山簸"。江陵东村的李道士家也有这样的箓。有人说,三洞法箓之外,还有一百零二法,为天师的后代所严加看管。这些箓法只允许用来拯救生灵,如果用于不正当的事情,必定要受到天帝的严厉拷问责罚乃至暗中杀戮。出自《北梦琐言》。

申文纬

尉氏尉申文纬，尝话，顷以事至洛城南玉泉寺。时盛夏，寺左有池，大旱，村人祈祷，未尝不应。池之阳有龙庙，时文纬俯池而观，有物如败花，叶大如盖，因以瓦砾掷之。僧曰："切不可，恐致风雷之怒。"申亦不以介意。逡巡，白雾自水面起，才及山趾。寺在山上，石路七盘。大雨，霆电震击，比至平地，已数尺，溪壑暴涨。驴乘泊仆夫，随流漂荡，莫能植足。昼日如暮，霆震不已。申之口吻皆黑，怖惧非常。俄至一村，寻亦开霁。果中伤寒病，将晓有微汗，比明无恙。岂龙之怒？几为所毙也。出《玉堂闲话》。

法门寺

长安西法门寺，乃中国伽蓝之胜境也，如来中指节在焉。照临之内，奉佛之人，罔不归敬。殿宇之盛，寰海无伦。僖、昭播迁后，为贼盗毁之。中原荡柝，人力既殚，不能复构，最须者材之与石。忽一夕，风雷骤起，暴澍连宵。平晓，诸僧窥望，见寺前良材巨石，阜堆山积，亘十余里，首尾不断，有如人力置之。于是鸠集民匠，复构精蓝，至于貌备。人谓鬼神送来，愈更钦其圣力。育王化塔之事，岂虚也哉？出《玉堂闲话》。

申文纬

尉氏县的县尉申文纬曾经说过，不久前他因有事，来到洛阳城南的玉泉寺。当时正是盛夏，寺的旁边有个水池，大旱时节村里人前来祈祷求雨，没有不应验的。水池的北面有座龙王庙。当时文纬哈腰对着池水观看，见里面有个东西，好像残败的花，大叶子犹如伞盖，他便投掷瓦片去打它。旁边有个僧人说："切切不可如此，这样会招致风雷发怒的。"申文纬也没把此事放在心上。不一会儿，白茫茫的雾气从池水中升起，刚刚弥漫到山脚。玉泉寺座落在山上，有石头铺成的路盘绕七匝才到山下。这时大雨滂沱，电闪雷鸣。等他走到山下时，大水已有数尺深，河流沟壑都已涨满。驴车及车夫都泡在水里随着水流漂荡，不能站稳脚跟。大白天就像黄昏一样迷蒙昏暗，暴雷一直响个不停。申文纬非常恐怖惧怕，嘴唇全都变成了黑色。他很快来到一个村庄。过了一会儿天也晴了。文纬果然受了寒，将近拂晓时出了少许汗，等到天亮才好了。难道是龙发怒了？文纬差点为此葬送了性命。出自《玉堂闲话》。

法门寺

座落在长安西边的法门寺，乃是中国佛寺建筑的佼佼者，如来佛中指的一节就供奉在这里。在很大的范围之内，凡是信奉佛教的人，无不归心敬仰此寺。寺院殿堂之宏伟，四海之内无与伦比。唐僖宗、唐昭宗流离在外后，寺庙为盗贼破坏。由于中原一带被洗劫一空，人力也已耗尽，所以不能重新修建。其中最为需要的物资便是木材与石头。忽然有一天晚上，风雷突然出现，暴雨下了一宿。天亮时，僧人们从屋内向外观望，只见寺庙前面的优质木材与大块石头堆积如山，绵延十多里，首尾相接，连续不断，就像是人工搬放在那里的。于是纠集民工匠人，重新修造精美的寺院，达到外观上十分完备的程度。人们说这些木材和石料是鬼神送来的，于是更加敬佩佛的神圣力量。由此看来，阿育王化佛塔的事，怎能是假的呢？出自《玉堂闲话》。

陈绚

伪蜀王氏彭王傅陈绚,常为邛州临溪令。县署编竹为藩而涂之,署久,泥忽陊落,唯露其竹。侍婢秉炬而照,一物蟠于竹节中,文彩烂然,小蛇也。俄而雷声隐隐,绚疑其乖龙,惧罹震厄,乃易衣炷香,抗声祈于雷曰:"苟取龙,幸无急遽。"虽狂电若昼,自初夜迨四更,隐隐不发。既发一声,俄然开霁。向物已失,人无震惊,有若雷神佑乎恳祷。出《北梦琐言》。

彭城佛寺

国某杨汀自言,天祐初,在彭城,避暑于佛寺。雨雹方甚,忽闻大声震地。走视门外,乃下一大雹于街中,其高广与寺楼等,入地可丈余。顷之雨止,则炎风赫日。经月,雹乃消尽。出《稽神录》。

欧阳氏

广陵孔目吏欧阳某者,居决定寺之前。其妻少遇乱,失其父母。至是有老父诣门,使白其妻,我汝父也。妻见其贫陋,不悦,拒绝之。父又言其名字及中外亲族甚悉,妻竟不听。又曰:"吾自远来,今无所归矣。若尔,权寄门下信宿可乎?"妻又不从。其夫劝之,又不可。父乃去曰:"吾将讼尔矣。"左右以为公讼耳,亦不介意。明日午,暴风雨从南方来,有震霆入欧阳氏之居,牵其妻至中庭,击杀之。

陈绚

前蜀彭王的师傅陈绚,曾经任邛州临溪县令。临溪县衙里将竹子编成的篱障涂上泥巴作为墙,时间久了泥巴脱落,里面的竹子露了出来。婢女拿着蜡烛去照时,见有个东西盘曲在竹节里面,身上的花纹色彩斑斓,原来是一条小蛇。不一会儿,有雷声隐隐作响。陈绚怀疑这小蛇是孽龙,担心遭受雷震的灾难,便更衣焚香,大声对雷祈祷道:"如果要抓龙,请不要过分急躁。"虽有闪电照耀亮如白昼,但从天黑直到四更,雷却始终闷声闷气而不发作。后来响过一声后,天顿然转晴。那条小蛇已经消失,人们也没有受到雷震的惊吓。好像是雷神因陈绚的诚恳祈祷而保佑了他们。出自《北梦琐言》。

彭城佛寺

京城有个叫杨汀的人自己讲,天祐初年,他在彭城的一座佛寺里避暑。当时雨和冰雹下得正急,忽听巨大的声响震动大地。他走到门外察看,原来下了个大冰雹落在街当中。雹子的高度与宽度跟寺庙的塔楼相等,砸进地里有一丈多。很快雨停了,接着是烈日炎炎热风阵阵。过了一个月,这个大冰雹才完全溶化。出自《稽神录》。

欧阳氏

广陵孔目吏欧阳某住在决定寺的前面。他妻子少年时遇到变乱,与父母失散了。如今有个老父来到他家门前,让人告诉他妻子,说"我是你父亲"。他妻子见老父穷困鄙陋,很不高兴,拒绝了他。老父又说出她的名字和中外亲属的情况,说得很详细,他妻子竟然不听。老父又说:"我从远处来,现无处投奔。若不行,暂且寄居在门下住两夜可以吗?"他妻子又不答应。欧阳某劝说她,还是不同意。老父便告辞说:"我要去告你状!"大家以为是去公堂诉讼罢了,也不把此事放在心上。第二天中午,从南面来了暴风雨,有暴雷进入欧阳氏的房间,把他妻子拉到院子中间击死了。

大水平地数尺,邻里皆震荡不自持。后数日,欧阳之人至后土庙,神座前得一书,即老父讼女文也。出《稽神录》。

庐山卖油者

庐山卖油者,养其母甚孝谨,为暴雷震死。其母自以无罪,日号泣于九天使者之祠,愿知其故。一夕,梦朱衣人告曰:"汝子恒以鱼膏杂油中,以图厚利。且庙中斋醮,恒用此油。腥气薰蒸,灵仙不降。震死宜矣。"母知其事,遂止。出《稽神录》。

李 诚

江南军使苏建雄,有别墅,在毗陵,恒使傔人李诚来往检视。乙卯岁六月,诚自墅中回,至句容县西。时盛暑赫日,持伞自覆。忽值大风,飞石拔木,卷其伞盖而去,唯持伞柄。行数十步,云雨大至,方忧濡湿,忽有飘席至其所,因取覆之。俄而雷震地,道傍数家之中,卷一家屋室,向东北而去。顷之遂霁,其居荡然,无复遗者。老幼十余,皆聚桑林中,一无所伤。舍前有足迹,长三尺。诚又西行数里,遇一人,求买所覆席,即与之。又里余,复遇一人,求买所持伞柄。诚乃异之,曰:"此物无用,尔何为者而买之?"其人但求乞甚切,终不言其故。随行数百步,与之乃去。出《稽神录》。

平地上的大水有几尺深，邻居都被震得站立不稳。几天后，欧阳家的人到后土庙里去，在神像前捡到一纸文书，这就是老父亲控告女儿的状子。出自《稽神录》。

庐山卖油者

庐山有个卖油的，奉养自己的母亲特别孝敬特别用心。后来这个人被雷击死了，他母亲认为儿子无罪，每天都到九天使者的祠庙中哭号，想要知道儿子死的缘故。一天晚上，她梦见一个穿红衣服的人告诉她道："你儿子经常把鱼油掺在油里卖，以图多挣钱。况且寺庙的斋饭和祭祀时也都用这种油，腥气薰得神灵不降临了。震死他是应该的。"他的母亲知道这些事后，就再不去哭号了。出自《稽神录》。

李　诚

江南军使苏建雄有一处别墅在毗陵，他常常派遣侍从李诚往返别墅检查巡视。乙卯年六月，李诚从别墅往回返，走到勾容县西边。时值盛夏烈日，他便撑起伞来遮蔽阳光。突然起了阵大风，刮起了石头，拔起了树木，把他的伞盖也卷跑了，李诚只好拿着刮剩的伞柄赶路。走了几十步，来了大雨，他正担心被雨水淋湿，忽有一块席子飘到跟前，于是他取来遮在身上。不一会儿又有雷声震动大地，道旁几户人家之中，有一家的房屋被卷走，直向东北而去。很快便雨过天晴了。那家的房子荡然无存，什么也没留下。老老小小十余口人，全聚集在桑树林里，没有一人受伤。房舍前面有个脚印，有三尺长。李诚又往西走了几里，遇到一个人，恳求着要买他遮身的席子，李诚就给了他。又走了一里多地，又遇到一个人，此人恳求着要买他手里拿的伞柄。李诚感到奇怪，问他道："这件东西并无用处，你买了它去干什么？"此人只是很恳切地求他，始终不说买伞柄的原因。他跟着李诚走了几百步，把伞柄给了他后才离去。出自《稽神录》。

茅山牛

庚寅岁，茅山有村中儿牧牛。洗所著汗衫，暴于草上而假寐。及寤失之，唯一邻儿在傍。以为窃去，因相喧竞。邻儿父见之，怒曰："生儿为盗，将安用之？"即投水中。邻儿匍匐出水，呼天称冤者数四。复欲投之，俄而雷雨暴至，震死其牛，汗衫自牛口中呕出，儿乃得免。出《稽神录》。

番禺村女

庚申岁，番禺村中有老姥，与其女饷田。忽云雨晦冥，及霁，乃失其女。姥号哭求访，邻里相与寻之，不能得。后月余，复云雨昼晦，及霁，而庭中陈列筵席，有鹿脯干鱼，果实酒醯，甚丰洁。其女盛服而至，姥惊喜持之。女自言为雷师所娶，将至一石室中，亲族甚众。婚姻之礼，一同人间。今使归返面，他日不可再归矣。姥问："雷郎可得见耶？"曰："不可。"留数宿，一夕复风雨晦冥，遂不复见。出《稽神录》。

江西村姬

江西村中霆震，一老妇为电火所烧，一臂尽伤。既而空中有呼曰："误矣。"即坠一瓶，瓶有药如膏。曰："以此傅之，即差。"如其言，随傅而愈。家人共议，此神药也，将取藏之。数人共举其瓶，不能动。顷之，复有雷雨，收之而去。又有村人震死，既而空中呼曰："误矣。可取蚯蚓烂捣，

茅山牛

庚寅年，茅山上有个乡村小孩在放牛。他把自己穿的汗衫洗完后晒在草地上，便躺下来闭目休息。等他醒来时汗衫不见了。当时只有一个邻居的小孩在旁边，放羊娃以为是他偷去了，于是两人争吵起来。邻居小孩的父亲见了，愤怒地说："生养了儿子成为盗贼，要他有什么用！"说完就把小孩扔到河里。这个小孩从水里爬了出来，连连呼天喊地说冤枉。他父亲又要把他往水里扔，转眼间雷雨突然降临，击死了那头牛，汗衫从牛嘴里吐了出来，邻居的小孩才得以免除责罚。出自《稽神录》。

番禺村女

庚申年，番禺村里有个老妇人与女儿一起去田里送饭。突然云雨到来，天色昏暗。等雨过天晴后，女儿不见了。老人号哭着四处寻访，邻居们也都帮她寻找，结果没有找到。一个多月后，又有云雨，白天变得昏暗。等到雨过天晴，院子里摆放了筵席，有鹿肉、干鱼、水果、酒肉之类，十分丰盛洁净。她女儿身穿盛装走了过来，老人惊喜地抱住了她。女儿自己说被雷师娶为妻子，她被领到一间石屋里，亲属特别多，婚礼与人间完全相同。现在让她回家与家人见见面，往后就不能再回来了。老人问道："雷郎可以见见吗？"女儿答道："不可以。"女儿在家住了几宿后，一天晚上又来了风雨，天色昏暗，她便再也看不到了。出自《稽神录》。

江西村姬

江西的一个村中发生雷震，一位老妇被电火烧伤一只胳膊。事后空中有呼喊声道"错了"，接着降下一个瓶子，内有呈膏状的药物。空中的声音又喊道："用此药敷伤，立即痊愈。"老妇照着这话去用药，敷上之后立即痊愈。家里人共同议论，以为这是神药，要把它拿来收藏着。几个人一起去拿这个瓶子，却拿不起来。不一会儿，又有雷雨到来，收了瓶子离去了。还有个村里人被雷震死，紧接着听见空中喊道："错了！可拿蚯蚓来捣烂了，

覆脐中,当差。"如言傅之,遂苏。出《稽神录》。

甘露寺

　　道士范可保,夏月独游浙西甘露寺。出殿后门,将登北轩。忽有人衣故褐衣,自其傍入,肩帔相拂。范素好洁,衣服新,心不悦。俄而牵一黄狗,又驾肩而出。范怒形于色,褐衣回顾张目,其光如电,范始畏惧。顷之,山下人至曰:"向山下霹雳取龙,不知之乎?"范故不闻也。出《稽神录》。

南康县

　　辛酉五月四日,有使过南康,县令胡侃置酒于县南莲花馆水轩。忽有暴风吹沙从南来,因手掩目。闻盘中器物,薪薪有声,若有物过。良久开目,见食器微仄,其银酒杯与杯之舟,皆狭长如东西形。壁傍大桐树,亦拔出墙外。时一里外皆此风雨,常遥闻馆中迅雷,而馆中初不闻也,胡亦无恙。出《稽神录》。

敷在肚脐上就会好。"照着这话敷上后，那人便苏醒了。出自《稽神录》。

甘露寺

道士范可保这一年五月独自一人去游览浙西的甘露寺。他从大殿后门出来，正要上北面的小屋，忽然有个身穿破旧褐色衣服的人从他身旁进了屋，两人肩上的服饰互相擦了一下。范可保一向爱洁净，衣服又很新，所以心里不高兴。不大一会儿，那人牵着一条黄狗，又擦着他肩头走出去了。范可保顿时怒形于色。穿褐衣的那人回过头来瞪着眼看他，目光炯炯如闪电，范可保开始惧怕起来。过了一会儿，山下人来对范可保说："刚才山下有霹雳震响在捉龙，你不知道吗？"范可保从来没听说过。出自《稽神录》。

南康县

辛酉年五月四日，有个使者路过南康县，县令胡侃在县衙南边莲花馆水亭摆酒席招待使者。忽然有暴风卷着沙土从南面刮来，他们便用手捂住眼睛。他们听见盘中的器物发出沙沙的响声，好像有东西爬过。过了好久他们才睁开眼睛，看到饮食用的器皿微微倾斜，其中银酒杯与托酒杯的盘子，都被夹成东西狭长的形状；墙壁旁边的大桐树，也被拔出来扔到墙外。当时一里之外的地方也都有这场风雨，人们曾远远地听到莲花馆内迅雷的响声，而在馆中的人当时却没有听见，胡侃也平安无事。出自《稽神录》。

卷第三百九十六

雨风、虹附

雨

房玄龄　　不空三藏　一　行　　无畏三藏　玉龙子
狄惟谦　　子　朗
风
秦始皇　　王　莽　　贾　谧　　张　华　　刘　曜
刘　裔　　徐羡之　　柳世隆　　崔惠景　　许世宗
徐　妃　　李　密
虹
夏世隆　　陈济妻　　薛　愿　　刘义庆　　首阳山
韦　皋

雨

房玄龄

　　唐贞观末，房玄龄避位归第。时天旱，太宗将幸芙蓉园，以观风俗。玄龄闻之，戒其子曰："銮舆必当见幸，亟使洒扫，兼备馔具。"有顷，太宗果先幸其第，便载入宫。其夕大雨，咸以为优贤之应。出《大唐新语》。

雨

房玄龄

　　唐太宗贞观末年,房玄龄辞官回家。时值大旱,太宗皇帝要驾临芙蓉园,借机观察当地的民俗。房玄龄听到这件事后,告诫他的儿子道:"銮驾一定会来我家,赶紧让人打扫卫生,并且备齐餐具。"过了一会儿,太宗果然首先到了他的府第,顺便用车载着他进了皇宫。当天夜里下了大雨,人们都以为这是对天子优待贤臣的回应。出自《大唐新语》。

不空三藏

唐梵僧不空,得总持门,能役百神,玄宗礼之。岁旱,命祈雨。不空言可过某日,今祈之必暴。上乃命金刚三藏,设坛请雨。果连淋注不止,坊市有漂溺者,遽召不空止之。遂于寺庭,建泥龙五六。乃溜水,胡言詈之。良久,复置之大笑。有顷雨霁,玄宗又尝诏术士罗公远与不空祈雨,互陈其效。俱召问之,不空曰:"臣昨焚白檀香龙。"上命左右掬庭水嗅之,果有檀香气。每祈雨,无他轨则,但设数绣座,手旋数寸木神,念咒掷之,自立于座上。伺木神口角牙出,目瞚,雨辄至。出《酉阳杂俎》。

一　行

僧一行,开元中尝旱,玄宗令祈雨。曰:"当得一器,上有龙状者,方可致之。"命如内府遍视,皆言不类。后指一镜鼻盘龙,喜曰:"此真龙矣。"持入道场,一夕而雨。或云,是扬州所进。初范模时,有异人至,请闭户入室。数日开户,模成,其人已失。有图并传,见行于世。此镜,五月五日于扬子江心铸之。出《酉阳杂俎》。

无畏三藏

玄宗尝幸东都,大旱。圣善寺竺乾国三藏僧无畏善召龙致雨术,上遣力士疾召请雨。奏云:"今旱数当然,召龙

不空三藏

　　唐代有个佛门僧人叫不空,得任总持门,能够役使百神。玄宗皇帝对他以礼相待。有一年天旱,玄宗命他祈雨,不空说要过了某一天才行,现在祈雨必然下暴雨。皇帝便命金刚三藏设坛请雨。果然大雨连降不止,大街上有被水漂流和淹死的。于是急忙召唤不空止雨。不空就在寺庙的院子里,用泥土建造了五六条龙。他往龙身上泼水,并胡言乱语地骂它。过了许久,又对着它们大笑。不一会儿雨停天晴。玄宗还曾诏命术士罗公远与不空祈雨,他俩互相陈述自己求雨的效果。玄宗把他俩都叫来询问,不空说:"昨天求雨时,烧的是白檀香龙。"玄宗让近侍捧起院子里的雨水嗅了嗅,果然有檀香气味。不空每次祈雨时,没有其他规则,只是摆几个漂亮的座位,用手旋转数寸长的木制神像,念着咒语把神像抛起来,它就会自行站立在座位上。等到神像口角间冒出牙齿,眼睛直眨巴,雨就降临了。出自《酉阳杂俎》。

一　行

　　有个僧人叫一行。唐玄宗开元年间曾经大旱,玄宗命一行祈雨,他说:"需要有一件器物,器物上有龙的形象,才可以求来雨。"皇帝让他在宫内四处察看,所有东西他都说不像。后来他指着一面镜子的盘龙镜鼻高兴地说:"这是真龙啊!"便拿着这件东西进了祈雨的道场。时间不久就下起雨来。有人说:"此物是扬州进献的。当初制作铸造模子时,有个异人来到跟前,要求进入内室关闭门户。几天之后打开房门,模子做成了,而那个人却不见了。现有图纸与文字说明流传于世间。这面镜子是五月五日在扬子江江心铸成的。"出自《酉阳杂俎》。

无畏三藏

　　唐玄宗曾经驾临东都洛阳。当时那里大旱,圣善寺的竺乾国大和尚无畏长于召龙致雨的法术,玄宗皇帝派遣高力士急速召他进宫求雨。无畏回奏道:"现在的干旱是理应出现的,召龙

必兴烈风雷雨，适足暴物，不可为之。"上强之曰："人苦暑病久矣，虽暴风疾雷，亦足快意。"不得已，乃奉诏。有司陈请雨之具，幡幢像设甚备。笑曰："斯不足以致雨。"悉命撤之，独盛一钵水，以小刀子搅旋之，胡言数百祝之。须臾有龙，状类其大指，赤色，首撤水上，俄复没于钵中。复以刀搅咒之三，顷之，白气自钵中兴，如炉烟，径上数尺，稍稍引出讲堂外。谓力士曰："亟去，雨至矣。"力士绝驰去，还顾白气，旋绕亘空，若一匹素。既而昏霾大风，震雷而雨。力士才及天津之南，风雨亦随马而至，天衢大树多拔。力士比复奏，衣尽沾湿。出《柳氏史》。

玉龙子

唐玄宗至渭水，侍者得玉龙子进。上皇曰："吾为婴儿时，天后召诸孙，坐于殿上，观其嬉戏。因出西国所贡玉环兼杯盘，罗列殿上，纵令争取，以观其志。莫不奔竞，厚有所得。时吾在其中独坐，略不为动。后抚吾背曰：'此儿当为太平天子。'因取玉龙子赐吾。本太宗于晋阳宫得之，文德皇后尝置之衣中。及大帝载诞日，后以珠络衣褓并玉龙子赐焉，其后尝藏于内府。虽广不数寸，而温润精巧，非人间所有，以为国瑞，帝帝相传。"上皇即位初，每京师悯雨，

的话必然引来暴风和雷雨，反而要造成很大的破坏，所以不能这样做。"玄宗固执地说："百姓苦于酷暑已经很久了，虽然是暴风疾雷，也是令人痛快的。"无畏出于不得已，只好接受了玄宗的诏命。有关人员摆好请雨所用的器具，旗幡经幢以及神像之类全都备齐。无畏笑着说："这些东西不能把雨请来。"让他们全部撤了下去。他只盛了一钵水，用小刀旋转搅动，随便说了好多话祝祷着。不一会儿有一条龙出现，形状像他的大拇指，红色，头贴在水面上，接着又沉没在钵子的水中。他又用刀搅动着念了三遍咒语。不大一会儿，有白气从钵子里升起，好像炉子里冒出的烟，径直向上数尺之高，慢慢地飘出讲堂之外。他对高力士说："赶快离开，雨到了！"力士骑马飞跑而去，回头看那白气，已经旋绕连绵到天空，像一匹白色丝绢一样。接着便是乌云遮天大风呼啸，雷声隆隆大雨倾盆。高力士刚赶到天津桥南面，风雨也跟着他的马来到这里，大街上的高大树木大都连根拔起。等到高力士上朝回禀玄宗时，衣服全被浇湿了。

出自《柳氏史》。

玉龙子

唐玄宗来渭水时，侍者得到一枚玉龙子进献给他。玄宗皇帝说："我小时候，则天皇后召集众皇孙进宫，她自己坐在殿上观看他们游戏玩耍。她拿出西方国家进贡的玉环和杯盘等物摆在殿上，让他们随意拿取，借以察看他们的志向。皇孙们一个个争先恐后，都拿到许多东西。当时只有我坐在他们中间没动，丝毫也不为这些东西动心。天后抚摸着我的后背说：'这个孩子能成为太平天子。'于是拿出玉龙子赐给了我。这玉龙子本是太宗在晋阳宫得到的，文德皇后曾把它放在衣服里面。等到大帝周岁生日时，皇后将珠子串儿、衣服、婴儿被子等物与玉龙子一起赐给了他。这以后，玉龙子曾珍藏在皇宫内府。此物虽然不过几寸大，但温润精巧，不是人工所能制造，所以成为国家的祥物，由皇帝们一代代传下来。"玄宗即位初，每当京城一带缺雨

即祷之，必有霖注。逼而视之，若奋鳞鬣。开元中，三辅大旱。上皇复祈祷，而涉旬无应，乃密投于南内龙池。俄而云物暴起，风雨随作。及上皇幸西蜀，车驾回次渭水，将渡，驻跸于水滨。左右侍者，因临流濯弄，沙中得之。自后夜中必有光彩，辉焕一室。上皇还京，为小黄门私窃，以遗李辅国，常致柜中。辅国将败，夜闻柜中如有声，开而视之，已亡所在。人有诗曰："圣运潜符瑞玉龙，自兴云雨更无踪。不如渭水沙中得，争保銮舆复九重。"出《神异录》。

狄惟谦

唐会昌中，北都晋阳令狄惟谦，仁杰之后。守官清恪，不畏强御。属邑境亢阳，自春徂夏，数百里田，皆耗致。祷于晋祠，略无其应。时有郭天师，暨并州女巫，少攻符术，多行厌胜。监军使携至京国，因缘中贵，出入宫掖，遂赐天师号，旋归本土。佥曰："若得天师一至晋祠，则不足忧矣。"惟谦请于主帅，初甚难之。既而敦请，主帅遂亲往迓焉。巫者唯唯，乃具车舆，列幡盖，惟谦躬为控马。既至祠所，盛设供帐，磬折庭中。翌日，语惟谦曰："我为尔飞符上界请雨，已奉天帝命，必在至诚，三日雨当足矣。"繇是四郊士庶云集，期满无征。又曰："灾沴所兴，良由县令无德。

就向它祈祷，必有大雨降下。当靠近玉龙子细看时，见它好像在奋力抖动鳞甲。开元年间，京城附近的三辅地区大旱，玄宗又向它祈祷，然而过了十天仍没有反应。于是玄宗悄悄把它扔进了南内的龙池里。不一会儿突然出现了云彩，风雨也随之到来。等玄宗巡视西蜀，车驾返回渭水之际，过河之前停在河边暂时休息。皇帝身边的侍者乘机来到河旁洗濯戏耍，在沙子里面捡到这枚玉龙子。从此之后，每到夜半更深它就发出光彩，照得满屋子通亮。玄宗回到京城后，此物被宫内的小太监偷去，拿去送给了李辅国，曾被放在柜子里。李辅国将死时，夜间听到柜子里好像有响声，打开柜子去看，已经不见玉龙子了。有人写诗道："圣运潜符瑞玉龙，自兴云雨更无踪。不如渭水沙中得，争保銮舆复九重。"出自《神异录》。

狄惟谦

唐武宗会昌年间，北都晋阳县令狄惟谦，是狄仁杰的后代。他为官清廉，忠于职守，不畏强暴。这年狄惟谦所辖境内从春到夏烈日炎炎，出现了旱灾，数百里农田的庄稼全部枯死。他到晋祠里祈祷请雨，毫无反应。当时有个郭天师，是并州的一个女巫。她自小攻习符篆之术，经常用符咒制胜。监军使把她带到京城后，由于她攀结宫中的权贵，出没于皇宫，便被赐给了"天师"称号。不久又回到了并州老家。众人都说："如能请天师来一趟晋祠，那就不愁求不来雨了!"狄惟谦请求北都府主帅出面去请。开始他很为难，惟谦一再诚恳请求，主帅便亲自前去迎接。女巫连声应诺，于是准备车马，排列旌旗伞盖之类仪仗，由惟谦亲自为她驾马。到了晋祠后，隆重地摆设祭礼用的供品与帐幔等物，惟谦等人则在院子里弯腰致敬，恭恭敬敬地侍候。第二天，女巫对惟谦说："我为你飞一道符到天上去请雨，现已接到天帝的旨意。你们必须心意极为真诚，三天之后就会降下足够的雨来。"于是四面八方的士官与百姓都聚集到这里。三天期满，毫无降雨的迹象。女巫又说："灾害的产生，实际是因县令无德所致。

我为尔再告天，七日方合有雨。"惟谦引罪，奉之愈谨，竟无其效。乃骤欲入州，复拜留曰："天师已为万姓来，更乞至心祈请。"悖然而詈曰："庸琐官人，不知天道。天时未肯下雨，留我将复奚为？"乃谢曰："非敢更烦天师，俟明相钱耳。"于是宿戒左右："我为巫者所辱，岂可复言为官耶？诘旦有所指挥，汝等咸须相禀。是非好恶，予自当之。"

迨晓，时门未开，郭已严饰归骑，而巫酒殽供设，一无所施。郭乃坐堂中，大恣诃责。惟谦遂曰："左道女巫，妖惑日久，当须毙在此日，焉敢言归？"叱左右，于神前鞭背二十，投于漂水。祠后有山，高可十丈。遽命设席焚香，从吏悉皆放还，簪笏立其上。于是阖城骇愕，云邑长杖杀天师，驰走纷纭，观者如堵。时砂石流烁，忽起片云，大如车盖，先覆惟谦立所，四郊云物会之。雷震数声，甘雨大澍，原野无不滂流。士庶数千，自山拥惟谦而下。州将以杀巫者，初亦怒之，既而精诚感应，深加叹异。表列其事，诏书褒异云："惟谦剧邑良才，忠臣华胄。睹兹天厉，将瘅下民，当请祷于晋祠，类投巫于邺县。曝山椒之畏景，事等焚躯；起天际之油云，情同剪爪。遂使旱风潜息，甘泽旋流。昊天犹监克诚，予意岂忘褒善。特颁朱绂，俾耀铜章。勿替令名，

我为你再一次禀告天帝，七天之后才应当有雨。"惟谦感到内疚，对她供奉得更加恭谨。七天之后，竟然还是没有下雨。女巫便突然要回并州。惟谦再三挽留道："天师既然为了万民百姓已经来到这里，那就求您再次尽心祈雨。"女巫勃然大怒，骂道："好个平庸无知的官人，根本不知道天道。天时气候不肯下雨，还要留我在此干什么？"惟谦拜谢道："并非还要麻烦天师，只是要等明天为您饯行而已。"惟谦在当晚就告诫手下人道："我为女巫所羞辱，怎能再提当官的事呢？明天早上我有所安排，你们都必须服从。是对是错，是好是坏，由我自己承担。"

　　天亮后，门还没打开时，郭天师已把回并州的马备好了，而狄惟谦却酒饭菜肴一样也没给她送来。郭天师便坐在堂屋里大肆呵斥责骂。惟谦便说："好个邪道女巫！你妖言惑众多日，理当死在今天，还敢说回去！"他呵令手下人在神像前抽打女巫后背二十鞭子，然后把她扔到河流中。祠庙后面有座山，有十丈高。他即刻令人设供烧香，又将跟随他的吏卒全部打发回家，自己穿上官服手持笏板站立在山上。于是全城人为之震惊，都说县令用棍子打死了天师，奔走相告，纷纷来看，围观群众像一堵墙。此时砂石飞滚，一片车盖大的乌云突然升起。这片乌云先遮在惟谦站立的上方，四面的云彩又汇合到一起。几声雷响之后，渴望已久的雨便倾倒下来，原野上到处大水涌流。几千名官绅百姓从山上簇拥着惟谦走了下来。州将因为惟谦杀死女巫，开始也很恼怒，后来为他的精诚所感动，又大加赞赏，就将这件事上奏朝廷。皇帝颁布诏书褒奖这件奇异之举道："狄惟谦是治理县邑的良才，忠臣贵族的后代。眼见如此严重的天灾即将残害百姓，理当去晋祠祈祷求雨；他又效法西门豹在邺县投巫于水中之举，将女巫投在河里。他站在山顶忍受烈日之曝晒，这事等于火中焚身；使得天边的浮云为之降雨，就像商汤剪爪求雨而感动上天一样。于是让干旱的热风潜踪息影，润泽万物的甘霖顿时降下。苍天尚且能体察他的精诚，我怎能忘记褒奖他的善举。特发红色印带，以增添其铜质官印的光彩。不许革除其县令的名份，

更昭殊绩。"乃赐钱五十万。出《剧谈录》。

子　朗

伪蜀王氏,梁州天旱,祈祷无验。僧子朗诣州,云能致雨。乃具十石瓮贮水,僧坐其中,水灭于顶者,凡三日,雨足。州将王宗俦异礼之,檀越云集,后莫知所适。僧令蔼,他日于兴州见之,因问其术。曰:"此闭气耳,习之一月就。本法于湫潭中作观,与龙相系。龙为定力所制,必致惊动,因而致雨。然不如瓮中为之,保无他害。"出《北梦琐言》。

风

秦始皇

秦始皇二十八年,渡淮至衡山,浮江至湘,遇大风。博士云:"尧女舜妻葬于此。"始皇怒,使刑徒三千人,伐湘山树。出《广古今五行记》。

王　莽

王莽地皇四年,大风,毁路堂。其年,司徒王寻、司空王邑守昆阳,光武起兵南阳,至昆阳,败之。风雷屋瓦皆飞,雨下如注,滍川盛溢。寻、邑乘死人而渡,王寻见杀,军人皆散走。王邑还长安,莽败,俱被诛。出《广古今五行记》。

更要表彰其非凡的业绩。"于是赐给他五十万钱。<small>出自《剧谈录》。</small>

子　郎

伪蜀王氏时期，梁州大旱，祈祷求雨也不应验。有个叫子朗的和尚来到州府，自称能够招来雨。于是州府准备了一口能装十担水的大缸，里面装满了水。子郎坐在里面，水淹没了他的头顶。总共过了三天，雨便下足了。梁州守将王宗俦大为惊异，对他以礼相待，各处施主也如云涌般赶来。以后不知他到什么地方去了。有个叫令蔼的和尚后来在兴州见到了他，便问他求雨的法术。他说："这是极简单的闭气功而已，修习一月即成。这个法术是在很深的水池中施行，与龙相系在一起。龙因被定力所制约，必然会惊动，于是就引来了雨。但是不如在缸里施行，这样可以保证没有其他危害。"<small>出自《北梦琐言》。</small>

风

秦始皇

秦始皇二十八年，始皇帝渡过淮河到了衡山，又乘船从长江到湖南，遇上了大风。一个博士官说："尧帝的女儿、舜帝的妻子就葬在这个地方。"秦始皇大怒，命令服刑的囚徒三千人把湘山上的树都砍伐了。<small>出自《广古今五行记》。</small>

王　莽

王莽地皇四年，一场大风摧毁了道路与房屋。这一年，司徒王寻和司空王邑驻守昆阳。光武帝从南阳起兵到了昆阳，打败了王寻与王邑。当时，风雷将屋瓦刮得到处乱飞，大雨倾盆，池塘与河流里的水因暴涨而流了出来。王寻与王邑踏着死者的尸体渡河，王寻被杀，士兵全部逃散。王邑逃回了长安，王莽失败后，他们都被杀死了。<small>出自《广古今五行记》。</small>

贾谧

西晋八年六月,飘风吹贾谧朝衣,飞数百丈。明年,谧诛。其年十一月,京都大风,发屋折木。十二月,愍怀太子幽废,死于许昌。三子幽于金墉,杀太子母谢氏,丧还洛,又大风雷电,帷盖风裂。出《广古今五行记》。

张 华

西晋永康元年,大风,飞石沙折木。其年四月,张华舍,风飘起折木,飞缯轴六七枚。是月,赵王伦矫制废贾后,害张华、裴𫖳等。出《广古今五行记》。

刘 曜

前赵刘曜,葬父母,费用亿计。发掘古冢,暴骸骨原野,哭声盈衢。大霖雨,震曜父墓门屋,大风飘散,发父寝堂于外垣五十余步。松柏植已成林,至是悉枯死。曜竟为石勒所擒。出《广古今五行记》。

刘 裔

东晋成帝时,刘裔镇守浔阳。有回风从东来,入裔船中,状如匹练,长五六丈。术人戴洋曰:"有刀兵死丧之乱。"顷为郭默所杀。出《广古今五行记》。

徐羡之

宋徐羡之,文帝初,任扬州。有飘风起自西门,须臾合,

贾 谧

西晋八年六月,大风吹走了贾谧的官服,飞出几百丈远。第二年,贾谧就被杀死。这年十一月,京都刮起大风,揭掉了房顶,刮折了树木。十二月,愍怀太子被囚禁免职,死在许昌。他的三个儿子被囚禁在金墉。太子母亲谢氏也被杀害。丧车回到洛阳,又出现了大风雷电,帷帐伞盖都被风撕破了。*出自《广古今五行记》。*

张 华

西晋永康元年,刮起了大风,石沙飞起,树木折断。这年四月,张华的家里大风刮折了树木,还有六七轴丝绸也被刮飞了。就在这个月内,赵王司马伦假传圣旨废了贾后,杀死了张华、裴颜等人。*出自《广古今五行记》。*

刘 曜

前赵刘曜安葬他父母时,花的钱以亿计算。他还把墓地上的一些古坟掘开,将里面的尸骨扔在原野上,弄得大街上到处都有哭声。一场狂风暴雨震碎了刘曜父亲的墓门,大风刮得墓门四处飘散,还把其父的寝堂刮到墙外五十余步处。墓地上栽种的松柏树木已成林,到这时也都枯死了。刘曜后来也被石勒擒获。*出自《广古今五行记》。*

刘 裔

东晋成帝时,刘裔镇守浔阳。一天,从东面刮来一股旋风,进入刘裔所乘坐的船中。这旋风的形状就像一匹白色的丝绢,有五六丈长。术士戴洋说:"要有刀兵死丧之类的祸乱出现。"过了不长时间,刘裔便被郭默杀死了。*出自《广古今五行记》。*

徐羡之

南朝宋代时,有个叫徐羡之的人。文帝初年,徐羡之在扬州任职。一天,有一股旋风从西门刮起,不一会儿便合拢在一起,

直至厅事，绕帽及席，径造西际。寻而羡之为文帝所诛。
出《广古今五行记》。

柳世隆

宋孝武时，柳太尉世隆，乘车行还。于庭中洗车，有大风从门而入，直来冲车有声，车盖覆向天。是年，明帝立，合门被杀。出《广古今五行记》。

崔惠景

宋崔惠景围台城，有五色幡，风吹，飞在云中，半日乃下。众见惊异，相谓曰："幡者事当翻覆。"数日而惠景败。出《广古今五行记》。

许世宗

北齐北海王许世宗，时转为录尚书，拜命。其夜暴风震雷，拔庭中桐树六十围者，倒立本处。识者知其不终，竟为高肇所潛，旬日处死。出《广古今五行记》。

徐　妃

梁元帝妃徐妃，初嫁夕，车至西州，而疾风大起，发屋折木。无何，雪霰交下，帷帘皆白。及长还之日，又大雷电，西州厅事，两柱俱碎。帝以为不祥，妃竟以淫秽自杀。不中之应。出《广古今五行记》。

一直刮到厅堂上,绕着徐美之的帽子与座席转了一圈,直奔西边去了。不久,徐美之便被文帝杀死了。出自《广古今五行记》。

柳世隆

南朝宋代孝武帝时,太尉柳世隆一次乘车外出回来,在院子里洗刷车子时,有一阵大风从门口刮进来,挟带着声响一直冲到车上,车上的伞盖也被刮翻而朝向天。就在这一年,明帝即位,柳世隆满门被杀。出自《广古今五行记》。

崔惠景

南朝宋代崔惠景率兵围攻台城时,军中有一面五色旗幡,被风吹到了空中,过了半天才落下来。众人见了大为惊异,互相说:"幡者翻也,这件事预示着战事要失败。"几天之后崔惠景被打败了。出自《广古今五行记》。

许世宗

北齐时,北海王许世宗迁调为录尚书,他谢恩受命。当天夜里,暴风震雷把他庭院中有六十围粗的大桐树拔出来,倒立在原来的地方。有见识的人便知道他不得善终。后来许世宗被高肇进谗言中伤,十天后被处死。出自《广古今五行记》。

徐　妃

梁元帝的妃子徐妃,当初她出嫁的那天晚上,车走到西州,突然起了大风,刮倒了房子,摧折了树木。不大一会儿又一并下起了雪花和雪珠,车上的帘幕全成了白色。等到徐妃死的那天,又有大雷电,西州厅堂的两根柱子都被雷击碎了。元帝认为这都是不祥之兆。徐妃后来因淫荡失德而自杀。这些都是她不应为妃的应验。出自《广古今五行记》。

李 密

隋大业十三年二月,李密于巩县南设坛,刑白马祭天,称魏公,置僚佐。改元升坛时,黑风从西北暴至,吹密衣冠及左右僚属,皆倒于坛下。沙尘暗天,咫尺不相见,良久乃息。贼军恶之,俄而密败。出《广古今五行记》。

虹

夏世隆

故越王无诸旧宫上,有大杉树,空中,可坐十余人。越人夏世隆,高尚不仕,常之故宫。因雨霁欲暮,断虹饮于宫池,渐渐缩小,化为男子,著黄赤紫之间衣而入树,良久不出。世隆怪异,乃召邻之年少十数人,往视之,见男子为大赤蛇盘绕。众惧不敢逼,而少年遥掷瓦砾。闻树中有声极异,如妇人之哭。须臾,云雾不相见,又闻隐隐如远雷之响。俄有一彩龙,与赤鹄飞去。及晓,世隆往观之。见树中紫蛇皮及五色蛟皮,欲取以归,有火生树中,树焚荡尽。吴景帝永安三年七月也。出《东瓯后记》。

陈济妻

庐陵巴丘人陈济,为州吏。其妇秦在家,一丈夫长大端正,著绛碧袍,衫色炫耀,来从之。后常相期于一山涧,至于寝处,不觉有人道相感接,如是积年。村人观其所至,

李　密

隋朝大业十三年二月,李密于巩县县城南面摆设祭坛,杀白马祭天。他自称魏公,并任命了官僚将佐。在改变纪元年号登坛拜天时,一股黑风突然从西北刮来,直吹李密的衣服帽子和两边的官僚部属,把他们全都刮倒在坛下。风沙尘土遮暗了天空,人们咫尺之近都看不见彼此,过了好长时间风沙才停息。贼军对此感到厌恶。李密很快就失败了。出自《广古今五行记》。

虹

夏世隆

已故越王无诸的旧宫殿上有一棵大杉树,中间是空的,可以坐十多个人。越人夏世隆道德品质崇高不愿做官,经常到旧宫殿来。有一次雨过天晴日将落山时,他看见半截彩虹伸向宫池饮水,并逐渐缩小,最后变成一个男子。这个男子穿黄红紫色相间的衣服进入树内,很久不出来。世隆感到很奇异,就召唤十几个邻居的小孩一起去看,看到那个男子被一条大红蛇缠绕住。众人害怕不敢靠近,小孩远远地向那投掷瓦砾。只听见树中发出像妇人哭一样的奇怪声音。不一会儿,出现了云雾,大家互相看不见,又隐隐约约听到好像在远处打雷的声音。时间不长有一条彩龙和一只红色的天鹅一起飞走了。天亮后世隆前去察看,见树中有一张紫蛇皮和一张五色蛟龙皮。他想要把它们拿回去,突然树中起了火,把树烧得干干净净。这件事发生在吴景帝永安三年七月。出自《东瓯后记》。

陈济妻

陈济是庐陵巴丘人,是一名州吏。他的妻子秦氏在家时,一个长得高大端正、穿色彩耀眼的红绿两色袍子的男人来追求她。以后秦氏和这个男人经常在一个山涧中相会,但和他一起睡觉时没有男女交合的感觉。像这样过了一年多。村里人看他们所到的地方,

辄有虹见。秦至水侧,丈夫有金瓶,引水共饮,后遂有身。生儿如人,多肉。济假还,秦惧见之,内于盆中。丈夫云:"儿小,未可得我去。"自衣,即以绛囊盛。时出与乳之时,辄风雨,邻人见虹下其庭。丈夫复少时来,将儿去,人见二虹出其家。数年而来省母。后秦适田,见二虹于涧,畏之。须臾,见丈夫云:"是我,无所畏。"从此乃绝。出《神异录》。

薛 愿

东晋义熙初,晋陵薛愿,有虹饮其釜鬲,嗡响便竭。愿輂酒灌之,随投随竭,乃吐金满器,于是日益隆富。出《文枢镜要》。

刘义庆

宋长沙王道邻子义庆,在广陵卧疾。食粥次,忽有白虹入室,就饮其粥。义庆掷器于阶,遂作风雨声,振于庭户,良久不见。出《独异志》。

首阳山

后魏明帝正光二年,夏六月,首阳山中,有晚虹下饮于溪泉。有樵人阳万,于岭下见之。良久,化为女子,年如十六七。异之,问不言。乃告蒲津戍将宇文显,取之以闻。明帝召入宫,见其容貌姝美。问云:"我天女也,暂降

总是有虹出现。秦氏来到水边，那男人有一个金瓶，取来水他们一起喝，以后秦氏就有了身孕。秦氏生的小孩像人一样，长得挺胖。后来陈济休假回家，秦氏害怕让他看见，就把小孩藏在盆中。那个男人说："这孩子太小，还不能跟我去。"亲自给他穿上衣服，装进一个大红色的口袋中。秦氏给孩子喂奶时，总是要起风雨，邻人会看见有虹下到他家院子里。过了不长时间那男人又来了，把小孩带走了。有人看见有两条虹从他家出来。数年以后那孩子回来探望母亲。以后秦氏到田地里去，见山涧里有两条虹，很害怕。不一会儿，看见那男人说："是我，没什么可怕的！"从此以后他们就断绝了来往。出自《神异录》。

薛愿

东晋义熙初年，晋陵有个叫薛愿的人。有一次，一条虹伸到他家的锅里饮水，发出一阵吸水的声音后就把水吸干了。薛愿又拿来酒倒进里面，结果也是边倒边被虹吸干，虹还吐出黄金装满了锅。于是薛愿一天天地富裕起来。出自《文枢镜要》。

刘义庆

南朝宋代长沙王刘道邻的儿子刘义庆卧病在广陵。他在吃粥的时候，忽然有一条白虹进入他的房间，去喝他的粥。义庆就把盛粥的碗扔到台阶下。于是便有风雨声震动门窗，过了很长时间那虹就不见了。出自《独异志》。

首阳山

后魏明帝正光二年夏六月，首阳山中，傍晚有一条虹伸入一个溪泉中饮水。有个叫阳万的砍柴人在岭下看见了。过了很长时间，虹变为一个年龄有十六七岁的女子。阳万觉得很奇怪，问她，她不说话。于是人们把这件事报告给蒲津守将宇文显，宇文显把这女子带回来，并把这事报告给明帝。明帝把女子召入宫中，见她容貌娇美，就问她。回答说："我是天女，暂时来到

人间。"帝欲逼幸,而色甚难。复令左右拥抱,声如钟磬,化为虹而上天。出《八庙穷经录》。

韦　皋

唐宰相韦皋,镇蜀。尝与宾客从事十余人,宴郡西亭。暴风雨,俄顷而霁。方就食,忽虹蜺自空而下,直入庭,垂首于筵。韦与宾偕悸而退,吸其食饮且尽。首似驴,霏然若晴霞状,红碧相霭。虚空五色,四视左右,久而方去。公惧且恶之,遂罢宴。时故河南少尹豆卢署,客于蜀,亦列坐。因起曰:"公何为色忧乎?"曰:"吾闻虹蜺者,妖沴之气。今宴方酣而沴气止吾筵,岂非怪之甚者乎?吾窃惧此。"署曰:"真天下祥符也,固不为人之怪耳。夫虹蜺天使也,降于邪则为庆,降于正则为祥,理宜然矣。公正人也,是宜为庆为祥。敢以前贺。"于是具以帛书其语而献,公览而喜。后旬余,有诏就拜中书令。出《祥验集》。

人间。"明帝想要和她亲近,她面露难色。明帝又让手下的人拥抱她,她发出钟磬一样的响声,化为一条虹升上了天空。出自《八庙穷经录》。

韦 皋

　　唐代宰相韦皋在镇守四川时,曾经和十多个宾客随从在郡西亭设宴。忽然暴风雨降临,不一会儿又雨过天晴。就在吃饭的时候,忽然虹霓从空中落了下来,直入庭堂,把头垂向筵席。韦皋和宾客都害怕地向后退,而虹霓却把酒席吸得干干净净。它的头像驴,飘然好似红绿相间的云霞,五光十色,不停地向四周环顾,很长时间才离去。韦皋又怕又厌恶,于是停止了酒宴。当时,过去在河南任少尹、现客居四川的豆卢署也在坐,他站起来说:"您为什么脸色忧郁啊?"回答说:"我听说虹霓是妖邪之气。今天我们正喝得酣畅的时候这妖邪之气来到宴席上,难道不是十分奇怪吗?我心里对这个感到恐惧。"豆卢署回答说:"这是天下真正的吉祥之兆啊,本来不应该让人感到奇怪。虹霓本来是天使,降临到邪恶的人那里就是怪戾,降临到正直人那里就是吉祥。道理就是这样。您是正直的人,应该为这个吉祥庆贺。"于是准备了帛,在上面书写了他说的话献给了韦皋。韦皋看后很高兴。过了十几天,有诏书任命韦皋为中书令。出自《祥验集》。

卷第三百九十七

山溪附

山

玉笥山

汉武帝好仙，于玉笥山顶上，置降真坛大还丹灶。道士昼夜祈祷，天感其诚，乃降白玉笥，置坛上。武帝遣使取之，至其坛侧，飘风大震，卷玉笥而去。因此则为玉笥山焉。出《玉笥山录》。

大翮山

上郡人王次仲，少有异志，变仓颉旧文为今隶书。秦始皇时，官务烦多，以次仲所易文，简便于事，因而召之，

山

玉笥山

汉武帝喜好修仙之事,他在玉笥山顶上设置了降真坛大还丹灶。道士昼夜不停地祈祷,上天被他的至诚所感动,就降下一个白玉笥在坛上。汉武帝派人去取它,刚到坛的旁边,忽然来了一阵大旋风,把玉笥给卷走了。因此给此山取名叫玉笥山。出自《玉笥山录》。

大翮山

王次仲是上郡人。他少年时就有不同于别人的志向,把仓颉的旧文字改变成了现今的隶书。秦始皇的时候,官务繁多,用王次仲所改变的文字,办事就简便多了。始皇帝因而召他进宫。

凡三征不致。次仲怀道履真,穷数术之妙。始皇怒其不恭,令槛车送之,次仲行次。忽化为大鸟,出车外,翻飞而去。落二翮于斯山,故其峰峦有大翮小翮之名矣。魏《土地记》曰:沮阳城东北六十里,有大翮小翮山。山上神名大翮。庙东有温汤水口,温汤疗治万病。泉所发之麓,俗谓之土亭山。北水热甚诸汤,疗病者,要须别消息用之。出《水经》。

山　精

吴天门张盖,冬月,与村人共猎。见大树下有蓬庵,似寝息处,而无烟火。有顷,见一人,身长七尺,毛而不衣,负数头死猿。盖与语不应,因将归,闭空屋中。十余日,复送故处。

又孙皓时,临海得毛人。《山海经》云:"山精如人,面有毛。"此山精也。故《抱朴子》曰:"山之精,形如小儿而独足。足向后,喜来犯人。其名蚑,知而呼之,即当自却耳。一名曰超空,亦可兼呼之。"

又有山精,或如鼓,赤色一足,其名曰浑。
又或如人,长九尺,衣裘戴笠,名曰金累。
又或如龙,有五赤色角,名曰飞龙。见之,皆可呼其名,不敢为害。《玄中记》:山精如人,一足,长三四尺,食山蟹,夜出昼藏。出《异苑》。

石鸡山

晋永嘉之乱,宜阳有女子,姓彭名娥。父母昆弟为长

王次仲心里有着追求真知的思想，想穷究天文、占卜的奥妙，因此三次征召他都没来。秦始皇十分恼怒，认为他对皇帝不恭敬，下令用押解犯人的车把他送到京城。王次仲正走着，忽然变成一只大鸟飞出囚车而去，落下两根翎在一座山上，因此那座山的山峰有大翮山小翮山的名字。魏《土地记》说："在沮阳城东北六十里，有大翮山和小翮山，山上神名大翮。庙的东面有温泉，温泉水能治疗各种疾病。涌出温泉的山，百姓叫它土亭山。山北面涌出的温泉水的温度比其他泉水都高。治病的人，要弄清楚各泉的情况再去应用。"出自《水经》。

山　精

　　吴时，天门有个叫张盖的人。一个冬天，张盖与同村人一起去打猎。他看见大树下有一个蓬草搭成的小屋，好像是供睡觉休息的地方，但是没有烟火。过了一会儿，见到一个人，身高有七尺，身上长毛而不穿衣服，背着几头死猿。张盖和他说话，没有回应，因此把他带了回去，关在一间空屋中；过了十几天，又把他送回原来的地方。

　　又，孙皓时期，在临海抓获一个毛人。《山海经》讲：山精好像人，面部有毛。"这就是山精啊！因此《抱朴子》说："山精形似小孩，但只有一只脚而且向后，喜好进攻人。它的名叫蚑，知道并且喊它，它马上就自己退回去了。它还有一个名叫超空。两个名都可以叫。"

　　还有，山精有的像鼓，红色，一只脚，名字叫浑。

　　还有的像人，高九尺，穿皮衣，戴斗笠，名叫金累。

　　又有的像龙，有五个红色的角，名叫飞龙。见到它，可以喊它的名，它就不敢伤害你。《玄中记》中记载：山精像人，一只脚，高三四尺，吃山蟹，夜里出来活动，白天躲藏起来。出自《异苑》。

石鸡山

　　晋朝永嘉之乱时，宜阳有个女子叫彭娥。她的父母兄弟被长

沙贼所掳。时娥负器出汲于溪，还见坞壁已破，殆不胜哀。与贼相格，贼缚娥，驱去溪边。将杀之际，有大山石壁，娥仰呼皇天："山灵有神不，我为何罪？"因奔走向山，山立开，广数丈，平路如砥。群贼亦逐娥入山，山遂崩合，泯然如初。贼皆压死山里，头出山外。娥遂隐不复出。娥所舍汲器，化为石，形似鸡。土人因号曰石鸡山，溪为娥潭。出《幽明录》。

新丰山

唐高宗朝，新丰出山，高二百尺，有神池，深四十尺。水中有黄龙现，吐宝珠，浮出大如拳，山中有鼓鸣。改新丰县为庆山县。出《广德神异录》。

庆　山

昭应庆山，长安中，亦不知从何飞来。夜过，闻有声如雷，疾若奔，黄土石乱下，直坠新丰西南。一村百余家，因山为坟。今于其上起持国寺。出《传载》。

瓮　峰

华岳云台观，中方之上，有山崛起，如半瓮之状，名曰瓮肚峰。玄宗尝赏望，嘉其高迥，欲于峰腹大凿"开元"二字，填以白石，令百余里外望见之。谏官上言，乃止。出《开天传信记》。

沙贼抓走了。当时彭娥正背着容器到溪边取水，回来时看见土堡的墙壁已经破损，她悲哀得无法控制自己。她便与贼人格斗，后来被贼人绑住，把她赶往溪边。前面有大山石壁，要杀她的时候，彭娥仰面大呼皇天："山神有灵验吗？我有什么罪？"于是她向大山石壁冲去。大山马上就分开了，中间宽有数丈，路平得像磨刀石。群贼也追赶彭娥进了山里。山马上又崩合到一起，竟然与原来一样。群贼都压死在山里，只有头露在外面。彭娥则隐蔽在里面不再出来。她所丢弃的装水的容器变成了石头，形状像一只鸡。当地人因此把这座山叫石鸡山，把溪叫做娥潭。出自《幽明录》。

新丰山

唐高宗时，新丰县出现了一座山，高二百尺；上面有神池，水深四十尺。池水中有黄龙出现。黄龙口吐宝珠，那珠浮出水面，大小如拳头。山中还有像击鼓一样的响声。因此把新丰县改名为庆山县。出自《广德神异录》。

庆　山

昭应庆山，则天皇帝长安年间，也不知道从何处飞来。一天夜里，人们听到打雷一样的响声，急骤如人在奔跑；黄土石块纷乱落下，一直掉到新丰县西南。有一个村子有一百多家住户，因山崩塌被埋在下面。那座山成了他们的坟墓。现在在那上面修建了持国寺。出自《传载》。

瓮　峰

华山云台观中方的上边，有一座山崛起，好像半个瓮的形状，因此名叫瓮肚峰。玄宗曾经观赏过它，赞美它高竿迂回，想在山峰中部开凿"开元"两个大字，在里面填上白色的石头，让百里以外也能看到它。谏官上奏劝阻，才停止了。出自《开天传信记》。

夸父山

辰州东有三山,鼎足直上,各数千丈。古老传曰:邓夸父与日竞走,至此煮饭,此三山者,夸父支鼎之石也。出《朝野金载》。

插 灶

荆州有空舲峡,绝崖壁立数百丈,飞鸟不栖。有一火烬,插在崖间,望见可长数尺。传云:洪水时,行舟者泊爨于此,余烬插之,至今犹曰插灶。出《洽闻记》。

河山石斛

融州河水,有泉半岩,将注其下,相次九磴,每磴下一白石浴斛承之,如似镌造。尝有人携一婢,取下浴斛中浣巾。须臾,风雨忽至,其婢震死。所浣巾斛,碎于山下。自别安一斛,新于向者。出《酉阳杂俎》。

终南乳洞

有人游终南山一乳洞,洞深数里,乳旋滴沥成飞仙状。洞中已有数十,眉目衣服,形制精巧。一处滴至腰已上,其人因手承漱之。经年再往,见所承滴像已成矣,乳不复滴,当手承处,衣缺二寸不就。出《酉阳杂俎》。

夸父山

辰州东面有三座山，成鼎足之势直上云霄，各高数千丈。据古老的传说讲："当初夸父追赶太阳，到了这里煮饭。这三座山，就是夸父来支鼎煮食物的石头。"出自《朝野金载》。

插　灶

荆州有个空舲峡，悬崖绝壁有数百丈高，连飞鸟也不在上面栖息。有一根被火烧过的木块插在山崖上，远远望去有数尺长。据传说：发洪水的时候，驾船的人停泊在这里烧火煮饭，把没有烧完的木头插在那里。所以这个地方到现在还叫"插灶"。出自《洽闻记》。

河山石斛

融州河边的大岩石中间，有一眼水泉。泉水沿着岩石下流，依次流过九级石台阶。每个石台阶下都有一个白色石头制成的浴斛接着，好像是人工凿成的。曾经有人带领一个婢女，在最下边的浴斛里面洗手巾。不一会儿就来了风雨，那个婢女被霹雳震死；她洗手巾的那个浴斛，在山下变得粉碎。人们又另外在石阶上安放了一个浴斛，看起来比原有的要新。出自《酉阳杂俎》。

终南乳洞

过去有一个人去游览终南山的一个钟乳洞。这个洞深有数里，乳水转动，稀疏下落，形成了飞仙状的钟乳石。此洞中已有数十个飞仙，那飞仙眉目衣服都生成得很精巧。有个地方的一个钟乳飞仙已滴成到腰部以上，那个人在这里用手捧水漱口。过了一年他又去了，见到他捧水漱口的那个滴像已经形成，乳水也不再滴了；但当年他用手捧水的地方，衣服缺二寸没有滴成。出自《酉阳杂俎》。

古铁镞

齐郡接历山,上有古铁镞。大如臂,绕其峰再浃。相传本海中山,山神好移,故海神锁之。挽锁断,飞于此。出《酉阳杂俎》。

崖 山

太原郡东有崖山,天旱,土人常烧此山以求雨。俗传崖山神娶河伯女,故河伯见火,必降雨救之。今山上多生水草。出《酉阳杂俎》。

圣钟山

黎州圣钟山,古老传此山有钟,闻其声而形不见。南诏犯境,钟则预鸣。唐天宝、大和、咸通、乾符之载,群蛮来寇,皆有征也。昔有名僧讲《大乘经论》,钟亦震焉。乾宁中,刺史张惠安请门僧京师右街净众寺惠维讲《妙法莲花经》一遍,此钟频鸣,如人扣击,知向所传者不谬矣。出《黎州图经》。

嵩梁山

澧州嵩梁山,今名石门。永安六年,自然洞开,玄朗如门,高三百丈。角上生竹,倒垂下拂,谓之天帚。出《十道记》。

石鼓山

歙州石鼓山,有石如鼓形,又有石人石驴。俗传石鼓鸣,则驴鸣人哭,而县官不利。后凿破其鼓,遂不复鸣。出《歙州图经》。

古铁镇

齐郡与历山相连,山上有一把古铁锁链,粗如胳膊,环绕那座山峰两周。相传这座山本来是海中山,但是山神好迁移,因此海神把山锁上了。后来系着的锁链断了,山飞到了这个地方。出自《酉阳杂俎》。

崖　山

太原郡东边有座山叫崖山,每当天旱的时候,当地人常常放火烧这座山来求雨。传说崖山神娶河伯的女儿为妻,因此河伯见崖山起火,就必然降雨去救他们。现在山上生长有很多水草。出自《酉阳杂俎》。

圣钟山

黎州有座圣钟山。据古老传说,这座山上有一座钟,只能听见钟声而看不见钟形。南诏侵犯边境时,此钟就事先鸣响。唐朝天宝、大和、咸通、乾符年间,群蛮来侵犯,也都先有征兆。过去一个有名的僧人宣讲《大乘经论》时,钟也响了。乾宁年间,刺使张惠安邀请门僧京师右街净众寺的惠维来宣讲一遍《妙法莲花经》,这个钟频繁鸣响,好像有人击打它一般。这才知道以前所传说的是真的。出自《黎州图经》。

嵩梁山

澧州有座嵩梁山,现在名叫石门。永安六年,这座山自己敞开,幽深开阔像是一个大门,高有三百丈。边上长有竹子,倒垂下来轻轻飘拂,人们把它叫做天帚。出自《十道记》。

石鼓山

歙州有座石鼓山,山上有块大石头像鼓的形状,还有石人和石驴。传说石鼓如果响,则会石驴叫石人哭。倘若有这种情况,则对县官不利。后来把石鼓凿破了,它就不再响了。出自《歙州图经》。

射的山

孔晔《会稽记》云:"射的山,远望的的,有如射侯,故曰射的。南有石室,可方丈,谓之射室。传云:'羽人所游憩,土人常以此占谷贵贱。'谚云:'射的白,米斛一百;射的玄,米斛一千。'"孔灵符《会稽记》云:"射的石水数十丈,其清见底。其西有山,上参烟云。半岭石室,曰仙人射堂。水东高岩临潭有石的,形甚员明,视之如镜。"又《会稽录》云:"仙人常射如此,使白鹤取箭,北有石帆壁立。"出《洽闻记》。

怪 山

会稽山阴郭中,有怪山,世传本琅琊东武山。时天夜雨晦冥,旦而见在此焉。百姓怪之,因名曰怪山。出《广古今五行记》。

鸣铙山

鸣铙山,萧子开《建安记》云:"一名大戈山,越王无诸,乘象辂,大将军乘。鸣铙载旗,畋猎登于此山。"古老传:天欲雨,其山即有音乐声也。出《建州国经》。

赣 台

虔州赣台县东南三百六十三里。《南康记》云:"山上有台,方广数丈,有自然霞,如屋形。风雨之后,景气明净,颇闻山上有鼓吹声,即山都木客,为其舞唱。"出《十道记》。

射的山

孔晔《会稽记》说："射的山，远远望去好像射箭的靶子，因此叫射的。南面有一个石室，大约有一丈见方，叫做射室。传说飞仙游览时常在这休息。当地人常用它来预测谷物的贵贱。谚语说：'射的白，米斛一百；射的玄，米斛一千。'"孔灵符《会稽记》说："射的石水深数十丈，其水清澈见底。它的西边有座山，山上达云际。半山腰有个石室，叫仙人射堂。它的东面有高大的岩石靠在潭边，潭边有石靶，其外形十分圆润光滑，看上去好像镜子。"还有《会稽录》说："仙人常在这个地方射箭，让白鹤往回取箭。北面有面石帆，像墙壁一样立在那里。"出自《洽闻记》。

怪 山

会稽山阴郭中有一座山叫怪山，相传这座山本来是琅琊的东武山。有一天夜里阴雨昏暗，等到天明就看见怪山在这个地方。百姓感到很奇怪，因此给它起名叫怪山。出自《广古今五行记》。

鸣铙山

鸣铙山，在萧子开的《建安记》当中是这样记载的："它又名大戈山。越王无诸乘坐有象牙装饰的车子，由大将军驾车，敲着铙举着旗，打猎登上了这座山。"还有一种古老的传说：天将要下雨的时候，这里就有音乐声发出。出自《建州国经》。

赣 台

赣台在虔州赣台县东南三百六十三里。《南康记》记载说："山上有个台，有数丈大小，有天然光彩，形状像屋子。在风雨之后，景物格外清明洁净时，可以听见山上有吹吹打打的声音。那是山都、木客在为它跳舞唱歌。"出自《十道记》。

上霄峰

补阙熊皎云：庐山有上霄峰者，去平地七千仞，上有古迹，云是夏禹治水之时，泊船之所。凿石为窍，以系缆焉。磨崖为碑，皆科斗文字，隐隐可见。则知大禹之功，与天地不朽矣。出《玉堂闲话》。

麦积山

麦积山者，北跨清渭，南渐两当，五百里冈峦，麦积处其半。崛起一石块，高百万寻，望之团团，如民间积麦之状，故有此名。其青云之半，峭壁之间，镌石成佛，万龛千室。虽自人力，疑其鬼功。隋文帝分葬神尼舍利函于东阁之下，石室之中，有庾信铭记，刊于岩中。古记云：六国共修。自平地积薪，至于岩巅，从上镌凿其龛室佛像。功毕，旋旋折薪而下，然后梯空架险而上。其上有散花楼，七佛阁，金蹄银角犊儿。由西阁悬梯而上，其间千房万屋，缘空蹑虚，登之者不敢回顾。将及绝顶，有万菩萨堂，凿石而成，广若今之大殿。其雕梁画栱，绣栋云楣，并就石而成。万躯菩萨，列于一堂。自此室之上，更有一龛，谓之天堂，空中倚一独梯，攀缘而上。至此，则万中无一人敢登者，于此下顾，其群山皆如培楼。王仁裕时独能登之，仍题诗于天堂西壁上曰："蹑尽悬空万仞梯，等闲身共白云齐。檐前下视群山小，堂上平分落日低。绝顶路危人少到，古岩松健鹤频栖。天边为要留名姓，拂石殷勤手自题。"时前唐末辛未年，登此留题。于今三十九载矣。出《玉堂闲话》。

上霄峰

补阙官熊皎说：庐山有个上霄峰，高有七千仞。峰上有石迹，说是夏禹治水的时候停泊船只的地方。他在石头上凿个孔用来系船。当时有人把崖上的石头磨平当作碑，刻的都是蝌蚪文，隐隐约约还可以看见。看后就可以知道大禹治水的功劳和天地一样永垂不朽。出自《玉堂闲话》。

麦积山

麦积山北跨清水、渭水，南面接近两当县，冈峦亘延五百里，麦积山位于五百里冈峦的中间。一块巨石崛起，高有百万寻，望去成圆形，好像民间麦堆的形状，因此有麦积山之名。在半山腰里、悬崖峭壁之间，凿岩石而成佛像，有万龛千室。虽然是人工雕凿，但好像借助鬼神之力。隋文帝杨坚将佛教神尼的舍利匣子分别放在东阁下面的石室之中，庾信在岩石上刻文字进行记载。过去有记载说，石窟和佛像是六国共同修建的。自平地上堆积木柴一直达到岩石的顶端，从上面开始开凿龛室佛像，完工后，渐渐撤去堆积的木柴，一层一层下来。然后建梯级于险处，一层层上去。上面有散花楼、七佛阁、金蹄银角犊儿等。由西阁爬悬梯而上，那里有千房万屋，好像悬于空中、下无基础一般，登上去的人不敢回头看。快要到最顶上，有万菩萨堂，是凿石而成，大小如同现在的大殿。菩萨堂雕梁画栱、绣栋云楣都是用石头雕凿而成。一万尊菩萨雕像列坐在一个大堂内。在这个室的上面，还有一个龛，叫做天堂。空中靠着一个独木梯子，可以顺着它爬上去。到了这个地方，就是一万个人当中也没有一个人敢攀登。从这里向下看，群山都像一些小土丘。当时只有王仁裕能单独登上去，他还在天堂的西墙上题诗说："蹑尽悬空万仞梯，等闲身共白云齐。檐前下视群山小，堂上平分落日低。绝顶路危人少到，古岩松健鹤频栖。天边为要留名姓，拂石殷勤手自题。"他是前唐末辛未年登上这里题诗留念的。到现在已经三十九年了。出自《玉堂闲话》。

斗山观

汉乾祐中，翰林学士王仁裕云：兴元有斗山观，自平川内，耸起一山，四面悬绝，其上方于斗底，故号之。薜萝松桧，景象尤奇。上有唐公昉饮李八百仙酒，全家拔宅之迹。其宅基三亩许，陷为坑，此盖连地而上升也。仁裕辛巳岁，于斯为节度判官，尝以片板题诗于观曰："霞衣欲举醉陶陶，公昉一家饮八百洗疮，一家酒醉而上升。不觉全家住绛霄。拔宅只知鸡犬在，上天谁信路歧遥。三清辽廓抛尘梦，八景云烟事早朝。为有故林苍柏健，露华凉叶锁金飙。"旧说云，斗山一洞，西去二千里，通于青城大面山，又与严真观井相通。仁裕癸未年入蜀，因谒严真观，见斗山诗碑在焉。诘其道流，云，不知所来，说者无不异之。出《玉堂闲话》。

大竹路

兴元之南，有大竹路，通于巴州。其路则深溪峭岩，扪萝摸石，一上三日，而达于山顶。行人止宿，则以缒蔓系腰，萦树而寝。不然，则堕于深涧，若沉黄泉也。复登措大岭，盖有稍似平处，路人徐步而进，若儒之布武也。其绝顶谓之孤云两角，彼中谚云："孤云两角，去天一握。"淮阴侯庙在焉。昔汉祖不用韩信，信遁归西楚。萧相国追之，及于兹山，故立庙貌。王仁裕尝佐褒梁师王思同，南伐巴人，往返登陟，亦留题于淮阴祠。诗曰："一握寒天古木深，路人犹说汉淮阴。孤云不掩兴亡策，两角曾悬去住心。不是冕旒轻布素，岂劳丞相远追寻。当时若放还西楚，尺寸中华未可侵。"崎岖险峻之状，未可殚言。出《玉堂闲话》。

斗山观

五代后汉乾祐年间，翰林学士王仁裕说：兴元有个斗山观，从平地上耸立起一座山，四面悬崖峭壁，它的上边如一只斗的底，因此叫斗山。山上生有薜萝、松柏等，景致奇异。山上有唐公昉喝了李八百仙酒后，全家人连同住房一起拔地升天的遗迹。唐公昉家的宅基占地约有三亩，下陷成大坑，这是因为与地基相连的地也一起上升了的缘故。王仁裕辛巳年在这个地方任节度判官，曾经用薄木片在观内题诗说："霞衣欲举醉陶陶，公昉一家饮李八百药酒洗疮，结果全家大醉而升天。不觉全家住绛霄。拔宅只知鸡犬在，上天谁信路岐遥。三清辽廓抛尘梦，八景云烟事早朝。为有故林苍柏健，露华凉叶锁金飙。"过去还有传说，斗山有一个洞，往西面去二千里，通到青城县的大面山，又与严真观里的井相通。王仁裕癸未年到四川，去拜谒严真观时看见斗山诗碑还在。他询问道士，回答说不知道是从哪来的。听说的人没有不惊奇的。出自《玉堂闲话》。

大竹路

兴元的南面有一条大竹路，通向巴州。这条路在深溪峭壁上，要抓着藤萝攀着石块，上去一次需三天时间才能到达山顶。行人在这里住宿，睡觉时要用粗的藤蔓捆住腰，系在树上再睡觉。否则，就会掉进深涧，像沉入黄泉一般。再登上措大岭，路稍有些平的地方，行人都慢慢地行进，好像儒家所讲的"步武"一样。它的最高处叫"孤云两角"。这里有谚语说："孤云两角，去天一握。"淮阴侯庙在这里。当年，汉高祖不重用韩信，韩信逃归西楚。萧何追赶他，在这座山下追上了，因此在这里立庙。王仁裕曾经辅佐襄梁师王思同南伐巴人，来来回回多次登攀，也于淮阴祠题诗留念。诗说："一握寒天古木深，路人犹说汉淮阴。孤云不掩兴亡策，两角曾悬去住心。不是冕旒轻布素，岂劳丞相远追寻。当时若放还西楚，尺寸中华未可侵。"其崎岖险峻的情况，不是用语言可以说尽的。出自《玉堂闲话》。

溪

溪 毒

江南间有溪毒,疾发时,如重伤寒。识之者,取小笔管,内于鼻中,以指弹之三五下,即出墨血,良久疾愈。不然,即致卒矣。出《录异记》。

溪

溪 毒

江南有的小溪有毒。人中毒发病时，症状好像重伤寒一样。明白的人可取一根小笔管插入患者鼻孔中，用手指弹三五下，就会流出黑色的血，还要过很长时间病才能好。不这样做，就会导致死亡。出自《录异记》。

卷第三百九十八

石　坡沙附

石

黄石

帝尧时，有五星自天而陨。一是土之精，坠于谷城山下。其精化为圯桥老人，以兵书授张子房。云："读此当为帝王师，后求我于谷城山下，黄石是也。"子房佐汉功成，求于谷城山下，果得黄石焉。子房隐于商山，从四皓学道。

石

黄 石

　　帝尧时，有五颗星从天上坠落下来。其中之一是土星的精气，这团精气坠落在谷城山的山脚下。土星的精气变化成了圯桥老人，这位老人把一部兵书授给张子房，并且说："读了这部书，就能成为帝王的军师。以后你要找我的话，就到谷城山下，那里的黄石就是我。"张子房辅助汉王建立汉朝、完成功业之后，到谷城山下寻找圯桥老人，果然在那里看到了一块黄石。后来张子房隐居在商山，跟随商山四皓学习道术。

其家葬其衣冠黄石焉。古者常见墓上黄气高数十丈。后赤眉所发，不见其尸，黄石亦失，其气自绝。出《录异记》。

马肝石

元鼎五年，郅支国贡马肝石百斤。长以水银养，内于玉函中，金泥封其上。其国人长四尺，唯饵马肝石。此石半青半白，如今之马肝。春碎之，以和九转丹，吞之一丸，弥年不饥渴。以之拭发，白者皆黑。帝尝坐群臣于甘泉殿，有发白者，以此拭之，应手皆黑。是时公卿语曰："不用作方伯，唯愿拭马肝石。"此石酷烈，不杂丹砂，唯可近发。出《洞冥记》。

石 鼓

吴郡临江半岸崩，出一石鼓，槌之无声。武帝以问张华，华曰："可取蜀中桐材，刻为鱼形，扣之则鸣矣。"于是如其言，果声闻数里。出《录异记》。

采 石

石季龙立河桥于云昌津，采石为中济。石无大小，下辄随流，用工五百余万，不成。季龙遣使致祭，沉璧于河。俄而所沉璧流于渚上。地震，水波腾上津所。楼殿倾坏，压死者百余人。出《录异记》。

张子房死后,他的家人把他的衣冠和黄石埋葬了。古代的人常常看见他的坟墓上有几十丈高的黄色雾气。后来,他的坟墓被赤眉军挖开,没有看见他的尸体,黄石也不见了,那种黄气自然消失了。出自《录异记》。

马肝石

西汉元鼎五年,郅支国进贡了一百斤马肝石。马肝石长时间用水银保养,放在玉石做的匣子中,它的上面用金泥封住。郅支国的人身长四尺,只吃马肝石。这种石半黑半白,像现在的马肝模样。把它捣碎,用它和成九转丹,吃下一丸就长年不饥不渴。用它擦拭头发,白发都会变成黑发。皇帝曾经和群臣坐在甘泉殿上,其中有头发白的人用马肝石擦拭头发,手过之处都变成黑的了。当时王公大臣有一句谚语说:"不用作方伯,唯愿拭马肝石。"这种石头药性猛烈,不能与丹砂混合,只可以接近头发。出自《洞冥记》。

石 鼓

吴郡临江的堤岸有一半崩塌了,现出一面石鼓。用木槌敲打它没有声音。武帝问张华这事,张华说:"可以取蜀中的桐木雕刻成鱼的形状,敲打它就会响了。"于是按照张华说的做了,果然在几里之外就可以听到石鼓的声音。出自《录异记》。

采 石

石季龙在云昌渡口建一座河桥,采石为石基。石头无论大小,扔下去就随水流走。用工五百多万也没有建成。石季龙派遣使者到那里祭祀,把玉璧投入河中。不一会儿投入水中的玉璧漂流到河中的水洲上。大地震动,波涛上下翻腾涌上渡口,楼台殿阁倾倒毁坏,压死一百多人。出自《录异记》。

青 石

唐显庆四年,渔人于江中网得一青石,长四尺,阔九寸,其色光润,异于众石。悬而击之,鸣声清越,行者闻之,莫不驻足。都督滕王表送,纳瑞府。出《豫章记》。

石 文

昌松瑞石文,初李袭誉为凉州刺史,奏昌松有瑞石,自然成字。凡千一十字。其略曰,高皇海宇字李九王八千太平天子李世王千年太子治书燕山人士国主尚任谔奖文通千古大王五王七王十王凤手才子武文贞观昌大圣四上下万古忠孝为喜,勅礼部郎中柳逞,驰驿检覆,并同所奏。出《录异记》。

石连理

永昌年中,台州司马孟诜奏:"临海水下冯义,得石连理树三株,皆白石。"出《洽闻记》。

太白精

金星之精,坠于中南圭峰之西,因号为太白山,其精化为白石,状如玉美,时有紫气覆之。天宝中,玄宗立玄元庙于长安大宁里临淄旧邸,欲塑玄元像。梦神人曰:"太白北谷中有玉石,可取而琢之,紫气见处是也。"翌日,令使入谷求之。山下人云:"旬日来,尝有紫气,连日不散。"果于其下掘获玉石,琢为玄元像,高二丈许,又为二真人二侍童,及李林甫、陈希烈之形,高六尺已来。出《录异记》。

青　石

　　唐朝显庆四年，有一个打鱼的人在江中网上来一块青石。青石长四尺，宽九寸。颜色光亮柔润，和别的石头都不同。把青石悬挂起来敲打它，发出的响声清脆悠扬。走路的人听到它，没有不停住脚步的。都督滕王上奏章将青石送至京师，收进瑞府。出自《豫章记》。

石　文

　　当初李袭誉为凉州刺史时，他上奏朝廷说昌松有瑞石，石上有天然形成的文字，共一千零一十字。内容大略是："高皇海宇字李九王八千太平天子李世王千年太子治书燕山人士国主尚任谔奖文通千古大王五王七王十王凤手才子武文贞观昌大圣四上下万古忠孝为喜。"朝廷接到奏章，命礼部郎中柳逞驰往昌松考查核实。柳逞的奏章同李袭誉上奏的完全一致。出自《录异记》。

石连理

　　唐朝永昌年间，台州司马孟诜上奏："临海郡水下冯义，得到三株石连理树，都是白色的石头。"出自《洽闻记》。

太白精

　　金星的精气坠落在中南圭峰的西侧，于是圭峰又称为太白山。它的精气变化成白石，样子像玉一样美，经常有紫色的雾气覆盖着它。唐天宝年间，唐玄宗在长安大宁里临淄王旧邸建玄元庙，想雕塑玄元像。他梦见神人说："太白山北面的山谷中有玉石，可以取回来雕塑成玄元像。出现紫色雾气的地方就是有玉石之处。"第二天，玄宗派使者进入山谷寻找。山下的人说："近十天来曾有紫色雾气出现，连日不散。"果然在紫色雾气的下面挖掘出了玉石，雕琢成高两丈左右高的玄元像，又雕了两名真人和两个侍童，以及李林甫、陈希烈的形像，高六尺多。出自《录异记》。

古铁铧

天宝中，玄宗以三门河道险厄，漕转艰阻，乃令旁北山，凿石为月河，以避湍急，名曰天宝河。岁省运夫五十余万，又无覆溺淹滞之患，天下称之。其河东西径直，长五里余，阔四五丈，深二丈三丈至五六丈，皆凿坚石。匠人于坚石之下，得古铁铧，长三尺余，上有"平陆"两字，皆篆文也。玄宗异之，藏于内库。遂命改河北县为平陆县，旌其事也。出《开天传信记》。

走 石

宝历元年乙巳岁，资州资阳县清弓村山，有大石，可三间屋大，从此山下，忽然吼踊，下山越涧，却上坡，可百步。其石走时，有锄禾人见之。各手执锄，赶至止所，其石高二丈。出《朝野佥载》。

石 桥

赵州石桥甚工，磨垅密致，如削焉。望之如初月出云，长虹饮涧。上有勾栏，皆石也，勾栏并为石狮子。龙朔年中，高丽谍者盗二狮子去，后复募匠修之，莫能相类者。至天后大足年，默啜破赵定州，贼欲南过。至石桥，马跪地不进，但见一青龙卧桥上，奋迅而怒，贼乃遁去。出《朝野佥载》。

古铁铧

天宝年间,唐玄宗因三门河道险要阻塞,漕运受阻,于是命令依傍北山,开凿山石弯为月形河道,以避开湍急水流,名字叫天宝河。这条河道开凿后,每年可以节省五十多万运输民工的劳力,又没有船翻、沉没、滞留不通的忧虑,天下的人都称赞这一工程。那条河东西笔直,长五里多,宽四五丈,深二三丈到五六丈,都是开凿坚硬的岩石而成。匠人在坚硬的岩石下面挖到了一个古代的铁铧,铁铧长三尺多,上面有"平陆"两个字,都是篆文。唐玄宗觉得这个铁铧很奇特,就把它收藏在皇宫的库房里。玄宗于是下令把河北县为平陆县,以铭记这件事。<small>出自《开天传信记》</small>。

走 石

唐宝历元年乙巳,资州资阳县清弓村的山上,有一块大约有三间屋子那样大的石头,从这座山上滚下来。大石忽然吼叫跳跃着下山过涧,最后又跳回到山坡上,离地面约有一百步。那巨石跳动的时候,有几个锄地的人看见了它。他们各自手拿锄头,赶到巨石停止的地方。那巨石高有两丈。<small>出自《朝野佥载》</small>。

石 桥

赵州石桥非常精巧,石头琢磨得均匀细致,像用刀削成的一样。从远处看,石桥就像初出云的弯月,汲饮涧水的长虹。石桥上面有栏杆,都是石头雕成的。栏杆上并列着雕刻的石狮子。唐龙朔年间,高丽国的间谍盗走了两个石狮子。后来又招募工匠修建石狮子,却不能与原来的相似。到了武则天称帝的大足年间,默啜攻克赵州、定州。贼人想要过桥南进,到了石桥,马跪在地上不再往前走。只见一条青龙趴伏在桥上,气势磅礴、愤怒至极。贼人于是悄悄地逃走了。<small>出自《朝野佥载》</small>。

石　磨

吴兴故彰县东三十里，有梅溪山。山根直竖一石，可高百余丈，至青而团，如两间屋大。四面斗绝，仰之于云外，无登陟之理。其上复有盘石，正员如车盖，恒转如磨，声若风雨，土人号为石磨。转驶则年丰，迟则岁俭。欲知岁之丰俭，以石磨候之，无差焉。出《续齐谐记》。

釜　濑

夷道县有釜濑，其石大者如釜，小者如斗，形色乱真，唯实中耳。出《酉阳杂俎》。

石　鱼

衡阳相乡县，有石鱼山，山石黑，色理若生雌黄。开发一重，辄有鱼形，鳞鳍首尾，有若画焉，长数寸，烧之作鱼腥。出《酉阳杂俎》。

坠　石

伊阙县令李师晦，有兄弟任江南官，与一僧往还。尝入山采药，暴风雨，避于桤树。须臾大震，有物蓦然坠地，倏而晴朗。僧就视，乃一石，形如乐器，可以悬击。其上平齐如削，中有窍，其下渐阔而员，状若垂囊。长二尺，厚三分，左小缺。色理如碎锦，光泽可鉴，叩之有声。僧意其异物，置于樵中归。柜而埋于禅床下，为其徒所见，往往有

石　磨

　　吴兴故鄣县东面三十里处,有一座梅溪山。山脚下笔直地竖立着一根石柱。石柱大约有一百多丈高,完全是黑色而且呈圆形,有两间屋子大。黑石四面陡立,仰面看好像高出云外,没有攀登的可能。它的上面又有一块盘石,呈正圆形,像车盖一样。盘石像磨一样不停地转动,发出的声音像风雨声。当地人把它叫作石磨。石磨转得快,这一年就丰收;石磨转得慢,这一年就歉收。想要知道年岁的丰歉,用石磨来预测是不会错的。
出自《续齐谐记》。

釜　濑

　　夷道县有个釜濑,那里的石头大的像锅,小的像斗,形状、颜色和真的一样,只是中间是实心的罢了。　出自《酉阳杂俎》。

石　鱼

　　衡阳相乡县有一座石鱼山,这座山的石头是黑色的,颜色和纹理像雌黄石一样。开采发掘一层之后,就出现了鱼的形状。鱼的鳞鳍头尾就像画上去的一样,鱼身长几寸,用火烧它就会发出鱼的腥味来。　出自《酉阳杂俎》。

坠　石

　　伊阙县令李师晦有个兄弟在江南做官时,同一个和尚有来往。和尚曾经进山采药,遇到暴风雨,在桤树下避雨。不一会儿风雨大震,有一物忽然落地,立刻天晴日朗。和尚靠近落物去看,发现是一块石头,形状像乐器,可以悬挂起来击打。它的上面平滑整齐,像刀削的一样,中间有孔;下面逐渐变宽变圆,形状像下垂的口袋。石头长二尺,厚三分,左边有一个小的缺口;颜色和纹理像细碎的锦缎,光泽可以照人,敲打它有响声。和尚猜想它是奇特的东西,就把它放在木柴中带回寺院,放入柜中并埋在禅床下面。这件事被他的徒弟看见,传了出去,所以有不少

知者。李生恳求一见,僧确然无言。忽一日,僧召李生,既至,执手曰:"贫道已力衰弱,无常将至。君前所求物,聊用为别。"乃尽去侍者,引李生入卧内,撤榻掘地,捧匣授之而卒。出《酉阳杂俎》。

立 石

莱子国海上有石人,长一丈五尺,大十围。昔始皇遣此石人追劳山,不得,遂立。出《酉阳杂俎》。

孤 石

筑阳县水中,有孤石挺出。其下澄潭,时有见此石根,如竹根,色黄。见者多凶,俗号承受石。出《酉阳杂俎》。

网 石

于季有为和州刺史时,临江有一寺,寺前渔钓所聚。有渔子,下网,举之觉重,坏网,视之乃一石,如拳。因乞寺僧,置于佛殿中。石遂长不已,经年重四十斤。张司封员外入蜀时,亲睹其事。出《酉阳杂俎》。

卵 石

常侍崔元亮,在洛中,尝闲步涉岸,得一石子,大如鸡卵,黑润可爱,玩之。行一里,划然而破,有鸟大如巧妇,飞去。出《酉阳杂俎》。

知道的人。李生恳求见一见这块奇石,和尚坚持不说。忽然有一天,和尚将李生召来。李生到后,和尚握住李生的手说:"贫道已经精疲力竭,勾摄生魂的使者无常就要到了。你以前所求见的东西,姑且用作分别的纪念。"于是和尚让服侍他的人全退出去,带领李生进入他的卧房内,撤掉床铺,挖开地面,手捧木匣交给李生,然后就死了。出自《酉阳杂俎》。

立　石

莱子国的海上有一个石人,高一丈五尺,有十围粗。过去秦始皇派这个石人追赶劳山,没有追到,就立在这里了。出自《酉阳杂俎》。

孤　石

筑阳县潭水中有一块孤石挺立出水面。它的下面潭水澄清。时常有人看见这孤石的根像竹子的根一样,呈黄色。见过石根的人多半都不吉利。人们称它为"承受石"。出自《酉阳杂俎》。

网　石

于季有做和州刺史的时候,靠近江边有一座寺庙,寺庙前是钓鱼人聚集的地方。有一个打鱼的人,他撒网后,起网时觉得很重。网破了,一看网里是一块石头,有拳头大小。打鱼人就乞求寺庙里的和僧,把这块石头放置在佛殿当中。石头就不停地长,过了一年,重达四十斤。张司封员外郎入蜀的时候,亲眼看到了这件事。出自《酉阳杂俎》。

卵　石

常侍崔元亮在洛中的时候,闲时曾到岸边散步。他捡到一个石子,大小像鸡蛋一样,黑色,光润可爱。崔元亮边走边玩弄它。走了一里路,石子突然破裂开,里面有只像巧妇鸟一样大的鸟儿腾空飞走了。出自《酉阳杂俎》。

卧　石

荆州永丰县东乡里，有卧石一，长九尺六寸，其形似人，而举体青黄隐起，状若雕刻。境若旱，使祭而举之，小雨小举之，大雨大举之。相传此石忽见如此，本长九尺，今加六寸矣。出《酉阳杂俎》。

僧　化

天台僧，乾符中，自台山之东临海县界，得洞穴。同志僧相将寻之，初一二十里，径路低狭，率多泥涂。自外稍平阔，渐有山，山十许里。见市肆居人，与世无异。此僧素习咽气，不觉饥渴。其同行之僧饥甚，诣食市肆乞食，人或谓曰："若能忍饥渴，速还无苦。或餐啖此地之食，必难出矣。"饥甚，固求食焉。食毕，相与行十余里，路渐隘小，得一穴而出。餐物之僧，立化为石矣。天台僧出山逢人，问其所管，已在牟平海滨矣。出《录异记》。

陨　石

唐天复十年庚午夏，洪州陨石于越王山下昭仙观前，有声如雷，光彩五色，阔十丈。袁吉江洪四州之界，皆见光闻声。观前五色烟雾，经月而散。有石长七八尺，围三丈余，清碧如玉，堕于地上。节度使刘威命舁入昭仙观内，设斋祈谢。七日之内，石稍小，长三尺；又斋数日，石长尺余；今只有七八寸，留在观内。出《录异记》。

卧 石

荆州永丰县的东乡里有一块卧石，长九尺六寸，形状像人，但全身青色和黄色微微突起，像雕刻的一样。境内如果干旱，就让人祭祀并举起它。要小雨就小举它，要大雨就大举它。相传这块卧石忽然出现的时候是这样，本来长只有九尺，现在增加了六寸。出自《酉阳杂俎》。

僧 化

天台山有个和尚，乾符年间从天台山东面的临海县境内，找到一个洞穴。有一个与他志向相同的和尚同他一起去探查洞穴。开始的一二十里，山洞低矮，小路狭窄，大多是泥泞的路。从这往外渐渐平坦开阔，并逐渐有了山。过山十余里后，出现了市场、作坊和居民，和人世间没有什么不同。这名天台山和尚一向练咽气之功，因此不觉得饥饿干渴，而与他同行的和尚饥饿得很，就到市场上去乞食。有人对他说："如果你能忍住饥渴，快返回去，就没有痛苦。如果吃了此地的食物，必然难出去了。"和尚太饥饿，坚持乞求食物。吃完后，他们一起走了十多里路，道路逐渐狭小，于是他们找到一个洞穴走出来。吃食物的和尚立刻化作石头了。天台山和尚走出山，遇见人后问他们这里归哪管辖，才知道已经在牟平县的海边了。出自《录异记》。

陨 石

唐天复十年庚午夏天，洪州有块石头陨落在越王山下的昭仙观前。石头落下时有声音如雷，发出五色光彩，光环有十丈。袁州、吉州、江州、洪州这四个州的界内，人们都看见了光、听见了响声。昭仙观前的五色烟雾过了一个月才散去。有块大石长七八尺，粗三丈多，清碧如玉，落在地上。节度使刘威命人把石头抬入昭仙观内，设置供品祈祷拜谢。七天之内，石头稍见小，长三尺；又供祈了几天，石头长一尺多。现在石头只有七八寸长，仍留在昭仙观内。出自《录异记》。

目 岩

平乐县有山，林石岩间，有目如人眼，极大，瞳子白黑分明，名曰目岩。出《荆州记》。

石 驼

于阗国北五日行，又有山，山上石骆驼溺水，滴下，以金银等器承之，皆漏。人掌亦漏，唯瓠取不漏。或执之，令人身臭，皮毛改。出《洽闻记》。

石 柱

劫比他国，中天竺之属国也。有石柱，高七十尺，绀色有光。或观其身，随其罪福，悉见影中见之。出《洽闻记》。

石 响

南岳岣嵝峰，有响石，呼唤则应，如人共语，而不可解也。南州南河县东南三十里，丹溪之曲，有响石，高三丈五尺，阔二丈，状如卧兽。人呼之应，笑亦应之，块然独处，亦号曰独石也。出《洽闻记》。

石 女

桂阳有贞女峡，传云，秦世数女，取螺于此，遇雨，一女化为石人。今石人形高七尺，状似女子。出《玉歆始兴记》。

目 岩

平乐县有座山,山林的岩石中间,有一只像人的眼睛一样的眼睛,特别大,眼珠黑白分明。人们给它起名叫"目岩"。出自《荆州记》。

石 驼

从于阗国向北走五天,又有一座山。山上有头石骆驼,会尿水。石骆驼尿的水滴到山下,如果用金银等器具去接水,水都会漏掉;人用手掌接水也漏,只有用瓠接水才不漏。有人用手去扶石骆驼的话,他的身上就会发臭,皮肤毛发都会变了样子。出自《洽闻记》。

石 柱

劫比他国是中天竺国的属国。国内有根石柱,高七十尺,呈绀色而有光泽。如果站在它的面前,人的吉凶祸福都可以从影子中看见。出自《洽闻记》。

石 响

南岳岣嵝峰有一块响石,有人呼唤它就答应,就像与人说话一样,但不知道它说的什么。南州南河县东南三十里,丹溪的转弯处有块响石,高三丈五尺,宽二丈,形状像只卧兽。人呼唤它它就答应,人笑它也笑。它孤独地躺在那里,所以也被称作"独石"。出自《洽闻记》。

石 女

桂阳有个贞女峡。传说,秦朝时有几个女子在峡中采螺,遇到了雨,一名女子化作石人。现在石人身高七尺,体形像女人。出自《玉歆始兴记》。

藏珠石

江州南五十里,有店名七里店,在沱江之南。小山下有十余枚,如流星往来,或聚或散,石上常有光景。相传云,珠藏于此,乃无价宝也。或有见者,密认其处,寻求不得。出《录异记》。

化　石

会稽进士李晄,偶拾得小石,青黑平正,温滑可玩,用为书镇焉。偶有蛇集其上,驱之不去,视以化为石。求他虫试之,随亦化焉。壳落坚重,与石无异。出《录异记》。

松　化

婺州永康县山亭中,有枯松树,因断之,误堕水中,化为石。取未化者,试于水中,随亦化焉。其所化者,枝干及皮,与松无异,且坚劲。有未化者数段,相兼留之,以旌异物。出《录异记》。

自然石

洪州建昌县界田中,有自然石碑石人及石龟,散在地中,莫知其数。皆如镌琢之状,而无文字。石人多倒卧者,时有立者。又云,侧近有石井,深而无水。有好事者,持火入其中,旁有横道,莫知远近,道侧亦皆是石人焉。出《录异记》。

藏珠石

江州南五十里处,有个村店名叫七里店,在沱江的南面。那里有座小山丘,下面有十多枚石子,像流星一样往来穿梭,时聚时散。石上经常有光影。人们都传说有宝珠藏在这里,是无价宝。有见到藏珠石的人,虽然暗中记住了藏珠石所在的地方,但却找不到宝珠。出自《录异记》。

化　石

会稽进士李眺偶然拣到一颗小石子。石子颜色青黑,形状平正,温暖润滑可供玩赏。李眺用它作书写用的镇纸。偶然间有条蛇盘在石上,赶它也不走,仔细一看蛇已化成了石头。找来别的小虫试验一下,随着也都化成了石头。它们的壳坚硬有重量,与石头没什么不同。出自《录异记》。

松　化

婺州永康县的山亭中,有一棵枯松树。人们把它砍断,有树枝不小心堕入水中,化成了石头。拿没化成石头的树枝在水中试验,随着也化成了石头。化成石头的松树,树枝、树干和树皮同松树一样,而且坚韧苍劲。没化成石的几段树枝,人们把它们与变成石头的枝干一起保留起来,以记住它是奇异之物。出自《录异记》。

自然石

洪州建昌县境内的农田中,有自然形成的石碑、石人和石龟,分散在田地中,不知道有多少。它们都像被雕琢过的样子,只是没有文字。石人大多数都倒在地里,偶尔也有站立着的。又有人说,田地旁不远处有口石井,井很深但没有水。有好事的人手持火把进入井中,看到井壁旁边有横向通道,不知道多远多近。道两旁也都是石人。出自《录异记》。

热 石

新北市是景云观旧基,有一巨石,大如柱础。人或坐之蹋之,逡巡如火烧。应心烦热,因便成疾,往往致死。或云,若聚火烧此石吼,即瞿塘山吼而水沸,古老相传耳。又蜀州晋原县山亭中,有二大石,各径二尺已来,出地七八寸。人或坐之,心痛往往不救。又是落星石,东边者,坐即灵者;西边者,与诸石无异。色并带青白也。出《录异记》。

犬吠石

婺源县有大黄石,自山坠于溪侧,莹彻可爱,群犬见而竞吠之。数日,村人不堪其喧,乃相与推致水中。犬又俯水而吠愈急,取而碎之,犬乃不吠。出《稽神录》。

瓮形石

潘祚为鄱阳县令,后连带古城,其中隙荒数十亩。祚尝与家人望月于此,见城下草中有光,高数丈。其间荆棘蒙密,不可夜行,即取弓射其处,以志之。明日掘其地,得一瓮,大腹小口,青石塞之。祚命舁归其家,发其口,不可开。令击碎之,乃一石,如瓮之形,若冰冻之凝结者。复碎而弃之,讫无所得。出《稽神录》。

热 石

　　新北市是景云观的旧址。那里有一块巨石,大小像柱子下面的石墩。人坐在上面或踩在上面,立刻就像被火烧了一样。这样弄得人心里烦躁而发热,因而生成疾病,往往会使人死亡。有的人说,要是聚火烧得这个石墩吼叫,瞿塘山也立即吼叫而且水也开始沸腾。这只是古老的一种传说罢了。另外,蜀州晋原县的山亭中,有两块大石,每块的直径都在二尺以上,露出地面七八寸。人坐在石上就会心痛,往往不能救治。又是两块落星石:东边那块石头,是坐上就灵验的石头;西边那块,和别的石头没有不同。两块石头都带有青白的颜色。出自《录异记》。

犬吠石

　　婺源县有块黄色的大石头,从山上坠落在山间的溪旁,晶莹透彻,很是可爱。一群狗见了这块石头,就全都朝着石头叫。一连叫了几天,村里的人忍受不了狗叫的喧闹声,就一起将黄石推到溪水中。狗又冲着水叫,而且叫声愈来愈急。村里的人将大黄石从水中取出砸碎,狗才不叫了。出自《稽神录》。

瓮形石

　　潘祚是鄱阳县的县令,以后他又代管了古城。古城的荒地有好几十亩。潘祚曾经和家里人在古城望月,见城下草丛中有光亮,光芒达好几丈。发光的地方荆棘茂密,夜间不能行走。他就拿过弓箭射向发光的地方,来作为记号。第二天挖掘发光的地方,挖到一只大肚小口的陶瓮,里面装满了青色的石头。潘祚命人把陶瓮抬回家中,想打开瓮口,但打不开。他就令人将陶瓮打碎,看到里面是一块石头,和瓮的形状一样,就像水冻成冰而凝结成的。他又让人把这石头砸碎扔掉,最终他什么也没有得到。出自《稽神录》。

三 石

处州石人山，在泥水口，近有三石，形甚似人。居中者为君，左曰夫人，右曰女郎。出邓德明《南康记》。

人 石

昔有夫妻二人，将儿入山猎，其父落崖，妻子将下救之，并变为三石，因以为人石。出《周地图记》。

金 蚕

右千牛兵曹王文秉，丹阳人，世善刻石，其祖尝为浙西廉使裴璩采碑。于积石之下，得一自然员石，如毽形，式如砻硏，乃重叠如壳相包。硏之至尽，其大如拳。复破之，中有一蚕，如蛴螬，蠕蠕能动。人不能识，因弃之。数年，浙西乱，王出奔至下蜀，与乡人夜会，语及青蚨还钱事。佐中或云，人欲求富，莫如得石中金蚕畜之，则宝货自致矣。问其形状，则石中蛴螬也。出《稽神录》。

坡沙

飞 坡

永昌年，太州敷水店南西坡，白日飞四五里，直塞赤水。坡上桑畦麦垄，依然仍旧。出《朝野佥载》。

鸣 沙

灵州鸣沙县有沙，人马践之，辄锵然有声。持至他处，信宿之后，无复有声。出《国史异纂》。

三 石

处州有座石人山,在泥水口。附近有三块石头,形状非常像人。中间的是君,左边的叫夫人,右边的叫女郎。出自邓德明《南康记》。

人 石

过去有夫妻二人带领儿子进山打猎。父亲不幸从山崖上掉了下去,妻子和儿子到崖下救他,三人一起变成了三块石头。因此人们把它们叫作"人石"。出自《周地图记》。

金 蚕

右千牛兵曹王文秉是丹阳人。他家世代善于刻石。他的祖父曾经为浙西廉使裴璩开采碑石,在堆积的石块中得到一块自然形成的圆形石头,形状像皮球,像是人工削磨的。石头外面好像重叠包着壳。把外壳都削掉,剩下的部分像拳头那样大。再把它打破,里面有一条蚕,像蛴螬一样,能蠕动。人们都不认识它,于是把它扔掉了。几年之后,浙西发生动乱,王文秉的祖父出逃到下蜀。有一次和乡人夜晚聚会,说到青蚨还钱的事时,座中有人说:"人要寻求富贵,不如得到石中的金蚕畜养着,财宝自然来到。"王文秉祖父问金蚕的形状,才知道正是石头中的蛴螬。出自《稽神录》。

坡沙

飞 坡

唐永昌年间,太州敷水店南的西坡,白天飞出去四五里路,一直塞到赤水河中。坡上的桑田麦地依然是原来的样子。出自《朝野佥载》。

鸣 沙

灵州鸣沙县有个地方的沙子,人马踏上去就铮然有声。把这里的沙子拿到别的地方,两夜之后便不再有声。出自《国史异纂》。

卷第三百九十九

水 井附

水

水

帝神女

《山海经》：洞庭之中，帝之二女居之。郭璞注云：天帝之二女，处江为神。《列仙传》所谓江妃二女也。《离骚》所谓湘夫人，"帝子降兮北渚"是也。《河图玉板》云，尧之二女，为舜之妃，死葬于此。冢在县北一百六十里青草山。

原缺出处，今见郭璞注《山海经》卷五。

水

帝神女

《山海经》上说,洞庭之中,天帝的两个女儿居住在那里。郭璞注释说:天帝的两个女儿,在江中做神仙。也就是《列仙传》中所说的江妃二女。《离骚》里有"湘夫人","帝子降兮北渚"说的就是湘夫人。《河图玉板》上说是尧的两个女儿,也是舜的妃子,死后埋葬在这里。坟墓在县城北面一百六十里的青草山。原本缺出处,今天见于郭璞所注《山海经》卷五。

刘子光

汉刘子光西征,遇山而渴,无水。子光在山南,见一石人,问之曰:"何处有水?"石人不言。乃拔剑斩石人,须臾,穷山水出。出《独异记》。

益　水

益阳县在长沙郡界,益水在其阳。县治东望,时见长沙城隍。人马形色,悉可审辨。或停览瞩,移晷乃渐散灭。县去长沙尚三百里,跨越重山,里绝表显,将是山岳炳灵,冥像所传者乎!昔光武中元元年,封太山,禅梁父。是日,山灵炳象,构成宫室。昔汉武帝遣方士徐宣浮海采药,于波中,见汉家楼观参差,宛然备瞩,公侯弟宅皆满目。班超在浑耶国,平旦,云霞鲜明,见天际宫阙,馆宇严列,侍臣左右,悉汉家也。如斯之类,难可审论。出《录异记》。

酿　川

沈酿川者,汉郑弘,灵帝时为乡啬夫。从宦入京,未至,夜宿于此。逢故人,四顾荒郊,村落绝远。沽酒无处,情抱不申,乃投钱于水中而共饮。尽夕酣畅,皆得大醉。因便名为沈酿川,明旦分首而去。弘仕至尚书。出《博物志》。

刘子光

汉朝刘子光西征，遇到大山，人马口渴，但没有水喝。刘子光在山南面见有一个石人，就问石人说："什么地方有水?"石人不说话。刘子光就拔剑砍下石人的头。不一会儿，深山中流出水来。出自《独异记》。

益　水

益阳县在长沙郡边界，益水在益阳县南面。从县的治所向东望，时常能见到长沙的护城壕，且人和车马的形状、颜色都可以分辨出来。有时站住观望，这种景象随日影移动便渐渐散去消失。益阳县离长沙有三百里，要跨越重山。在长沙城里看不见的而城外看得很明显，可能是山岳的灵光把阴间的景象反射出来了吧。当初光武帝中元元年，封泰山、禅梁父山。这一天，山中的灵光影象构成宫殿屋宇。过去汉武帝派儒生徐宣漂洋过海采药，在波浪中，徐宣看见汉朝楼台高低不一，好像全都能看在眼里，公侯的府第宅院满眼都是。班超在浑耶国，一天早晨云霞鲜艳明朗，班超见天边现出宫殿，客馆屋宇整齐地排列着，侍臣恭侯在左右，都是汉朝的景象。类似这样的事，很难详细说明。出自《录异记》。

酿　川

沈酿川这地方有段故事:汉朝的郑弘，汉灵帝时在乡里做啬夫，后来他进京做官。他还没到京城时，夜晚便住在这里。郑弘在这里遇见了以前的朋友，看看四周都是荒凉的郊外，近处根本没有村落。他没有地方买酒，觉得心情不舒畅，就把钱扔到水中，以水为酒和朋友一起喝。大家畅快地喝了一夜，全部喝得大醉。因此便把这条河起名叫沈酿川。第二天早晨大家分头离去。后来郑弘官至尚书。出自《博物志》。

石脂水

高奴县石脂水，水腻，浮水上如漆。采以膏车及燃灯，极明。出《酉阳杂俎》。

元街泉

元街县有泉，泉眼中水，交旋如盘龙。或试挠破之，随手成龙状，驴马饮之皆惊走。出《酉阳杂俎》。

铜 车

荆之清水宛口旁，义熙十二年，有儿群浴此水。忽见岸侧有钱，出于流沙，因竞取之。手满置地，随复流去。乃以襟结之，然后各有所得。流钱中有铜车，铜牛牵车之势甚迅速。诸童奔逐，掣得车一脚，径可五寸许。猪鼻，毂有六幅，通体青色，毂内黄锐。时沈敞守南阳，求得车脚。钱行时，贯草辄便停破，竟不知所终。出《酉阳杂俎》。

神牛泉

魏《土地记》曰：沮阳城东八十里，有牧牛山，下有九十九泉，即沧河之上源也。山在县东北三十里，山上有道武皇帝庙。耆旧云，山下亦有百泉竞发。有一神牛，骏身，自山而降，下导九十九泉，饮泉竭，故山得其名。今山下导九十九泉，积以成川，西南流。出《水经》。

石脂水

高奴县的石脂水,水中有油,浮在水面上就像油漆一样。采回去用它润滑车轴和点灯,特别明亮。出自《酉阳杂俎》。

元街泉

元街县有一眼泉,泉眼中的水交错旋转,就像盘旋的龙似的。有的人试着把它搅乱,可随着人搅动的手势又成了龙的形状。驴和马饮了泉水后都惊恐地逃走。出自《酉阳杂俎》。

铜　车

荆州有条清水河。在它宛曲的入口处,东晋义熙十二年的时候,一群儿童在水中洗澡,忽然看见岸边有钱从流沙中涌出,于是群童都争相跑去拣钱。他们手拿满了便放在地上,可是又被流水冲走了。群童就把钱放到扎起的衣襟里,每个人都得到了一些。流钱中有一辆铜车,铜牛拉车的奔势特别快。群童奔跑着去追车,拉到了铜车的一只车轮。车轮的直径有五寸左右,中间隆起为猪鼻形,车轮有六根辐条。整个车轮呈黑色,车轮中心的圆孔呈黄色且很细。当时沈敞任南阳太守,他寻求到了铜车的车轮。铜钱动时,用草穿轮草便断裂。后来没有人知道车轮的下落了。出自《酉阳杂俎》。

神牛泉

北魏《土地记》上说,沮阳城东八十里有座牧牛山,山下有九十九眼泉,那就是沧河的发源地。牧牛山在县城东北三十里,山上有道武皇帝庙。老人们说,山下有百泉竞发。有一头毛色青白相间的神牛从山上下来,山下流通的九十九眼泉水,都被神牛喝干,所以这座山便叫做牧牛山。现在山下流通的九十九眼泉水积蓄成了一条河,流向西南。出自《水经》。

燕原池

燕原山天池,与桑乾泉通。后魏孝文帝,以金珠穿鱼七头,于此池放之。后与桑乾原得穿鱼,犹为不信。又以金缕拖羊箭射着此大鱼,久之,又与桑乾河得射箭所。山在岚州静乐县东北百四十里,俗名天池,曰祁连汭。出《洽闻记》。

丹 水

怀州北有丹水,其源出长平山。传云,秦杀赵卒,其水变赤,因以为名。上在太原知其故,诏改为怀水。出《国史异纂》。

陆鸿渐

元和九年春,张又新始成名,与同恩生期于荐福寺。又新与李德裕先至,憩西廊僧玄鉴室。会才有楚僧至,置囊而息,囊有数编书。又新偶抽一通览焉,文细密,皆杂记,卷末又题云“煮水记”。太宗朝,李季卿刺湖州,至维扬,遇陆处士鸿渐。李素熟陆名,有倾盖之欢,因赴郡。抵扬子驿中,将食,李曰:“陆君善茶,盖天下闻,扬子江南零水,又殊绝。今者二妙千载一遇,何旷之乎!”命军士信谨者,挈瓶操舟,深诣南零取水,陆洁器以俟。俄水至,陆以杓扬水曰:“江则江矣,非南零者,似临岸者。”使曰:“某棹

燕原池

燕原山天池与桑乾河以泉水相通。北魏孝文帝用金珠穿在七条鱼头上，在天池中把鱼放掉。后来在桑乾河里得到了头上穿着金珠的鱼，孝文帝还不信，又用金缕拖羊箭射中天池中的一条大鱼。过了很长时间，又在桑乾河中得到了用箭射中的那条鱼。燕原山在岚州静乐县东北一百四十里，那地方俗称天池，其实叫作祁连泚。出自《洽闻记》。

丹　水

怀州北面有条河叫丹水，它的源头出自长平山。传说秦将章邯坑杀赵国降卒，这条河的水就变成了红色，所以叫做丹水。皇上在太原知道了其中的缘故，便下诏将丹水改名为怀水。出自《国史异纂》。

陆鸿渐

唐元和九年春，张又新刚刚成名，便与同时中举的人约定在荐福寺相聚。张又新和李德裕先到，他们便到西厢房的和尚玄鉴房中休息。恰巧有个南方和尚走了进来，他放下装东西的口袋就躺下休息。口袋里有几编书，张又新随手抽出一本从头至尾阅读。文字小而稠密，都是杂记。书的末尾又题为"煮水记"。书上说，唐太宗时期，封李季卿为湖州刺史。李季卿在上任途中走到维扬，遇到隐居的陆鸿渐。李季卿对陆鸿渐的名字一向很熟悉，现在又见到了陆鸿渐本人，真有如老朋友见面一样高兴，于是二人一同前往郡城。抵达扬子驿中，快要吃饭的时候，李季卿说："陆君善于茶道，天下闻名，而扬子江南零水又特别超乎寻常。今天你的好茶道和这里的好水可以说是千年才遇上一次，为什么要放过这次机会呢？"说完便命令诚实谨慎的军士提着水瓶驾着小船，到南零深处去取水。陆鸿渐将茶具擦拭干净在那里等着。时间不长水到了，陆鸿渐用勺子舀水说："江水倒是江水，但不是南零水，好像江岸边的水。"取水的军士说："我划

舟深入,见者累百人,敢绐乎?"陆不言,既而倾诸盆,至半,
陆遽止。又以杓扬之曰:"自此南零者矣。"使蹶然大骇,驰
下曰:"某自南零赍至岸,舟荡半,惧其鲜,挹岸水以增之,
处士之鉴,神鉴也,其敢隐欺乎!"李大惊赏,从者数十辈,
皆大骇愕。李因问陆:"既如此,所经历之处,水之优劣可
判矣。"陆曰:"楚水第一,晋水最下。"李因命口占而次第
之。出《水经》。

零　水

赞皇公李德裕,博达士。居廊庙日,有亲知奉使于京
口,李曰:"还日,金山下扬子江中零水,与取一壶来。"其
人举棹日,醉而忘之。泛舟止石城下,方忆,乃汲一瓶于江
中,归京献之。李公饮后,叹讶非常。曰:"江表水味,有
异于顷岁矣。此水颇似建业石城下水。"其人谢过不隐也。
出《中朝故事》。

龙　门

龙门人皆言善游,于悬水,接木上下,如神。然寒食拜
埽,必于河滨,终为水溺死也。出《国史补》。

漏　泽两出

漏泽,据郦元注《水经》云,姚墟东有漏泽,方十五里,
绿水泓澄。凡三大泽,曲际有阜,俗谓之妙亭。侧有三石
穴,广员三尺,而有通否,水自盈漏。漏则数夕之中,倾竭
陂泽中矣。左右居人,识其将漏,预以水为曲拔物障穴口,

船深入,遇见的有上百人,我敢欺哄吗?"陆鸿渐不言语,把水倒向盆里。倒了一半,陆鸿渐急忙停住,又用勺子舀水说:"从这往下才是南零水。"取水的军士顿时很吃惊,跪下说:"我从南零怀抱水瓶到江岸,因船摇荡而洒去一半。我怕水少,就舀江岸边的水把水瓶加满。这位处士的鉴别能力真是神了,谁还敢隐瞒欺骗他呢?"李季卿大为惊叹赞赏,跟从的几十个人都很惊愕。李季卿于是问陆鸿渐说:"既然这样,您所经过的地方,水的好坏就可以判断了。"陆鸿渐说:"楚水第一,晋水最下等。"李季卿便让陆鸿渐口述排列出各处水的等级。出自《水经》。

零 水

赞皇公李德裕是个博学通达之人。他在朝廷做官的时候,有个亲信奉命出使京口,李德裕对那个人说:"你回来时,金山下扬子江的中零水,给我取回来一壶。"乘船回来那天,那人因喝醉了酒而忘了取水的事。船到石头城下时,他才想起来,就在江中打了一瓶水,回到京城献给了李德裕。李公饮后非常惊讶,就说:"江南水的味道,同几年前不一样了。这水很像建业石头城下的水。"那人便向李德裕谢罪并说出了实情。出自《中朝故事》。

龙 门

龙门人都说他们善于游泳。在瀑布中抱着木头上下,像神仙一样。然而他们寒食节祭拜扫墓一定要在河边,最终还是会被水淹死。出自《国史补》。

漏 泽 两出

漏泽。据郦道元的《水经注》上说,姚墟东面有个漏泽,方圆十五里,水呈绿色,深广清澈。一共有三个大泽,弯曲的边缘有座土山,当地称它为妫亭。旁边有三个石洞,每个石洞有三尺宽,时通时漏,里面的水满时就漏,几个晚上便将泽中水全部漏完。左右居住的人知道它要漏的时候,预先用东西堵住洞口,

鱼鳖异鳞，不可胜载矣。今按此泽漏，凡穴区别，所谓车箱漏、鼓漏、土漏、鸡漏、猪漏。春夏积水，秋冬漏竭，居人知之，不过三日之中俱尽。在今兖州泗水县治东七十里。原缺出处，明抄本作出《七闽记》。

又

兖州东南接沂州界，有陂，周围百里而近。恒值夏雨，侧近山谷间流注所聚也，深可袤丈。属春雨，即鱼鳖生焉。或至秋晴，其水一夕悉陷其下而无余。故彼之乡里，或目之为漏陂，亦谓之陷泽。其水将漏，即有声，闻四远数十里分，若风雨之聚也。先回旋若涡势，然后沦入于穴。村人闻之日，必具车乘及驴驼，竞拾其鱼鳖，辇载而归。率一二岁陷，莫知其趋向，及穴之深浅焉。出《玉堂闲话》。

重 水

凡物有水，水由土地。故江东宜绫纱，宜纸镜，水故也。蜀人织锦初成，必濯于江水，然后纹彩焕发。郑人荥水酿酒，近邑水重。斤两与远郊数倍。出《国史补》。

湘 水

湘水至清，深五六丈，下见底，碎石若樗蒲子，白沙如霜雪，赤岸若朝霞。出罗含《湘川记》。

捉到的鱼鳖和其他的水生物用车都装不下。现在按照这些漏穴的样子，可以把它们区别开来，分别叫车箱漏、鼓漏、土漏、鸡漏、猪漏。泽中春夏积水，秋冬漏尽，居住在这里的人都知道，不超过三天全都漏尽。漏泽在现在的兖州泗水县治所东七十里。原本缺出处，明抄本作出自《七闽记》。

又

兖州东南和沂州交界的地方，有个大水池，周围有近百里。水池是每年夏天的雨水从附近山谷中流下来，注入这里汇聚而成。水池大约有一丈多深。春天的雨水流入池中，立刻有鱼鳖生长。到了晴朗的秋天，池中的水一个晚上就全都渗进池底，一点不剩。所以水池附近的住户看到了水池漏水就叫它漏池，也有人把它叫作陷泽。池水要漏的时候就会发出声响，声响可传到四周几十里远，就像狂风暴雨要聚在一起到来一样。池水先旋转，然后沉入池底的洞穴中。村里的人听见水池发出要漏的声响那天，必定准备好车辆以及驴驼赶来，竞相拾取池中的鱼鳖，满载而回。池水大致一二年渗漏一次，不知道水的去向以及洞穴的深浅。出自《玉堂闲话》。

重　水

凡是有水的地方，水质由于土质和地理的不同而不同。所以江东适宜纺纱织绫，适宜造纸制镜，都是水质的缘故。蜀中的人织成锦缎后必须把它放在江水中洗，上面的纹彩才能焕发。郑人用荥水酿酒，距城镇近的地方的水就重，斤两与距城镇远的地方相比重几倍。出自《国史补》。

湘　水

湘水特别清，水深五六丈，能看见下面的水底。水底的碎石像楂蒲子一样多彩，白沙像霜雪一样洁净，红色的水岸像朝霞一样艳丽。出自罗含《湘川记》。

暴 水

青城山，因滞雨崖崩，暴水大至，在丈人观后，高百余丈，殿当其下，将忧摧坏。俄有坠石如岸，堰水向东，竟免漂陷。观中常汲溪水，以供日食，甚以为劳。自此暴水出处，常有流泉，直注厨内，其味甘香，冬夏不绝。出《录异志》。

仙 池

渝州仙池，在州西南江津县界，岷江南岸。其池周回二里，水深八尺，流入岷江。古老传者，有仙人姓然，名独角，以其头有角，故表其名，自扬州来居此。池边起楼，聚香草置楼下。独角忽登楼，命仆夫烧其楼，独角飞空而去，因名仙池。见有石岩一所，向岷江而见在。出《渝州图经》。

渝州滩

渝州城滩，在州西南三十里。江津县东北沿流八十里，岷江水中，波浪沸腾，乍停乍发，多覆舟之患。古老传，昔有仙居和来为巴州刺史，过此滩舟翻，溺水而死。和女与兄途行，女有两儿，方稚齿，乃分金珠作二锦囊，缨致儿颈。然后乘船至父没处，叫声投水，凡六日。与兄梦云："二十一日，与父俱出。"兄令人守之。至期，果然俱浮江水而出，今碑在城滩侧。出《渝州图经》。

暴　水

青城山因雨水积阻而使山崖崩塌，又猛又急的大水因没有了阻挡而冲了过来。大水到达丈人观后面时有一百多丈高，观中的大殿在水的下面，大殿将有被摧毁的危险。顷刻间有一条巨石坠落下来，像堤岸一样，拦截住大水向东流去，终于免除了大患。以前观中常年从小河里打水，用来供给日常饮食，很是劳累。从这次大水流过的地方，常有流动的泉水，一直流到厨房里。泉水味道甜香，一年四季不断。出自《录异志》。

仙　池

渝州有个仙池在州西南江津县界内，岷江南岸。这个仙池周长二里，水深八尺，池水流入岷江。有个古老的传说：有一位仙人姓然，名独角，因为他头上有角，所以用来表示他的名字。仙人从扬州来住在这里，在池边盖起一座楼，收集了很多香草放在楼下。有一天然独角忽然登上楼，命令仆人烧掉这座楼，他从楼上飞向天空而离去。因此把这个水池取名叫仙池。现有仙池内还有石岩一处，朝岷江方向就能看见它立在那里。出自《渝州图经》。

渝州滩

渝州的城滩在州西南三十里。江津县东北沿水流八十里长，岷江水波浪翻腾，一浪刚停又起一浪，有许多翻船的悲剧发生。有个古老的传说：过去有个叫居和的仙人来做巴州刺史，经过这个水滩时船翻了，居和被水淹死。居和的女儿和她哥哥步行奔来。居和的女儿有两个孩子，都很小，于是她把金珠分作两个锦袋，用丝线系在两个孩子的脖颈上。然后她乘船到父亲淹死的地方，呼叫了几声就投身到水中。过了六天，她给哥哥托梦说："二十一日，我和父亲一起从水中出来。"她哥哥便令人守在江边。到了那一天，父女二人果然从江水中漂浮出来。现在他们的墓碑在城滩的旁边。出自《渝州图经》。

清　潭

新康县西百里,有清潭,在章浦。溪源极深,常有白龙藏此中。天旱,令人取猪羊粪掷潭中,即有大雨暴水。至今有验。出《录异记》。

驱山铎

宜春界钟山,有峡数十里,其水即宜春江也,回环澄澈,深不可测。曾有渔人垂钓,得一金镞。引之数百尺,而获一钟,又如铎形。渔人举之,有声如霹雳,天昼晦,山川振动。钟山一面,崩摧五百余丈,渔人皆沉舟落水。其山摧处如削,至今存焉。或有识者云,此即秦始皇驱山之铎也。出《玉堂闲话》。

井

乌山龟

乌山下无水。魏末,有人掘井五丈,得一石函。函中得一龟,大如马蹄。积炭五堆于函傍。复掘三丈,遇磐石,下有水流犹湖然。遂凿石穿,水北流甚驶。俄有一船,触石而至。匠人窥船上,得一杉木板,刻字曰:"吴赤乌二年八月十日子义之船。"出《酉阳杂俎》。

绿珠井

绿珠井在白州双角山下。昔梁氏之女有容貌,石季伦为交趾采访使,以圆珠三斛买之。梁氏之居,旧井存焉。

清　潭

新康县西面约一百里远的地方,有个清潭,在章浦。这个溪水之源特别深,常有白龙藏身在潭中。天旱时,如果让人取来猪羊的粪便扔入潭中,立即就会下起大雨。到现在还很灵验。出自《录异记》。

驱山铎

宜春的边界钟山,有一条几十里长的山峡。山峡中的水就是宜春江。江水宛转清澈,深不可测。曾经有个打鱼的人钓鱼时钓到一只金锁。金锁的链子长几百尺,链子一端有一口钟,好像大铃的形状。打鱼的人把这口钟举起来,有声音像霹雷一样响起,天空由晴朗变得晦暗,山川振动,钟山的一面崩塌了五百多丈,打鱼的人都因船沉而落入水中。钟山崩塌的地方像刀削的一样,到现在还那样。有见识的人说,这就是秦始皇驱山的大铃。出自《玉堂闲话》。

井

乌山龟

乌山脚下没有水。魏末,有人挖井挖到五丈深,得到一个石匣子,从石匣中得到一只龟,像马蹄一样大。有五堆炭堆积在石匣旁。又挖了三丈,遇到了磐石,磐石下面有水流动,像是湖泊一样。凿透磐石,见水向北流得很快。不一会儿有一只船,船头触到磐石而停住。打井的人向船上看,见到一块杉木板,上面刻着字:"吴赤乌二年八月十日子义之船。"出自《酉阳杂俎》。

绿珠井

绿珠井在白州双角山下。从前有一户姓梁的人家,他家有个女儿名叫绿珠,长得很美。石季伦做交趾采访使的时候,用三十斗圆珠买下了梁家的女儿。梁家居住的地方,旧井还在。

耆老传云，汲饮此水者，诞女必多美丽。里闾有识者，以美色无益于时，遂以巨石填之。迩后虽时有产女端严，则七窍四肢多不完全。异哉！州界有一流水，出自双角山，合容州畔为绿珠江。亦犹归州有昭君村，村盖取美人生当名矣。出《岭表录异》。

临沅井

葛稚川云，余祖鸿胪少时，尝为临沅令。云，此县有名家，世寿考，或出百岁，或八九十。后徙去，子孙转多夭折。他人居其故宅，后累世寿考。由此乃觉是宅所为，而不知其何故。疑其井水朱赤，乃试掘井左右，得古人埋丹砂数十斛，去井数尺。此丹砂汁因泉渐入井，是以饮其水而得寿。况乃饵炼丹砂而服之乎！出《抱朴子》。

火　井

火井一所，纵广五尺，深二三丈。在蜀都者，时以竹板木投之以取火。诸葛丞相往观视后，火转盛热，以盆著井上煮盐，得盐。后人以家烛火投井中，即灭息，至今不复然也。出《博物志》。

盐　井

陵州盐井，后汉仙者沛国张道陵之所开凿。周回四丈，深五百四十尺。置灶煮盐，一分入官，二分入百姓家。因利所以聚人，因人所以成邑。万岁通天二年，右补阙郭文简奏卖水，一日一夜，得四十五万贯。百姓贪其利，人用

听老人讲，喝了这井水的人，生下的女儿必定大多都美丽。乡里有见识的人认为美色不利于时运，就用巨大的石块把井填上了。填井之后，虽然也不时有端庄的女孩出生，但七窍和四肢大多不完全。奇怪啊！州边界有一条流水，从双角山发源，在容州边汇合成为绿珠江。就像归州有昭君村似的，村子因美人出生于此而命名。出自《岭表录异》。

临沅井

葛稚川说，他曾任大鸿胪的祖父年轻时，曾经做过临沅县令。听他祖父说，临沅县有一户有名的人家，家中的人世代长寿，有的超过一百岁，有的八九十岁。后来迁移到别处，这家的子孙就变得多半过早死去。别的人住了他家的旧宅，以后世代都长寿。从这件事来看就觉得是住宅所造成的，但不知道什么原因。见他家的井水发红，就试着在井的左右挖掘，在离井几尺远的地方挖到了古人埋下的几百斗丹砂。这些丹砂的汁液顺着泉水渐渐流入井中，因此饮这口井的水才得以长寿。何况炼制后的丹砂吃下去呢！出自《抱朴子》。

火　井

有一处火井，长宽各五尺，深二三丈。住在蜀国都城的人，时常把竹板和木棍投入井中来取火。诸葛亮去看后，火势转旺，变得更热。用盆放到井上煮盐水，能得到盐。后来有人把家中的烛火扔到井中，火井就熄灭了，到现在也不再燃烧。出自《博物志》。

盐　井

陵州的盐井，是东汉仙人沛国的张道陵在那里开凿的。井口周长四丈，井深五百四十尺。在井边安置炉灶煮盐，所得的利润一分送入官府，二分进了百姓家。因为有利可图，所以这里的人越聚越多；因为人越聚越多，所以形成了城镇。武则天称帝后的万岁通天二年，右补阙郭文简上奏，请求出卖井水。一天一夜，就卖得四十五万贯钱。百姓贪图井水的利益，很多人因此

失业。井上又有玉女庙。古老传云，比十二玉女，尝与张道陵指地开井，遂奉以为神。又俗称井底有灵，不得以火投及秽污。曾有汲水，误以火坠，即吼沸涌。烟气冲上，溅泥漂石，甚为可畏。或云，泉脉通东海，时有败船木浮出。出《陵州图经》。

御 井

善和坊旧御井，故老云，非可饮之井，地卑水柔，宜用濯。开元中，以骆驼数十，驮入大内，以给六宫。出《国史补》。

王 迪

唐贞元十四年，春三月，寿州随军王迪家井，忽然沸溢，十日又竭。见井底有声，如婴儿之声。至四月，兄弟二人盲，又一人死。家事狼狈之应验。出《祥异集验》。

贾 耽

贾耽在滑台城北，命凿八角井，以镇黄河。于是潜使人于凿所侦之。有一老父来观，问曰："谁人凿此井也？"吏曰："相公也。"父曰："大好手，但近东近西近南近北也。"耽问之，曰："吾是井大夫也。"出《玉泉子》。

八角井

景公寺前街中，旧有巨井，俗呼为八角井。唐元和初，有公主夏中过，见百姓方汲，令从婢以银棱碗，就井承水。

荒废原来的职业。盐井上面还有一座玉女庙。有个古老的传说：庙中的十二个玉女曾经为张道陵指引开井的地点，于是人们把她们奉为神。当地人又说井底有灵，不能往井下扔火和脏东西。曾有人去打水，失手把火把坠落，井下立即发出吼声并沸腾了。烟气往上冲，泥土飞溅，石头都被水漂了起来，非常可怕。有人说，井水的泉脉通向东海，时常有破败的船木从井水中浮出。出自《陵州图经》。

御　井

善和坊有一口旧御井。过去的人说，这口井的水不能饮用。因地势低、水柔软，适宜作洗涤之水。开元年间，官府用几十头骆驼把这水驮进皇宫，以供六宫洗涤之用。出自《国史补》。

王　迪

唐朝贞元十四年春三月，寿州随牟王迪家中的井忽然沸腾涨满，流出井外，十天后又枯竭了。有人听见井底有声音，像是婴儿的哭声。到了四月，王迪的兄弟有两个瞎了眼睛，又有一个死了。井水的异常应验了他家中状况的狼狈。出自《祥异集验》。

贾　耽

贾耽在滑台城的北面令人开凿八角井，以镇制黄河。他暗中派人在凿井的地方观察。有一位老人前来观看，问道："这井是谁开的？"小吏回答说是贾耽。老人说："真是行家里手，只是东西南北距离都太小了。"贾耽问老人是谁，老人说："我是井大夫。"出自《玉泉子》。

八角井

景公寺前的大街当中，很早以前就有一口大井，当地人都叫它八角井。唐朝元和初年，有位公主夏天时从井边路过。她看见有百姓正在从井中打水，便命跟从的丫环用银棱碗去井里取水。

误坠井,经月余,碗出于渭河。出《酉阳杂俎》。

李德裕

李德裕在中书,常饮常州惠山井泉,自毗陵至京,致递铺。有僧人诣谒,德裕好奇,凡有游其门,虽布素,皆引接。僧谒德裕曰:"相公在位,昆虫遂性,万汇得所。水递事亦日月之薄蚀,微僧窃有感也。敢以上谒,欲沮此可乎?"德裕颔颐之曰:"大凡为人,未有无嗜欲者。至于烧汞,亦是所短。况三惑博塞弈奕之事,弟子悉无所染。而和尚有不许弟子饮水,无乃虐乎?为上人停之,即三惑驰骋,怠慢必生焉。"僧人曰:"贫道所谒相公者,为足下通常州水脉,京都一眼井,与惠山寺泉脉相通。"德裕大笑:"真荒唐也。"僧曰:"相公但取此井水。"曰:"井在何坊曲?"曰:"在昊天观常住库后是也。"德裕以惠山一罂,昊天一罂,杂以八缶一类,都十缶,暗记出处,遣僧辨析。僧因啜尝,取惠山寺与昊天,余八乃同味。德裕大奇之,当时停其水递,人不告劳,浮议弭焉。出《芝田录》。

永兴坊百姓

唐开成末,永兴坊百姓王乙掘井,过常井一丈余,无水。忽听向下有人语及鸡声,甚喧闹,近似隔壁。井匠惧,不敢扰。街司申金吾韦处仁将军。韦以事涉怪异,不复奏,遽令塞之,据《周秦故事》,谒者阁上得骊山本,李斯领

丫环不小心将银棱碗掉到井里，过了一个多月，这个银棱碗在渭河出现。出自《酉阳杂俎》。

李德裕

李德裕任宰相的时候，经常饮用常州惠山井中的泉水。泉水要从毗陵经驿站传递到京城。有个和尚到李德裕的住处去拜见他。李德裕好接触奇异之事，凡是有人云游到他门前，虽然是布衣素服，他也全都引进接见。和尚谢过李德裕说："相公您在位，连昆虫都活得适意，万条江河都有归处。递水事只是点小毛病，小僧私下也有感触，才敢来拜见您，想阻止这件事，可以吗？"李德裕点头说道："只要是人，没有无嗜好和私欲的。至于烧汞，这是我不会的。况且酒色等三惑及赌博下棋之事，弟子我都没有沾染。然而和尚不许弟子饮水，这不是很残酷吗？为了您停水，三惑就会立即放纵，而怠慢必然产生。"和尚说："我所以来拜见相公，是因为我熟悉常州水脉。京都有一眼井，与惠山寺的泉脉相通。"李德裕大笑说："真荒唐。"和尚说："相公只管取这井中的水。"李德裕说："井在寺中的什么地方？"和尚说："在昊天观常住库后面。"李德裕用一个小口大肚的瓶子装了一瓶惠山水、一瓶昊天水，和八瓶同一类水掺杂在一起，总共十瓶。他暗自记住每瓶水的出处，送给和尚分辨。和尚用口品尝，他取出惠山与昊天之水，其余八瓶是同一个味道。李德裕非常惊奇，当时就停止了递水。人们不再为此辛劳，流传的议论也消失了。出自《芝田录》。

永兴坊百姓

唐朝开成末年，永兴坊百姓王乙挖井时，已经超过正常井一丈多深了，还是没有见到水。忽然听见所挖的井下有人说话和鸡叫的声音，特别嘈杂，就像在隔壁一样。挖井的工匠害怕了，不敢再向下挖。街司把这事申报给金吾卫韦处仁将军。韦将军认为此事怪异，他没有上奏，急忙令人将井填塞。据《周秦故事》中说，有个谒官在阁楼上得到骊山上报的奏章，说李斯带领

徒七十二万人作陵,凿之以章程。三十七岁,因地中井泉。奏曰,已深已极。凿之不入,烧之不燃,叩之空空,如下天状。抑知厚地之下,或别有天地也。出《酉阳杂俎》。

独孤叔牙

独孤叔牙,常令家人汲水,重不可转,数人助出之,乃人也。戴席帽,攀栏大笑,却坠井中。汲者搅得席帽,挂于庭树,每雨所溜处,辄生黄菌。出《酉阳杂俎》。

柴 都

东方有柴都焉,在齐国之山。山有泉水,如井状,深不测。至春夏时,雹从井中出,出则败五谷。人常以柴塞之,不塞则雹为患。故号柴都。出《郭氏玄中记》。

濠州井

戊子岁大旱。濠州酒肆前,有大井,堙塞积久,至是酒家召井工陶浚之。有工人父子应募者,其子先入,倚锸而卒。其父遽下,亦卒。观者如堵,无敢复入。引绳出尸,竟不复凿。出《稽神录》。

鸡 井

江夏有林主簿,虐而好赌,甚爱一女,好食鸡,里胥日供双鸡。一日,将杀鸡,鸡走,其女自逐之。鸡入舍北枯井

被罚劳役的七十二万人在骊山修建陵墓。秦始皇三十七年,因遇到了地下的井泉,李斯上奏说:已经开凿到了地下最深处,凿不进去,也点不着火,敲打地下却什么也没有,就好像下边有天一样。或许在深厚的土地下面又别有天地。出自《酉阳杂俎》。

独孤叔牙

独孤叔牙曾经令家人到井中打水。家人觉得很重,转不动井绳。好几个人帮助提了出来,原来打上来的是个人。这个人头戴草帽,手扶井栏大笑,接着又坠回井中。打水的人搅到了草帽,挂在庭院前面的树上。每当下雨时,草帽上的雨水滴溜到的地方,就会生长出黄菌来。出自《酉阳杂俎》。

柴 都

东方有个柴都,在齐国的山上。山上有一眼泉水,形状像井,不知道它有多深。到春夏时,冰雹会从井中喷出来,出来就砸坏五谷。人们经常用柴禾塞井,不塞,就会有冰雹的祸患。所以称它为柴都。出自《郭氏玄中记》。

濠州井

戊子年大旱。濠州城内酒馆前面有口大井,埋没堵塞了很长时间。这时酒馆主人召募井工淘井。有井工父子二人前来应召。儿子先入井,倚着铁锹而死。父亲急忙下去,也死了。围观的人像堵墙,没人敢再下井。人们用绳子把父子二人的尸体拉上来,不再淘井。出自《稽神录》。

鸡 井

江夏有一个姓林的主簿,他性情暴虐而又爱好赌博。林主簿非常钟爱一个女儿。他的这个女儿喜欢吃鸡,乡里的官吏每天都要提供给她两只鸡。有一天,要杀鸡时,鸡逃走了,这个女儿就自己去追鸡。鸡进入他家房屋北面的一口枯井

中,女亦入井,遂不见。林自往,亦入井不出。俄井中黑气腾上,如炊。其家但临井而哭,无敢入者。有屠者请入视之,但见大釜,汤沸火炽。有人拒其足曰:"事不干汝。"不得入而出。久之,气稍稍而息,井中唯鸡骨一具,人骨二具。此数闻故老言之,不知其何年也。出《稽神录》。

军 井

建州有魏使君宅,兵后焚毁,以为军营,有大井淀塞。壬子岁,军士浚之,入者二人,皆卒,尸亦不获。有一人请复入,曰:"以绳缒我,我急引绳,即亟出之。"既入久之,忽引绳甚急,即出之,已如痴矣。良久乃能言云:"既入井,但见城郭井邑,人物甚众。其主曰李将军,机务鞅掌,府署甚盛。惧而遽出,竟不获二尸。"建州留后朱斥业,使填此井。出《稽神录》。

金华令

王祝从子某,为金华令,筑私第于邑中。夏暴雨大至,水忽奔往东南隅,如灌漏卮,顷刻而尽。其地成井,深不可测。以丝篝缒石以测之,数十丈乃及底。黏一新捻头而上,与人间常食者,无少异也。出《稽神录》。

中，这个女儿也跟着进入井中，进去就不见了。林主簿亲自去井边，也进入井中不再出来。一会儿井中有黑气向上升腾，就像炊烟一样。他家中的人只是在井边痛哭，没有人敢进入井中。有个屠夫请求进入井中察看。他在井下只见到一口大锅，锅中的水被炽热的火焰烧得滚开。有人拖住他的脚说："不干你的事。"屠夫不能进井，只好出来。过了很长时间，黑气逐渐止息，井中只有一具鸡骨架和两具人骨架。这件事我不只一次地听老年人说过，但不知道是哪年的事。出自《稽神录》。

军　井

建州有一座魏使君的住宅，战乱之后被烧毁，用来作了军营。住宅内有口大井，被沉淀物堵塞。壬子年，兵士开始疏通这口大井。进入井中的两个人都死了，连尸体都没找到。有一人请求再进入井中去，他说："用绳子把我拴住，如果我急促地牵动绳子，就赶紧把我拉出来。"入井很长时间后，那人忽然很急促地牵动绳子，上面的人立即把他从井中拉出来。出了井后他已经像痴呆了一样，半天他才能说话："我进入井中，只见井下有城郭市镇，人很多。那里的主管叫李将军。他公事很繁杂，官府也很气派。我因害怕就急忙出来了，竟然没找到那两个人的尸体。"建州的节度留后朱斥业，派人填上了这口井。出自《稽神录》。

金华令

王祝的一个侄子在金华县做县令。他在城中建造了一座私人住宅。夏天城中下起了暴雨，忽然雨水奔流向住宅的东南角，就像灌进漏底的酒器里一样，一会儿水就流尽了。漏水的地方形成了一眼井，估计不出有多深。用丝线坠上一块石头来测量，几十丈才到底。石头粘上一个新做熟的捻头，与人间经常吃的没有什么不同。出自《稽神录》。

卷第四百

宝一 金上

金

西方日官之外，有山焉，其长十余里，广二三里，高百余丈。皆大黄之金，其色殊美，不杂土石，不生草木。上有金人，高五丈余，皆纯金，名曰金犀。入山下一丈，有银；又入一丈，有锡；又入一丈，有铅；又入一丈，有丹阳铜。丹阳铜似金，可锻以作错涂之器也。《淮南子》术曰："饵丹阳之为金也。"出《神异经》。

翁仲儒

汉时，翁仲儒家贫力作，居渭川。一旦，天雨金十斛于其家，于是与王侯争富。今秦中有雨金翁，世世富。出《神异经》。

金

　　西方日官城外有一座山。此山长十多里,宽二三里,高一百多丈。山上全都是又大又黄的金子,颜色特别美丽,不掺杂泥土和沙石,不生长花草和树木。山上有一个金人,有五丈多高,全身都是纯金的,名字叫金犀。进入山下一丈深,有银;再进入一丈深,有锡;再进入一丈深,有铅;再进入一丈深,有丹阳铜。丹阳铜像金子一样,经过锻制可以作为镶嵌涂饰器具的原料。《淮南子》的方术中谈道:"把丹阳铜里掺入饵料,就可以使它变成金子。"出自《神异经》。

翁仲儒

　　汉朝的时候,翁仲儒因家境贫困而去给人做苦力。当时他家住渭川。一天早晨,天上像下雨一样落下十斛金子在他家里,于是他可以和王侯比富了。现在秦中一带还有像翁仲儒一样能得到天降金雨的人,因而世世代代都很富有。出自《神异经》。

霍 光

汉宣帝尝以皂盖车一乘,赐大将军霍光,悉以金铰饰之。每夜,车辖上有金凤皇飞去,莫如所,至晓乃还,守车人亦见之。南郡黄君仲,于北山罗鸟,得一小凤子,入手便化成紫金。毛羽翅宛然具足,可长尺余。守车人列云:"车辖上凤皇,常夜飞去,晓则俱还。今晓不还,恐为人所得。"光甚异之,具以列上。后数日,君仲诣阙,上金凤皇子。帝闻而疑之,以置承露盘,倏然飞去。帝使人寻之,直入光家,至车辖上,乃知信然。帝取其车,每游行,辄乘之。故嵇康《游仙诗》云"翩翩凤辖,逢此网罗"是也。出《续齐谐记》。

陈 爵

汉永平十一年,庐江皖侯国有湖,皖氏小儿曰陈爵、陈挺,年皆十岁已上,相与钓于湖涯。挺先钓,爵往问挺曰:"钓宁得乎?"挺曰:"得。"爵归取竿纶,去挺三十步所,见湖涯有酒樽,色正黄,没水。爵以为铜也,涉取之,滑重不能举。挺望见,共取之,竟不能得。入入深渊中流,顾见如钱等正黄,数百千枚,即共掇摭,各得满手,走归示其家。爵父国故吏,字君贤,惊曰:"安得此?"爵言其状。君贤曰:

霍　光

汉宣帝曾经把一辆黑色盖蓬的车赐给大将军霍光。霍光把这辆车全都用金子装饰起来。每到夜晚，车轴的插销上就有一只金凤凰飞出去，不知飞到了哪里，直到天亮才飞回来。看守车子的人也看见了。南郡黄君仲在北山用网捕鸟，捕到了一只小凤凰，拿到手里便变成了紫金。小凤凰的羽毛和翅膀都很完整，有一尺多长。看守车子的人把那件事后报告了霍光，说："车轴插销上的金凤凰经常在夜晚飞出去，天亮才飞回来。今天天亮后还没飞回来，恐怕被他人得到了。"霍光感到特别奇怪，就把守车人所说的事都报告了皇上。过了几天，黄君仲到宫里去拜见皇上，将小金凤凰献给了皇上。宣帝听说是他捕到的，很是怀疑，便把小金凤凰放在承露盘中，小金凤凰突然飞走了。宣帝令人寻找，只见小金凤凰一直飞进霍光家，落到车轴插销上。宣帝这才信以为真。宣帝要了这辆车，他每当外出巡游时就乘坐这辆车。所以嵇康在《游仙诗》中有"翩翩凤辖，逢此网罗"的诗句。出自《续齐谐记》。

陈　爵

汉朝永平十一年，庐江皖侯国内有个湖。皖侯国人氏中有两个小孩名字叫陈爵、陈挺，年龄都在十岁以上。这一天，兄弟俩一起到湖边钓鱼。陈挺先钓，陈爵过来问陈挺说："钓到了吗?"陈挺说："钓到了。"陈爵立刻走回去拿鱼竿和鱼线。走到离陈挺有三十步远的地方，忽然看见湖边有个酒樽，颜色纯正而金黄，浸没在水中。陈爵以为是铜，便趟水进入湖中去取，但因水下滑酒器重，拿不动。陈挺看见了，便过来和陈爵一起拿，仍然拿不动。这时他们二人已进到深水处的湖中央。他们忽然看见水中有成百上千个像颜色纯正而金黄、铜钱一样的东西，立刻一起去拾取。两个人每只手都抓满了，拿回家去给家里人看。陈爵的父亲是皖侯国过去的官员，字君贤。他看到儿子得到那么多金钱，惊奇地问道："在哪里得到这些钱的?"陈爵便把得到钱的经过说了一遍。君贤说：

"此黄金也。"即驰与爵俱往,到金处,水中尚多。贤自涉水掇取,爵、挺邻伍并闻,俱竞采之,合得十余斤。贤言于相,相言太守,遣吏收取。遣门下掾裕躬奉献,且言得金状。出《论衡》。

苻 坚

前秦苻坚建元五年,长安樵人于城南见金鼎,走白坚。坚遣载取,到城,化为铜鼎。出《异苑》。

雩都县人

南康雩都县,跨江南出,去县三里,名梦口。有穴,状如石室。旧传尝有神鸡,色如好金,出此穴中,奋翼回翔,长鸣响彻。见之辄形入穴中,因号此石为鸡石。昔有人耕此山侧,望见鸡出游戏。有一长人,操弹弹之。鸡遥见,便飞入穴。弹丸正著穴上石,径六尺许,下垂蔽穴,犹有间隙,不复容人。又有人乘船,从下流还县,未至此崖数里。有一人,通身黄衣,担两笼黄瓜,求寄载之。黄衣人乞食,船主与之盘酒。食讫,至崖下。船主乞瓜,此人不与,仍唾盘内,径上崖,直入石中。船主初甚忿之,见其入石,始知神异。取向食器视之,见盘上唾,悉是黄金。出《述异记》。

"这是黄金啊。"他立即和陈爵一块儿奔向湖边,来到有金子的地方。水中还有很多,君贤便自己下水去捡。陈爵、陈挺的邻居们听说之后,都争着来捡金子。金子全被拾取上来,一共有十多斤。君贤将这件事告诉了府相,府相又告诉了太守。太守便派人到陈家收取拣到的金子。陈君贤立刻派属吏裕躬将金子献给官府,并讲述了得到金子的经过。出自《论衡》。

符　坚

前秦符坚建元五年,长安一个砍柴的人在城南看见一只金鼎,立刻跑回城去报告给符坚。符坚派人用车去拉金鼎,拉到城里后,金鼎变成了铜鼎。出自《异苑》。

雩都县人

南康境内有个雩都县。过江向南走,离县城三里路,有个地方名叫梦口。这里有个岩洞,从外看形状像石头房子。以前传说这里曾有神鸡,颜色像上好的金子。神鸡从这个洞穴中出来,展翅盘旋飞翔,长长的鸣叫声非常响亮。被人看见它就将身体缩进入洞中,因此称此岩石为鸡石。过去有人在这座山旁边耕种,看见鸡出来游戏。有一个身量高的人,手持弹弓射鸡。鸡远远地看见,便飞进洞里。弹丸正打在洞上边的岩石上。这块岩石直径六尺左右,垂下来正好遮住洞口,还留有一道缝,但不能再容下一个人。过去有人乘船从下流回县城,离这座山崖还有好几里时来了一个人,全身穿黄色的衣服,肩挑两笼黄瓜,请求船主载上他。上船之后,穿黄衣服的人讨要吃的,船主给了他一盘酒食。吃完,船到了山崖下。船主要瓜,黄衣人不给,并且向盘中唾唾沫。而后黄衣人径直奔上山崖,一直进入石洞中。船主起初对黄衣人很气忿,见他进入石洞,才知道是神异。船主取来装过食物的盘子观看,看到吐在盘子上面的唾沫全都变成了黄金。出自《述异记》。

何 文

张奋者，家巨富，后暴衰，遂卖宅与黎阳程家。程人居，死病相继，转卖与邺人何文。文日暮，乃持刀，上北堂中梁上坐。至二更竟，忽见一人，长丈余，高冠黄衣，升堂呼问："细腰，舍中何以有生人气也？"答曰："无之。"须臾，有一高冠青衣者，次之，又有高冠白衣者，问答并如前。及将曙，文乃下堂中，如向法呼之。问曰："黄衣者谁也？"曰："金也，在堂西壁下。""青衣者谁也？"曰："钱也。在堂前井边五步。""白衣者谁也？"曰："银也，在墙东北角柱下。""汝谁也？"曰："我杵也，在灶下。"及晓，文按次掘之，得金银各五百斤，钱千余万，仍取杵焚之，宅遂清安。出《列异传》。

侯 遹

隋开皇初，广都孝廉侯遹入城，至剑门外，忽见四广石，皆大如斗。遹爱之，收藏于书笼，负之以驴。因歇鞍取看，皆化为金。遹至城货之，得钱百万，市美姜十余人，大开第宅，又近甸置良田别墅。后乘春景出游，尽载妓妾随从。下车，陈设酒殽。忽有一老翁，负大笈至，坐于席末。遹怒而诟之，命苍头扶出。叟不动，亦不嗔恚，但引满啖炙而笑云："吾此来，求君偿债耳。君昔将我金去，不记忆乎？"尽取遹妓妾十余人，投之书笈，亦不觉笈中之窄，负之

何 文

有一个叫张奋的人，家里很富。后来他家突然衰落，只好将住宅卖给了黎阳程家。程家住进来后，家人死亡生病的事相继发生。程家又将此房转卖给郏地人何文。何文在太阳落山之后，手中持刀，到北堂中梁上坐定。二更将尽的时候，他忽然看见一人，身高有一丈多，头戴高帽，身穿黄衣，升堂传唤问话："细腰，房中为什么有生人的气味?"回答说："没有生人气味。"不一会儿，有一个戴高帽穿黑色衣服的人；再过一会儿，又有一个戴高帽穿白色衣服的人，问话和回答都和第一个人一样。快到天亮的时候，何文才从房梁上下到厅堂，像刚才听到的那样开始传唤，问道："穿黄衣服的是谁?"回答说："是金，在厅堂西面墙壁下面。""穿黑衣服的是谁?"回答说："是钱，在厅堂前离井边五步远的地方。""穿白衣服的是谁?"回答说："是银，在墙东北角的柱子下面。""你是谁?"回答说："我是棒槌，在灶坑下。"天亮后，何文按次序挖开刚才说到的地方，得到金银各五百斤，铜钱千万枚，并把棒槌拿来烧掉。这座宅院于是清静安宁下来。出自《列异传》。

侯 遹

隋朝开皇初年，广都孝廉侯遹打算进城。他走到剑门外，忽然看见四块石头，全都像斗一样大。侯遹很喜爱这几块石头，就收起放在装书的竹笼里，驮在驴背上。他趁着歇驴的时候取出这几块石头观看，看到石头都变成了金子。侯遹到城里把金子卖了，得到百万钱，便买了十几个美丽的女人，扩建住宅，又在城郊购置了良田和别墅。后来有一天侯遹乘着春色出城游玩，所有的妓妾都跟随他乘车出游。下车后，摆上酒肉。忽然有一个老头儿身背大书箱来到这里，并在筵席的末座坐下。侯遹生气地辱骂他，命奴仆把老头儿扶出去。老头儿不动，也不嗔怪愤怒，只是喝酒吃肉，并笑着说："我到这里来，是求您偿还欠债。您以前把我的金子拿去，您忘记了吗?"说完，将侯遹的十几个妓妾全抓住放到书箱里，也不觉得书箱狭窄，背起书箱

而趋，走若飞鸟。遹令苍头驰逐之，斯须已失所在。自后遹家日贫，却复昔日生计。十余年，却归蜀。到剑门，又见前者老翁，携所将之妾游行，傔从极多，见遹皆大笑，问之不言，逼之，又失所在。访剑门前后，并无此人，竟不能测也。出《玄怪录》。

成弼

隋末，有道者居于太白山，炼丹砂，合大还成，因得道，居山数十年。有成弼者给侍之，道者与居十余岁，而不告以道。弼后以家艰辞去，道者曰："子从我久，今复有忧，吾无以遗子，遗子丹十粒。一粒丹化十斤赤铜，则黄金矣，足以办葬事。"弼乃还，如言化黄金以足用。办葬讫，弼有异志，复入山见之，更求还丹。道者不与，弼乃持白刃劫之。既不得丹，则断道者两手，又不得，则刖其足，道者颜色不变。弼滋怒，则斩其头。及解衣，肘后有赤囊，开之则丹也。弼喜，持丹下山。忽闻呼弼声，回顾，乃道者也。弼大惊，而谓弼曰："吾不期汝至此，无德受丹，神必诛汝，终如吾矣。"因不见。弼多得丹，多变黄金，金色稍赤，优于常金，可以服饵。家既殷富，则为人所告，云弼有奸。捕得，弼自列能成黄金，非有他故也。唐太宗问之，召令造黄金。

快步走了，行走的速度快如鸟飞。侯遹令奴仆骑马去追，一会儿
已看不见老头儿在哪里。自此以后侯遹家中日渐贫困，又恢复
了原来那样的生活。十几年后，侯遹去职归蜀。来到剑门时，
他又看见以前那个老头儿。老头儿正带着那些被他背走的妓妾
在悠闲地行走。跟从老头儿的人很多，这些人看见侯遹都大笑。
侯遹问他们笑什么，他们却不说话；靠近他们，他们却又不见了。
侯遹访遍了剑门前后，并没有这个老头。他最终也猜不出是怎
么回事。出自《玄怪录》。

成 弼

隋朝末年，有一个道士住在太白山。他炼丹砂配制九转还
丹成功，因而得道。道士居住在山上几十年，有个叫成弼的人供
给侍奉他。道士与成弼共同在山上住了十几年，却从不告诉成
弼炼丹的方法。后来成弼因家中父母有丧向道士告辞，道士说：
"你跟随我这么久，今天又有亲丧，我没有别的送给你，送你十粒
丹吧。一粒丹能化十斤红铜，就是黄金，足够你办葬事了。"成弼
于是回家，像道士说的那样化黄金以满足使用。办完葬事，成弼
有了邪恶的意图。他又进山去见道士，请求道士再给他一些丹
砂。道士不给，成弼竟持刀威逼道士。他没有得到丹砂，就用刀
砍断了道士的两只手；仍没有得到，就砍下了道士的双脚。道士
脸色不变。成弼更加恼怒，就砍下了道士的头。等他解道士的
衣服时，见道士的胳膊肘后面有个红色的口袋。打开口袋里面
就是丹砂。成弼很高兴，拿着丹砂下山。忽然他听见喊他的声
音，回头看到喊他的是道士。成弼大惊。道士对成弼说："我没
想到你到这里来。你没有好的品德而享用这些丹砂，神必定会
杀死你，最终就像我一样。"说完就不见了。成弼得到了很多丹
砂，用它变化了很多金子。那金子的颜色稍红，优于平常的金子，
可以拿来服食。成弼家因为非常富裕而被人告发，说成弼自己
私自造钱。官府将成弼捕去，成弼禀报说自己能把铜变成金子，
并没有别的原因。唐太宗听说了这件事，下诏令成弼制造黄金。

金成,帝悦,授以五品官,敕令造金,要尽天下之铜乃已。弼造金,凡数万斤而丹尽。其金所谓大唐金也,百炼益精,甚贵之。弼既艺穷而请去,太宗令列其方,弼实不知方,诉之。帝谓其诈,怒,胁之以兵,弼犹自列,遂为武士断其手。又不言,则刖其足。弼窘急,且述其本末,亦不信,遂斩之,而大唐金遂流用矣。后有婆罗门,号为别宝。帝入库遍阅,婆罗门指金及大毯曰:"唯此二宝耳。"问:"毯有何奇异,而谓之宝?"婆罗门令舒毯于地,以水濡之,水皆流去,毯竟不湿。至今外国传成弼金,以为宝货也。出《广异记》。

玄 金

太宗时,汾州言,青龙白虎吐物在空中,有光如火,坠地隐入二尺。掘之,得玄金,广尺余,高七尺。出《酉阳杂俎》。

邹骆驼

邹骆驼,长安人,先贫,尝以小车推蒸饼卖之。每胜业坊角有伏砖,车触之即翻,尘土浼其饼,驼苦之。乃将镬剧去十余砖,下有瓷瓮,容五斛许。开看,有金数斗,于是巨富。其子昉,与萧佺交厚。时人语曰:"萧佺附马子,邹昉骆驼儿。非关道德合,只为钱相知。"出《朝野佥载》。

黄金造成，太宗皇帝很高兴，授给成弼五品官，命令他制造黄金，要将天下所有的铜都用完才能停止。成弼开始制造黄金，总共才造了几万斤黄金，丹砂就用完了。这些黄金就是所说的大唐金，这种黄金百炼而更加精粹，非常贵重。成弼技艺穷尽后请求离去，太宗令他禀告造金的方法。成弼实在不知道具体方法，就诉说自己不知。太宗皇帝认为他说谎，很生气，就用兵刃威胁他。成弼仍然说不出方法，于是他的手被武士砍断。还是说不出，便砍掉了他的脚。成弼急得没有办法，只好述说了他能变化金子的来龙去脉。太宗也不相信，就杀死了成弼。而大唐金就在市上流通使用。后来有个印度僧人，自称能为人辨别宝贝。太宗皇帝把他带进库房一件件地察看。印度僧人手指大唐金和大毯说："只有这两件是宝贝。"太宗问大毯有什么神奇和独特的地方，而说它是宝。印度僧人让人将大毯打开平铺在地上。他向大毯上泼水，水都从大毯上流走，大毯却一点都不湿。到现在外国还流传着成弼金，并把它当作宝货。出自《广异记》。

玄　金

太宗时期，汾州地方传言，青龙和白虎口叶一物在空中。此物发出的光像火一样，坠落到地上后，隐没进地下二尺。在此物坠落的地方挖掘，得到一块黑金，宽一尺多，高七尺。出自《酉阳杂俎》。

邹骆驼

邹骆驼是长安人。他早先家中贫穷，曾经用小车推蒸饼卖。他每次越过胜业坊墙角埋的砖时，车轮碰上砖车子就会翻，尘土把饼弄得很脏。邹骆驼为这很苦恼。于是他拿大锄刨去十几块砖。砖下面有一个大瓷瓮，容量在五十斗左右。打开盖看，里面有好几斗金子。于是邹骆驼家大富。邹骆驼的儿子邹昉和萧佺交情很深。当时人说："萧佺附马子，邹昉骆驼儿。非关道德合，只为钱相知。"出自《朝野佥载》。

裴 谈

裴谈为怀州刺史,有樵者入太行山,见山穴开,有黄金焉,可数间屋。樵者喜,入穴取金,得五铤,皆长尺余。因以石窒穴,且志之。又数日往,则迷其处。樵者颇谙山谷,即于洛城怀州,造开石物锤凿数车。州有崔司户,知而助之。将往开,而谈妻有疾,请道家奏章请命。奏章道士忽传天帝诏曰:"帝诏语裴谈,吾太行山天藏开,比有樵夫见之,吾已遗金五铤,命其闭塞。而愚人贪得,重求不获,乃兴恶。将开吾藏,已造锤凿数车。若开不休,或中吾伏藏。此若开锤凿,此州人且死尽,深无所益。此州崔司户,与其同心,但诣崔验之,自当有见。急止之,汝妻疾自当瘳矣。"谈大异之,即召崔子问故,果符所言。乃没其开石具而禁止之,妻寻有间。出《纪闻》。

牛氏僮

牛肃曾祖大父,皆葬河内,出家童二户守之。开元二十八年,家僮以男小安,质于裴氏。齿牙为疾,昼卧厩中。若有告之者曰:"小安,汝何不起,但取仙人杖根煮汤含之,可以愈疾。何忍焉!"小安惊顾,不见人而又寝。未久,告之如初。安曰:"此岂神告我乎?"乃行求仙人杖,得大丛,

裴　谈

裴谈做怀州刺史时，有个砍柴人进入太行山，看见一个敞开的山洞，里面的黄金可以装满好几间屋子。砍柴人很高兴，进洞去拿黄金，得到五锭，每锭都有一尺多长。砍柴人就用石头封死山洞，并记下了山洞的位置。过了几天砍柴人又进山找那个山洞，却找不到原来的地方。砍柴人对山谷特别熟悉，就在洛城怀州打造了好几车开石用的锤子、凿子等工具。州里有个姓崔的司户，知道了这件事就帮助砍柴人。他们将要到山中去开石的时候，裴谈的妻子生病了，裴谈就请道士向天帝上奏章请求延长寿命。上奏章的道士忽然口传天帝的诏命说："天帝告诉裴谈，我太行山天帝宝藏库曾开，被砍柴人看见。我已经送给他黄金五锭，命他关闭堵塞了山洞。而这个愚蠢的人贪得无厌，重又去寻求而没有得到，便心起邪念，要凿开我的宝库。已经打造了好几车锤子、凿子。假若他开石不停，也许会找到我埋藏的宝藏。如果在这里用锤子、凿子开石，这一州的人就会死光，真的没有好处。这州的崔司户和砍柴人是一条心，只要到崔司户那里去验证这件事，自然会有所见。立即停下这件事，你妻子的病自然会好的。"裴谈听后大为惊奇，立即召来崔司户的儿子询问，果然和那道士所说的一样。于是没收了他们的开石工具并禁止他们去开石。裴谈妻子的病不久就有了好转。出自《纪闻》。

牛氏僮

牛肃的曾祖父和祖父死后，都埋葬在河内郡。牛肃拨了两个家童住在那里，为曾祖父和祖父守墓。开元二十八年，牛家把男僮仆小安送到裴家作抵押。小安因牙齿有病，白天躺在马圈内。他听到好像有人告诉他说："小安，你为什么不起来？只要取来仙人杖的根煮汤含在嘴里，你的牙病就会好。为什么要忍受痛苦呢？"小安吃惊地抬头看，不见有人就又躺下了。时间不长，又有人和他说话，同开始时告诉他的话一样。小安说："此话难道是神仙告诉我的吗？"于是他出去寻找仙人杖。他找到了一棵大灌木，

掘其根。根转壮大，入地三尺，忽得大砖，有铭焉。揭砖已下，有铜钵斗，于其中尽黄金铤，丹砂杂其中。安不知书，既藏金，则以砖铭示村人杨之侃。留铭示人，而不告之。铭曰：砖下黄金五百两，至开元二十八年五月十八日，有下贼胡人年二十二姓史者得之；泽州城北二十五里白浮图之南，亦二十五里，有金五百两，亦此人得之。诸人既见铭，道路喧闻于裴氏子。问小安，且讳，执鞭之，终不言。于是拷讯，万端不对，拘而闭诸室。会有画工来访小安，市丹砂焉。裴氏子诱问之，画工具言其得金所以。又曰："吾昨于人处，用钱一百，市砂一斤。砂既精好，故来更市。"张氏益信得金。召小安，以画工示之。安曰："掘得铭后，下得数金丹砂，今无遗矣。"金宝不得，则又加棰答治之，卒不言，夜中亡去。会裴氏苍头，自太原赴河内，遇小安于泽州。小安邀至市，酒饮酣招去。意者小安便取泽之金乎！及苍头至裴言之，方悟。出《纪录》。

宇文进

夏县令宇文泰犹子进，尝于田间得一昆仑子，洗拭之，乃黄金也。因宝持之。数载后，财货充溢，家族蕃昌。后一夕失之，而产业耗败矣。出《纪闻》。

就挖它的根。根转眼间变大,挖进地下三尺,忽然挖到一块大砖,上面还刻着字。揭开砖,在砖的下面,有个铜钵斗,钵斗里全都是黄金锭,还有些丹砂掺杂在里面。小安不认得字,于是他把黄金重新藏好,而把砖上刻的字拿给本村人杨之侃看。小安只留下刻的字给别人看,而不告诉别人是从哪里得到的。铭文说:"砖下黄金五百两,到开元二十八年五月十八日,有个流落四方的胡人贼子,二十二岁,姓史,得到它;泽州城北二十五里白塔之南,也是二十五里,有金五百两,也为这个人所得。"众人看到铭文后,在路上互相谈论,就被裴氏的儿子听到了。他问小安,小安不说这件事;用鞭子抽,小安始终不说。于是拷打逼问,无论怎样小安就是不回答。他们便将小安拘禁起来锁在屋里。恰巧有位画工来见小安,他为的是买丹砂。裴氏的儿子引诱着问他,画工便将他知道的小安得到金子的经过一五一十地对裴氏的儿子说了。画工又说:"我昨天在别人那里,用一百枚钱买了一斤丹砂。丹砂既精又好,所以来这里想再买一些。"裴氏越发相信小安得到了金子,便把小安叫来,将画工领给他看。小安说:"我挖到刻字的砖后,在下面得到些金子和丹砂,现在一点都没有留下。"裴氏的儿子没有得到金宝,就又对小安加以棍棒,小安死也不说。晚上小安逃了出去。正好裴氏的仆人从太原到河内郡,在泽州遇到了小安。小安邀他到街上的酒馆喝酒,二人酒正喝得尽兴时,有人招呼小安离开了。大概小安是去取泽州城北的金子吧!直到仆人回到裴家说了这件事,他们才明白。出自《纪录》。

宇文进

夏县县令宇文泰的侄儿宇文进曾经在田间拣到一个小玩具昆仑子。把它用水冲洗擦拭后一看,原来是黄金,就把它当作宝贝保存起来。几年之后,宇文进家中财产充足,家族兴旺昌盛。后来一天夜晚丢失了昆仑子,他家中产业便败落了。出自《纪闻》。

苏遏

天宝中，长安永乐里有一凶宅，居者皆破，后无复人住。暂至，亦不过宿而卒，遂至废破。其舍宇唯堂厅存，因生草树甚多。有扶风苏遏，恛恛遑苦贫穷，知之，乃以贱价，于本主质之。才立契书，未有一钱归主。至夕，乃自携一榻，当堂铺设而寝。一更已后，未寝，出于堂，彷徨而行。忽见东墙下有一赤物，如人形，无手足，表里通彻光明。而叫曰："咄。"遏视之不动。良久，又按声呼曰："烂木，咄。"西墙下有物应曰："诺。"问曰："甚没人？"曰："不知。"又曰："大硬锵。"烂木对曰："可畏。"良久，乃失赤物所在。遏下阶，中庭呼烂木曰："金精合属我，缘没敢叫唤。"对曰："不知。"遏又问："承前杀害人者在何处？"烂木曰："更无别物，只是金精。人福自薄，不合居之，遂丧逝。亦不曾杀伤耳。"至明，更无事。遏乃自假锹锸之具，先于西墙下掘。入地三尺，见一朽柱，当心木如血色，其坚如石。后又于东墙下掘两日，近一丈，方见一方石，阔一丈四寸，长一丈八寸。上以篆书曰：夏天子紫金三十斤，赐有德者。遏乃自思："我何以为德？"又自为计曰："我得此宝，然修德亦可禳之。"沉吟未决，至夜，又叹息不定，其烂木忽语曰："何不改名为有德，即可矣。"遏曰善，遂称有德。烂木曰："君子傥能送某于昆明池中，自是不复挠吾人矣。"有德许之。明辰更掘丈余，得一铁瓮，开之，得紫金三十斤。有德乃还宅价

苏　遏

天宝年间,长安永乐里有一座凶宅,居住在这座宅子的人全都遭殃,以后便没人再住到这儿了。有人暂时到这里住下,也是不过夜就死去。于是这座住宅便荒废破落了,只有房屋的厅堂还存留着。由于住宅荒废,因而长了很多杂草和树木。有个扶风人叫苏遏,人很诚恳。他苦于家中贫穷,知道有这座住宅,便以很便宜的价格从房主那里把房子抵押过来。才立完契书,房主还没有得到一文钱。到了晚上,苏遏就自己提过一张低矮的床,在厅堂当中铺设好睡下。一更以后,他没睡着,便出了厅堂,漫无目的地走着。忽然他看见东墙根有一个红色的东西,像人的形状,没有手和脚,里外通透明亮。它喊叫:"咄!"苏遏看着它不动。过了很长时间,它又像之前那样呼喊道:"烂木,咄!"西边墙根下有东西应声说"诺"。问道:"什么人?"回答说:"不知道。"又说:"大硬锵。"烂木回答说:"可怕。"过了很长时间,红色的东西就不见了。苏遏走下台阶,在庭院当中叫烂木说:"金精应当注意到我,为什么没敢叫唤。"回答说:"不知道。"苏遏又问:"在这之前杀害人的东西在什么地方?"烂木说:"再没有别的东西,只是金精。那些人自己的福分薄,不应该住在这里,就死了。也不曾杀伤他们。"直到天明,再没什么事。苏遏就自己借来铁锹,先在西墙下挖。挖进地下三尺,看到一根腐朽的柱子,柱子木心的颜色像血一样,可它坚硬如石。后来又在东墙下挖了两天,挖了将近一丈深,才看见一块方形石块,宽一丈四寸,长一丈八寸,上面用篆书写道:"夏朝天子紫金三十斤,赐给有道德的人。"苏遏自己心里想:"我以什么为德?"又自己盘算道:"我得了这些财宝,然后再修德,也可消灾。"他沉吟不决。到了晚上,他又叹息不定。那烂木忽然对他说:"你为什么不改名叫'有德',这样就可以了。"苏遏说:"好。"于是称作苏有德。烂木说:"君子您倘若能把我送到昆明池中,从此就不会再扰乱人了。"苏有德答应了它。第二天早晨,苏有德又向下挖了一丈多深,挖到一个铁瓮;把铁瓮打开,得到三十斤紫金。苏有德就把房钱还给了房主

修葺,送烂木于昆明池。遂闭户读书,三年,为范阳请入幕,七年内,获冀州刺史,其宅更无事。出《博异志》。

韦思玄

宝应中,有京兆韦思玄,侨居洛阳。性尚奇,尝慕神仙之术。后游嵩山,有道士教曰:"夫饵金液者,可以延寿。吾子当先学炼金,如是则可以肩赤松,驾广成矣。"思玄于是求炼金之术,积十年,遇术士数百,终不能得其妙。后一日,有居士辛锐者,貌甚清瘦,愀然有寒色,衣弊裘。叩思玄门,谓思玄曰:"吾病士,穷无所归。闻先生好古尚奇,集天下异人方士,我故来谒耳,愿先生纳之。"思玄即止居士于舍。其后居士身疾,臁尽溃血且甚,韦氏一家尽恶之。思玄尝诏术士数人会食,而居士不得预。既具膳,居士突至客前,溺于筵席上,尽湿。客怒皆起,韦氏家僮亦竞来骂之,居士遂告去,行至庭,忽亡所见。思玄与诸客甚异之,因是其溺,乃紫金也,奇光璨然,真旷代之宝。思玄且惊且叹。有解者曰:"居士紫金精也。"征其名氏信矣,且辛者盖西方庚辛金也。而"锐"字"兑"从"金",兑亦西方之正位。推其义,则吾之解若合符然。出《宣室志》。

李 员

进士李员,河东人也,居长安延寿里。元和初夏,一

并重新修葺了宅院。他把烂木送到昆明池，就闭门读书。三年后，他被范阳节度使请去做幕僚；七年内，官获冀州刺史。那座宅院再没出过什么事。出自《博异志》。

韦思玄

宝应年间，有个叫韦思玄的京兆人，侨居在洛阳。韦思玄生性崇尚奇异的事情，曾经羡慕神仙的法术。后来他到嵩山游览，有个道士教导他说："吃金液的人可以延长寿命。您应当先学习炼金，如果学会了炼金就可以和仙人赤松子、广成子并肩了。"韦思玄于是寻求炼金的方法。十年时间里，韦思玄遇见了几百个有道术的人，可始终没有掌握炼金的技巧。后来有一天，有个叫辛锐的居士来敲韦思玄家的门。这名居士相貌非常清瘦，看上去面带忧愁的苦寒之色，身穿一件破旧的毛皮衣服。他对韦思玄说："我是个有病的居士，无家可归。听说先生喜好古怪，崇尚奇异，结交天下有奇特本领和有神仙方术的人，所以我特来拜见，希望先生能收留我。"韦思玄立即留居士住了下来。这以后居士身体患病，全身的肉都溃烂出血，而且很严重。韦氏一家人全都厌恶他。韦思玄曾经邀请几位有道术的人共同吃饭，而居士没有被邀参加。饭菜已经准备好了，居士突然来到客人面前，把尿撒在筵席上，筵席全都湿了。来客都愤怒地站了起来，韦氏家中的仆人也都过来骂他。居士于是告辞离去。他走到庭院中，忽然不见了踪影。韦思玄与众客人都很惊奇。他们一看道士的尿，竟是紫金。这些紫金发出奇特明亮的光，真称得上历代所没有的珍宝。韦思玄又是惊奇又是感叹。有明白的人说："这个居士是紫金精。"从他的姓名来验证，也确实是紫金精：辛就是西方庚辛金，而"锐"字"兑"从"金"，兑也是西方的正位。按字义推测的话，我的解释正符合。出自《宣室志》。

李　员

进士李员是河东人，居住在长安延寿里。元和初夏天的一个

夕,员独处其室。方偃于榻,寐未熟,忽闻室之西隅有微声,纤而远,锵然若韵金石乐,如是久不绝。俄而有歌者,其音极清越,泠泠然,又久不已。员窃志其歌词曰:"色分蓝叶青,声比磬中鸣。七月初七日,吾当示汝形。"歌竟,其音阒,员且惊且异。朝日,命家僮穷其迹,不能得焉。是夕,员方独处,又闻其声,凄越且久,亦歌如前。词竟,员心知为怪也,默然异之。如是凡数夕,亦闻焉。后至秋,始六日,夜有甚雨,隤其堂之北垣。明日,垣北又闻其声,员惊而视之,于北垣下得一缶,仅尺余,制用金成,形状奇古,与金之缶甚异。苔翳其光,隐然有文,视不可见,盖千百年之器也。叩之,则其韵极长。即令涤去尘藓,方可读之,字皆小篆书,乃崔子玉座右铭也。员得而异之,然竟不知何代所制也。出《宣室志》。

虞乡道士

虞乡有山观,甚幽寂,有涤阳道士居焉。大和中,道士尝一夕独登坛望。见庭忽有异光,自井泉中发,俄有一物,状若兔,其色若精金,随光而出,环绕醮坛。久之,复入于井。自是每夕辄见,道士异其事,不敢告于人。后因淘井,得一金兔,甚小,奇光烂然,即置于巾箱中。时御史李戎职于蒲津,与道士友善,道士因以遗之。其后戎自奉先县令为忻州刺史,其金兔忽亡去,后月余而戎卒。

晚上，李员独自在他的卧室里。他刚躺在床上，还没睡着，忽然听见屋子西边的角落有微弱的声音，细小而又离得很远，就好像撞击金石乐器所产生的韵律。这声音过了很长时间也不停。一会儿又有人唱歌，歌声极其清远、清脆，又长时间不停。李员暗暗记下了所唱的歌词，是："色分蓝叶青，声比磬中鸣。七月初七日，吾当示汝形。"歌唱完，音乐也停止了。李员又惊讶又奇怪。到了早晨，他命仆人彻底查找声音的踪迹，可是找不到。这天晚上，李员自己单独在屋中，又听见了那声音，歌声凄凉幽远且时间很长，歌词也同前次一样。歌词唱完，李员心里知道这事怪异，就默默地惊奇。像这样一连几个晚上，他都听到了同样的声音。后来到了秋天，开始的前六天，夜晚雨很大，李员家厅堂北墙被冲塌。第二天，墙北面又听见了那声音。李员吃惊地去查看，在北墙下得到了一只缶。这只缶仅一尺多长，用黄金制成，形状奇特古怪，与一般的金缶很不同。藓苔遮住了它的光亮，缶上面隐约有文字，但看不清楚，大概是千百年前的乐器。用手敲打它，它的音韵特别悠长。李员立即令人洗去缶上面的泥土和藓苔，上面的字才可以阅读。这些字全都用小篆书写，竟是崔子玉的座右铭。李员得到了这件宝物感到很惊异，但始终不知它是哪个朝代制造的。出自《宣室志》。

虞乡道士

　　虞乡有座山观，非常幽静清寂。有个涤阳道士住在这里。大和年间，道士曾在一天晚上独自登上祭坛瞭望，见庭院中忽然有奇异的光从水井中发出。不一会儿有一个形状像兔、颜色像纯金的东西，随光而出，环绕祭坛。过了很久，这东西又进入井中。自这之后每天晚上都能看见它。道士觉得奇怪，不敢告诉别人。以后因着淘井，得到一个非常小、且光亮奇特分明的金兔，道士就将它放到巾箱中。当时御史李戎在蒲津任职，与道士友好，道士就把金兔送给了他。这以后李戎从奉先县令升为忻州刺史。有一天那个金兔忽然不见了，一个多月后李戎死去。

赵怀正

汴州百姓赵怀正,住光德坊。大和三年,妻贺,常以女工致镪。一日,有人携石枕求售,贺一环获焉。赵夜枕之,觉枕中如风雨声,因令妻及子各枕一夕,则无所觉。赵枕辄复旧,或喧悸不得眠。其子请碎视之,赵言:"脱碎之无所见,是弃一百之利也,待我死后,尔必破之。"经岁余,赵病死。妻令毁视之,中有金银各一铤,如模铸者。所函铤处,其模似预曾勘入,无丝发隙,不知从何而入也。铤各长三寸余,阔如巨指。遂货之,办其殡及偿债,不余一钱。贺今住洛惠节坊,段成式家人雇其纫针,亲见其说。出《酉阳杂俎》。

金 蛇

开成初,宫中有黄色蛇,夜则自宝库中出,游于阶陛间,光明照耀,不可擒获。宫人掷珊瑚玦以击之,遂并玦亡去。掌库者具以事告。上命遍搜库内,得黄金蛇而玦贯其首。上熟视之:"昔隋炀帝为晋王时,以黄金蛇赠陈夫人,吾今不知此蛇得自何处。"左右因视额下,有"阿麽"字。上蹶然曰:"果不失朕所疑,阿麽即炀帝小字也。"上之博学敏悟,率多此类。遂命取玻璃连环,系蛇于玉麑之前足。其后竟不复有所见,以麑食蛇也。出《杜阳杂编》。

赵怀正

汴州百姓赵怀正住在光德坊。大和三年的时候,赵怀正的妻子贺氏经常做些针线活挣钱。一天,有个人带着一个石枕来卖,贺氏用一只玉环换下了石枕。赵怀正夜晚枕着石枕睡觉时,感觉到枕中好像有风雨声。于是他让妻子和儿子各枕这个石枕一晚,他们却没什么感觉。赵怀正枕着,就又有原来的声音,有时喧闹声让他心跳得睡不着觉。他儿子请求他把石枕砸碎看里面有什么,赵怀正说:"如果砸碎了也看不到里面有什么,就白白丢弃了一百钱。等我死后,你一定要把它砸碎。"过了一年多,赵怀正得病而死。他妻子让儿子砸毁石枕看里面到底有什么。石枕砸碎后,里面有金银各一锭,就像按模型浇注成的。好像是事先量好了再铸造一样,金银锭在里面没有头发丝大的缝隙,不知是怎样进入石枕中的。金锭和银锭各长三寸多,宽如大拇指。贺氏卖了金锭和银锭,办理完了家中的丧事又偿还了欠债,没有剩下一个钱。贺氏如今住在洛阳惠节坊,段成式家里的人雇她做针线活时,亲耳听见她说了这件事。出自《酉阳杂俎》。

金 蛇

开成初年,宫中有一条黄色的蛇,夜间便从宝库中出来,在皇宫的台阶间游玩。蛇身上光明照耀,却没法捉到。皇宫中的人投掷珊瑚块去打蛇,于是蛇和块都不见了。掌管宝库的人将这件事原原本本地报告了皇上。皇上命人搜遍宝库,得到一条黄金蛇,珊瑚块就穿连在蛇头上。皇上仔细看这条蛇,说:"从前隋炀帝做晋王的时候,曾把黄金蛇赠送给陈夫人。我现在不知道这条蛇是从哪里来的。"殿下文武大臣于是看蛇的额下,看到有"阿麽"两字。皇上猛然站起说:"果然不出我的猜疑,'阿麽'就是炀帝的小名。"皇上的渊博聪明,大多和这相似。于是皇上命人拿来玻璃连环,把蛇绑在玉猪的前脚上。从这以后宫中就再也没有看见蛇,这是由于猪吃蛇的缘故。出自《杜阳杂编》。

卷第四百一

宝二金玉附

金下水银附

张斑

　　咸通末年,张斑自徐之长安,至圃田东,时于大树下。俄顷,有三书生继来,环坐。斑因问之。一书生曰:"我,李特也。"一曰:"我,王象之也。"一曰:"我,黄真也。"皆曰:"我三人俱自汴水来,欲一游龙门山耳。"乃共闲论。其王象之曰:"我去年游龙门山,经于是。路北一二里,有一子,亦儒流也,命我于家再宿而回,可同一谒之。"斑因亦同行。

金下 水银附

张 斑

　　咸通末年,张斑从徐地到长安去。这天,他走到一个菜园的东边。这个菜园当时在一棵大树下。不一会儿,有三个书生相继而来,他们围坐在一起。张斑就问他们各叫什么名字。一个说:"我是李特。"另一个说:"我是王象之。"第三个说:"我是黄真。"他们三个人都说:"我们三人都从汴水而来,想要游一游龙门山。"于是张斑同他们三人一起闲聊。那王象之说:"我去年游龙门山时,从这里经过。路北一二里的地方,有一个男青年,也是读书人。这个读书人让我在他家住过两宿才回去。你们可以和我一块去谒见他。"张斑于是也和他们一块去拜访那个男青年。

　　至路北一二里，果见一宅，甚荒毁。既叩门，有一子儒服，自内而出，见象之颇喜。问象之曰："彼三人者何人哉？"象之曰："张斑秀才也，李特、黄真，即我同乡之书生也。"其儒服子乃并揖入，升堂设酒馔，其所设甚陈故。儒服子谓象之曰："黄家弟兄将大也。"象之曰："若皇上修德好生，守帝王之道，下念黎庶，虽诸黄齿长，又将若何？"黄真遽起曰："今日良会，正可尽欢，诸君何至亟预人家事，波及我孙耶？"斑性素刚决，因大疑其俱非人也，乃问之曰："我偶与二三子会于一树下，又携我至此，适见高论，我实疑之，黄家弟兄，竟是谁也？且君辈人也？非人也？我平生性不畏惧，但实言之！"象之笑曰："黄氏将乱东夏，弟兄三人也。我三人皆精也。儒服子即鬼也。"斑乃问曰："是何物之精也？是何鬼也？"象之曰："我玉精也，黄真即金精也，李特即枯树精也，儒服子即是二十年前死者郑适秀才也。我昔自此自化精，又去年复遇郑适，今诣之。君是生人，当怯我辈；既君不怯，故聊得从容耳。"斑又问曰："郑秀才既与我同科，奚不语耶？"郑适曰："某适思得诗一首以赠。"诗曰："昔为吟风啸月人，今是吟风啸月身。冢坏路边吟啸罢，安知今日又劳神！"斑览诗怆然，叹曰："人之死也，反不及物；物犹化精，人不复化。"

　　象之辈三人，皆闻此叹，怒而出，适亦不留。斑乃拂衣，及至门外回顾，已见一坏冢。因逐三精，以所佩剑击之。金玉精皆中剑而踣，唯枯树精走疾。追击不及，遂回，

走到路北一二里的地方，果然看到一处宅院，很荒凉。敲门之后，有一个穿书生衣服的男青年从里面走出。他见了王象之很高兴，问王象之道："那三个人是谁？"王象之说："这个是张斑秀才，那两个是李特和黄真，是我同乡的书生。"那青年就把他们都请进屋，设酒宴招待他们。屋里的摆设都很破旧。那青年对王象之说："黄家弟兄快长大了。"王象之说："如果皇上有好生之德，恪守帝王之道，关心天下的百姓，即使那几个姓黄的长大了又能怎样呢？"黄真急忙站起来说："今天这么好的相聚，正可尽情欢乐，各位为什么多管别人家的闲事，波及我的子孙呢？"张斑的性情一向刚毅果决，听到他们的对话就很怀疑他们都不是人，就问他们道："我偶然与你们几个在一棵树下相遇，你们又领我来到这里，刚才听到你们的高论，我实在是怀疑。黄家弟兄到底是谁？你们几个是不是人呢？我向来胆大不怕事，你们只管照实说吧！"王象之笑着说："姓黄的他们弟兄三人将要作乱于东夏。我们三个都是精怪。穿书生衣服的青年是个鬼。"张斑就问道："是什么东西变成的精？是什么鬼？"王象之说："我是玉精，黄真是金精，李特是枯树精，穿书生服的青年就是二十年前死去的秀才郑适。我以前在这里自己变化成精，去年又遇见郑适，所以今天来拜访他。你是活着的人，应该怕我们。既然你不怕，所以我们暂且从容相处也就行了。"张斑又问道："郑秀才既然与我同是秀才科，为什么不说话呢？"郑适说："我刚才在思考，想好了一首诗赠给你。"诗是这样写的："昔为吟风啸月人，今是吟风啸月身。冢坏路边吟啸罢，安知今日又劳神！"张斑读诗之后很是悲怆，他感叹道："人死了之后，反而不如物体；物体还能化成精灵，而人不能再变化。"

王象之等三人都听到了张斑的感叹，他们很生气，都愤怒地走了出去。郑适也不留他们。张斑也起身愤怒地离去。等他走到门外回头再看，看到的是一个残破的坟墓。于是他就去追赶那三个精怪，用他佩带的宝剑砍杀他们。金精和玉精都中剑倒毙，只有枯树精跑得快。张斑追击不到枯树精，于是只好返回。

反见一故玉带及一金杯在路傍。斑拾得之,长安货之,了无别异焉矣。出《潇湘录》。

龚播

龚播者,峡中云安监盐贾也。其初甚穷,以贩鬻蔬果自业,结草庐于江边居之。忽遇风雨之夕,天地阴黑,见江南有炬火,复闻人呼船求济急。时已夜深,人皆息矣。播即独棹小艇,涉风而济之,至则执炬者仆地。视之即金人也,长四尺余。播即载之以归,于是遂富。经营贩鬻,动获厚利,不十余年间,积财巨万,竟为三蜀大贾。出《河东记》。

宜春郡民

宜春郡民章乙,其家以孝义闻,数世不分异,诸从同爨。所居别墅,有亭屋水竹。诸子弟皆好善积书,往来方士高僧儒生。宾客至者,皆延纳之。忽一日晚际,有一妇人,年少端丽,被服靓妆,与一小青衣,诣门求寄宿。章氏诸妇,忻然近接,设酒馔,至夜深而罢。有一小子弟,以文自业,年少而敏俊,见此妇人有色,遂嘱其乳妪,别洒扫一室,令其宿止。至深夜,章生潜身入室内,略不闻声息,遂升榻就之。其妇人身体如冰,生大惊,命烛照之,乃是银人两头,可重千百斤。一家惊喜,然恐其变化,即以炬炭燃之,乃真白金也。其家至今巨富,群从子弟妇女,共五百余口。每日三就食,声鼓而升堂。江西郡内,富盛无比。出《玉堂闲话》。

回来时他看见一条旧玉带和一个金杯在路边。张班拾得玉带和金杯，把它们带到长安去卖，与其他金玉没有丝毫不同。出自《潇湘录》。

龚　播

龚播是峡中云安监一带的大盐商。他起初很穷，以贩卖蔬菜瓜果为业，在江边盖了两间草房居住。一个风雨之夜，天地阴黑，龚播望见江南岸有火炬，又听到有人急切地喊叫要找船过江。当时夜已深，人都睡下了。龚播就独自驾着小船，冒着风浪去摆渡那人。他到南岸后，看到那个执火炬的人倒在地上。上前一看，原来是个长四尺有余的金人。龚播就用船把金人载回家。于是他就富了。他经营买卖，动辄就获大利，不到十年时间积累了巨大财富，最终成了三蜀一带的大富商。出自《河东记》。

宜春郡民

宜春郡有名百姓叫章乙，他家以"孝"和"义"闻名遐迩，几辈子没分家，各堂房亲属都吃一个灶做出来的饭。他家所居住的别墅，亭屋水竹什么都有。他家的子弟们都喜欢做善事、收藏书籍，喜欢与方士、高僧、儒生交往。到他家的宾客，他家全都欢迎接纳。一天傍晚，有一位年轻貌美的妇人，打扮得很漂亮，与一位小婢女一起，上门请求寄宿。章家的妇人们欣然上前迎接，摆酒宴招待她们，直到夜深才结束。章家有一名小子弟，以文为业，年轻而又聪明俊秀。他见这妇人有姿色，就嘱咐他的乳娘另外打扫了一间屋子，让妇人和小婢睡下。到了深夜，他偷偷潜入美妇人所住的室内，一点声息也没听到，于是他就上床扑到那妇人身上。那妇人的身体冰凉，章生大惊，点燃蜡烛一照，原来是两个银人，重量有千百斤。一家人都惊喜异常，但是怕有变化，就用火烧那两个银人，竟是真正的白银。章家至今仍是巨富，各房子弟妇女共五百多人，每天三顿饭要击鼓后进入厅堂。在江西郡内，这一家的富足昌盛是无与伦比的。出自《玉堂闲话》。

张　彦

巴巫间民，多积黄金。每有聚会，即于席上罗列三品，以夸尚之。云安民有李仁表者，施泽金台盘，以此相高。乱离之后，州将皆武人，竞于贪虐。蜀将张彦典忠州，暴恶尤甚。将校苦之，因而作叛，连及党与数千家。张攫其金银，莫知纪极。后于蜀中私第别构一堂，以贮其金。忽一旦，屋外有火烟频起，骇入验之，乃无延爇之处。由是疑焉，及开篋视之，悉已空矣。即向时火烟，乃金化矣。出《北梦琐言》。

康　氏

伪吴杨行密，初定扬州，远坊居人稀少，烟火不接。有康氏者，以佣赁为业，僦一室于太平坊空宅中。康晨出未返，其妻生一子。方席藁，忽有一异人，赤面朱衣冠，据门而坐。妻惊怖，叱之乃走。如舍西，踏然有声。康适归，欲至家，路左忽有钱五千、羊半边、尊酒在焉。伺之久，无行人，因持之归。妻亦告其所见，即往舍西寻之，乃一金人，仆于草间，亦曳之归。因烹羊饮酒，得以周给。自是出必获利，日以富赡。而金人留为家宝。所生子名曰平，平长，遂为富人。有李浔者，为江都令，行县至新宁乡，见大宅，即平家也。其父老为李言如此。出《稽神录》。

张 彦

巴巫一带的百姓多数都积有黄金。每当有聚会,他们就在席上罗列许多东西,来显示自己的富贵。云安有个叫李仁表的人,他用大量的黄金做善事,以抬高自己的声望。发生乱离之后,州府里将官都是习武之人,一个比一个贪婪暴虐。蜀将张彦主管忠州时,更为残暴凶恶。他手下的将校都怨恨他,因此叛变起义,株连数千家同伙。张彦趁机将州中的金子攫为己有,贪得无厌。后来他在蜀中家里专门建造了一间屋子,用来贮藏这些金子。忽然有一天,屋外火烟频繁生出,他吃了一惊,跑到藏金子的屋里查看,却没有着火的地方。他因此产生怀疑,等到打开箱子查看,发现箱子全都空了。刚才他看到的烟和火,就是金子变的。出自《北梦琐言》。

康 氏

伪吴的杨行密当初定居在扬州的时候,远处的住宅区人家稀少,烟火不接。有一个姓康的人,以出卖劳动力为生,在太平坊租了间空房子居住。有一天姓康的早晨出去没有回来,他的妻子生下一个男孩。孩子刚生下来,就有一个很奇怪的人,红脸红衣红帽,靠着门坐在那里。康妻又惊又怕,呵斥他才离开。那人走到屋西侧,"咕咚"一声摔倒了。赶巧这时候姓康的回来了。他快要到家的时候,忽然看见路边有五千钱、半边羊和一樽酒。他等了许久也不见有人来,就把这些东西拿回家中。妻子也把她刚才见到的告诉了他。他就到屋西去找那个怪人,一看竟是个金人,倒在草中。他把金人也拉回家去。于是他们烹羊饮酒,吃喝全都有了。从此,他每次出门一定能得到好处,家中渐渐富足起来。他把金人留做传家之宝。他的妻子所生的那个孩子,取名叫康平。康平一长大就是个富人。有个叫李浔的人,是江都县的县令。一次他因事来到新宁乡,见到一所大宅院,这就是康平家。这里的父老乡亲为李县令讲了上面这个故事。出自《稽神录》。

豫章人

天复中，豫章有人治舍，掘地，得一木匮。发之，得金人十二头，各长数寸，皆古衣冠，首戴十二辰属，数款精丽，殆非人功。其家宝祠之，因以致福。时兵革未定，遂为戍将劫取之。后不知所终。出《稽神录》。

陈 滔

江南陈滔尚书，自言其诸父在乡里，好为诗。里人谓之陈白舍，人比之乐天也。性疏简，喜宾客。尝有二道士，一黄衣，一白衣，诣其家求宿，舍之厅事。夜间，闻二客床坏，訇然有声。久之，若无人者。秉烛视之，见白衣卧于壁下，乃银人也；黄衣不复见矣。自是致富。出《稽神录》。

建安村人

建安有人村居者，常使一小奴，出入城市，经舍南大冡。冡傍恒有一黄衣儿，与之较力为戏。其主迟之，奴以实告，觇之信然。一日，挟挝而往，伏于草间。小奴至，黄衣儿复出。即起击之，应手而踣，乃金儿也。因持以归，家自是富。出《稽神录》。

蔡彦卿

庐州军吏蔡彦卿，为拓皋镇将。暑夜，坐镇门外纳凉，忽见道南桑林中，有白衣妇人独舞，就视即灭。明夜，彦卿

豫章人

天复年间，豫章郡有人盖房子，挖地时挖出来一个小木匣。打开一看，里边有十二个金人，各长几寸，全是古人的衣帽打扮，头戴十二生肖的属相。各种款式精妙美丽，完全不是人工能做的。这家把这些金人当宝贝供起来，因而得福。当时兵荒马乱，戍守当地的将领抢走了这些金人。以后就不知怎么样了。出自《稽神录》。

陈濬

江南的陈濬尚书，自己说他的叔叔大爷们在乡间都喜欢作诗。同乡人都叫他陈白舍，拿他与白乐天相比。陈濬性情粗疏简略，热情好客。曾经有两个道士，一个穿黄衣，一个穿白衣，到他家求宿。他便让两位道士住在厅堂里。夜间，他听到两位道士的床塌了，发出很大的响声。过了很长时间，又静得像没有人似的。他拿着蜡烛进去查看，见穿白衣的躺在壁下，是一个银人；穿黄衣的不知哪里去了。从此他们家就富了。出自《稽神录》。

建安村人

建安年间，有个住在乡村的人，曾使唤一个小孩为奴。小奴来来往往到城里买东西，要经过屋南的大坟墓。坟旁经常有一个穿黄衣服的小孩，和他比力气玩耍。小奴的主人问他为什么回来晚了，小奴便把实情告诉了主人。主人偷偷地去看了看，的确像小奴说的那样。有一天，主人带着武器前往，埋伏在草丛里。小奴来到后，那黄衣小孩又跑了出来。埋伏在草丛里的主人立即跳起来攻击黄衣小孩，黄衣小孩应声被打倒，竟是个小金孩。于是他就把小金孩拿回家，他家从此便富了。出自《稽神录》。

蔡彦卿

有一个叫蔡彦卿的庐州军吏，是拓皋的镇将。一个夏天的夜晚，彦卿正坐在门外乘凉，忽然看到道南的桑树林中有一个白衣女子在独自起舞，近看就消逝不见了。第二天晚上，蔡彦卿

挟杖先往,伏于草间。久之,妇人复出。方舞,即击之堕地,乃白金一瓶。复掘地,获银千两。遂为富人云。出《稽神录》。

水银

吕 生

大历中,有吕生者,自会稽上虞尉调集于京师,既而侨居永崇里。尝一夕,与其友数辈会食于其室。食毕,将就寝,俄有一姬,容服洁白,长二尺许,出于室之北隅,缓步而来,其状极异。众视之,相目以笑。其姬渐迫其榻,且语曰:"君有会,不能一命耶,何待吾之薄欤?"吕生叱之,遂退去。至北隅,乃亡所见。且惊且异,莫知其来也。

明日,生独寝于室,又见其姬在北隅下,将前且退,惶然若有所惧。生又叱之,遂没。明日,生默念曰:"是必怪也,今夕将至,若不除之,必为吾患不朝夕矣。"即命一剑置其榻下。是夕,果是北隅徐步而来,颜色不惧。至榻前,生以剑挥之,其姬忽上榻以臂搣生胸。余又跃于左右,举袂而舞。久之,又有一姬忽上榻,复以臂搣生。生遽觉一身尽凛然,若霜被于体,生又以剑乱挥。俄有数姬,亦随而舞焉,生挥剑不已。又为十余姬,各长寸许。虽愈多而貌如一焉,皆不可辨。环走四垣,生惧甚,计不能出。中者一姬谓书生曰:"吾将合为一矣,君且观之。"言已,遂相望而来,俱至榻前,翕然而合,又为一姬,与始见者不异。

带着武器前往，埋伏在草丛里。过了好一会儿，那白衣女子又出现了。她刚起舞，蔡彦卿就把她打倒在地，竟是一个银瓶子。他又挖地，挖出上千两白银。于是他成为了富人。出自《稽神录》。

水银

吕 生

大历年间，有个姓吕的书生，从会稽的上虞尉调集到京城。接着他侨居在永崇里。曾经有一个晚上，他与几个朋友在家中聚餐。吃完饭，将要就寝的时候，突然一个老妇人从屋子的北边角落里走出来。老妇人的面容与衣服都很洁白，身高二尺左右。她缓步走来，样子很怪异。众人见了，相视而笑。那老妇人走近他的床榻，还说道："你们聚餐，就不能让我也参加？为什么待我这么不够意思？"吕生呵斥她，她便退去，退到北边角落就不见了。吕生又惊又怪，不知她是怎么来的。

第二天，吕生独自在屋里睡觉，又看见那老妇人出现在北角落。她要上前又不上前，惶惶然像是害怕的样子。吕生又呵斥她，她就又消逝了。到了第三天，吕生暗想："这一定是个妖怪，今晚如果不除掉她，早晚是我的祸害。"于是他就把一把剑藏到床下。这天晚上，老妇人果然又从北角落里缓步走来。她的表情并无惧色。她走到床前，吕生急忙挥剑砍她。那老妇人忽然蹦到床上，伸手臂去抓挠吕生的前胸。接着又跳到吕生左右，举袖跳舞。过了很久，又有一个老妇人忽然蹦上床，又用手臂去抓挠吕生。吕生突然觉得全身冰凉，像冰霜覆盖了身体。吕生又用剑乱挥，顷刻间出现了好几个老妇人，也跟着挥袖舞起来。吕生不停地挥剑。她又变成十多个更小的老妇人，每个只有一寸来长。这些小人儿虽然数量更多了，却都是一个模样，都不能分辨。她们在四壁下乱跑，吕生非常害怕，却想不出办法来。其中一个老妇人对吕生说："我们要合成一个了，你要看清楚。"说完，那些小人儿向一起拢来，都来到床前，又合拢为一个老妇人，和原先见到的那个一模一样。

生惧益甚,乃谓曰:"尔何怪?而敢如是挠生人耶!当疾去!不然,吾求方士,将以神术制汝,汝又安能为耶?"妪笑曰:"君言过矣。若有术士,吾愿见之。吾之来,戏君耳,非敢害也。幸君无惧,吾亦还其所矣。"言毕遂退于北隅而没。

明日,生以事语于人。有田氏子者,善以符术除去怪魅,名闻长安中。见说喜跃曰:"是我事也,去之若爪一蚁耳。今夕愿往君舍,且伺焉。"至夜,生与田氏子俱坐于室。未几而妪果来,至榻前。田氏子叱曰:"魅疾去!"妪扬然其色不顾,左右徐步而来去者久之。谓田生曰:"非吾之所知也。"其妪忽挥其手,手堕于地,又为一妪甚小,跃而升榻,突入田生口中。田生惊曰:"吾死乎!"妪谓生曰:"吾比言不为君害,君不听;今田生之疾,果何如哉?然亦将成君之富耳。"言毕,又去。明日,有谓吕生者:"宜于北隅发之,可见矣。"生喜而归,命家僮于其所没穷焉。果不至丈,得一瓶,可受斛许,贮水银甚多。生方悟其妪乃水银精也。田生竟以寒栗而卒。出《宣室志》。

玉

沈攸之

宋顺帝昇明中,荆州刺史沈攸之,厩中群马,辄踯躅惊嘶,如似见物。攸之令人伺之,见一白驹,以绿绳系腹,直从外来。圉者具言,攸之使人夜伏枥边候之。俄而见白驹来,

吕生更加惧怕,就对老妇人说:"你是什么妖怪,敢这样抓挠活人?你赶快离去,不然,我请方士用神术制你,你又能怎样呢?"老妇人笑着说:"你说严重了。如果有术士来,我愿意见他。我来,是和你闹着玩的,并不敢害你。希望你别害怕,我也该回去了。"说完,老妇人退到北边角落消失了。

第二天,吕生把这事告诉了别人。有一个姓田的人善于用符术除去妖怪,在长安城中很有名气。他听说此事之后,高兴得跳起来说:"这正是该我干的事。除去老妇人就像弄死一只蚂蚁那么容易。今晚我就到你家去,你在家等着吧!"到了夜间,吕生与姓田的一起坐在屋里。不一会儿,老妇人果然又来了。老妇人来到床前,姓田的呵斥道:"妖怪速速离开!"老妇人神色从容,并不理睬他,左右缓步来回走动了许久。她对姓田的说:"我并不了解你!"那老妇人突然一挥手,她的手掉到地上,变成一个极小的老妇人。这个老妇人蹦到床上,突然蹦入田生的口中。田生大惊失色道:"我能死吗?"老妇人对吕生说:"我几次说过不害你,你不听,现在姓田的这样了,你信了吧?不过也好,这也让你致富了!"说完,又离去了。次日,有人对吕生说,应该把北角落挖开,就可以知道怎么回事了。吕生欣然而归,让家僮把北角落彻底挖开。果然,挖了不到一丈深,便挖到一个瓶子,可容纳一斛左右,里边装了不少水银。吕生这才恍然大悟,原来那老妇人是个水银精。田生最终因受惊吓而死。出自《宣室志》。

玉

沈攸之

宋顺帝昇明年间,荆州刺史沈攸之的马厩里养了一群马。这些马总是踢蹋惊叫,好像看到了什么东西似的。沈攸之让人等候在马厩里观察,看到一个白色小马驹,用一根绿绳系着肚子,直接从厩外奔来。养马人把这事告诉了沈攸之,沈攸之派人夜间埋伏在马槽子旁边等着。不多时见白马驹到来,

忽然复去。视厕门犹闭，计其踪迹，直入阁内。时人见者，咸谓为怪。检内人，唯爱姜冯月华臂上一玉马，以绿丝绳穿之。至夜，辄脱置枕边，至夜有时失去，晓时则还。试取看之，见蹄下有泥。后攸之败，不知所在。出《宣室志》。

玉　龙

梁大同八年，戍主杨光欣，获玉龙一枚。长一尺二寸，高五寸，雕镂精妙，不似人作。腹中容斗余，颈亦空曲。置水中，令水满，倒之，水从口出，出声如琴瑟，水尽乃止。出《酉阳杂俎》。

江　严

江严于富春县清泉山，遥见一美女，紫衣而歌。严就之，数十步，女遂隐，唯见所据石。如此数四，乃得一紫玉，广一尺。又邴浪于九田山见鸟，状如鸡，色赤，鸣如吹笙。射之中，即入穴。浪遂凿石，得一赤玉，如鸟形状也。出《列异传》。

唐玄宗

唐天后尝召诸皇孙，坐于殿上，观其嬉戏。因出西国所贡玉环钏杯盘，列于前后，纵令争取，以观其志。莫不奔竞，厚有所获。独玄宗端坐，略不为动。后大奇之，抚其背曰："此儿当为太平天子。"因命取玉龙子以赐。玉龙子，

忽然又离去了。去查看厩门，厩门还是关着的。查那白马驹的踪迹，竟直接近入刺史所居的小楼里。当时见到它的人都认为是精怪。查检阁内之人，只有沈攸之的爱妾冯月华臂上佩有一匹玉马，用绿丝绳穿着。到了晚上，她总是把玉马摘下来放在枕头边。玉马夜间有时候丢失，天明又回来了。沈攸之把玉马取来一看，见马蹄下有泥。后来沈攸之兵败，那玉马不知去哪里了。出自《宣室志》。

玉　龙

梁大同八年，戍主杨光欣得到一枚玉雕的龙。龙长一尺二寸，高五寸，雕刻得十分精妙，不像人工做的。玉龙肚子里可装一斗多东西，脖子也是空而弯曲的。把它放到水中装满水，再往外倒水，水从龙口流出来，会发出琴瑟奏鸣一样的声音，水流尽才停止。出自《酉阳杂俎》。

江　严

江严在富春县清泉山上，远远望见一位穿着紫色衣服的美女在那里唱歌。江严向她走去，离她几十步，她就隐去不见了，只见到她所倚靠的那块石头。如此几次后，就得到一块紫色的玉，长宽各一尺。另外，郦浪在九田山见到一只鸟，形状像鸡，红色，叫起来像吹笙。郦浪射中了它，它就钻进一个洞穴中。郦浪凿开那石洞，得到一块赤色玉，像鸟的形状。出自《列异传》。

唐玄宗

唐武则天曾经召见众皇孙。她坐在殿上，看孩子们嬉闹玩耍。她将西方国家所贡的玉环、钏、杯、盘等拿出来，摆放在前前后后，让孩子们随便争夺拿取，以观察他们各自的志向。孩子们没有不争抢奔夺的，都拿了不少东西。只有唐玄宗端坐在那里，一点儿没动。武则天认为他很不一般，抚摸着他的背说："这个孩子会成为一个太平天子。"于是让人取来玉龙子赐给他。玉龙子

太宗于晋阳宫得之，文德皇后常置之衣箱中。及大帝载诞之三日，后以珠络衣褓并玉龙子赐焉。其后常藏之内府。虽其广不数寸，而温润精巧，非人间所有。及玄宗即位，每京师愆雨，必虔诚祈祷。将有霖注，逼而视之，若奋鳞鬣。开元中，三辅大旱，玄宗复祈祷，而涉旬无雨。帝密投南内之龙池，俄而云物暴起，风雨随作。及幸西蜀，车驾次渭水，将渡，驻跸于水滨，左右侍御，或有临流濯弄者，于沙中得之。上闻惊喜，视之泫然流泣曰："此吾昔时所宝玉龙子也。"自后每夜中，光彩辉烛一室。上既还京，为小黄门攘窃，以遗李辅国。李辅国常置于柜中。辅国将败，夜闻柜中有声，开视之，已亡其所。出《明皇杂录》。

五色玉

天宝初，安思顺进五色玉带。又于左藏库中得五色玉。上怪近日西贡无五色玉，令责安西诸蕃。蕃言此常进，皆为小勃律所劫，不达。上怒，欲征之。群臣多谏，独李林甫赞成上意，且言武臣王天运，谋勇可将。乃命王天运将四万人，兼统诸蕃兵伐之。及逼勃律城下，勃律君长，恐惧请罪，悉出宝玉，愿岁贡献。天运不许，即屠城，虏二千人及其珠玑而还。勃律中有术者，言将军无义不祥，天将大风矣。行数百里，忽惊风四起，雪花如翼，风激小海水成冰柱，起而复摧。经半日，小海涨涌，四万人一时冻死。

是唐太宗从晋阳宫得到的，文德皇后平日把玉龙子放在衣箱里保存。在高宗诞生第三天的时候，她把珠络衣褓和玉龙子等物全都赐给了高宗。以后便一直放在内府珍藏。玉龙子虽然长宽不过几寸，却温润精巧，人间稀有。等到唐玄宗即位，每当京城久旱不雨，他必定虔诚地向玉龙子祈祷。快要下雨的时候，近看玉龙子的龙鳞及鬃毛都像在动。开元年间，三辅大旱，唐玄宗又向玉龙子祈祷，但十多天过去了也没下雨。他把玉龙子悄悄地扔到南内的龙池中，顷刻之间，云状的东西骤然而起，紧接着风雨大作。等到玄宗游幸西蜀，车驾来到渭水，车马停在水边，将要渡河。左右侍卫中有人在河中洗涤戏耍时，无意中从沙中拾到了玉龙子。唐玄宗听说之后十分惊喜。他看着玉龙子流泪说："这是我从前极宝贵的玉龙子啊！"从此以后，每天夜里，玉龙子都把屋里照得通亮。唐玄宗回京以后，玉龙子被一个小黄门偷去，送给了李辅国。李辅国平常把它放在柜子里。李辅国将败落的时候，夜里他听到柜子里有声音，打开一看，柜中已经没有玉龙子了。出自《明皇杂录》。

五色玉

天宝初年，安思顺献给皇上一条五色玉带，又从左藏库中找到了五色玉。皇上怪怨西蕃各国的贡品中没有五色玉，派人向西蕃各国问罪。西蕃回答说曾向皇上进贡这种玉，都被小勃律国打劫抢去了，所以没到。皇上大怒，要征讨小勃律。群臣大多劝皇上不要征伐，只有李林甫赞成皇上的主意，并且说武臣王天运有勇有谋，可以领兵打仗。于是皇上就让王天运领兵四万，又统领西蕃各国之兵讨伐小勃律。等大军逼近勃律城下，勃律的君长很害怕，请罪说愿意把宝玉全都献出来，年年向大唐进贡。王天运不答应，就攻城屠杀，俘虏了两千人及其珠宝而还。勃律国中有一位术士，说王天运如此无义是不祥之兆，天要刮大风了。王天运指挥军队走了数百里，忽然间大风四起，雪花大如鸟雀翅翼。大风激起的小海水冻成了冰柱，然后又被大风吹折。半天时间，小海波涛涨涌，四万人一时间全都冻死，

唯蕃汉各一人得还,具奏。玄宗大惊异,即命中使随二人验之。至小海侧,冰犹峥嵘如山,隔水见兵士尸,立者坐者,莹彻可数。中使将返,冰忽消释,众尸亦不复见。出《酉阳杂俎》。

玉辟邪

肃宗赐李辅国香玉辟邪二,各高一尺五寸,工巧殆非人工。其玉之香,可闻数百步,虽镴之于金函石柜中,不能掩其气。或以衣裾误拂,芬馥经年,纵瀚濯数四,亦不消歇,辅国常置之坐侧。一日,方巾栉,而辟邪一则大笑,一则悲号,辅国惊愕失据。而鞡然者不已,悲号者更涕泣交下。辅国恶其怪,遂碎之为粉,没于厕中,自后常闻冤痛之声。其辅国所居安邑里,芬馥弥月犹在。盖春之为粉,愈香故也。不周岁而辅国死焉。始碎辟邪,辅国嬖奴慕容宫,知异常物,隐屑二合。鱼朝恩不恶辅国之祸,以钱三十万买之。而朝恩将伏诛,其香化为白蝶,冲天而去。当时议者,以奇香异宝,非人臣之所蓄也。辅国家藏珍玩,皆非世人所识。夏即于堂中设迎凉草,其色类碧,而干似苦竹,叶细于杉。虽若干枯,未尝凋落。盛暑束之窗户间,凉自至。凤首木高一尺,而凋刻如鸾凤之形,其木颇似枯槁,故毛羽秃落不甚尽。虽严凝之时,置于高堂大厦中,而和煦之气如二三月,故别名曰常春木。纵以烈火焚之,

只有一个汉人和一个蕃人跑了回来,向皇上禀报。唐玄宗听了非常惊异,马上派中使随二人去查验真假。他们来到小海旁,看到冰还像小山一样峥嵘而立。隔冰可望见兵士的尸体,有站着的,有坐着的,晶莹明彻,看得很清楚。中使要返回的时候,冰柱忽然消释,兵士们的尸体也不见了。出自《酉阳杂俎》。

玉辟邪

唐肃宗赐给李辅国两枚能散发香味的玉辟邪,每枚高一尺五寸。玉辟邪做工之巧几乎不是人工所能达到的。那玉的香气数百步之外就可以闻到。即使锁在铁匣子、石柜子当中,也不能掩盖它的香气。有的人不小心把衣角拂过了玉辟邪,香味经年不退;即使把衣服放水里冲洗多次,也不能把香味洗掉。李辅国常把玉辟邪放在座位旁边。有一天,他正在梳洗,两个玉辟邪一个发出大笑,一个发出悲号。李辅国惊得不知如何是好。而那个笑的笑个不停,那个哭的哭得涕泪交加。李辅国对两个玉辟邪的怪异表现十分讨厌,就把它们砸得粉碎,扔到厕所里。从此以后他常听到厕所里有冤屈悲痛的声音。李辅国所居住的安邑里,一个多月之后还有香味。大概是把它碾成粉末,香味就更浓的缘故。不到一年李辅国就死了。当初把玉辟邪弄碎的时候,李辅国宠爱的奴仆慕容宫知道这不是平常之物,偷偷地保存了些碎屑。鱼朝恩不忌讳李辅国的灾祸,用三十万钱把玉辟邪的碎屑买去。鱼朝恩将被杀的时候,那些散发香气的玉屑化成白蝴蝶,冲天而去。当时人们议论,认为这样的奇香异宝不是做臣子的所能保存的。李辅国家里所藏的珍宝古玩,都不是世人所能认识的。夏季他就在堂中设迎凉草。这种草的颜色接近碧绿,基干像苦竹,叶子比杉叶还细。虽然像已干枯,却不曾凋落。将这种草扎在窗户之间,凉气自来。凤首木高一尺,而雕刻成鸾凤那样的形状。木头很像已经枯干了,所以就像鸾凤的羽毛没有落尽。即使是严寒之日,把凤首木放在高堂大厦中,和煦之气就像在二三月份。所以凤首木又叫常春木。即使用烈火焚烧它,

终不焦黑。凉草凤木，或出于薛王宅。《十洲记》云：火林国出也。出《杜阳杂编》。

软玉鞭

德宗尝幸兴庆宫，于复壁间得宝匣，中获玉鞭。其末有文，曰"软玉鞭"。即天宝中异国所献也。瑞妍节文，光明可鉴，虽蓝田之美，不能过也。屈之则首尾相就，舒之则径直如绳。虽以斧锧锻斫，终不伤缺。德宗叹为神物，遂命联蝉绣为囊，碧蚕丝为鞘。碧蚕丝，即永泰元年东海弥罗国所贡也。云其国有桑，枝干盘屈，覆地而生。大者亦连延十数里，小者亦荫百亩。其上有蚕，可长四寸。其色金，其丝碧，亦谓之金蚕丝。纵之一尺，引之一丈。反撚为鞘，表里通莹如贯瑟，虽并十夫之力，挽之不断。为琴弦，鬼神愁，为弩弦，则箭出一千步，为弓弦，则箭出五百步。上令藏于内府。至朱泚犯禁阙，其鞭不知所在。出《杜阳杂编》。

玉猪子

执金吾陆大钧，从子某，其妻常夜寝中，闻有物啁啾斗声。既觉，于枕下揽之，得二物，遽以火照，皆白玉猪子也。大数寸，状甚精妙，置之枕中而宝之。自此财货日增，家转蕃衍，有求必遂，名位迁腾，如此二十年。一夕忽失所在，而陆氏亦不昌矣。出《纪闻列异》。

也不能把它烧焦烧黑。凉草和凤木有人说是从薛王的宅里弄到的。《十洲记》说,它出自火林国。 <small>出自《杜阳杂编》。</small>

软玉鞭

　　唐德宗有一次驾临兴庆宫,在夹壁墙里发现一个宝匣,里面有一把玉鞭。鞭的末端刻有文字"软玉鞭"。这是天宝年间外国进献的。软玉鞭的玉质好花纹美,亮得可以当镜子使用;即使是蓝田产的美玉,也不能超过它。将它弯曲,头和尾可以靠近;将它展开,直得像用过绳墨。即使是用刀斧砍,也始终不能使它残缺。德宗赞叹它是神物,就命人用薄如蝉翼的绸子绣成装鞭的口袋,用碧蚕丝做成鞭鞘。碧蚕丝就是永泰元年东海弥罗国进贡来的。使者说他们国中有一种桑树,这种桑树枝干盘曲,遮天盖地地生长。大的连绵十几里,小的也能遮一百亩地的荫凉。树上面有四寸来长的蚕。蚕的身体是金黄色的,吐出的丝是碧绿的,也叫做金蚕丝。这种丝松开时是一尺长,拉直就是一丈长。把它捻成鞭鞘,表里通莹像琴弦,即使合并十个人的力气也拉不断它。用它做琴弦,奏出的声音极美,鬼神听了都发愁;用它做弩弦,箭就能射出去一千步远;用它做弓弦,箭就可以射出去五百步远。皇上下令把它珍藏在内府。朱泚作乱于京师的时候,那鞭不知哪里去了。 <small>出自《杜阳杂编》。</small>

玉猪子

　　官职为执金吾的陆大钧有个侄子陆某。陆某的妻子曾在夜间听到有东西打斗的声音。醒来后,她在枕边摸到两个东西,急忙点灯来照,原来是两只玉雕的小猪。小猪的大小有几寸长,形状特别精妙。她把它们当成宝贝放在枕头里珍藏。从此她家的钱财一天比一天增多,家境繁盛起来,做什么事都成功,名誉地位日见显赫。这样过了二十年。一天夜里忽然不见了玉雕小猪,陆家也就渐渐衰落了。 <small>出自《纪闻列异》。</small>

卷第四百二
宝三

隋　侯

隋侯行，见大蛇被伤而治之，后衔珠以报。其珠径寸，纯白，夜有光明，如月之照。一名隋侯珠，一名明月珠。出《搜神记》。

燕昭王

燕昭王坐握日台，时有黑鸟白颈，集王之所。衔洞光之珠，圆径一尺。此珠色黑如漆，而悬照于云日，百神不能隐其精灵。此珠出阴泉之底，泉在寒山之北，圆水之中，言波澜常圆转而流。有黑蚌，飞翔而来去于五山。黄帝、务成子游寒山，得黑蚌在高坐之上，故知验矣。昭王时，其国来献。王取宝璋水，洗其泥沙而叹曰："悬日月已来，见黑

隋　侯

隋侯在路上行走时，发现一条大蛇受伤，就为它治疗。这条蛇伤好之后衔来一颗珍珠报答他。这颗珍珠直径有一寸，纯白色，夜间会发光，像月光一样。这颗珍珠一个名字叫隋侯珠，一个名字叫明月珠。出自《搜神记》。

燕昭王

燕昭王坐在握日台上时，有一些白脖颈的黑鸟飞落在昭王所在的地方。那鸟衔来一颗圆径一尺的明澈发光的珍珠。珍珠色黑如漆，把它悬挂于空中，各种鬼神都不能隐蔽其本来面目。这颗珍珠出自阴泉之底。阴泉在寒山之北，圆水之中。据说圆水里的水常常圆转而流。圆水里有黑蚌，来往飞翔于五山之中。黄帝、务成子游寒山的时候，曾在高坐之上得到过黑蚌，所以人们知道黑蚌的灵验。燕昭王时，那产黑蚌的方国来进献黑蚌。燕昭王取来宝璋之水将黑蚌洗净，叹道："自从有日月以来，看见黑

蚌生珠,已八九千回。"此蚌千岁一生,珠渐轻细。昭王常怀握此珠,当盛暑之月,体自轻凉。号曰"销暑招凉珠"焉。出《王子年拾遗记》。

汉高后

汉高后时,下书求三寸珠。仙人朱仲,在会稽市贩珠,乃献之。赐金百斤。鲁元公主私以金七百斤,从仲求珠。复献四寸者。出《列仙传》。

后汉章帝

后汉章帝元和元年,明珠出馆陶,大如李,有明耀。三年,明月珠出豫章海滨,大如鸡子,圆四寸八分。出《列仙传》。

梁武帝

梁大同中,骤雨殿前,有杂色宝珠。梁武有喜色。虞寄上《瑞雨颂》。出《酉阳杂俎》。

火 珠

贞观初,林邑献火珠,状如水精。云:"于罗刹国得。"其人朱发黑身,兽牙鹰爪。出《国史异纂》。

鲸鱼目

南海有珠,即鲸目瞳。夜可以鉴,谓之夜光。凡珠有龙珠,龙所吐也。蛇珠,蛇所吐也。南海俗云:"蛇珠千枚,不及一玫瑰。"言蛇珠贱也。玫瑰亦珠名。越人俗云:"种

蚌生珠，已经有八九千回了。"这种蚌一千年一生珠，它产的珠子渐渐变小。燕昭王曾怀揣和把玩这颗珍珠，在酷暑盛夏之时，身体自然凉爽，因此称为"销暑招凉珠"。出自《王子年拾遗记》。

汉高后

汉高后时，下诏书征求直径够三寸的大珍珠。有个名叫朱仲的仙人在会稽做珍珠买卖，就献上一颗。汉高后赐给他黄金百斤。鲁元公主私下用七百斤黄金的代价向朱仲讨求大珍珠，朱仲又献给她一个直径有四寸的。出自《列仙传》。

后汉章帝

后汉章帝元和元年，馆陶出产的明珠像李子那么大，能发光。元和三年，豫章海滨出产的明月珠像鸡蛋那么大，圆径四寸八分。出自《列仙传》。

梁武帝

梁大同年间，一场大暴雨夹着杂色珍珠落在殿前。梁武帝非常高兴。虞寄献上一篇《瑞雨颂》。出自《酉阳杂俎》。

火　珠

贞观初年，林邑国献给皇上一颗火珠，样子很像水精。使者说此珠是从罗刹国弄来的。罗刹国的人红头发，黑皮肤，牙如兽牙，手似鹰爪。出自《国史异纂》。

鲸鱼目

南海产一种珍珠，就是鲸鱼的瞳仁儿。这种珍珠夜间可以用来照亮，叫做夜光珠。珍珠有龙珠，是龙吐的；有蛇珠，是蛇吐的。南海有这样的俗语："蛇珠千枚，不及一玫瑰。"这是说蛇珠不值钱。"玫瑰"也是一种珍珠的名称。越人有这样的的俗语："种

千亩木奴,不如一龙珠。"越俗以珠为上宝,生女谓之珠娘,生男名珠儿。吴越间俗说:"明珠一斛,贵如玉者。"合浦有珠市。 出《述异记》。

珠　池

廉州边海中有洲岛,岛上有大池,谓之珠池。每年刺史修贡,自监珠户入池采,以充贡赋。耆旧传云:"太守贪则珠远去。"皆采老蚌,剖而取珠。池在海上,疑其底与海通,又池水极深,莫测也。珠如豌豆大,常珠也,如弹丸者,亦时有得。径寸照室之珠,但有其说,不可遇也。又取小蚌肉,贯之以篾,曝干,谓之珠母。容桂率将脯烧之,以荐酒也。肉中有细珠,如粱粟,乃知珠池之蚌,随其大小,悉胎中有珠矣。 出《岭表录异》。

少城珠

蜀石笋街,夏中大雨,往往得杂色小珠。俗谓地当海眼,莫知其故。蜀僧惠嶷曰:"前史说,蜀少城饰以金璧珠翠,桓温恶其太侈,焚之,合在此地。合拾得小珠,时有孔者。"得非是乎? 出《酉阳杂俎》。

青泥珠

则天时,西国献毗娄博义天王下颔骨及辟支佛舌,并青泥珠一枚。则天悬额及舌,以示百姓。额大如胡床;舌青色,大如牛舌;珠类拇指,微青。后不知贵,以施西明寺

千亩木奴，不如一龙珠。"越地的习俗是以珠为上等宝物，生女孩叫"珠娘"，生男孩就叫"珠儿"。吴越一带的俗语说："明珠一斛，贵如玉者。"合浦有专门买卖珍珠的集市。 出自《述异记》。

珠　池

廉州边海里有一个岛屿，岛上有一个大池，叫做珠池。每年刺史征收贡赋，都亲自监督采珠户到珠池中采珠，用来充当贡赋。据老年人传说，如果太守贪婪，那么珍珠就会远去，难以采到。采上来的都是老蚌，把蚌剖开从中取珠。珠池在海边，人们怀疑池底与海是相通的。而且池水极深，不可探测。珍珠像豌豆那么大的，是普通的珍珠；像弹九那么大的，也时常可以采到；直径一寸、能照亮屋子的珍珠，却只听说过，不可遇到。另外，把小蚌的肉取出，用竹篾穿起来晒干，叫做珠母。容桂一带一般都用它和干肉一起炒菜，用来下酒。蚌肉中有米粒大小的珍珠，便知它是产自珠池。珠池里的蚌无论大小，全都胎中有珠。 出自《岭表录异》。

少城珠

蜀地的石笋街上，夏季里大雨过后，往往能拾到杂色小珍珠。当地人说这地方正好是海眼，但是谁也不清楚其中的原因。蜀僧惠嶷说："据史书记载，蜀地的少城是用金璧珠翠装饰的。桓温嫌它太奢侈，就把它烧了。少城旧址应当就在此地。所以能拾得小珠，时常有带孔的。"莫非正是他说的这样吗？ 出自《酉阳杂俎》。

青泥珠

武则天时，西蕃某国献上毗娄博义天王的下颔骨和辟支佛的舌头，还有一枚青泥珠。武则天把下颔骨和舌头悬挂起来让百姓看。下颔骨大如胡床；舌头是青色的，大如牛舌；珠子像拇指一样，微微发青。武则天不知青泥珠的珍贵，把它施舍给西明寺

僧，布金刚额中。后有讲席，胡人来听讲，见珠纵视，目不暂舍。如是积十余日，但于珠下谛视，而意不在讲，僧知其故，因问故欲买珠耶。胡云："必若见卖，当致重价。"僧初索千贯，渐至万贯，胡悉不酬。遂定至十万贯，卖之。胡得珠，纳腿肉中，还西国。僧寻闻奏，则天敕求此胡。数日得之，使者问珠所在，胡云："以吞入腹。"使者欲刳其腹，胡不得已，于腿中取出。则天召问："贵价市此，焉所用之？"胡云："西国有青泥泊，多珠珍宝，但苦泥深不可得。若以此珠投泊中，泥悉成水，其宝可得。"则天因宝持之。至玄宗时犹在。出《广异记》。

径寸珠

近世有波斯胡人，至扶风逆旅，见方石在主人门外，盘桓数日。主人问其故，胡云："我欲石捣帛。"因以钱二千求买。主人得钱甚悦，以石与之。胡载石出，对众剖得径寸珠一枚。以刀破臂腋，藏其内，便还本国。随船泛海，行十余日，船忽欲没。舟人知是海神求宝，乃遍索之，无宝与神，因欲溺胡。胡惧，剖腋取珠。舟人咒云："若求此珠，当有所领。"海神便出一手，甚大多毛，捧珠而去。出《广异记》。

的和尚了。和尚把这颗珠子装饰在金刚的脑门儿上。后来开设讲席，有一个前来听讲的胡人，见了这颗珠子就目不转睛地看。这样十几天，他只在珠下凝视，心并不用在听讲上。和尚知道其中缘故，就问胡人："施主想要买这颗宝珠吗？"胡人说："如果能卖，我会出重价。"和尚最初的要价是一千贯，渐渐涨到一万贯，胡人都不应对。于是定到十万贯卖了。胡人买到此珠之后，剖开腿上的肉把珠子纳入其中，然后回国。和尚不久后就把这事向武则天禀奏了。武则天下令寻找这个胡人。几天之后，使者找到了那胡人，问他宝珠在什么地方，他说已经把宝珠吞到肚子里了。使者要剖开他的肚子检验，他没办法，只好从腿肉中取出宝珠来。武则天召见那胡人，问道："你花重价买这颗珠子，要用它干什么呢？"胡人说："西蕃某国有个青泥泊，泊中有许多珍珠宝贝。但是淤泥很深，无法将珍宝弄上来。如果把这颗青泥珠投到泊中，淤泥就会变成水，那些宝贝便可以得到了。"武则天于是把青泥珠当成宝贝。直到唐玄宗时，这颗宝珠还在。出自《广异记》。

径寸珠

　　近世有一个波斯胡人，他来到扶风的客栈，见主人家门外有一块方形石头，就围着这块石头转了好几天。主人问胡人为什么这样，胡人说他要买这块石头捶衣裳。于是他用两千钱买这块石头。主人得到钱很高兴，就把石头卖给了胡人。胡人把石头运出来，当众敲碎石头，从中剖出一颗直径一寸的宝珠来。胡人用刀将自己臂腋处剖开，将宝珠藏在里面，就起程回国。船在海上行了十几天，突然遇到沉没的危险。摆船人知道这是海神向船中人索要珍宝，就逐个问谁身上带有贵宝，没有问出什么。因为没有宝物送给海神，于是摆船人要把胡人扔下海去。胡人恐惧，就剖开臂腋把珠子取出来。摆船人祝告道："如果想要此珠，就来领取吧！"海神便伸出一只手来，这只手大而多毛，捧着珠子没入水中。出自《广异记》。

宝　珠

咸阳岳寺后，有周武帝冠，其上缀冠珠，大如瑞梅，历代不以为宝。天后时，有士人过寺，见珠，戏而取之。天大热，至寺门易衣，以底裹珠，放金刚脚下，因忘收之。翼日，便往扬州收债，途次陈留，宿于旅邸。夜闻胡斗宝，摄衣从而视之。因说冠上缀珠，诸胡大骇曰："久知中国有此宝，方欲往求之。"士人言已遗之。胡等叹恨，告云："若能至此，当有金帛相答。今往扬州，所债几何？"士人云："五百千。"诸胡乃率五百千与之，令还取珠。士人至金刚脚下，珠犹尚存，持还见胡。胡等喜抃，饮乐十余日，方始求市。因问士人："所求几何？"士人极口求一千缗。胡大笑云："何辱此珠？"与众定其价，作五万缗，群胡合钱市之。及邀士人，同往海上，观珠之价。

士人与之偕行东海上。大胡以银铛煎醍醐，又以金瓶盛珠，于醍醐中重煎。甫七日，有二老人及徒党数百人，赍持宝物，来至胡所求赎。故执不与。后数日，复持诸宝山积，云："欲赎珠。"胡又不与。至三十余日，诸人散去。有二龙女，洁白端丽，投入珠瓶中，珠女合成膏。士人问："所赎悉何人也？"胡云："此珠是大宝，合有二龙女卫护。群龙惜女，故以诸宝来赎。我欲求度世，宁顾世间之富耶？"因以膏涂足，步行水上，舍舟而去。诸胡各言："共买此珠，何为独专其利。卿既往矣，我将安归？"胡令以所煎醍醐涂船，当得便风还家。皆如其言。大胡竟不知所之。出《广异记》。

宝 珠

　　咸阳的岳寺后面有顶周武帝的帽子,帽子上面镶有一颗珍珠,大如瑞梅。历代都没有把这颗珍珠当做宝贝。武则天的时候,有一位士人经过岳寺,见到这颗珍珠,就开玩笑把它取了下来。天很热,他走到寺门的时候换衣服,把珠子裹在脱下来的衣服里,放在金刚脚下,走的时候忘记了带上它。第二天他便去扬州收债。途中留宿在陈留客栈,夜间听到胡人斗宝,他就提起衣襟跟着他们看,顺便说了周武帝帽子上的那颗珠子的事。几位胡人大惊道:"早就听说中土有此宝贝,我们正要去求取呢!"士人说已经遗失了。胡人都感到遗憾,说道:"如果你能把它弄到这儿来,我们一定重谢你。你现在到扬州去,要收多少债?"士人说要收五百千。几位胡人便给了他五百千钱,让他回去取那珠子。他回到金刚脚下,见珍珠还在那里,就带回来见胡人。几位胡人高兴得手舞足蹈,一连饮酒欢乐了十多天,胡人才谈到买珍珠的事。问他要卖多少钱,他铆足劲要一千缗。大笑道:"你怎么辱没这颗宝珠?"几个胡人一核计,定价为五万缗。几个胡人凑钱买下这颗珠子,又邀士人和他们一起到海边看此珠的真正价值。

　　士人就和他们一起到了东海上。一个胡人用银锅煎醍醐,又用金瓶盛着那颗珠子,放到醍醐里重煎。刚刚煎了七天,就有两位老人带领数百人,带着许多宝物,来到胡人处想赎那珠子。胡人坚决不答应。过了几天,老人又带着大量宝贝来赎,胡人还是不答应。三十多天以后,那些人散去了。有两位龙女,长得洁白端丽,投到盛珠子的瓶中,龙女和珍珠混合成膏。士人问:"那些要赎珍珠的都是些什么人?"胡人说:"这珍珠是贵宝,必须有两个龙女卫护。诸龙爱怜女儿,所以才用许多宝物来赎。我所求的是超脱尘世,难道还贪恋人间富贵吗?"于是胡人用膏涂脚,在水面上行走,舍舟离去。其他胡人纷纷说道:"我们共同买下这颗珠子,为什么你独占了好处?你走了,我们怎么回去啊?"那胡人让他们用所煎醍醐涂船,说涂后可遇顺风还家。众人照办,果然如他所说。那胡人不知后来到哪里去了。出自《广异记》。

水　珠

大安国寺，睿宗为相王时旧邸也。即尊位，乃建道场焉。王尝施一宝珠，令镇常住库，云："值亿万。"寺僧纳之柜中，殊不为贵也。开元十年，寺僧造功德，开柜阅宝物，将货之。见函封曰："此珠值亿万。"僧共开之，状如片石，赤色。夜则微光，光高数寸。寺僧议曰："此凡物耳，何得值亿万也？试卖之。"于是市中令一僧监卖，且试其酬直。居数日，贵人或有问者。及观之，则曰："此凡石耳，瓦砾不殊，何妄索直！"皆嗤笑而去。僧亦耻之。十日后，或有问者，知其夜光，或酬价数千，价益重矣。

月余，有西域胡人，阅市求宝，见珠大喜。偕顶戴于首，胡人贵者也。使译问曰："珠价值几何？"僧曰："一亿万。"胡人抚弄迟回而去。明日又至，译谓僧曰："珠价诚值亿万，然胡客久，今有四千万求市，可乎？"僧喜，与之谒寺主，寺主许诺。明日，纳钱四千万贯，市之而去。仍谓僧曰："有亏珠价诚多，不贻责也。"僧问胡："从何而来，而此珠复何能也？"胡人曰："吾大食国人也。王贞观初通好，来贡此珠。后吾国常念之，募有得之者，当授相位。求之七八十岁，今幸得之。此水珠也。每军行休时，掘地二尺，埋珠于其中，水泉立出，可给数千人，故军行常不乏水。自亡珠后，行军每苦渴乏。"僧不信。胡人命掘土藏珠，有顷泉涌，其色清冷，流泛而出。僧取饮之，方悟灵异。胡人乃持珠去，不知所之。出《纪闻》。

水　珠

　　大安国寺是唐睿宗做相王时的旧官邸。他登基以后，就在这里建了道场。他曾向寺中施舍一颗宝珠，下令用它镇常住库，说这颗宝珠价值亿万。寺里的和尚把宝珠放在柜子里，没怎么把它当作宝贝。开元十年，寺里的和尚要造功德，就打开柜子看宝物，要把它卖掉。和尚见函封上写着："此珠值亿万。"和尚们共同把函封打开，见这颗珠子形状像片石头，赤色，夜间微微发光，光高几寸。和尚们议论道："这是一个很普通的东西，怎么能值亿万呢？试着卖吧！"于是就让一个和尚到市上监卖，姑且试这颗珠子的价值。过了几天，有钱人有打听价钱的，等到看了珠子，就说："这是块普通的石头罢了，和瓦砾没什么两样，干嘛胡乱要价？"都嗤笑着离去。和尚也觉得不太光彩。十天之后，又有问的，知道此珠夜间有光，有的出价几千。价格上涨了。

　　一个月以后，有一个西域的胡人到市上求购宝物，见到此珠大喜。他头上有顶戴，可知是胡人中的贵人。胡人让翻译问道："这珠子什么价？"和尚说："一亿万。"胡人摆弄了半天，恋恋不舍地离去。第二天又来了，翻译对和尚说："珠价确实值亿万，但是这个胡人客居大唐很久了，现在只有四千万来买，可以吗？"和尚挺高兴，领胡人去见寺主。寺主答应了胡人。第二天，胡人交出四千万贯钱，把珠子买去。胡人还对和尚说："我付的珠价实在是太少了，请不要见怪。"和尚问胡人从什么地方来，此珠有什么用。胡人说："我是大食国的人。贞观初年与大唐通好，我国来贡此珠。后来我国经常思念这颗珠子，征募能得到此珠的人，授予相位。征求了七八十年了，如今幸运地得到它了。这是颗水珠。每当行军休息时，掘地二尺，把珠子埋进去，水泉会立刻流出来，可供几千人饮用。所以行军总不缺水。自从没了这颗珠子，行军总是苦于没有水喝。"和尚不信。胡人让他掘地埋起珠子，不一会儿便泉水涌动，水色清冷，哗哗流淌。和尚捧水尝了尝，才领悟到此珠的灵异。胡人带着珠子离去，不知去了何处。

出自《纪闻》。

李 勉

司徒李勉,开元初,作尉浚仪。秩满,沿汴将游广陵。行及睢阳,忽有波斯胡老疾,杖策诣勉曰:"异乡子抱恙甚殆,思归江都。知公长者,愿托仁荫,皆异不劳而获护焉。"勉哀之,因命登舻,仍给饘粥。胡人极怀惭愧,因曰:"我本王贵种也,商贩于此,已逾二十年。家有三子,计必有求吾来者。"不日,舟止泗上,其人疾亟,因屏人告勉曰:"吾国内顷亡传国宝珠,募能获者,世家公相。吾炫其鉴而贪其位,因是去乡而来寻。近已得之,将归即富贵矣。其珠价当百万,吾惧怀宝越乡,因剖肉而藏焉。不幸遇疾,今将死矣。感公恩义,敬以相奉。"即抽刀决股,珠出而绝。勉遂资其衣衾,瘗于淮上。掩坎之际,因密以珠含之而去。既抵维扬,寓目旗亭。忽与群胡左右依随,因得言语相接。傍有胡雏,质貌肖逝者。勉即询访,果与逝者所叙契会。勉即究问事迹,乃亡胡之子。告瘗其所,胡雏号泣,发墓取而去。出《集异记》。

李 灌

李灌者,不知何许人。性孤静,常次洪州建昌县。倚舟于岸,岸有小蓬室,下有一病波斯。灌悯其将尽,以汤粥给之,数日而卒。临绝,指所卧黑毡曰:"中有一珠,可径寸,将酬其惠。"及死,毡有微光溢耀,灌取视得珠。买棺葬之,

李 勉

司徒李勉在开元初年任浚仪县尉。任期满后他坐船沿汴水将去广陵。走到睢阳，忽然有一位有病的波斯老胡人，挂着拐杖来见李勉说："我是个异乡人，如今病得很危险，想回江都。知道您是位长者，想借助您的荫庇。这是不劳而获得庇护啊。"李勉可怜他，就让他上了船，还给老胡人粥吃。老胡人十分惭愧，就说："我本是王公贵族之后，做买卖来到这里，已经二十多年了。我家里有三个儿子，估计一定会出来找我的。"不几天，船只停在泗水，老胡人的病情更重，就避开人对李勉说："我们国内从前丢了传国的宝珠，征募能把宝珠找回来的人，即封公相禄位。我贪图高位，于是离乡出来寻找宝珠。最近已经找到，如果把珠子带回去，立即就富贵了。这颗宝珠价值百万。我怕揣着宝珠行经他乡不安全，就剖开身上的肉把宝珠藏在里面。我不幸得了病，现在要死了。感激您的恩义，就把珠子送给您吧！"说完他抽刀剖开大腿，珠出人亡。李勉就给他置办了装裹，把他葬在淮水之滨。掩埋的时候，李勉秘密地把宝珠放在胡人口中，然后离开。到达扬州之后，李勉看到一个旗亭。他偶然间与几个胡人并肩而行，因而得以互相交谈。旁边有一个年轻胡人，气质模样很像死去的那个胡人。李勉就询问那年轻人，果然与死胡人说的差不多。究问事情经过，原来他是已故胡人的儿子。李勉将埋葬那老胡人的地点告诉年轻胡人，年轻胡人号泣一顿之后，掘开坟墓，取珠而去。出自《集异记》。

李 灌

李灌这个人，不知是什么地方的，性情孤僻好静。他曾到达洪州建昌县，把船停泊在岸边。岸上有间小茅屋，里面有一位生病的波斯人。李灌可怜这位波斯人将不久于人世，热汤热水地侍奉他。几天之后他就死了。临死前，他指着所铺的黑毡说："这里面有一颗珍珠，直径一寸，送给你作为报答。"等他死后，毡子中有微光闪耀，李灌从中得到那珍珠。他买棺木将波斯人埋葬了，

密以珠内胡口中,植木志墓。其后十年,复过旧邑。时杨凭为观察使,有外国符牒。以胡人死于建昌逆旅,其粥食之家,皆被桔讯经年。灌因问其罪,囚具言本末。灌告县寮,偕往郭墦伐树,树已合拱矣。发棺视死胡,貌如生,乃于口中探得一珠还之。其夕棹舟而去,不知所往。出《独异记》。

又《尚书故实》载兵部员外郎李约,葬一商胡,得珠以含之。与此二事略同。

上清珠

肃宗为儿时,常为玄宗所器。每坐于前,熟视其貌,谓武惠妃曰:"此儿甚有异相,他日亦吾家一有福天子。"因命取上清玉珠,以绛纱裹之,系于颈。是开元中罽宾国所贡,光明洁白,可照一室。视之则仙人玉女,云鹤绛节之形,摇动于其中。及即位,宝库中往往有神光耀日。掌库者具以事告,帝曰:"岂非上清珠耶?"遂令出之,绛纱犹在,因流泣。遍示近臣曰:"此我为儿时,明皇所赐也。"遂令贮之以翠玉函,置之于卧内。四方忽有水旱兵革之灾,则虔恳祝之,无不应验也。出《酉阳杂俎》。

守船者

苏州华亭县,有陆四官庙。元和初,有盐船数十只于庙前。守船者夜中雨过,忽见庙前光明如火,乃窥之。

秘密地将珠子放在胡人的口中,在墓边栽了一棵树当记号。十年之后,他又经过那个县。当时杨凭是这里的观察使,有外国的通牒。因为胡人死在建昌的客栈里,那些曾给予胡人粥食的人家,都被拘禁拷问多年。李灌就问这些人有什么罪,囚犯们详细地说了事情的始末。李灌把真相告诉了县僚,并领他们到了埋葬波斯人的地方砍树。他当年栽的小树已经合拱粗了。打开棺材看那死去胡人,面容和活人一样。于是他从胡人口中取出一颗宝珠还给他们。当天晚上李灌乘船而去,不知去了哪里。出自《独异记》。

另外,《尚书故实》记载兵部员外郎李约,埋葬一个胡商,得到珍珠也把珍珠放在死者口中。与这事大体相同。

上清珠

唐肃宗小时候曾受到唐玄宗的重视。唐玄宗常常坐在肃宗面前,仔细地观察他的相貌,然后对武惠妃说:"这孩子的相貌与众不同,日后也是我家一个有福的天子。"于是玄宗让人把自己的上清玉珠拿来,用红纱包着,系在肃宗的脖子上。这颗上清玉珠是开元年间罽宾国所进的贡品,珠子光明洁白,能把全屋照亮。仔细去看,则能看到珠子中有仙子玉女、云鹤绛节的影像在里边摇动。等到肃宗即位以后,皇宫的宝库中常常有神光闪耀。管宝库的人就向肃宗禀报了此事。肃宗说:"大概是上清珠吧?"于是令人把上清珠取出来。包珠子的红纱还在。肃宗热泪盈眶,让近臣们都来观看,说:"这是我小时候明皇赐给我的。"于是命人把它珍藏在一个翠玉匣子里,放在自己的卧室内。国家偶尔发生了水、旱或战乱之灾,肃宗就虔诚地向上清珠祈祷,没有不灵验的。出自《酉阳杂俎》。

守船者

苏州华亭县有座陆四官庙。元和初,有几十只盐船停在庙前。夜里一场雨过后,守船人忽然见庙前光明如火,就偷偷地看,

见一物长数丈,大如屋梁,口弄一团火,或吞之。船者不知何物,乃以竹篙遥掷之。此物惊入草,光遗在地。前视之,乃一珠径寸,光耀射目。此人得之,恐光明为人所见,以衣裹之,光透出。因思宝物怕秽,乃脱亵衣裹之,光遂不出。后无人知者。至扬州胡店卖之,获数千缗。问胡曰:"此何珠也?"胡人不告而去。出《原化记》。

严　生

冯翊严生者,家于汉南,尝游岘山,得一物。其状若弹丸,色黑而大,有光,视之洁彻,若轻冰焉。生持以示于人,或曰:"珠也。"生因以弹珠名之,常置于箱中。其后生游长安,乃于春明门逢一胡人,叩焉而言:"衣囊中有奇宝,愿有得一见。"生即以弹珠示之。胡人捧之而喜曰:"此天下之奇货也,愿以三十万为价。"曰:"此宝安所用?而君厚其价如是哉!"胡人曰:"我西国人。此乃吾国之至宝,国人谓之清水珠。若置于浊水,泠然洞彻矣。自亡此宝,且三岁,吾国之井泉尽浊,国人俱病。故此越海逾山,来中夏以求之。今果得于子矣。"胡人即命注浊水于缶,以珠投之。俄而其水澹然清莹,纤毫可辨。生于是以珠与胡,获其价而去。出《宣室志》。

张文规

张文规牧弘农日,捕获伐墓盗十余辈,中有一人,请间言事。公因屏吏独问,对曰:"某愿以他事赎死。卢氏县南

他看见一个长数丈、大如屋梁的东西在用口玩弄一团火，有时还吞下火。守船人不知这是何物，就把一根竹篙投过去。那东西受惊逃入草丛中，发光的东西落在地上。上前一看，原来是一颗珍珠，直径有一寸，光耀夺目。这个人得了宝珠，怕宝珠发光被别人发现，就用衣服把宝珠包起来。但是光亮仍然能透出来。想到宝物怕污秽，他就脱下内衣来包住它，果然光透不出来了。以后没有人知道此事。他拿到扬州胡人开的珍宝店里去卖，卖了好几千缗钱。他问胡人这是什么珠，胡人没有告诉他就走了。出自《原化记》。

严　生

　　冯翊郡的严生，家在汉南。他曾经在游岘山的时候得到一样东西。这东西状如弹丸，黑色，比弹丸大，有光，看上去光洁明澈，像冰块一样。严生把它拿给人看，有人说这是一颗珍珠。严生就给它起名叫"弹珠"，平常放到箱子里。以后严生游长安，在春明门遇到一个胡人，那胡人向他行礼说："您身上带有奇宝，能让我看看吗？"严生就把弹珠拿出来给他看。胡人捧着弹珠高兴地说："这是天下的奇货呀，我愿意出三十万钱买它！"严生说："这宝贝有何用，能值这么多钱？"胡人说："我是西域人。此珠是我国的至宝，国人叫它清水珠。如果把它放到浊水里，水立刻就会澄清。自从丢失此宝，将近三年了，我国的井泉全都浑浊了，国人都病了，所以才翻山过海来中国找它。现在果然从你这里找到了它。"胡人立即让人打来一盆浑水，把珠子扔进去。不大一会儿，水就变得清亮明澈，纤毫可辨。严生于是把珠子卖给胡人，得钱而去。出自《宣室志》。

张文规

　　张文规做弘农令的时候，曾捉到十多个盗墓贼。其中有一个盗墓贼请求单独和张文规说话。张文规就让其他人退下，单独审问他。那人说："我愿意用别的事来赎死罪。卢氏县南

山尧女冢,近亦曾闻人开发,获一大珠并玉碗,人亦不能计其直。余宝器极多,世莫之识也。"公因遣吏按验,即冢果有开处。旋获其盗,考讯与前言无异。及牵引其徒,称皆在商州冶务中。时商牧名卿也。州移牒,公致书,皆怒而不遣。窃知者云:"珠玉之器,皆入京师贵人家矣。"后自京东出,过卢氏,复问邑中,具如所说。出《尚书故实》。

卫 庆

卫庆者,汝坟编户也。其居在温泉,家世游堕,至庆,乃服田。尝戴月耕于村南古项城之下,倦憩荒陌。忽见白光焰焰,起于陇亩中,若流星。庆掩而得之,遂藏诸怀。晓归视之,乃大珠也。其径寸五分,莹无纤翳。乃裹以缣囊,缄以漆匣。曾示博物者,曰:"此合浦之宝也,得蓄之,纵未贵而当富矣。"庆愈宝之,常置于卧内。自是家产日滋,饭牛四百蹄,垦田二千亩,其余丝枲他物称是。十年间,郁为富家翁。至乾符末,庆忽疾,虽医巫并进,莫有征者。逾月,病且亟。忽闻枕前铿然有声,庆心动,使开匣。珠有璺若缕,色如墨矣。数日而卒,珠亦亡去,自是家日削。子复不肖,货鬻以供蒲酒之费,未释服,室已如悬磬矣。出《三水小牍》。

山的尧女墓，最近也听说被人盗了，盗去一颗大珍珠还有一只玉碗。这两样东西都是无价之宝。还盗去许多其他宝物，都是当世无人能认识的。"张文规于是就派人去查验，查到尧女墓果然被盗。张文规很快便把盗墓者捕获归案，拷问的结果与前者说的完全一致。等到让盗墓者供出他的同伙时，他说同伙都在商州的冶务中。当时商州刺史名字叫卿。张文规派人带着公文和他的亲笔书信前去交涉，相关官吏都很生气，不肯把案犯和赃物送来。暗中知情的人说，那些珠玉之器，全都到了京城的富贵之家了。后来张文规从京东出来，路过卢氏县，又问县里人，也都这么说。出自《尚书故实》。

卫　庆

卫庆是汝坟人。他家在温泉，家里人世代游手好闲，到了卫庆的时候才开始种田。有一次，卫庆披星戴月在村南古项城下耕地，累了就在荒地里休息。他忽然看见田地里白光闪闪，像流星一样。他悄悄过去抓到那东西，藏到怀里。天亮回到家里取出来一看，竟是颗大珍珠。大珠直径一寸五分，晶莹匀净，没有一点杂质。他用细绢把珠子包起来，装进一个漆匣里。他曾把珠子拿给一个通晓众物的人看，那人说："这是合浦产的珍珠，拥有它，即使不做大官也会发大财的。"于是卫庆就更加珍视它，平常总把它放在卧室内。从此，他的家产一天比一天增多：养牛一百多头，垦田两千多亩，其他丝麻等物也日见丰富。十年的工夫，他就变成一个富翁。到了乾符末年，卫庆忽然病了。虽然既求巫又求医，但是总不见好。一个月之后，他病得更重。有一天卫庆忽然听到枕前铿然有声，他心里一动，急忙让人打开珠匣。他看到宝珠裂痕累累，色如黑墨。几天后卫庆便死了，珠子也不翼而飞。从此卫家家境一天天衰败。他的子孙又不肖，变卖家产换酒喝；还没脱下丧服，家里就一贫如洗了。出自《三水小牍》。

鬻饼胡

有举人在京城，邻居有鬻饼胡，无妻。数年，胡忽然病。生存问之，遗以汤药。既而不愈，临死告曰："某在本国时大富，因乱，遂逃至此。本与一乡人约来相取，故久于此，不能别适。遇君哀念，无以奉答，其左臂中有珠，宝惜多年，今死无用矣，特此奉赠，死后乞为殡瘗。郎君得此，亦无用处，今人亦无别者。但知市肆之间，有西国胡客至者，即以问之，当大得价。"生许之。既死，破其左臂，果得一珠。大如弹丸，不甚光泽。生为营葬讫，将出市，无人问者。已经三岁，忽闻新有胡客到城，因以珠市之。胡见大惊曰："郎君何得此宝珠？此非近所有，请问得处。"生因说之。胡乃泣曰："此是某乡人也。本约同问此物，来时海上遇风，流转数国，故愆五六年。到此方欲追寻，不意已死。"遂求买之。生见珠不甚珍，但索五十万耳，胡依价酬之。生诘其所用之处，胡云："汉人得法，取珠于海上，以油一石，煎二斗，其则削。以身入海不濡，龙神所畏，可以取宝。一六度也。"出《原化记》。

鬻饼胡

有一个举人住在京城里。举人的邻居中有一个卖饼的胡人，没有妻子。数年以后，胡人忽然病了。举人常去看他，并送些食物和药给他。胡人一直没好，临死的时候他告诉举人说："我在本国的时候很有钱，因为战乱逃到这里来。本来和一个同乡约好等他来接我，同乡到现在没到，所以我长期在这里，不能到别处去。承蒙您这样体恤我，我没有什么报答。我左胳膊皮下有颗珠子，珍藏了多年，如今死去也就用不着了，就把它送给您吧。我死后请把我埋葬。您得到此珠也没什么用，此地人也没有识货的。只要听说市上有胡人来了，您就拿着珠子去问他，应该能卖个好价钱。"举人同意了。胡人死了之后，举人剖开他的左胳膊，果然取出一颗珍珠。珍珠大如弹丸，没什么光泽。举人把胡人埋葬之后，把珠子拿出去卖，根本没人问。三年之后，忽听新近有胡人到来，举人就前去卖珠。那胡人见到珠子大吃一惊说："您是怎么得到这宝珠的？这不是此处所能有的，是从哪弄来的？"举人于是将实情相告。胡人流泪说道："那个人是我的同乡啊！我们本来约定同来寻这宝物，但是我来时在海上遇上大风，流转了好几个国家，所以延误了五六年。到此之后正要找他，不料他已故去。"于是胡人请求买珠。举人见珠子不太名贵，只要了五十万钱。胡人依价付了钱。举人问他此珠有何用，胡人说："汉人如果得到方法，把珠子拿到海上，用一石油煎到两斗之后涂在身上，下海身上就不湿。龙神害怕，就可以获取珠宝。"出自《原化记》。

卷第四百三

宝四 杂宝上

马 脑

帝颛顼时,丹丘之国献马脑瓮,以盛甘露。帝德所被,殊方入贡,以露充于厨也。马脑石类也,南方者为上。今善别者,马死则扣其脑而视。其色如血者,则日行万里,能腾飞空虚;脑色黄者,日行千里;脑色青者,嘶闻数百里外;脑色黑者,入水毛鬣不濡,日行五百里;脑色白者,多力而驽。今为器多用赤色者。若是人功所制者,多不成器,成器亦拙。其国人听马鸣,别其脑色。出王子年《拾遗》。

犀

犀牛,大约似牛而猪头,脚似象,蹄有三甲。首有二角,一在额上为兕犀;一在鼻上校小,为胡帽犀。鼻上者皆窘束而花点少,多有奇文。牯犀亦有二角,皆为毛犀,俱粟文,堪为腰带。千百犀中,或偶有通者。花点大小奇异,

马　脑

　　帝颛顼时,丹丘国献来一个马脑瓮,用来盛甘露。颛顼的威德所及的地方,远方都进贡甘露,甘露便充满厨房。马脑属于石类,南方产的为上。如今善于辨别马脑的人,马死之后就要敲开马脑看一下。脑色如血的,能日行一万里,能腾飞在空中;脑色发黄的,日行一千里;脑色发青的,嘶鸣起来数百里之外可以听见;脑色发黑的,入水之后鬃毛不湿,日行五百里;脑色发白的,力气大而速度慢。如今制作器具多半用红色的。像这种人工制作的器具,多半不能令人满意,即使做出来也显得笨拙。丹丘国的人听到马鸣声,就知道马脑的颜色。出自王子年《拾遗》。

犀

　　犀牛,大体上像牛而长了一个猪脑袋,脚似象,蹄子上有三片趾甲。头上有两只角。一种角长在额上,叫"兕犀";一种角较小,长在鼻上,叫"胡帽犀"。鼻上长的角都较细而且花点少,多半都有奇异的花纹。牯犀也有两只角,都是毛犀,都有疙疙瘩瘩的花纹,能做腰带。千百只犀角中,偶然有纹理贯通的。花点的大小各异,

固无常定。有偏花路者,有顶花大而根花小者,谓之倒插通。此二种亦五色无常矣。若通白黑分明,花点奇异,则价计巨万,乃希世之宝也。又有堕罗犀,犀中最大,一株有重七八斤者,云是牯牛额上者。必花多是撒头豆点。色深者堪为錡,散而浅,即拍为盘楪器皿之类。又有骇鸡犀、<small>群鸡见之惊散。</small>辟尘犀、<small>为妇人簪梳,尘不着也。</small>辟水犀,<small>云此犀行于海,水为之开,置于雾之中不湿矣。</small>明犀,<small>处于暗室则有光明。</small>此数犀但闻其说,即不可得而见也。<small>出《岭表异录》。</small>

月　镜

　　周灵王起处昆昭之台,有侍臣苌弘,巧智如流,因而得侍。长夜宴乐,或俳谐舞笑,有殊俗之伎。百戏骈列,钟石并奏,亦献异方珍宝。有如玉之人,如龙之锦,亦有如镜之石,如石之镜。此石色白如月,照面如雪,谓之月镜。玉人皆有机类,自能转动,谓之机妍。苌弘言于王曰:"圣德所招也。"故周人以弘媚谄而卒杀之。流血成石,或言成璧,不见其尸矣。<small>出王子年《拾遗》。</small>

秦　宝

　　汉高祖初入咸阳宫,周行府库,金玉珍宝,不可称言。其所惊异者,有玉五支灯,高七尺五寸,下作蟠螭,以口衔灯。灯燃则鳞甲皆动,焕炳若列星而盈室焉。复铸铜人十二枚,皆高三尺,列在一筵上。琴筑笙竽,各有所执,皆结华彩,若生人。筵下有二铜管,上口高数尺,出筵后。其一管空,一管内有绳,大如指。使一人吹空管,一人纽绳,

本没有一定的规则。有花纹偏在一侧的。有顶上花点大根上花点小的，叫"倒插通"。这两种犀角也是五色无常。如果通体白黑分明，花点奇异，就价值巨万，是稀世之宝。又有一种叫"堕罗犀"的，是犀角中最大的一种。有一只就有七八斤重的，说是牯犀牛额上长的。那上面的花纹多半都是散落的圆点。色深的能做腰带上的饰物，散而浅的就可以做成盘碟器皿之类的东西。还有"骇鸡犀"群鸡见了就惊散、"辟尘犀"做妇人用的梳子簪子，灰尘不染、"辟水犀"说这种犀置于海，水为之开；置于雾，雾不湿犀、"明犀"处于暗室里能发光。这几种犀角只听说过，却不曾见过。出自《岭表异录》。

月　镜

周灵王起居处昆昭台，有一个侍臣叫苌弘。他乖巧机智，口若悬河，因而能侍奉灵王。他们长夜饮酒作乐，有滑稽戏有歌舞，演技非凡。各种戏齐演，各种乐器齐奏。也有人献上一些异地的珍宝。有像玉的人，像龙的锦；也有像镜子的石头，像石头的镜子。这种石头色白如月，照面如雪，叫做"月镜"。玉人都有机关，自己能转动，叫做"机妍"。苌弘对灵王说："这些珍宝都是因为大王有圣德而招来的。"所以周朝人认为苌弘谄媚而最终杀了他。苌弘的血化成石头，有人说化成了璧，看不到他的尸体了。出自王子年《拾遗》。

秦　宝

汉高祖当初进咸阳宫的时候，走遍所有的府库，看到库里的金玉珠宝多得无法说全。最让他惊异的，有五支玉灯，此灯高七尺五寸，下面是一条蟠龙，用口衔灯。把灯点燃，蟠龙的鳞甲就全都动起来，焕然闪光，就像群星充满屋子。还有铜铸的十二个人，都三尺高，摆在一张席上。每人持一种乐器，或琴，或筑，或笙，或竽。个个华彩一身，就像活人一样。席下有两根铜管，上边的管口离地数尺，从席后伸出来。其中一根管是空的，一根管里装有一根手指粗的绳子。让一个人吹空管，一个人扭动那绳子，

则琴筑笙竽皆作，与真乐不异焉。玉琴长六尺，上安十三弦，二十六徽，皆用七宝饰之，铭曰"璠璵之乐"。玉笛长二尺三寸，六孔，吹之则见车马山林，隐嶙相次，吹息亦不复见，铭曰"昭华之管"。有方镜，广四尺，高五尺九寸，表里洞明。人直来照之，影则倒见；以手掩心而来，即见肠胃五脏，历历无碍。人有疾病在内者，则掩心而照之，必知病之所在。又女子有邪心，则胆张心动。秦始皇帝常以照宫人，胆张心动，则杀之也。高祖悉封闭，以待项羽。羽并将以东。后不知所在。出《西京杂记》。

珊　瑚

汉宫积草池中，有珊瑚，高一丈二尺，一本三柯。上有四百六十三条。是南越王赵佗所献，号曰烽火树。夜有光，常欲然。出《西京杂记》。

又郁林郡有珊瑚市，海客市珊瑚处也。珊瑚碧色，一株株数十枝，枝间无叶。大者高五六尺，尤小者尺余。蛟人云，海上有珊瑚宫。汉元封二年，郁林郡献珊瑚妇人，帝命植于殿前，谓之女珊瑚。忽柯叶甚茂，至灵帝时树死，咸以为汉室将衰之征也。出《述异记》。

又蒪簶国海，去都城二千里，有飞桥。渡海而西，至且兰国。自且兰有积石，积石南有大海。海中珊瑚生于水底。大船载铁网下海中，初生之时，渐渐似菌。经一年，挺出网目间，变作黄色，支格交错。小者三尺，大者丈余，三年色青。以铁钞发其根，于舶上为绞车，举铁网而出之。故名其所为珊瑚洲。久而不采，却蠹烂糜朽。出《洽闻记》。

就会琴筑笙等一齐鸣奏,和真人所奏的音乐没什么两样。玉琴长六尺,上边有十三根弦。二十六条系琴弦的绳子,全都用金、银、琉璃、玛瑙、玫瑰等宝物装饰而成,刻名叫做"玙璠之乐"。玉笛长二尺三寸,有六个孔,吹奏起来就能出现车马山林,怪石嶙嶙,吹完也就不再出现,刻名叫"昭华之管"。有一面方形镜子,宽四尺,高五尺九寸,里外通明。人直接来照,影像就是倒的;用手捂着心来照,就能看见肠胃五脏,清清楚楚,没有遮碍。体内有病的人,就捂着心口来照,一定能知道病在什么部位。另外,女子如有邪心,一照就胆张心跳。秦始皇常用它来照宫人,凡胆张心跳的,就一律处死。汉高祖把这些宝物全都封存,等待项羽前来。项羽将这些宝物全都带往东方。以后不知这些宝物哪里去了。出自《西京杂记》。

珊 瑚

汉宫的积草池中有一株珊瑚,高一丈二尺,一干三枝。上面有四百六十三根枝条。这是南越国王赵佗献来的,名叫"烽火树"。它夜间发光,总像要燃烧的样子。出自《西京杂记》。

又,郁林郡有个珊瑚市,是下海人卖珊瑚的地方。这里的珊瑚呈碧绿色,一株株各有几十个枝杈,枝间没有叶。大的高五六尺,小的只有一尺多。蛟人说,海里有个珊瑚宫。汉元封二年的时候,郁林郡献来一个珊瑚妇人,汉武帝让人把它种植在殿前,称它为"女珊瑚"。一时间枝繁叶茂。到灵帝时,这株珊瑚树死了,人们都认为这是汉室将要衰败的征兆。出自《述异记》。

又,菻簇国的海上,离都城两千里有座飞桥。渡海向西,到且兰国。且兰国有积石山,积石山南有大海。海中珊瑚生于水底。用大船把铁网投入海中,珊瑚初生之时,渐渐像菌,一年后,它就从网眼挺出来,变成黄色,枝柯交错。小的三尺左右,大的一丈有余。三年以后变成青色。用铁钞拔起它的根,在船上准备一个绞车,把铁网拉上来,珊瑚便采上来了。所以给这里取名叫"珊瑚洲"。长时间不采,珊瑚就会被虫蛀而朽烂。出自《洽闻记》。

四宝宫

武帝为七宝床、杂宝按屏风、杂宝帐，设于桂宫。时人谓之四宝宫。出《拾遗录》。

延清室

董偃常卧延清之室，以画石为床，盖石文如画也。石体盛轻，出郅支国。上设紫琉璃帐，火齐屏风，列灵麻之烛，以紫玉为盘。如屈龙，皆杂宝饰之。视者于户外扇偃，偃曰："玉石岂须扇而后清凉耶？"侍者屏扇，以手摹之，方知有屏风也。偃又以玉精为盘，贮冰于膝前。玉精与冰同洁彻，侍者言以冰无盘，必融湿席，乃和玉盘拂之。落阶下，冰玉俱碎，偃更以为乐。此玉精千涂国所贡也，武帝以此赐偃。哀平之世，民皆犹有此器，而多残破。王莽之世，不复知所在。出《拾遗录》。

玉如意

吴孙权时，有掘得铜匣，长二尺七寸，以琉璃为盖。又一白玉如意，所执处皆刻龙虎及蝉形，莫能识其由。使人问综，综，博物者也。曰："昔秦皇以金陵有天子气，平诸山阜，处处埋宝，以当王气。"此盖是乎？出《酉阳杂俎》。

七宝鞭

晋明帝单骑潜入，窥王敦营。敦觉，使骑追之，帝奔。仍以七宝鞭顾逆旅姬，扇马屎。王敦追之人，见马屎，以为

四宝宫

武帝做了七宝床、杂宝按屏风、杂宝帐,都放在桂宫里。当时人称桂宫为"四宝宫"。出自《拾遗录》。

延清室

董偃常躺卧在延清室中,用画石做床。之所以叫"画石",因为石的花纹像画。这种石头体大而轻,出自郅支国。床上有紫色的琉璃帐幔,有用火齐宝石做的屏风,排列着用灵麻做的蜡烛,还有用紫玉做的盘子。床似一条弯曲的龙,全都用杂色宝物装饰起来。侍者在窗外给董偃扇风。董偃说:"难道玉石也需要扇风之后才清凉吗?"侍者收拢扇子,用手一摸,才知道有屏风。董偃又用玉精做的盘子盛满冰块,放在膝前。玉精与冰都是洁白透明的物品,侍者见了忙说:"冰块不用盘盛着,一定会融化弄湿席子!"说着他急忙伸手一拂,玉盘与冰全都落到阶下摔碎。董偃却以此为乐。这种玉精是千涂国贡进的,汉武帝又赏赐给董偃。哀帝建平年间,百姓家还都有这种器物,但多半已经残破。王莽时,不再知道哪儿有了。出自《拾遗录》。

玉如意

东吴孙权的时候,有人从地下挖出一个铜匣,长二尺七寸,用琉璃做的盖。还有一枚白玉如意,凡是用手拿的地方,都刻有龙、虎和蝉的形像。谁也不知这是为什么。孙权派人去问综。综是一位博学多识的人,他说:"过去秦始皇因为金陵有天子气,便平了那里的许多山岭,到处埋宝,用来镇压王气。"这件玉如意大概就是那时留下的吧? 出自《酉阳杂俎》。

七宝鞭

晋明帝单枪匹马潜入王敦的兵营窥探敌情。王敦发觉后,派骑兵追他。明帝骑马奔逃,并用他的七宝鞭雇客栈里的老妇把马屎用扇子扇凉。王敦派来追赶他的人见马屎都凉了,以为

帝去已远。仍宝鞭,不复前追。出《中说》。

犀 导

晋东海蒋潜,尝至不其县。见林下蹐一尸,已臭烂,乌来食之。辄见一小儿,长三尺许,来驱乌,乌乃起。如此非一。潜异之,乃就看之。见死人头上著通天犀导,价数万钱,乃拔取之。既去,众乌争集,无复驱者。潜后以此导上晋武陵王,王薨,以衬众僧。王武刚以九万钱买之,后落褚太宰处,褚以饷齐故丞相豫章王。王死后,内人江夫人遂断以为钗。每夜,辄见一儿绕床头啼叫云:"何为见屠割?必当相报,终不独受枉酷。"江夫人恶之。月余遂薨。出《续齐谐记》。

玉清三宝

杜陵韦弇,字景昭。开元中,举进士第,寓游于蜀,蜀多胜地。会春末,弇与其友数辈,为花酒宴,虽夜不殆。一日,有请者曰:"郡南去十里,有郑氏亭,亭起苑中,真尘外境也。愿偕去。"弇闻其说,喜甚,遂与俱南。出十里,得郑氏亭。端空危危,横然四峙,门用花辟,砌用烟蠹。弇望之不暇他视,真所谓尘外境也。使者揖弇入。既入,见亭上有神仙十数,皆极色也。凝立若伫,半掉云袂,飘飘然。其侍列左右者,亦十数。纹绣杳眇,殆不可识。

有一人望弇而语曰:"韦进士来。"命左右请上亭。斜栏层去,既上且拜。群仙喜曰:"君不闻刘阮事乎?今日亦

他已经跑远了；又得到宝鞭，便不再追他。出自《中说》。

犀 导

晋朝时，东海郡的蒋潜有一次来到不其县。他见林下有一具尸体已经腐烂，乌鸦来啄食尸体。又看到一个三尺来高的小孩前来驱赶乌鸦，乌鸦就飞起。如此好几次。蒋潜觉得奇怪，就走近去看。他看到死人头上佩戴一枚通天犀导，价值数万钱，就拔取了这枚犀导。他走后，一群乌鸦争集而来，没有人再来驱赶乌鸦。后来蒋潜把这枚犀导献给晋武陵王。武陵王死后，这枚犀导又被施舍给僧人。王武刚用九万钱把它买下。后来落到褚太宰手里，褚太宰又把它送给齐国前丞相豫章王。豫章王死后，其妻江夫人就把它弄断，做成了钗。每到夜里，总能听见一个男孩绕床头啼叫道："你为什么要杀害我？我一定要报复的！无论如何也不能独自忍受这样的枉杀！"江夫人对此很厌恶，一个多月以后她就死了。出自《续齐谐记》。

玉清三宝

杜陵人韦弇字景昭。他开元年间考中进士，寄居在蜀地。蜀地名胜很多。恰是春末，韦弇和他的几位朋友办了一个花酒宴会，玩到半夜也不停歇。一天，有人来请他，说："郡南十里处有个郑氏亭。亭子建在花园里，真正是世外佳境。请你和我一块去一趟。"韦弇听他讲完很高兴，就和那人一起向南而行。走出十里后，来到郑氏亭前。亭子高高耸立，四面环山，鲜花盛开成门，烟缠雾绕为墙。韦弇简直要看傻了，真是所说的世外仙境啊。使者行礼请韦弇进去。进去后，见亭上有十几位仙女，都有倾城倾国的姿色。仙女们长时间地站立着，衣袖飘飘。侍奉在左右的也是十来个人。她们所饰纹绣影影绰绰，几乎不能看清。

有一位仙女望着韦弇说："韦进士来啦！"她让左右快请韦弇到亭子上来。韦弇顺着斜栏一层层上去，上去后就向众仙女行礼。众仙女高兴地说："您听说过刘晨阮肇的事吗？现在您也

如是。愿奉一醉，将尽春色。君以为何如？"弇谢曰："不意今日得为刘阮，幸何甚哉！然则次为何所？女郎又何为者？愿一闻知。"群仙曰："我玉清之女也，居于此久矣。此乃玉清宫也。向闻君为下第进士，寓游至此，将以一言奉请，又惧君子不顾，且贻其辱。是以假郑氏之亭以命君，果副吾志。虽然，此仙府也。虽云不可滞世间人，君居之，固无损耳。幸不以为疑。"即命酒乐宴亭中，丝竹尽举，飘然泠然，凌玄越冥，不为人间声曲。酒既酣，群仙曰："吾闻唐天子尚神仙。吾有新乐一曲，曰'紫云'，愿授圣主。君唐人也，为吾传之一进，可乎？"曰："弇一儒也，在长安中，徒为区区于尘土间，望天子门且不可见之，又非知音者，曷能致是？"群仙曰："君既不能，吾将以梦传于天子可也。"又曰："吾有三宝，将以赠君。能使君富敌王侯，君其受之！"乃命左右取其宝。始出一杯，其色碧而光莹洞澈。顾谓弇曰："碧瑶杯也。"又出一枕，似玉微红，曰："红蕤枕也。"又出一小函，其色紫，亦似玉，而莹澈则过之，曰："紫玉函也。"已而皆授弇，弇拜谢别去。

行未及一里，回望其亭，茫然无有。弇异之，亦竟不知何所也，遂挈其宝还长安。明年下第，东游至广陵，因以其宝集于广陵市。有胡人见而拜曰："此天下之奇宝也。虽千万年，人无得者。君何得而有？"弇以告之。因问曰："此何宝乎？"曰："乃玉清真三宝也。"遂以数千万为直而易之。弇由是建甲第，居广陵中为豪士。竟卒于白衣也。出《宣室志》。

像刘阮那样了。我们愿意陪您一醉，领略这春色，您以为如何？"韦弇说："没想到今天我也成了刘阮，真是太幸运了。但是这是什么地方？你们都是干什么的？请告诉我好吗？"众仙女说："我们是玉清之女，在这里居住很久了。这地方叫玉清宫。从前听说你是下第进士，客游至此，想去请你，又怕你不理而受到羞辱，所以假借郑氏之亭让你来。果然如我们所愿。虽然这是仙府，凡人不能在此久留，但是你在这里，没有任何损害。希望你不要怀疑。"于是就让人在亭中设宴。丝竹齐奏，乐声清娓婉转，悠悠然不绝于耳；曲子超越玄冥，不是人间所能听到的曲调。酒到酣处，众仙女说："我们听说大唐天子崇尚神仙。我们有一支新乐曲，名叫'紫云'，想送给唐天子。你是唐人，请你替我们把曲子交给天子，可以吗？"韦弇说："我是一个普通书生，在长安城中，只是个区区小人物，连天子的大门都看不到；我又不懂音乐，怎么能办得到呢？"众仙女说："既然你办不到，我们托梦传给天子也是可以的。"又说："我们有三件宝贝要赠送给你，这几件宝贝能让你富比王侯。请你笑纳！"于是就让左右取来那三件宝贝。首先拿出来一只杯子。杯子呈碧绿色，光亮透明。仙女看着韦弇说："这是碧瑶杯。"接着拿出来一个枕头，样子像玉，微微发红，说："这是红蕤枕。"又拿出一个小匣，紫色，也像玉，但是比玉莹澈光亮，说："这是紫玉匣。"然后就把这些全送给韦弇。韦弇拜谢之后便告辞离去。

　　韦弇走了不到一里地，回头看那个亭子，茫茫然什么都没有了。韦弇感到非常奇怪，到底也不知道这是什么地方。于是他带着三件宝物回到了长安。第二年他又落第，东游到广陵，就把三件宝贝拿到市场上出卖。有一个胡人见到便下拜说："这是天下的奇宝啊！尽管千万年了，但是从来没人得到过它。你是怎么得到的？"韦弇就告诉了他，顺势问道："这是什么宝呢？"胡人说："这是真正的玉清三宝啊！"于是胡人用数千万的价钱买去三宝。韦弇从此开始建宅院，成为广陵的大富豪。他到老也没有做过官。出自《宣室志》。

宝 骨

长安平康坊菩提寺,缘李林甫宅在东,故建钟楼于西。寺内有郭令玩瑁鞭,及郭令王夫人七宝帐。寺主元意,多识故事。云:李相每至生日,常转请此寺僧,就宅设斋。有一僧尝赞佛,施鞍一具,卖之,价直七万。又僧广有声,口经数年,次当赞佛。因极祝林甫功德,冀获厚衬。毕,帘下出彩筐,香罗帊籍一物,如朽钉,长数寸。僧归,大失所望,惭惋数日。且意大臣不容欺已,遂携至西市,示于胡商,索价一千。胡见之,大笑曰:"未也。"更极意言之,加至五百千。胡人曰:"此宝价直一千万。"遂与之。僧访其名,曰:"此宝骨也。"出《酉阳杂俎》。

紫栄羯

乾元中,国家以克复二京,粮饷不给。监察御史康云间,为江淮度支。率诸江淮商旅百姓五分之一,以补时用。洪州,江淮之间一都会也,云间令录事参军李惟燕典其事。有一僧人,请率百万。乃于腋下取一小瓶,大如合拳。问其所实,诡不实对,惟燕以所纳给众。难违其言,诈惊曰:"上人安得此物?必货此,当不违价。"有波斯胡人见之如其价以市之而去。胡人至扬州,长史邓景山知其事,以问胡。胡云:"瓶中是紫栄羯。人得之者,为鬼神所护,入火不烧,涉水不溺。有其物而无其价,非明珠杂货宝所能及也。"又率胡人一万贯。胡乐输其财,而不为恨。瓶中有珠十二颗。出《广异记》。

宝　骨

长安平康坊的菩提寺，因为李林甫的宅院在东，所以就把钟楼建在西边。寺里有郭令的玳瑁鞭以及郭令、王夫人的七宝帐。寺主元意知道许多过去的事。他说，李林甫每次过生日的时候，往往转请这寺里的和尚在宅中设斋。有一回，一个和尚去赞佛，李林甫施舍给他一个马鞍。拿出去卖，价值七万。又有一个和尚广有名声，诵经多年，也被请到李林甫家念经。这位和尚极力称颂李林甫的功德，希望得到优厚的施舍。诵经结束后，李家从帘下递出一个彩色的竹筐，里面用香罗帕盖着一件东西，像个朽钉一样，长几寸。和尚回去后大失所望，惭愧惋惜了好几天。他想到李林甫这样的大官不至于欺哄他，就带着那东西到西市上，给一个胡商看，要价一千。胡商看后大笑道："要低了。"他铆足劲，要到五百千。胡商说："此宝价值一千万！"于是卖给了胡商。他打听宝物的名称，胡商说："这是宝骨。"出自《酉阳杂俎》。

紫抹羯

乾元年间，国家因为要克复二京，粮饷供给不足。监察御史康云间是江淮度支使，他向江淮一带的商旅百姓征收五分之一的税，用以补充当时急用。洪州是江淮之间的一大都会，康云间让录事参军李惟燕掌管洪州之事。有一个和尚请求征收他一百万。说完他就从腋下掏出一个拳头大小的小瓶来。问他瓶里装的是什么，他并不照实回答。李惟燕因为要用收入供给许多人，不能不照他说的去做，就装作吃惊地说："您是如何得到这东西的？一定要卖它，可不能违背它的价格呀！"有一个波斯胡人见了，就按和尚说的价格买了小瓶而去。胡人来到扬州，长史邓景山知道这件事，就问那胡人是怎么回事。胡人说："瓶中装的是紫抹羯。得到它的人，就能受到鬼神的保护，走进火里不能被烧，掉进水里不能被淹。这是一种无价之宝，不是明珠杂宝能比得上的。"于是，又加收胡人一万贯税。胡人乐于交纳而不怨恨。瓶中装有十二颗宝珠。出自《广异记》。

紫 贝

紫贝即矷螺也。儋振夷黎海畔，采以为货。《南越志》云："土产大贝，即紫贝也。"出《岭表录异》。

魏 生

唐安史定后，有魏生者，少以勋戚，历任王友，家财累万。然其交结不轨之徒，由是穷匮，为士旅所摈。因避乱，将妻入岭南。数年，方宁后归。舟行至虔州界，因暴雨息后，登岸肆目。忽于砂碛间，见一地，气直上冲数十丈。从而寻之，石间见石片如手掌大，状如瓷片，又类如石，半青半赤，甚辨焉。试取以归，致之书箧。及至家，故旧荡尽，无财贿以求叙录，假屋以居。市肆多贾客胡人等，旧相识者哀之，皆分以财帛。尝因胡客自为宝会，胡客法：每年一度与乡人大会，各阅宝物。宝物多者，戴帽居于坐上，其余以次分列。召生观焉，生忽忆所拾得物，取怀之而去。亦不敢先言之，坐于席末。食讫，诸胡出宝。上坐者出明珠四，其大逾径寸。余胡皆起，稽首礼拜。其次以下所出者，或三或二，悉是宝。至坐末，诸胡咸笑，戏谓生："君亦有宝否？"生曰："有之。"遂所出怀以示之，而自笑。三十余胡皆起，扶生于座首，礼拜各足。生初为见谴，不胜惭悚。后知诚意，大惊异。其老胡见此石，亦有泣者。众遂求生，请

紫　贝

紫贝就是砑螺。儋振夷黎海边的人,采紫贝当货币。《南越志》说:"土产大贝,就是紫贝。"出自《岭表录异》。

魏　生

唐朝安史之乱被平定以后,有一个姓魏的读书人,小时候因为他家是有功勋的皇亲国戚,先后担任王友,家中财产累万。但是由于他交结不轨之徒,因此家境日衰,遭到当地士族的排斥。为躲避战乱,魏生带妻子来到江南。几年之后,战乱平定他才回乡。船走到虔州地界,因暴雨停泊下来。他离船登岸,观赏当地风光,忽然望见河岸沙滩上,一处地上有一股气流上冲高达数十丈,便走上前细看。他看到乱石之间有一块手掌那么大的石片,状如瓮片,又像石头,颜色半青半赤,很是分明。他就把石片捡了回来,放到书箱里。回到家一看,旧友都没了。他没有财物用来谋求官职,只好租借一处房子住下来。这里的市场店铺之中有许多胡人商客,旧相识可怜他,都分一些财物给他。魏生家的转机,是借着一次胡人客商的"宝会"发生的。按照胡人的习俗,每年都有一次与乡人相聚的大会,会上每个人都要展示自己的宝物。宝物多的人就戴着帽子坐在上首,其余的依次列坐。这年的宝会他们邀请魏生参加,魏生忽然间想到了拾到的那块石片,就把它揣到怀里去参加宝会。到会之后,他也不敢先说带来宝物了,坐到了最末席。酒饭之后,胡人们开始展示宝贝。坐在最上座的胡人拿出来的是四颗明珠,直径一寸多。其余的胡人都站起来,向首席的胡人稽首礼拜。接着胡人们依次展示出来的,三三两两,全是珍宝。轮到座位最末席,胡人们全都笑了,和魏生开玩笑道:"您也有宝贝吗?"他说:"有!"就把怀中的石片拿出来展示,却自己笑了。三十多位胡人全都站起来,把他扶到首席上,一齐下拜。魏生起初以为自己被捉弄了,很不好意思。后来他知道胡人们是诚心诚意的,这才大为惊奇。那些老一点的胡人见到此石,也有流泪的。于是众胡人就求魏生,请求

市此宝，恣其所索。生遂大言，索百万。众皆怒之："何故辱吾此宝?"加至千万乃已。潜问胡："此宝名何?"胡云："此是某本国之宝。因乱遂失之，已经三十余年。我王求募之，云，获者拜国相。此归皆获厚赏，岂止于数百万哉?"问其所用。云："此宝母也。但每月望，王自出海岸，设坛致祭之，以此置坛上。一夕，明珠宝贝等皆自聚。故名'宝母'也。"生得财倍其先资也。出《原化记》。

买下这件宝贝,让他随便要价。魏生就狮子大开口,要价一百万。众胡人嗔怒道:"为什么要侮辱我们的宝贝呢?"于是再加价,一直加到一千万才停。魏生悄悄问一个胡人这宝贝叫什么名字,胡人说:"这是我们国家的国宝。因为战乱已经丢失了三十多年了。我们的国王下令寻求它,说找到此宝的人拜为国相。这次我们回去都能得到重赏,何止几百万!"他又问此宝有什么用,胡人说:"这是宝母啊!只要在每月的十五日,国王亲自来到海岸,把此宝放到一个事先设好的祭坛上祭奠,到了晚上,各种珍珠宝贝就会自动聚拢而来。所以叫做'宝母'。"魏生这一次获得的钱财超过他原先家产的一倍。出自《原化记》。

卷第四百四

宝五 杂宝下

肃宗朝八宝

　　开元中,有李氏者,嫁于贺若氏。贺若氏卒,乃舍俗为尼,号曰真如,家于巩县孝义桥。其行高洁,远近宗推之。天宝元年,七月七日,真如于精舍户外盥濯之间,忽有五色云气,自东而来。云中引手,不见其形。徐以囊授真如曰:"宝之。慎勿言也。"真如谨守,不敢失坠。天宝末,禄山作乱,中原鼎沸,衣冠南走,真如展转流寓于楚州安宜县。

　　肃宗元年,建子月十八日夜,真如所居,忽见二人,衣皂衣。引真如东南而行,可五六十步,值一城。楼观严饰,兵卫整肃。皂衣者指之曰:"化城也。"城有大殿。一人衣紫衣,戴宝冠,号为天帝。复有二十余人,衣冠亦如之,呼为诸天。诸天坐,命真如进。既而诸天相谓曰:"下界丧乱时久,杀戮过多,腥秽之气,达于诸天。不知何以救之?"一

肃宗朝八宝

开元年间,有一个姓李的女子嫁给一个姓贺若的为妻。贺若氏死了,姓李的这个女子就出家当了尼姑,法号真如。真如家住巩县孝义桥。她品行高洁,远近的人都敬佩她。天宝元年七月七日,真如在精舍窗外洗漱,忽然有一团五色的云气从东方飘来。云雾中伸出一只手,却看不到人的身形。那只手徐徐地把一个锦囊交给真如说:"珍藏它,千万不要告诉别人。"真如谨守秘密,不敢有所闪失。天宝末年,安禄山作乱,中原地区兵荒马乱,人们一齐向南奔逃。真如也辗转流落到楚州安宜县。

肃宗元年,建子月十八日夜间,真如在自己的住处,忽然看见两个穿黑衣服的人。这两个黑衣人拉着真如向东南方向走。走了五六十步,他们面前出现一座城。楼观雄伟壮观,城中的兵卫齐整严肃。黑衣人指着城池说:"这是化城。"城中有大殿。殿上有一人身穿紫衣,戴宝冠,他被称作天帝。又有二十多人,衣冠和天帝差不多,被称为诸天。诸天入座之后,才让真如进去。然后诸天互相议论道:"人世间丧乱的时间很久了,杀人太多了,腥臭污秽之气直冲云天,不知如何才能拯救人世呢?"一个

天曰:"莫若以神宝压之。"又一天曰:"当用第三宝。"又一天曰:"今厉气方盛,秽毒凝固,第三宝不足以胜之,须以第二宝,则兵可息,乱世可清也。"天帝曰:"然。"因出宝授真如曰:"汝往令刺史崔侁,进达于天子。"复谓真如曰:"前所授汝小囊,有宝五段,人臣可得见之。今者八宝,唯王者所宜见之。汝慎勿易也。"乃具以宝名及所用之法授真如。已而复令皂衣者送之。

翼日,真如诣县。摄令王滔之,以状闻州。州得滔之状,会刺史将行。以县状示从事卢恒曰:"安宜县有妖尼之事,怪之甚也,亟往讯之。"恒至县,召真如,欲以王法加之。真如曰:"上帝有命,谁敢废坠!且宝非人力所致,又何疑焉?"乃以囊中五宝示恒。其一曰"玄黄天符",形如笏。长可八寸余,阔三寸。上圆下方,近圆有孔,黄玉也。色比蒸栗,潭若凝脂,辟人间兵疫邪疠。其二曰"玉鸡",毛文悉备,白玉也。王者以孝理天下则见。其三曰"谷璧",白玉也。径五六寸。其文粟粒自生,无异雕镂之状。王者得之,即五谷丰稔。其四曰"王母玉环",二枚,亦白玉也。径六寸,好倍于肉。王者得之,能令外国归复。其玉色光彩溢发,特异于常。卢恒曰:"玉信玉矣,安知宝乎?"真如乃悉出宝盘,向空照之,其光皆射日,仰望不知光之所极也。恒与县吏同视,咸异之。翼日侁至,恒白于侁曰:"宝盖天授,非人事也。"侁覆验无异,叹骇久之,即具事白报节度使崔圆。

诸天说:"不如用神宝把邪恶之气压住。"又一个诸天说:"那就应该用第三件宝贝。"又一个诸天说:"现在邪恶之气正盛,秽毒凝固,第三件宝贝怕不能取胜,得用第二件宝贝才能息兵平乱。"天帝说:"说得对!"于是他取出宝贝交给真如说:"你去让刺史崔侁把这事奏明天子。"又对真如说:"以前交给你的小囊,里边装有五件宝贝,一般官员可以观看。现在给你的八件宝物,只有做帝王的才可以看。你千万不要弄错了。"于是就详细地将宝物的名称及用法讲授给真如。而后又让黑衣人把真如送回来。

第二天,真如到县府向县令王滔之说明此事。王滔之具状向州里报告。州里得到王滔之的状子,正赶上刺史马上就要出行,他便把县里的状子交给从事卢恒说:"安宜县有个妖怪尼姑的事儿,太怪了,你赶紧去过问一下。"卢恒来到安宜县,召见真如,要按王法惩办她。真如说:"上帝有命令,谁敢违抗?再说这些宝贝也不是人工所能做出来的,又何必多疑呢?"于是她就把锦囊中的五件宝贝出示给卢恒。第一件叫"玄黄天符",形状像笏板,长有八寸多,宽三寸。这件宝物上圆下方,接近圆的地方有小孔,是黄玉做成的。它的颜色像蒸熟的粟子,深沉如凝脂。有此宝可避人间的兵疫邪疠。第二件叫"玉鸡",鸡的羽毛和花纹全都具备,是白玉做成的。做帝王的用孝道治理天下,这宝贝就能在人间出现。第三件叫"谷璧",也是用白玉做成,直径五六寸。上面米粒状的花纹和雕刻出的没什么两样。做帝王的得了它,能让天下的五谷年年丰收。第四件叫"王母玉环",两只,也是白玉制成。这件宝物直径六寸,比肉还要温润。做帝王的得了它,能让外国归顺。这些宝贝件件都光彩焕然,不同寻常。卢恒说:"这些玉都是真的,可怎么知道它们是宝呢?"真如便把五件宝贝全都端出来,往空中一举。宝光全都射向太阳,光芒万丈,仰望望不到尽头。卢恒和县吏一块观看,都感到惊异。第二天崔侁来到,卢恒便对他说:"这些宝物可能是天赐的,不是人能办到的。"崔侁查验一番,和卢恒说的一样。他惊叹不已,就把此事报告给节度使崔圆。

圆异之，征真如诣府，欲历观之。真如曰："不可。"圆固强之。真如不得已，又出八宝。一曰"如意宝珠"，其形正圆，大如鸡卵，光色莹澈。置之堂中，明如满月。其二曰"红靺鞨"，大如巨栗，赤烂若朱樱。视之可应手而碎，触之则坚重不可破也。其三曰"琅玕珠"，其形如环，四分缺一，径可五六寸。其四曰"玉印"，大如半手，其文如鹿陷之印，中著物则形见。其五曰"皇后采桑钩"，二枚，长五六寸，其细如筋。屈其末，似金又似银，又类熟铜。其六曰"雷公石"，二枚，斧形。长可四寸，阔寸许，无孔，腻如青玉。八宝置之日中，则白气连天；措诸阴室，则烛耀如月。其所压胜之法，真如皆秘，不可得而知也。圆为录表奏之。真如曰："天命崔佑，事为若何？"圆惧而止。

佑乃遗卢恒随真如上献。时史朝义方围宋州，又南陷申州，淮河道绝，遂取江路而上，抵商山入关，以建巳月十三日达京。时肃宗寝疾方甚，视宝，促召代宗谓曰："汝自楚王为皇太子，今上天赐宝，获于楚州。天许汝也，宜保爱之。"代宗再拜受赐。得宝之故，即日改为宝应元年。上既登位，乃升楚州为上州，县为望县，改县名安宜为宝应焉。刺史及进宝官，皆有超擢。号真如为"宝和大师"，宠锡有加。自后兵革渐偃，年谷丰登，封域之内，几至小康，宝应之符验也。真如所居之地得宝，河壖高敞，境物润茂。遗址后为六合县尉崔稈所居。西堂之间，相传云：西域胡人过其傍者，至今莫不望其处而瞻礼焉。出《杜阳杂编》。

崔圆觉得奇怪，把真如传来，要一样一样地验看宝贝。真如说不行。崔圆非看不可。真如拗他不过，只好又拿出那八件宝物给他看。第一件是"如意宝珠"，形状是正圆形的，鸡蛋大小，光色晶莹明澈。放在屋里，明亮如满月。第二件是"红靺鞨"，像一个大栗子那么大，像红色樱桃那样又红又软。这件宝物看上去很容易弄碎，触碰一下才知道它既坚硬又沉重，很难击破。第三件是"琅玕珠"，形状像个圆环，四分缺一，直径足有五六寸。第四件是"玉印"，有半只手大小，上面的花纹像鹿蹄踩过的痕迹，中间填上东西便现出形来。第五件是"皇后采桑钩"，两枚，长五六寸，像筷子那么粗。末端弯曲，像金的又像银的，还像熟铜的。第六件是"雷公石"，两枚，形状像斧子。长四寸，宽一寸左右，没有孔，细腻光滑酷似青玉。把这八宝放在日光下，只见白气连天；把它们放到屋里，则像明月照耀。至于那些祛除邪恶腥秽的办法，真如秘而不宣，其他人无从知晓。崔圆要奏明天子，真如说："天帝命崔侁去做此事，你硬要做是为什么呢？"崔圆恐惧而止。

于是崔侁派卢恒随真如一起前去献宝。当时史朝义正围困宋州，又向南攻下申州，淮河路不通，就取道长江而上，再经商山入函谷关。四月十三日到达京都。当时肃宗正卧病不起，他看了宝贝之后，急忙让人把代宗召来，说道："你从楚王立为皇太子，现在上天赐宝，从楚州得到。这是上天助你，你应该珍重这些宝贝才是。"代宗拜了两拜，接受上天所赐。因为得到宝物的缘故，得宝当天就改年号为宝应元年。代宗登基之后，就把楚州升为上州，把县升为望县，改安宜县名为宝应县。刺史及献宝者都有擢升。赐号真如为"宝和大师"，对她的宠幸及赏赐都胜过他人。从此以后兵乱渐息，年年五谷丰登，天下百姓过上了小康生活，宝应之符果真应验了。真如所居的得宝之地，河岸高大宽敞，万物丰茂。遗址后来由六合县尉崔珵居住。西堂之间传说，至今西域胡人走到那里，没有不望着那处住所下拜的。出自《杜阳杂编》。

灵光豆

代宗大历中,日林国献灵光豆龙角钗。因其国有海,东北四方里。国西怪石方数百里,光明澄澈,可鉴人五脏六腑,亦谓之仙人镜。国人有疾,辄照之,使知起于某脏某腑。即自采神草饵之,无不愈焉。灵光豆,大小类中华之菉豆,其色殷红,而光芒可长数尺,本国亦谓之诘多珠。和石上菖蒲叶煮之,即大如鹅卵。其中纯紫,称之可重一斤。帝啖一丸,叹其香美无比,而数日不复言饥渴。龙角钗类玉,绀色,上刻蛟龙之形。精巧奇丽,非人所制。帝赐独孤妃子。与帝同泛舟于龙池,有紫云自二上而生,俄顷满于舟中。帝由是命置之于堂内,以水喷之,化为二龙,腾空东去矣。出《杜阳杂编》。

万佛山

上崇释氏教,乃春百品香和银粉以涂佛室。遇新罗国献五色氍毹,及万佛山,可高一丈。上置于佛室,以氍毹籍其地。氍毹之巧丽,亦冠绝于一时。每方寸之内,即有歌舞妓乐,列国山川之状。或微风入室,其上复有蜂蝶动摇,燕雀飞舞。俯而视之,莫辨其真假。万佛山,雕沉檀珠玉以成之。其佛形,大者或逾寸,小者八九分。其佛之首,有如黍米者,有如菽者。其眉目口耳,螺髻毫相悉具。而辫缕金玉水精,为蟠盖流苏。庵赡卜罗等树,构百宝为楼阁台殿。其状虽微,势若飞动。前有行道僧,不啻千数。下有紫金钟,阔三寸,以蒲牢衔之。每击钟,行道僧礼拜至地。其中隐隐,谓之梵声,盖关缧在乎钟也。其山虽以万

灵光豆

代宗大历年间,日林国献来灵光豆和龙角钗。这个国家有个大湖,大小有一里见方。国西有块怪石,方圆几百里。怪石光明澄澈,可以照见人的五脏六腑,当地人也叫它"仙人镜"。他们国家的人有病,总是先照仙人镜,弄清楚某脏某腑有病了,就去采草药治疗,没有治不好的。灵光豆,大小像中国的绿豆,颜色殷红,发出的光芒却长达数尺。他们本国人也叫它"诘多珠"。绿豆大小的一粒灵光豆,如果和石上菖蒲叶一块煮,就能煮成鹅蛋那么大。它里边是纯紫色的,重量可达到一斤。代宗吃了一丸,赞美它香味无比,而且好几天不再感到饥渴。龙角钗类似一种玉,青红色,上面刻有蛟龙的图形。它的精巧奇丽,不是人工所能做的。代宗把它赐给独孤妃子。独孤妃子和代宗同舟泛于龙池,二人头上便生出一团紫云,顷刻间紫云便充满舟中。代宗于是命人将此钗放到堂内,用水喷它。龙角钗便化成两条龙,腾空向东飞去。出自《杜阳杂编》。

万佛山

皇上崇尚佛教,就舂百品香和银粉来涂刷佛室。赶上新罗国献来一块五色毛地毯和一尊一丈高的万佛山,皇上把万佛山放在佛室,用五色毛地毯铺在佛室的地上。万佛山高一丈。毛地毯之巧丽也是冠绝一时,每寸之内都有歌舞妓乐和各国山川的形像。有时微风入室,上面还有蜂蝶燕雀飞舞跃动。俯首看去,不能辨别真假。万佛山是雕刻沉檀和珠玉而成的。那些佛像,大的有的超过一寸,小的只有八九分。那佛的头,有的像米粒那么大,有的像豆粒那么大,但是眉眼口耳甚至连螺髻也样样具备。还用丝线串着金玉水精等作为幡盖流苏和庵赡卜罗等树木,用百宝做成楼阁台殿。形体虽然极小,但是栩栩如生,像在动一样。前面行道僧人数量不止一千。下边有紫金钟,三寸宽,用蒲牢兽衔着。每敲一下钟,行道僧便礼拜到地,同时还有隐隐的念经的声音。大概机关技巧就在这钟上。尽管这山以"万

佛为名,其数则不可胜计。上置九光扇于岩巘间。四月八日,召两街僧徒入内道场,礼万佛山,是时观者叹非人工。及见有光出于殿中,咸谓之佛光,即九光扇也。由是上命三藏僧不空,念天竺密语千口而退。出《杜阳杂编》。

玳瑁盆

宝历元年,南昌国献玳瑁盆、浮光裘、夜明犀。云:其国有酒山紫海。盖山有泉,其味如酒,饮之甚醉则经日不醒。紫海水,色如烂椹,可以染衣。其鱼龙龟鳖、砂石草木,无不紫焉。玳瑁盆,可容十斛,外以金玉饰之。及盛夏,上置于殿内,贮水令满,遣嫔御持金银杓,酌水相沃,以为嬉戏。浮光裘,即紫海色染其地也。以五彩丝蹙成龙凤,各一千三百,仍缀以九色真珠。上衣之,以猎于北苑,为朝日所照,而光彩动摇。观者皆眩其目,上亦不为之贵。一日,驰马从禽,忽际暴雨,而裘无纤毫沾濡,方叹为异物。夜明犀,其状类通天犀,夜则光明,可照百步。覆缯十重,终不能掩其耀焕。上遂命解为腰带。每游猎,夜则不施其蜡炬,有如昼日。出《杜阳杂编》。

辟尘巾

高瑀在蔡州。有军将甲知回易,折欠数百万,回之外县。去州二百余里,高方令锢身勘甲。甲忧迫,计无所出,其类因为设酒食间解之。座客十余,中有称处士皇甫玄真者,衣白若鹅羽,貌甚都雅。众皆有宽勉之辞,皇甫但微笑

佛"为名,但是数量数不胜数。上方放一个九光扇于岩石间。四月八日,皇上召集两街的僧众到道场来,礼拜万佛山。这时候人们都赞叹万佛山不是人工可以造的。等到他们看到有光从殿中发出,便异口同声地说这是佛光。其实这光就是九光扇的作用。因此,皇上命三藏和尚不空念了一千遍天竺密语而退。出自《杜阳杂编》。

玳瑁盆

宝历元年,南昌国献给皇帝一个玳瑁盆、一件浮光裘和一枚夜明犀。据说,这个国家有酒山紫海。所谓酒山,大概就是山中有泉,泉水味似酒,喝了就醉得一天不醒。紫海水,颜色有如腐烂的桑椹,可以染衣物。其中的鱼龙龟鳖、砂石草木,没有不是紫色的。玳瑁盆,可容水十斛,外侧用金玉装饰。到了盛夏,皇上把玳瑁盆放在殿内,里边装满水,让宫女拿着金银勺,酌盆里的水互相浇洒,作为游戏。浮光裘,就是用紫海水染的地儿,用五彩丝线蹙成龙凤,各一千三百个,再缀上九色真珠。皇上穿着它到北苑打猎,朝阳一照,光彩闪动,看的人都感到耀眼夺目。皇上也不觉得贵重。有一天,皇上驰马追一只飞禽,忽然间下起暴雨,但是浮光裘一点没湿,这才赞叹它是异物。夜明犀,形状有点像通天犀,夜间发光,能照一百步远。即使用十层布蒙上,也不能蒙住它的光耀。于是皇上就命人把它制成腰带,每次出去打猎,夜晚就不用点蜡烛了,和白天一样。出自《杜阳杂编》。

辟尘巾

高瑀主政蔡州的时候,有个叫甲知的军将主管交易,因为折欠几百万的钱款而逃回外县,距离蔡州有二百多里。高瑀下令囚禁甲知。甲知忧愁窘迫,想不出什么好办法来。他的朋友们于是就为他设酒宴来安慰他。座间有十几个客人,其中有一个被称为处士的皇甫玄真,穿一身白衣,白的像天鹅的羽毛,相貌极是倜傥儒雅。众人都对甲知加以宽慰,只有皇甫先生微笑着

曰:"此亦小事。"众散,乃独留。谓甲曰:"余尝游东,获二宝物,当为君解此难。"甲谢之,请具车马,悉辞。行甚疾,其晚至州,舍于店中。遂晨谒高,高一见,不觉敬之。因谓高曰:"玄真此来,特从尚书乞甲性命。"高遂曰:"甲欠官钱,非瑀私财。如何?"皇甫请避左右,言:"某于新罗获巾子,可辟尘,欲献此赎甲。"即于怀探出授高。高才执,已觉体中清凉。惊曰:"此非人臣所有,且无价矣。甲之性命,恐足酬也。"皇甫请试之。翼日,因宴于郭外。时久旱,埃尘且甚。高顾视马尾鬣及左右驺卒数人,并无纤尘。监军使觉,问高:"何事尚书独不沾尘坌?岂遭逢异人,获至宝乎?"高不敢隐。监军故求见处世,高乃与俱往。监军戏曰:"道者独知有尚书乎?更有何宝,愿得一观。"皇甫具述救甲之意,且言:"药出海东,今余一针,力差不及巾,可令一身无尘。"监军拜请曰:"获此足矣。"皇甫即于巾上抽与之,针色如金。监军乃札巾试之,骤于尘中,唯身及马鬃尾无尘。高与监军旦具礼往谒,将请其道要。一夕忽失所在。出《酉阳杂俎》。

说:"这不过是小事一桩。"宴罢人散之后,皇甫先生独自留了下来。他对甲知说:"我曾经云游东海,在那里得到两件宝物。凭这两件宝物,应该能够为你解除此难。"甲知感谢不尽,要为他准备车马,他都拒绝了。皇甫先生走得很快,他当晚就到了蔡州,住进旅店里。第二天一早他就去拜见高瑀。高瑀一见到皇甫先生的处士风度,不知不觉地就生出几分敬意来。皇甫先生对高瑀说:"我此次来是特地向尚书请求饶过甲知性命的。"高瑀说:"甲知欠官府的钱,又不是欠我个人的钱。如何为好?"皇甫玄真请高瑀屏退左右,说:"我在新罗得到一条巾子,能避尘,想要献上它来赎甲知的性命。"说着他伸手从怀中取出巾子交给高瑀。高瑀刚抓到巾子,就觉得体内清凉爽快,他大惊道:"这不是做人臣的所能有的,是无价之宝。甲知的性命,用它是足以抵的!"皇甫玄真让高瑀试验一下,看避尘巾是否灵验。第二天,高瑀就在城外设宴。当时天已大旱了很久,尘埃很多。高瑀看自己马的马尾马鬃及左右几名士卒,居然一尘不染。监军使发觉了,便问高瑀道:"为什么唯独尚书不染灰尘呢?难道是遇上世外异人得到无价之宝了?"高瑀不敢隐瞒,如实说给监军。监军执意要拜见处士,高瑀只好陪他一块去。见到皇甫玄真,监军开玩笑道:"难道皇甫先生只知道有尚书吗?还有什么宝贝,希望能看一看。"皇甫玄真详细述说了救甲知的意图,并且说神药出自海东,现在还剩一根针,力量不如避尘巾,只能让一人之身不染灰尘。监军拜谢说:"能得到这根针也就足够了。"皇甫玄真就从巾上抽下针来递给监军。针的颜色像是金的。监军把针扎在头巾上试验。他骑马奔驰在尘埃中,但是他身上与马鬃马尾都没有一点尘土。第二天早晨,高瑀与监军带着礼物去见皇甫先生,要向他请教道术的要领,皇甫先生却于一夜之间不知去向了。出自《酉阳杂俎》。

浮光裘有目无文

重明枕

有海外国贡重明枕。长一尺二寸,高六寸,洁白类于水精。中有楼台之形,四面有十道士,持香执简,循环无已,谓之行道真人。其镂木丹青,真人之首簪帔,无不悉具。仍通莹焉。出《广德神异录》。

三宝村

扶风县之西南,有三宝村。故老相传云,建村之时,有胡僧谓村人曰:"此地有宝气,而今人莫得之,其启发将自有时耳。"村人曰:"是何宝也?"曰:"此交趾之宝,数有三焉。"故因以三宝名其村,盖识其事。开成元年春,村中民夜梦一丈夫者,黑簪帻,被广袂之衣,腰佩长剑,仪状峻古。谓民曰:"吾尝仕东汉。当光武时,与飞将马公,同征交趾,尝得南人之宝。其后马公遭谤,以为多掠南货,尽载以归。光武怒,将命索其家。吾惧且及祸,故埋于此地。"言未讫而寤。民即以所梦具告于邻伍中。是岁仲夏夕,云月阴晦,有牧竖望见西京原下,炯然有光,若曳练焉,久而不灭。牧竖惊告其父,即驰往视之。其光愈甚,至明夕亦然。于是里人数辈,夜寻其光,俯而观之。其光在土而出,若焰薪火。里人乃相与植准以表之。其明日,携锸具,穷表之下,深约丈余,得一金龟。长二寸许,制度奇妙,代所未识。又得宝剑一,长二尺有四寸。又得古镜一,径一尺余,皆尘迹

浮光裘 有目无文

重明枕

海外某一个国家进贡来一个重明枕,长一尺二寸,高六寸,就像水精那样洁白。枕中间雕刻了楼台的形象,四面雕刻了十个道士,捧着香和书简,循环不止。这叫"行道真人"。那雕刻和绘画,连道士头上的玉簪和霞帔,都一一具备,仍是通体晶莹。

出自《广德神异录》。

三宝村

扶风县的西南,有个村子叫三宝村。据老年人传说,建村的时候,有一个胡人和尚对村民说:"这地方有宝气。但是现在的人得不到它,它的出现将有一定的时机。"村人问道:"是什么宝?"胡僧说:"是交趾的宝物,数量是三件。"因此这里就以"三宝"作为村名了。开成元年的春天,村中有人夜里做梦,梦见一个成年男子,头戴黑色头巾,身披大袖子衣裳,腰间佩一把宝剑,仪表很是古峻。他对村民说:"我曾经在东汉的时候做过官。光武皇帝时,和飞将军马公一起征讨交趾,曾得到南方人的宝物。后来马公遭到诽谤,认为他掠夺了许多南方的财物,全运回家中。光武皇帝大怒,要派人抄他的家。我怕祸及自己,就把自己得到的宝物埋在这里。"他话还没说完村民就醒了。这人就把梦见的情形和邻居们讲了。这年五月的一个晚上,乌云遮月,天色晦暗,一个牧童望见西京原下发出光芒,像当空一条白练垂挂在那里,久久不灭。牧童吃惊地告诉他的父亲,父子俩就跑去看。那光更亮了,第二天晚上也这样。于是村里几个人凑到一起,趁夜去寻找那光。低头一看,那光是从地里发出的,像柴火的火焰。人们便一起在这里竖了一个记号。到了天明,大家带着锹镐而来,从立有记号的地方往下挖。挖了一丈多深,挖出来三件宝贝:一是一只金龟,长二寸左右,做法奇妙,从未见过;二是一把宝剑,长二尺四寸;三是一面古镜,直径一尺多。三样东西都尘迹

蒙然。里人得之，遂持以诣县，时县令沛国刘随得之。发硎其剑，澹然若水波之色，虽利如切玉，无以加焉。其长二尺四寸者，盖古以八寸为尺，乃古三尺。其镜皆文迹繁会，有异兽环绕镜鼻，而年代绵邈，形理无缺。乃命磨莹，其清若上水之洁，真天下之奇宝也。县令刘君曰："此为古之珍玩，宜归王府。可与天球和璧，焜燿于上库。"遂缄胶其事，闻岐阳帅，愿表献天子。时陈君亦节度岐陇，得而爱之，因有其宝。由是人无知者。出《宣室志》。

火　玉

会昌元年，扶余国贡三宝：曰"火玉"，曰"澄明酒"，及"风松石"。火玉色赤，长半寸，上尖下圆。光照数十步，积之可以燃鼎。置之室内，冬则不复亦挟纩。宫人常用。澄明酒，亦异方所贡也。色紫如膏，饮之令人骨香。风松石方一丈，莹澈如玉。其中有树，形若古松偃盖，飒飒焉而凉飙生于其间。至盛夏，上令置于殿内，稍秋气飀飀，即令彻去。出《宣室志》。

马脑柜

武宗好神仙术，遂起望仙台，以崇朝礼。更修隆真室，舂百宝屑以涂地。瑶楹金拱，银槛玉砌，晶莹炫耀，看之不足。内设玳瑁之帐，火齐之床。焚龙光之香，荐无忧之酒。此皆他国所献也。帝每斋戒沐浴，召道士赵归真以下，用探希夷之理。由是室内生灵芝二株，皆如红玉。更遇渤海贡马脑柜，方三尺，深色如茜，所作工巧，无以为比。帝用

斑斑。村人们就带着这些东西来到县里。当时的县令沛国人刘随收到了这些东西。他把剑放到磨石上一磨，那剑立刻就呈现出水波一样的光色来，锋利无比。剑长二尺四寸的原因，大概是因为古人是以八寸为一尺，二尺四寸就是古代的三尺。那镜子花纹图案繁多，有异兽的图形环绕镜鼻；虽然年代久远却纹理不缺，保存完好。把镜子磨光之后，清如上游之水。真是天下奇宝。县令刘随说："这些东西是古代珍玩，应该入王府；它们可以与天球合璧生辉，照耀在庠序间。"于是就写文书上报岐阳帅，愿把宝物献给天子。当时陈君也在岐陇任节度使，他得见几样宝物之后特别喜欢，就据为己有。从此就无人知道了。出自《宣室志》。

火　玉

会昌元年，扶余国贡入三样宝物：一样叫"火玉"，一样叫"澄明酒"，还有一样是"风松石"。火玉色红，长半寸，上尖下圆。它发出的光能照出几十步远。把火玉积攒起来，可以烧开锅；放到屋里，冬天就不用往衣服里絮棉花了。宫里的人常用这种东西。澄明酒也是异国所献，紫色，膏状，喝了让人感到骨头都有香味了。风松石一丈见方，玉一样晶莹清澈。石上面有树。石的形状像一棵古松仰向天空，凉风飒飒地生于其间。到了盛夏，皇上让人把它放到殿内；到了秋季，就让人把它撤去。出自《宣室志》。

马脑柜

唐武宗喜好神仙之术，所以就建了望仙台，用以尊崇朝拜。还修了隆真室，舂百宝为屑用来涂地，用瑶石做柱子，用黄金做拱门，用白银做门槛，用玉石砌墙。莹光闪烁，百看不厌。屋里装有用玳瑁做的帐子，用火齐做的床。焚烧的是"龙光"香，饮用的是"无忧"酒。这些东西都是外国进贡来的。武宗常斋戒沐浴，召道士赵归真以下众道士来探讨清净无为的道理。从此室内长出两棵灵芝来，全都像红玉一般。还赶上渤海国贡进马脑柜。这柜三尺见方，深绛红色，做工之精巧无以伦比。皇上用

贮神仙之书,置之帐侧。紫瑰盆,量容半斛,内外通莹,其色纯紫,厚可一寸,举之则若鸿毛。帝嘉其光洁,遂处于仙室,以和药饵。后王才人掷玉环,误缺其半菽,上犹叹惜久之。出《杜阳杂编》。

岑 氏

临川人岑氏,尝游山。溪水中见二白石,大如莲实,自相驰逐。捕而获之,归置巾箱中。其夕,梦二白衣美女,自言姊妹,来侍左右。既寤,盖知二石之异也,恒结于衣带中。后至豫章,有波斯胡人,邀而问之:"君有宝乎?"曰:"然。"即出二石示之。胡人求以三万为市。岑虽宝之而无用,得钱喜,即以与之。以钱为生资,遂致殷赡,而恨不能问其石与其所用云耳。出《稽神录》。

这柜装神仙之书,放在帐侧。紫瑰盆,容量可达半斛,内外通体晶莹,纯紫色,厚有一寸,举起时轻如鸿毛。皇上喜爱它的光洁,就把它放在仙室,用它和药吃。后来王才人投掷玉环,不小心将紫瑰盆碰掉了半个豆粒那么大一块儿,皇上还喟叹惋惜了挺长时间。出自《杜阳杂编》。

岑 氏

临川有个姓岑的人,有一次游山时,他看见溪水中有两块大如莲子的白色石头在自相追逐奔跑。岑氏就把两块白石捉住,带回家放在箱子里。那天晚上,他梦见两个穿白衣服的美女,自称她们是姐妹,来侍立在他的左右。梦醒之后,他知道大概是这两块白石不寻常,就总藏在衣带中。后来他到了豫章,有一个波斯胡人拦住他问:"你有宝贝带在身上吗?"他说:"是的。"说完他就把两块石头掏出来给胡人看。胡人请求用三万钱购买。岑氏虽然珍爱两块石头,但是留着也没用,他得到钱很高兴,就把石头给了胡人。他用这钱做资本,逐渐富裕了。但他一直为没有问那石头的名字和用处而遗憾。出自《稽神录》。

卷第四百五

宝六钱、奇物附

钱

淯阳童子

晋义熙十二载,淯阳县群童子,浴于淯水。忽见侧有钱出,如流沙,因竞取之。手满,放随流去。又以衣盛裹,各有所得。又见流钱中有一铜车,小牛牵之,势甚奔迅。儿等奔逐,掣得一轮。径可五寸,猪鼻,毂有六辐,通然青色。缸内黄脱,状如恒运。于时沈敞守南阳,求得此物,然莫测之。出《洽闻记》。

钱

淯阳童子

东晋安帝义熙十二年,淯阳县的一群儿童在淯河里洗澡时,忽然发现身边有钱涌出,像流沙一样。于是孩子们就争抢着捞取那些钱。他们双手捞满之后,许多钱顺水漂走了。他们又用衣服裹钱,每人都有收获。他们又看到流钱中有一辆小铜车,由一头小牛拉着,在水中跑得很快。孩子们追赶上去,拽下来一个车轮。车轮的直径有五寸,车辖是猪鼻形,毂上装有六根辐条,通体青色。从插轴的圆孔看,像是长久运转的样子。当时沈敞是南阳太守,他弄到此物,但是没有弄清究竟是个什么东西。出自《洽闻记》。

文德皇后

钱有文如甲迹者,因文德皇后也。武德中,废五铢钱,行开通元宝钱。此四字及书,皆欧阳询所为也。初进样日,后掐一甲迹,因是有之。出《谭宾录》。

岑文本

唐贞观中,岑文本下朝,多于山亭避暑。日午时,寤初觉,忽有扣山亭院门者。药竖报云:"上清童子元宝,故此参奉。"文本性素慕道,束带命入。乃年二十已下道士,仪质爽迈,衣服纤异。冠浅青圆角冠,衣浅青圆用帔,履青圆头履。衣服轻细如雾,非齐纨鲁缟之比。文本与语,乃曰:"仆上清童子,自汉朝而果成。本生于吴,已得不凝滞之道,遂为吴王进入,见汉帝。汉帝有事,拥遏教化,不得者无不相问。仆尝与方圆行下,皆得通畅。由是自著,文、武二帝,迄至哀帝,皆相眷。王莽作乱,方出外方,所至皆沐人怜爱。自汉成帝时,遂厌人间,乃尸解而去。或秦或楚,不常厥居。闻公好道,故此相谒耳。"文本诘以汉魏齐梁间君王社稷之事,了了如目睹。因言史传间,屈者虚者亦甚多。文本曰:"吾人冠帔,何制度之异?"对曰:"夫道在于方圆之中,仆外服圆而心方正,相时之仪也。"又问曰:"衣服皆轻细,何土所出?"对曰:"此是上清五铢服。"又问曰:"比闻六铢者天人衣,何五铢之异?"对曰:"尤细者则五铢也。"

文德皇后

有一种钱,上面有像指甲掐出的痕迹,那是因为文德皇后的缘故。武德年间,朝廷废止五铢钱的流通,开始使用"开元通宝"钱。这四字以及书写是欧阳询所为。当初将设计图样送给皇帝审查时,文德皇后在那上面掐出了一道指甲印儿,因此铸钱的时候把指甲印儿也铸出来了。出自《谭宾录》。

岑文本

唐贞观年间,岑文本下朝后多半都在山亭避暑。一日午时,他刚睡醒,忽然听到有人在山亭院外敲门。药童报告说,是上清童子元宝求见。岑文本平素喜欢道教,他一听是道士求见,就急忙整冠束带让他进来。进来的是一个不满二十岁的小道士。小道士仪态气质俊爽超逸,衣服又轻又细与众不同。他头戴浅青色圆角道士帽,身披浅青色圆角帔,脚穿青色圆头鞋。他的衣服轻细如雾,有名的齐纨鲁缟也不能与之相比。岑文本和他说话,他便说:"我是上清童子,从汉朝时就修成正果。我本来生于吴地,修得不凝滞之道之后,就被吴王送进京城,见到汉帝。当时汉帝有变故,他有教化不行、困惑不解的都求教于我。我曾为他提出用方圆变通之术向下推行,都很通畅。所以自文、武二帝直到哀帝,都恩遇我。王莽作乱,我到了外地,到哪里都受到人们的喜爱。从汉成帝时起,我就开始讨厌人间了,于是尸解而去。或秦地或楚地,我在哪也呆不久。听说您好道教,所以来拜见。"岑文本向小道士问些汉、魏、齐、梁之间君王社稷的事,小道士对答如流,事事都像他亲眼见过。他对岑文本说,史传之中,受委屈被冤枉了的以及虚有个好名声的很多。岑文本说:"你的冠帔为什么不合乎规制呢?"小道士回答说:"道就在方圆之中。我外面穿的衣服是圆的而心是方正的。这是相时的着装。"岑文本又问:"你身上穿的衣服都很轻细,是什么地方出产的?"道士回答说:"这是上清五铢服。"岑文本又问:"听说六铢服是天上人穿的衣服,它和五铢服有什么不同?"道士回答说:"更轻细的就是五铢服。"

谈论不觉日晚,乃别去。才出门而忽不见,文本知是异人。乃每下朝,即令伺之,到则话论移时。后令人潜送,诣其所止。出山亭门,东行数步,于院墙下瞥然而没。文本命工力掘之,三尺至一古墓。墓中无余物,惟得古钱一枚。文本方悟,上青童子是青铜;名元宝,钱之文也;外圆心方,钱之状也;青衣铜衣也;五铢服亦钱之文也;汉时生于吴,是汉朝铸五铢钱于吴王也。文本虽知之,而钱帛日盛,至中书令。十年,忽失古钱所在,文本遂薨。出《传异志》。

王 清

元和初,洛阳村百姓王清,佣力得钱五镮,因买田畔一枯栗树,将为薪以求利。经宿,为邻人盗斫。创及腹,忽有黑蛇,举首如臂。语人曰:"我王清本也,汝勿斫!"其人惊惧,失斤而走。及明,王清率子孙薪之,复掘其根下,得大瓮二,散钱实之。王清因是获利如归,十余年巨富。遂瞥钱成形龙,号王清本。出《酉阳杂俎》。

建安村人

建安有村人,乘小舟往来建溪中,卖薪为业。尝泊舟登岸,将伐薪。忽见山上有数钱流下,稍上寻之,累获数十。可及山半,有大树,下有大瓮。高五六尺,钱满其中。而瓮小欹,故钱流出。于是推而正之,以石揩之,以衣襟贮

他们谈着谈着，不觉谈到日晚，道士就告别回去了。他刚出门就
忽然不见了，岑文本便知道他不是平常人。每次下朝，岑文本都
让人等候那道士，道士一来，他们就谈论个没完没了。后来又让
人暗中跟踪他，看他究竟到什么地方去。道士走出山亭门后，往
东走没几步，在墙下就眼睁睁地不见了。岑文本让人就地挖掘，
挖三尺深后挖到一座古坟墓。墓中没有别的东西，只有一枚古
钱。岑文本才醒悟，"上清童子"是"青铜"的意思；名"元宝"是钱
上的字；"外圆心方"是钱的形状；青衣就是铜衣；"五铢"服也是
钱上的文字；"汉时生于吴"，是汉朝在吴王那里铸了五铢钱。岑
文本虽然知道这些，但他家的钱财还是越来越多，他的官做到中
书令。十年之后，那枚古钱忽然不见了，岑文本便死了。出自《传
异志》。

王　清

　　元和初年，洛阳村百姓王清卖苦力赚了五镪钱，就买了地边
的一棵枯死的栗子树，打算劈成木柴出卖。夜里，有一个邻人去
偷砍这棵栗树。砍入树中段时，忽然有一条黑蛇，抬起像人手臂
那么粗的头来，对这个邻人说："我是王清本，你不要砍！"那人
吓得魂飞魄散，丢下斧子就跑。天亮后，王清率领子孙把枯树砍
倒，又往树根底下挖，挖出来两口大瓮，里面装满了零散的钱。
王清因此所获之利就像钱自己跑到家里一样，十几年后他成为
巨富。于是他把钱铸成龙形，称作"王清本"。出自《酉阳杂俎》。

建安村人

　　建安有个村民，每天撑着小船往返于建溪之上，以卖柴为生。
有一天，他把船停泊在岸边上了岸，准备上山砍柴。忽然，他看
见有几枚钱从山上滚下来。他就慢慢往上寻找，一共拾到几十枚
钱。寻到山半腰，他看到一棵大树，大树下有一口大瓮，瓮高五六
尺，里边装满了钱。但是瓮稍微歪斜了一点，所以钱流了出来。
于是他去把瓮推正，然后用石头支住。然后他脱下衣服，包了

五百余而归。尽率家人复往,将尽取。既至,得旧路,见大树而亡其瓮。村人徘徊,数日不能去。夜梦人告之曰:"此钱有主。向为瓮歆,以五百顾尔正之。余不可妄想也。"出《稽神录》。

徐仲宝

徐仲宝者,长沙人。所居道南有大枯树,合数大抱。有仆夫洒扫其下,沙中获钱百余,以告仲宝。仲宝自往,亦获数百。自尔每须钱,即往扫其下,必有所得。如是积年,凡得数十万。仲宝后至扬都,选授舒城令。暇日,与家人共坐地中,忽有白气甚劲烈,斜飞向外而去。中若有物,其妻以手攫之,得一玉蛱蝶。制作精妙,人莫能测。后为乐平令,家人复往,于厨侧鼠穴中,得钱甚多。仲宝即率人掘之,深数尺,有一白雀飞出,止于庭树。其下获钱至百万,钱尽,白雀乃去,不知所之。出《稽神录》。

邢 氏

建业有库子姓邢,家贫。聚钱满二千,辄病,或失去。其妻窃聚钱,埋于地中。一夕,忽闻有声如虫飞,自地出,穿窗户而去,有触墙壁坠地者。明日视之,皆钱。其妻乃告埋瘗之处,发视皆亡矣。邢后得一自然石龟,其状如真,置庭中石榴树下。或见之曰:"此宝物也。"因收置筐箧中。自尔稍充足,后颇富矣。出《稽神录》。

五百多钱拿回家。他又领着全家人返回去，要把那些钱全弄回来。来到山上，找到原先那条路，又来到那棵大树下，但是大瓮却不知哪里去了。那人徘徊了好几天也不肯离开。一天夜里吗，他梦见有人告诉他说："那些钱是有主的。之前因为瓮歪了，用五百钱雇你把瓮弄正。其余的钱不可妄想。"出自《稽神录》。

徐仲宝

徐仲宝是长沙人。他家道南有一棵大枯树，有好几抱粗。一个仆人在树下洒扫时，从沙土中拾到一百多钱。仆人把这事告诉了徐仲宝，徐仲宝亲自前往，也拾到几百钱。从此以后，每当需要钱花，他就到树下洒扫，总有收获。如此一年，共得钱好几十万。徐仲宝后来到了扬都，被选授为舒城县令。一天休息，他与家人一起坐在院子里闲谈，忽然有一股猛烈的白色气体向外斜飞而去，气中好像有什么东西。他的妻子伸手去抓，抓到一个玉蛱蝶。玉蛱蝶的做工十分精巧，谁也不能解释这是怎么回事。后来他又调任乐平令，家人也跟着去了，在厨房旁边的耗子洞中发现了不少钱。于是徐仲宝率领人往下挖掘，挖了几尺深的时候，有一只白雀飞出来，停在院子里的一棵树上。在树下得钱一百多万。钱收完之后，白雀才飞走，不知飞到哪里去了。出自《稽神录》。

邢　氏

建业有个管库的人姓邢，家里很穷。他攒钱到两千就会生病或者把钱丢失。他的妻子就偷偷地攒钱，埋在地下。一天夜里，他忽然听到有一种声音，像小虫在飞。那声音是从地里钻出来、穿过窗户飞走的，有撞到墙上然后落到地上的。天亮一看，竟然都是钱。他的妻子就把埋钱的地方告诉他，挖开一看，钱全没了。姓邢的后来得到一个自然生成的石龟，石龟的形状和真龟一样。他把石龟放在院子里的石榴树下。有人看到了，说这是宝物。他就把石龟收放到筐篋之中。从此，他家渐渐充足了些，后来过得很富了。出自《稽神录》。

林 氏

汀州有林氏，其先尝为郡守，罢任家居。一日，天忽雨钱，充积其家。林氏乃整衣冠，仰天而祝曰："非常之事，必将为祸。于此速止，林氏之福也。"应声则止。所收已巨万，至今为富人云。出《稽神录》。

曹 真

寿春人曹真，出行野外，忽见坡下有数千钱。自远而来，飞声如铃。真逐之，入一小穴，以手掬之，可得数十而已。又舒州桐城县双戌港，有回风卷钱，经市而过。市人随攫其钱，以衣襟贮之。风入古墓荆棘中，人不能入而止。所得钱，归家视之，与常钱无异。而皆言亡八九矣。出《稽神录》。

奇物

徐 景

晋时有徐景，于宣阳门外得一锦麞襆。至家开视，有虫如蝉。五色，后两足各缀一五铢钱。出《酉阳杂俎》。

中牟铁锥

中牟县魏任城王台下池中，有汉时铁锥，长六尺，入地三尺，头西南指，不可动。出《酉阳杂俎》。

林 氏

汀州有个姓林的人,他的先人曾经做过郡守,罢任以后一直在家里闲居。一天,天忽然下起钱雨,把他家都装满了。姓林的就整理衣冠仰天祷告说:"这是不正常的事,一定会带来灾祸的。现在赶快停止,就是林家的福气啊!"钱雨应声而止。而他家收取的钱已经巨万,至今还是富人。 出自《稽神录》。

曹 真

寿春人曹真,一次他在野外行走时,忽然看到坡下有几千钱。这些钱从远处飞来,发出铃响一般的声音。曹真就去追赶那些钱。钱落入一个小小的地洞中,他用手捧钱,只弄到几十枚。另外,舒州桐城县双戌港,发生过旋风卷钱的事。当时风卷着钱从市场上掠过,市场上的人一齐跟着抓取风中之钱,用衣襟兜着。旋风进入古墓荆棘之中,人进不去,只好停下来。人们回家一看,得到的钱与平常的钱没什么两样,但是大家都说钱少了十之八九。 出自《稽神录》。

奇物

徐 景

晋朝时,有一个叫徐景的人在宣阳门外拾到一个绣有花样、喷着香气的小包袱。他到家打开一看,见里边包着一个蝉一样的小虫,小虫全身有五种颜色,两条后腿上各缀有一枚五铢钱。出自《酉阳杂俎》。

中牟铁锥

中牟县魏任城王台下的池中,有一把汉朝的大铁锥。铁锥长六尺,埋在地里三尺,锥头指向西南,无法动摇。 出自《酉阳杂俎》。

毒 槊

南蛮有毒槊,无刃,状如朽铁,中人无血而死。言从天雨下,入地丈余,祭地方掘入。蛮中呼为铎刃。出《酉阳杂俎》。

集翠裘

则天时,南海郡献集翠裘,珍丽异常。张昌宗侍侧,则天因以赐之。遂命披裘,供奉双陆。宰相狄仁杰,时入奏事。则天令升坐,因命仁杰与昌宗双陆。狄拜恩就局,则天曰:"卿二人赌何物?"狄对曰:"争三筹,赌昌宗所衣毛裘。"则天谓曰:"卿以何物为对?"狄曰,指所衣紫绝袍曰:"臣以此敌。"则天笑曰:"卿未知。此裘价逾千金。卿之所指,为不等矣。"狄起曰:"臣此袍,乃大臣朝见奏对之衣;昌宗所衣,乃嬖幸宠遇之服。对臣此袍,臣犹怏怏。"则天业已处分,遂依其说。而昌宗心赧神沮,气势索寞,累局连北。狄对御,就脱其裘,拜恩而出。至光范门,遂付家奴衣之,促马而去。出《集异记》。

谢灵运须

晋谢灵运须美,临刑,施于南海祇洹寺,为维摩诘须。寺人宝惜,初不亏损。中宗乐安公主,五月斗百草,欲广其物色,令驰取之。又恐他人所得,因剪弃其余。今遂绝。出《国史异纂》。

毒槊

南方有种毒矛,没有开刃,样子就像朽烂的铁。人如果被它刺中,就会不出血而死。人们说这种长矛是随天雨落下来的,它扎进地里一丈多深,祭祀过地神才能挖出来。当地少数民族称它为"铎刃"。出自《酉阳杂俎》。

集翠裘

武则天的时候,南海郡献来一件非常珍贵富丽的集翠裘。当时张昌宗侍奉在左右,武则天就把这件集翠裘赐给了他。然后让他当面穿上,和她玩一种叫做"双陆"的赌博游戏。这时宰相狄仁杰进来奏事,武则天就让狄仁杰就座,和张昌宗玩"双陆"。狄仁杰拜恩就座,武则天说:"你们两人赌什么东西?"狄仁杰回答说:"以三筹为限,赌昌宗身上穿的这件皮袍子。"武则天对他说:"你用什么东西相抵呢?"狄仁杰指了指自己身上穿的紫色粗绸袍说:"我用这个相抵。"武则天笑道:"你不知道,他身上这件皮袍子价值超过千金。你那件和它没法对等。"狄仁杰站起来说:"我这件袍子,是大臣朝对天子奏对时穿的衣服;而张昌宗穿的这件,只不过是嬖臣受到宠幸的衣服。两件相对,我还不高兴呢!"武则天因为已经把衣服给出去了,也就只好依他说。但是张昌宗却感到羞赧沮丧。他气势不振,连连败北。狄仁杰当着武则天让他脱下集翠裘,拜谢武则天离去。走到光范门,狄仁杰把集翠裘交给一个家奴穿上,他策马离去。出自《集异记》。

谢灵运须

晋代的谢灵运胡须很美,他临刑的时候把胡须施舍给南海郡的祇洹寺。祇洹寺把它做成了维摩诘的胡须。寺中人很珍惜这胡须,起初并不曾破损。到了唐朝,中宗的乐安公主五月斗百草,为了使物品种类繁多,她派人飞马去取那胡须。她又怕别人也弄到这东西,就把余下的胡须全剪掉扔了。所以如今就一根也不存在了。出自《国史异纂》。

开元渔者

开元末,登州渔者,负担行海边。遥见近水烟雾朦胧,人众填杂,若市里者。遂前,见多卖药物,僧道尤众。良久呻,悉无所睹。唯拾得青黛数十,斗许大。亦不敢他用,而施之浮图人矣。出《逸史》。

杨妃袜

玄宗至马嵬驿,令高力士缢贵妃于佛堂梨树之前。马嵬媪得袜一只。过客求而玩之,百钱一观,获钱无数。出《国史补》。

紫米

元和八年,大轸国贡碧麦紫米。上异之,翼日,出示术士白元佐、李元戢。碧麦粒大于中华之麦,表里皆碧,香气如粳米。食之令人体轻,久则可以御风。紫米有类巨胜,炊一升,得饭一斗。食之令人髭发缜黑,颜色不老。出《杜阳杂编》。

嘉陵江巨木

阆州城临嘉陵江。江之浒有乌阳巨木,长百余尺,围将半焉。漂泊摇撼于江波者,久矣,而莫知奚自。阆之耆旧相传云:尧时泛洪水而至,亦靡据焉。襄汉节度使勃海高元裕,大和九年,自中书舍人牧阆中。下车未几,亦尝见之,固以为异矣。忽一日,津吏启事曰:"江中巨木,由来东首。去夜无端,翻然西顾。"高益奇之,即与宾寮径往观焉。

开元渔者

开元末年,登州有个打鱼人挑着担子走在海边,远远望见近水处烟雾朦胧,乱哄哄地有许多人,就像一个市集似的。他就走上前去,看到那里多数都是卖药的,和尚道士特别多。过了很久就什么都看不到了,只拾到几十块像斗那么大的青黛。他也不敢做别的用,都施舍给和尚道士了。出自《逸史》。

杨妃袜

唐玄宗来到马嵬坡,命高力士在佛堂梨树前把杨贵妃勒死。事后马嵬坡的一位老妇人拾到杨贵妃的一只袜子。打此路过的人要求看这只袜子的,老妇人就收费,一百钱看一次。老妇人由此赚钱无数。出自《国史补》。

紫 米

元和八年,大轸国进贡了碧麦和紫米。皇上觉得奇怪,第二天就拿出来给术士白元佐和李元戬看。碧麦的颗粒比中国的麦粒大些,里外全是碧色,香味和粳米差不多。食用之后可以令人体重减轻,长时间食用则可以御风而行。紫米有些像黑胡麻,一升米可以做出十升饭。食用它可以令人须发又密又黑,容颜不老。出自《杜阳杂编》。

嘉陵江巨木

阆州城靠近嘉陵江。江边有一根乌阳大木头,长一百多尺,粗细将近总长的一半。这木头在水上漂荡已经多年了,谁也不知它是哪里来的。阆州的老年人相传说,这根木头是尧帝的时候发大水冲到这里来的,但也没有什么根据。襄汉节度使渤海人高元裕,大和九年从中书舍人迁任阆州牧。他下车不久就见到这根大木头,本来觉得很稀罕。忽然有一天,江边的官吏来报告说,那江中的大木头从来都是头向东,昨夜无缘无故地突然转向西了。高元裕更加惊奇,就和同僚们径直赶到江边观看。

因广召舟子，泊军吏群民辈，则以大索羁而出之。初无艰阻，随拖登岸。太半之后，屹而不前，虽千夫百牛，莫能引之。人力既竭，复如前时。自是日曝风吹，僵然沙上。或则寺僧欲以为窒堵波之独柱，或则州吏请支分剖厥，以备众材。高以奇伟异常，皆莫之许。每拟还之于江，但虑劳人，逡巡未果。开成三年上元日，高准式行香于开元观，寮吏毕至。高欲因众力，得共牵复其木焉。及至，则又广备縻索，多聚勇力。将作气引拽之际，而巨木因依假籍，若自转移，轻然已复于江矣。拒江尚余尺许，欻然惊迸。百支巨索，皆如斩截。其木则沿洄汩没，径去绝江。上及中流，寂然遂隐。高遣善泅者数辈，遽往观之。江水清澈，毫发可见。善游者熟视而回，皆曰："水中别有东西二木，巨细与斯木无异。适自岸而至者，则南北丛焉。"高顾坐客，靡不骇愕。自是则不复得而见矣。有顷，高除谏议大夫。制到，详其授官之日，即高役功之辰也。向使斯旬朔未获移徙，高之新命既至，则那复留意乎转迁，俾之仍旧。出《集异记》。

江淮市人桃核

水部员外郎杜涉，尝见江淮市人，桃核扇量米，止容一升。言于九嶷山溪中得。出《集异记》。

于是他召集很多船夫,再吸收一些军吏和百姓,用大绳子系住那大木头往岸上拽。一开始还没什么阻碍,随着大伙的一拖,那木头就出水登岸了。但是出水大半以后,它就屹立在那里不动了。即使是一千个人一百头牛,也拽不动它。人们的力气用尽之后,它就又恢复原样了。从此,它便在风吹日晒之下,僵卧在沙滩上。有的和尚想要把这根大木头做成佛塔的大柱子,有的州吏想把大木头锯开当做木材。高元裕因为此木奇伟异常,所以都没同意。他常打算把大木头送还到江里去,但是考虑到要许多劳力,就犹犹豫豫一直没有定下来。开成三年正月十五日,高元裕依照先例到开元观烧香,僚属官吏全部到了。高元裕想趁人多力众共同拉动那木头,于是就又弄来不少大绳子,召集了不少有力气的人。就在大家要一鼓作气拉它的时候,它却借着众人的声势,好像自己转移一样,很轻易地又回到水里去了。在它离江水还有一尺来远的时候,忽然一声巨响,上百条大绳子全都迸断,都像被斩断的一样。那大木头则顺着漩涡漂流而去,到了中流便寂然隐没了。高元裕派了几个善潜水的人下到水底观看。江水很清澈,一根头发也看得清。善潜水的人们在水底观察了许久才出来,都说:"水里另有东西方向两根木头,大小和刚才下去的那根没什么两样。刚才下去的那根,南北向摞在那两根木头上。"高元裕环视在座的人们,他们没有不惊骇的。从此那木头再也没人看见过。过了些日子,高元裕出任谏议大夫。皇命到达之日,就是高元裕动身赴任之时。如果前几天那大木头没有被弄回江中,高元裕的新命令送到之后,他就会留意于自己的升迁,使那大木头仍然躺在那里。出自《集异记》。

江淮市人桃核

水部员外郎杜涉,曾经看到一个江淮一带的买卖人用桃核的半个壳量米,这半个壳正好能装一升米。这个人说桃核是从九嶷山的山溪中拾到的。出自《集异记》。

玉龙膏

安南有玉龙膏，南人用之，能化银液。说者曰："此膏不可持北来。苟有犯者，则祸且及矣。"大和中，韩约都护安南，得其膏。及还，遂持以归。人有谓曰："南人传此膏不可持以北，而公持去。得无有悔于后耶？"约不听，卒以归焉。后约为执金吾。是岁京师乱，约以附会郑注，竟赤其族。岂玉龙膏之所归祸乎？由士南去者不敢持以北也。出《宣室志》。

段成式

段成式群从有言，少时尝毁鸟巢，得一黑石，大如雀卵，圆滑可爱。后偶置醋器中，忽觉石动。徐之，见有四足如綖。举之，足亦随缩。出《酉阳杂俎》。

李德裕

李德裕在文宗武宗朝，方秉相权，威势与恩泽无比。每好搜掇殊异，朝野归附者，多求宝玩献之。常因暇日休浣，邀同列宰辅及朝士晏语。时畏景赫曦，咸有郁蒸之苦。轩盖候门，已及亭午，缙绅名士，交扇不暇。时共思憩息于清凉之所。既延入小斋，不觉宽敞。四壁施设，皆有古书名画，而炎铄之患未已。及列坐开樽，烦暑都尽。良久，觉清飙凛冽，如涉高秋。备设酒肴，及昏而罢。出户则火云烈日，燣然焦灼。有好事者，求亲信察问之。云：此日以金

玉龙膏

安南有种玉龙膏，南方人使用它，能把银子化成液体。说这事的人说："这种药膏不可以拿到北方来。如果有人违犯了，那么祸事就要发生了。"大和年间，韩约在安南做都护时，得到了这种药膏。等他任满回去的时候，就要把这种药膏带了回去。有人对他说："南方人传说这种药膏不能拿到北方去，你却拿回去，只怕以后会后悔吧？"韩约不听，到底把药膏带回去了。后来韩约做了执金吾。这一年京城里发生了叛乱，韩约因为和郑注牵连到一起，竟被灭了族。难道是玉龙膏给他带来的灾祸吗？从此以后，到南方去的人都不敢把玉龙膏带回北方了。出自《宣室志》。

段成式

段成式的众随从讲过，段成式小时候曾经毁掉一个鸟巢，从中得到一块黑色石头。石头像鸟蛋那么大，圆滑可爱。后来他偶然把这块小石子儿扔到装醋的坛子里，忽然发觉那石头在动；慢慢地，见它长出四条像皇冠飘带一样的腿来；把它拿出来，四条腿也随之缩回去。出自《酉阳杂俎》。

李德裕

李德裕在唐文宗、唐武宗朝执掌相权时，威势和受到的皇帝的恩泽无人可比。他喜欢搜求奇珍异宝，朝野之中依附他的人大多搜求宝玩献给他。他曾借着闲暇休假的日子，邀请同朝的宰辅及朝士宴饮聚会。当时正是酷暑，烈日当头，大家都感到闷热难耐。车马在门前等候，已近中午，缙绅名士就只顾扇扇子了。这时大家都在思求一个凉爽的休息之处。等人们被迎入小斋，并不感到里面宽敞。小斋四壁都挂有古书名画，但是炎热之患未除。等到入席开樽，烦躁和暑热就都没了。过了一会儿，便觉得清风凛冽，如同进入深秋一般。酒肴很丰盛，大家直喝到黄昏才罢。但是一出门又觉得火云烈日，焦灼炽热。有好事的人就求亲信之人打听这是怎么回事。回答说，是因为这天用金

盆贮水，浸白龙皮，置于坐末。龙皮有新罗僧得自海中，海旁居者，得自鱼㗫，有老人见而识之，僧知李好奇，因以金帛赎之。又暖金带辟尘簪，皆希世之宝。及李南迁，悉于恶溪沉溺，使昆仑没取之，云在鳄鱼穴中，竟不可得矣。

　　东都平泉庄，去洛城三十里，卉木台榭，若造仙府。有虚槛，前引泉水，潆回疏凿，像巴峡洞庭十二峰九派，迄于海门，江山景物之状。竹间竹径，有平石，以手摩之，皆隐隐云霞龙凤草树之形。有巨鱼肋骨一条，长二丈五尺，其上刻云：会昌二年，海州送到。庄东南隅，即征士韦楚老拾遗别墅，楚老风韵高邈，雅好山水。李居廊庙日，以白衣累擢谏署，后归平泉。造门访之，楚老避于山谷间，远其势也。初，德裕之营平泉也，远方之人，多以土产异物奉之，求数年之间，无所不有。时文人有题平泉诗者："陇右诸侯供语鸟，日南太守送名花。"威势之使人也。出《剧谈录》。

夏侯孜

　　夏侯孜为宣宗山陵使。开真陵，用功尤至。凿皇堂，深及袤丈，于坚石中，得折金钗半股。其长如掌，余尚衔石中。工乃扶取以献孜。孜以寝园方近，其事稍异，因隐而不奏。出《唐阙史》。

严遵仙槎

　　严遵仙槎，唐置之于麟德殿。长五十余尺，声如铜铁，坚而不蠹。李德裕截细枝尺余，刻为道像，往往飞去复来。广明已来失之，槎亦飞走。出《洞天集》。

盆装满水，把一张白龙皮浸泡在里边，放在了座位末端。龙皮是新罗僧人从海中得到的。海旁居住的人从鱼群尾部得到，有一个老人见到知道是宝物。新罗僧知道李德裕喜欢奇物，就花钱买下。还有暖金带避尘簪，都是稀世珍宝。到李德裕去南方时，这些东西都在恶溪中沉没。让昆仑奴入水找它，说是在鳄鱼穴中，拿不到了。

　　东都的平泉庄，离洛城三十里。这里的花卉草木、舞榭歌台像仙境一般。有一道虚槛，前引的泉水潆回曲折，就像巴峡洞庭的九派十二峰，一直到海门的各种江山景物的形状。竹间曲径上有一块平石，用手去摸，全是隐隐的云霞龙凤草木的图形。还有一条巨大的鱼肋骨，长两丈五尺，上面刻着："会昌二年，海州送到。"在平泉庄的东南角，有征士韦楚老的别宅。楚老风韵清高，喜欢山水。李德裕在朝任职之时，楚老以白衣身份屡次被擢升，直至谏官官署。后来他回到平泉，李德裕又登门访问。楚老躲避到山谷之中，以躲避李德裕的势力。李德裕营驻平泉的时候，因为他是远方之人，当地人多半都把一些土产异物赠送给他。所以数年之间，他无所不有。当时有的文人题了这样的诗："陇右诸侯供语鸟，日南太守送名花。"是李德裕的威势才使人们这样啊！出自《剧谈录》。

夏侯孜

　　夏侯孜是宣宗朝的山陵使。他负责修造真陵，非常尽心尽力。凿皇堂凿到一丈多深的时候，从坚石缝中得到半股折断的金钗，有一巴掌那么长。其余的半股还衔在石缝中。石工就将它取出来交给夏侯孜。夏侯孜因为寝园离得很近，这事不大正常，就隐瞒下来没有向皇上奏明。出自《唐阙史》。

严遵仙槎

　　严遵乘坐的仙槎，唐朝时放在麟德殿。仙槎全长五十多尺，敲击时发出有如铜铁般的声音；质地坚硬，不怕蛀虫侵害。李德裕截下一尺多细枝刻成道士像。这道士像往往飞去又飞回。广明年间以后这道士像就不见了，仙槎也飞走了。出自《洞天集》。

卷第四百六

草木一 文理木附

木

木

夫子墓木

鲁曲阜孔子墓上,时多楷木。出《述异记》。

又曰:曲阜城有颜回墓,上石楠二株,可三四十围。土人云,颜回手植之木。出《述异记》。

木

夫子墓木

鲁地曲阜的孔子墓上，生长的多半是刚直的黄连木。_{出自}
《述异记》。

又说：曲阜城有颜回墓，墓地上面生长着两棵石楠树，大约
有三四十围粗。当地人说，这两棵树都是颜回亲手种植的。_{出自}
《述异记》。

五 柞青梧附说

汉五柞宫,有五柞树,皆连抱,上枝覆荫数十里。宫西有青梧观,观前有三梧桐树。树下有石麒麟二枚,刊其胁为文字,是秦始王骊山墓上物也。头高一丈三尺,东边左脚折,折处有赤如血。父老谓有神,皆含血属筋焉。出《西京杂记》。

白银树

平原郡高苑城西,晋宁州刺史辟闾允墓,前有白银树二十株。

合离树

终南山多合离树。叶似江离,而红绿相杂。茎皆紫色,气如罗勒。其树直上,百尺无枝。上结蕶条,状如车盖,一青一丹,斑驳如锦绣。长安谓之丹青树,亦云华盖树。亦生于熊耳山中。出《西京杂记》。

玉 树

云阳县界,多汉离宫故地。有树似槐而叶细,土人谓之玉树。扬子云《甘泉赋》云:"玉树菁葱。"后左思以为假称珍,盖未详也。出《国史异纂》。

豫 樟

豫樟之为木也,生七年而后可知也。汉武宝鼎二年,立豫樟宫于昆明池中,作豫樟木殿。出《述异记》。

荔枝木

南海郡多荔枝树。荔枝为名者,以其结实时,枝条弱

五 柞 青梧附说

汉代五柞宫,有五棵柞树,都有连臂合抱那样粗,树枝连成一片,遮出数十里的树荫。宫西有座青梧观,观前有三棵梧桐树。树下有两个石麒麟,石麒麟肋骨处刻有文字,这是秦始皇骊山墓上的东西。头高一丈三尺,东边的左脚折断,折断处有红色像血。当地父老说有神灵,都有血液和筋骨。出自《西京杂记》。

白银树

平原郡的高苑城西,有晋朝宁州刺史辟闾允的墓,墓前有白银树二十棵。

合离树

终南山有许多合离树。叶子和江离相似,但颜色是红绿相杂的。茎全是紫色,香气如罗勒。这种树的长势直上云天,百尺之内没有枝杈。上边长满密密麻麻的枝条,总体形状就像车盖一样,青红相间,斑斑驳驳有如锦绣。长安人叫它丹青树,也有叫华盖树的。熊耳山中也有这样的树。出自《西京杂记》。

玉 树

云阳县界内,有许多汉离宫的故地。有一种树像槐而叶细小,当地人叫它玉树。扬雄在《甘泉赋》中说:"玉树菁葱。"之后左思以为扬雄在杜撰故意罗列一些珍贵的东西,大概是不知道此树。出自《国史异纂》。

豫 樟

豫樟树,生长七年后才能分辨出。汉武帝宝鼎二年,在昆明池中建造豫樟宫,宫殿是用豫樟木建造的。出自《述异记》。

荔枝木

南海郡荔枝树很多。荔枝的名字,源于它结果时,枝条柔弱

而蒂牢,不可摘取,以刀斧劙取其枝,故以为名。凡什具以木制者,率皆荔枝。出《扶南记》。

酒 树

顿逊国有酒树,如安石榴。华汁停杯中,数日成酒,美而醉人。《博物志》:"酒树出典逊国,名椻酒。"出《扶南记》。

娑罗绵树

黎州通望县,有销樟院,在县西一百步,内有天王堂。前古柏树,下有大池。池南有娑罗绵树,三四人连手合抱方匝。先生花而后生叶,其花盛夏方开,谢时不背而堕,宛转至地。其花蕊有绵,谓之娑罗棉。善政郁茂,违时枯凋。古老相传云:是肉齿和尚住持之灵迹也。县界有和尚山和尚庙,皆肉齿也。出《黎州通望县图经》。

刺 桐

苍桐不知所谓,盖南人以桐为苍梧,因以名郡。刺桐,南海至福州皆有之,丛生繁茂,不如福建。梧州子城外,有三四株,憔悴不荣,未尝见花。反用名郡,亦未喻也。出《岭南异物志》。

黄漆树

日济国西南海中,有三岛,各相去数十里。其岛出黄漆,似中夏漆树。彼土六月,破树腹,承取汁,以漆器物,若黄金,其光夺目。出《洽闻记》。

但结蒂很牢，不能径直摘取，必须用刀斧把枝子割下来才行，所以就把这种特点当作它的名字了。当地用木头制作的器具，一般都是荔枝木的。出自《扶南记》。

酒　树

顿逊国有一种树叫酒树，就像石榴树。花汁装进杯子里，几天就能变成酒，味美而醉人。《博物志》记载："酒树出自典逊国，名根酒。"出自《扶南记》。

娑罗绵树

黎州的通望县，有个销樟院，在县府西一百步处，院内有天王堂。堂前有古柏树，树下有大池。池南有一棵娑罗绵树，三四个人扯起手来合抱才能把它围一圈。它先开花而后长叶，花要到盛夏才开，花谢时花瓣都是面朝上，经过一番旋转才落到地上。它的花蕊上有绵，叫作娑罗棉。遇上善政它就繁茂，政令乖违它就枯凋。老年人相传说：这是肉齿和尚住持的灵迹。此县界内有和尚山和尚庙，都得名于肉齿和尚。出自《黎州通望县图经》。

刺　桐

苍桐不知指的是什么植物，大概南方人把桐当成苍梧了，于是就用它作了郡的名字。刺桐，从南海到福州都有，丛生繁茂，都不如福建。梧州子城外，有三四棵，干干巴巴的，很不茂盛，不曾见它开花。反而用它作郡名，也不明白为什么。出自《岭南异物志》。

黄漆树

日济国的西南海域中，有三个小岛，各相距几十里。那些岛上出产黄漆，黄漆就像中国的漆树。那地方到了六月，就把黄漆树的树身割破，收取树汁，用它来漆器物，漆出来的器物像黄金那样，金光闪闪，耀眼夺目。出自《洽闻记》。

木兰树

七里洲中，有鲁班刻木兰为舟，舟至今在洲中。诗家所云木兰舟，出于此也。木兰洲在浔阳江中，多木兰树。昔吴王阖闾，植木兰于此，用构宫殿也。出《述异记》。

椰子树

椰子树，亦类海棕。实名椰子，大如瓯盂。外有粗皮，如大腹子；次有硬壳，圆而且坚，厚二三分。有圆好者，即截开头，砂石摩之，去其皴皮，其烂斑锦文，以白金装之，以为水罐子，珍奇可爱。壳中有液数合，如乳，亦可饮之而动气。原缺出处，今见《岭表录异》。

菩提树 自此木下，凡二十三种木，并见《酉阳杂俎》。

菩提树，出摩伽陀国，在摩诃菩提树寺，盖释迦如来成道时树，一名思惟树。茎干黄白，枝叶青翠，经冬不凋。至佛入灭日，变色凋落，过已还生。此日国王人民，大小作佛事，收叶而归，以为瑞也。树高四百尺，下有银塔，周回绕之。彼国人四时常焚香散花，绕树下作礼。唐贞观中，频遣使往，于寺设供，并施袈裟。至高宗显庆五年，于寺立碑，以纪圣德。此树有梵名二：一曰"宾拨梨婆力义"，二曰"阿湿曷哋婆刀义"。《西域记》谓之"卑钵罗"。以佛于其下成道，即以道为称，故号"菩提婆刀义"。汉翻为道树。昔中天无忧王翦伐之，令事大婆罗门，积薪焚焉，炽焰之中，忽生两树。无忧王因忏悔，号灰菩提树，遂周以石垣。至赏设迦王，复掘之，至泉，其根不绝。坑火焚之，溉以甘蔗汁，欲其焦烂。后摩揭陀国满胄王，无忧之曾孙也，乃以

木兰树

七里洲中,有一条鲁班用木兰木做的船,船至今还在洲中。诗人们诗中的木兰舟,就是从这儿来的。木兰洲在浔阳江中,木兰树很多。过去吴王阖闾在这里栽了木兰,用来建造宫殿。出自《述异记》。

椰子树

椰子树,也像海棕树。果实名叫椰子,大如小盆。外边有一层粗皮,大肚子;粗皮下是一层硬壳,光圆而坚硬,二三分厚。有圆而好的,就把头部截开,用沙石打磨,去掉皱皮,蹭出斑斓的花纹,再用白银装饰一下,当水罐子用,珍奇而又可爱。壳中有液汁数升,像乳汁,可以饮用,有提气的药效。原缺出处,今见《岭表录异》。

菩提树 自此木下,凡二十三种木,并见《酉阳杂俎》。

菩提树,出自摩伽陀国,在摩诃菩提树寺,大概是释迦如来成道时的树,又名思惟树。茎干黄白色,枝叶青翠,四季常青,冬季也不凋落。到了僧人死亡的日子,它就变色凋落,过后再还生。这一天,从国王到百姓,大大小小都作佛事,然后拾取几枚树叶回来,视为祥瑞之物。树高四百尺,树下有银塔围绕。这个国家的人民一年四季经常在此树下烧香散花,绕着大树举行仪式。唐贞观年间,频繁地派使臣前往,在寺中设供,并施舍袈裟。到了高宗显庆五年,又在寺里立了碑,用来记述圣德。此树有两个梵语名称:一个是"宾拨梨婆力义",一个是"阿湿曷咃婆刀义"。《西域记》称它是"卑钵罗"。因为佛在它下面成道,就把道作为它的称呼,所以叫它"菩提婆刀义"。汉时翻译为道树。过去中天无忧王剪伐菩提树,命令寺中的大婆罗门架柴生火焚烧,结果火焰之中忽然生出两棵小树。无忧王因此而忏悔,号之为灰菩提树,又在周围砌起了石墙。赏设迦王时,又挖此树,挖到黄泉,它的根也没断绝。在坑中点火烧它,再浇上甘蔗的浆液,想使它焦烂。后来摩揭陀国满胄王,也就是无忧王的曾孙,就用

千牛乳浇之。信宿,树生如旧。更增石垣,高二丈四尺。玄奘至西域,见树出石垣上二丈余。

婆罗树

巴陵有寺,僧房床下,忽生一木,随伐随长。外国僧见曰:"此婆罗也。"元嘉初,出一花如莲。唐天宝初,安西进婆罗枝。状言:"臣所管四镇,有拔汗那,最为密近。木有婆罗树,特为奇绝,不庇凡草,不止恶禽。耸干无惭于松栝,成阴不愧于桃李。近差官拔汗那,使令采得前件树枝二百茎。如得托根长乐,擢颖建章,布叶垂阴,邻月中之丹桂,连枝接影,对天上之白榆。"

独桓树

独桓树。顿丘南有应足山,山上有一树,高十丈余。皮青滑,似流碧,枝干上耸。子若五彩囊,叶如亡子镜。世名之"仙人独桓树"。

波斯皂荚树

波斯皂荚,出波斯国,呼为忽野詹默。拂林呼为阿梨去伐。树长三四丈,围五六尺。叶似拘绿而短小,经寒不凋。不花而实,其荚长二尺,中有隔,隔内各有一子。大如指,赤色,至坚硬。中黑如墨,甜如饴。可啖,亦宜药用。

木龙树

徐之高冢城南,有木龙寺。寺有三层砖塔,高丈余。塔侧生一大树,萦绕至塔顶。枝干交横,上平,容十

一千头牛的奶浇灌它。两夜之后，菩提树又焕然一新，葱茏如旧。又加高了石墙，高二丈四尺。唐玄奘当年到达西域时，见菩提树高出石墙两丈多。

婆罗树

巴陵有一座寺庙，和尚寝房的床下，忽然长出一棵小树来，把它砍了它还长，随砍随长。一个外国和尚见了说："这是婆罗树。"元嘉初年，婆罗树开出一朵花，像莲花。唐天宝初年，安西贡进婆罗树枝。呈状说："为臣所管四个镇子，有个叫拔汗那的人和为臣最为亲密。我们这里有一种树叫婆罗树，甚为奇绝，树下不生长凡草，树上不栖息恶鸟。树干高耸不亚于松柏，给人的片片树荫不亚于桃李。最近派拔汗那采得这种树的树枝二百根。如果这些树枝能在皇宫生根发芽，一定能在宫阙里脱颖而出，布叶垂荫，上邻月中的丹桂，连枝接影，遥对天上的白榆。"

独桓树

独桓树。顿丘的南面有应足山，山上有一棵树，树高十丈有余。树皮青色而光滑，像流动的碧玉，树干高耸向上。果实像五彩囊，树叶像亡子镜。世人叫它"仙人独桓树"。

波斯皂荚树

波斯皂荚，出自波斯国，本国叫它忽野詹默。拂林人叫它阿梨去伐。树高三四丈，树围五六尺。叶子像枸绿但是较短小，冬天也不落。此树不开花就结籽，荚长二尺左右，中间有隔，每隔内有一籽。籽大如手指，红色，极其坚硬。中间墨一样黑，吃起来甜如糖浆。可以食用，也可以药用。

木龙树

徐之高冢城南有一座木龙寺。寺中有三层的砖塔，高一丈多。塔旁有一棵大树，萦绕着塔顶。枝干交横，上平，能容纳十

余人坐。枝杪四向下垂，如百子帐。莫有识此木者。僧呼为龙木。梁武曾遣人图写焉。

贝多树

贝多，出摩伽陀国，长六七丈，经冬不凋。此树有三种：一者多罗婆力义多，二者多梨婆力义贝多，三者部婆力义多罗多梨。并书其叶，部阇一色，取其皮书之。"贝多"是梵语，汉翻为"叶"。"贝多婆力义"者汉言"树叶"也。西域经书，用此三种皮叶。若能保护，亦得五六百年。《嵩山记》称贝多叶似枇杷，并谬。交趾近出贝多枝，材中第一。

没 树

没树，出波斯国。拂林呼为阿缕。长一丈许，皮青白色，叶如槐而长，花似橘而大。子黑色，大如山茱萸，其味酸甜，可食。

槃碧穑波树

槃碧穑波树，出波斯国，亦出拂林国。拂林呼为群汉。树长三丈，围四五尺。叶似细榕，经寒不凋。花似橘，白色。子绿，大如酸枣，其味甜腻，可食。西域人压为油，以涂身，可出风痒。

齐暾树

齐暾树，出波斯国，亦出拂林，呼为齐匮。阳今反。树长二三丈，皮青白。花似柚，极芳香。子似杨桃，六月熟。西域人压为油，以煮饼果，如中国之巨胜也。

几个人坐下。大枝小枝四面下垂，如同百子帐。没有人认识这是一棵什么树。僧人们叫它龙木。梁武帝曾经派人画过它。

贝多树

贝多，出自摩伽陀国，高六七丈，四季常青，入冬不凋。此树有三种：一种是多罗婆力义多，一种是多梨婆力义贝多，一种是部婆力义多罗多梨。寺中的和尚用这三种树的树皮写字，并且也用树叶书写。"贝多"是梵语，译成汉语就是"叶"。"贝多婆力义"就是汉语的"树叶"。西域的经书，都是用这三种树的树皮和树叶书写的。如果能好好保护，可以保存五六百年。《嵩山记》称贝多叶似枇杷，这是错误的。交趾附近出产贝多枝，质量是木材中最好的。

没　树

没树，出自波斯国。拂林人称之为阿缕。树高一丈多，树皮青白色，树叶像槐叶而比槐叶长，花像橘树花而比橘花大。种子是黑色的，大小就像山茱萸，味道酸甜，可以吃。

槃碧穄波树

槃碧穄波树，出自波斯、拂林等国。拂林人称它为群汉树。这种树高三丈，树围四五尺。叶子像细细的榕树叶，入冬也不凋落。花像橘花，白色。结的果实是绿色的，大如酸枣，味道甘甜，口感细腻，可以食用。西域人把这种果子榨成油，用来涂抹身体，可以驱除风痒。

齐暾树

齐暾树出自波斯、拂林等国家，拂林把它叫作齐匮。阳兮反。树高两三丈，树皮青白色。花像柚花，极其芳香。果实像杨桃，六月成熟。西域人把它压成油，用来炸饼果，犹如中国的胡麻。

通脱木

通脱木,如蓖麻。生山侧,花上粉主治恶疮。如空,中有瓤,轻白可爱,女工取以饰物。

山桂

山桂,叶如麻,细花紫色,黄叶簇生。与慎火草出丹阳山中。

五鬣松

松凡言两粒五粒,粒当言鬣。段成式修行里私第大堂前,有五鬣松两株,大才如碗。结实,味与新罗者不别。五鬣松皮不鳞。唐中使仇士良水砲亭子,有两鬣皮不鳞者,又有七鬣者,不知自何而得。俗谓孔雀三鬣松也。松命根,下遇石则偃差,不必千年也。

三鬣松

唐卫公李德裕言:三鬣松与孔雀松别。又云:欲松不长,以石抵其直下根,便偃,不必千年方偃。

鱼甲松

洛中有鱼甲松。

合掌柏

唐太常博士崔石云:汝西有练溪,多异柏。及暮秋,叶敛,俗呼合掌柏。

通脱木

通脱木,样子像蝉麻。生长在山地,花上粉可以治疗恶疮。通脱木好像是空的,里边有瓤,又轻又白,很是可爱,女人们常用它做装饰品。

山 桂

山桂,叶子像麻,花细小,紫色,叶黄色,簇生。与慎火草都出自丹阳山中。

五鬣松

松树俗常都说两粒、五粒,其实粒应该说成鬣。段成式修行里私宅的大堂前,有两棵五鬣松,碗口那么粗。结果实,味道与新罗的没有区别。五鬣松树皮没有鳞。唐朝中使仇士良的水磨亭子,有两鬣松树,但皮不长鳞,还有七鬣的,不知从哪弄来的。一般人叫它孔雀三鬣松。松树,树根就是生命,地下遇石则停止生长,不一定要等千年。

三鬣松

唐卫公李德裕讲:三鬣松和孔雀松是有区别的。又说:要想使松树不长,用石头抵住它往下伸的根,就能使其停止生长,不一定要千年才停止。

鱼甲松

洛水一带有鱼甲松。

合掌柏

唐太常博士崔石讲:汝水之西有个地方叫练溪,那里异柏很多。有一种柏树,到了晚秋叶子就收拢起来,俗称合掌柏。

黄杨木

黄杨木性难长。世重黄杨，以无火。或曰：以水试之，沉则无火。取此木以阴晦，夜无一星，则伐之为枕不裂。

青杨木

青杨木，出峡中。为床，卧之无蚤。

俱那卫

俱那卫，叶如竹，三茎一层，茎端分条如贞桐，花小，类木槲。出桂州。

山　茶

山茶似海石榴，出桂州。蜀地亦有。

夏州槐

夏州唯一邮，有槐树数株。盐州或要叶，行牒求之。

赤白柽

赤白柽出凉州，大者无，灰伤人。灰汁煮铜，可以为银。

楷　木

蜀中有木类柞。众木荣时，如枯柹。隆冬方萌芽布阴。蜀人呼为楷木。

黄杨木

黄杨木生性长得慢。世人以黄杨木为重,是因为它不易着火。有人说:用水试一试,能沉到水里的就不易着火。伐取此木应该选一个阴晦的天气,并且夜无一星,这时候砍伐的黄杨木,做枕头不裂。

青杨木

青杨木,出自峡谷之中。用青杨木做成床,寝卧多久也不生跳蚤。

俱那卫

俱那卫,叶子像竹叶,三根茎为一层,茎端分成条,像贞桐,花很小,类似木槲。此木出自桂州。

山　茶

山茶很像海石榴,出自桂州。蜀地也有。

夏州槐

夏州只有一个邮亭,亭前有几棵槐树。盐州有时想要槐树叶,就去公文相求。

赤白柽

赤白柽出在凉州,没有很大的,其灰可以伤人。用其灰汁煮铜,可以变铜为银。

楷　木

蜀地有一种树类似柞树。其他草木繁荣之时,它就像枯萎似的。数九隆冬它倒发芽布荫。蜀人称它是楷木。

楮

壳田久废,必生构。叶有瓣。大曰楮,小曰构。

文理木 凡八种并见《酉阳杂俎》。

宗庙文木

宗庙地中生赤木,人君礼各得其宜也。

文木简

齐建元初,延陵季子庙,旧有涌井,井北忽有金石声,掘深二丈,得沸泉。泉中得木简,长尺,广一寸二分。隐起字曰:"庐山道士张陵再拜谒。"木坚而白,字色黄。

古文柱

齐建元二年夏,庐陵长溪水冲击山麓崩,长六七尺。下得柱千余根,皆十围,长者一丈,短者八九尺。头题古文,字不可识。江淹以问王俭。俭云:"江东不闲隶书,秦汉时柱也。"

三字薪

齐永明九年,秣陵安时寺,有古树,伐以为薪。木理自然有"法天德"三字。

天尊薪

唐都官员外陈修古言,西川一县,不记名,吏因换狱卒木为薪,有天尊形像存焉。

楮

板结的田地长期荒废，一定会长出构来。构的叶有瓣。大的叫楮，小的叫构。

文理木 凡八种并见《酉阳杂俎》。

宗庙文木

宗庙的地中央长出红色树木来，这是人、君、礼各方面相宜的征兆。

文木简

南齐建元初年，延陵季子庙里，本来有一口井，井北忽然间有金石之声，于是人们就对那里挖掘，挖到两丈深，挖出一眼沸泉。从泉中得到一束木简，长一尺，宽一寸二分。上面的字是："庐山道士张陵再拜谒。"木简的木质坚硬而且偏白，字是黄色的。

古文柱

南齐建元二年夏，庐陵长溪水把山麓冲垮了一段，长六七尺。从下面得到一千多根柱子，都是十围粗，长的一丈，短的八九尺。柱头上题写着古文，字不能认。江淹带着这一问题去请教王俭。王俭说："江东不熟悉隶书，这是秦汉时期的柱子。"

三字薪

南齐永明九年，秣陵安时寺里的一棵古树，被砍倒做了烧柴。人们发现这棵树的纹理自然形成了"法天德"三个字。

天尊薪

唐都官员外陈修古讲，西川有一个县，不记得县名了，县吏因为换狱卒的木头当柴烧，发现木柴上有天尊的形象。

太平木

异木。唐大历中,成都百姓郭远,因樵,获瑞木一茎。理成字曰:"天下太平。"诏藏于秘阁。

天王槐

长安持国寺,寺门前有槐树数株。金监买一株,令所使巧工解之。及入内回,工言木无他异。金大嗟惋,令胶之。曰:"此不堪矣,但使尔知予工也。"及别理解之,每片一天王,塔戟成就焉。

色陵木

台山有色陵木,理如绫窠。百姓取为枕,呼为色陵枕。

马文木

凤翔知客郭璩,其父曾主作坊。将解一木,其间疑有铁石,锯不可入。遂以新锯,兼焚香祝之,其锯乃行。及破,木文有二马形,一黑一赤,相啮,其口鼻鬃尾,蹄脚筋骨,与生无异。出《闻奇录》。

太平木

此为异木。唐大历年间,成都百姓郭远,因为上山打柴,得到一根祥瑞的木头。那上面的纹理形成四个字:"天下太平。"皇帝下诏书把这根木头珍藏到秘阁里。

天王槐

长安持国寺的门前有几棵槐树。金监买下一棵,让他手下的能工巧匠们分割它。等到金监从大内返回,工匠说这棵树和其他树没什么两样。金监很是惋惜,让工匠们把树胶合起来。工匠说:"这样切割是不行的,现在让你们见识见识我的功夫。"便顺着脉理进行剖析,每片上都有一个天王像,塔和戟也都是木纹生就的。

色陵木

台山有色陵木,纹理像绫子构成的巢穴。当地百姓把它做成枕头,称为色陵枕。

马文木

凤翔佛寺中负责接待客人的僧人郭璩,他的父亲曾是一个作坊的主人。有一回他分割一块木头,锯不进去,他怀疑木中有铁石。于是他换了一把新锯,又烧香祷告,才渐渐锯进去。等到锯开,见木纹生成两个马形图案,一黑一红,互相啮咬,它们的口、鼻、鬃、尾、蹄、脚、筋、骨,与活马没有不同。出自《闻奇录》。

卷第四百七
草木二

异木 两门凡四十目

异木

主一州树

东方荒外,有豫章焉,此树主一州。其高千丈,围百丈。本上三百丈,始有枝条,敷张如帐,上有玄狐黑猿。树主一州,南北并列,面向西南。有九力士,操斧伐之,以占九州吉凶。斫复,其州有福;创者州伯有病;积岁不复者,其州灭亡。

异木

主一州树

东方荒野之外,有一棵豫章树,这棵树主一州的吉凶祸福。树高一千多丈,树围一百多丈。树干往上三百多丈的地方才开始有枝条,枝条四下敷张像幔帐一样,树上有黑色的狐狸和猿猴。树主一州的吉凶祸福,南北并列,面向西南。曾有九个大力士,拿着斧子来砍伐它,用这种办法来占卜九个州的吉凶。砍完又平复的,这个州就有福;使树受到创伤的,这个州的首领就会生病;砍完之后好长时间也不平复的,这个州的首领就会死亡。

"亡"言州伯死,"复"者木创复也。出《神异经》。

偃 桑

东方有树焉,高八十丈,敷张自辅。其叶长一丈,广六七尺,名曰桑。其上自有蚕,作茧长三尺。缫一茧,得丝一斤。有椹焉,长三尺五寸,围如长。桑是偃桑,但树长大耳。出《神异经》。

不昼木

荒外有火山,其中生不昼之木,昼夜火燃,得曝风不猛,猛雨不灭。出《神异经》。

蚊子树

有树如冬青,实生枝间,形如枇杷子。每熟即坼裂,蚊子群飞,唯皮壳而已。土人谓之蚊子树。出《岭南异物志》。

圣鼓枝

含洭县滃水口下东岸,有圣鼓,即杨山之鼓枝也,横在川侧。冲波所激,未尝移动。众鸟飞鸣,莫有萃者。般人误以篙触,必患疟。出《酉阳杂俎》。

鹿 木

武陵郡北,有鹿木二株,马伏波所种。木多节。出《酉阳杂俎》。

"亡"是说州的首领死，"复"是说树的创伤平复。出自《神异经》。

偃　桑

东方有一棵大树，高八十丈，树枝全都张开，自相辅助。树叶长一丈，宽六七尺，树名叫桑。树上自然生长着蚕，此蚕做出来的茧，长三尺。只缫一个茧，就可以缫出一斤丝来。还结有桑葚，长三尺五寸，围长也是三尺五寸。这种桑叫偃桑，比一般的桑树高大。出自《神异经》。

不昼木

很远的地方有一座火山，山中生长着一种不分白天黑夜的树木，白天黑夜都在燃烧，受到日晒和风吹火势也不变得猛烈，受到大雨的浇泼火也不灭。出自《神异经》。

蚊子树

有一种树很像冬青，果实生在树枝之间，外形像枇杷子。果实每到成熟期就裂开，一群蚊子从中飞出，最后只剩一个空壳。当地人叫它蚊子树。出自《岭南异物志》。

圣鼓枝

含洭县滃水口下东岸，有圣鼓，也就是杨山的鼓枝，横卧在滃水的一侧。山洪的冲激，不曾使它移动过。各种鸟在附近飞来飞去，鸣叫不已，但是没有往这圣鼓枝上群集的。撑船的误把船篙触到圣鼓枝上，就一定会患上疟疾。出自《酉阳杂俎》。

鹿　木

武陵郡北面，有两棵鹿木，是伏波将军马援栽种的。这种树木身上多节。出自《酉阳杂俎》。

倒生木

倒生木,此木依山生,根在上。有人触则叶翕,人去则叶舒。出东海。出《酉阳杂俎》。

黝木

黝木,节以蛊兽,可以为鞭。原缺出处,今见《酉阳杂俎》续十。

桄榔树

古南海县有桄榔树,峰头生叶,有面。大者出面,乃至百斛。以牛乳啖之,甚美。出《酉阳杂俎》。

怪松

南康有怪松。从前刺史,每令画工写松,必数枝衰悴。后因一客与妓,环饮其下,经日松死。出《酉阳杂俎》。

枫人_{种田}

岭中诸山多枫树,树老多有瘤瘿。忽一夜遇暴雷骤雨,其树赘则暗长三数尺。南人谓之枫人。越巫云:取之雕刻神鬼,异致灵验。出《岭表录异》。

枫鬼

《临川记》云:抚州麻姑山,或有登者,望之,庐岳彭蠡,皆在其下。有黄连厚朴,恒山枫树。数千年者,有人形,眼鼻口臂而无脚。入山者见之,或有斫之者,皆出血。人皆

倒生木

倒生木，依傍着山崖而生，根在上，头在下。如果有人触到它，它的叶子就收拢；人离开之后，叶子又展开。它出在东海。出自《酉阳杂俎》。

黝 木

黝木，树节可以害死猛兽，可以用来做鞭子。原缺出处，今见《酉阳杂俎》续十。

桄榔树

古代南海县有一种桄榔树，最顶上生叶，树叶上有粉末。一棵大一点的桄榔树，出的粉末可达一百斛。用牛奶拌着一起吃，特别好吃。出自《酉阳杂俎》。

怪 松

南康有一棵很怪的松树。从前，刺史每次让画工画这棵松，就一定有几个树枝衰败憔悴。后来因为一个客人和一名歌妓在树下环绕着它饮酒作乐，一日之后，这松树居然死了。出自《酉阳杂俎》。

枫 人 种田

岭中各山中枫树很多，树老之后，很多都长有瘤子。忽然有一天夜里，遇上一场暴雷骤雨，一棵枫树上的瘤子就暗长了三尺多。南方人叫它枫人。越地的巫师说：用这种枫树上的瘤子雕刻神鬼，特别灵验。出自《岭表录异》。

枫 鬼

《临川记》说：抚州的麻姑山，有攀登的人，登顶后四下望去，庐岳彭蠡，都在它的下面。山上有黄连、厚朴和恒山枫树。有棵活了几千年的老树，已化成人形，眼、鼻、口、臂全有，但没有脚。进山的人会见到它，如果从它身上砍一刀，它就会流血。人们

以蓝冠于其头,明日看失蓝,为枫子鬼。出《十道记》。

枫生人

江东江西山中,多有枫木人,于枫树下生,似人形,长三四尺。夜雷雨,即长与树齐,见人即缩依旧。曾有人合笠于首,明日看,笠子挂在树头上。旱时欲雨,以竹刺其头,禊之即雨。人取以为式盘,极神验。枫木枣地是也。出《朝野佥载》。

灵　枫

南中有枫子鬼,枫木之老者人形,亦呼为灵枫焉。出《述异记》。

破木有肉

有人破大木,木中有肉,可五斤,如熟猪肉。出《稽神录》。

江中枫材

循海之间,每构屋,即命民踏木于江中,短长细大,唯所取,率松材也。彼俗常用,不知古之何人断截。埋泥砂中,既不朽蠹,又多如是。事可异者。出《岭南异物志》。

河伯下材

中宿县山下有神宇,溱水至此,沸腾鼓怒。槎木泛至此沦没,竟无出者,世人以为河伯下材。出《酉阳杂俎》。

都把蓝草盖到它的头上，但是第二天去看就全都没了，这是枫子鬼。出自《十道记》。

枫生人

江东江西的山中，有许多枫木人，生长在枫树之下，像人形，高三四尺。夜间有雷雨，它就长得和树一般高，见到人它就缩回原状。曾经有人把竹笠扣到它的头上，第二天去看，竹笠居然挂到树顶上去了。旱天的时候想要求雨，就用竹针扎它的头，再举行求雨的仪式就下雨了。人们把它从山上弄回来做成占卜用的盘子，极其灵验。这就是占卜用具枫木枣地。出自《朝野佥载》。

灵 枫

南中有枫子鬼，树龄极大的老枫树可以化作人形，也称之为灵枫。出自《述异记》。

破木有肉

有人破一根大木头，发现木头里边有肉，能有五斤重，像是熟猪肉。出自《稽神录》。

江中枫材

循州沿海一带，每建造房屋，就让百姓到江中踩寻木材，长短粗细，需要什么样的就找什么样的，大致都是松材。那里的百姓常用它，也不知古时候是谁采伐的。这些木头埋在泥沙当中，既不朽烂，也不被虫蛀，又有如此之多。这事真是令人惊异。出自《岭南异物志》。

河伯下材

中宿县山下有一座神庙，溱水流到这里，波浪翻滚如怒。木筏泛到这里就沉没，再也不能露出水面，世人认为这是河神把木材截留住了。出自《酉阳杂俎》。

斗蛟船木

樟木,江东人多取为船。船有与蛟龙斗者。<small>出《酉阳杂俎》。</small>

交让木

武陵郡记,白雉山有木,名交让。众木敷荣后,方萌芽。亦更岁迭荣也。<small>出《酉阳杂俎》。</small>

千岁松

《玉策记》称:千岁松树,四边披越,上杪不长。望而视之,有如偃盖。其中有物,如青犬,或如人。皆寿万岁。<small>出《抱朴子》。</small>

汗 杖

东方朔西那汗国回,得声木十枚。帝以赐大臣。人有疾则杖汗,将死则折。里语:"生年未半杖不汗。"<small>出《酉阳杂俎》。</small>

化蝶树

长安城禁苑内一大树,冬月雪中,忽花叶茂盛。及凋落结实,其子光明璨烂,如火之明焉。数日,皆化为红蛱蝶飞去。至明年,唐高祖自唐国入长安。此必前兆也。<small>出《潇湘录》。</small>

涪水材

梓童郪县,唐大历七年,夏六月甲子,涪水泛溢,流木数千条。梁栋欀桷具备。补内城屋,悉此木。乔林为之记。<small>出《洽闻记》。</small>

斗蛟船木

樟木，江东人大多用它做船。这种船可以和蛟龙相斗。出自《酉阳杂俎》。

交让木

据武陵郡记载，白雉山上有一种树，名叫交让。各种树木茂盛之后，它才萌芽。并且每隔一年才繁荣一次。出自《酉阳杂俎》。

千岁松

《玉策记》说：千岁之松，枝条向四面披散，树梢长年不长。远远望去，就像伞盖。那里面有东西，有的像青色的狗，有的像人。都有一万年的寿命。出自《抱朴子》。

汗　杖

东方朔从西那汗国回来，带回来十根声木。皇上把这些声木赐给大臣。人有病，声木就出汗；人将死，声木就折断。俚俗有这样的谚语："生年未半杖不汗。"出自《酉阳杂俎》。

化蝶树

长安城禁苑中有一棵大树，在冬天的风雪里，忽然间它就长出茂盛的花叶来。等到花落结果，那些果都光灿灿的，像火一样光明。几天之后，这些果子都变成红蝴蝶飞走了。到了第二年，唐高祖从太原进入长安。这一定是前兆。出自《潇湘录》。

涪水材

梓童郪县，唐大历七年，夏天六月甲子日，涪水暴涨，冲下来几千根木头，梁、栋、橡、椽样样都有。补修城内的房屋，全都用这些木材。乔林把这件事记了下来。出自《洽闻记》。

端正树

长安西端正树，去马嵬一舍之程，乃唐德宗皇帝幸奉天，睹其蔽芾，锡以美名。后有文士经过，题诗逆旅，不显姓名。诗曰："昔日偏沾雨露荣，德皇西幸赐嘉名。马嵬此去无多地，合向杨妃冢上生。"风雅有如此焉。出《抒情诗》。

崇贤里槐

唐陈朴者，元和中，崇贤里此街大门外，有槐树，尝黄昏徙倚窥外。见若妇人及老狐异鸟之类，飞入树中。遂伐视之。树凡三槎，并空中，一槎中有独头栗一百二十一枚，中褁一死儿，长尺余。出《酉阳杂俎》。

三枝槐

唐相国李石，河中永乐有宅。庭槐一本，抽三枝，直过堂前屋脊，一枝不及。相国同堂昆弟三人，曰石，曰而，皆登宰执；唯福一人，历七镇使相而已。原缺出处，今见《酉阳杂俎》续十。

瘿 槐

华州三家店西北道边，有槐甚大，葱郁周回，可荫数亩。槐有瘿，形如二猪，相趁奔走。其回顾口耳头足，一如塑者。出《闻奇录》。

荆根枕

贾人张弘者，行至华岳庙前，忽昏懵，前进不可，系马于一金荆树而酣睡。马惊，拽出树根而走。寤，逐而及之。

端正树

长安之西的端正树，离马嵬坡三十里路程，唐德宗皇帝驾临奉天时，看到它葱茏茂盛赐给它美名。后来有一个文士从这里经过，在客栈里题了诗，没有署名。诗说："昔日偏沾雨露荣，德皇西幸赐嘉名。马嵬此去无多地，合向杨妃冢上生。"竟是如此风雅。出自《抒情诗》。

崇贤里槐

唐元和年间，崇贤里街大门外有一棵槐树，一个叫陈朴的人，曾在黄昏时从家里倚着门往外看。他看见一些好像妇人及老狐异鸟之类的东西，飞入大槐树里。于是他就把大槐树砍倒，看到底是怎么回事。大槐树一共三个杈，中间都是空的，一个杈中装有独头栗子一百二十一个，中间用布包着一个死孩子，一尺多长。出自《酉阳杂俎》。

三枝槐

唐相国李石，在河中永乐有一所宅子。庭中有一棵槐树，三个枝，其中有两枝直过堂前的屋脊，有一枝达不到。李石兄弟三人，他和李而都登相位，只有李福一人，只做过七镇使相而已。原缺出处，今见《酉阳杂俎》。

瘿 槐

华州三家店西北的道边上，有一棵槐树，特别高大，枝叶葱郁，环绕萦回，可以荫盖好几亩地。槐树上有瘤子，形状就像两头猪在互相追逐奔跑。反复地看那两头猪的口、耳、头、足，全都像雕塑的。出自《闻奇录》。

荆根枕

商人张弘，走到华岳庙前，忽感晕眩，不能前进，把马拴到一棵金荆树上，就地酣睡。马因受惊，拽出树根跑走。张弘醒来追上马。

树根形如狮子,毛爪眼耳足尾,无不悉具。乃于华阴县,求木工修之为一枕,献于庙。守庙者常以匮镱之。行人闻者,赂守庙者百钱,始获一见。出《闻奇录》。

五重桑

洛中愿会寺,魏中书侍郎王翊舍宅立也。佛堂前生桑树一株,直上五尺,枝条横绕,柯叶傍布,形如羽盖。复高五尺,又然,凡为五重。每一重,叶椹各异。京师道俗,谓之神桑,观者甚众。帝闻而恶之,以为惑众,命给事黄门侍郎元纪,伐杀之。其日云雾晦冥,下斧之处,流血至地,见者莫不悲泣。出《洛阳伽蓝记》。

蜻蜓树

昔娄约居常山,据禅座。有一野妪,手持一树,植之于庭,言此是蜻蜓树。岁久芬芳郁茂。有一乌,身赤尾长,常止息其上。出《酉阳杂俎》。

无患木

无患木,烧之极香,辟恶气。一名噤娄,一名桓。昔有神巫曰瑶眊,能符劾百鬼,擒魑魅,以无患木击杀之。世人竞取此木为器,用却鬼,因曰无患木。出《酉阳杂俎》。

他发现那树根形状很像一只狮子，毛、爪、眼、耳、足、尾，全都具备。于是他就到华阴县，找木工修理加工成一个狮形的枕头，献给庙里。守庙的常将其锁在柜子里。听说这事的行人，要拿一百钱送给守庙的，才能获准看一看。出自《闻奇录》。

五重桑

洛中的愿会寺，是魏中书侍郎王翊施舍家宅建起来的。佛堂前长出一棵桑树，树干高达五尺，枝条纷杂缠绕，树枝树叶向旁边铺开，葱茏茂密，形如用羽毛装饰的车盖。又高五尺，又是这样一重枝叶，共是五重。每一重的叶和椹都不一样。京城的人们，不管是道是俗，都说这是神桑，前来观看的人很多。皇帝听了这事感到很厌恶，认为这是惑众，就命令给事黄门侍郎元纪前去砍伐这棵桑树。砍伐这一天云低雾重，阴沉昏暗，斧子砍到树上，被砍之处立刻就流血到地，在场观看的人，没有不感到悲伤而哭泣的。出自《洛阳伽蓝记》。

蜻蜓树

从前娄约居住在常山，主持一座寺院。有一个村野中的老妇人，手持一棵小树，把它栽到了娄约的庭院当中，说这是蜻蜓树。年头久了，树木长得郁郁葱葱，气味芬芳异常。有一只乌鸦，身体是红色的，尾巴很长，常常飞来止息在这棵树上。出自《酉阳杂俎》。

无患木

无患木，将它点燃用火烧，气味极香，能够排除邪恶之气。一名叫噤娄，一名叫桓。过去有个神巫叫瑶眊，能用符咒降伏百鬼，擒妖捉怪，然后再用无患木击杀这些鬼怪。世上的人争抢着用这种木头制成器具，以用来驱鬼避邪，因而就叫无患木。出自《酉阳杂俎》。

醋心树

杜师仁尝赁居。庭有巨杏树,邻居老人,每担水至树侧,必叹曰:"此树可惜。"杜诘之。老人云:"某善知木病,此树有疾,某请治。"乃诊树一处,曰:"树病醋心。"杜染指于蠹处尝之,味若薄醋。老人持小钩披蠹,再三钩之,得一白虫,如蝠。乃傅药于疮中。复戒曰:"有实,自青皮时,必标之。十去八九,则树活。"如其言,树益茂盛矣。又云:"尝见《栽植经》三卷,言木有病醋心者。"出《酉阳杂俎》。

登第皂荚

泉州文宣王庙,庭宇严峻,学校之盛,冠于藩府。庭中有皂荚树,每州人将登第,则生一荚。以为常矣。梁真明中,忽然生一荚有半,人莫谕其意。乃其年,州人陈逖,进士及第;黄仁颖,学究及第。仁颖耻之,复应进士举。至同光中,旧生半荚之所,复生全荚。其年,仁颖及第。后数年,庙为火焚。其年,闽自称尊号,不复贡士,遂至于今。出《稽神录》。

辨白檀树

剑门之左峭岩间有大树,生于石缝之中,大可数围,枝干纯白。皆传曰白檀树。其下常有巨虺,蟠而护之,民不敢采伐。又西岩之半,有志公和尚影,路人过者,皆西向擎拳顶礼,若亲面其如来。王仁裕癸未岁入蜀,至其岩下,注目观之,以质向来传说。时值晴朗,溪谷洗然,遂勒辔

醋心树

杜师仁曾租房居住。庭院里有一棵大杏树,邻居的一位老人,每次挑水走到树旁,都会叹息说:"这树可惜了。"杜师仁问他怎么回事。老人说:"我会给树木看病,这棵树病了,我给它看看吧。"于是他就诊视树的一处,然后说:"树得的是醋心病。"杜师仁用手指在虫咬处醮一下放到嘴里一尝,味道确实像薄醋。老人拿着一把小钩子往外钩虫子,再三地钩,钩出一条小白虫,样子像蝙蝠。然后在树的疮中敷了药。又警告说:"结果之后,从青皮时起,就要标记号。除去果实的十之八九,树就能活。"照他说的去做,那树果然更加茂盛了。又说:"曾经读过《栽植经》三卷,书上说树木有患醋心病的。"出自《酉阳杂俎》。

登第皂荚

泉州的文宣王庙,庭院屋宇庄严高峻,学校之盛,在藩府数第一。庭院中有一棵皂荚树,每当州中将有人登第,它就生出一荚。人们习以为常。后梁贞明年间,它忽然生出一个半荚来,人们不知道这是什么意思。就在这一年,本州人陈逖,进士科及第;黄仁颖,学究科及第。黄仁颖感到羞耻,再次应试进士科。到了同光年间,原先生半荚的地方,长出一个完整的荚。就是这一年,黄仁颖及第。过了几年,文宣王庙被焚毁。那一年闽地自称尊号,不再向朝廷举荐人才,直到如今。出自《稽神录》。

辨白檀树

剑门左边的峭岩之间,有一棵大树,生长在石缝中,好几围粗,枝干纯白色。人们都传这是白檀树。树下常有一条大毒蛇,盘踞在那里守护着,村民不敢去采伐。又说西岩壁的半腰处,有志公和尚的影像,路人从这里走过的时候,都要朝西方擎起双手顶礼膜拜,就像亲眼见到他走来。王仁裕于癸未年进入蜀地,他走到岩下时,仔细地观察,以判断向来的传说是否属实。当时天气晴朗,溪谷青翠,就像用水洗过一样,于是他就勒住马辔

移时望之。其白檀,乃一白栝树也。自历大小漫天。夹路溪谷之间,此类甚多,安有檀香蛇绕之事?又西瞻志公影,盖岩间有圆柏一株,即其笠首也;两面有上下石缝,限之为身形;斜其缝者,即袈裟之文也;上有苔藓斑驳,即山水之毳文也。方审其非白檀,志公不留影于此。明矣,乃知人之误传者何限哉! 出《玉堂闲话》。

蓏蔓

藤实杯

藤实杯出西域,藤大如臂,叶似葛花,实如梧桐。实成坚固,皆可酌酒。自有文章,映彻可爱。实大如杯,味如豆蔻,香美消酒。士人提酒,来至藤下,摘花酌酒,乃以其实消醒。国人宝之,不传于中土。张骞入宛得之。事在《张骞出关志》。出《炙毂子》。

钟藤

松桢,即钟藤也。叶大者,晋安人以为盘。出《酉阳杂俎》。

人子藤

安南有人子藤,红色,在蔓端有刺,其子如人状。昆仑烧之集象。南中亦难得。出《酉阳杂俎》。

久久观望。然后发现那白檀树，原来竟是一棵白栝树。他亲自经历的大小事情漫天皆是。道路被夹在溪谷中，这类情形特别多，哪有什么毒蛇盘绕香檀树的事情？他又向西看那志公和尚的影像，在岩石间有圆柏一棵，那就是志公和尚戴着竹笠的头；两边有上下裂开的石缝，画出了志公的身形；斜向的石缝，就是袈裟上的花纹了；那上面有斑斑驳驳的苔藓，就勾勒描画出山水图案来。这才审定，那树不是白檀树，那影也不是志公和尚的留影。一切都弄明白了，才知道人们的误传哪里有什么边际呢！出自《玉堂闲话》。

藟蔓

藤实杯

藤实杯来自西域，藤有胳膊那么粗，叶子像葛花的叶，果实像梧桐的果。果实成熟之后坚硬结实，都可以用来斟酒。那上面自然生有花纹，明澈可爱。果实有杯子那么大，味道像豆蔻，既香美又有消酒的功效。士人提着酒来到藤下，摘花舀酒，竟然又用它的果实解酒。国人把它当成宝贝，没有将其传入中原。张骞通西域的时候入大宛才得到它。这事记在《张骞出关志》里。出自《炙毂子》。

钟藤

松梴，就是钟藤。晋安人用较大的钟藤叶做盘子。出自《酉阳杂俎》。

人子藤

安南有一种叫作人子藤的植物，红色，藤蔓的顶端有刺，它的籽实有如人形。昆仑岛一带焚烧它的籽实召集大象。即使在南中，人子藤也是难得的。出自《酉阳杂俎》。

蜜草蔓

北天竺国出蜜草,蔓生大叶,秋冬不死。因重霜露,遂结成蜜,如塞上蓬盐。出《酉阳杂俎》。

胡蔓草

胡蔓草,此草在邕间,丛生。花偏如栀子,稍大,不成朵,色黄白,叶稍异。误食之,数日卒死。饮白鹅白鸭血则解。或以物投之,祝曰:"我买你,食之不死。"出《酉阳杂俎》。

野狐丝

有草蔓生,色白,花微红,大如粟。秦人呼为野狐丝。出《酉阳杂俎》。

蜜草蔓

北天竺国出产蜜草，蔓生，大叶，秋冬也不凋落。由于屡经霜露，便积结成蜜，好像塞外蓬草上结成的盐。出自《酉阳杂俎》。

胡蔓草

胡蔓草生在邕州一带，是丛生植物。花偏，像栀子花，比栀子花稍大，不成朵，黄白色，叶与栀子叶略有不同。误吃了胡蔓草，几天之内就会死。喝白鹅白鸭的血就能解。有的人把东西扔向它，然后祷告说："我买你，吃了别让我死。"出自《酉阳杂俎》。

野狐丝

有一种草，蔓生，色白，花微红，大小如粟。秦地人叫它野狐丝。出自《酉阳杂俎》。

卷第四百八

草木三

草

奈祇草	三赖草	席箕草	护门草	仙人绦
合离草	老鸦笊篱草	鬼皂荚	青草槐	铜匙草
水耐冬	三白草	无心草	盆甑草	女草
媚草	醉草	舞草	相思草	无情草
忘忧草	睡草	千步香草	麝草	治蛊草
蛇衔草	鹿活草	解毒草	毒草	蕉毒草
牧麻草	龙刍	红草	宫人草	焦茅
销明草	黄渠草	闻遐草	始皇蒲	梦草
汉武牧马草	水网藻	地日草	书带草	金蝥草
望舒草	神草			

奈祇草

　　奈祇,出拂林国。苗长三四尺,根大如鸭卵。叶似蒜,叶中心抽条甚长。茎端有花六出,红白色,花心黄赤。不结子。其草冬生夏死,与荞麦相类。取其花,压以为油,涂身,除风气。拂林国王及国内贵人用之。出《酉阳杂俎》。

三赖草

　　曹州及扬州淮口,出夏梨三赖草。如金色,出于高厓。魅药中最切用。出《酉阳杂俎》。

奈祗草

奈祗,出在拂林国。苗高三四尺,根如鸭蛋大小。叶像蒜叶,叶中心抽出一根长长的条。茎端开花,花六个瓣,红白色,花心是黄红色的。只开花不结籽。这种草冬天生长夏天枯萎,和荞麦类似。把它的花压成油,用油涂身,可以驱除风寒湿气。拂林国王以及国中的贵族们用它。出自《酉阳杂俎》。

三赖草

曹州及扬州的淮口,出产一种叫夏梨三赖草的植物。金黄色,生长在高山。是魅药中最要紧的一味药。出自《酉阳杂俎》。

席箕草

席箕一名塞芦,生北胡地。古诗云:"千里席箕草。"出《述异记》。

护门草

常山北有草,名护门。置诸门上,夜有人过,辄叱之。出《酉阳杂俎》。

仙人绦

衡岳出仙人绦。无根,多生石上。状如带,三股,色绿。亦不常有。出《酉阳杂俎》。

合离草

合离,根如芋魁,有游子十二环之,相须而生。而实不连,以气相属。一名独摇,一名离母。若土人所食者,呼为赤箭矣。出《酉阳杂俎》。

老鸦笄篱草

老鸦笄篱,叶如牛蒡而狭。子熟时,色黑。状如笄篱。出《酉阳杂俎》。

鬼皂荚

鬼皂荚,生江南地泽,如皂荚,高一二尺。沐之长发,叶亦去衣垢。出《酉阳杂俎》。

青草槐

龙阳县裈牛山南,有青草槐。丛生,高尺余。花若金灯,仲夏发花。出《酉阳杂俎》。

席箕草

席箕，还有个名字叫塞芦，生长在北方胡人境内。古诗云："千里席箕草。"出自《述异记》。

护门草

常山北有一种草，名叫护门草。把它放到门上，夜间有人通过，它就发出呵斥声。出自《酉阳杂俎》。

仙人绦

衡山出一种叫仙人绦的植物。没有根，多生长在石头上。形状像带子，共三股，绿颜色。不过并不常见。出自《酉阳杂俎》。

合离草

合离草，它的根像芋头的根，有十二个子根环绕着总根，根须相互连接而生。但实际上并不相连，以气势相连属罢了。一名叫独摇，还有一名叫离母。如果本地人食用，就被叫作赤箭。出自《酉阳杂俎》。

老鸦筭篱草

老鸦筭篱草，它的叶像牛蒡叶而比牛蒡叶窄。种子成熟时，颜色发黑。它的形状像筭篱。出自《酉阳杂俎》。

鬼皂荚

鬼皂荚，生长在江南沼泽地中，样子很像皂荚，高一二尺左右。用鬼皂荚洗头，有益于头发的生长，它的叶也有除衣垢的功效。出自《酉阳杂俎》。

青草槐

龙阳县裨牛山南，有一种叫作青草槐的植物。丛生，高一尺多。花像金色小灯，仲夏开花。出自《酉阳杂俎》。

铜匙草

铜匙草,生水中,叶如剪刀。出《酉阳杂俎》。

水耐冬

水耐冬,此草终冬在水不死。段成式城南别墅池中有之。出《酉阳杂俎》。

三白草

三白草,初生不白。入夏,叶端方白。农人候之莳田。三叶白,草毕秀矣。其叶似署预。出《酉阳杂俎》。

无心草

蚍蜉酒草,一曰鼠耳,像形也。亦曰无心草。出《酉阳杂俎》。

盆甑草

盆甑草,即牵牛子也。秋节后断之,状如盆甑。其中有子,似龟蔓署预。出《酉阳杂俎》。

女　草

葳蕤草,一名丽草,亦呼为女草。江湖中呼为娃草。美女曰娃,故以为名。出《酉阳杂俎》。

媚　草

鹤子草,蔓生也。其花曲尘色,浅紫蒂,叶如柳而短。当夏开花,又呼为"绿花绿叶"。南人云是媚草。采之曝干,以代面靥。形如飞鹤,翅尾觜足,无所不具。此草蔓至春生双虫,只食其叶。越女收于妆奁中,养之如蚕,摘其草饲之。

铜匙草

铜匙草，生长在水中，叶子像剪刀。<small>出自《酉阳杂俎》。</small>

水耐冬

水耐冬，这种草整个冬天都泡在水里但是不死。段成式城南的别墅池子里有这种草。<small>出自《酉阳杂俎》。</small>

三白草

三白草，刚生长出时并不白。进入夏季，叶尖儿上才开始发白。农人等到这个时候就去田里插秧。三个叶发白时，就开花了。它的叶子很像山药。<small>出自《酉阳杂俎》。</small>

无心草

蚍蜉酒草，一名鼠耳，因形像鼠耳得名。此草也叫无心草。<small>出自《酉阳杂俎》。</small>

盆甑草

盆甑草，就是牵牛了。中秋节之后它就不再生长，形状像小盆。里边有籽，像龟蔓署预。<small>出自《酉阳杂俎》。</small>

女　草

葳蕤草，一名丽草，也叫女草。江湖中叫它娃草。娃就是美女，所以又用娃草来称呼。<small>出自《酉阳杂俎》。</small>

媚　草

鹤子草，蔓生。它的花呈淡黄色，蒂呈浅紫色，叶像柳叶而比柳叶短。当年夏天开花，又叫作"绿花绿叶"。南方人说它是媚草。把它采回来晒干，可以代替化妆品。它的形状像飞鹤，翅、尾、嘴、脚，全都具备。这种草的蔓到了春天生双虫，只吃它的叶。越地女子把虫放在妆奁中，像养蚕那样养着，摘媚草叶喂它。

虫老不食，而蜕为蝶，赤黄色。妇女收而带之，谓之媚蝶。
出《岭表录异》。

醉草

《尸子》：赤县洲为昆仑之墟。其东则卤水岛。山左右，玉红之草生焉。食其一实，醉卧三百岁。出《文枢镜要》。

舞草

舞草出雅州，独茎三叶，叶如决明。一叶在茎端，两叶居茎半，相对。人或近之则歙；抵掌讴曲，则摇动如舞矣。出《酉阳杂俎》。

相思草

秦赵间有相思草。状若石竹，而节节相续。一名断肠草，又名愁妇草，亦名媚草，又呼为寡妇莎。盖相思之流也。出《述异记》。

无情草

左行草，使人无情。范阳长贡。出《酉阳杂俎》。

忘忧草

萱草一名紫萱，又名忘忧草。吴中书生谓之疗愁。嵇康《养生论》云："萱草忘忧。"出《述异记》。

睡草

桂林有睡草，见之则令人睡。一名醉草，亦呼懒妇箴。出《南海地记》。出《述异记》。

虫老之后就不吃东西了,蜕化成蝴蝶,赤黄色。妇女把这蝶带在身上,叫它媚蝶。出自《岭表录异》。

醉 草

《尸子》里有这样的记述:赤县洲是昆仑的遗址。它的东面就是卤水岛。山左右,生长着玉红色的草。吃这种草的一粒果实,就会醉卧三百年。出自《文枢镜要》。

舞 草

舞草出在雅州,它一根茎三片叶,叶的形状像决明。一片叶长在茎端,两片叶相对长在茎半腰。人走近它它就倾斜,人如果在它跟前击掌唱曲儿,它就像跳舞那样摇动起来。出自《酉阳杂俎》。

相思草

秦地赵地一带有相思草。这种草样子像石竹,一节一节地连续而生。一名断肠草,又名愁妇草,也叫孀草,还有人叫它寡妇莎。这些叫法都含有相思的意思。出自《述异记》。

无情草

左行草,能使人无情。范阳经常进贡。出自《酉阳杂俎》。

忘忧草

萱草,一名紫萱,又有一个名叫忘忧草。吴地的书生们叫它疗愁。嵇康《养生论》说:"萱草忘忧。"出自《述异记》。

睡 草

桂林有一种草叫睡草,见了就会使人睡觉。一名醉草,也叫作懒妇箴。载于《南海地记》。出自《述异记》。

千步香草

南海出百步香，风闻于千步也。今海隅有千步香，是其种也。叶似杜若，而红碧间杂。《贡籍》云："日南郡贡千步香。"出《述异记》。

麝 草

龟甲香即桂香。善者紫术香。一名金杜香，一名麝草香。出苍梧桂林二郡界。今吴中有麝草，似红而甚芳香。出《述异记》。

治蛊草

新州郡境有药，土人呼为吉财。解诸毒及蛊，神用无比。昔有人尝至雷州，途中遇毒，面貌颇异，自谓即毙。以吉财数寸饮之，一吐而愈。俗云：昔人有遇毒，其奴吉财得是药，因以奴名名之。实草根也，类芍药。遇毒者，夜中潜取二三寸，或剉或磨，少加甘草，诘旦煎饮之，得吐即愈。俗传将服是药，不欲显言，故云潜取，而不详其故。或云，昔有里媪病蛊，其子为小胥，邑宰命以吉财饮之，暮乃具药。及旦，其母谓曰："吾梦人告我，若饮是且死，亟去之。"即仆于地。其子又告县尹，县尹固令饮之，果愈。岂中蛊者亦有神，若二竖哉？出《投荒杂录》。

蛇衔草

《异苑》云：昔有田父耕地，值见伤蛇在焉。有一蛇，衔草著疮上，经日伤蛇走。田父取其草余叶以治疮，皆验。

千步香草

南海出产百步香,千步之外可以嗅到它随风而来的香味。现在沿海一带有千步香,是南海百步香的种繁育的。叶似杜若,红碧间杂。《贡籍》说:"日南郡进贡千步香。"出自《述异记》。

麝　草

龟甲香就是桂香。上品是紫术香。一名叫金杜香,一名叫麝草香。出自苍梧、桂林二郡地界。现在吴地有一种植物叫麝草,颜色近似红色而特别芳香。出自《述异记》。

治蛊草

新州郡境内有一种药,当地人叫它吉财。这种药解各种毒和蛊虫,神效无与伦比。过去曾有人到雷州去,半路上中了毒,脸肿得变了模样,他自己说马上就要死了。但是只用几寸吉财做药让他服下,他吐过一阵之后就痊愈了。传言:过去有一个人中了毒,他的家奴弄到这种药,家奴名叫吉财,因此就用奴名做了药名。其实就是一种草根,类似芍药。中毒的人,夜里偷偷取吉财二三寸,搓磨弄碎,稍微加一些甘草在里面,次日早晨煎服,能吐就好。传言,要服这种药,不能公开说明,所以要潜取,但不知道原因。有人说,过去有一个乡间老太太患上了蛊疾,她的儿子是个小吏,县令告诉小吏取吉财为母亲治病,天黑才弄到药。等到第二天早晨,小吏的母亲说:"我梦见有人告诉我,要是吃这药就会死,赶快扔了它。"说完她就倒在地上。她儿子又去告诉了县令,县令坚持让他给母亲吃下,果然就好了。难道中蛊毒者也有蛊神,就像潜入膏、肓之间的二竖?出自《投荒杂录》。

蛇衔草

《异苑》说:过去有一位老农耕地,遇见一条受了伤的蛇躺在那里。另有一条蛇,衔来一棵草放在伤蛇的伤口上,经过一天的时间,伤蛇跑了。老农拾取那棵草其余的叶子治疮,非常灵验。

本不知草名，因以蛇衔为名。《抱朴子》云："蛇衔能续已断之指如故。"是也。出《感应经》。

鹿活草

天名精，一曰鹿活草。青州刘炳，宋元嘉中，射一鹿。剖五脏，以此草塞之，蹶然而起。炳密录此草种之，多愈伤折。俗呼为刘炳草。出《酉阳杂俎》。

解毒草

建宁郡乌句山南五百里，生牧靡草，可以解毒。百卉方盛，乌多误食乌啄。中毒，必急飞牧靡山，啄牧靡以解。出《酉阳杂俎》。

毒　草

博落回有大毒，生江淮山谷中。茎叶如麻，茎中空，吹作声，如勃逻。故名之。出《酉阳杂俎》。

蕉毒草

蕉毒草如芋巨，状如雀头。置干地则润，置湿地则干。炊饭时种于灶上，比饭熟，即著花结子。人食之立死。出《感应经》。

牧麻草

有牧麻草，大毒。有此草，值风吹其气所至，则数里内稻皆即死。李淳风云："其汁本清，得水则稠，见日则湿，入

本来不知道这种草的名字,就用蛇衔草当草名了。《抱朴子》说:
"蛇衔能把已经断了的手指接起来,接得和原先一样。"说的就是
这回事。出自《感应经》。

鹿活草

天名精,另一个叫法是鹿活草。青州有个叫刘炳的人,南朝
宋元嘉年间,射到一头鹿。他剖去鹿的五脏,把鹿活草塞进去,
那鹿就像跌倒了似的,急忙站起来。刘炳秘密地收取此草栽种,
治好很多断折之伤。因而鹿活草俗称刘炳草。出自《酉阳杂俎》。

解毒草

建宁郡乌句山南五百里,生长着一种叫牧靡草的植物,这种
草可以解毒。百花盛开之时,许多鸟雀会因误吃而中毒。鸟雀
一旦中了毒,就一定紧急飞到牧靡山,啄食牧靡草来解毒。出自
《酉阳杂俎》。

毒 草

博落回毒性很大,生在江淮一带的山谷之中。茎和叶很像
麻,茎中间是空的,风一吹就发出"勃逻""勃逻"的声音。所以叫
它博落回。出自《酉阳杂俎》。

蕉毒草

蕉毒草像芋巨,形状似麻雀的脑袋。把它放在干地上,地就
湿润;把它放在湿地上,地就干爽。做饭的时候把它种到灶台上,
饭熟时,它就开花结果。人吃了立刻就死。出自《感应经》。

牧麻草

有一种草叫牧麻草,有剧毒。这种草,凡是风能把它的气味
吹到的地方,几里之内的禾苗全部都会立即死掉。李淳风说:"这
种草的浆汁本来是清的,见了水就变稠了,见了日光它就湿,入到

荫即干,在夏欲凉,在冬欲温。"出《感应经》。

龙刍

东海岛龙驹川,穆天子养八骏处。岛中有草名龙刍,马食之,日行千里。古语:"一株龙刍,化为龙驹。"出《述异记》。

红草

山戎之北有草,茎长一丈,叶如车轮,色如朝霞。齐桓时,山戎献其种,乃植于庭,以表霸者之瑞。出《酉阳杂俎》。

宫人草

楚中往往有宫人草。状似金燈,而甚芬氲,花似红翠。俗说,楚灵王时,宫人数千,皆多怨旷。有因死于宫中者,葬之,墓上悉生此草。出《述异记》。

焦茅

焦茅,高五丈。火燃之成灰,以水灌之,复成茅。是谓灵茅。

销明草

销明草,夜视如列星,昼则光自销灭也。

黄渠草

黄渠,照日如火,实甚坚。内食者,焚身不热。

荫处它就干,在夏天它会变凉,在冬天它会变暖。"出自《感应经》。

龙刍

东海岛的龙驹川,是穆天子养八骏的地方。岛中有一种草名叫龙刍,马吃了它,可以日行千里。古话说:"一棵龙刍,化成龙驹。"出自《述异记》。

红草

山戎的北部有一种草,茎长一丈,叶如车轮,色似朝霞。齐桓公的时候,山戎献来这种草的种子,将其种在庭院里,作为称霸的标志。出自《酉阳杂俎》。

宫人草

楚地处处有宫人草。形状像金橙,特别芬芳氤氲,花像红翠鸟。传说,楚灵王的时候,宫中美人数千,大多都有心存已久的怨恨。其中有不少人因此死于宫中,将她们埋葬后,她们的坟墓上全长这种草。出自《述异记》。

焦茅

焦茅,高可达五丈。用火把它烧成灰,再用水浇灌,它就又长成茅。这种茅叫灵茅。

销明草

销明草,夜晚看它像群星,到了白天它的光便自行消灭。

黄渠草

黄渠,在阳光照耀下就像一片火,它的果实很坚硬。吃下这种果实的人,火烧身也不觉得热。

闻遥草

闻遥草,服者轻身。叶如桂,茎如兰。其国献根,植之多不生实,草叶多萎黄。诏并除焉。 <small>焦茅、销明、黄渠、闻遥四种,并出《王子年拾遗记》。</small>

始皇蒲

齐南城东有蒲台,秦始皇所顿处。时始皇在台下,萦蒲以系马。至今蒲生犹荣,俗谓之秦始皇蒲。 <small>出《殷芸小说》。</small>

梦　草

汉武时,异国献梦草,似蒲。昼缩入地,夜若抽萌。怀其草,自知梦之善恶。帝思李夫人,怀之辄梦。 <small>出《酉阳杂俎》。</small>

汉武牧马草

汉武于湖中牧马处,至今野草皆有嚼啮之状。湖中呼为马泽,泽中有汉武弹棋方石,上有勒铭焉。 <small>出《述异记》。</small>

水网藻

汉武昆灵池中,有水网藻。枝横倒水上,长八九尺,有似网目。凫鸭入此草中,皆不得出。因名之。 <small>出《酉阳杂俎》。</small>

地日草

南方有地日草。三足乌欲下食此草,羲和之驭,以手掩乌目,食此则闷不复动。东方朔言,为小儿时,井陷,坠

闻遴草

闻遴草,服用它的人能使体重减轻。它的叶像桂树的叶,茎像兰草的茎。产闻遴草的国家将闻遴草根献来,种植以后大多数不结果实,草叶多枯萎发黄。皇上下令把它们全拔掉了。焦茅、销明、黄渠、闻遴四种,都出自《王子年拾遗记》。

始皇蒲

齐南城东有个地方叫蒲台,是秦始皇停留过的地方。当时秦始皇在台下,缠绕蒲草拴马。至今蒲草生长得还很茂盛,一般都叫它秦始皇蒲。出自《殷芸小说》。

梦　草

汉武帝时,外国献来梦草,这种草像蒲。它白天缩进地里,夜晚才抽发出来。怀揣这种草睡觉,自己就能知道梦的好坏。汉武帝思念李夫人,怀揣梦草就能梦到她。出自《酉阳杂俎》。

汉武牧马草

汉武帝在湖中牧马的地方,至今野草还有被马啃咬过的痕迹。湖中人称这地方叫马泽,泽中有汉武帝下棋的方石,石上有铭刻。出自《述异记》。

水网藻

汉武帝的昆灵池中,有一种植物叫水网藻。枝条横倒在水上,长八九尺,好像网眼。野鸭进入水网藻之中,宛如进入一张大网,全都不能逃出。因此而得名。出自《酉阳杂俎》。

地日草

南方有一种草叫地日草。三足乌想要从太阳中下来吃这草,太阳的驾驭神羲和会用手掩住它的眼睛,因为它吃了这种草,就闷闷地不再动了。东方朔说,他小时候,掉到一口井里,坠入

至地下，数十年无所寄托。有人引之，令往此草。中隔红泉，不得渡。其人以一只履，因乘泛红泉，得草处，食之。出《酉阳杂俎》。

书带草

郑司农，常居不其城南山中教授，黄巾乱，乃避。遣生徒崔琰、王经诸贤于此，挥涕而散。所居山下草如薤，叶长尺余许，坚韧异常。时人名作康成书带。出《三齐记》。

金薹草

晋武帝为抚军时，府内后堂砌下，忽生异草三株。茎黄叶绿，若总金抽翠。花绦苒弱，状如金薹。时人未得知是何祥瑞也，故隐蔽，不听外人窥视。有羌人姓姚名馥，字世芬，充厩养马，妙解阴阳之术。云：此草以应金德之瑞。馥年九十岁，姚襄即其祖也。馥好读书，嗜酒，每醉历月不醒。于醉时，好言王者兴亡之事。善戏笑，滑稽无穷。常叹云："九河之水，不足以为蒸薪；七泽麋鹿，不足以充庖俎。"每言凡人禀天地精灵，不知饮酒者，动肉含气耳，何必土木之偶而无心识乎？好啜浊嚼糟，恒言渴于醇酒。群辈常弄狎之，呼为渴羌。及晋武践位，忽见馥立于阶下。帝奇其倜傥，擢为朝歌邑宰。馥辞曰："氐羌异域，远隔风化，得游中华，已为殊幸。请辞朝歌之县，长充马圈之役。时

到地下，几十年没有着落。有一个人拉住他，让他到有地日草的地方去。但是中间隔着红泉，渡不过去。那人又把一只鞋送给他当船用，于是他乘着这只"鞋船"泛于红泉，找到有地日草的地方，吃了它。出自《酉阳杂俎》。

书带草

郑司农一直居住在不其城的南山中，向学生们传授道业，直到黄巾军作乱他才避开。他和学生崔琰、王经等贤士们在这里分手，师生们挥泪而别。他所居住的山下，有一种草样子像薤，叶子有一尺多长，非常坚韧。当时的人给它起名叫康成书带。出自《三齐记》。

金螢草

晋武帝做抚军的时候，府内后堂的墙下，忽然间长出三棵奇怪的草。这草茎黄叶绿，宛若在整体的金块上抽出翠芽。花枝柔弱，花的形状有如金螢。当时的人不知道这是什么祥瑞之兆，所以就把它们隐蔽起来，不让外人看见。有一个羌人姓姚名馥，字世芬，在马厩里养马，懂得阴阳之术。他说：这三棵草预示主人有金德之瑞。姚馥年龄已经九十岁，姚襄就是他的祖父。他喜欢读书，也喜欢喝酒，往往一醉就是一个多月不醒。在喝醉的时候，他喜欢说些帝王的兴亡之事。他爱开玩笑，幽默有趣，特别滑稽。他常常叹息道："九河里的水，不够用来蒸饭的；七泽里的鹿，不够用来做菜的。"他常常谈到所有人都是禀承天地的精灵的，不会喝酒的，只是有一口气的行尸走肉罢了，何必要做一个没有思想意识的木偶石像呢？他喜欢喝浓浊的劣酒，嚼其沉淀渣滓，却总说渴于美酒。同辈们经常捉弄他，呼他为渴羌。晋武帝登上尊位后，忽然有一天看到姚馥站在阶下。晋武帝惊奇地发现姚馥也很倜傥，就要提拔姚馥做朝歌郡的郡守。姚馥推辞说："我生在氐羌异域，远离华夏文化，能到中原来客居，已经是格外的荣幸。我请求辞掉朝歌官职，长期当一个喂马的。时常

赐美酒，以乐余年。"帝曰："朝歌郡纣之故都，地有酒池，故使老羌不复呼渴。"馥于阶下，高声而应曰："马围老羌，渐染皇教，溥天夷貊，皆为王臣。今者欢酒池之乐，受朝歌之地，更为殷纣之比乎？"帝抚玉几大悦，即迁为酒泉太守。其地有青泉，其味如酒。馥乘酒而拜之，遂为善政。民为立生祠。后以府地赐张华，犹有此草。故茂先《金螢赋》云："擢九茎于汉庭，美二株于兹馆。贵表祥乎金德，名比类而相乱。"至惠帝咸熙元年，三株草化为树，条叶似杨树，高五尺，以应三杨擅之事。时有杨隽，弟瑶，弟济，号曰三杨。醉羌之验也。出《拾遗录》。

望舒草

晋太始十年，立河桥之岁，有扶支国，献望舒草。其色红，叶如荷。近望则如卷荷，远望则如舒荷，团团如盖。亦云：月出则叶舒，月没则叶卷。植于宫内，穿池广百步，名曰"望舒池"。愍帝之末，胡人移其种于胡中，至今绝矣。其池寻亦平也。出《拾遗录》。

神 草

魏明时，苑中有合欢草。状如蓍，一株百茎。昼则众条扶疏，夜乃合作一茎。谓之神。出《酉阳杂俎》。

赐我一点好酒,让我好好打发晚年就行了。"晋武帝说:"朝歌是商纣的故都,地上有酒池子,所以才让你去,你去了再也用不着喊渴了。"姚馥在阶下高声应答说:"喂马的老羌,渐渐懂得皇家礼教,普天下的各族百姓,都是帝王的臣子。今天尽享酒池之乐,接受朝歌之地,可以与商纣王相提并论吗?"晋武帝抚按着玉几,很是高兴,立即改派姚馥为酒泉太守。酒泉这地方有一眼清泉,水的味道像酒。姚馥乘着酒兴拜谢晋武帝,之后便在此施行善政。老百姓为他立了生祠。后来晋武帝把府地赐给张华的时候,那三棵草还在。所以茂先的《金螢赋》说:"擢九茎于汉庭,美二株于兹馆。贵表祥乎金德,名比类而相乱。"到了惠帝咸熙元年,三棵草变成树,枝条叶子全都像杨树,高五尺,以应三杨擅权之事。当时有杨隽、杨瑶、杨济三兄弟,号为三杨。是姚馥的话应验了。出自《拾遗录》。

望舒草

晋太始十年,也就是修建河桥的那年,扶支国献来了望舒草。那草是红色的,叶子像荷叶。近看就像卷荷,远望就像舒荷,圆圆的,就像车盖。也有人说:月出的时候叶子就舒展,月落时叶子就卷拢。这种草被种植在宫内,还穿凿水池宽百步,叫作"望舒池"。愍帝末年,胡人把望舒草移植到胡地,到如今望舒草已经绝种了。那个望舒池不久也成为平地。出自《拾遗录》。

神 草

魏明帝的时候,御花园里有一种草叫合欢草。这种草样子像蓍草,一棵草有上百的茎。白天则百条纷纷垂挂疏密有致,到了晚上就百茎并为一茎。人人都说它是神草。出自《酉阳杂俎》。

卷第四百九
草木四

草花

旌节花	野悉密花	都胜花	簇蝶花	蛃葵
金灯花	金钱花	毗尸沙花		

木花

叙牡丹	白牡丹	红紫牡丹	正倒晕牡丹	合欢牡丹
染牡丹花	劚牡丹	月桂花	牡桂花	桂花
海石榴花	南海朱槿	岭表朱槿	红槿花	那提槿花
佛桑花	贞桐花	栀子花	山茶花	三色石楠花
比闾花	木莲花	那伽花	木兰花	异木花
碧玫瑰	刺桐花	怀风花	蹢躅花	凌霄花
分枝荷	夜舒荷	睡莲花	碧莲花	染青莲花
三朵瑞莲	藕	莲实	芰	菱

草花

旌节花

黎州汉源县有旌节花，去地三二尺，行行皆如旌节也。
出《黎州汉源县图经》。

野悉密花

野悉密出佛林国，亦出波斯国。苗长七八尺，叶似梅，四时敷荣。其花五出，白色，不结子。花开时，遍野皆香，

草花

旌节花

黎州汉源县有一种花叫旌节花，离地二三尺高，一行行全都像朝廷使者所持的旌节。出自《黎州汉源县图经》。

野悉密花

野悉密花出自拂林、波斯国。苗高七八尺，叶与梅叶相似，四时开花。它的花五个瓣，白色，不结果。花开时，遍野芳香，

与岭南詹糖相类。西域人常采其花,压以为油,涂甚香滑。

都胜花

都胜花,紫色,两重心,数叶卷上,如芦朵,蕊黄叶细。

簇蝶花

簇蝶花,花朵簇一蕊,如莲房,色浅红。出在温州。

莸葵

莸葵,本湖中葵也,一名胡葵,似葵。大者红,可绩为布。烧作灰,藏大火,久不灭。有重台者。

金灯花

金灯一曰九形,花叶不相见。俗恶人家种之,故一名无义草。

金钱花

金钱花,梁时荆州掾属,双六赌金钱,钱尽,以金钱花相足。鱼弘谓得花胜得钱。

毗尸沙花

毗尸沙,一名曰中金钱花。本出外国,梁大同二年来中土。已上七花并出《酉阳杂俎》。

与岭南的詹糖相类似。西域人常常采它的花压成油,用这种油
涂身,既芳香又滑腻。

都胜花

都胜花,紫色,两重花蕊,几片叶子往上卷,像芦朵,蕊黄色,
叶子纤细。

簇蝶花

簇蝶花,花朵簇拥着一个花蕊,有如莲蓬,花是浅红色的。
出在温州。

荍 葵

荍葵,本是在湖中生长的葵,一名叫作胡葵,样子像葵。大
的色红,可以织成布。把它烧成灰,灰中暗藏大火,经久不灭。
有多重花瓣的荍葵。

金灯花

金灯花,一种叫法是九形花,有花无叶,有叶无花,花叶从不
相见。一般都是恶人家种它,所以还有一名叫无义草。

金钱花

金钱花,梁时荆州的官吏们在一起玩"双六"博戏赌钱,钱输
光了,就用金钱花抵债。鱼弘说得花胜过得钱。

毗尸沙花

毗尸沙花,一名叫中金钱花。它本来出在外国,梁大同二年
传到中原。以上七花都出自《酉阳杂俎》。

木花

叙牡丹

牡丹花，世谓近有。盖以隋末文士集中，无牡丹歌诗。则杨子华有昼牡丹处极分明。子华北齐人，则知牡丹花亦已久矣。出《尚书故实》。

又《谢康乐集》，亦言"竹间水际多牡丹"。而隋朝《种植法》七十余卷中，不说牡丹者，则隋朝花药中所无也。出《酉阳杂俎》。

白牡丹

唐开元末，裴士淹为郎官，奉使幽冀回，至汾州众香寺，得白牡丹一棵。值于长兴私地。天宝中，为都下奇赏。当时名士，有《裴给事宅看牡丹》诗，诗寻访未获。太常博士张乘，尝见裴祭酒说。又房琯有言："牡丹之会，琯不与焉。"出《酉阳杂俎》。

红紫牡丹

唐至德中，马仆射总镇太原。得红紫二色牡丹，移于城中。元和初犹少，今与茇葵较多少耳。出《酉阳杂俎》。

正倒晕牡丹

长安兴唐寺，有牡丹一棵，唐元和中，著花二千一百朵。其色有正晕倒晕，浅红深紫，黄白檀等，独无深红。又无花叶中无抹心者。重台花。有花面径七八寸者。出《酉阳杂俎》。

木花

叙牡丹

牡丹花，世人都说近代才有。大概因为隋末文士们的集子中，没有关于牡丹的歌和诗。而杨子华画的牡丹极为分明。杨子华是北齐人，这说明人们知道牡丹花已经很久了。出自《尚书故实》。

另外，《谢康乐集》中也说"竹间水际多牡丹"。而隋朝《种植法》七十余卷中不说牡丹，因此隋朝花药中没有牡丹。出自《酉阳杂俎》。

白牡丹

唐开元末年，裴士淹是郎官，奉命出使幽冀，回来的路上，走到汾州众香寺，得到白牡丹一棵。他把它栽在长兴自己的私地里。天宝年间，这棵白牡丹成为天下的奇赏。当时的名士，有《裴给事宅看牡丹》诗，这诗没有寻访到。太常博士张乘，曾经见过裴祭酒说这首诗。另外，房琯又说过："牡丹之会，我就不参加了。"出自《酉阳杂俎》。

红紫牡丹

唐至德年间，马仆射总镇太原。得到了红紫两色的牡丹，便移栽到城里来。元和初年这种牡丹还很少，现在可以和茂葵比较多少了。出自《酉阳杂俎》。

正倒晕牡丹

长安的兴唐寺，有一棵牡丹，唐元和年间，开花两千一百朵。花的颜色，有正晕、倒晕、浅红、深紫、黄白檀等，唯独没有深红。又没有花叶间无抹心的。花是重瓣花。有的花面直径达七八寸。出自《酉阳杂俎》。

合欢牡丹

长安兴善寺素师院牡丹,色绝嘉。元和末,一枝花合欢。出《酉阳杂俎》。

染牡丹花

唐朝韩文公愈,有疏从子侄,自江淮来。年甚少,韩令学院中伴子弟,子弟悉为凌辱。韩知,遂送街西僧院中,令读书。经旬,寺主纲复诉其狂率,韩遽令归,且责曰:“市肆贱类,营衣食,尚有一事长处。汝所为如此,竟作何物?”侄拜谢,徐曰:“某有一艺,恨叔不知。”因指阶前牡丹曰:“叔要此花青紫黄赤,唯命也。”韩大奇之,遂给所须试之。乃竖箔曲,尽遮牡丹丛,不令人窥。掘棵四面,深及其根,宽容人坐。唯赍紫矿轻粉朱红,旦暮治其根。凡七日,遂掩坑。白其叔曰:“根校迟一月。”时冬初也,牡丹本紫,及花发,色黄红历绿。每朵有一联诗,字色紫分明,乃是韩公出关时诗头一韵,曰“云横秦岭家何在?雪拥蓝关马不前”十四字。韩大惊异。遂乃辞归江淮,竟不愿仕。出《酉阳杂俎》。

刷牡丹

长安贵游尚牡丹,三十余年矣。每春暮,车马若狂,以不就玩为耻。金吾铺围外寺观,种以求利,一本有数万者。元和末,韩令侄至长安,私第有之,遽令刷去。曰:“吾岂效儿女子也?”出《国史补》。

合欢牡丹

长安兴善寺素师院里的一棵牡丹，颜色极好。元和末年，一个茎上开两朵花。出自《酉阳杂俎》。

染牡丹花

唐朝的韩愈，有一个远房的侄子从江淮来。韩愈见侄子年纪很小，就让他在学院中为子弟们伴读，子弟们全都被他凌辱过。韩愈知道之后，就把他送到街西的僧院中，让他读书。十天之后，寺主纲又说他轻狂粗率，韩愈便立刻让他回来，并且责备他说："在市场店铺经营小买卖这类下贱行业，能求得吃穿，还算有一技之长。你的所作所为到了这种地步，你到底能干什么呢？"侄子向韩愈赔罪，慢慢地说："我有一种技艺，正恨叔叔不知道。"于是他指着阶前的牡丹说："叔叔你要这牡丹青紫赤黄开什么样的花，只要你说出来就行。"韩愈很惊奇，就给他弄来所需的东西，让他试验一次。于是他就用帘子把牡丹丛全都遮蔽起来，不让人看见。挖掘牡丹的四面，直挖到根，宽窄可以坐下一个人。用紫矿、轻粉、朱红，一早一晚培育那牡丹的根。一共培育了七天，就把坑埋上。他向叔叔报告说："最晚一个月就行。"当时正是初冬，那棵牡丹本来开紫色花，等到花开时一看，变成黄的红了。每一朵都有一联诗，字迹分明，是紫色的，那诗就是韩愈出关时所作的诗中的一联，即"云横秦岭家何在？雪拥蓝关马不前"十四个字。韩愈非常惊异。他那侄子便辞归江淮了，一直不愿意当官。出自《酉阳杂俎》。

剧牡丹

长安贵族崇尚游赏牡丹，三十多年了。每到春末，游览观赏牡丹的车马就川流不息，人们以不能就近玩赏为耻。金吾铺围外的寺庙和道观，都栽种牡丹以求利，有的一棵牡丹就能赚几万。元和年末，韩愈的侄子来到长安，看见韩愈私第里有牡丹，立即就命人把它砍去。说："我们哪能效仿那些小孩子？"出自《国史补》。

月桂花

月桂，叶如桂。花浅黄色，四瓣。青蕊，花盛发如柿蒂。出蒋山。出《酉阳杂俎》。

牡桂花

牡桂，叶大如苦竹，叶中有一脉如笔迹。花蒂叶三瓣，瓣端分为两歧。其表色浅黄，近歧浅红色。花六瓣，色白。心凸起如荔枝。其枝紫。出婺州山中。出《酉阳杂俎》。

桂　花

桂花，三月开，黄而不白。大庚诗皆称桂花耐日，及张曲江诗"桂华秋皎洁"，妄矣。出《酉阳杂俎》。

海石榴花

新罗多海红并海石榴。唐赞皇李德裕言："花中带海者，悉从海东来。"章川花差类海石榴，五朵簇生，叶狭长，重沓承。

南海朱槿

南海四时皆有朱槿，花常开。然一本之内，所发不过一二十花。且开不能如图画者，丛发烂熳。原缺出处，明抄本作出《酉阳杂俎》。

岭表朱槿

岭表朱槿花，茎叶皆如桑树。叶光而厚。南人谓之弗桑。树身高者，出《酉阳杂俎》。止于四五尺，而枝叶婆娑。自二月开花，至于中冬方歇。其花深红色，五出，如大蜀葵。

月桂花

月桂，叶如桂叶。花浅黄色，四片瓣。青色蕊，花盛开时像柿子蒂。出在蒋山。出自《酉阳杂俎》。

牡桂花

牡桂，叶子挺大，像苦竹的叶子，其上有一根叶脉很像是用笔画出来的。花蒂长出三片叶来，叶尖上分成两歧。这三片叶子基本是浅黄色的，接近两歧的地方是浅红色。花是六个瓣，白色。花心凸起像荔枝。枝条是紫的。这花出在婺州山中。出自《酉阳杂俎》。

桂　花

桂花，每年的三月开花，花黄色但不苍白。大庚的诗都称颂桂花耐日晒，还有张曲江诗中说的"桂花秋皎洁"，都是荒谬的。出自《酉阳杂俎》。

海石榴花

新罗那地方多出产海红和海石榴。唐李德裕说："花中凡是花名带'海'字的，都是从海以东传过来的。"章川花有一点像海石榴，五朵花簇生在一起，叶狭窄而细长，重叠相承。

南海朱槿

南海那地方一年四季都有朱槿，花是常开不败的。但是一棵朱槿，开花不过一二十朵。而且不能像图画上画的那样一丛一丛开得鲜艳美丽。原缺出处，明抄本作出自《酉阳杂俎》。

岭表朱槿

岭表朱槿花，茎和叶都像桑树。叶片光亮而厚。南人称为弗桑。树身高的，出自《酉阳杂俎》。不过四五尺，枝叶婆娑多姿。自二月开花，到中冬才停。它的花是深红色，五片瓣，像大蜀葵。

有蕊一条,长于花叶,上缀金屑,日光所烁,疑有焰生。一丛之上,日开数百朵,虽繁而有艳,且近而无香。暮落朝开。插枝即活,故名之槿。俚女亦采而鬻,一钱售数十朵。若微此花,红梅无以资其色。出《岭表录异》。

红槿花

岭南红槿,自正月迄十二月常开,秋冬差少耳。出《岭南异物志》。

那提槿花

那提槿花,紫色,两重叶。外重叶卷心,心中抽茎,高寸余。叶端分五瓣,如蒂。瓣中紫蕊,茎上黄蕊。

佛桑花

闽中多佛桑树。枝叶如桑,唯条上勾。花房如桐花,含长一寸余,似重台状。花亦有浅黄者。南中桐花有深色者。

贞桐花

贞桐,枝端抽赤黄条,条复旁对,分三层。花大如落苏花,黄色。一茎上有五六十朵。

栀子花

诸花少六出者,唯栀子花六出。陶真白言:"栀子剪花六出,刻房七道。"其花香甚,相传即西域薝卜也。

花上有一条蕊,比花叶还长,蕊上面缀有金色碎屑,日光闪烁之下,你会以为花上忽然燃起火焰。一丛之上,一天就能开数百朵,虽然花朵繁多且艳丽,但凑近去闻并无香味。花儿晚上落,早晨开。插一个枝条就能活,所以叫它槿。乡下女采摘朱槿花出售,一钱能买几十朵。如此贱视此花,红梅也就没有资格卖弄它的姿色了。出自《岭表录异》。

红槿花

岭南的红槿花,从正月到十二月常开,秋冬之季开得略微少一些。出自《岭南异物志》。

那提槿花

那提槿花,紫色,有两重叶。外重叶卷着心,心中抽出花茎,一寸多高。叶端分成五瓣,像花蒂。瓣中有紫色蕊,茎上有黄色蕊。

佛桑花

闽地多佛桑树。佛桑树的枝叶像桑树,只是枝条向上勾曲。花房像桐花,含长一寸多一点,像重瓣的形状。花也有浅黄色的。南方的桐花有深色的。

贞桐花

贞桐,枝条的顶端抽发出赤黄色的鲜嫩枝条,枝条两两相对而生,共分三层。贞桐花大如落苏花,黄色。它的一根茎上便可开出五六十朵花。

栀子花

各种花很少有六瓣的,只有栀子花是六瓣。陶真白说:"栀子剪出了六片花瓣,在花房上刻下了七道印痕。"栀子花特别香,相传栀子花就是西域的蘑卜。

山茶花

山茶，叶如茶树，高者丈余。花大盈寸，色如绯。十二月开。

三色石楠花

衡山石楠花，有紫碧白三色。花大如牡丹。亦有无花者。

比间花

白州比间华，其华若羽。伐其木为薪，终日火不败。

木莲花

木莲花，叶似辛夷，花类莲色。出鸣玉溪，卭州亦有。

那伽花

那伽花，状如三春，无叶，华色白，心黄，六瓣。出在舶上。

木兰花

长安敦化坊百姓家，唐大和中，有木兰一树，花色深红。后桂州观察使李勃看宅人，以五千买之。宅在水北。经年，花紫色。

异木花

唐卫公李德裕，尝获异木一株，春花紫。予思木中一岁发花，唯木兰。

山茶花

山茶花，叶子像茶树叶，高的有一丈多。它的花大小可满一寸，颜色接近大红。此花十二月开。

三色石楠花

衡山的石楠花，有紫色的、碧绿色的、白色的三种。花大如牡丹。也有不开花的。

比间花

白州的比间花，就像飞禽的羽毛那么华丽。砍伐它的枝干当柴烧，火终日不灭。

木莲花

木莲花，叶子像辛夷，花像莲花。出在鸣玉溪，印州也有。

那伽花

那伽花，样子像三春花，没有叶，花色是白的，花心是黄的，六片瓣。此花生长在船舶上。

木兰花

唐大和年间，长安敦化坊的一个普通百姓家，有一棵木兰花，花是深红色的。后来，桂州观察使李勃的看宅仆人，用五千钱买下这棵木兰花。李勃的宅院在水北。经过一年，花变成紫色的了。

异木花

唐卫公李德裕，曾经得到一棵奇异的花木，在春季开紫色花。我想花木当中一年就开花的，只有木兰。

碧玫瑰

洛中鬻花木者,言嵩山深处,有碧色玫瑰。而今亡矣。
自那提槿花下并出《酉阳杂俎》。

刺桐花

刺桐花,状比图画者不类,其木为材。三四月时,布叶繁密,后有赤花。间生叶间三五房,不得如画者,红芳满树。谪橡陈去疾,家于闽,因语方物。去疾曰:"闽之泉州刺桐,叶绿而花红房。照物皆朱殷然,与番禺者不同。"乃知此地所画者,实阁中之木,非南海之所生也。出《投荒杂录》。

怀风花

乐游苑自生玫瑰树,下多苜蓿。一名怀风,时人或谓之光风。风在其间常肃然,日照其花有光采,故名曰苜蓿怀风。茂陵人谓之连枝草。出《西京杂记》。

踯躅花

南中花多红赤,亦彼之方色也,唯踯躅为胜。岭北时有,不如南之繁多也。山谷间悉生。二月发时,照耀如火,月余不歇。出《岭南异物志》。

凌霄花

凌霄花中露水,损人目。出《酉阳杂俎》。

分枝荷

汉明帝时,池中有分枝荷,一茎四叶,状如骈盖。

碧玫瑰

洛中卖花木的人说,在嵩山深处,有一种碧色的玫瑰。但是现在没有了。自那提懂花以下都出自《酉阳杂俎》。

刺桐花

刺桐花,样子与画的不大一样,刺桐树是一种木材。三四月的时候,它就长出繁密的叶子,以后便有红色的花。花是有间隔地生在枝叶间的,稀稀疏疏三五朵,不像画的那样,红红艳艳地满树都是。陈去疾家住闽地,讲当地物产。他说:"闽地的泉州有刺桐,叶绿花红。花朵映照的一切都显现出浓郁的红色,与番禺地区的有所不同。"于是知道此地所画的是阁中之物,不是南海生长的。出《投荒杂录》。

怀风花

乐游苑中自然长出一棵玫瑰树,树下生长着许多苜蓿。苜蓿一名怀风,当时的人们有的叫它光风。风生苜蓿当中常常是肃然而止,日照之下,它的花光彩焕然,所以起名叫苜蓿怀风。茂陵人叫它连枝草。出自《西京杂记》。

踯躅花

南中一带的花多半都是红色的,红色也就是那地方的代表色,而踯躅花的红色是最突出的。岭北也时有踯躅花,但是不如南方繁多。南方的山谷之间全都长生着踯躅花。一到二月花开时,阳光一照,就像漫山遍野燃着火,花开一个多月也不停歇。出自《岭南异物志》。

凌霄花

凌霄花中的露水,能损害人的眼睛。出自《酉阳杂俎》。

分枝荷

汉明帝时,水池中有分枝荷,一茎生四叶,叶如并列的车盖。

实如玄珠,可以饰佩。<small>出《酉阳杂俎》。</small>

夜舒荷

灵帝时,有夜舒荷,一茎四莲。其叶夜舒昼卷。<small>出《酉阳杂俎》。</small>

睡莲花

睡莲。南海有睡莲,夜则花低入水。<small>原缺出处,今见《酉阳杂俎》十九。</small>

碧莲花

宣平中太傅相国卢公,应举时,寄居寿州安丰县别墅。尝游芍陂,见里人负薪者,持碧莲花一朵。公惊问之,答曰:"陂中得之。"卢公后从事浙西,因使淮服,话于太尉卫公李德裕。德裕令搜访芍陂,则无有矣。又遍寻于江渚间,亦终不能得。乃知向者一朵,盖神异耳。<small>出《尚书故实》。</small>

染青莲花

唐韩文公愈之侄,有种花之异,闻其说于小说。杜给事孺休典湖州,有染户家,池生青莲花。刺史命收莲子归京,种于池沼,或变为红莲。因异之,乃致书问染工,染工曰:"我家有三世治靛瓮,尝以莲子浸于瓮底,俟经岁年,然后种之。若以所种青莲花子为种,即其红矣。盖还本质,又何足怪?"乃以所浸莲子寄之。道士申屈图,又见人以鸡矢

分枝荷的籽实就像黑色的明珠,可以做成装饰物,佩戴在身上。
出自《酉阳杂俎》。

夜舒荷

灵帝的时候有夜舒荷,一根茎上生四朵莲花。它的叶夜间
舒展而白天卷缩。出自《酉阳杂俎》。

睡莲花

睡莲。南海有一种叫睡莲的花,每到夜晚,花就自己低入水
中。原缺出处,今见《酉阳杂俎》十九。

碧莲花

宣平年间,太傅相国卢公应举时,寄居在寿州安丰县的别
墅。有一次他去游芍陂,看见一个背着柴草的乡下人,手中拿着
一朵碧色莲花。卢公吃惊地问他是从哪里弄到的,他回答说:
"是从陂中得到的。"卢公后来出任浙西从事,因出使淮水流域,
他对太尉卫公李德裕说了碧莲花的事。李德裕让人到芍陂去搜
寻求访,却没有找到碧莲花。又遍寻于江渚之间,也终究未能得
到。这才知道向来只有那一朵,大概是神物。出自《尚书故实》。

染青莲花

唐朝韩文公韩愈的侄子,有种花的才能,这是从琐记杂谈一
类的书中知道的。给事杜孺休主管湖州时,那里有一户以染衣
为业的人家,他们家池子里生长着青莲花。刺史让人收取这种
青莲花的花种,回到京城就种到池子里,有的却变成了红莲花。
杜给事感到很奇怪,就写信去问那位染工,染工回信说:"我家
有一个用过三代的盛靛青的大瓮,我们常常把莲子浸泡在瓮底
下,等到浸泡一年,然后再种上它。如果用所种的青莲花子当种
子,那它就变红了。这是它恢复了本质,又有什么奇怪的呢?"于
是又把浸泡的莲花子送给了杜给事。道士申屠图又见人用鸡粪

和土,培芍药花丛,其淡红者悉成深红。染之所益信矣。伪蜀王先主将晏驾,其年,峨眉山娑罗花,悉开白花。又荆文献王未薨前数年,沟港城隍,悉开白莲。一则染以气类,一则表于凶兆,又何疑哉? 原缺出处,明抄本作出《北梦琐言》。

三朵瑞莲

伪蜀主当僭位,诸勋贵功臣,竞起甲第。独伪中令赵廷隐,起南宅北宅。千梁万拱,其诸奢丽,莫之与俦。后枕江渎,池中有二岛屿。遂甃石循池,四岸皆种垂杨,或间杂木芙蓉,池中种藕。每至秋夏,花开鱼跃。柳阴之下,有士子执卷者,垂纶者,执如意者,执麈尾者,谭诗论道者。一旦岸之隈,有莲一茎,上分两歧,开二朵。其时谓之太平无事之秋,士女拖香肆艳,看者甚众。赵廷隐画图以进,蜀主叹赏。其时歌者咏者不少。无何,禁苑中有莲一茎,歧分三朵。蜀王开筵宴,召群臣赏之。是时词臣已下,皆贡诗。当时有好事者,图以绘事,至今传之。

藕

苏州进藕,其最上者名伤荷藕。或云,荷名;或云,叶甘为虫所伤;或云,故伤其叶,以长其根。近多重台荷,实中又生花,亦甚异也。出《国史补》。

莲实

石莲入水沉,唯煎咸卤能浮之。雁食之,粪落山中,百年不坏。相传橡子落水为莲。出《酉阳杂俎》。

和上土，培在芍药花丛下，那些淡红色的花都变成深红色的了。染色的效果更可信了。伪蜀王先主将死的那一年，峨眉山上的娑罗花，全开白花。荆文献王未死前的几年，沟港城隍，开放的全都是白色的莲花。一则是受气候物类影响，一则是表示凶兆，又有什么可疑呢？原缺出处，明抄本作出自《北梦琐言》。

三朵瑞莲

伪蜀主刚刚登位，各位有功显贵之臣，竞相修造甲第。只有伪中令赵廷隐，建造了南宅北宅。这宅子盖得千梁万拱，奢华富丽，无与伦比。宅子后边靠近一条河流，水中有两个小岛。于是就命人因势建池，四岸全种上杨柳，或间杂一些木芙蓉，池中种藕。每到夏秋之季，花开鱼跃，景致很美。柳荫之下，有捧卷读书的，有垂弦钓鱼的，有手执如意的，有手执拂尘的，有谈诗论道的。一天早晨，池岸拐弯处，有一棵莲花茎上分为两歧，并开两朵。那时候可谓太平无事之秋，男女老幼，拖香肆艳，赶来观看的络绎不绝。赵廷隐把它画下来送进宫中，蜀主叹赏不已。当时歌咏的人也不少。不久，禁苑中的一棵莲花，一分三歧，并开三朵。蜀主大摆酒宴，召集群臣前来观赏。这时候，词臣以下的全都献诗。当时有好事的，把这并开的三朵莲花画了下来，一直留传到现在。

藕

苏州进贡藕，其中最上等的叫伤荷藕。有的人说，这是荷的名称；有的说，是荷叶甘甜，被虫咬伤的意思；有的说，是故意弄伤它的叶，让它的根快长。近来有许多重瓣的荷花，荷花的籽实上面又生花，这也是非常奇异的事。出自《国史补》。

莲 实

石莲入水就沉底，只有煎咸卤能使它浮起来。雁吃了它，随雁粪落入山中，百年不会朽烂变坏。相传是橡子落入水中变成了莲。出自《酉阳杂俎》。

荠

荠一名水菜，一名薜苔。汉武昆明池中，有浮根菱，根出水上，叶沦波下，亦曰青水荠。玄都有荠，碧色，状如鸡飞，名翻鸡荠。仙人凫伯子常采之。出《酉阳杂俎》。

菱

荠，今人但言菱荠。诸解草木书，亦不分别。唯伍安贫《武陵记》，言四角曰荠，两角曰菱。今苏州折腰菱多两角。荆州有僧，遗段成式一斗郢城菱，三角而无芒，可以挼莎。出《酉阳杂俎》。

芰

芰另有一名叫水菜,还有一名叫薢茩。汉武帝的昆明池中,有浮根菱,根长出水面,叶长在水中,也叫作青水芰。仙人居住的玄都有一种芰,碧绿色,样子像鸡飞,名叫翻鸡芰。仙人龟伯子常采它。出自《酉阳杂俎》。

菱

芰,现在的人只叫它菱芰。各种解说草木的书,也都不分别。只有伍安贫的《武陵记》,说四个角的叫芰,两个角的叫菱。现在苏州的折腰菱多半是两个角的。荆州有个和尚,送给段成式一斗郧城菱,三个角而且没有芒刺,可以用它揉搓莎草。出自《酉阳杂俎》。

卷第四百一十
草木五

果上

柤稼栖树实

东方大荒之中,有树焉,名曰柤稼栖。柤,柤梨也;稼者,株稼也;栖,昵也。三千岁作花,九千岁作实。其花蕊紫色,其实赤色。亦高百丈,或千丈也,敷张自辅。东西南北方枝,各近五十丈。叶长七尺,广五尺。色如绿青,木皮如梓。树理如甘草,味饴。实长九尺,围如长,无瓤核。竹刀剖之,如凝蜜。得食,复见实,即灭矣。言复见后实熟者,

果上

柤稼榹树实

　　东方大荒之中,有一种树,名叫柤稼榹。柤就是柤梨;稼,就是株稼;榹就是昵。这种树三千年开花,九千年结果。它的花蕊是紫色的,果实是赤色的。树高可百丈,有的可达千丈,枝干全都铺陈张扬自相辅助。东西南北各方的树枝,各近五十丈。叶长七尺,宽五尺。叶色像绿青,树皮像梓树皮。树的纹理有如甘草,味道甜美。果实长九尺,围长也九尺,果实没有瓣和核。用竹刀把它剖开,有如切割凝结的蜜。吃过它的果实的人,再见到它的果实,果实就化了。传说再次见到的果实如果还是成熟的,

寿一万二千岁。出《神异录》。

如何树实

南方大荒,有树焉,名曰如何。三百岁作花,九百岁作实。花色朱,其实正黄。高五十丈,敷张如盖。叶长一丈,广二尺余,似菅苎,色青。厚五分,可以絮,如厚朴。材理如支。九子,味如饴。实有核,形如枣。子长五尺,围如长。金刀剖之则酸,芦刀剖之则辛。食之者地仙,不畏水火,不畏白刃。刃,刀之属。言地仙者,不能飞,在地久生而已。出《神异经》。

仙 梨

南方有树焉,高百丈,敷张自辅。叶长一丈,广六尺,名梨。如今之粗梨,但树大耳。其子径三尺,剖之少瓤,白如素。和羹食之地仙,衣服不败,辟谷,可以入水火也。出《神异经》。

绮缟树实

东南荒中有邪音耶。木焉,高三千丈,或十余围,或七八尺。其枝有乔直上,不可那也。叶如甘瓜,三百岁尽。落而生花,形如甘瓜。花复二百岁,落而生萼。萼下生子,三岁而成熟。成熟之后,不长不减。子形如寒瓜,似冬瓜也,长七八寸,径四五寸。萼复覆生顶,言发萼而得成实。此不取,万世如故。若取子而留萼,萼复生子。如初年月复成熟。复二年则成萼,则复生子。其子形如甘瓠,少觌音练。甘美。食之,令人身泽。不可过三升,令人冥醉,

这个人可活一万二千岁。出自《神异录》。

如何树实

南方大荒中有一种树,名字叫作如何。这种树三百年一开花,九百年一结果。花色朱红,果实正黄。高五十丈,树冠枝叶全都铺陈张扬,形如车盖。叶长一丈,宽二尺多,像菅苎,青色。五分厚,像厚朴,可以用来絮棉衣。质地纹理如支。共结九粒种子,味道甜美。果实有核,形状像枣子。种子长五尺,围长也五尺。用金属刀剖它,它就酸;用芦苇做的刀剖它,它就辣。吃到它便可以成为地仙,不怕水火,不怕兵刃。刃,刀之类。传言地仙不能飞升上天,只是在地上长生不老。出《神异经》。

仙 梨

南方有一种树,高一百丈,枝叶全都辅陈张扬自辅自助。叶长一丈,宽六尺,树名叫作梨。就像现在的粗梨,只是树特别大罢了。它的种子直径三尺,剖开之后,里边的瓤很少,色白如生娟。和汤一起食就能成为地仙,衣服永远不坏,不用吃东西,不怕水火。出自《神异经》。

绮缟树实

东南大荒之中有一种树叫邪音耶。木,高三千丈,粗的有十余围,有的七八尺。它的枝干挺拔向上,直上云端,蠹然不动。它的叶像甘瓜叶,三百年叶子落尽,叶落而生花,花形也像甘瓜。花又二百年,尽落而生花萼。花萼下边生果实,三年以后果实成熟。成熟之后,不增长也不减小。果实形状就像寒瓜、冬瓜那样,果子长七八寸,圆径四五寸。花萼又从果实顶上生出来,又从萼生出来的果实才能成熟。这果实如果不取走,万世如故,如果把果实拿走而留下萼,萼就再生果实。还是要那么长时间才能成熟。再二年就又长成萼,萼就再生果实。果实像甘瓤,味道甜美。吃到它,能让全身滋润有光泽。一次不能过三升,吃多会醉,

半日乃醒。木高，人取不能得。唯木下有多罗之人，缘能得之。多罗，国名。一名无叶。世人后生，不见叶，谓之无叶也。一名绮缟。人见无叶，谓之绮缟。出《神异经》。

波那婆树实

波那婆树，出佛林国，呼为阿萨弹。树长五六丈，皮色青绿。叶极光净，冬夏不凋。无花结实。其实从树茎出，大如冬瓜，有皮裹之，壳上有刺。瓤至甘甜，可食。核大如枣，一实有数枚。核中仁如栗黄，炒之食甚美。出《酉阳杂俎》。

瞻波异果

瞻波国有人牧牛百余头。有一牛离群，忽失所在，至暮方归。形色鸣吼异常，牛主异之。明日遂独行，主因随之。入一穴，行五六里，豁然明朗，花木皆非人间所有。牛于一处食草，草不可识。有果作黄金色，牧牛人窃将还，为鬼所夺。又一日，复往取此果，至穴，鬼复欲夺。其人急吞之，身遂暴长。头才出，身塞于穴。数日化为石。出《酉阳杂俎》。

神仙李

防陵楚山，有朱神李圃三十六所。潘岳《闲居赋》云"房陵朱神之李"。又李尤《果赋》云"三十六之朱李"。盖仙李缥而神李红。陆士衡《果赋》云"中山之缥李"是也。出《述异记》。

半天才能醒过来。这树特别高，一般人摘不下它的果实来。只有这里的多罗人，爬上去才能摘取。多罗，国家名。它的一个名字叫无叶。因为谁也没见过它的叶子，才叫无叶的。还有一名叫绮缟。人们见它没有叶，就叫它绮缟。出自《神异经》。

波那婆树实

波那婆树，出在佛林国，本国人叫它阿萨鄿。树高五六丈，树皮青绿色。叶子极其光滑干净，冬夏不凋。此树无花结果。果实是从树茎上长出来的，大小有如冬瓜，有皮包裹着，壳上有刺。果实的瓤极其甘甜，可以吃。果中核大如枣，一个果中有几个核。核中的仁儿像粟黄，炒着吃特别好吃。出自《酉阳杂俎》。

瞻波异果

瞻波国有一个牧牛人牧牛一百多头。有一天，有一头牛离群，忽然间就不知跑到哪儿去了，到了晚上牛才回来。主人发现，这头牛的形体、颜色，以及鸣叫的声音，都有所变化，他很奇怪。第二天，这头牛独自行动，主人就跟随其后。牛走进一个洞穴，走了五六里，豁然明朗，山山水水花草树木都不是人间所有。牛走到一处去吃草，他不认识是什么草。草上结着果，金黄色，他偷摘了那果，但是要回来的时候被鬼夺下了。又一天，他又去偷那果子，走到洞穴，鬼又要夺。他急忙把果吞到肚子里，于是他的身体便迅猛地增长。他的头刚从洞口伸出来，他的身体就塞在洞中不能动了。几天之后他变成了石头。出自《酉阳杂俎》。

神仙李

防陵楚山有朱神李子园三十六处。潘岳《闲居赋》称为"房陵朱神之李"。李尤《果赋》称为"三十六之朱李"。大概仙李是淡青色的，神李是朱红色的。陆士衡《果赋》中有"中山有淡青色李子"这样的话就是证明。出自《述异记》。

武陵桃李

武陵源在吴中。山中无他木,尽生桃李,俗呼为"桃李原"。原上有石洞,洞中有乳水。世传秦乱,吴人于此避难者,食桃李实者,皆得仙去。 出《述异记》。

金 李

杜陵有金李。李之大者,谓之夏李;尤小者谓之鼠李。出《述异记》。

汉帝杏

济南郡之东南,有分流山。山上多杏,大如梨,色黄如橘。土人谓之汉帝杏,亦曰金杏。出《酉阳杂俎》。

仙人杏

杏圃洲,南海中,多杏,海上人云:"仙人种杏处。"汉时,尝有人舟行遇风,泊此洲五六日,日食杏,故免死。云:"洲中有冬杏。"王充《果赋》云:"冬实之杏,春熟之甘。"晋郭太仪《果赋》云:"杏或冬而实。"出《述异记》。

御李子

许昌节使小厅,是故魏景福殿。董卓乱,魏武挟令迁帝,自洛都许。许州有小李子,色黄,大如樱桃,谓之御李子。即献帝时所植,至今有焉。出《述异记》。

朱 李

魏文帝安阳殿前,天降朱李八枚。啖一枚,数日不食。

武陵桃李

武陵源在吴中。山中没有其他树木，生长的都是桃树和李树，俗称"桃李原"。原上有个石洞，洞中有乳水。世间传说，秦时战乱，到这里来避难的吴国人，凡是吃过这里的桃李的，都成仙而去。出自《述异记》。

金 李

杜陵有一种李子叫金李。大的，叫作夏李；小的，叫作鼠李。出自《述异记》。

汉帝杏

济南郡的东南，有座分流山。山上多杏树，杏像梨那么大，颜色像橘子那样黄。当地人叫它汉帝杏，也叫金杏。出自《酉阳杂俎》。

仙人杏

杏圃洲在南海之中，洲中多杏，海上人都说："那是神仙种杏的地方。"汉朝时，曾经有人乘船出海遇风，停泊在这洲上五六天，天天吃杏，所以没有饿死。说："洲中有冬杏。"王充的《果赋》说："冬天结果的杏，到了春天就熟了，味道很甜。"晋代的郭太仪的《果赋》说："杏，有的冬季结果。"出自《述异记》。

御李子

许昌节使的小厅，是过去魏时的景福殿。董卓作乱，魏武曹操胁迫天子迁都，从洛阳迁到许昌。许州有一种小李子，色黄，大小有如樱桃，叫作御李子。这御李子就是汉献帝那时候栽的，到现在还有。出自《述异记》。

朱 李

魏文帝的安阳殿前，忽然有一天从天上掉下来八个朱红色的大李子。这种李子吃一个，就可以连续好几天都不用吃饭。

今李种有安阳李，大而甘者，即其种也。出《述异记》。

兔头柰

白柰，出凉州野猪泽，大如兔头。出《酉阳杂俎》。

脂衣柰

脂衣柰，汉时紫柰。大如升，核紫花青。研之有汁，可漆，或著衣，不可浣。出《酉阳杂俎》。

朱　柰

唐贞观年中，顿丘县有一贤者，于黄河渚上拾菜，得一树栽子，大如指。持归莳之，三年，乃结子五颗。味状如柰，又似林檎。多汁，异常酸美。送县，县上州，以其奇味，乃进之。上赐绫一十匹。后树长成，渐至三百颗。每年进之，号曰朱柰。至今存。德贝博等州，取其枝接，所在丰足。人以为从西域浮来，碍渚而住矣。出《朝野佥载》。

文林果

唐永徽中，魏郡临黄王国村人王方言，尝于河中滩上，拾得一小树栽，埋之。及长，乃林檎也。实大如小黄瓠，色白如玉，间以珠点。亦不多，三数而已，有如缬。实为奇果。光明莹目，又非常美。纪王慎为曹州刺史，有得之献王。王贡于高宗，以为朱柰，又名五色林檎，或谓之联珠果。种于苑中。西域老僧见之云："是奇果，亦名林檎。"上大重之，赐王方言文林郎，亦号此果为文林郎果。俗云

如今有一种又大又甜的安阳李子，就是它的种。出自《述异记》。

兔头柰

白柰，出在凉州的野猪泽，大如兔子头。出自《酉阳杂俎》。

脂衣柰

脂衣柰是汉时的紫柰。体大如升，核是紫色的，花是青色的。脂衣柰研磨出来的浆汁，可以漆器物，有的人也用它染衣服，但是它染的衣服不能洗。出自《酉阳杂俎》。

朱 柰

唐朝贞观年间，顿丘县有一个贤德的人，在黄河里的一个小岛上拾菜，拾到了一棵树苗，手指那么大。他把它拿回去栽种，三年之后，结了五颗果子。果子的味道、样子都像柰，又像林檎。果子多汁，又酸又甜，很好吃。他把果子送到县上，县又送到州上，因为它味道奇特，就献给了皇上。皇上赐绫十匹。后来这棵树渐渐长大，果子可以结到三百颗。每年都进贡，名叫朱柰。朱柰至今还有。德、贝、博等州，用它的枝条嫁接，产量大增。人们认为这是从西域漂来的，被水中的小洲挡住了。出自《朝野佥载》。

文林果

唐永徽年间，魏郡临黄王国村人王方言，有一次在河中的沙滩上拾到一棵小树苗，他就把它栽上了。长大一看，原来是一棵林檎。这棵林檎结的果个头挺大，一个个都像黄色小葫芦，颜色如美玉，间杂有圆点。圆点并不多，三两个而已，恰似带花纹的丝织品。实在是奇果。样子好看，味道又美。纪王慎是曹州刺史，有人把果献给王。王又把它献给高宗，高宗认为是朱柰，又叫五色林檎，有的人叫它联珠果。皇上命人把它种在花园里。西城的一位老和尚见了说："这是奇果，也叫林檎。"皇上很重视这件事，赐王方言文林郎的官职，也把果子叫作文林郎果。俗称

频婆果。河东亦多林檎,秦中亦不少。河西诸郡,亦有林檎。皆小于文林果。出《洽闻记》。

圣柰

河州凤林关有灵岩寺。每七月十五日,溪穴流出圣柰,大如盏。以为常。出《洽闻记》。

木桃

桃之大者木桃。《诗》云"投我以木桃"是也。出《述异记》。

东方村桃

东方村有桃树,其子径三尺二寸。和核羹食之,令人益寿。食核中仁,可以治嗽。小桃温润,既嗽人食之即止也。出《神异经》。

仙桃

出郴州苏耽仙坛。有人至心求之者,桃落坛上。或至五六颗。形似石块,赤黄色。破之,如有核三重。研饮之,愈众疾。尤治邪气。出《酉阳杂俎》。

勾桃

邺华林苑勾桃子,重三斤,或二斤半。亦有名梨者。比众果气味甘美,入口消释,人间有名果。季龙作虾蟆车,四箱广一丈,深一丈,合土载中植之,则无不生也。出《洽闻记》。

一石桃

吐谷浑桃,大如石瓮。出《洽闻记》。

频婆果。河东也多有林檎,秦中也不少。河西各郡,也有林檎。不过它们都小于文林果。出自《洽闻记》。

圣 柰

河州凤林关有一座灵岩寺。每年七月十五日,就能从溪穴中流出来一些圣柰,像小酒杯那么大。人们习以为常。出自《洽闻记》。

木 桃

桃中最大的是木桃。《诗经》中说"投我以木桃"说的就是这种桃。出自《述异记》。

东方村桃

东方村有一棵桃树,它结的果子直径三尺二寸长。用桃肉和核熬汤喝,可以延年益寿。吃它核中的仁,可以治咳嗽。小桃温润,咳嗽时吃了它就能止住。出自《神异经》。

仙 桃

仙桃出自郴州苏耽仙坛。有人虔诚地求取时,桃子就落到坛上。有时候一次就落下来五六颗。桃子形似石块,赤黄色。把这桃子砸破,见里面似乎有三重核。把它研细饮卜,能治百病。治邪气尤其有效。出自《酉阳杂俎》。

勾 桃

邺华林苑的勾桃子,重三斤,有的二斤半。也有叫它梨的。它比其他水果的气味都要甘美,入口就化了,真是人间的名果。季龙做了一辆蛤蟆车,四箱宽一丈,深一丈,车里装满土,将这种桃树拉回来栽植,没有栽不活的。出自《洽闻记》。

一石桃

吐谷浑桃,像石瓮那么大。出自《洽闻记》。

偏　桃

偏桃出波斯国,波斯呼为婆淡。树长五六丈,围四五尺,叶似桃而阔大。三月开花,白色,花落结实,状如桃子而形偏。其肉苦涩,不堪啖。核中仁甘甜。西域诸国并珍之。出《酉阳杂俎》。

王母桃

王母桃,洛阳华林园内有之。十月始熟,形如括篓。俗语曰:"王母甘桃,食之解劳。"亦名西王母桃。出《酉阳杂俎》。

食核桃

杨子留后吴尧卿家,有佣赁者,役之既久。一日,持一大桃核,可容数升,以献尧卿。尧卿知其异,稍磨之取食。食尽,颇觉轻健。尧卿为吏,贪猥残虐。毕师铎之难,投所居后阁井中死。师铎求得类尧卿者杀之。后有得其故居者,窃知其尸在井中,取而得之,举体皆腐坏,而藏府有成金者。出《积神录》。

韶　子

初宁县里有石榆子,一名山枣,又时呼为韶子也。出《南越志》。

罗浮甘子二种

罗浮甘子,唐开元中,始有山僧种于南楼寺。其后进献。幸蜀奉天之岁,皆不结实。出《国史补》。

偏　桃

偏桃出在波斯国,波斯叫它婆淡。树高五六丈,树围四五尺,叶像桃叶但比桃叶宽大。三月开花,白色,花落之后结果,果的样子像桃,但是比桃偏。它的果肉又苦又涩,不能吃。核中的仁儿甘甜。西域各国都很珍视这种桃子。出自《酉阳杂俎》。

王母桃

王母桃,洛阳的华林园里有。十月才成熟,形状像扎束着口的篓子。俗语说:"王母甜桃,王母甜桃,吃了之后,解除疲劳。"此桃也叫西王母桃。出自《酉阳杂俎》。

食核桃

杨子留后吴尧卿家,有一个雇用很久的老长工。有一天,老长工拿来一个可容纳好几升米的大桃核献给尧卿。尧卿知道这不是个寻常之物,稍加研磨后就拿来吃了。吃完之后,他觉得浑身轻捷有力。尧卿做官贪婪残暴。毕师铎之难时,尧卿投入宅后的一口井里自杀而死。毕师铎找到一个和尧卿一样的人把他杀死了。后来有人得到了尧卿的故居,才知道他的尸体在井中,把尸体捞上来一看,全身都腐坏了,而脏腑里有成型的金器。出自《积神录》。

韶　子

初宁县里有一种叫作石榴子的东西,一名山枣,又时常被叫作韶子。出自《南越志》。

罗浮甘子 二种

唐开元年间,有山僧将罗浮甘子种到南楼寺。之后把它献进宫廷。皇上驾临蜀地奉行天命的那一年,所有的罗浮甘子全都没有结果。出自《国史补》。

天宝甘子

唐天宝十年,上谓幸臣曰:"近于宫内种甘子数株,今秋结实一百五十颗,与江南蜀道所进不异。"宰臣贺表曰:"雨露所均,混天区而齐被。草木有性,凭地气而潜通。故得资江外之珍果,为禁中之华实。"相传云:玄宗幸蜀年,罗浮甘子不实。岭南有蚁,大于秦中马蚁,结巢于甘树。实时,常循其上,故甘皮薄而滑。往往甘实在巢中,冬深取之,味数倍于常者。出《酉阳杂俎》。

北方枣

北方荒中,有枣林焉。其高五十丈,敷张枝条数里余。疾风不能偃,雷电不能摧。其子长六七寸,围过其长。熟色如朱,干之不缩。气味润泽,殊于常枣。食之可以安躯益气。故方书云:"此枣枝条,盛于常枣,亦益气安躯。"赤松子云:"北方大枣味有殊,既可益气又安躯。"出《神异记》。

西王母枣

邺华林苑中西王母枣,冬夏有叶,九月生花,腊月乃熟。三子一尺。又有圭角枣,亦三子一尺。出《洽闻记》。

仙人枣

晋时,太仓南有翟泉,西有华林园,园有仙人枣。长五寸,核细如针。出《酉阳杂俎》。

天宝甘子

唐天宝十年，皇上对近臣说："近年在宫内种了几棵甘子，今秋结了一百五十颗果子，这些果子与江南和蜀地所进贡的没有不同。"宰臣祝贺说："雨露均匀的年月，满天下都在这雨露的滋润之下。草木有灵性，凭借着地气而于地下沟通。所以才能将江南的珍异之果变为宫中的华美之实。"相传说：唐玄宗驾临蜀地的那一年，罗浮甘子不结果。岭南有一种蚂蚁，比秦中的蚂蚁大，在甘树上筑巢。甘树结果的时候，蚂蚁循着甘树上上下下，所以甘皮薄而光滑。往往有一些甘子果掉在蚂蚁巢中，冬深之后取出来，味道要比通常的甘子好上不知多少倍。出自《酉阳杂俎》。

北方枣

北方大荒之中，有一片枣树林。枣树高五十丈，一棵树的枝条就能铺陈好几里地。疾风不能使它倾斜，雷电不能把它摧毁。它的果实长六七寸，粗细超过长短。果实成熟之后是朱红色的，即使晒干了，个头也不缩小。而且气味温润，与通常的枣大不相同。吃了可以安躯益气。所以方书说："此枣枝条，比通常的枣树茂盛，也益气安躯。"赤松子说："北方的大枣味道特殊，既可益气又能安躯。"出自《神异记》。

西王母枣

邺华林苑中的西王母枣，冬夏都长叶，九月开花，到了腊月，枣子就熟了。三颗枣子的长度加起来，正好是一尺。另外，有一种叫圭角枣的枣子，也是三个枣子一尺长。出自《洽闻记》。

仙人枣

晋朝时，太仓的南面有翟泉，太仓的西面有华林园，华林园中有仙人枣。仙人枣长五寸，它的核像针一般细。出自《酉阳杂俎》。

仲思枣

信都献仲思枣四百枝。枣长四五寸,紫色,皮绉细核。实肥有味,贤于青州枣。北齐时,有仙人仲思得此枣,种之,亦名仙枣。时海内唯有数树。出《大业拾遗》。

波斯枣

波斯枣出波斯国,波斯呼为窟莽。树长三四丈,围五六尺。叶如土藤,不凋。二月生花,状如蕉。花有两甲,渐渐开罅,中有十余房。子长二尺,黄白色,有核。熟则紫黑,状类干枣。味甜如饴,可食。出《酉阳杂俎》。

仲思枣

信都献来四百枝仲思枣。枣长四五寸，紫色，皮皱，核细。果肉肥厚，味道鲜美，比青州枣还好。北齐的时候，有个叫仲思的仙人得到此枣，就开始种植它，也叫它仙枣。当时海内只有几棵这样的枣树。出自《大业拾遗》。

波斯枣

波斯枣出在波斯国，波斯人叫它窟莽。树高三四丈，树围五六尺。叶像土藤叶，四季不凋。二月开花，花似芭蕉花。花有两片甲，渐渐绽开缝隙，里边有十多个花房。枣子二尺长，黄白色，有核。枣子成熟之后就是紫黑色的了，样子像干枣。味道甘甜如糖，可以吃。出自《酉阳杂俎》。

卷第四百一十一
草木六

果下

果下

樱桃

　　唐时新进士,尤重樱桃宴。乾符四年,刘邺第三子覃及第。时邺以故相镇淮南,敕邸吏曰:"以银一锭资酝置。"而覃所费往往数倍。邸吏以闻,邺命取足而已。会时及荐新,状头已下,方议酝率。覃潜遣人,厚以金帛,预购数十树矣。于是独置是宴,大会公卿。时京国樱桃初出,虽贵达

果下

樱 桃

　　唐朝的时候,新中第的进士,非常重视樱桃宴。唐僖宗乾符四年,刘邺的第三个儿子刘覃,进士及第。当时刘邺正以故相的身份镇守淮南,刘邺命令邸吏说:"出一锭银子资助刘覃的宴饮。"但是刘覃的花费往往超出数倍。邸吏把这事儿说给刘邺知道,刘邺命他取足就是。当时又遇到荐新的时令,状元以下的人们正在商议凑钱的比率。刘覃便暗中派人,花了大量银两,预先购买了几十树的樱桃。于是,他独自置办了樱桃宴,大量邀请满朝的公侯卿相。当时,京城里的樱桃刚刚上市,即使是显贵

未适口。而覃山积铺席,复和以糖酪。用享人蛮献一小盘,亦不啻数升。以至参御辈,靡不沾足。出《摭言》。

糯 枣

晋赵莹家,庭有糯枣树,婆娑异常,四远俱见。有望气者,访其邻里,问人云:"此家合有登宰辅者?"里叟曰:"无之。然主人小字相儿,得非此乎?"术士曰:"王气方盛,不在其身,当在其子孙。"其后莹由太原判官大拜,出将入相。出《北梦琐言》。

柿

俗谓柿树有七德:一寿,二多阴,三无鸟窠,四无虫,五霜叶可玩,六嘉实,七落叶肥大。出《酉阳杂俎》。

底栎树实

阿驿,波斯呼为阿驿,拂林呼为底栎。树长丈四五,枝叶繁茂。叶有五出,似蓖麻。无花而实,实赤色,类蓖子。味似干柿,而一年一熟。

柿 盘

木中根固,柿为最,俗谓之柿盘。出《酉阳杂俎》。

融峰梨

仙梨。融峰上有青坛,方五丈。有烧香行道处。古形铜器数种。有梨树,高三十丈,子如斗。至摇落时,但见其汁核,无得味者。出《洽闻记》。

也没有尝新。而刘覃这里却堆积如山，他还命人浇以糖酪。人人享用一小盘，也不下数升。就是参御辈，也都大饱口福。出自《摭言》。

糯枣

晋代有个赵莹，他家院子里有一棵糯枣树，这棵枣树挺拔高大，枝叶婆娑，非同寻常，四处都可以远远就望见它。有一位会看地气的术士，问赵莹的邻居说："这一家有做宰相的吗？"邻居老头说："没有。但是这家主人的小名叫相儿，是因为这个原因吗？"术士说："这地方王气正盛，不体现在他本人身上，也应该体现在他的子孙身上。"这以后，赵莹由太原判官升了大官，出将入相，显赫一时。出自《北梦琐言》。

柿

俗话说柿子树有七德：一、长寿，二、树荫多，三、树上没有鸟窝，四、不遭虫害，五、霜叶可供玩赏，六、果子好吃，七、落叶肥大。出自《酉阳杂俎》。

底栎树实

阿驿，波斯国叫它阿驿，拂林国叫它底栎。树高一丈四五，枝叶繁密茂盛。叶有的五出，像蓖麻叶。没有花而结果，果实是红色的，类似蓖麻籽。果实的味道像干柿子，一年一熟。

柿盘

树木当中要论扎根牢固，柿树为最，俗称柿盘。出自《酉阳杂俎》。

融峰梨

仙梨。融峰上有一个青坛，坛是五丈方坛。那上面有烧香行道的地方。有几种古典样式的铜器。还有一棵梨树，这棵梨树高三十丈，所结的梨有斗那么大。等到梨从树上被摇下来，人们只能看到果汁和梨核，尝不到它的味道。出自《洽闻记》。

六斤梨

洛阳报国寺梨,重六斤。出《酉阳杂俎》。

紫花梨

清泰中,薄游京辇,曾与卢泳巡官、郑宷博士、僧季雅,及三五知友,夜会与越波隄僧院。是时清秋欲杪,明月方高。句联五字之奇,酒饮八仙之美。柿新红脯,茗酞绿芽。一咏一觞,或醒或醉。座上因相与征引古今,遂及果实之事。有叙及紫花梨者,众云:"真定有之。"雅公独颦蹙而言曰:"此微僧先祖之遗恨。"众惊而问之。雅曰:"昔武宗皇帝御天下之五载,万国事殷,圣情不怿。忽患心热之疾,名医进药,厥疾罔瘳。遂博诏良能,遐征和、缓。时有言青城山邢道士者,妙于方药。帝即召见之。道士以肘后绿囊中青丹两粒,及取梨数枚,绞汁而进之。帝疾寻愈。旬日之内,所赐万金,仍加广济先生之号。帝从容问其丹为何物,先生曰:'赤城山顶,有青芝两株。太白南溪,有紫花梨一树。臣之昔岁,曾游二山,偶获两宝,合炼成丹。五十年来,服食殆尽,唯余两粒,幸逢陛下服之。更欲此丹,须求二物也。'经数月,邢生辞帝归山。后疾复作,再诏邢先生于青城,则不知何适也。帝遂诏示天下,有紫花梨,即时奏上。时恒州节度太尉公王达,尚寿春公主,即会昌之女弟。闻真定李令,种梨数株,其一紫花梨,即遣寺人,就加封检,

六斤梨

洛阳报国寺的梨,六斤重一个。出《酉阳杂俎》。

紫花梨

清泰年间,我在京城小住,曾和卢泳巡官、郑宸博士、和尚季雅,以及其他三五位要好的朋友,夜间相聚在越波提僧院。当时正是晚秋季节,秋风夜凉,明月高悬。席间有句联五字之奇,也有酒饮八仙之美。菜肴丰盛,觥筹交错。一个个半醒半醉,或吟或叹,或喜或悲。话随酒增,于是大家一起广征博引,谈论古今,谈着谈着,竟谈到果实这方面的事上来了。有人谈到了紫花梨。大家说:"真定那地方就有。"不知为什么,季雅听了这话之后,却皱着眉头说:"这是贫僧先祖的遗恨啊。"众人吃惊非小,忙问是怎么回事。季雅说:"从前,武宗皇帝登基五年,日理万机,劳累过度,常常是龙体欠安,圣情不悦。忽然有一天他就得了心发热的毛病,名医纷纷进药,但就是治不了他的病。于是就下诏书,广泛地征求能医良方,迎请远方名家高手。当时有人说,青城山有个邢道士对医药验方很有研究。皇帝立即就召见了他。这位邢道士从肘后的绿色布囊里取出青色丹丸两粒,又取出几个梨,绞出梨汁,让皇上用梨汁把丹丸送服。皇帝的病不久就好了。十天之内,皇帝就赐给邢道士万金表示感谢,还加封他广济先生的称号。皇帝从容地问他那丹丸是何物,邢道士说:'赤城山顶上,有两棵青灵芝。太白山的南溪,有一棵紫花梨树。我从前曾经游过此二山,偶然得到了青灵芝和紫花梨,把它们合炼成丹。五十年来,服食殆尽,只剩下这两粒,万幸让陛下服用了。还想要这样的丹药,必须弄到那两种宝物才行。'几个月之后,邢道士辞别皇帝回山去了。后来皇帝的病又发作了,再下诏到青城山去请邢道士,却不知邢道士哪里去了。皇帝于是就诏示天下,有紫花梨的,要立刻奏上。那时恒州节度太尉公王达,娶寿春公主为妻,寿春公主就是唐武宗的妹妹。她听说真定的李令种了几棵梨树,其中一棵是紫花梨,就立刻派人,就地封锁盘查,

剪其旁树,匝以朱栏。宝惜纤枝,有同月桂。当花发之时,防蜂蝶之窥耗,每以轻绡纱縠,远加笼罩焉。守树者不胜艰苦。洎及秋实,公主必手选而进之。此达帝庭,十得其六七。帝多食此梨,虽不及邢氏者,亦粗解其烦躁耳。是时有李遵来侍御,任恒州记室,作《进梨表》云:'紫花开处,擅美春林。缥蒂悬时,迥光秋景。离离玉润,落落珠圆。甘不待尝,脆难胜口。'表达阙下,公卿见者,多大笑之曰:'常山公何用进残梨于天府也?'盖以其表有脆难胜口之字。明年,武宗崩,公主亦相次逝。此梨自后以为贡赋之常物。县官岁久,亦渐怠于宝守焉。至天祐末焉,赵王为德明之所篡弑。其后县邑公署,多历兵戎,紫花之梨,亦已枯朽。今之真定,无复继种者焉。当武宗时,县宰李公,名尚,即雅之祖也,尝以守树不谨,曾风折一枝,降为冀州典午。由是追感而颦蹙也。"出《耳目记》。

胡榛子

阿月生西国。蕃人言与胡榛子同树,一年榛子,二年阿月。出《酉阳杂俎》。

酸 枣

耆旧说:周秦时,河南雨酸枣,遂生野酸枣。今酸枣县是也。酸枣之甚小者,为野酸枣。出《述异记》。

剪除旁边的树木，围上朱红栏杆。珍惜每一个纤细的树枝，不亚于月中之桂。正当花开的时候，为了防止蜜蜂和蝴蝶的窥探和骚扰，整棵树都被用轻细的绢纱远远地笼罩起来。看守此树的人不胜艰苦。等到秋天果子成熟，公主亲自挑选，然后送进宫中。送到宫里的，大约十分之六七。皇帝常吃这种梨，这梨虽然不如邢道士的丹药，却也能粗略地解除心中的烦躁。这时候有个叫李遵的来到皇帝身边，任恒州记室，他作了《进梨表》说：'紫花梨开花的地方，独占了春林的美。紫花梨悬挂在树上，与别处秋景迥然不同。一个个玉一样润，珠一样圆。迫不及待地想要品尝它的甜美，脆得牙一碰就掉下来。'表送到宫中，凡是读过此表的，多数都大笑说：'常山公为什么把些残梨送进宫啊？'大概因为表中有'脆难胜口'的字样。第二年，武宗皇帝驾崩，公主也接着下世。这梨从此以后便成为贡赋中的常物。县官因为年头久了，也渐渐对珍视宝守那梨树产生厌倦情绪。到了天祐末年，赵王被德明篡杀。这以后，县邑公署多半遭受过兵戎之扰，紫花梨也就枯朽无存。现在的真定，没有人继续种它了。武宗那个时候，县令李公，单名叫尚，他就是我的祖父，他曾经因为守树不谨慎，被风吹折一个树枝，降职为冀州典午。因此，我追感往事而皱眉啊。"出自《耳目记》。

胡榛子

阿月生在西域之国。蕃人说阿月和胡榛子是同一种树的两种果实，这一年结的是榛子，下一年就结阿月。出自《酉阳杂俎》。

酸　枣

老年人说：周秦之时，河南下过酸枣雨，于是大地上就长出来许多野酸枣。现在的酸枣县就是这样形成的。酸枣当中，那些特别小的品种是野酸枣。出自《述异记》。

蒲 萄

俗言蒲萄蔓好引于西南。庾信谓魏使尉瑾曰："我在邺，遂大得蒲萄，奇有滋味。"陈招曰："作何形状？"徐君房曰："有类软枣。"信曰："君殊不体物，何得不言似生荔枝？"魏肇师曰："魏武有言：'末夏涉秋，尚有余暑，酒醉宿醒，掩露而食，甘而不饴，酸而不酢。'道之固以流沫称奇，况亲食之者？"瑾曰："此物出自大宛，张骞所致。有黄白黑三种。成熟之时，子实逼侧，星编珠聚。西域多酿以为酒，每来岁贡。在汉西京，似亦不少。杜陵田五十亩中，有蒲萄百树。今在京邑，非直止禁林也。"信曰："乃园种户植，接荫连架。"昭曰："其味何如橘柚？"信曰："津液胜奇，芬芳减之。"瑾曰："金衣素里，见苞作贡，向齿自消，良应不及。"出《酉阳杂俎》。

王母蒲萄

具丘之南，有蒲萄谷。谷中蒲萄，可就其所食之。或有取归者，即失道。世言王母蒲萄也。天宝中，沙门昙霄，因游诸岳，至此谷，得蒲萄食之。又见枯蔓堪为杖，大如指，五尺余，持还本寺，植之遂活。长高数仞，荫地幅员十丈，仰观若帷盖焉。其旁实磊落，紫莹如坠。时人号为草龙珠帐焉。出《酉阳杂俎》。

侯骚子

侯骚蔓生，如鸡卵，既甘且冷，轻身消酒。《广志》言因王太仆所献。出《酉阳杂俎》。

蒲 萄

俗话说葡萄蔓从西南引入。庾信对魏使尉瑾说:"我在邺地,就得到大量的葡萄,特别有滋味。"陈昭问道:"葡萄是什么样子?"徐君房说:"有点类似软枣子。"庾信说:"你太不熟悉生物了,为什么不说它像生荔枝?"魏肇师说:"魏武曹操说过'夏末秋初,天气仍有点热,酒醉一宿忽然醒来,带着露水吃葡萄,甜而不是糖,酸而不是醋。'这样说一说都让人流口水,何况是亲自吃呢?"尉瑾说:"这东西出自大宛,是张骞弄回来的。有黄、白、黑三种。成熟的时候,一串一串地垂挂下来,像星星编在一起,像珍珠聚在一起。西域各国多半把它做成酒,每年都来进贡。在汉代的西京,好像也有不少。杜陵那地方,每五十亩田地,就有一百棵葡萄树。就是在现在的京城,也不只是皇家的禁苑里才有。"庾信说:"居然已经园种户植,接荫连架,家家户户到处都有了。"陈招说:"葡萄和橘柚相比,味道怎样呢?"庾信说:"葡萄的汁液胜奇,但是芬芳不如橘柚。"尉瑾说:"橘柚金衣素里,被包起来当作贡品,但是要讲入口就化,它还是不如葡萄。"出自《酉阳杂俎》。

王母蒲萄

具丘之南,有一个葡萄谷。谷中的葡萄,可以就地吃,但是不能拿走。有的人想把葡萄带回来,就会迷失道路。世人都说这是王母葡萄。天宝年间,僧人昙霄因为周游诸岳来到此谷,好一顿吃葡萄。又见枯干的葡萄蔓可以做拐杖,就将一根粗如手指,五尺多长的葡萄蔓拿回本寺栽上,居然栽活了。不几年,它便长高数仞,荫地幅员十丈,在架下看它,它就像帷盖一样。一串串葡萄垂挂下来,紫莹莹的,就像帷盖上的饰坠儿。当时人们称之为草龙珠帐。出自《酉阳杂俎》。

侯骚子

侯骚是蔓生植物,其果实像鸡蛋,味甜性冷,吃它可以减轻体重,可以解酒。《广志》上说是王太仆进献的。出自《酉阳杂俎》。

蔓胡桃

蔓胡桃出南诏,大如扁螺,两隔,味似胡桃。或言蛮中藤子也。出《酉阳杂俎》。

仙树实

祁连山上有仙树实,行旅得之,止饥渴。一名四味木。其实如枣。以竹刀剖则甘,铁刀剖则苦,木刀剖则酸,芦刀剖则辛。出《酉阳杂俎》。

橄榄子

独根树,东向枝曰木威,南向枝曰橄榄。出《酉阳杂俎》。

东荒栗

东方荒中有木,名曰栗。有壳,径三尺三寸。壳刺长丈余,实径三尺。壳亦黄,其味甜,食之,令人短气而渴。出《酉阳杂俎》。

猴 栗

唐卫公李德裕,一夕甘子园会客。盘中有猴栗,无味。陈坚处士云:"虔州南有渐栗,形如素核。"出《酉阳杂俎》。

瓜

汉明帝阴贵人,梦食瓜,甚美。帝使求诸方国。时有燉煌献异瓜种,常山献巨桃核。名穹窿,长三尺而形屈,其味臭如糊。父老云:"昔道士从蓬莱山得此瓜,云是空洞灵瓜。四劫一实。东王公、西王母遗种于地,世代遐绝,其实颇存。"又说:"此桃霜下始花,隆冬可熟。"亦云:"仙人所

蔓胡桃

蔓胡桃出在南诏，大小有如扁海螺，两个隔，味道和胡桃相似。有的人叫它蛮中藤子。<small>出自《酉阳杂俎》。</small>

仙树实

祁连山上有仙树实，行路人得到它，可用它止饥解渴。另有一名四味木。它的果实像枣。用竹刀剖开它，它是甜的；用铁刀剖开它，它是苦的；用木刀剖则酸；用芦刀剖则辣。<small>出自《酉阳杂俎》。</small>

橄榄子

独根树，枝干朝东的叫木威，朝南的叫橄榄。<small>出自《酉阳杂俎》。</small>

东荒栗

东方大荒中有一种树木，名字叫作栗。栗子有壳，壳的直径长三尺三寸。壳刺长一丈多，壳中的果实直径长三尺。壳也是黄色的，味道甜美，吃了之后，令人气短而干渴。<small>出自《酉阳杂俎》。</small>

猴　栗

唐卫公李德裕，有一次在甘子园中会客。盘子里有猴栗，吃起来没什么味道。处士陈坚说："虔州之南有一种渐栗，样子像素核。"<small>出自《酉阳杂俎》。</small>

瓜

汉明帝时的阴贵人，梦见吃瓜，特别好吃。汉明帝派人到各国去寻求。当时敦煌献来了奇异的瓜种，常山献来了大桃核。名叫穹窿，长三尺而形弯曲，它的味道闻起来像烧焦一般。老人们说："从前有一个道士从蓬莱山上得到这种瓜，说是空洞灵瓜。要经过四个周期才结一次果。当年东王公和西王母在大地上洒下了瓜种，久远的世代之后，瓜种稍微留下一些。"又说："这种桃子在霜下才开花，到了隆冬才成熟。"也说："这种桃是仙人

食,常使植于霜林园。此园皆植寒果,积冰之节,百果方盛。俗为相陵瓜。故'霜园'之声讹也。"后曰:"王母之桃,王公之瓜,可得而食,五万岁矣。"安可食乎?后崩,内侍者见镜奁中有瓜桃之核,视之涕零,疑其非数。出《王子年拾遗记》。

五色瓜

吴桓王时,会稽生五色瓜。今吴中有五色瓜,岁充贡赋。出《述异记》。

瓜恶香

瓜恶香,中尤忌麝。唐郑注,太和初,赴职河中。姬妾百余,尽骑,香气数里,逆于人鼻。是岁,自京至河中,所过路,瓜尽死,一蒂不获。出《酉阳杂俎》。

菜

蔓菁

诸葛所止,令兵士独种蔓菁者,取其才出甲可生啖,一也;叶舒可煮食,二也;久居则随以滋长,三也;弃不令惜,四也;回则易寻而采之,五也;冬有根可劚食,六也。比诸蔬属,其利不亦博哉?刘禹锡曰:"信矣。"三蜀之人也,今呼蔓菁为诸葛菜。江陵亦然。出《嘉话录》。

越蒜

《异苑》曰:晋安平有越王余蒜菜,长尺许,白者似骨,

吃的,常把它种植在霜林园。霜林园里种植的全是寒果,积冰的季节,各种水果正旺盛。俗称相陵瓜。可能是'霜园'之声的讹传。"后来又说:"王母的桃,王公的瓜,谁能吃到,可以活五万岁。"哪里能吃到?后来阴贵人死了,宫中侍奉她的人见她镜奁中有瓜籽和桃核,看了之后潸然泪下,疑惑地说她不该有这种命运。出自《王子年拾遗记》。

五色瓜

吴桓王的时候,会稽生有五色瓜。现在吴中也生有五色瓜,年年充当贡赋。出自《述异记》。

瓜恶香

瓜厌恶香气,尤其忌怕麝香。唐时的郑注,太和年间,到河中去赴职。他有姬妾一百多人,全都骑着马,香气飘出数里,呛人的鼻子。这一年,从京都到河中,他所走过的路上,种的瓜全死了,一个瓜也没收获。出自《酉阳杂俎》。

菜

蔓 菁

诸葛亮命令兵士在驻地专种蔓菁的原因,取它刚长出来的嫩甲可以生吃,这是其一;叶子长大之后,可以煮着吃,这是其二;如果在此久住,它就继续生长,这是其三;扔掉也不让人感到可惜,这是其四;回来的时候容易找到,继续食用,这是其五;冬天可以食用它的根,这是其六。与其他蔬类相比,它的好处不也是很多的吗?刘禹锡说:"的确是这样。"三蜀的人现在称蔓菁为诸葛菜。江陵也是这样。出自《嘉话录》。

越 蒜

《异苑》:晋朝安平有越王留下的蒜菜,长一尺的,白的像骨,

黑者如角。古云：越王曾于舟中作筹算，有余者，弃之水而生焉。

三 蔬

晋咸宁四年，立芳圃于金墉城东，多种异菜，名曰云薇。类有三种。紫色者最繁滋。其根烂漫，春敷夏密，秋荣冬馥。其实若珠，五色，随时而盛。一名云芝。其紫色者为上蔬，而味辛；其黄色者为中蔬，而味甘；其青色者为下蔬，而味咸。常以此蔬充御，其叶可以藉饮食，以供宗庙祭祀，亦止人饥渴。宫中掐其茎叶者，历月不歇。出《拾遗录》。

菠 薐

菜之菠薐者，本西国中有僧，自彼将其子来，如苜蓿、蒲萄因张骞而至也。菠薐本是颇陵国将来，语讹耳，多不知也。出《嘉话录》。

芥 菹

广州人以巨芥为咸菹，埋地中，有三十年者。贵尚，亲宾以相饷遗。出《岭南异物志》。

芥 末

掌中芥末多国出也。取子置掌中，吹之，一吹一长，长三尺，乃植于地。出《酉阳杂俎》。

黑的像角。古人说:越王曾经坐在船上用竹筹进行计算,把多余的扔到水里,生长出来的就是这种蒜菜。

三 蕨

晋朝咸宁四年,在金塘城东修建了一个芳圃,多半用来种一种很奇特的菜,菜的名字叫云蕨。云蕨有三种。紫色的繁衍滋生最好。它的根烂漫多彩,春天铺陈枝叶,夏季葱茏茂密,秋天繁荣旺盛,冬天气味芳香。它的果实像珍珠,有五色,随时而盛。它的另一个名称叫云芝。其中紫色的是上等蔬菜,味辣;黄色的是中等蔬菜,味甜;青色的是下等蔬菜,味咸。人们常把这种菜进献到宫中,它的叶在宗庙祭祀时可用作供品的铺垫,也能使人止饥消渴。宫中负责掐它枝叶的人,整月整月不能闲着。出自《拾遗录》。

菠 薐

蔬菜中的菠薐,本来是一个西域的僧人从他们那里将种子带来的,就像苜蓿和葡萄是张骞从西域带种回来一样。菠薐本来是从颇陵国弄来的,叫它菠薐是因误传而走音,很多人都不知道这事的原委。出自《嘉话录》。

芥 菹

广州人用大芥菜做腌菜,埋在地里,有埋三十多年的。这种腌菜受到人们的普遍重视和崇尚,亲戚朋友之间把它当作礼品互相馈赠。出自《岭南异物志》。

芥 末

掌中芥末许多国家都有。把它的种子放到手掌上,用口吹它,一吹一长,长到三尺,才栽到地上。出自《酉阳杂俎》。

水　韭

水韭生于水湄，状如韭而叶细长，可食。出《酉阳杂俎》。

茄子树

南中草菜，经冬不衰，故蔬圃之中，栽种茄子，宿根有三二年者，渐长枝干，乃为大树。每夏秋熟，则梯树摘之。三年后，渐树老子稀，即伐去，别栽嫩者。出《岭表录异》。

昆仑紫瓜

隋炀帝大业末，改茄子为昆仑紫瓜。出《述异录》。

茄子故事

茄子，茄字连茎名，革遐反。今呼伽，未知所自。昔段成式因就廊下食茄子数蒂，偶问工部员外张周封茄子故事。张云："一名落苏。事具《食料本草》。"成式记得隐侯《行园》诗云："寒瓜方卧垄，秋瓜正满陂。紫茄纷烂漫，绿芋郁参差。"又一名昆仑瓜。岭南茄子，宿根成树，高五六尺。姚向曾为南选使，亲见之。故《本草》记广州有慎火树，树大三四围。慎火即景天也，俗呼为护火草。茄子熟者，食之厚肠胃，动气发疾。根能理龟瘃。欲其子繁，候其花时，取叶布于过路，以灰规之，人践之，子必繁也，俗谓嫁茄子。曾火炙之，甚美。有新罗种者，色稍白，形如鸡卵。西明寺僧造玄院中，有其种。《水经》云："石头西对蔡浦，长百里，上有大获获浦，下有茄浦。"出《酉阳杂俎》。

水　韭

水韭生长在水边，样子像韭菜但是叶比韭菜叶细长，可以吃。出自《酉阳杂俎》。

茄子树

南方的草木蔬菜，经冬不衰，所以菜园之中栽种的茄子，宿根有三两年的，渐渐长出枝干，就长成了大树。每年夏秋之季，树上结了茄子，就要登梯子到树上把它摘下来。三年后，树渐渐老了，茄子结得少了，就砍掉它，另栽嫩的。出自《岭表录异》。

昆仑紫瓜

隋炀帝大业年末，改称茄子为昆仑紫瓜。出自《述异录》。

茄子故事

茄子的茄字，连带它的枝茎的名称在内，革遐反。现在读作伽，不知从何而来。从前段成式因为在廊下吃了几个茄子，偶然间向工部员外张周封打听茄子的故事。张说："茄子一名落苏。有关的情况都写在《食料本草》里。"段成式记得隐侯的《行园》诗写道："寒瓜方卧垄，秋瓜正满坡。紫茄纷烂漫，绿芋郁参差。"茄子的另一个名称是昆仑瓜。岭南的茄子，因为多年生宿根成树，高五六尺。姚向曾做过南选使，亲眼见过。所以《本草》记载说广州有慎火树，树粗三四围。慎火就是景天，一般叫作护火草。成熟的茄子，吃了能增强胃肠功能，理气治病。茄子根能治冻疮。想要让它多结茄子，等到它开花时，摘一些茄子叶放到过道处，用草木灰圈起来，让人践踏它，这样茄子就能多产，俗称嫁茄子。曾经有人用火烤着吃，味道特别好。有一种新罗茄子，颜色稍白，形如鸡蛋。西明寺的和尚造玄院中，就有这种茄子。《水经》上说："石头城西面对蔡浦，长百里，上边有大菽菽浦，下边有茄浦。"出自《酉阳杂俎》。

儋崖瓠

儋崖种瓠成实,率皆石余。芥,高者亦五六尺,子大如鸡卵。出《酉阳杂俎》。

儋崖瓠

在儋崖种葫芦,结出的葫芦大都有一石多重。芥菜,高的也五六尺,果实大如鸡蛋。出自《酉阳杂俎》。

卷第四百一十二
草木七

竹

竹

叙竹类

《竹谱》:竹类有三十九。出《酉阳杂俎》。

涕竹

南方荒中有涕竹,长数百丈,围三丈六尺,厚八九寸。可以为船。其笋甚美,煮食之,可止疮疠。出《神异经》。

竹

叙竹类

《竹谱》上说：竹子有三十九类。<small>出自《酉阳杂俎》。</small>

涕 竹

南方大荒之中有一种竹子叫涕竹，高数百丈，围长三丈六尺，厚八九寸。可以用来造船。它的笋味道很美，煮着吃，可以治恶疮。

<small>出自《神异经》。</small>

棘竹

棘竹一名笆竹，节皆有刺，数十茎为丛。南夷种以为城，猝不可攻。或自崩根出，大如酒瓮，纵横相承，状如缫车。食之，下人发。出《酉阳杂俎》。

笽篞竹

笽篞竹，皮薄而空多，大者径不逾二寸，皮上有粗涩文，可为错子。错甲，利胜于铁。若钝，以浆水浇之，还复快利。出《广州记》。古林之竹，劲而利，削为刀，割象皮如切芋。出《岭表录异》。

笝簬竹

笝簬竹，大如脚指，腹中白幕拦隔，状如湿面。将成而筒皮未落，辄有细虫啮处，成赤迹，似绣画可爱。出《酉阳杂俎》。

慈竹

慈竹，夏月经雨，滴汁下地，生蓐，似鹿角，色白。食之，已痢。出《酉阳杂俎》。

筋竹

筋竹，南方以为矛。笋未成竹时，堪为弩弦。出《酉阳杂俎》。

百叶竹

百叶竹，一枝百叶。有毒。出《酉阳杂俎》。

棘 竹

棘竹又一名叫笆竹，节上都有刺，几十棵为一丛。南夷种这种棘竹当城墙，短时间内很难攻下来。有的棘竹因为土石崩塌露出根来，根大像酒瓮，纵横交错，互相盘结，样子很像缲车。人吃了它会掉头发。出自《酉阳杂俎》。

篦筹竹

篦筹竹，皮薄而空多，大的直径也超不过二寸，皮上有粗涩的花纹，可用来做错子。用这样的错子错甲壳一类坚硬的东西，锋利胜过铁错。如果钝了，把它用浆水浇一下，就又恢复先前的锋利了。出自《广州记》。古林之竹，虬劲且锋利，削割为刀，割象皮就像切芋头那么简单。出自《岭表录异》。

菡簏竹

菡簏竹，大小如同脚趾，腹中由白幕拦隔着，样子像湿面。将要长成而筒皮未落的时候，就有细虫咬啮的地方，形成红色的痕迹，像锦绣和图画那样可爱。出自《酉阳杂俎》。

慈 竹

慈竹，夏季雨后，它的汁液滴到地上，便长出一种草垫子一样的东西，像鹿角，白色。人吃了这种东西，可以止痢疾。出自《酉阳杂俎》。

筋 竹

筋竹，南方用它做矛。这种竹的笋未长成竹的时候，能用来做弩弦。出自《酉阳杂俎》。

百叶竹

百叶竹，一个枝上有一百片叶子。有毒。出自《酉阳杂俎》。

桃枝竹

东官郡,汉顺帝时属南海,西接高凉郡,又以其地为司监都尉。东有芜地,西接临大海。有长洲,多桃枝竹,缘岸而生。原缺出处,今见《酉阳杂俎》。

瘿 竹

东洛胜境有三溪,张文规有庄近溪。忽有竹一竿生瘿,大如李。出《酉阳杂俎》。

罗浮竹

唐贞元中,有盐户犯禁,逃于罗浮山,深入第十三岭,《南越志》云:本只罗山,忽海上有仙浮来相合,是谓罗浮山。有十五岭、二十二峰、九百八十瀑泉。洞穴则山无出其右也。曾有诗曰:"四百余崖海上排,根连蓬岛荫天台。百灵若为移中土,嵩华都为一小堆。"遇巨竹万千竿,连直岩谷。竹围皆二丈余,有三十九节,二丈许。逃者遂取竹一竿,破以为篾。会赦宥,遂挈以归。有人得一篾,奇之,献于太守李复。乃图而纪之。予尝览《竹谱》曰:"云丘帝竹,帝陵上所生竹。一节为船。"又何伟哉!南海以竹为甑者,类见之矣,皆罗浮之竹也。出《岭表录异》。

童子寺竹

唐李卫公言:北都唯童子寺有竹一窠,才长数尺。相传其寺纲维,每日报竹平安。出《酉阳杂俎》。

竹 花

《山海经》曰:竹生花,其年便枯。竹六十年易根,易根必花,

桃枝竹

东官郡,汉顺帝的时候属于南海,西边与高凉郡相接,又把司监都尉设在那里。东面有荒芜之地,西面接临大海。海中有一个长洲,洲上多有桃枝竹,竹沿海岸而生。原缺出处,今见《酉阳杂俎》。

瘿 竹

三溪是东洛的名胜之地,张文规有一处庄院临近三溪。忽然有一天一枝竹上生出一个瘤,瘤有李子那么大。出自《酉阳杂俎》。

罗浮竹

唐贞元年间,有一个盐户犯了禁,逃进罗浮山,深入到第十三岭,《南越志》说:原本只有罗山,忽有一天海上有仙浮山来此相合,所以称为罗浮山。有十五岭、二十二峰、九百八十个瀑布和溪泉。洞穴则山没有能比过它的。曾有诗说:"四百余崖海上排,根连蓬岛荫天台。百灵若为移中土,嵩华都为一小堆。"遇见巨竹万千竿,这些巨竹直上岩谷,耸入云霄。竹围都在两丈以上,每竿竹都有三十九节,每一节两丈多长。于是逃者就砍了一竿,把它做成竹篾。赶上皇帝赦免罪犯,他便带着这些竹篾回家。有一个人从他手中得到一根竹篾,认为出奇,就把它献给太守李复。李复就画图纪念它。我曾经看到《竹谱》上说:"云丘帝竹,帝陵上生长的竹子。一节就能做一条船。"那竹又是多么雄伟高大啊!南海用竹子做蒸锅,这是人们都见过的,那就是罗浮山的竹子啊。出自《岭表录异》。

童子寺竹

唐李卫公说:北都只有童子寺有一棵竹子,仅仅几尺高。相传那寺中管事的和尚,每天都要报告竹子平安。出自《酉阳杂俎》。

竹 花

根据《山海经》上的记载:竹子开花的时候,当年竹子便枯死了。竹子每逢六十年就换一次根,换根的时候必定会开花,

结实而枯死。实落复生,六年而成町。子作穗,似小麦。
出《感应经》。

竹 筠

竹复死曰筠。六十年一易根,易根则结实枯死。出《酉阳杂俎》。

竹 实

唐天复甲子岁,自陇而西,迨于褒梁之境,数千里内亢阳,民多流散。自冬经春,饥民啖食草木,至有骨肉相食者甚多。是年,忽山中竹无巨细,皆放花结子。饥民采之,舂米而食,珍于粳糯。其子粗,颜色红纤,与今红粳不殊,其味尤更馨香。数州之民,皆挈累入山,就食之。至于溪山之内,居人如市,人力及者,竞置囷廪而贮之。家有羡粮者不少者,又取与荤茹血肉而同食者,呕哕。如其中毒,十死其九。其竹,自此千蹊万谷,并皆立枯。十年之后,复产此君。可谓百万圆颅,活之于贞筠之下。出《玉堂闲话》。

五谷

雨 稻

夏禹时,天雨稻。古诗云:"安得天雨稻,饲我天下民。"出《述异记》。

雨 粟

吕后三年,秦中天雨粟。出《述异记》。

开花结实之后竹子便枯死。籽实落后复生，六年之后便连片成林。籽实是穗状的，像小麦穗。出自《感应经》。

竹 筎

竹子复死叫作筎。竹子六十年一换根，换根就结实枯死。出自《酉阳杂俎》。

竹 实

唐朝天复甲子岁，自陇往西，一直到襄、梁之境，数千里内阳光炽烈，久旱不雨，百姓大多流离四散。从冬到春，饥饿的人民只能吃草木，甚至有许多人饿到骨肉相食。这年，忽然间山里的竹子不分大小，全都开花结籽。饥民们便采集它舂米充饥，比稻米还珍贵。竹子所结的籽，较粗，颜色略红，与如今的红稻米没有不同，它的味道还更香。几个州的饥民，全都拥进山里，就近吃它。在溪山之中，居住的人非常多，像市区一样，有人力的人家，竞相抢着设置仓房圊子之类贮存竹籽。家里有不少余粮的，把竹籽和其他荤腥菜肴一起吃，吃了以后便呕吐不止，气不顺。这样中毒的，十有九死。那些竹子，从此以后，不论千溪万谷，全都枯死。十年之后才又生长。可以说是千万颗头颅，存亡系于竹子这位真君子。出自《玉堂闲话》。

五谷

雨 稻

夏禹那时候，天就像下雨那样往地上下稻子。古诗说："怎样能让老天下一场稻子雨，让天下的老百姓都吃上饱饭。"出自《述异记》。

雨 粟

吕后三年的时候，秦中一带从天上往下下谷子。出自《述异记》。

雨　麦

汉武帝时,广阳县雨麦。原缺出处,明抄本作出《述异记》。

雕　葫

太液池边,皆是雕葫紫箨、绿节蒲丛之类。菰之有米者,长安人谓为雕葫;葭芦之未解叶者,谓为紫箨;菰之有首者,谓为绿节。其间凫雏子,布满充积。又多紫龟绿鳖。池边多平沙,沙上鹈鹕鹒鹉,鸡鹊鸿鹎,动辄成群。出《西京杂记》。

雨　谷

汉宣帝时,江淮饥馑,人相食。天雨谷三日。寻魏地奏,亡谷二千顷。出《述异记》。

摇枝粟

宣帝地节元年,乐浪之东,有背明之国人至,贡方物。言其乡土在扶桑之东,见日出于西方。其国昏昏恒开。宜五谷,名曰融泽,方三千里。五谷皆良,食者延年,清腹一粒,历年不饥。有摇枝粟,言其枝长而弱,无风常摇,食之益髓。出《王子年拾遗记》。

凤冠粟

凤冠粟,似凤鸟之冠。食者多力。有游龙粟,枝叶屈曲,如游龙。有琼膏,色白如银。食此二粟,令人骨轻。出《王子年拾遗记》。

雨　麦

汉武帝的时候,广阳县下过一场麦子雨。*原缺出处,明抄本作出自《述异记》。*

雕　葫

太液池边,全都长满雕葫、紫蒻、绿节、蒲丛什么的。有米的菰,长安人称它为雕葫;没有打开叶子的葭芦,叫作紫蒻;有头的菰,又叫作绿节。池中到处都是兔于水上的幼禽。又有许多龟鳖之类。池边是大片大片的沙滩,沙滩上各种鸟雀成群结队。*出自《西京杂记》。*

雨　谷

汉宣帝的时候,江淮一带遇上荒年,饥民遍野,人吃人。一连下了三天谷子雨。不久,魏地向朝廷禀奏,说他们那里丢失了两千顷谷子。*出自《述异记》。*

摇枝粟

宣帝地节元年,地处乐浪之东的背明国,有人来到京师贡献土产。这人说他的国家在扶桑之东,看见太阳从西方升起。说他们国家总是昏昏然不暗不明的,但是国门关口总是开着的。说他们的国家适于种五谷,名叫日融泽,方圆三千里。说他们国家的五谷都很好,吃了可以延年益寿,空肚子吃一粒,一年不知道饿。说他们国家有一种摇枝粟,它的枝很长但是很弱,没有风也总是在摇动,吃了这种摇枝粟对骨髓有好处。*出自《王子年拾遗记》。*

凤冠粟

凤冠粟,像凤凰的头冠。吃了凤冠粟的人长力气。还有一种游龙粟,枝叶弯弯曲曲,像游动的龙。有色如白银的琼膏。吃了这两种谷米,能使人的骨头变轻。*出自《王子年拾遗记》。*

绕明豆

绕明豆,言其茎弱,自相萦缠。有挟剑豆,言荚形似人挟剑,而横斜生。有倾篱豆,言见日则叶垂覆地,食者不老不疾。出《王子年拾遗记》。

延精麦

延精麦,言延寿益气。有昆和麦,调畅六腑。有轻心麦,食者体轻。有淳和麦,面以酿酒,一醉累月,食之凌冬不寒。有含露麦,穟中有露,甘如饴。出《王子年拾遗记》。

紫沉麻

紫沉麻,其实不浮。有云水麻,实冷而光,宜为油泽。有光通麻,食者行不待烛,则巨胜也。食之延寿,后天而死。出《王子年拾遗记》。

雨五谷

吴桓王时,金陵雨五谷于贫民家,富民家则不雨。出《述异记》。

野粟石壳

宋高祖之初,当晋末饥馑之后。既即位,而江表二千余里,野粟生焉。又淮南诸山石壳生,石上生壳也。袁安云:"石壳药名,穗之尤小者是也。"出《述异记》。

绕明豆

绕明豆,它的茎很柔弱,自己互相缠绕。有一种豆叫挟剑豆,它的荚就像人挟着的剑,横斜着长。还有一种豆叫倾篱豆,见了阳光就垂下叶子把地盖上,吃了这种豆的人不衰老不生病。出自《王子年拾遗记》。

延精麦

延精麦,可以延寿益气,使人精力充沛。有一种昆和麦,能调畅人的六腑。还有一种轻心麦,吃了它可以使体重变轻。又有淳和麦,用它的面酿酒,人喝了一醉就是一个来月,并且吃了淳和麦的人冬天不知冷。还有一种含露麦,毪中含露,糖一般香甜。出自《王子年拾遗记》。

紫沉麻

紫沉麻,它的种子不能在水上漂浮。有一种云水麻,种子阴冷而有光泽,适于做有油性带光泽的东西。还有一种光通麻,吃了这种麻籽的人,走路不用依靠蜡烛,这就是巨胜。吃了它还可以延年益寿,长生不老。出自《王子年拾遗记》。

雨五谷

吴桓王的时候,在金陵下了一场五谷雨,专下到穷人家,富人家不下。出自《述异记》。

野粟石壳

宋高祖刚即位的时候,正是晋末大饥荒之后。可是他即位不久,江南一带两千余里到处长出野谷子。另外,淮南一带的山上长出石壳来。袁安说:"石壳是药名,穗子比野谷穗还小的就是石壳。"出自《述异记》。

芋

天芋,生终南山中,叶如荷而厚。出《酉阳杂俎》。

雀芋

雀芋,状如雀头。置干地反湿,置湿处反干。飞鸟触之堕,走兽遇之僵。出《酉阳杂俎》。

甘蔗

南方山有甘蔗甘庶二音。之林。其高百丈,围三尺八寸。促节多汁,甜如蜜。咋啮其汁,令人润泽。可以节蛔虫。人腹中蛔虫,其状如蚓。此消谷虫也。多则伤人,少则谷不消。是甘蔗能灭多益少。凡蔗亦然。出《神异经》。

茶荈

叙茶

茶之名器益众。剑南有蒙顶石花,或小方,或散芽,号为第一;湖州有顾渚之紫笋,东川神泉、昌明;硖州有碧涧、明月、芳蕊、茱萸簝;福州有方山之生芽;夔州有香山;江陵有楠木;湖南有衡山;岳州有浥湖之含膏;常州有义兴紫笋;婺州有来白;睦州有鸠坑;洪州有西山白露;寿州有霍山黄芽;蕲州有蕲门团黄。浮梁商贾不在焉。出《国史补》。

获神茗

《神异记》曰:余姚人虞洪,入山采茗,遇一道士,牵三百青羊,饮瀑布水。曰:"吾丹丘子也。闻子善茗饮,常思惠。

芋

天芋，生长在终南山中，叶子像荷叶但是比荷叶要厚。出自《酉阳杂俎》。

雀芋

雀芋，样子像雀头。放到干燥的地方，它反而湿润，放到潮湿的地方，它反而干燥。无论飞鸟走兽，一触上它便身体僵硬，无法活动。出自《酉阳杂俎》。

甘蔗

南方山中有甘蔗林。甘蔗高一百丈，围长三尺八寸。一节一节都不长，但是液汁很多，液汁蜜一样甜。吮吸它的液汁，使人肤色滋润有光泽。可以节制蛔虫。人肚子里的蛔虫，样子像蚯蚓。这是消化粮食的虫子。多了就伤人，少了粮食就难消化。这甘蔗能使多的减少少的增多。所有甘蔗都这样。出自《神异经》。

茶荈

叙茶

茶的名越来越多。剑南有蒙顶石花，有的是小方，有的是散芽，号称天下第一；湖州有顾渚的紫笋、东川的神泉和昌明；峡州有碧润、明月、方蕊、茱萸簝；福州有方山生芽；夔州有香山；江陵有楠木；湖南有衡山；岳州有㵠湖含膏；常州有义兴紫笋；婺州有来白；睦州有鸠坑；洪州有西山白露；寿州有霍山黄芽；蕲州有蕲门团黄。茶商们就不待在盛产茶叶的浮梁了。出自《国史补》。

获神茗

根据《神异记》上的记载：余姚人虞洪进山采茶时，遇见一位道士，道士放牧着三百头青羊，正在一个瀑布下给羊饮水。道士对虞洪说："我是丹丘子。听说你善于喝茶，总想给你点好处。

山中有大茗，可以相给。祈子他日有瓯舣之余，必相遗也。"因立茶祠。后常与人往山，获大茗焉。出《顾渚山记》。

飨茗获报

刘敬叔《异苑》曰：剡县陈婺妻，少与二子寡居，好饮茶茗。以宅中有古冢，每饮，先辄祀之。二子恚之曰："冢何知？徒以劳祀。"欲掘去之，母苦禁而止。及夜，母梦一人曰："吾止此冢三百余年，母二子恒欲见毁，赖相保护，又飨吾嘉茗，虽泉壤朽骨，岂忘翳桑之报？"及晓，于庭内获钱十万。似久埋者，唯贯新。母告二子，二子惭之。从是祷酹愈至。出《顾渚山记》。

消食茶

唐有人授舒州牧。李德裕谓之曰："到彼郡日，天柱峰茶，可惠三数角。"其人献之数十斤。李不受，退还。明年罢郡，用意精求，获数角，投之。德裕阅之而受。曰："此茶可以消酒食毒。"乃命烹一瓯，沃于肉食内，以银合闭之。诘旦开视，其肉已化为水矣。众伏其广识也。出《中朝故事》。

山里有一棵大茶树,可以供你采茶。希望你日后日子富足了,也一定要对它有所馈赠。"于是虞荭就建了一座茶祠。后来他常与人进山,果然找到一棵大茶树。出自《顾渚山记》。

飨茗获报

刘敬叔在《异苑》里说:剡县陈婺的妻子,年轻的时候领着两个孩子寡居,喜欢喝茶。因为宅子里有一座古墓,她每次喝茶都要先到墓前祭祀一番。两个孩子生气地说:"一个破坟丘怎么能知道有人祭祀? 这是白费劲。"两个孩子想要把古墓掘开弄平,他们的母亲苦苦地劝阻才没掘平。到夜里,母亲做了一个梦,梦到一人对她说:"我的坟在这三百年了,你的两个孩子常常想要毁掉它,全靠你保护了它,又给我好茶喝,虽然身体烂在地下,但是哪能忘桑荫之德呢?"到天亮,她在院子里拾到铜钱十万。这些钱似乎在地下埋了很久了,唯独穿钱的绳是新的。她告诉了两个孩子,两个孩子很是惭愧。从此,她祷告祭奠得更周到了。出自《顾渚山记》。

消食茶

唐时有一个人被授予舒州牧。李德裕对他说:"到了舒州之后,弄到天柱峰上的茶,可以送我三两角。"结果那人到任以后给他送来好几十斤。李德裕没有接受,退了回去。第二年那人罢官离开舒州,用心寻找,弄到几角,便投到李德裕家来。李德裕高兴地收下了。李德裕说:"这茶可以消除酒食里的毒物。"于是就让人烹茶一小盆,浇在肉食上,用银器盖严。次日早晨一看,那盆里的肉已经化成水了。众人都叹服李德裕见识广博。出自《中朝故事》。

卷第四百一十三
草木八

芝_{菌蕈附}

芝_{菌蕈附}

竹　芝

梁简文延香阁,大同十年,竹林吐芝。长八寸,头盖似鸡头实,黑色。其柄似藕柄,内通干空。皮质皆纯白,根下微红。鸡头实处似竹节,脱之又得脱也。自节处别生一重,如结网罗,四面,周可五六寸,圆绕周匝,以罩柄上。相远不相著也。其似结网众自,轻巧可爱。其与柄皆得相脱。验仙书,与威喜芝相类。出《酉阳杂俎》。

芝菌蕈附

竹　芝

梁简文帝的延香阁，大同十年的时候，竹林里长出灵芝草。长八寸，头盖像鸡头实，黑色。它的柄像荷藕的柄，柄内是空通的。皮和肉全是纯白色，根下略微发红。长头盖的地方像一个竹节，剥下一层还能剥下另一层。从节处另长出一重，像结成的网罗，四面都有，周长有五六寸，圆转环绕，罩在柄上。它与柄的距离较远，并不附着在柄上。很像结网的网眼，轻巧可爱。头盖和柄都能互相脱离。查验仙书，这种灵芝与威喜芝相类似。出自《酉阳杂俎》。

楼阙芝

隋大业中,东都永康门内会昌门东,生芝草百二十茎,散在地,周十步许。紫茎白头,或白茎黑头。或有枝,或无枝。亦有三枝,如古"出"字者。地内根并如线,大道相连著。乾阳殿东,东上阁门槐树上,生芝九茎,共本相扶而生。中茎最长,两边八茎,相次而短,有如树阙,甚洁白。武贲郎将段文操留守,图画表奏。 出《大业拾遗记》。

天尊芝

唐天宝初,临川郡人李嘉,所居柱上生芝草,形类天尊。太守张景佚截献之。 出《酉阳杂俎》。

紫　芝

唐大历八年,卢州庐江县紫芝生,高一丈五尺,芝类至多。 出《酉阳杂俎》。

参成芝

参成芝,断而可续。 出《酉阳杂俎》。

夜光芝

夜光芝,一株九实。实坠地如七寸镜,夜视如牛目。茅君种于句曲山。 出《酉阳杂俎》。

隐晨芝

隐晨,状如斗,以星为节,以茎为网。 出《酉阳杂俎》。

楼阙芝

隋大业年间，东都的永康门内，会昌门东，长出一百二十棵灵芝草，这些灵芝草就那么散生在地上，大约十步方圆的一块地方。它们都是紫茎白头，有的是白茎黑头。有的有枝，有的无枝。有的三枝，像古文字"出"那样。埋在地下的根，像细线一样，在大道的下边互相牵连着。乾阳殿东，东上阁门的槐树上，长出九棵灵芝，九棵灵芝长在一块木上，互相扶持着。中间一棵最高，其他八棵依次变矮，很像树阙，特别洁白。武贲郎让段文操留守在那里，并画图上表禀奏了皇上。出自《大业拾遗记》。

天尊芝

唐天宝年初，临川郡人李嘉家里的一根柱子上长出一棵灵芝，样子像天尊。太守张景佚把它截下来献入宫中。出自《酉阳杂俎》。

紫　芝

唐朝大历八年，卢州庐江县生长紫灵芝，高一丈五尺，这是芝类中最高的了。出自《酉阳杂俎》。

参成芝

有一种灵芝草叫参成芝，弄断以后可以再接上。出自《酉阳杂俎》。

夜光芝

夜光芝，一株之上可以结出九颗果实。果实落到地上，就像一面七寸镜，夜间看它，它像牛眼睛一样明亮。茅君在句曲山上种植它。出自《酉阳杂俎》。

隐晨芝

有一种名叫隐晨的灵芝草，样子像斗，以星为节，以茎为网。出自《酉阳杂俎》。

凤脑芝

《仙经》言：穿地六尺，以环宝一枚种之，灌以黄水五合，以土坚筑之。三年，生苗如匏，实如桃，五色，名凤脑芝。食其实，唾地为凤，乘升太极。<small>出《酉阳杂俎》。</small>

白符芝

白符芝，大雪而白华。<small>出《酉阳杂俎》。</small>

五德芝

五德芝，如车马。<small>出《酉阳杂俎》。</small>

石桂芝

石桂芝，生山石穴中，似桂树而实石也。高如大绞尺，光明而味辛，有枝条。捣服之，一斤得千岁也。<small>出《酉阳杂俎》。</small>

滴　芝

少室石户中，更有深谷，不可得过。以石投谷中，半日犹闻其声也。去户外十余丈，有石柱，柱上有偃盖石，南度径可一丈许。望之，蜜芝从石上随石偃盖中，良久，辄有一滴，有似雨屋后之余漏，时时一落耳。然蜜芝堕不息，而偃盖亦终滴也。户上刻石为科斗字，曰："得服石蜜芝一斗者，寿万岁。"诸道士共思惟其处，不可得往。唯当以碗器置劲竹木端，以承取之。然竟未有能为之者。按此户上刻题如此，前世必已有之者也。<small>出《抱朴子》。</small>

凤脑芝

《仙经》上说：在地上挖六尺深，把一枚环宝种到里边，浇上五盒黄水，用土培实。三年后生长出一种东西来，苗像匏，果如桃，五色，有人给它起名叫凤脑芝。吃了它的果实，吐口唾沫就能变成凤凰，骑着凤凰便可升上太极。出自《酉阳杂俎》。

白符芝

有一种叫作白符芝的灵芝草，生在大雪中而且开白花。出自《酉阳杂俎》。

五德芝

五德芝，形状像车马。出自《酉阳杂俎》。

石桂芝

石桂芝，生长在山石洞穴之中，形状像桂树而它的果实是石的。像大绞尺那么高，能发光，味道辣，还长有枝条。把它捣碎服下，服一斤便可活一千岁。出自《酉阳杂俎》。

滴　芝

少室山的一个石洞中，还有更深的山谷，没法过去。把石头投入谷中，老半天还能听到它的声音。离洞口十几丈以外的地方，有一根石柱，柱上有一块仰卧的盖石，量南面的径长估计能有一丈多。望去，蜜芝从石上滴落在石仰盖中，很久，就有一滴，像雨后漏屋的余漏，时不时地一落。然而蜜芝不息地滴落，那仰盖最终也因为装不下而滴落了。洞穴上方的石头上刻着字，是蝌蚪文，说："能服用石蜜芝一斗的，可以活一万岁。"道士们都在想过去取石蜜芝的办法，可谁也去不了。只能把碗一类的东西绑在极长极结实的竹竿一端，伸讨去接一点。但是最终没有办法得到的。从洞穴上边的石刻题字看，在很早以前一定有人做到了。出自《抱朴子》。

木 芝

木芝者,松柏脂沦地千岁,化为茯苓;万岁,其上生小木,状似莲花,名曰木威喜芝。夜视有光,持之甚滑,烧之不焦,带之辟兵。以带鸡,而杂以鸡十二头笼之,去其处十二步,射十二箭,他鸡皆伤,带威喜芝者,终不伤也。出《抱朴子》。

萤火芝

良常山有萤火芝,其实是草,大如豆。紫花,夜视有光。食一枚,中心一孔明。食至七,心七窍洞澈。可以夜书。出《酉阳杂俎》。

肉 芝

昔有人泊渚登岸,忽见芦苇间,有十余昆仑偃卧,手足皆动。惊报舟人,舟人有尝行海中者识之,菌也。往视之,首皆连地。割取食之,菌但无七窍。《抱朴子》云:"肉芝如人形,产于地。"亦此类也。何足怪哉? 出《岭南异物志》。

小人芝

或山中见小人,乘车马,长七八寸者,肉芝也。取服芝,即仙矣。出《抱朴子》。

地下肉芝

兰陵萧逸人,亡其名。尝举进士下第,遂焚其书,隐居潭水上,从道士学神仙。因绝粒吸气,每旦屈伸支体,

木 芝

所谓木芝,松柏的脂滴落到地上一千年后,化为茯苓;一万年后,茯苓上长出小树木,样子像莲花,名字叫木威喜芝。木威喜芝晚上看有光,用手拿很光滑,烧它不能把它烧焦,把它带在身上,可避兵匪之灾。把它带到鸡身上,把这只鸡与其他十二只鸡一起装进一个笼子里,离开十二步,向鸡笼射十二箭,其他的鸡全都射伤,这只带威喜芝的却始终不伤。出自《抱朴子》。

萤火芝

良常山有萤火芝,它的果实是一种草,有豆子那么大。开紫色花,夜里看它有光。吃一枚,内心的一孔透明。吃到七枚,心和七窍全都洞彻明亮。夜间写字,可以用萤火芝照明。出自《酉阳杂俎》。

肉 芝

从前有一个人把船停在水中的小洲上,然后登岸,忽然间发现芦苇丛中有十几个昆仑仰卧在那里,手脚都会动。他大吃一惊,急忙告诉了别的乘船人,乘船人当中,有人曾经在海上航行过,认识这东西,说这是一种菌。过去细看,见那东西头全连着地。用刀割取食之,它只是没有七窍,太像人了。《抱朴子》说:"肉芝像人的身形,从土地上长出。"他们发现的也是这一类东西。有什么可怪的呢?出自《岭南异物志》。

小人芝

有的人在山中看见一种小人,乘坐着车马,有七八寸高,那是肉芝。把它弄来服下,立即就能成仙。出自《抱朴子》。

地下肉芝

兰陵有一个姓萧的隐士,忘了他的名字。他曾考进士没有考中,一气之下,就把书全都烧了,隐居到潭水之上,跟着道士学成仙之道。于是他就不吃粮食,只吸空气,每天早晨起来屈伸肢体,

冀延其寿。积十年余，发尽白，色枯而背偻，齿有堕者。一旦引镜自视，勃然发怒，且曰："吾弃声利，隐身田野间，绝粒吸气，冀得长生。今亦衰瘵如是，岂我之心哉？"即还居邺下，学商人逐什一之利。凡数年，资用大饶，为富家。后因治园屋，发地得物，状类人手，肥而且润，色微红。逸人得之惊曰："岂非祸之芽？且吾闻太岁所在，不可兴土事。脱有犯者，当有修肉出其下，固不祥也。今果有，奈何？然吾闻，得肉食之，或可以免。"于是烹而食，味甚美，食且尽。自是逸人听视明，力愈壮，貌愈少。发之秃者，尽颙然而长矣；齿之堕者，亦骈然而生矣。逸人默自奇异，不敢告于人。后有道士至邺下，逢逸人，惊曰："先生尝得饵仙药乎？何神气清晤如是？"道士因诊其脉。久之又曰："先生尝食灵芝矣。夫灵芝状类人手，肥而且润，色微红者是也。"逸人悟其事，以告。道士贺曰："先生之寿，可与龟鹤齐矣。然不宜居尘俗间，当退休山林，弃人事，神仙可致。"逸人喜而从其语，遂去。竟不知所在。出《宣室志》。

异　菌

　　唐开成元年春，段成式修行里思第书斋前，有枯紫荆数株蠹折，因伐之，余尺许。至三年秋，枯根上生一菌，大如斗，下布五足，顶黄白两晕，绿垂裙，如鹅鞴，高尺余。至冬，色变黑而死。焚之，气如茅香。成式尝置香炉于栫台上

希望延长寿命。十几年之后，他的头发全白了，脸色枯干，背也驼了，牙齿也有掉的。一天早上他照了一下镜子，勃然大怒，并且说道："我放弃了名利，隐身在田野之间，只吸气不吃粮，希望能够长生不老。现在竟衰老到这种程度，哪是我的心愿呐？"于是他马上还居邺下，跟商人学着追逐那十分之一的小利。仅几年，他家的资用就多起来，成为富足人家。后来由于建宅院，挖地挖出一个东西来，这东西样子很像人的一只手，肥厚而且润滑，色微红。他看见这东西后惊诧地说："莫非这是祸事的先兆？我听说太岁在的地方是不能动土的。如果有人违犯了，就可能挖出一块肉来，是特别不祥的事。现在果然挖出来一块肉，怎么办呢？但是我又听说，挖出肉来就把它吃了，或许还可以免祸。"于是他就把这块肉煮着吃了，味道很美，他全部吃掉了。从此，他的听觉、视觉比原先灵了，力气更大了，模样更年轻了。头发秃了的地方，纷纷地长出了新头发；掉了牙的地方，又长出新的牙齿。他暗自感到奇怪，不敢告诉别人。后来有一个道士来到邺下，见到他便吃惊地说："先生你吃过仙药吗？为什么气色如此之好？"道士就给他诊脉。诊了很长时间又说："先生你吃过灵芝。那灵芝样子像人的手，肥厚而且润滑，色微红。"他只好把事情全都告诉了道士。道士祝贺说："先生你的寿命，可以和龟和鹤一样了。但是不能居住在尘俗之间，应该退隐于山林，放弃人事纷争，可以成仙。"他十分高兴，听了道士的话，就离去了。最终也不知他去了哪里。出自《宣室志》。

异　菌

　　唐开成元年春天，段成式修行里思第书斋前，有几棵枯紫荆被虫子咬折，因此伐掉了，留下了一尺多高的树茬。至开成三年秋，枯根上生出一菌，大如斗，下边分布着五只脚，顶着黄、白两道晕，绿色垂裙，像鹅鞲，高一尺多。到了冬天，颜色变黑而死。用火烧，气味像茅香。段成式曾把它放到桥台上的香炉里，

念经,问僧,以为善征。后览诸志怪:南齐吴郡褚思庄,素奉释氏。眠于梁下,短柱是柟木,去地四尺余,有节。大明中,忽有一物如芝,生于节上,黄色鲜明,渐渐长。数日,遂成千佛状。面目指爪及光相衣服,莫不宛具,如金镂隐起,摩之殊软。尝以春末落,落时佛形如故,但色褐耳。至落时,其家贮之箱中。积五年,思庄不复住其下,亦无他显盛。阖门寿老:思庄父终九十七;兄年七十,健如壮年。出《酉阳杂俎》。

石　菌

宋州莆田县破岗山,唐武宗二年,巨石上生菌,大如合簦,茎及盖黄白色,其下浅红。尽为过僧所食,云:美倍诸菌。出《酉阳杂俎》。

竹　肉

竹肉。江淮有竹肉,生节上,如弹丸,味如白鸡。代北又有大树鸡,如杯棬,呼为胡猕头。卢山有石耳,性热。出《酉阳杂俎》。

毒　菌

江夏汉阳县出毒菌,号茹间,非茅蒬也。每岁供进,县司常令人于田野间候之,苟有此菌,即立表示,人不敢从下风而过,避其气也。采之日,以竹竿斝倒,遽舍竿于地,毒气入竹,一时爆裂。直候毒歇,仍以榉柳皮蒙手以取,用毡包之,

燃着它念经,向僧人请教这是怎么回事,僧人认为是好征兆。后来翻看各种志怪的书籍,看到如下一则:南齐吴郡的褚思庄,一向信奉佛教。他睡眠的梁下,有一个枏木的短柱,这短柱离地四尺,有节子。大明年间,忽然从节子上长出一个像灵芝草的东西,黄色,鲜艳明亮,一天天增长。几天后,长成千佛状。脸、眼睛、手指以及衣服,没有不完备的,隐起有如金镂,用手一摸却感到很软。曾在春末脱落,脱落时佛的形状没变,只是颜色变成褐色了。到脱落时,他家把它放到箱子里。过了五年,褚思庄不再在那梁下睡觉了,也没有其他显著的大事。全家的老人多寿:褚思庄的父亲活到九十七岁;他的哥哥七十岁了,还像个中年人那么壮健。出自《酉阳杂俎》。

石　菌

宋州莆田县的破岗山,唐武宗二年的时候,大石头上长出菌来,大小有如合簧,茎和盖是黄白色的,下边是浅红色的。这些菌都被路过的和尚吃了,他们说:这种石菌的味道要比其他各种菌好上好多倍。出自《酉阳杂俎》。

竹　肉

竹肉。江淮一带有竹肉,长在竹节上,弹丸大小,味如白鸡。代北又有大树鸡,大小如杯棬,叫作胡孙头。卢山有石耳,性热。出自《酉阳杂俎》。

毒　菌

江夏汉阳县出产一种毒菌,名叫茹闾,茹闾不是茅蒐。因为每年都要向宫中贡进这种毒菌,县里常常派人在田野间察看,一旦发现这种毒菌,就立即立上标志警示人们,人们不能从风向的下方通过,为的是避开毒菌的毒气。采摘的时候,先用竹竿子把它打倒,然后赶紧扔掉竹竿,让毒气进入竹内,竹子就爆裂。直等到毒气没了,就用榉柳皮蒙着手把它取下来,用毡子包好,

亦栌柳皮重裹,县宰封印而进。其赍致役夫,倍给其直,为其道路多为毒薰,以致头痛也。张康随侍其父宰汉阳,备言之。人有为野菌所毒而笑者,煎鱼椹汁服之,即愈。僧光远说也。出《北梦琐言》。

苔

叙 苔

苔钱亦谓之泽葵,又名董钱草,亦呼为宣癣,南人呼为垢草。出《述异记》。

地 钱

地钱,叶圆茎细,有蔓,多生溪涧边。一曰积雪草,亦曰连钱草。出《酉阳杂俎》。

蔓金苔

晋梨国献蔓金苔。色如金,若萤火之聚,大如鸡卵。投之水中,蔓延波澜之上,光出照日,皆如火生水上也。乃于宫中穿池,广百步,时时观此苔,以乐宫人。宫人有幸者,则以金苔赐之。以置漆碗中,照耀满室,名曰夜明苔。著衣襟则如火光矣。帝虑外人得之,炫惑百姓,诏使除苔塞池。及皇家丧乱,犹有此物,皆入胡中。出《王子年拾遗记》。

如苴苔

慈恩寺唐三藏院后檐楷,开成末,有苔状如古苴,布于砖上,色如蓝绿,轻软可爱。谈论僧义林,大和初,改葬基

再用榉柳皮重包一遍,县令封印之后就送往京城。那些进京去送的人,要成倍地给钱,因为在道上很容易被毒气薰着,薰到就会导致头痛。张康跟随在汉阳做县令的父亲长住过汉阳,所以他说得很详备。人有中了野菌毒而发笑不止的,煎鱼椹汁给他服下,立刻就好。这是和尚光远说的。出自《北梦琐言》。

苔

叙 苔

苔钱也叫作泽葵,又名董钱草,也叫作宣癣,南方人叫它垢草。出自《述异记》。

地 钱

地钱,叶是圆的,茎较细,有蔓,大多生长在溪涧的边上。一名叫积雪草,也叫连钱草。出自《酉阳杂俎》。

蔓金苔

晋朝梨国献来了蔓金苔。颜色宛如金子,像许许多多的萤火虫聚集在一起,有鸡蛋大小。把它投入水中,它的蔓伸延到波澜之上,日光一照,就像火苗在水上燃烧。于是就在宫中挖了一个一百步宽的大水池放养此苔,天天观看,用来逗乐宫中美人。受到宠爱的美人,皇帝就把蔓金苔赐给她。把它放在一个漆碗里,可以照耀满屋,又名叫夜明苔。把它附着到衣襟上,就像火光。皇帝担心宫外人得到蔓金苔后去迷惑百姓,就下诏把蔓金苔除掉了,把池子填上了。等到皇家丧乱的时候,还有这种东西,都被弄到胡人那里去了。出自《王子年拾遗记》。

如苣苔

开成末,慈恩寺唐三藏院后檐阶上长出苔,样子像古苣,分布在砖上,色如蓝绿,轻软可爱。僧人义林说,大和初,改葬基

法师,初开冢,香气袭人。侧卧砖台上,形如生。砖上苔厚二寸余,作金色,气如蓺檀。出《酉阳杂俎》。

石 发

张乘言,南中水底有草,如石发。每月三四日始生,至八九已后可采。及月尽,悉烂。似随月盛衰也。出《酉阳杂俎》。

瓦 松

《博雅》:"在屋曰昔耶,在墙曰垣衣。"《广志》谓之兰香,生于久屋之瓦。魏明帝好之,命长安西载其瓦于洛阳,以覆屋。前后词人诗中,多用"昔耶"。梁简文帝《咏薇》曰:"缘阶覆碧绮,依檐映昔耶。"或言构木上多松栽,土木气泄,则瓦生松。大历中,修含元殿,有一人投状请瓦,且言瓦工唯我所能,祖父时尝瓦此殿矣。众工不能服,因曰:"若有能瓦毕不生瓦松乎?"众方服焉。又有李阿黑者,亦能治屋,布瓦如齿,间不通綖,亦无瓦松。《本草》:"瓦衣谓之屋游。"出《酉阳杂俎》。

瓦松赋

崔融《瓦松赋·序》云:"崇文馆瓦松者,产于屋溜之下。谓之木也,访山客而未详;谓之草也,验农皇而罕记。"赋云:"煌煌特秀,状金芝之产溜。历历虚悬,若星榆之种天。葩条郁毓,根柢连拳。间紫苔而裹露,凌碧瓦而含烟。"又曰:"惭魏宫之乌悲,恶汉殿之红莲。"崔公学博,无不该悉,岂不知瓦松已有著说乎?出《酉阳杂俎》。

法师，刚打开坟墓的时候，香气袭人。基法师侧卧在砖台上，身形跟活时一样。砖上苔厚二寸多，呈金黄色，气味宛如蓺檀。出自《酉阳杂俎》。

石　发

张乘说，南方的水底下有一种草，好像石头的头发。每月的三、四日开始生长，到八、九日便可采集。等到月底，全都烂掉。它似乎是随着月亮的盛衰而盛衰的。出自《酉阳杂俎》。

瓦　松

《博雅》写道："生在屋上的叫昔耶，生在墙上的叫垣衣。"《广志》叫它兰香，生在老屋的瓦上。魏明帝喜欢它，就命令长安从西边运瓦到洛阳，瓦到洛阳的屋顶上。前前后后的词人诗中，大多使用的是"昔耶"这一名称。梁简文帝《咏薇》写道："缘阶覆碧绮，依檐映昔耶。"有的人说，建筑上多用松木，土木之气泄露出来，就生出瓦松。大历年间，修含元殿，有一个人投状请求让他为大殿盖瓦，并且说，瓦工里只有他能行，他爷爷当年就为此殿盖瓦。众瓦工不服气，于是他说："你们盖瓦，能让它永不生瓦松吗？"众瓦工这才服气。又有一个叫李阿黑的，擅长盖房子，布瓦如齿，紧凑无间，也不长瓦松。《本草》说："瓦衣谓之屋游。"出自《酉阳杂俎》。

瓦松赋

崔融在《瓦松赋》的序中说："崇文馆瓦松，生长在屋檐之下。说它是树木吧，访问山上熟悉树木的人也问不明白；说它是草呢，查验农耕之书也不见记载。"赋说："煌煌特秀，状金芝之产溜。历历虚悬，若星榆之种天。葩条郁毓，根柢连拳。间紫苔而裛露，凌碧瓦而含烟。"又说："惭魏宫之乌悲，恧汉殿之红莲。"崔公学识渊博，没有不熟悉的，难道不知道已经有了关于瓦松的著说吗？出自《酉阳杂俎》。

卷第四百一十四
草木九

香药

茶芜香	三名香	五名香	沉　香	龙脑香
安息香	一木五香	诃黎勒	白豆蔻	耕齐香
无石子	紫　铆	阿　魏	荜　拨	胡　椒
阿勃参	山　薯	麻　黄	荆三棱	

服饵

服松脂	饵松蕊	赐茯苓	服茯苓	服菖蒲
服　桂	饵柠实	服五味子	食　术	服桃胶
服地黄	服远志	服天门冬	饮菊潭水	饮甘菊谷水
食黄精				

香药

茶芜香

　　燕昭王时，有波弋之国，贡茶芜香。若焚着衣，弥月不绝。所遇地，土石皆香。经朽木腐草，皆荣秀。用薰枯骨，则肌肉再生。出《独异志》。

三名香

　　汉雍仲子进南海香物，拜为涪阳尉，时人谓之香尉。日南郡有香市，商人交易诸香处。南海郡有村香户，日南

香药

荼芜香

燕昭王的时候，有一个波弋国，进贡贡来了荼芜香。如果把它焚烧，附着到衣服上，一个月之后香气不绝。如果让它与地面接触，土块石头都香。让它经过朽木腐草，朽木腐草就会枝繁叶茂，吐穗开花。用它薰枯骨，枯骨上就能再长出肌肉来。出自《独异志》。

三名香

汉朝雍仲子献南海香物，被封为涪阳尉，当时人称他香尉。日南郡有香市，是商人们买卖香料的地方。南海郡有村香户，日南

郡有千亩香林,名香出其中。香州在朱崖郡,洲中出诸异香,往往不知其名。千年松香闻十里,亦谓之三香也。

五名香

聚窟洲在西海中。申未,洲上有大树。与枫木相似,而叶香,闻数百里。名此为返魂树。叩其树,树亦能自声。声如牛吼,闻之者皆心振神骇。伐其根心,于玉釜中煮取汁,更火煎之,如黑饴,可令丸,名曰惊精香,或名之为振灵丸,或名之为返生香,或名之为人鸟精香,或名为却死香。一种五名。斯灵物也,香气闻数百里,死尸在地,闻气乃活。《十洲记》。

沉香

唐太宗问高州首领冯盎云:"卿宅去沉香远近?"对曰:"宅左右即出香树,然其生者无香,唯朽者始香矣。"出《国史异纂》。

龙脑香

龙脑香树,出婆利国。婆利呼为个不婆律。亦出波斯国。树高八九丈,大可六七围。叶圆而背白,无花实。其树有肥有瘦,瘦者出婆律膏。香在木心,中断其树,劈取之。膏于树端流出,斫树作坎而承之。入药用,别有法。出《酉阳杂俎》。

安息香

安息香树,出波斯国,波斯呼为辟邪。树长三丈,皮色黄黑。叶有四角,经寒不凋。二月开花,黄色,心微碧,

郡有千亩香林,各种名香就出自村香户和香林之中。朱崖郡有个香州,州中出产各种异香,大都不知道这些异香的名字。千年的松香香飘十里,也叫它三香。

五名香

西海中有一个聚窟洲。申未,洲上有一棵大树。这棵大树与枫树相似,它的叶子有香味,香味能传出几百里远。人们给它起了个名字叫返魂树。敲打此树,它能自己发出声音。声音像牛的吼叫声,听到的人都感到心神振骇。砍伐它的根,取根部的中心部分,放到玉釜中煮,取其液汁,换火煎熬,熬得像黑色的糖稀,可以做成药丸,名叫惊精香,有人称它为振灵丸,有人叫它返生香,有人叫它鸟精香,有人叫它却死香。一种香五个名字。这是一种灵物啊,香气能闻几百里,死尸在地,闻到它的香气就能活了。出自《十洲记》。

沉 香

唐太宗问高州首领冯盎说:"你家离沉香多远?"对方回答说:"我家左右就出香树,但是那些活着的树不香,只有那些朽烂的才有香味。"出自《国史异纂》。

龙脑香

龙脑香树,出在婆利国。婆利人叫它个不婆律。波斯国也有这种树。树高八九丈,大的有六七围粗。叶是圆的,叶的背面发白,此树不开花,不结实。树有肥有瘦,瘦的出婆律膏。香料在树的内心,把树截断,劈开,才能取出。膏从树顶上流下来,在树上砍出一个坎儿来接着就可以。入药用,另有用法。出自《酉阳杂俎》。

安息香

安息香树,出在波斯国,波斯称辟邪。树高三丈,树皮黄黑色。叶有四角,冬天也不落。此树二月开花,花黄色,花心微碧,

不结实。刻其叶而其胶如饴,名安息香。六七月坚凝,乃取之。烧之通神明,辟众恶。出《酉阳杂俎》。

一木五香

一木五香:根旃檀,节沉,花鸡舌,叶藿,胶薰陆。出《酉阳杂俎》。

诃黎勒

高仙芝伐大食,得诃黎勒,长五六寸。初置抹肚中,便觉腹痛,因快痢十余行。初谓诃黎勒为祟,因欲弃之。以问大食长老,长老云:"此物人带,一切病消,痢者出恶物耳。"仙芝甚宝惜之。天宝末被诛,遂失所在。出《广异记》。

白豆蔻

白豆蔻,出加古罗国,呼为多骨。形如芭蕉,叶似杜若,长八九尺,冬夏不凋。花浅黄色,子作朵,如蒲萄。其子初出,微青,熟则变白。七月采。出《酉阳杂俎》。

齛齐香

齛齐香,出波斯国,佛林呼为顶勃梨咃。长一丈,围一尺许。皮青色,薄而极光净。叶似阿魏,每三叶生于条端。无花实。西域人常八月伐之。致腊月,更抽新条,极滋茂,若不剪除,枯死。七月断其枝,有黄汁,其状如蜜,微有香气。入缶,疗百病。出《酉阳杂俎》。

不结果实。用刀割它的叶子，会流出像糖稀一样的胶来，名叫安息香。六七月的时候，安息香凝结变硬，就取下来。将它焚烧，可以通神明，辟众邪。出自《酉阳杂俎》。

一木五香

一棵树上出五香：根是旃檀香，节是沉香，花是鸡舌香，叶是藿香，胶是薰陆香。出自《酉阳杂俎》。

诃黎勒

高仙芝领兵征伐大食国，得到了诃黎勒，长五六寸。起初放在怀中，便觉得腹痛，于是一连大便十几次稀屎。他开始以为这是诃黎勒作祟，就想扔掉它。他向一位大食的长老请教，长老说："这种东西人带在身上，一切病都会消除，便稀屎便出的是些恶物罢了。"高仙芝因此就特别珍惜诃黎勒。天宝年末，高仙芝被杀，诃黎勒也就不知去向了。出自《广异记》。

白豆蔻

白豆蔻，出自加古罗国，被称为多骨。白豆蔻的样子像芭蕉，叶子像杜若，长八九尺，冬夏不凋。花是浅黄色的，籽实呈朵状，就像葡萄那样。果实刚结出的时候，略微呈青色，成熟之后就变成白色。七月收采。出自《酉阳杂俎》。

齵齐香

齵齐香，出在波斯国，佛林国叫它顶勃梨咃。长为一丈，围长一尺多。皮是青色的，皮薄而且光净。它的叶像阿魏叶，每三个叶生在枝条的顶端。没有花和果实。西域人常常在八月就把它砍伐了。到了腊月，它就又抽发出新的枝条，枝条极为繁密茂盛，若不剪除，就会枯死。七月的时候把它的枝砍断，能流出黄汁，样子像蜜，略有香味。把这种东西装入瓦器里，治百病。出自《酉阳杂俎》。

无石子

无石子，出波斯国。波斯呼为摩贼。树长六七丈，围八九尺。叶如桃叶而长。三月开花，白色，花心微红。子圆如弹丸，初青，熟乃黄白。虫食成孔者正熟。皮无孔者，入药用。其树一年生无石子，一年生跋屡子。大如指，长三寸，上有壳。中仁如栗黄，可啖。出《酉阳杂俎》。

紫铆

紫铆树，出真腊国，真腊呼为勒佉。亦出波斯国。树长一丈，枝条郁茂。叶似橘，经冬不凋。三月开花，白色，不结子。天大雾露及雨，沾其树枝条，即出紫铆。波斯国使乌海及沙利深，所说并同。真腊国使折冲都尉沙门陁沙尼拔陁，言蚁运土于树作窠，蚁壤得雨露凝结，而成紫铆。昆仑国者善，波斯国者次之。出《酉阳杂俎》。

阿魏

阿魏，出伽阇那国，即北天竺也。伽阇那呼为形虞。亦出波斯国，波斯呼为阿虞截。树长八九丈，皮青黄。三月生叶，形似鼠耳。无花实。断其枝，汁出如饴，久乃坚凝。佛林国僧弯，所说同。摩伽陁国僧提婆，言取其汁和米豆屑，合成阿魏。出《酉阳杂俎》。

荜拨

荜拨，出摩伽陁国，呼为荜拨梨。佛林国呼为阿梨诃咃。苗长三四尺，茎细如箸，叶似蕺叶，子似桑椹。八月采。出《酉阳杂俎》。

无石子

无石子，出在波斯国。波斯人称它为摩贼。树高六七丈，围长八九尺。叶像桃叶但是比桃叶要长。三月开花，花呈白色，花心略微泛红。它的果实是圆形的，像弹丸，刚长出的时候是青色的，成熟之后就是黄白色的了。果实上被虫子咬出孔的，正是成熟的。果皮上没有孔的，入药用。这种树，一年结无石子，一年结跋屡子。跋屡子大如手指，三寸长，上边有一层硬壳。里边的仁像栗黄，可以吃。出自《酉阳杂俎》。

紫铆

紫铆树，出在真腊国，真腊人叫它勒佉。波斯国也有此树。树高一丈，枝条茂密。它的叶子像橘叶，冬季也不凋落。三月开花，花白色，不结籽。天有大露、大雾、大雨，滋润它的枝条，就生出紫铆来。波斯国使者乌海及沙利深，说的一样。真腊国使者折冲都尉沙门陁沙尼拔陁，说蚂蚁运土到树上做窝，土壤受到雨露的滋润而凝结，便成为紫铆。昆仑国的紫铆最好，波斯国的次之。出自《酉阳杂俎》。

阿魏

阿魏，出在伽阇那国，即北天竺国。伽阇那人称阿魏是形虞。这东西也出自波斯国，波斯叫它阿虞截。树高八九丈，树皮青黄色。三月生叶，叶像老鼠耳朵。没有花和果实。把它的枝砍断，会流出糖浆一样的液汁，时间久了便凝结变硬。佛林国一个叫变的和尚，说的与此相同。摩伽陁国和尚提婆则说，把树汁与米、豆的碎屑和起来，合成了阿魏。出自《酉阳杂俎》。

荜拨

荜拨，山在摩伽陁国，呼为荜拨梨。佛林国叫它阿梨诃陁。它的苗高三四尺，茎像筷子那么细，叶像蕺菜叶，籽实像桑葚。八月可采。出自《酉阳杂俎》。

胡　椒

胡椒，出摩伽陁国，呼为昧履支。其苗蔓生，茎极柔弱。叶长寸半，有细条，与叶齐。条上结子，两两相对。其叶晨开暮合，合则裹其子于叶中。子形似汉椒，至芳辣。六月采。今作胡盘肉食，皆用之。出《酉阳杂俎》。

阿勃参

阿勃参，出佛林国。长一丈余，皮色青白。叶细，两两相对。花似蔓菁，正黄。子似胡椒，赤色。斫其枝，汁如油，以涂癣疥，无不瘳。其油极贵，价重于金。出《酉阳杂俎》。

山　薯

熙穆县里多山薯。《本草》云：南山之阴曰署预，消热下气，补五脏。出《南越志》。

麻　黄

麻黄，茎端开花。花小而黄，簇生。子如覆盆，可食。至冬枯死，如草，及春却青。出《酉阳杂俎》。

荆三棱

唐河东裴同父，患腹痛数年，不可忍。嘱其子曰："吾死后，必出吾病。"子从之。出得一物，大如鹿条脯，悬之久干。有客窃之，其坚如骨，削之，文彩焕发。遂以为刀把子，佩之。在路放马，抽刀子割三棱草，坐其上，把尽消成水。

胡　椒

胡椒，出自摩伽陀国，他们叫它昧履支。它的苗是蔓生的，茎极其柔弱。它的叶长一寸半，有细条，和叶一样齐。条上结籽实，籽实是两两相对的。它的叶早晨展开，晚上合拢，合拢时就把籽实裹在其中。籽实的形状像汉椒，特别辣又特别香。六月开始采。如今做胡盘肉食，都用胡椒。出自《酉阳杂俎》。

阿勃参

阿勃参，出自佛林国。树高一丈多，树皮青白色。叶子细，两两相对。花像蔓菁花，正黄色。籽实像胡椒，赤色。把它的枝砍断，流出油一样的浆液，用来涂癣疥一类的皮肤病，没有治不好的。这种油特别昂贵，价格高于金子。出自《酉阳杂俎》。

山　薯

熙穆县里山薯很多。《本草》上说：南山北侧产的山薯叫署预，它消热下气，补五脏。出自《南越志》。

麻　黄

麻黄，在茎的顶端开花。花很小，黄色，是一簇一簇生长的。籽实像覆盆子，可以吃。到了冬天它就枯死，像草那样，到了春天就又泛青了。出自《酉阳杂俎》。

荆三棱

唐朝时河东人裴同的父亲，患腹病好多年，疼起来就不可忍受。临死前他嘱咐儿子说道："我死了以后，一定要剖开我的肚子把病找出来。"儿子听从父亲的话照做了。剖开肚子后，取出来一样东西，像鹿条脯那么大，把它悬挂起来，时间久了就干了。有一位门客把这东西偷了去，见这东西坚硬如骨，用刀一削还焕发光彩。于是就把它做成了刀把，佩带在身上。有一天他在路边放马，抽出刀来割三棱草坐在上面，那刀把便化成了水。

客怪之，回以问同。同泣，具言之。后病状同者，服三棱草汁多验。出《朝野佥载》。

服饵

服松脂

上党有赵瞿者，病癞历年，众治之不愈。垂死，或云："不如及活流弃之，否则后子孙转相注易。"其家乃为赍粮而送之，置山穴中。瞿居穴中，自怨不幸，昼夜悲叹，涕泣经日。有仙人行过穴口而哀之，具问讯焉。瞿知其异人，乃叩头自陈，乞哀于仙人。以囊药赐之，教其服法。瞿服之百许日，愈疮，颜色丰悦，肌肤玉泽。仙人又过视之，瞿谢受更生活之恩，乞丐其方。仙人告之云："此是松脂耳，此山中更多此物，汝炼之服，可以长生不死。"瞿乃归。家人初谓之鬼也，甚惊愕。遂具言状。后服松脂不撤，身体转轻，气力百倍，登高越险，终日不倦。年百七十岁，齿不堕，发不白。夜卧，忽见屋间有光，大如镜者。以问左右，皆云不见。久而渐大，一室尽明，如昼日。又夜见面上有婇女二人，长二三寸，面目皆具，但为小耳。游戏其口鼻之间，如是且一年。此女稍长如大人，在侧。又常闻琴瑟之音，欣然独笑。在人间二百许年，色如少童。乃抱犊入山去。必地仙也。其间闻瞿服松脂如此，于是竞服。其多力者，

门客感到很奇怪，就回去问裴同。裴同哭了，将事情详细地告诉了门客。后来病状与裴同父亲相同的人，服下三棱草的浆汁后，大多都很灵验。出自《朝野金载》。

服饵

服松脂

上党有个叫赵瞿的人，患癞疮病多年，久治不愈。眼看就要死了，有人说："不如趁他还活着把他抛弃了，不然这病往后一定会传给子孙。"于是家里就给他准备了行李干粮，把他送走了，放在一个山洞里。他居住在山洞里，怨恨自己不幸，昼夜悲叹，整天哭泣。有一个仙人从山洞经过，觉得他可怜，就仔细地问他原因。他知道仙人不是等闲之辈，就叩头陈说，哀求仙人救他。仙人从囊中取出一种药来给他，教给他服药的方法。他服了一百来天，癞疮就好了，面色丰满喜悦，肌肤润泽光滑。仙人又路过这里来看他，他感谢仙人的救命之恩，同时请求仙人把药方告诉他。仙人告诉他说："这是松脂，这山中松脂很多，如果他能经常服用，可以长生不死。"于是他就回到家里。家里人乍见到他还以为他是鬼，特别惊愕。他就把事情的来龙去脉向家人述说了一遍。后来他就坚持经常服用松脂，身体渐渐转轻，力气增长百倍，登高越险，终日不知劳累。一百七十岁了，牙齿没掉，头发不白。有一天夜里躺在炕上，忽然看见屋里有镜子大小能发光的东西。他问别人，别人都说没看见。他看见那东西渐渐变大，照得房间像白天一样明亮。又看到自己脸上有两个女人，这两个女人高二三寸，头脸面目全具备，只是很小罢了。这两个小女人就在他的鼻口之间游戏玩耍，如此将近一年的时间。两个小女人渐渐长得如人大，就在他身侧。他还常常听到弹琴瑟的声音，听后独自大笑。他在人间二百米年，脸色有如少年儿童。于是他就抱怜入山而去。他一定是个地仙。当地的人听说赵瞿服用松脂竟能如此，于是大家竞相服用。那些人多力大的，

乃车运驴负,誓积之盈室。服之远者,不过一月,未觉有大益,辄止。有志者难得如是也。出《抱朴子》。

饵松蕊

《遁甲经》云:"沙土之福,云阳之墟,可以隐居。"云阳氏,古之仙人。《方记》曰:"南岳百里有福地,松高一千尺,围即数寻,而蕊甘,仙人可饵。"相传服食炼行之人,采此松膏而服,不苦涩,与诸处松别。出《十道记》。

赐茯苓

沈约谢始安王赐茯苓。一枝重一十二斤八两,有表。出《酉阳杂俎》。

服茯苓

任子季,服茯苓十八年,仙人玉女往从之。能隐能彰,不复食谷,灸瘢皆灭,面体玉光。出《抱朴子》。

服菖蒲

韩众,服菖蒲十三年,身生毛。日视书万言,皆诵之。冬袒不寒。又菖蒲须生得石上,一寸九节已上,紫花者尤善。出《抱朴子》。

服 桂

赵他子,服桂二十一年,毛生,日行五百里,力举千斤。出《抱朴子》。

就车运驴驮，决心把所有的屋室都装满。服用时间较长的，也没超过一个月，见没有什么明显的好处就停止了。即使是有毅力的也很难做到像赵瞿那样。出自《抱朴子》。

饵松蕊

《遁甲经》上说："沙土之福，云阳之墟，可以隐居。"云阳氏，是古代的一个仙人。《方记》上说："离南岳一百里的地方有一块福地，松树高达一千尺，围长有好几寻，而且蕊是甜的，仙人可以吃到。"相传在山中修炼的人，采这松膏服用，不苦不涩，与其他各处的松不同。出自《十道记》。

赐茯苓

沈约感谢始安王赐给他茯苓。这一枝茯苓重一十二斤八两，现存在沈约的表章。出自《酉阳杂俎》。

服茯苓

任子季，服用茯苓十八年，仙人玉女都前去跟随他。他能隐形能现身，不再吃五谷，身上的疮疤都自消自灭，浑身焕发着玉一样的光泽。出自《抱朴子》。

服菖蒲

韩众，服用菖蒲十三年，身上长出毛来。他一天看书一万言，并且全能背诵下来。冬天他将身体袒露在外面也不冷。另外，菖蒲能生长在石头上，一寸九节以上，开紫花的更好。出自《抱朴子》。

服 桂

赵他子，服用桂花二十一年，身上长毛，日行五百里，力举一千斤。出自《抱朴子》。

饵柠实<small>柠与楮同</small>

柠木实之赤者,饵之一年,老者还少,令人彻食见鬼。昔道士梁颎,年七十,乃服之,转更少。年至百四十岁,能夜书,走及奔马。入青龙山去。<small>出《抱朴子》。</small>

服五味子

移门子,食服五味子六十年,色如玉女,入水不沾,入火不灼。<small>出《抱朴子》。</small>

食 术

南阳文氏说,其先祖汉末大乱,逃壶山中,饥困欲死,有一人教之食术,云遂不饥。十年乃来还乡里,颜色更少,气力胜故。自说在山中时,身轻欲跳,登高履险,历日不倦,行冰雪中,了不知寒。常见一高岩上,有数人对博戏者,有读书者,俯而视之,文氏因闻其相问。言:"此子可呼上否?"其一人答:"未可也。"林子明服术十一年,耳长五寸,身轻如飞,能超逾渊谷二丈许。<small>出《抱朴子》。</small>

服桃胶

桃胶,以桑木灰渍,服之,百病愈。久久身有光,在晦夜之地,如月出也。多服之,则可以断谷矣。<small>出《抱朴子》。</small>

服地黄

楚子,服地黄八年,夜视有光,手上车弩。<small>出《抱朴子》。</small>

饵柠实 柠与楮同

红色的柠木籽实，食用一年，老人就能返老还童，使人减少饮食见到神鬼。从前有个叫梁顼的道士，七十岁了才开始服用柠实，变得更年轻了。活到一百四十岁，能夜间写字，跑起来能追上奔马。后来他进了青龙山而去。出自《抱朴子》。

服五味子

移门子食用五味子六十年，颜色如同玉女，入水不能被湿，入火不能被烧。出自《抱朴子》。

食 术

南阳一个姓文的人说，他的先祖在汉末大乱的时候逃进壶山中，饿得要死时，有一人教给他食术，于是就不挨饿了。十年之后他才回乡里，面色显得更年轻了，力气也胜过以前了。他自己说在山里的时候，身体轻快得直想蹦高儿，登高履险，一整天也不知疲倦，行走在冰雪之中，丝毫不知道冷。他曾经看到在一座高高的岩崖上，有几个人在上面赌博游戏，有一个读书的俯视下边，姓文的就听到他们在上面问答。一人说："这人可不可以叫他上来？"另一个答："不可以。"林子明服术十一年，耳朵长了五寸，身体轻飘如飞，能跨越两丈多宽的深渊大谷。出自《抱朴子》。

服桃胶

桃胶，用桑木灰腌渍一下，吃了治百病。吃久了身上有光，在昏暗的地方，也像月亮出来了。多服用，就可以不吃五谷了。出自《抱朴子》。

服地黄

楚子服用地黄八年，夜里看东西如同有光，手劲也大得胜过车弩。出自《抱朴子》。

服远志

陵阳子仲，服远志二十年，有子二十七人。开书所视不忘。出《抱朴子》。

服天门冬

杜子微，服天门冬八十年，妾有子百四十人。日行三百里。出《抱朴子》。

饮菊潭水

荆州菊潭，其源傍，芳菊被涯澳，其滋液极甘。深谷中有三十余家，不得穿井，仰饮此水。上寿二三百，中寿百余，其七十八十，犹以为夭。菊能轻身益气，令人久寿，有征。出《十洲记》。

饮甘菊谷水

南阳郦县山中，有甘谷水。所以甘者，谷上左右皆生甘菊，菊花堕其中，历世弥久，故水味为变。其临此谷中居民，皆不穿井，悉饮甘谷水。饮者无不考寿，高者百四五十岁，下者不失八九十，无夭年人，得此菊力也。故司空王畅、太尉刘宽、太傅袁隗，皆为南阳太守，每到官，常使郦县月送甘谷水四十斛，以为饮食。此诸公多患风痹及眩冒，皆得愈。但不能大得其益。如甘谷上居民，小生便饮食此水者耳。又菊花与薏花相似，直以甘苦别之耳。菊甘而薏苦。谚言所谓"苦如薏"也。今所在有贡菊，但为少耳。率多生于水侧也。缑氏山与郦县最多。仙方所谓白精、更生、周盈，皆一菊，而根茎花实异名。其说甚美。而近来服之者略无效，正由不得真菊也。夫甘菊谷水，南方气味，

服远志

陵阳子仲,服用远志二十年,有儿子二十七个。他打开书,凡是看过的就不会忘记。出自《抱朴子》。

服天门冬

杜子微,服用天门冬八十年,他的妻妾为他生下子女一百四十人。他可以一天走三百里。出自《抱朴子》。

饮菊潭水

荆州的菊潭,它的源头旁边,长满了芳香的菊丛,这些菊的滋液特别甜。深谷中有三十多户人家,不能挖井,全都饮用这潭中水。结果呢,上等寿二三百岁,中等寿一百多岁,七八十岁还认为是夭亡呢。菊能够轻身益气,延年益寿,这就是证明啊。出自《十洲记》。

饮甘菊谷水

南阳郦县山中,有甘谷水。之所以甜,是因为谷上左右全都生长着甘菊,菊花落入谷中,时间久了,所以水味也就变甜了。那些在谷中居住的人家,都不打井,全都饮用甘谷水。凡是饮用甘谷水的,没有不长寿的,高龄的达到一百四五十岁,低龄的也不下八九十岁,没有夭亡的,这都是得力于这些甘菊啊。所以,司空王畅、太尉刘宽、太傅袁隗,做南阳太守时,到任之后,都曾让郦县每月送甘谷水四十斛,用来平常饮用。这几位老大人多患风痹及眩冒之症,饮用此水后全都好了。但是不能得到大益处。比如甘谷里的居民,从生下来便饮用此水了。另外,菊花与薏花相似,只能以甜和苦来区别。菊甜薏苦。谚语说"苦如薏"。如今这里有贡菊,只是为数不多。一般都是生长在水侧的。缑氏山和郦县最多。仙方所说的白精、更生、周盈,全是一菊,是根、茎、花、实不同名称罢了。说法确实很美好。近来服用菊花的药效不大,正是因为得不到真正的菊花呀。甘菊谷水,南方的气味,

亦未足言,而其上居民以延年,况得服好药,安得无益乎?
出《抱朴子》。

食黄精

　　临川有士人,虐遇其所使婢。婢不堪其毒,乃逃入山
中。久之粮尽,饥甚。坐水边,见野草枝叶可爱,即拔取,
濯水中,连根食之,甚美。自是恒食,久之遂不饥,而更轻
健。夜息大树下,闻草中兽走,以为虎而惧,因念得上树梢
乃佳也。正尔念之,而身已在树梢矣。及晓,又念当下平
地,又欻然而下。自是意有所之,身即飘然而去。或自一
峰之一峰顶,若飞鸟焉。数岁,其家人伐薪见之,以告其
主,使捕之,不得。一日,遇其在绝壁下,即以细绳三面围
之,俄腾上山顶。其主益骇异,必欲致之。或曰:"此婢也,
安有仙骨?不过得灵药饵之尔。试以盛馔,多其五味,令
甚香美,值其往来之路,观其食之否。"如其言,果来就食。
食讫,不复能远去,遂为所擒,具述其故。问其所食草之
形,即黄精也。复使之,遂不能得。其婢数年亦卒。出《稽
神录》。

亦不足多说，但是那些谷里的居民延年益寿，况且又能吃到好药，怎么能没有好处呢？ 出自《抱朴子》。

食黄精

临川有一个士人，虐待他的一位婢女。婢女忍受不了他的虐待，就逃到山中。带的干粮很快便吃光了，饿得厉害。她坐在水边，见野草的枝叶十分可爱，就拔了一些，放到水里一洗，连根带叶全都吃下，竟特别好吃。从此之后她就总吃这种草，时间长了，她就不愁挨饿了，而且，她觉得身体更轻捷更健壮了。夜里休息在大树下，听到草中有野兽奔跑的声音，她认为是老虎，心里十分害怕，于是她想，要是能到树梢上去就好了。她这样一想，身子就不知不觉地已经上到树梢了。到了早晨，她又想应该回到平地上，身子就飘飘然回到了地上。从此，她心里想到哪儿去，身体就飘然而去。有时候从这一山峰到另一山峰，她就像一只飞鸟似的。几年以后，那家有人上山砍柴发现了她，就向主人报告了，主人派人捕捉她，却捕捉不到。有一天，见她在一处绝壁之下，就用细绳三面包围她，她一下子就腾上山顶。她的主人更加惊异，下决心非捉住她不可。有人说："她是一个婢女，哪能有仙骨？只不过吃了灵药罢了。可以做一顿好饭，多准备一些好吃的，让它味道特别香特别美，放到她来往的路上，看她吃不吃。"于是就按照这人说的去做了，她果然就来吃了。吃完以后就不能再远去了，于是就被捉住了，她详细地述说了前前后后。问她吃的那种草的样子，原来就是黄精。又让她去到那山上，她却再也没找到。几年之后她便死了。 出自《稽神录》。

卷第四百一十五
草木十

木怪

张叔高	陆敬叔	聂 友	董 奇	赵 翼
魏佛陀	临淮将	崔 导	贾 秘	薛弘机
卢 虔	僧智通	江夏从事		

木怪

张叔高

桂阳太守江夏张辽字叔高，留其使家居买田。田中有大树十余围，扶疏盖数亩，地不生谷。遣客伐之，有赤汁六七斗出。客惊怖归，具白叔高。高怒曰："树老赤汁，有何等血？"因自行，复斫之，血大流洒。叔高使先斫其枝。有一空处，见白头公可长四五尺，忽出往叔高。叔高乃逆格之，如此凡数四头。左右皆怖伏地，而叔高恬如也。徐熟视，非人非兽，遂伐其木。是岁，司空辟高为侍御史、兖州刺史，以居二千石之尊，过乡里，荐祝祖孝，竟无他怪。出《风俗通》。

木怪

张叔高

桂阳太守江夏的张辽,字叔高,命人留在家里买田地。买到的一块田中,有一棵十余围的大树,枝叶茂密,树冠荫地好几亩,不能长庄稼。张叔高就派食客们去把大树砍掉,砍树的时候,大树流出了六七斗红色的汁水。食客又惊又怕地回来,向张叔高做了详细报告。张叔高生气地说:"树老了就有红色的汁水,有什么根据能说那是血呢?"于是他亲自赶回家来,又砍那棵大树,大树流血不止。张叔高让人先砍树枝。有一个空处,出现一个白头老汉,这老汉高四五尺,忽然出来走向张叔高。张叔高迎上去把他击倒在地,如此一共出现四次。左右的人都吓得趴在地上,但是张叔高恬静自如。仔细看那些被击杀的东西,不是人也不是兽,后来终于把树伐倒了。这一年,司空征召张叔高做侍御史、兖州刺史,使他处于两千石的尊位上,路过乡里的时候,他照样去祭拜祖先,最终也没发生别的怪事。出自《风俗通》。

陆敬叔

吴先主时,陆敬叔为建安郡太守。使人伐大樟树,不数斧,有血出,树断,有物人面狗身,从树中出。敬叔曰:"此名彭侯。"乃烹食之。白泽图曰:"木之精名彭侯,状如黑狗,无尾。可烹食之。"出《搜神记》。

聂 友

吴聂友字文悌,豫章新涂人。少时贫贱,常好射猎。见一白鹿,射之中,寻踪血尽,不知所在。饥困,卧梓树下。仰见所射鹿箭,著树枝,怪之。于是还家赍粮,命子弟持斧伐之。树有血。遂截为二板,牵置陂中,常沉,时复浮出,出家必有吉。友欲迎宾客,常乘此板。或于中流欲没,客大惧,友呵之,复浮。仕官如愿,位至丹阳太守。其板忽随至石头,友惊曰:"此陂中板来,必有意。"因解职还家。二板挟两边,一日即至。自尔后,板出或为凶祸。今新涂北二十里余,曰封谿,有聂友截梓树版涛牂柯处。牂柯有樟树,今犹存,乃聂友回日所栽,枝叶皆向下生。出《搜神记》。

董 奇

京兆董奇庭前有大树,阴映甚佳。后霖雨,奇独在家乡,有小吏言:"太承云府君来。"乃见承云著通天冠,长八尺。

陆敬叔

吴先主那时候，陆敬叔是建安郡太守。他派人砍伐一棵大樟树，砍了没几斧，就有血流出来，树被砍断以后，有一个人面狗身的东西从树中钻出来。陆敬叔说："这东西名叫彭侯。"于是就把它煮着吃了。白泽图说："树精的名字叫彭侯，样子像黑狗，没有尾巴。可以煮了吃。"出自《搜神记》。

聂　友

吴时，有一个人姓聂名友字文悌，是豫章新涂人。此人年轻的时候比较贫贱，常常喜欢上山打猎。有一天，他发现一只白色的鹿，就射箭射中了它，他寻着血迹追赶，追到不见血迹，也不知白鹿在哪。他又饥又困，倒在一棵梓树下休息。一仰脸看到他射鹿的那支箭扎在树枝上，他感到很奇怪。于是就回到家里，准备了干粮，率领着子弟们带着斧子来砍伐那棵树。树有血。他把它破成两块板子，扔在河边上，这两块板子常常沉下去，也常常浮上来，凡是浮出来的时候，聂友家中必然有吉事。他到外地迎送宾客，常乘坐这两块板。有时候正处中流的时候，板子要沉没，客人十分惊惧，聂友就呵斥那木板一番，它就再浮上来。聂友的仕途是如愿的，官位一直到了丹阳太守。那两块板子忽然间随他来到石头城，他大吃一惊，说："这河边的两块板子来，一定是有意的。"于是他就解职回家。两块板子挟在两边，一天就到。从此后，板子出现就可能是凶祸。现在新涂北边二十多里的地方，叫作封谿，封谿有当年聂友截梓树板泛游牂柯的地方。牂柯那里有一棵樟树，现在还活着，那是聂友当年回来时栽的，这棵树的枝叶全向下长。出自《搜神记》。

董　奇

京兆的董奇，庭院前有一棵大树，茂盛遮阴，非常不错。后来连续几天下雨，董奇一人独自在家，有一个小吏对他说："太承云府君来见。"接着他看到头戴着通天冠，身高八尺的承云先生。

自言为方伯,某第三子有隽才,方当与君周旋。明日,觉树下有异。每晡后无人,辄有一少年就奇语戏,或命取饮食。如是半年。奇气强壮,一门无疾。奇后适下墅,其仆客三人送护。言树材可用,欲货之,郎常不听,今试共斩斫之。奇遂许之。神亦自尔绝矣。出《幽明录》。

赵翼

永嘉松阳赵翼以义熙中与大儿鲜共伐山桃树,有血流,惊而止。后忽失第三息所在,经十日自归。闻空中有语声,或歌哭。翼语之曰:"汝既是神,何不与我相见?"答曰:"我正气耳。舍北有大枫树,南有孤峰,名曰石楼。四壁绝立,人兽莫履。小有失意,便取此儿著树杪及石楼上。举家叩头请之,然后得下。"出《异苑》。

魏佛陀

梁末,蔡州布席家空宅,相承云,凶不可居。有回防都督军人魏佛陀将火入宅,前堂止息。曛黄之际,堂舍有一物,人面狗身,无尾,在舍跳踯。佛陀挽弓射之,一发即不复见。明日发屋,看箭饮羽,得一朽木,可长尺许,下有凝血。自后遂绝。出《五行记》。

临淮将

上元中,临淮诸将等乘夜宴集,燔炙猪羊,芬馥备至。

那人自称是方伯,说自己的三儿子人才出众,想与董奇周旋。第二天,董奇觉得树下有了变化。每当午后没人的时候,总有一个少年来到董奇面前说话嬉戏,有时候还让董奇拿吃喝的东西。如此半年之久。董奇气色红润身体强壮,全家都没有疾病。董奇后来到下墅去,三个仆人送他。三人对董奇说,这棵大树的材料有大用,想要卖它,您一直不同意,现在想要把它一块儿砍了。董奇于是就允许了。神灵也就从此消失了。出自《幽明录》。

赵　翼

　　永嘉郡松阳县的赵翼,于义熙年间与大儿子赵鲜一起砍伐了一棵山桃树,刚砍几斧,见树流血,大吃一惊,急忙停止。后来忽然丢失了第三个孩子,十天以后,这孩子又自己回来了。赵翼听到空中有说话的声音,有时候唱歌,有时候哭泣。赵翼就对着空中说:"你既然是神仙,为什么不和我见面呢?"空中回答说:"我是一股正气罢了。屋舍之北有一棵大枫树,南面有一座孤峰,孤峰名叫石楼。四面全是悬崖绝壁,不管是人是兽,没有能上去的。大枫树有点不高兴,就把这孩子弄到那树梢和石楼上了。全家磕头请求,然后才得下来。"出自《异苑》。

魏佛陀

　　梁代末年,蔡州布席家的空宅院,相传说是座凶宅不能居住。有一个回防都督,军人,名叫魏佛陀,手持火炬进入宅中,在前堂住下。日落的时候,堂屋里出现一个东西,人面狗身,没有尾巴,那东西在堂屋里乱跳。魏佛陀挽弓搭箭射它,一射便看不见了。第二天在堂屋里挖掘,挖到一块被箭射中的朽烂木头,木头有一尺来长,下端有凝结的血迹。从此以后就根绝了闹鬼的现象。出自《五行记》。

临淮将

　　上元年间,临淮将领夜间聚会饮宴,炙烤猪羊,美味备至。

有一巨手从窗中入，言乞一胔，众皆不与。频乞数四，终亦不与。乃潜结绳作弶，施于孔所。绐云："与肉。"手复入，因而系其臂。牵挽甚至，而不能脱。欲明，乃朴然而断。视之，是一杨枝。持以求树，近至河上，以碎断，往往有血。出《广异记》。

崔导

唐荆南有富人崔导者，家贫乏，偶种橘约千余株，每岁大获其利。忽一日，有一株化为一丈夫，长丈余，求见崔导。导初怪之，不敢出。丈夫苦求之，导遂出见之。丈夫曰："我前生欠君钱百万，未偿而死。我家人复自欺，君乃上诉于天。是以令我合门为橘，计佣于君，仅能满耳。今上帝有命，哀我族属，复我本形。兼我自省前事，止如再宿耳。君幸为我置一敝庐，我自耕凿，以卒此生。君仍尽剪去橘树，端居守常，则能自保。不能者，天降祸矣。何者？昔百万之资，今已足矣。"导大惊，乃皆如其言，即为葺庐，且尽伐去橘树。后五年而导卒，家复贫。其人亦不知所在。出《潇湘录》。

贾秘

顺宗时，书生贾秘自睢阳之长安。行至古洛城边，见绿野中有数人环饮，自歌自舞。秘因诣之。数人忻然齐起，揖秘同席。秘既见七人皆儒服，俱有礼，乃问之曰："观数君子，士流也，乃敢聚饮于野，四望无人？"有一人言曰：

有一只大手从窗口伸了进来,说要求块肉吃,众人都没给。频频要了四次,始终也没给。于是人们暗中找绳子系了一个弶,放在窗户那个有孔的地方。欺骗说:"给你肉。"手就又伸了进来,然后一紧绳弶就系住了手臂。绳子拉得很紧,手臂无法逃脱。天将亮的时候,那手臂木头似的折断了。一看,是一个杨树枝。拿着这个树枝去找那棵树,在不远的河边找到了,因为碎断,到处都有血迹。出自《广异记》。

崔 导

唐朝时,荆南有一个叫崔导的富人,他家里本来很穷,偶然种了大约一千株橘树,每年都能大获其利。忽然有一天,有一棵橘树变成一个一丈多高的男子,来求见崔导。崔导感到奇怪,不敢出去。那男子苦苦地求他,他才出来见那男子。男子说:"我前生欠你一百万钱,没还就死了。我的家人又自欺欺人,你就上诉到天庭。所以上帝让我们全家变成橘树,计酬雇用给你,才能还满一百万。现在上帝有命令,可怜我的家族亲属,复还我的本形。加上我自己也反省了以前的事,只再过一夜便回复人形了。希望你为我盖一所小草房,我亲自耕种,以了结此生。你把所有的橘树都砍去,老老实实地过日子,就能够保住自己。不然的话,天就降祸于你了。为什么呢? 过去我欠的那百万之资,如今已经还够了。"崔导非常吃惊,就完全按照那人说的去做,立即着手为那人盖房子,而且砍伐了所有的橘树。五年后崔导便死去,家又开始变穷。那个人也不知在哪。出自《潇湘录》。

贾 秘

顺宗的时候,书生贾秘从睢阳到长安去。走到古洛城边,见绿野之中有几个人环坐在一起饮酒,自歌自舞。于是贾秘就过去拜访。那几个人一齐欣然而起,揖让贾秘和他们一起坐。贾秘见七个人都是书生打扮,都彬彬有礼,就问道:"看各位君子,属于士人阶层,怎敢在这四望无人的野外聚饮?"有一人回答说:

"我辈七人,皆负济世之才,而未用于时者,亦犹君之韬蕴,而方谋仕进也。我辈适偶会论之间,君忽辱临,幸且共芳樽,惜美景,以古之兴亡为警觉,以人间用舍为拟议,又何必涉绮阁,入龙舟,而方尽一醉也?"秘甚怪之,不觉肃然致敬。及欢笑久,而七人皆递相目,若有所疑。乃问秘曰:"今既接高论,奚不一示君之芳猷,使我辈服君而不疑也?"秘乃起而言曰:"余睢阳人也。少好读书,颇识古者王霸之道。今闻皇上纂嗣大宝,开直言之路,欲一叩象阙,少伸愚诚。亦不敢取富贵,但一豁鄙怀耳。适见七君子高会,故来诣之。幸无遐弃可也。"其一人顾诸辈笑曰:"他人自道,必可无伤。吾属断之,行当败缺。"其一人曰:"己虽勿言,人其舍我。"一人曰:"此君名秘,固当为我匿瑕矣。"

乃笑谓秘曰:"吾辈是七树精也:其一曰松,二曰柳,三曰槐,四曰桑,五曰枣,六曰栗,七曰樗。今各言其志,君幸听而秘之。"其松精乃起而言曰:"我本处空山,非常材也。负坚贞之节,虽霜凌雪犯,不能易其操。设若哲匠构大厦,挥斤斧,长短之木,各得其用。椫桷虽众,而欠梁栋,我即必备栋梁之用也。我得其用,则永无倾危之患矣。"其次一人起言曰:"我之风流之名,闻于古今。但恨炀帝不回,无人见知。张绪效我,空耀载籍。所喜者,絮飞则才子咏诗,叶嫩则佳人学画。柔胜刚强,且自保其性也。"其次者曰:"我受阳和之恩,为不材之木。大川无梁,人不我取;大厦无栋,

"我们七个人，都负有济世之才，之所以没有被重用于当世，这也和你颖处囊中一样，正在谋划仕进的办法呢。我们碰巧偶然相会，谈论之间，您忽然光临，我们有幸与您一起饮酒，共赏美景，以古代的兴亡为警觉，以人间的取舍为话题，又何必居住绮阁，乘坐龙舟才能喝一顿酒呢？"贾秘感到特别奇怪，不知不觉就肃然起敬。等谈笑欢乐的时间长了，那七个人都在互相使眼色，好像有什么怀疑。于是就问贾秘道："现在既然在一起交谈，何不展示一下您的智谋和观点，使我们佩服而不生疑呢？"贾秘就站起来说道："我是睢阳人。从小喜欢读书，多少知道一些古代的王霸之道。如今听说皇上继承了皇位，广开言路，我便想叩一下皇宫的门阙，略尽我的愚忠。也不敢谋取富贵，只不过施展一下抱负而已。恰巧遇见七位君子雅会，所以便来到这里。多谢各位没有嫌弃我。"其中一人看着几位笑道："他自己如此说，一定必是没什么大害处。我推断，行将败缺。"其中一人说："自己虽然不说，人家还是不用我。"一人说："此人名字叫秘，一定能替我隐瞒缺点。"

于是就笑着对贾秘说："我们是七个树精：头一个是松树精，二一个是柳树精，三一个是槐树精，四一个是桑树精，五一个是枣树精，六一个是栗树精，七一个是樗树精。现在咱们各言己志，请您听了一定不要讲出去。"那松精就起来说道："我本来处在空山之中，是非常之材。身负坚贞的气节，虽然霜也欺凌雪也来犯，但是不能动摇我的高尚情操。如果高明的工匠建筑大厦，挥起斧头，木头不论长短，各有用场。椽子标子尽管很多，但是缺少栋梁，我就一定具备栋梁的大用。我得到重用，那就永远没有倾斜倒塌的忧患了。"另有一个人站起来说道："我的这个风流的名字，闻于古今。我只恨隋炀帝不回来，没人知道我。张绪效仿我，空留名字于书籍之中。令人高兴的是，我花絮飞扬就有才子咏诗；我的叶子还嫩，就有佳人学画。我的柔弱胜过刚强，我将保持自己的性情。"又一个人说道："我受阳和的恩泽，却是不成材的树木。大河里没桥梁，人家不取我；大厦里没栋梁，

人不我用。若非遭郢匠之斫，则必不合于长短大小也。噫！倚我者有三公之名矣。"其次者言曰："我平生好蚕。无辞吐饲，不异推食。蚕即茧，茧而丝，丝为纨绮，纨绮入贵族之用。设或贵族之流，见纨绮之美丽以念我，我又岂须大为梁栋，小为榱桷者也？"其次者曰："我自辩士苏秦入燕之日，已推我有兼济之名也。不唯汉武帝号为束束，投我者足表赤心。我又奚虑不为人所知也？"其次曰："我虽处蓬荜，性实恬然，亦可以济大国之用也。倘人主立宗庙，虔祀飨，而法古以用我，我实可以使民之战栗也。"其次曰："我与众何殊也？天亦覆我，地亦载我。春即荣，秋即落。近世人以我为不材，我实常怀愤惋。我不处涧底，怎见我有凌云之势；我不在宇下，焉知我是构厦之材。骥不骋即驽马也，玉不剖即顽石也。固不必松即可构厦凌云，我即不可构厦凌云。此所谓信一人之言，大丧其真矣。我所以慕隐沦之辈，且韬藏其迹。我若逢陶侃之一见，即又用之有余也。"言讫，复自歌自舞。秘闻其言，大怖，坐不安席，遽起辞之。七人乃共劝酒一杯，谓秘曰："天地间人与万物，皆不可测，慎勿轻之。"秘饮讫，谢之而去。出《潇湘记》。

薛弘机

东都渭桥铜驼坊，有隐士薛弘机。营蜗舍渭河之隈，闭户自处，又无妻仆。每秋时，邻树飞叶入庭，亦扫而聚焉，盛以纸囊，逐其强而归之。常于座隅题其词曰："夫人之计，将徇前非且不可，执我见不从于众亦不可。人生实难，唯在处中行道耳。"居一日，残阳西颓，霜风入户，披褐独坐，

人家不用我。如果没有好木匠加工，那就肯定不合乎长短大小的要求。噫！依靠我的有三公之名呢。"另一个说道："我平生喜欢蚕。供蚕食用，从不推辞。蚕就是茧，茧就是丝，丝织出纨绮，纨绮成为贵族的用品。如果那些贵族阶层的人，看到纨绮的美丽能够想到我，我又哪需要做栋梁和檩子椽子什么的？"下一个说道："我自从辩士苏秦进入燕国那天起，就已经有了兼济的名声。不光汉武帝给了我封号，将我作为礼物送人，足以表达赤诚之心。我又何必忧虑不为人所知呢？"再一个说道："我虽然处在蓬荜之间，性情朴实而恬静，但是也可以对大国有所帮助。倘若皇家立宗庙，虔诚地祭祀鬼神，就会效法古人而用我，我实在可以让百姓战栗。"最后一个说："我与大伙有什么不同？天也盖我，地也载我。春天我就繁茂，秋天我就凋落。近代人认为我不成材，我确实经常感到愤慨不平。我不处在山涧底下，怎能看到我有凌云之势；我不处在屋宇之下，哪能知道我是构厦之材。千里马不驰骋就是跑不快的劣马，美玉不从璞中剖出来就是顽石。所以，不一定松树就可以建大厦凌云霄，不一定我就不能建大厦凌云霄。这叫作听信一个人的话就大丧其真了。我因此才敬慕隐逸的人们，并且韬藏自己的行迹。我若能遇上陶侃那样的人，就又有用了。"说完了，树精们又自歌自舞起来。贾秘听了他们的话，感到很恐怖，坐立不安，急忙起身告辞。那七人就一起劝他一杯酒，对他说："天地间人和万物都不可预测，希望您谨慎行事，不要轻心。"贾秘喝完，告辞而去。出自《潇湘记》。

薛弘机

东都渭桥铜驼坊，有个隐士叫薛弘机。薛弘机在渭河边盖了一座草房，闭户自处，没有妻奴。每到秋天，邻近的树叶飞落到庭院，他就把树叶扫起来，装进纸口袋，找到那树的地方而归还。他曾经在座席角落题词说："为人之计，顺从以前的过错是不行的，固执己见不为众人所理解也是不行的。人生实难，只有行中庸之道。"有一天，残阳西斜，秋风入户，他正披衣独坐，

仰张邴之余芳。忽有一客造门,仪状瑰古,隆隼庞眉,方口广颡,嶷然四皓之比。衣早霞裘,长揖薛弘机曰:"足下性尚幽道,道著嘉肥。仆所居不遥,向慕足下操履,特相诣。"弘机一见相得,切磋今古,遂问姓氏。其人曰:"藏经姓柳。"即便歌吟。清夜将艾,云:"汉兴,叔孙为礼,何得以死丧婚姻而行二载制度?吾所感焉。"歌曰:"寒水停圆沼,秋池满败荷。杜门穷典籍,所得事今多。"弘机好《易》,因问。藏经则曰:"易道深微,未敢学也。且刘氏六说,只明《诗》《书》《礼》《乐》及《春秋》,而亡于《易》,其实五说。是道之难。"弘机甚喜此论。言讫辞去,窣飒有声,弘机望之,隐隐然丈余而没。后问诸邻,悉无此色。弘机苦思藏经,又不知所。寻月余,又诣弘机。弘机每欲相近,藏经辄退。弘机逼之,微闻朽薪之气,藏经隐。至明年五月又来,乃谓弘机曰:"知音难逢,日月易失,心亲道旷,室迩人遐。吾有一绝相赠,请君记焉。"诗曰:"谁谓三才贵,余观万化同。心虚嫌蠹食,年老怯狂风。"吟讫,情意搔然,不复从容,出门而西,遂失其踪。是夜恶风,发屋拔树。明日,魏王池畔有大枯柳,为烈风所拉折。其内不知谁人藏经百余卷,尽烂坏。弘机往收之,多为雨渍断,皆失次第,内唯无《周易》。弘机叹曰:"藏经之谓乎?"建中年事。 出《乾𦠆子》。

思慕张良和郦汉的风格。忽然有一客人来到门前,客人的样子挺古怪,高鼻子,花白眉,口方额大,超绝的样子完全可以与四皓相比。他身穿早霞裘,向薛弘机拱手高举行了见面礼后说道:"先生您喜尚幽静之道,颇有修养,造诣很深。我住的地方离这不远,一向仰慕您的德才,所以特意来拜见。"薛弘机一见他就觉得脾气相投,觉得可以和他切磋一些今古学问,于是就问他的姓名。客人说:"我叫柳藏经。"于是就一起唱歌吟诗。当寂静的夜将尽时,他说:"汉朝兴,叔孙氏制定礼法,为什么要行守孝两年的规定?而且在守丧期间不能举办婚事,这有什么道理?我很迷惑。"接着唱道:"寒水停圆沼,秋池满败荷。杜门穷典籍,所得事今多。"薛弘机喜好《周易》,就向他问起《周易》的事。藏经则说道:"《周易》的道理深奥精微,我没敢学。况且刘氏的六说,只说明了《诗》《书》《礼》《乐》和《春秋》,而把《易》丢了,其实是五说。这是因为道理太难。"薛弘机特别赞同此论。柳藏经说完就告辞了,走的时候窸窸窣窣地有声音,薛弘机望着他,见他走出一丈多远就影影绰绰地隐没了。后来向邻居打听,都说没有这样一个人。薛弘机苦苦地思念柳藏经,却又不知道他在什么地方。一个多月以后,柳藏经又来见薛弘机。薛弘机每次想要接近他,他总是往后退。薛弘机逼近他,能闻到他略微有一点朽烂木材的气味,柳藏经便隐去了。到第二年五月他又来了,对薛弘机说:"知音难觅,日月易失,心相亲,道却不同,室很近,人却远。我有一首绝句赠你,请记住它。"诗说:"谁谓三才贵,余观万化同。心虚嫌蠹食,年老怯狂风。"吟罢,他就有些不安的样子,不再那么从容,出门向西走去,之后就失去了踪迹。这天夜里刮大风,毁屋拔树。第二天,魏王池畔的一棵大枯柳,被大风刮断。树洞里不知什么人藏了经书一百多卷,全都朽烂腐坏。薛弘机把这些经书收回来,书大多被雨水浸泡了,完全没了次序,其中唯独没有《周易》。薛弘机感叹道:"这就是叫藏经的原因吧?"这是建中年间发生的事。出自《乾膜子》。

卢虔

东洛有故宅,其堂奥轩级甚宏特,然居者多暴死,是以空而键之且久。故右散骑常侍万阳卢虔,贞元中为御史,分察东台,常欲贸其宅而止焉。或曰:"此宅有怪,不可居。"虔曰:"吾自能弭之。"后一夕,虔与从吏同寝其堂,命仆使尽止于门外。从吏勇悍善射,于是执弓矢,坐前轩下。夜将深,闻有叩门者,从吏即问之。应声曰:"柳将军遣奉书于卢侍御。"虔不应。已而投一幅书轩下,字似濡笔而书者,点画纤然。虔命从吏视其字云:"吾家于此有年矣。堂奥轩级,皆吾之居也。门神户灵,皆吾之隶也。而君突入吾舍,岂其理耶?假令君有舍,吾入之,可乎?既不惧吾,宁不愧于心耶?君速去,勿招败亡之辱。"读既毕,其书飘然四散,若飞烬之状。俄又闻有言者,"柳将军愿见卢御史"。已而有大厉至,身长数十寻,立庭,手执一瓢。其从吏即引满而发,中所执,其厉遂退,委其瓢。久之又来,俯轩而立,俯其首且窥焉,貌甚异。从吏又射之,中其胸。厉惊,若有惧,遂东向而去。至明,虔命穷其迹。至宅东隙地,见柳高百余尺,有一矢贯其上,所谓柳将军也。虔伐其薪,自此其宅居者无恙。后岁余,因重构堂室,于屋瓦下得一瓢。长约丈余,有矢贯其柄,即将军所执之瓢也。出《宣室志》。

僧智通

临湍寺僧智通常持《法华经》。入禅宴坐,必求寒林净

卢 虔

东洛有一所旧宅院,它的厅堂、窗户和台阶非常宏伟奇特,但是在此居住的人多半都暴死,所以已经空锁着放了很久。右散骑常侍万阳的卢虔,贞元年间为御史,分察东台,曾经想要买这所宅院而住在里边。有人告诉他说:"这个宅子里有鬼怪,不能住人。"卢虔说:"我自有办法除掉它。"后一天夜里,卢虔和他的一个从吏一起睡在堂屋里,让其他仆人全都住到门外。这个从吏勇猛善射,拿着弓和箭,坐在窗下。夜将深的时候,听到有人敲门,从吏就问是谁。外边答应说:"柳将军给卢御史送来一封信。"卢虔不应声。过一会儿扔进来一封书信在窗下,字好像只是用蘸湿的毛笔写的,字迹很淡。卢虔让从吏看看那上面写的是什么,上面写道:"我家住在这里有年头了。厅堂、窗户和台阶都是我的住处。门神户灵,都是我的属下。而你突然来到我家,哪有这样的道理呢?假如你有房舍,我去住了,可以吗?你既然不怕我,难道你心中无愧吗?你赶快离开,不要招致败亡的耻辱。"读完,那封信就飘然四散,像灰烬那样。不久又听到有人说话:"柳将军愿意见一见卢御史。"过一会儿便有一个大恶鬼来到院子里,身长好几十寻,手里头握着一个大瓢。那个从吏立刻拉满弓射出一箭,射到了那瓢上,那鬼于是就退回去,找地方把瓢放下。过一会儿又来,那鬼立在窗外,俯身低头往屋里看,面貌极怪。那从吏又射一箭,射中鬼的胸部。鬼惊恐慌乱,好像害怕了,就向东而去。到了天亮,卢虔让人查寻鬼的踪迹。来到宅子东面的一块空地上,看见一棵一百多尺高的柳树上,扎着一支箭,这就是所谓的柳将军。卢虔把柳树砍了,从此这宅院里的任何居者都安全无恙。后来一年多,因为重建堂室,在屋瓦的下面翻出一个大瓢。长一丈多,有支箭扎在把上,这就是柳将军拿着的那个大瓢。出自《宣室志》。

僧智通

临湍寺和尚智通,常念《法华经》。他入禅宴坐,必找寒林净

境，殆非人迹所至处。经年，忽夜有人环其院呼智通。至晓，声方息，历三夜。声侵户，智通不耐，因应曰："呼我何事？可入来言也。"有物长六尺余，皂衣青面，张目巨吻。见僧，初亦合手。智通熟视良久，谓曰："尔寒乎？就此向火。"物乃就坐。智通但念经。至五更，物为火所醉，因闭目开口，据炉而鼾。智通观之，乃以香匙举灰火，置其口中。物大呼起，至门若蹶声。其寺背山，智通及明，视蹶处，得木皮一片。登山寻之数里，见大青桐树梢已老矣。其下凹根若新缺，僧以木皮附之，合无缝隙。其半，有薪者创成一蹬，深六七寸余，盖魅之口。灰火满其中，久犹荧荧。智通焚之，其怪遂绝。出《酉阳杂俎》。

江夏从事

太和中，有从事江夏者，其官舍尝有怪异。每夕，见一巨人身尽黑，甚光。见之即悸而病死。后有许元长者，善视鬼，从事命元长以符术考召。后一夕，元长坐于堂西轩下，巨人忽至，元长出一符飞之，中其臂。劀然有声，遂堕于地，巨人即去。元长视其堕臂，乃一枯木枝。至明日，有家僮谓元长曰："堂之东北隅，有枯树焉，先生符今在其上。"即往视之，其树有枝梢折者，果巨人所断臂也。即伐而焚之，宅遂无怪。出《宣室志》。

境,几乎是没有人迹到过的地方。一年之后,忽然有人在夜间绕着院子喊智通。直到天亮喊声才止,三个夜晚都这样。第三夜,喊声从窗口传进来,智通忍耐不下去了,就回答说:"喊我有什么事? 可以进来讲。"有一个怪物走来,怪物长六尺多,黑衣黑脸,大睁着眼,嘴挺大。怪物见了智通,一开始也合一下手。智通仔细地端详他许久,说道:"你冷吗? 坐近来烤烤火。"那怪物就坐下了。智通只是念经。到了五更天,怪物被火陶醉了,就闭着眼张着口,拥着火炉发出鼾声。智通见状,就用香匙取炭火,放到怪物口中。怪物怪叫而起,跑到门外好像有摔倒的声音。这座寺庙背靠着山,智通等到天明,在那怪物摔倒的地方,拾到一块树皮。登山寻找了几里,看到一棵大青桐树,树梢已经老了。它的根部有一块四陷的地方好像是新近弄掉的,智通把手中的树皮往上一安,正好合上。树的一半处,有砍柴人砍成的一个陷窝儿,深六七寸还多,大概这就是怪物的嘴。这里边还装着炭火,时间这么长还荧荧有光。智通把这棵树烧了,那鬼怪也就从此绝迹了。出自《酉阳杂俎》。

江夏从事

太和年间,有一个叫江夏的从事,他的官舍里有怪物。每到夜晚,就有一个浑身发黑而且有光的巨人出现。看见的人就会惊悸而病死。后来有个叫许元长的人,善于捉鬼,江从事就让他用符术制服它。后一个夜晚,巨人忽然而至,许元长坐在堂屋的西窗下,投出一符直飞过去,击中了巨人的手臂。随着一声响,那只手臂掉到地上,巨人立即离去。许元长看那断臂,原来是一个枯树枝。到了第二天,有个家童对许元长说:"堂屋的东北边,有一棵枯树,先生的那张符现在那棵树上呢。"他立即过去查看,这棵树上有一个断了的树枝,果然是那巨人的断臂。于是就把这棵树砍了,烧了,这宅子也就无怪了。出自《宣室志》。

卷第四百一十六
草木十一

木怪下
窦　宽　　吴　偃　　董　观　　京洛士人　江　叟
花卉怪
龙蛇草　　鲜卑女　　蕨　蛇　　芥　虫　　崔玄微

木怪下

窦　宽

　　唐扶风窦宽者家于梁山。太和八年秋,自大理评事解县推盐使判官罢职退归,因治园屋,命家仆伐一树,既伐而有血滂溜,汪然注地,食顷而尽。宽异之,且知为怪。由是闭门绝人事。至明年冬十一月,郑注、李训反,宽与注连,遂诛死于左禁军中。出《宣室志》。

吴　偃

　　有醴泉县民吴偃家于田野间。有一女十岁余,一夕,忽遁去,莫知所往。后数余日,偃梦其父谓偃曰:“汝女今在东北隅,盖木神为祟。”偃惊而寤。至明日,即於东北隅穷其迹,果闻有呼吟之声。偃视之,见其女在一穴内。口甚小,然其中稍宽敞。傍有古槐木,盘根极大。于是挈之而归,

木怪下

窦 宽

唐朝扶风县人窦宽家在梁山。太和八年秋，他自大理评事
解县推盐使判官罢职回乡，因为要修造宅院，让家仆砍除一棵
树，砍完之后有血流出，汪在地上一大片，一顿饭的工夫便没了。
窦宽惊异，并且知道其中有怪。从此便闭门不出，拒绝一切人事
往来。到了第二年冬十一月，郑注和李训造反，窦宽与郑注有牵
连，就被诛死在左禁军中。出自《宣室志》。

吴 偓

醴泉县山民吴偓，家在田野之间。他有个十来岁的女儿，有
一天忽然失踪，不知去了哪里。几天后，吴偓梦见父亲对他说：
"你的女儿现在东北角，大概是木神作怪。"吴偓被惊醒了。第二
天，他就到东北角彻底地查找踪迹，果然听到呼喊呻吟的声音。
吴偓一看，看到女儿在一个洞穴里。洞穴的口很小，然而里边稍
微宽敞。旁边有一棵老槐树，盘根极大。于是他将女儿领回，

然兀若沉醉者。会有李道士至,偃请符术呵禁。其女忽瞬而语曰:"地东北有槐木,木有神,引某自树腹空入地下穴内,故某病。"于是伐其树。后数日,女病始愈。出《宣室志》。

董 观

有董观者尝为僧,居于太原佛寺。太和七年夏,与其表弟王生南游荆楚,后将入长安,道至商於。一夕,舍山馆中。王生既寐,观独未寝,忽见一物出烛下,既而掩其烛,状类人手而无指。细视,烛影外若有物,观急呼王生。生起,其手遂去。观谓王曰:"慎无寝,魅当再来。"因持挺而坐伺之。良久,王生曰:"魅安在?兄妄矣!"既就寝。顷之,有一物长五尺余,蔽烛而立,无手及面目。观益恐,又呼王生。生怒不起。观因以挺椹其首,其躯若草所穿,挺亦随入其中,而力取不可得。俄乃退去。观虑又来,迨晓不敢寝。明日,访馆吏。吏曰:"此西数里有古杉,常为魅,疑即所见也。"即与观及王生径寻,果见古杉,有挺贯其柯叶间。吏曰:"人言此为妖且久,未尝见其真。今则信矣。"急取斧,尽伐去之。出《宣室志》。

京洛士人

京洛间,有士人子弟失其姓名,素善雕镂。因行他邑山路,见一大槐树荫蔽数亩,其根旁瘤瘿如数斗瓮者四焉,

但是女儿呆呵呵地就像喝醉了似的。赶上一个李道士来到此地，吴偃就请道士用符术救救他的女儿。那女孩忽然睁开眼睛说道："地东北有一棵大槐树，槐树里有神，拉着我从树肚子里走进地下的洞穴内，所以我就病了。"于是就砍掉了那棵大槐树。几天后，女孩的病才好。出自《宣室志》。

董　观

有一个叫董观的人，曾经当过和尚，居住在太原的佛寺。太和七年夏天，董观和他表弟王生向南到荆楚一带旅游，之后将去长安，二人来到商於。这天就在山馆中住下。晚上，王生已经睡下，董观还未睡，忽然看见一个东西出现在烛光下，接着那东西就去遮住烛光，像人手，但是没指。仔细看，烛影外像有个什么东西，董观慌忙喊王生。王生刚起来，那只手便散去。董观对王生说："小心，不要睡觉，那鬼怪还会再来。"于是他就抱着棍子坐着等候。很久，王生说："鬼怪在哪儿？哥你真荒唐！"就又睡下。不一会儿，有一个五尺多长的东西，遮蔽着烛光站在那里，没有手也没有面目。董观更害怕了，又喊王生。王生生气不起来。董观就用棍子捅那鬼怪的头，鬼怪的身躯就像用草穿的，棍子便一下子捅了进去，但是拽不回来了。那鬼怪马上退去。董观担心鬼怪再来，直到天亮都没敢睡。天亮之后，问馆吏。馆吏说："从这往西几里，有一棵老杉树，常常闹鬼，你看到的可能就是那东西。"于是馆吏、董观、王生三人一起向西寻来，果然看见一棵老杉树，有一根棍子横穿在枝叶之间。馆吏说："人们说这棵树作妖很久了，我却不曾真见过。这回我可信了。"急忙取来斧子，把杉树彻底砍去。出自《宣室志》。

京洛士人

京洛间，有一个士人子弟，笔者不知道他叫什么名字，只知道他平素善于雕镂。有一次，他走在外地山路上，看到一棵大槐树树荫遮地好几亩，树根旁边长了四个数斗瓮那么大的大瘤子，

思欲取之。人力且少，又无斧锯之属，约回日采取之。恐为人先采，乃于衣箦中，取纸数张，割为钱，系之于树瘤上。意者欲为神树，不敢采伐也。既舍去，数月而还，大率人夫并刀斧，欲伐之，至此树侧，乃见画图影，旁挂纸钱实繁，复有以香醮奠之处。士人笑曰："村人无知信此，可惑也。"乃命斧伐之次。忽见紫衣神在旁，容色屹然，叱仆曰："无伐此木。"士人进曰："吾昔行次，见槐瘤，欲取之，以无斧锯，恐人采之，故权以纸钱占护耳。本无神也，君何止遏？"神曰："始者君权以纸钱系树之后，咸曰神树，能致祸福，相与祈祀。冥司遂以某职受享酹。今有神也，何言无之？若必欲伐之，祸其至矣。"士人不听。神曰："君取此何用？"客曰："要雕刻为器耳。"神曰："若尔，可以善价赎之乎？"客曰："可。"神曰："所须几何？"士人曰："可遗百千。"神曰："今奉百绢。于前五里有坏坟，绢在其中。如不得者，即复此相见。"士人遂至坏坟中，果得绢，一无欠焉。出《原化记》。

江 叟

开成中，有江叟者多读道书，广寻方术，善吹笛。往来多在永乐县灵仙阁。时沉饮酒。适阌乡，至盘豆馆东官道大槐树下醉寝。及夜艾稍醒，闻一巨物行声，举步甚重。叟暗窥之，见一人崔嵬高数丈，至槐侧坐，而以毛手扪叟曰："我意是树畔锄儿，乃瓮边毕卓耳。"遂敲大树数声曰：

他想要弄到手。但是人力太少，又没有斧锯之类的东西，打算先回去，以后再来收取。怕被别人先采了去，就从衣襟里取出几张纸，割成纸钱，系在树的瘤子上。意思是说这是一棵神树，使人不敢采伐它。他离开几个月以后才回来，带来了大量的人力和斧锯，要砍伐大槐树，在树的一旁竟看到一张图画上画着这棵大槐树，旁边挂着许许多多纸钱，还有烧香上供祭祀的地方。这个士人大笑说："村野之人无知，居然相信这事儿，糊涂啊。"于是就命挥斧砍去。忽然看见一个紫衣神站在一旁，紫衣神的神色严肃，他呵斥那些仆人说："不要砍这棵树。"士人走上前去说："我以前走到这里，看到了槐树瘤，想要采取，因为没有斧锯，又怕被别人采去，所以权且用纸钱占护着它。它本来没神，你为什么还阻止呢？"神说："当初你把纸钱系到树上之后，人们都说这是神树，能消灾降福，一齐来祈祀。冥司就把我派来享用祭奠。现在有神了，怎么能说没神？如果你一定要砍伐它，灾难马上就到。"士人不听。神说："你要这东西有什么用？"士人说："要雕刻成器物。"神说："要是这样的话，可以用一个公道的价钱把它赎回来吗？"士人说："可以。"神说："你要多少？"士人说："可给我一百千。"神说："现在我给你一百匹绢。在前边五里的地方有一个坏坟墓，绢就在那墓中。如果拿不到绢，就再回来见我。"士人来到坏坟墓一看，果然有绢，一匹也不少。出自《原化记》。

江　叟

　　开成年间，有一个叫江叟的人，读了许多道家的书，广泛地寻求方术，还善于吹笛子。他来来去去，多半喜欢在永乐县的灵仙阁停留。他时常沉醉在饮酒之中。有一次，他到阌乡去，走到盘豆馆东官道的大槐树下就醉在那里睡着了。直到夜很深时他才略微清醒一些，却听到一个庞然大物走路的声音，那东西的脚步声十分沉重。他偷偷地查看，看见一个高达数丈的巨人，巨人来到大槐树旁边坐下，用毛茸茸的大手摸着江叟说："我以为是个铲地的，却原来是个醉鬼。"然后他敲了几下大树，说道：

"可报荆馆中二郎来省大兄。"大槐乃语云:"劳弟相访。"似闻槐树上有人下来与语。须臾,饮酌之声交作。荆山槐曰:"大兄何年抛却两京道上槐王耳?"大槐曰:"我三甲子,当弃此位。"荆山槐曰:"大兄不知老之将至,犹顾此位,直须至火入空心,膏流节断,而方知退,大是无厌之士。何不如今因其震霆,自拔于道,必得为材用之木,构大厦之梁栋,尚存得重重碎锦,片片真花。岂他日作朽蠹之薪,同入爨为煨烬耳?"大槐曰:"雀鼠尚贪生,吾焉能办此事邪?"槐曰:"老兄不足与语。"告别而去。

及明,叟方起。数日,至阌乡荆山中,见庭槐森耸,枝干扶疏,近欲十围,如附神物。遂伺其夜,以酒脯奠之云:"某昨夜,闻槐神与盘豆官道大槐王论语云云。某卧其侧,并历历记其说。今请树神与我言语。"槐曰:"感子厚意,当有何求?殊不知尔夜烂醉于道,夫乃子邪!"叟曰:"某一生好道,但不逢其师。树神有灵,乞为指教,使学道有处,当必奉酬。"槐神曰:"子但入荆山,寻鲍仙师。脱得见之,或水陆之间,必获一处度世。盖感子之请,慎勿泄吾言也。君不忆华表告老狐,祸及余矣?"叟感谢之。

明日,遂入荆山,缘岩循水,果访鲍仙师。即匍匐而礼之。师曰:"子何以知吾而来师也?须实言之。"叟不敢隐,具陈荆山馆之树神言也。仙师曰:"小鬼焉敢专辄指人。未能大段诛之,且飞符残其一枝。"叟拜乞免。仙师曰:"今不诛,

"可以报告说，荆馆中的二郎来探望大哥。"大槐树就说道："有劳老弟拜访。"似乎听到大槐树上有人下来与巨人说话。片刻之间，饮酌的声音频频响起。荆山槐说："老兄哪一年抛弃两京道上槐王的地位呢？"大槐树说："我一百八十岁时，放弃此位。"荆山槐说："大哥不知道老之将至，还如此留恋此位，直到火入空心，膏流节断的地步才知道隐退，可真是个无厌之士。为何不现在就借着震霆之力，自拔于官道，那样定能成为有材用的树木，可做构筑大厦的栋梁，而且这样做，尚可留住重重的碎锦，片片真花。岂能等到他日做朽烂虫蠹的烧柴，同入灶坑烧成灰烬呢？"大槐树说："鸟雀老鼠尚且贪生，我哪能办这样的事？"荆山槐说："老兄啊，我不屑和你谈下去了。"于是荆山槐告别而去。

到了天明，江叟才起来。又走了几天，来到阌乡荆山之中，他看到庭中的一棵大槐树森森然高耸云端，枝干四布，葱茏茂密，将近十围粗细，宛如有神灵附着其上。于是他就等到夜里，用酒肉祭奠它，说道："我昨天听到槐神您与盘豆官道大槐王论谈。我躺在一边，清楚地记得您的谈话。现在请槐神现身和我谈谈。"槐树说："你的诚意令人感动，你说有什么要求吧？没想到那夜里烂醉在道上的就是你！"江叟说："我一生喜欢道教，只是没遇上好老师。树神您有神灵，求您多多指教，让我有学道的去处，必当重谢。"槐神说："你只管到荆山去，寻找鲍仙师。如果真能找到他，你一定可以成仙，或是水仙，或是陆仙，也一定能学到一样度世的本领。这完全是有感于你的请求，千万不要把我的话泄露出去。你不记得华表把话告诉了老狐狸，灾祸都殃及我的事情了吗？"江叟很感谢他。

第二天江叟就进到荆山，爬过一重重山，涉过一道道水，果然访到了鲍仙师。江叟就匍匐在地上行礼。鲍仙师说道："你是怎么知道我而来拜我为师的呢？必须照实说。"江叟不敢隐瞒，详细地陈述了荆山馆的树神的话。鲍仙师说："小鬼怎么敢专擅地指教别人。既然不能大段大段地诛杀槐神，暂且把它的一个树枝弄残。"江叟跪拜，请求饶过槐神。仙师说："现在不杀它，

后当继有来者。"遂谓叟曰："子有何能？——陈之。"叟曰：
"好道，癖于吹笛。"仙师因令取笛而吹之。仙师叹曰："子
之艺至矣。但所吹者，枯竹笛耳，吾今赠子玉笛，乃荆山之
尤者，但如常笛吹之。三年，当召洞中龙矣。龙既出，必衔
明月之珠而赠子。子得之，当用醍醐煎之三日。凡小龙已
脑疼矣，盖相感使其然也。小龙必持化水丹而赎其珠也。
子得当吞之，便为水仙，亦不减万岁。无烦吾之药也。盖
子有琴高之相耳。"仙师遂出玉笛与之。叟曰："玉笛与竹
笛何异？"师曰："竹者青也，与龙色相类，能肖之吟，龙不为
怪也。玉者白也，与龙相克，忽听其吟，龙怪也，所以来观
之。感召之有能变耳，义出于玄。"叟受教乃去。

后三年，方得其音律。后因之岳阳，刺史李虞馆之。
时大旱，叟因出笛，夜于圣善寺经楼上吹。果洞庭之渚，龙
飞出而降。云绕其楼者不一，遂有老龙，果衔珠赠叟。叟
得之，依其言而熬之二昼。果有龙化为人，持一小药合，有
化水丹，匍匐请赎其珠。叟乃持合而与之珠，饵其药，遂变
童颜，入水不濡。凡天下洞穴，无不历览。后居于衡阳，容
发如旧耳。出《传奇》。

花卉怪

龙蛇草

后汉灵帝中平年夏，陈留郡济阳、济阴、冤句、离狐、
城皋、阳武，城郭路边生草，悉备龙蛇鸟兽之形。《续汉志》

以后可能继续有人前来。"于是就对江叟说:"你有什么本事?一样一样地说给我听。"江叟说:"我喜欢道教,吹笛子成癖。"仙师就让他取出笛子吹吹。吹完了,仙师叹道:"你吹笛子的技艺已经到家了。只是你吹的是一管竹笛,我现在送给你一管玉笛,是荆山中最好的,只要像平常那样吹就可以。三年,就能招来洞中龙了。龙出来之后,一定会衔一颗明月之珠赠送给你。你得到珠子之后,应该用醍醐煎它三天。这时候小龙已经脑袋疼了,是互相感应使他们这样的。小龙一定会拿着化水丹来赎那颗珍珠。你得到化水丹应该吞下去,那就成了水仙,少说也活一万岁。这就不用麻烦我给你弄药了。你有琴高那样的福相啊。"仙师就拿出玉笛来给他。江叟说:"玉笛和竹笛有什么不同?"仙师说:"竹子的是青色,和龙的颜色类似,能吹得很像龙吟,龙也不以为怪。玉的是白色,和龙相克,忽然听到龙吟,龙就感到奇怪,所以就出来观看。把它感召出来才能有办法改变它,这道理出之于天。"江叟受教之后便离去。

　　吹了三年之后,才得到音律。后来就到了岳阳,刺史李虞留他住下。当时天大旱,他就拿出笛子来,夜间到圣善寺经楼上吹。果然,洞庭湖的小岛上,龙飞出来落下。驾着云雾围绕在经楼前后,各不一样,之后有一条老龙,果然衔来珠子赠给江叟。江叟得了珠,依照鲍仙师的话把它熬了两天。果然有一条龙变成人,拿着一个小药盒,盒里装着化水丹,匍匐在地请求赎回那颗珠子。江叟拿到药盒就给了他珠子,然后,江叟把化水丹吃下去,老脸变童颜,入水不湿。凡是天下的洞穴,他没有不去游览的。后来他住到了衡阳,容颜毛发如旧。<small>出自《传奇》。</small>

花卉怪

龙蛇草

　　后汉灵帝中平年夏,陈留郡的济阳、济阴、冤句、离狐、城皋、阳武,城郭路边长的草,全都有龙、蛇、鸟、兽的形状。《续汉志》

曰:"其状五色,毛羽头目足翅皆具。或作人形,操持弓弩,牛马万物之状。"是岁,黑山贼张牛角等十余辈并起抄掠,后兄何进秉权,汉遂微弱。又董卓起兵焚烧宫阙之应。出《五行记》。

鲜卑女

晋有士人,买得鲜卑女名怀顺。自说其姑女为赤苋所魅。始见一丈夫容质姘净,著赤衣,自云家在侧北。女于是恒歌谣自得。每至将夕,辄结束去屋后。其家伺候,唯见有一株赤苋,女手指环挂其苋茎。芟之而女号泣,经宿遂死焉。出《异苑》。

蕨 蛇

太尉郗鉴镇丹阳也,曾出猎。时二月中,蕨始生。有一甲士折食一茎,即觉心中潭潭欲吐。因归家,仍成心腹疼痛。经半年许,忽大吐,吐一赤蛇长尺余,尚动摇。乃挂于檐前,蛇渐焦。经宿视之,乃是一茎蕨耳,犹昔之所食也。病遂差。出《续搜神记》。

芥 虫

五岭春夏率皆霪水,晴日既少,涉秋入冬方止。凡物皆易蠹败,萌胶毡罽,无逾年者。尝买芥菜置壁下,忘食,数日皆生四足,有首尾,能行走,大如螳螂,但腰身细长耳。出《岭南异物志》。

说:"这些草五色,毛羽、头、眼、脚、翅膀全都具备。有的为人的形状,手拿着弓弩,其他牛马万物各种形状都有。"这一年,黑山贼张牛角等十多起人马,一同起来抄抢掠夺,皇后的哥哥何进执掌大权,汉室逐渐衰微。还有,这些异样的草,也应了董卓起兵焚烧宫阙的事。出自《五行记》。

鲜卑女

晋时有一个士人,买了一名鲜卑女子,名叫怀顺。怀顺自己说她姑妈的女儿被一棵赤苋菜精迷住了。起初看见一位漂亮的男子,穿着红衣,男子说他家住在侧北。那女孩从此便经常哼唱小曲,很是自得的样子。每到天将黑的时候,她总是穿戴整齐到屋后去。家里派人窥视,只看见有一棵赤苋菜,女孩的手指环挂在苋菜的茎上。家里人将那棵赤苋菜铲除后,女孩号啕大哭,经过一夜,女孩就死了。出自《异苑》。

蕨 蛇

太尉郗鉴镇守丹阳,有一天出去打猎。当时正是二月中旬,蕨菜刚长出来。有一名甲士随手折下一茎蕨菜吃,吃完就觉得心里砰砰作响,想要呕吐。于是就回到家里,回家之后仍然心腹疼痛。经过半年多时间,忽然间大吐一场,吐出一条一尺多长的赤蛇,蛇还会摇动。于是就把蛇挂到房檐下,蛇渐渐变干。经过一宿之后再看,原来是一棵蕨菜,还是从前吃时的样子。于是病就好了。出自《续搜神记》。

芥 虫

五岭一带春夏季一般都多雨,晴天的时候少,秋末冬初才停止。由于阴雨绵绵,什么东西都容易生虫子变坏,各种物品,没有超过一年的。曾经有人买了一些芥菜放在墙下,忘记吃了,几天之后生了虫子,那虫子四条腿,有头有尾,能行走,大小有如螳螂,只是腰身细长一些罢了。出自《岭南异物志》。

崔玄微

唐天宝中,处士崔玄微洛东有宅。耽道,饵术及茯苓三十载。因药尽,领僮仆辈入嵩山采芝,一年方回。宅中无人,蒿莱满院。时春季夜间,风清月朗,不睡,独处一院,家人无故辄不到。

三更后,有一青衣云:"君在院中也,今欲与一两女伴过,至上东门表姨处,暂借此歇,可乎?"玄微许之。须臾,乃有十余人,青衣引入。有绿裳者前曰:"某姓杨。"指一人,曰"李氏"。又一人,曰"陶氏"。又指一绯小女,曰"姓石名阿措"。各有侍女辈。玄微相见毕,乃坐于月下,问行出之由。对曰:"欲到封十八姨。数日云欲来相看,不得,今夕众往看之。"坐未定,门外报封家姨来也,坐皆惊喜出迎。杨氏云:"主人甚贤,只此从容不恶,诸亦未胜于此也。"玄微又出见封氏。言词泠泠,有林下风气,遂揖入坐。色皆殊绝,满座芳香,馥馥袭人。诸人命酒,各歌以送之。玄微志其二焉。有红裳人与白衣送酒,歌曰:"皎洁玉颜胜白雪,况乃当年对芳月。沉吟不敢怨春风,自叹容华暗消歇。"又白衣人送酒,歌曰:"绛衣披拂露盈盈,淡染胭脂一朵轻。自恨红颜留不住,莫怨春风道薄情。"至十八姨持盏,性颇轻佻,翻酒汗阿措衣。阿措作色曰:"诸人即奉求,余即不知奉求耳。"拂衣而起。十八姨曰:"小女弄酒。"皆起,至门外别。十八姨南去,诸人西入苑中而别。玄微亦不知异。

崔玄微

　　唐天宝年间，有一位崔玄微处士，住在东都洛阳之东。他沉溺于道教，服用苍术、白术和茯苓，已经有三十年。因为药已用尽，他就领着童仆们深入嵩山采灵芝，一年之后才回来。他居住的宅院，平时无人，回来一看，蒿草满院。当时正是春天的夜晚，风清月朗，晚风宜人，他还没有睡，单独待在一个院子里，家人没事是不到这个院子来的。

　　三更天之后，忽然有一个身穿青衣的女子走向他说："您在院里呢，我要和一两个女伴到东门表姨那里去，想要暂借这地方歇一歇，可以吗？"崔玄微答应了。不一会儿，就有十多个人由那女子领进来。有一个穿绿衣裳的上前说："我姓杨。"她指着一人说："她姓李。"又指一人，说"姓陶"。又指一个红衣小女子说："她姓石名阿措。"她们各有自己的侍女。崔玄微与她们相见完毕，就坐到月下，问她们出来的原因。她们回答说："要到封十八姨那里去。封十八姨几天前说想要来看她们，没来成，今晚大伙去看她。"还没坐稳，门外报告说封家姨来了，在座的都惊喜地跑出去迎接。杨氏说："这家的主人很好，只这从从容容不令人厌恶，其他地方就比不上这里。"崔玄微又出来见过封氏。封氏的言辞清冷冷峻，有林下的风气，大家相揖入座。众女子都是殊绝姿色，满座芳香，馥馥袭人。酒席摆上，开始饮酒，酒间，唱歌互赠。崔玄微记得其中的两首歌。一首是一个红衣裳的给一个白衣裳的送酒时唱道的："皎洁玉颜胜白雪，况乃当年对芳月。沉吟不敢怨春风，自叹容华暗消歇。"另一首是白衣人给红衣人送酒时唱道的："绛衣披拂露盈盈，淡染胭脂一朵轻。自恨红颜留不住，莫怨春风道薄情。"到了十八姨端起酒杯，她的性情很轻佻，把酒弄到了阿措身上。阿措生气地说："每个人都是双手捧着酒杯走到跟前请人家喝，轮到我怎么就不能捧着给我。"说完，她拂衣而起。十八姨说："这孩子耍酒疯呢。"大家都起来，到门外相别。十八姨往南去，其他人往西进到园中而各自别去。崔玄微也不知有什么异常。

明夜又来云："欲往十八姨处。"阿措怒曰："何用更去封姁舍，有事只求处士，不知可乎？"阿措又言曰："诸侣皆住苑中，每岁多被恶风所挠，居止不安，常求十八姨相庇。昨阿措不能依回，应难取力。处士倘不阻见庇，亦有微报耳。"玄微曰："某有何力，得及诸女？"阿措曰："但处士每岁岁日，与作一朱幡，上图日月五星之文，于苑东立之，则免难矣。今岁已过，但请至此月二十一日，平旦微有东风，即立之。庶夫免患也。"玄微许之。乃齐声谢曰："不敢忘德。"拜而去。玄微于月中随而送之，逾苑墙，乃入苑中，各失所在。

依其言，至此日立幡。是日东风振地，自洛南折树飞沙，而苑中繁花不动。玄微乃悟。诸女曰姓杨、李、陶，及衣服颜色之异，皆众花之精也。绯衣名阿措，即安石榴也。封十八姨，乃风神也。后数夜，杨氏辈复至愧谢。各裹桃李花数斗，劝崔生服之，可延年却老。愿长如此住卫护某等，亦可致长生。至元和初，玄微犹在，可称年三十许人。又尊贤坊田弘正宅，中门外有紫牡丹成树，发花千余朵。花盛时，每月夜，有小人五六，长尺余，游于花上。如此七八年。人将掩之，辄失所在。出《酉阳杂俎》及《博异记》。

第二天晚上她们又来，说："要到十八姨那去。"阿措生气道："何必还到封老婆子那里去，有事只求求这位处士，不知可不可以？"阿措又说道："各位伙伴都住在园中，每年都多次被恶风抓挠，居止不安，常常求十八姨庇护。昨天我没能依顺她，应该很难借上她的力了。处士如果能庇护我们，我们也会有所报答的。"崔玄微说："我有什么能力，能保护到各位女子？"阿措说："只要处士每年第一天，给我们做一面红色旗，旗上画上太阳、月亮和五星，送到园东立起来，就能免除我们的灾难。今年已经过了，只请你到了这个月的二十一日，天亮的时候微有东风，就立上。这样就可以使我们免除祸患。"崔玄微答应下来。众女子一齐致谢说："不敢忘记处士的恩德。"说完便行礼而去。崔玄微在月光里跟随在她们后边相送，见她们越过园墙，走进园中，各不知去向。

崔玄微按照她们的说法，到了这天便把旗立了起来。这一天东风振地，从洛南开始，折树飞沙，但是园子里的繁花不摇不动。崔玄微这才恍然大悟。众女子说姓杨，姓李，姓陶，以及她们的衣服颜色不同，从中可以看出她们是各种花精。穿红衣名阿措的，就是安石榴。封十八姨，就是风神。后来过了几日，一天夜里杨氏等人又来了，是来致谢的。她们各裹桃李花数斗，劝崔玄微服用，说可以延年却老。她们希望崔玄微长住下去并且经常卫护她们，那样崔玄微也可以长生不老。到了元和年初，崔玄微还健在，看上去像是三十来岁的人。另外，尊贤坊田弘正的宅院里，中门外一株紫牡丹长成树，开花一千多朵。花盛时，每个有月色的夜晚，就能看见有五六个小人，身长一尺多，在花上游玩。如此七八年的光景。人们要突然逮住他们的时候，便各失所在，不知哪儿去了。出自《酉阳杂俎》及《博异记》。

卷第四百一十七
草木十二

花卉怪下

光化寺客

　　兖州徂徕山寺曰光化,客有习儒业者,坚志栖焉。夏日凉天,因阅壁画于廊序。忽逢白衣美女,年十五六,姿貌绝异。客询其来,笑而应曰:"家在山前。"客心知山前无是子,亦未疑妖,但心以殊尤,贪其观视,且挑且悦,因诱致于室,交欢结义,情款甚密。白衣曰:"幸不以村野见鄙,誓当永奉恩顾。然今晚须去,复来则可以不别矣。"客因留连,百端遍尽,而终不可,素宝白玉指环,因以遗之曰:"幸视此,

花卉怪下

光化寺客

　　兖州徂徕山有一座寺叫光化寺,寺中有个以读书为业的客人,意志坚强,攻读不倦,长期住在这里。夏季里的一个较凉爽的日子,他在廊下,一边散步,一边观看壁画。忽然遇上一位美丽的少女,少女十五六岁的年纪,姿色绝异。他询问女子从哪里来,女子笑着回答说:"家在山前。"他心里明知山前没有这女子,也没有怀疑她是妖,只是心里因为特别喜欢她的眉眼,又是挑逗,又是说笑,就把她引诱到室内,交欢结义,情意绵绵,难舍难分。白衣说:"你不因为我是村野之人而瞧不起我,我发誓要永远侍奉你。但是今晚必须离去,再回来就可以永不分离了。"他因为心里恋恋不舍,千方百计地留她,到底不可,只好把平常带在身上的一件宝贝——白玉指环,送给她说:"希望你见到它,

可以速还。"因送行。白衣曰:"恐家人接迎,愿且回去。"客即上寺门楼,隐身目送。白衣行计百步许,奄然不见。客乃识其灭处,径寻究。寺前舒平数里,纤木细草,毫发无隐,履历详熟,曾无踪迹。暮将回,草中见百合苗一枝,白花绝伟,客因劚之。根本如拱,瑰异不类常者。及归,乃启其重付,百叠既尽,白玉指环,宛在其内。乃惊叹悔恨,恍惚成病,一旬而毙。出《集异记》。

僧智聪

上元中,蜀郡有僧智聪在宝相寺持经。夜久,忽有飞虫五六大如蝇,金色,迭飞赴灯焰,或蹲于灯花上鼓翅。与火一色,久乃灭于焰中。如此数夕。童子击堕其一,乃董陆花也,亦无形状。自是不复见。出《酉阳杂俎》。

邓珪

晋阳西有童子寺在郊牧之外。贞元中,有邓珪者寓居于寺。是岁秋,与朋友数辈会宿,既阖扉后,忽见一手自牖间入,其手色黄而瘦甚。众视之,俱栗然。独珪无所惧,反开其牖。闻有吟啸之声,珪不之怪。讯之曰:"汝为谁?"对曰:"吾隐居山谷有年矣。今夕纵风月之游,闻先生在此,故来奉谒。诚不当列先生之席,愿得坐牖下,听先生与客谈足矣。"珪许之。既坐,与诸客谈笑极欢,久之告去。将行,谓珪曰:"明夕当再来。愿先生未见摈。"既去,珪与诸客议曰:"此必鬼也。不穷其迹,且将为患矣。"于是缉丝为缥数百寻,候其再来,必缚之。明夕果来,又以手出于牖间。

就能赶快回来。"于是就出去送送她。她说："恐怕家里有人来接我，你先回去吧。"客人就爬上寺门楼，隐身目送她。她大约走出百步左右，忽然就不见了。他记住她消失的地方，径直跑去寻找。寺前平阔数里，小树小草，一根头发都不能隐藏，他对这里特别熟悉，却就是找不到她的踪迹。天将黑时，他见草中有一株百合，白花绝美，于是就把它挖了出来。那百合根本处是拱形，非常奇异。等拿到屋里，才发现那只白玉指环，就裹在这株百合里。他惊叹悔恨不已，恍恍惚惚，一病不起，十天之后便死去。出自《集异记》。

僧智誓

上元年间，蜀郡有一个叫智誓的和尚在宝相寺念经。夜深，忽然有五六个苍蝇大小的金色小虫飞进来，轮流交替地飞向火苗，有的蹲在灯花上扇动翅膀。虫火一色，许久才消灭在火焰之中。如此好几个夜晚。童子击落其中一只，一看，竟然是一朵薰陆花，也没有什么形状。从此不再出现了。出《酉阳杂俎》。

邓 珪

晋阳之西有一座童子寺立在郊外。贞元年间，有一个叫邓珪的人寄居在寺中。这年秋，他与几位朋友会宿，关门之后，忽然间有一只手从窗户伸进来，那手色黄而且瘦得厉害。大伙见了，都吓得发抖。唯独邓珪不怕，反而打开窗子。这时听到有吟啸之声，邓珪不以为怪。问道："你是谁？"对方回答说："我隐居山谷有年头了。今晚任风月而游，听说先生在此，特意来拜见。实在不敢与先生同席，愿能坐到窗外，听先生和客人谈话就满足了。"邓珪同意了。坐下之后，那东西和客人们相谈甚欢，过了许久，便告退。走时对珪说："明晚会再来。希望先生不要排斥我。"走后，邓珪对大伙说："这一定是个鬼。如果不追查他的踪迹，将成为祸患。"于是用丝搓了一根数百寻长的绳子，等其再来，一定将其捆绑。第二天晚上果然来了，又把手从窗户伸进来。

珪即以缗系其臂,牢不可解。闻牖外问:"何罪而见缚?其议安在?得无悔邪?"遂引缗而去。至明日,珪与诸客俱穷其迹。至寺北百余步,有蒲桃一株,甚蕃茂,而缗系其枝。有叶类人手,果牖间所见者。遂命掘其根而焚之。出《宣室志》。

刘 皂

灵石县南尝夜中妖怪,由是里中人无敢夜经其地者。元和年,董叔经为西河守。时有彭城刘皂,假孝义尉。皂顷尝以书忤董叔,怒甚,遂弃职。入汾水关,夜至灵石南,逢一人立于路旁。其状绝异,皂马惊而坠,久之乃起。其路旁立者,即解皂衣袍而自衣之。皂以为劫,不敢拒。既而西走近十余里,至逆旅,因言其事。逆旅人曰:"邑南夜中有妖怪,固非贼尔。"明日,有自县南来者,谓皂曰:"县南野中有蓬蔓,状类人,披一青袍,不亦异乎?"皂往视之,果己之袍也。里中人始悟,为妖者乃蓬蔓耳。由是尽焚,其妖遂绝。出《宣室志》。

田 布

唐田布,田悦之子也。元和中,尝过蔡比,路侧有草如蒿。茎大如指,其端聚叶,若鹪鹩巢在苇。折视之,叶中有小鼠数十,才若皂荚子,目犹未开,啾啾有声。出《酉阳杂俎》。

邓珪就把绳子系到其手臂上,系得很牢,没法解开。人们听到他在窗外问:"我有什么罪而绑我？讲好的协议哪去了？莫不是后悔了?"于是拖着绳子跑了。到天明,邓珪和客人一起追寻其踪迹。寺北一百多步的地方,有一棵葡萄,特别繁茂,而绳子就系在葡萄藤上。有一片叶子像人手,正是人们从窗户见到的那只手。于是让人挖出它的根,把它烧掉。出自《宣室志》。

刘　皂

　　灵石县南曾经夜间出现妖怪,从此乡里人没有敢夜间从那路过的。元和年间,董叔经是西河太守。当时有一个彭城人刘皂,暂代孝义尉。刘皂因事与董叔经不和睦,一气之下便弃官不做,一走了之。刘皂进入汾水关,正好是夜间来到灵石县南,遇到一个人站在路旁。那人样子怪异,刘皂的马受到惊吓,他便从马上掉下来,老半天才起来。站在路旁的那个人就上来脱刘皂的衣服,并穿到自己身上。刘皂以为是打劫的,不敢反抗。然后向西跑出十多里,来到一家客栈,就讲了这件事。客栈里的人说:"县南夜里有妖怪,不是强盗。"次日,有从县南来的人,对刘皂说:"县南田野中有一棵蓬蔓,样子像人,披了一件青色衣袍,你说怪不怪?"刘皂去看了看,果然是自己的那件袍子。乡里人才明白,原来作妖的是蓬蔓罢了。于是把它全烧掉了,那妖便灭绝了。出自《宣室志》。

田　布

　　唐朝的田布,是田悦的儿子。元和年间,田布有一天路过蔡比,见路旁有一种草很像蒿子。草的茎有手指那么粗,它的顶端聚集着叶子,就像鹤鹚在芦苇上筑的巢。他把它折下来一看,叶子里裹着几十只小老鼠,才只像皂荚子那么大,眼睛还没睁开,吱吱直叫。出自《酉阳杂俎》。

梁　生

唐兴平之西，有梁生别墅，其后园有梨树十余株。太和四年冬十一月，初雪霁，其梨忽有花发，芳而且茂。梁生甚奇之，以为吉兆。有韦氏谓梁生曰："夫木以春而荣，冬而瘁，固其常矣，焉可谓之吉兆乎？"生闻之不悦。后月余，梁生父卒。出《宣室志》。

苏昌远

中和中，有士人苏昌远居苏州属邑。有小庄去官道十里。吴中水乡率多荷芰。忽一日，见一女郎，素衣红脸，容质艳丽。阅其色，恍若神仙中人。自是与之相狎，以庄为幽会之所。苏生惑之既甚，尝以玉环赠之，结系殷勤。或一日，见槛前白莲花开敷殊异，俯而玩之，见花房中有物。细视，乃所赠玉环也。因折之，其妖遂绝。出《北梦琐言》。

药怪

上党人

隋文帝时，上党有人宅后每夜有人呼声，求之不见。去宅一里，但见一人参枝。掘之，入地五尺，如人体状。掘去之后，呼声遂绝。时晋王广阴有夺宗之计，谄事权要，上君也，党与也，言朋党比而潜，太子竟见废。隋室因此而乱。原缺出处，陈校本作出《宣室志》，今见《隋书·五行志》。

梁　生

唐时,兴平之西有梁生的别墅,别墅后园里有十几棵梨树。太和四年冬十一月,头场雪刚下完,那梨树忽然开了花,梨花芳香而且繁茂。梁生特别惊奇,以为是吉兆。有个姓韦的人对梁生说:"树木在春天繁荣,在冬天枯败,是不可改变的规律,怎么能说这是吉兆呢?"梁生听了不大高兴。后来过了一个多月,梁生的父亲死了。出自《宣室志》。

苏昌远

中和年间,有个叫苏昌远的人居住在苏州的属县。离官道十里的地方有一个小村庄。吴中水乡一般都多有荷花菱角。忽然有一天,苏昌远见到一位女郎,女郎白衣红脸,容质艳丽。看那姿色,就像是神仙界的人。从此,苏昌远就和这位佳人混在一起,以那个小村庄为幽会的场所。苏昌远已经被迷惑得不轻,曾经把一只玉环赠给了她。有一天,苏昌远见门前白莲花开得很美,俯身玩赏,见花房中有个东西。仔细一看,原来是自己送给那女子的玉环。于是他就把这株莲花折了下来,那妖女再也没见过。出自《北梦琐言》。

药怪

上党人

隋文帝时,上党有个人的宅子后边,每天夜里都有人的呼叫声,找还找不到。离宅子一里的地方,有一棵人参。挖它,挖了五尺,才看清它长得如人体形状。把它挖掉之后,呼叫声便再也没有了。当时晋王杨广暗中有夺权篡位之心,他巴结讨好权贵要人,勾结朋党,造谣诬陷,最终使太子被废。隋朝王室因此而乱。

原缺出处,陈校本作出自《宣室志》,今见《隋书·五行志》。

田登娘

陕州西北白径岭上逻村，村之田氏尝穿井，得一根大如臂。节中粗皮若茯苓，香气似术。其家奉释，有象设数十，遂置于像前。田氏女名登娘，十六七，有容质。其父常令供香火焉。经岁余，女尝日见一少年出入佛堂中，白衣蹑屐。女遂私之。精神举止，有异于常矣。其物根每岁至春萌芽。其女有妊，乃具白于母。母疑其怪。尝有衲僧过门，其家因留之供养。僧将入佛宇，辄为物拒之。一日，女随母他出，僧入佛堂。门才启，有一鸽拂僧飞去。其夕，女不复见其怪，视其根，亦成朽蠹。女娠才七月，产物三节，其形如像前根也。田氏并火焚之，其怪亦绝。旧说枸杞茯苓人参术形有异，服之获上寿。或不荤血，不色欲，遇之必能降真为地仙矣。田氏非冀，故见怪而去之。宜乎！出《酉阳杂俎》。

赵　生

天宝中，有赵生者，其先以文学显。生兄弟数人，俱以进士明经入仕。独生性鲁钝，虽读书，然不能分句详义，由是年壮尚不得为郡贡。常与兄弟友生会宴，盈座朱绿相接，独生白衣，甚为不乐。及酒酣，或靳之，生益惭且怒。后一日，弃其家遁去，隐晋阳山，葺茅为舍。生有书百余编，笈而至山中，昼习夜息，虽寒热切肌，食粟袭纻，不惮劳苦。而生蒙懵，力愈勤而功愈少。生愈恚怒，终不易其志。

田登娘

陕州西北白径岭上逻村,村中有一家姓田的曾经挖井,挖出来一块手臂粗细的根。根的节中粗皮像茯苓,香气像术。田家信奉佛教,家中设有几十个佛像,所以他们就把这块根放在佛像前。田氏有个女儿叫登娘,十六七岁,有几分姿色。她父亲常让她供香火。一年多以后,登娘发现有一个年轻人出入佛堂中,他身穿白衣脚穿木鞋。一来二去,登娘就和他私通了。因此精神举止便和平常不同了。那块木根每到春天都发芽。田登娘怀孕了,就全都告诉了母亲。母亲怀疑那是怪物。有一天一位僧人从门前路过,田家就留僧人住下。僧人将要进入佛堂的时候,总有什么东西阻止他。有一天,田登娘跟母亲出去了,僧人进到佛堂。门刚打开,有一只鸽子轻轻掠过僧人身边飞去。那天晚上,田登娘再没见到那怪物,看那块根,也变成朽烂虫咬的木头了。田登娘怀孕七个月,产下三节东西,形状就像佛像前的那块根。田氏把它烧掉,那怪也就没有了。旧话说枸杞、茯苓、人参、术,形各有异,服用这些东西都可以长寿。有的说不吃荤腥,不近女色,遇上这样的好药就能成为地仙。田氏没有这样的奢望,所以发现了怪物就除掉了它。应该如此啊!出自《酉阳杂俎》。

赵 生

天宝年间,有一个赵生,他的先人凭文学显贵一时。他兄弟几人,都以进士或明经资格进入仕途。只有这位赵生天生愚钝,虽然读书,却不能分开句子,理解含义,因此岁数虽然不小了却不能得到郡守的推荐。有一回他与哥哥弟弟们的朋友一起吃饭,满座红衣绿袍相连,只有他赵生是白衣,他非常不快。等到酒酣,有的人嘲笑他,他便更加惭愧愤怒。一天之后,他撇弃家园隐遁而去,住进晋阳山中,房屋是用茅草盖的。他把一百多编书用箱子运进山来,白天读书,黑夜休息,虽然寒热侵袭,吃的是粗粮,穿的是麻衣,但他不怕劳苦。然而这位赵生生性愚鲁,用力越勤功效越少。他更加愤怒,却始终不动摇自己的意志。

后旬余，有翁衣褐来造之，因谓生曰："吾子居深山中，读古人书，岂有志于禄仕乎？虽然，学愈久而卒不能分句详议，何蔽滞之甚邪！"生谢曰："仆不敏，自度老且无用，故入深山，读书自悦。虽不能达其精微，然必欲死于志业，不辱先人。又何及于禄仕也？"翁曰："吾子之志甚坚。老夫虽无术能有补于郎君，但幸一谒我耳。"因征其所止。翁曰："吾段氏子，家于山西大木之下。"言讫，忽亡所见。生怪之，以为妖，遂径往山西寻其迹，果有椴树蕃茂。生曰："岂非段氏子乎？"因持锸发其下，得人参长尺余，甚肖所遇翁之貌。生曰："吾闻人参能为怪者，可愈疾。"遂瀹而食之。自是醒然明悟，目所览书，尽能穷奥。后岁余，以明经及第。历官数任而卒。出《宣室志》。

菌怪

郭元振

郭元振尝山居。中夜，有人面如盘，瞋目出于灯下。元振了无惧色，徐染翰题其颊曰："久戍人偏老，长征马不肥。"元振之警句也。题毕吟之，其物遂灭。久之，元振随樵闲步，见巨木上有白耳，大如数斗，所题句在焉。出《酉阳杂俎》。

宣平坊官人

京宣平坊，有官人夜归。入曲，有卖油者张帽驮桶，不避道。

十几天后,有一个穿短褐衣服的老头来拜访他,老头对他说:"你隐居深山之中,读古人之书,难道有志于高官厚禄吗?即使这样,学的时间越长而最终也不能分句晓义,是多么不明智不灵活呀!"赵生表示感谢,说:"在下不聪敏,自己估计老了将无用,所以来到深山,读书自悦。尽管不能通晓书中的精深微妙之处,但是我一定要死在我想干的事业上,不给先人带来耻辱。又怎能说到官和禄上去呢?"老头说:"你的意志特别坚定。老夫我虽然没有什么仙术异能帮助你,只希望你到我那儿去一趟。"于是赵生问老头在什么地方住。老头说:"我是段氏之子,家在山西大树底下。"老头说完这话,忽然就不见了。赵生奇怪,以为是妖精,就径直到山西去寻找他的踪迹,果然有棵繁茂的椵树。赵生想:"这就是段氏之子吗?"于是拿来铁锹挖那树下,挖到一棵一尺多长的人参,这人参特别像他见过的那个老头。赵生想:"我听说能变成妖怪的人参,可以治病。"于是就把人参煮着吃了。从此以后他头脑清醒,聪明颖悟,凡是看过的书,都能通晓其中奥妙。一年之后,考中明经科。做了好几任官才死。出自《宣室志》。

菌怪

郭元振

郭元振曾经住在山里。到了半夜,有一个脸如圆盘的人眨着眼睛出现在灯下。郭元振一点也没害怕,慢慢地拿起笔蘸了墨,在那人的面颊上写道:"久戍人偏老,长征马不肥。"这是郭元振的警句。写完读了一遍,那人就没了。后来,郭元振跟着打柴的随便走走,发现一棵大树上有白木耳,白木耳有数斗大,上面有他题写的那两句诗。出自《酉阳杂俎》。

宣平坊官人

京中宣平坊,有一位官人夜里归来。走进曲斜僻静之处,见有一个卖油的,戴着草帽,用驴驮着油桶走着,不避开道路。

导者搏之,头随而落,遂遽入一大宅门。官人异之,随入至一大槐树下,遂灭。因告其家,其家即掘之。深数尺,并树枯根,下有大虾蟆如叠,挟二笔铬,树溜津满其中也。及有巨白菌如殿门浮沤钉,其盖已落。虾蟆乃驴也,笔铬乃油桶也,菌则其人矣。里人有买其油者月余,怪其油好而贱。及怪发,食者悉病呕。 出《酉阳杂俎》。

豫章人

豫章人好食蕈,有黄姑蕈者尤为美味。有民家治舍,烹此蕈以食工人。工人有登屋施瓦者,下视无人,唯釜煮物,以盆覆之。俄有小儿裸身绕釜而走,倏忽没于釜中。顷之,主人设蕈,工独不食,亦不言。既暮,食蕈者皆卒。出《稽神录》。

官人的导者上去打他,他的头应声而落,其余部分以及驴和油桶迅速地跑进一个大宅院的门里。官人觉得奇怪,就跟了进去,只见那人和驴跑到一棵大槐树下便不见了。于是官人告诉了这家的主人,这家主人立即命人发掘。挖到几尺深,见树的枯根下有一只大蛤蟆,蛤蟆的两边有两只笔套,笔套里流满了树的津液。还有一个巨大的白菌就像殿门上的浮沤钉,那盖已经落了。蛤蟆就是驴,笔套就是油桶,菌就是那个卖油的人了。有人一个月前就买了他的油,奇怪他的油为什么质量好而且价钱又便宜。等到这事发生,吃过那油的全都呕吐起来。出自《酉阳杂俎》。

豫章人

豫章人喜欢吃蕈,有一种黄姑蕈更是味道鲜美。有一家盖房子,煮这种蕈招待帮着盖房的工人们。有一个工人在房上布瓦,向下看见地上无人,只有一口锅正在煮着东西,并用盆盖着。一会儿,有一个光着身子的小男孩绕着那锅跑,倏地就在锅里消失了。不多时,主人把煮好的蕈摆到餐桌上,只有那个布瓦的工人不吃,也不说。到了天黑,吃蕈的人全死了。出自《稽神录》。

卷第四百一十八
龙一

苍　龙

孔子当生之夜，二苍龙亘天而下，来附徵在之房，因而生夫子。有二神女擎香露，空中而来，以沐浴徵在。出《王子年拾遗记》。

曹　凤

后汉建武中，曹凤字仲理，为北地太守，政化尤异。黄龙见于九里谷高冈亭，角长二丈，大十围，梢至十余丈。天子嘉之，赐帛百匹，加秩中二千石。出《水经注》。

张鲁女

张鲁之女，曾浣衣于山下，有白雾濛身，因而孕焉。耻之自裁，将死，谓其婢曰："我死后，可破腹视之。"婢如其言，得龙子一双，遂送于汉水。既而女殡于山。后数有龙至，其墓前成蹊。出《道家杂记》。

苍　龙

孔子要出生的那天夜里，两条苍龙横贯上天而降下，依附着徵在的居室，因而生了孔子。有两位仙女手擎香露从空中而来，用香露让徵在沐浴。出自《王子年拾遗记》。

曹　凤

后汉建武年间，曹凤字仲理，是北地太守，政治风化优异。在九里谷高冈亭出现一条黄龙，角长二丈，粗十围，尾巴也足有十几丈。天子赞美这件事，赐给曹凤一百匹帛，增加俸禄二千石。出自《水经注》。

张鲁女

张鲁的女儿，曾经在山下洗衣服，有蒙蒙白雾围在她的周围，因而怀了孕。张氏女感到耻辱想要自杀，临死的时候，对婢女说："我死了之后，可以打开肚子看看。"婢女照她的话去做了，得到两条小龙子，就把龙子送到汉水里去了。然后把张氏女埋葬在山上。后来多次有龙来，那墓前形成一条小路。出自《道家杂记》。

江陵姥

江陵赵姥以沽酒为业。义熙中,居室内忽地隆起,姥察为异,朝夕以酒酹之。尝见一物出头似驴,而地初无孔穴。及姥死,家人闻土下有声如哭。后人掘地,见一异物蠢然,不测大小,须臾失之。俗谓之土龙。出《渚宫旧事》。

甘　宗

秦使者甘宗所奏西域事云:外国方士能神咒者,临川禹步吹气,龙即浮出。初出,乃长数十丈。方士吹之,一吹则龙辄一缩,至长数寸,乃取置壶中,以少水养之。外国常苦旱灾,于是方士闻有旱处,便赍龙往,出卖之,一龙直金数十斤。举国会敛以顾之。直毕,乃发壶出龙,置渊中。复禹步吹之,长数十丈,须臾雨四集矣。出《抱朴子》。

南郢国

南郢国有洞穴阴源,其下通地脉,中有毛龙毛鱼。时蜕骨于旷泽之中。鱼龙同穴而处。其国献毛龙一于殷。殷置豢龙之官,至夏代不绝,因以命族。至禹导川,及四海会同,乃放于洛汭。出《拾遗录》。

龙　场

《王子年拾遗》曰:"方丈山东有龙场,地方千里,龙皮骨如山阜,布散百余顷。"《述异记》:"晋宁县有龙葬洲。父老云,龙蜕骨于此洲,其水今犹多龙骨。按山阜冈岫,能兴

江陵姥

江陵的赵姥以卖酒为生。义熙年间,她的居室内地面忽然凸起来了,赵姥觉察到此事怪异,早晚用酒祭奠它。她曾经看见一个东西从地里露出头来,头像驴,但是地上当初就没有窟窿。等到赵姥死了,家人听到土下有声音,像哭声。后来人们把地挖开,看到一个挺蠢的怪物,这东西很难说有多大,很快就没了。一般叫它为土龙。出自《渚宫旧事》。

甘　宗

秦使者甘宗禀奏的关于西域的事说:外国能通神咒的方士,登临河川,走禹步步法吹气,龙就能浮出来。龙刚出来的时候,是几十丈长。方士吹它,一吹它就一缩,缩到几寸长,然后就捉住它放到壶里,用很少一点水养着。外国常常苦于旱灾,于是方士听说有干旱的地方,就带着龙前往,把它卖掉,一条龙价值几十斤黄金。全国都会聚集起来观看。直到最后,才把壶打开,将龙放到湖泊里。再走禹步步法吹它,它长到几十丈长,片刻之间便乌云四起,下起雨来。出自《抱朴子》。

南郚国

南郚国有暗藏在洞穴中的水源,它的下边通向地脉,其中有毛龙和毛鱼。毛龙和毛鱼时常蜕骨在空旷的水泽之中。毛鱼和毛龙在一个洞穴里相处。这个南郚国曾经向殷商献过一条毛龙。殷商那时候设有养龙的官职,到夏代这种官职还有保留,因而用它作为一个部族的命名。到大禹治水,四海会同到一起,就把那条毛龙放到洛水里了。出自《拾遗录》。

龙　场

《王子年拾遗》说:"方丈山之东有龙场,方圆一千里,龙皮龙骨堆积如山,布散一百多顷。"《述异记》:"晋宁县有龙葬洲。老人说,龙在此洲蜕骨,水里至今多有龙骨。考察山岭峰峦,能兴

云雨者,皆有龙骨。或深或浅,多在土中。齿角尾足,宛然皆具。大者数十丈,或盈十围。小者才一二尺,或三四寸,体皆具焉。尝因采取见之。"《论衡》云:"蝉生于腹育,开背而出,必因雨而蜕,如蛇之蜕皮云。"近蒲洲人家,拆草屋,于栋上得龙骨长一丈许,宛然皆具。出《感应经》。

五色石

天目山人全文猛于新丰后湖观音寺西岸,获一五色石大如斗。文彩盘蹙,如有夜光。文猛以为神异,抱献之梁武。梁武喜,命置于大极殿侧。将年余,石忽光照廊庑,有声如雷。帝以为不祥,召杰公示之。对曰:"此上界化生龙之石也,非人间物。若以洛水赤砺石和酒合药,煮之百余沸,柔软可食。琢以为饮食之器,令人延寿。福德之人,所应受用。有声者,龙欲取之。"帝令驰取赤石,如其法,命工琢之以为瓯,各容五斗之半,以盛御膳,香美殊常。以其余屑,置于旧处。忽有赤龙,扬须鼓鬣,掉尾入殿,拥石腾跃而去。帝遣推验,乃是普通二年,始平郡石鼓村,斗龙所竞之石。其瓯遭侯景之乱,不知所之。出《梁四公记》。

震泽洞

震泽中,洞庭山南有洞穴深百余尺。有长城乃仰公眈误堕洞中,旁行,升降五十余里,至一龙宫。周围四五里,

云雨的地方，都有龙骨。有的深，有的浅，大多埋在土里边。齿、角、尾、足，全部具备，非常清晰。大的几十丈，有的粗满十围。小的才一二尺，有的三四寸，体形都具备。曾经借采取的机会见过。"《论衡》说："蝉在肚子里生长发育，破开背爬出来，一定要借着雨天才蜕变，就像蛇蜕皮一样。"近来蒲洲有一户人家拆草屋，在梁栋上得到一根龙骨，长一丈左右，很清晰，而且什么部位都很完备。出自《感应经》。

五色石

天目山人全文猛，在新丰后湖观音寺的西岸，得到一块斗那么大的五色石。石头的纹彩盘旋紧蹙，好像有夜光。全文猛以为是神奇之物，就抱着它献给了梁武帝。梁武帝很高兴，让把它放在太极殿旁边。将近一年多的时间，这块石头忽然光芒四射，发出雷一样的响声。梁武帝认为是不祥之兆，就召来杰公，把这石头给他看。杰公说："这是上界的化生龙变成的石头，不是人间的东西。如果用洛水的赤砺石和上酒，合成一种药，用这药把这石头煮沸一百次，这石头就变得柔软可吃了。把它雕琢成饮食器皿，能使人延长寿命。这是有福有德的人才可享用的。有声，是因为龙就要下来取它。"梁武帝派人迅速取来赤色砺石，就像杰公说的那样，命工匠把石头雕琢成盆，每个盆能容五十斗，来盛御膳，用这种盆盛的饭菜，格外香美，与众不同。把雕琢剩下的石屑，又放到原来的地方。忽然有一天，一条红色的龙，张牙舞爪地摇尾进入太极殿，抱着那些石头腾跃而去。梁武帝派人推求查验此事，原来这块五色石是普通二年，始平郡石鼓村，斗龙竞赛用的石头。雕成的那个盆，在侯景之乱以后，就不知道哪儿去了。出自《梁四公记》。

震泽洞

太湖中，洞庭山南有一百多尺深的洞穴。长城乃仰公眈误堕洞里，向旁边走，升降五十多里，来到一龙宫。周围四五里，

下有青泥至膝,有宫室门阙。龙以气辟水,霏如轻雾,昼夜光明。遇守门小蛟龙,张鳞奋爪拒之,不得入。公眈在洞百有余日,食青泥,味若粳米。忽仿佛说得归路,寻出之。

为吴郡守时,乃具事闻梁武帝。帝问杰公。公曰:"此洞穴有四枝:一通洞庭湖西岸,一通蜀道青衣浦北岸,一通罗浮两山间穴溪,一通枯桑岛东岸。盖东海龙王第七女掌龙王珠藏,小龙千数卫护此珠。龙畏蜡,爱美玉及空青而嗜燕。若遣使信,可得宝珠。"帝闻大嘉,乃诏有能使者,厚赏之。有会稽郡鄮县白水乡郎庾毗罗请行。杰公曰:"汝五世祖烧杀鄮县东海潭之龙百余头,还为龙所害。汝龙门之冤也,可行乎?"毗罗伏实,乃止。

于是合浦郡洛黎县瓯越罗子春兄弟二人,上书自言:"家代于陵水罗水龙为婚,远祖矜能化恶龙。晋简文帝以臣祖和化毒龙。今龙化县,即是臣祖住宅也。象郡石龙,刚猛难化,臣祖化之。化石龙县是也。东海南天台湘川彭蠡铜鼓石头等诸水大龙,皆识臣宗祖,亦知臣是其子孙。请通帝命。"杰公曰:"汝家制龙石尚在否?"答曰:"在在。谨赍至都。"试取观之。公曰:"汝石但能制微风雨召戎虏之龙,不能制海王珠藏之龙。"又问曰:"汝有西海龙脑香否?"曰:"无。"公曰:"奈之何御龙?"帝曰:"事不谐矣。"公曰:"西海大船,求龙脑香可得。昔桐柏真人敷扬道义,许谧、茅容乘龙,各赠制龙石十斤。今亦应在,请访之。"帝敕命求之。于茅山华龙隐居陶弘景得石两片。公曰:"是矣。"

下边有齐膝深的青泥,宫室门户样样不少。龙用气把水分开,霏霏然有如轻雾,白天黑夜都有光明。他来到宫门前,遇到守门的小蛟龙,小蛟龙张鳞奋爪地阻止他,他进不去。他在这洞中一百多天,吃青泥度日,青泥味道像粳米。忽然有一天好像找到了一条回家的路,顺着那路就出来了。

　　他做吴郡太守的时候,把这事详细地告诉了梁武帝。梁武帝就向杰公问起这事。杰公说:"这个洞穴分四条通道:一条通向洞庭湖西岸,一条通向蜀道青衣浦北岸,一条通向罗浮两山间的穴溪,一条通向枯桑岛东岸。东海龙王第七个女儿掌管龙王的珠藏,一千多条小龙在那里卫护这些珍珠。龙怕蜡,喜欢美玉和空青石,嗜吃燕子。如果能派人前去,可以得到宝珠。"梁武帝听了非常赞赏,就下诏征求能去的人,还给予重赏。会稽郡郯县白水乡有一个叫庚毗罗的人请求前去。杰公说:"你的五世祖烧杀郯县东海潭的龙一百多头,回来的路上被龙害死。你是龙家族的仇人,能去吗?"毗罗承认这是事实,就放弃了。

　　这时候合浦郡洛黎县的瓯越族人罗子春兄弟两个,上书说:"我家世代与陵水罗水龙通婚,我的祖先能驯化恶龙。晋简文帝就让我爷爷驯化过毒龙。现在的龙化县,就是我爷爷的住宅。象郡的石龙,刚烈凶猛难以驯化,我爷爷把它驯化了。化石龙县就是因为这事得名的。东海南天台、湘川的彭蠡、铜鼓的石头等名水中的大龙,都认识我的宗祖,也知道我是他们的子孙。请让我们去传达皇帝的命令。"杰公说:"你家的制龙石还在吗?"他们回答说:"在,在。已经带来了。"他就取出来给人看。杰公说:"你的这块石头只能降住一般的龙,不能降服为龙王藏珠的龙。"又问道:"你们有西海龙脑香吗?"罗子春说:"没有。"杰公说:"那你凭什么降服龙呢?"梁武帝说:"事情还不大好办呢。"杰公说:"乘大船到西海,可以找到龙脑香。从前桐柏真人弘扬道义,许谧、茅容乘龙,各得到桐柏真人赠送的制龙石十斤。现在还应该有,请派人求访。"于是梁武帝命令四处求访。在隐居在茅山华龙的陶弘景那里弄到两片制龙石。杰公看后说:"就是这种东西。"

帝敕百工，以于阗舒河中美玉，造小函二，以桐木灰发其光，取宣州空青，汰其甚精者，用海鱼胶之，成二缶，火烧之。龙脑香寻亦继至。杰公曰："以蜡涂子春等身及衣佩。"又乃赍烧燕五百枚入洞穴，至龙宫。

守门小蛟闻蜡气，俯伏不敢动。乃以烧燕百事赂之，令其通问。以其上上者献龙女，龙女食之大嘉。又上玉函青缶，具陈帝旨。洞中有千岁龙能变化，出入人间，有善译时俗之言。龙女知帝礼之，以大珠三、小珠七、杂珠一石，以报帝。命子春乘龙，载珠还国，食顷之间便至。龙辞去，子春荐珠。

帝大喜。得聘通灵异，获天人之宝。以珠示杰公，杰公曰："三珠，其一是天帝如意珠之下者，其二是骊龙珠之中者。七珠，二是虫珠，五是海蚌珠，人间之上者。杂珠是蚌蛤等珠，不如大珠之贵。"帝遍示百僚，朝廷咸谓杰公虚诞，莫不诘之。杰公曰："如意珠上上者，夜光照四十余里；中者十里；下者一里。光之所及，无风雨雷电水火刀兵诸毒厉。骊珠上者，夜光百步；中者十步；下者一室。光之所及，无蛇虺豸之毒。虫珠，七色而多赤，六足二目，当其凹处，有白如铁鼻。蚌珠五色，皆有夜光，及数尺。无瑕者为之上，有瑕者为下。珠蚌五，于时与月盈亏，蛇珠所致。隋侯唅参，即其事也。"又问蛇鹤之异。对曰："使其自适。"帝命杰公记蛇鹤二珠。斗余杂珠，散于殿前。取大黄蛇玄鹤各十数，处布珠中间。于是鹤衔其珠，鸣舞徘徊；蛇衔其

梁武帝命令百工,用于阆舒河里的美玉,雕制了两个小匣,用桐木灰把它磨光,找来宣州的空青,选出最好的,用海鱼胶成两个缶,用火烧一烧。不久又弄到了龙脑香。杰公说:"把蜡涂抹到罗子春兄弟二人的身上和衣佩上。"然后又让兄弟二人带上五百只烤好的燕子上路,二人来到龙宫。

守门的小蛟龙闻到蜡气,趴在那里不敢动。二人就拿出一百只烤燕子贿赂他们,让它们往里通报。二人把最好的烤燕子献给龙女,龙女吃过之后大加赞赏。二人又把玉匣和青缶献上,详细陈述了梁武帝的意思。洞中有一千岁的龙,可以变成人出入人间,完全可以听懂时俗语言。龙女知道梁武帝这是以礼相待,就把三颗大珠,七颗小珠,一石杂珠送给梁武帝作为回报。她让罗子春兄弟二人乘着龙载着这些珠子回国,一顿饭的工夫就到了。龙回洞,罗子春献珠。

梁武帝大喜。因派使者与灵异来往,获得了天人的宝物。他把珠子给杰公看,杰公说:"那三颗大珠,一颗是天帝如意珠之下等珠,两颗是骊龙珠之中等珠。那七颗小珠,两颗是虫珠,五颗是海蚌珠,是人间的上等珠。那一石杂珠,是蚌蛤等珠,不如大珠值钱。"梁武帝让所有的官员都来看,百官认为杰公荒诞不实,没有不追问的。杰公说:"如意珠中最好的,夜光能照出四十多里;中等的能照十里;下等的照一里。所照到的地方,没有风雨、雷电、水火、刀兵等各种毒疠。骊珠中最好的,夜光能照一百步;中等的十步;下等的只照亮一间屋子。所照到的地方,没有虫蛇之毒。虫珠,七种颜色,多半是赤色,六条腿两只眼,在凹陷处,有铁鼻状的白。蚌珠五种颜色,都有夜光,只能照出几尺。没有斑点的是上品,有斑点的是下品。五只珠蚌,同月一起盈亏,这是蛇珠造成的。所谓隋侯之珠,哙参之珠,就是蛇珠和鹤珠的事情。"人们又问蛇珠与鹤珠有什么不同。杰公说:"让它们自己来表明吧。"梁武帝让杰公记一下哪些是蛇珠,哪些是鹤珠。一斗多杂珠,散放在殿前。弄来大黄蛇十条,黑鹤十只,把它们布置在珠子中间。于是,鹤衔起一颗珠子鸣舞徘徊;蛇衔起一颗

珠,盘曲宛转。群臣观者,莫不叹服。帝复出如意龙虫等珠,光之远近,七九八数,皆如杰公之言。

子春在龙宫得食,如花如药,如膏如饴,食之香美。赍食至京师,得人间风日,乃坚如石,不可咀咽。帝令秘府藏之,拜子春为奉车都尉,二弟为奉朝请,赐布帛各千匹。追访公眂往不为龙害之由,为用麻油和蜡,以作照鱼衣,乃身有蜡气故也。出《梁四公记》。

梁武后

梁武郗皇后性妒忌。武帝初立,未及册命,因忿怒,忽投殿庭井中。众趋井救之,后已化为毒龙,烟焰冲天,人莫敢近。帝悲叹久之,因册为龙天王,便于井上立祠。出《两京记》。

刘 甲

宋刘甲居江陵。元嘉中,女年十四,姿色端丽,未尝读佛经,忽能暗诵《法华经》。女所住屋,寻有奇光。女云:"已得正觉,宜作二七日斋。"家为置高座,设宝帐。女登座,讲论词玄。又说人之灾祥,诸事皆验。远近敬礼,解衣投宝,不可胜数。衡阳王在镇,躬率参佐观之。经十二日,有道士史玄真曰:"此怪邪也。"振褐往焉。女即已知,遣人守门,云:"魔邪寻至,凡着道服,咸勿纳之。"真变服奄入。女初犹喝骂,真便直前,以水洒之,即顿绝,良久乃苏。

珠子,盘曲宛转。群臣看了,没有不叹服的。梁武帝又把如意珠、龙珠、虫珠,全部都拿了出来,珠子光照的远近,和杰公说的全部一样。

罗子春在龙宫吃的东西,如花似药,如膏似饴,吃起来特别香美。他将一些食物带回京城,但是这些食物让人间的阳光一晒,热风一吹,竟然像石头一样坚硬,不能咬动。梁武帝命人把这些东西藏到秘府里,让罗子春做了奉车都尉,让他的弟弟做了奉朝请,赐给他们各一千匹布帛。后又追访仰公眺到龙宫去而没被龙害的原因,原来他用麻油和蜡做了照鱼衣,是身上有蜡气的原因。出自《梁四公记》。

梁武后

梁武郗皇后生性妒忌。武帝刚登基,还没有来得及办理册封的事,于是郗皇后便非常愤怒,忽地投到宫殿庭院里的一口井中。大伙跑过去救她时,她已经变成一条毒龙,烟焰冲天,谁也不敢靠近。武帝悲叹了好久,因此册封她为龙天王,并在井上立了供奉她的祠堂。出自《两京记》。

刘 甲

宋刘甲住在江陵。元嘉年间,他的女儿十四岁,姿色端庄秀丽,她没有读过佛经,有一天却忽然能暗暗地背诵《法华经》。她住的屋里,不久便出现奇异的光。她说:"已经得了正觉,应该做二十七日的斋戒。"家里为她设置了高座,设立了宝帐。她登上宝座,讲的话很深奥。又讲人的灾祥祸福,各种事都很灵验。远近的人都很敬佩她,解衣投宝的,不可胜数。衡阳王在镇,亲自率领僚属来观看。经过十二天,有一个叫史玄真的道士说:"这是一种奇怪的现象。"他急急忙忙地赶来。她已经知道了,派人守住门,说:"不久将有妖邪之类到米,凡是穿道服的,全都不让进来。"史玄真换了衣服突然进入。她起初还大声地喝骂,史玄真便直接走上前去,把水洒到她身上,她顿然气绝,过了许久才醒。

问以诸事,皆云不识。真曰:"此龙魅也。"自是复常,嫁为宣氏妻。出《渚官旧事》。

宋 云

后魏宋云使西域,至积雪山,中有池,毒龙居之。昔三百商人止宿池侧,值龙忿怒,泛杀商人。果阤王闻之,舍位与子,向乌场国学婆罗门咒。四年之中,善得其术。还复王位,就池咒龙。龙化为人,悔过向王,王即从之。出《洛阳伽蓝记》。

蔡 玉

弘农郡太守蔡玉以国忌日于崇敬寺设斋。忽有黑云甚密,从东北而上,正临佛殿。云中隐隐雷鸣。官属犹未行香,并在殿前,聚立仰看。见两童子赤衣,两童子青衣,俱从云中下来。赤衣二童子先至殿西南角柱下,抽出一白蛇身长丈余,仰掷云中。雷声渐渐大而下来。少选之间,向白蛇从云中直下,还入所出柱下。于是云气转低着地。青衣童子乃下就住,一人捧殿柱,离地数寸。一童子从下又拔出一白蛇长二丈许,仰掷云中。于是四童子亦一时腾上,入云而去。云气稍高,布散遍天。至夜,雷雨大霆,至晚方霁。后看殿柱根,乃蹉半寸许,不当本处。寺僧谓此柱腹空。乃凿柱至心,其内果空,为龙藏隐。出《大业拾遗记》。

李 靖

唐卫国公李靖微时,尝射猎灵山中,寓食山中。

醒后人们再问她各种事情,她便说什么都不记得了。史玄真说:
"这是被龙魇住了。"从此以后她恢复正常,嫁给宣氏为妻。出自
《渚宫旧事》。

宋 云

后魏时,宋云出使西域,走到积雪山,见山中有大池,池中有
毒龙。以前三百商人在这池边止宿,正赶上毒龙愤怒,就把这三
百人全都泛水淹死了。果阤王听说这事以后,把王位让给儿子,
自己到乌场国去学婆罗门咒语。四年之中,他很好地掌握了法
术。然后就归国恢复了王位,到池边去咒那毒龙。毒龙变成人,
向国王表示悔过,国王就把他放了。出自《洛阳伽蓝记》。

蔡 玉

弘农郡太守蔡玉,在国忌日这一天到崇敬寺设斋。忽然有
浓密的黑云从东北而上,临近佛堂。云中有隐隐的雷鸣。官属
们还没有行香,一齐站在殿前,仰着头观看。他们看见两个红衣
童子和两个青衣童子,都从云中下来。两个红衣童子先来到殿
西南角的柱子下,抽出一条一丈多长的白蛇,将蛇仰掷到云中。
雷声渐渐变大而滚动下来。不多一会儿,刚才扔上去的那条白
蛇从云中直贯下来,回到所出的柱子下。于是云气变低,着地。
青衣童子走下来靠近柱子,一人把柱子捧起来,让柱子离地几
寸。另一人从柱子下又拔出一条两丈左右长的白蛇,仰掷到云
中。四个童子也同时腾身而起,隐入云中。云气渐渐升高,布散
满天。到了夜晚,雷雨大作,一直下到第二天晚上才晴。后来人
们去看那殿柱的根部,竟偏离半寸左右,没有回到原来的位置。
庙里的和尚说,这柱子是空的。于是就凿柱子到柱心,一看,果
然是空的,是龙的隐藏之所。出自《大业拾遗记》。

李 靖

唐卫国公李靖未发达时,曾经到灵山打猎,吃住都在山中。

村翁奇其为人,每丰馈焉,岁久益厚。忽遇群鹿,乃逐之。会暮,欲舍之不能。俄而阴晦迷路,茫然不知所归,怅怅而行,因闷益甚。极目有灯火光,因驰赴焉。既至,乃朱门大第,墙宇甚峻。扣门久之,一人出问。靖告迷道,且请寓宿。人曰:"郎君已出,独太夫人在。宿应不可。"靖曰:"试为咨白。"乃入告。复出曰:"夫人初欲不许,且以阴黑,客又言迷,不可不作主人。"邀入厅中。有顷,一青衣出曰:"夫人来。"年可五十余,青裙素襦,神气清雅,宛若士大夫家。靖前拜之。夫人答拜曰:"儿子皆不在,不合奉留。今天色阴晦,归路又迷,此若不容,遣将何适?然此乃山野之居,儿子还时,或夜到而喧,勿以为惧。"既而食。颇鲜美,然多鱼。食毕,夫人入宅。二青衣送床席裀褥,衾被香洁,皆极铺陈。闭户系之而去。

靖独念山野之外,夜到而闹者何物也,惧不敢寝,端坐听之。夜将半,闻扣门声甚急,又闻一人应之,曰:"天符,报大郎子当行雨。周此山七百里,五更须足。无慢滞,无暴厉。"应者受符入呈。闻夫人曰:"儿子二人未归,行雨符到,固辞不可,违时见责,纵使报之,亦以晚矣。僮仆无任专之理,当如之何?"一小青衣曰:"适观厅中客,非常人也。盍请乎?"夫人喜,因自扣其门曰:"郎觉否?请暂出相见。"靖曰:"诺。"遂下阶见之。夫人曰:"此非人宅,乃龙宫也。妾长男赴东海婚礼,小男送妹,适奉天符,次当行雨。计两处云程,合逾万里。报之不及,求代又难,辄欲奉烦顷刻间。

山村里的老人们对他的为人感到惊奇,常给他丰厚的馈赠,年头越久馈赠越多。有一天他忽然遇上一群鹿,就去追赶。追到天黑,想要舍弃又不能。不多时便在阴晦中迷失了道路,茫茫然不知何处是归路,怅然而行,心里非常沉闷。忽然望见远处有灯火,急忙驰马过去。到那一看,竟是朱门大户,墙宇煞是高峻。叩门叩了好半天,有一人出来问他干什么。李靖便说迷失了道路,想借住一宿。那人说:"我家郎君出去了,只有太夫人在家。留宿应该不行。"李靖说:"请问一下试试。"那人便进门去报告。接着又出来说:"夫人起先不想答应,但因为天气阴黑,你又说迷了路,就不能不留你了。"于是邀李靖进客厅。过了一会儿,一位婢女出来说:"夫人来了。"他一看那夫人,年纪有五十多岁,青裙素袄,神气清雅,宛如士大夫之家。李靖上前拜见。夫人答拜说:"儿子都不在家,不该留宿。但现在天色阴晦,又迷失归路,这儿不留你,还让你上哪儿去呢?这是山野人家,儿子回来时,也许是半夜,而且还大吵大叫,你可别怕。"然后就吃饭。饭菜都很鲜美,但是多半是鱼。吃完饭,夫人进屋。两个婢女送来床席被褥,这些东西都带香味,富丽奢华。二婢女铺好床闭户而去。

　　李靖想着山野之外,夜里到来又吵闹的是什么,越想越怕,不敢入睡,端坐在那里听外面的动静。将近夜半,听到很急的敲门声,又听一个人回应,说:"天符,报大郎君应该行雨。此山周围七百里,五更天下足。不要迟慢,不要暴厉。"应者接过天符进屋呈报。听夫人说:"两个儿子都没有回来,行雨的符到了,绝对推辞不得,不按时就被责罚,即使去报告,也已经晚了。童仆没有担当专职的道理,该怎么办呢?"一个小婢女说:"适才见客厅里的客人不是一般人,何不去求他呢?"夫人听后很高兴,亲自来叩门说道:"您醒着吗?请您暂且出来一下。"李靖回答说:"好。"于是赶忙下阶相见。夫人对他说:"这不是人类的住处,是龙宫。我大儿子到东海去参加婚礼了,小儿子去送他妹妹了,恰好接到天符,按照要求应该行雨。总计两处的云程,合起来超过一万里。去报告来不及,求别人代替又很难,就想要麻烦您一小会儿。

如何?"靖曰:"靖俗人,非乘云者,奈何能行雨? 有方可教,即唯命耳。"夫人曰:"苟从吾言,无有不可也。"遂敕黄头,鞴青骢马来。又命取雨器,乃一小瓶子,系于鞍前。戒曰:"郎乘马,无勒衔勒,信其行。马跑地嘶鸣,即取瓶中水一滴,滴马鬃上。慎勿多也。"于是上马腾腾而行,倏忽渐高,但讶其隐疾,不自知其云上也。风急如箭,雷霆起于步下。于是随所跃,辄滴之。既而电掣云开,下见所憩村。思曰:"吾扰此村多矣,方德其人,计无以报。今久旱,苗稼将悴。而雨在我手,宁复惜之?"顾一滴不足濡,乃连下二十滴。

俄顷雨毕,骑马复归。夫人者泣于厅曰:"何相误之甚! 本约一滴,何私下二十尺之雨? 此一滴,乃地上一尺雨也。此村夜半,平地水深二丈,岂复有人? 妾已受谴,杖八十矣。"但视其背,血痕满焉。"儿子亦连坐,奈何?"靖惭怖,不知所对。夫人复曰:"郎君世间人,不识云雨之变,诚不敢恨。只恐龙师来寻,有所惊恐,宜速去此。然而劳烦,未有以报,山居无物,有二奴奉赠。总取亦可,取一亦可。唯意所择。"于是命二奴出来。一奴从东廊出,仪貌和悦,怡怡然。一奴从西廊出,愤气勃然,拗怒而立。靖曰:"我猎徒,以斗猛事。今但取一奴,而取悦者,人以我为怯也。"因曰:"两人皆取则不敢。夫人既赐,欲取怒者。"夫人微笑曰:"郎之所欲乃尔。"遂揖与别,奴亦随去。

出门数步,回望失宅,顾问其奴,亦不见矣。独寻路而归。

怎样呢?"李靖说:"我是俗人,不是能乘云驾雾,怎么能行雨,有办法可以教给我,我听吩咐就是了。"夫人说:"如果能照我的话做,没有不行的。"于是就命人备好青骢马牵过来。又命人取来雨器,雨器就是一个小瓶,这小瓶被系在马鞍之前。夫人嘱咐说:"您骑马,不要勒马的衔勒,要让它随便走。马跑的时候,地上发出嘶鸣声,你就从瓶中取出一滴水,滴到马鬃上。一定不要滴多了。"于是李靖上马腾腾而行,越走越高,不知不觉已来到云层之上。风急如箭飞,暴雷脚下响。于是他就随着马的跳跃,开始滴水。不一会儿就闪电大作,乌云拨开,他望见了寄住的那个小山村。他想:"我打扰这个村太多了,正感他们的恩德没办法报答。现在很久没下雨了,庄稼苗将旱死。而雨就在我手里,难道还能舍不得给吗?"想到一滴不够,就连下了二十滴。

不大一会儿就下完了,他骑马回来。夫人在厅里哭着说:"你怎么错得这么厉害! 本来约好了下一滴,为什么私自下了二十尺雨? 这一滴,就是地上的一尺雨啊。这个村半夜的时候,忽然间平地水深二丈,哪还有人? 我已经受到责罚,挨了八十大板。"但见她的后背,满是血痕。"我的儿子也会被连坐,怎么办?"李靖又惭愧又害怕,不知如何是好。夫人又说:"您是人世间的凡人,不懂得云雨的变化,实在不能怨您。只怕龙师马上找来,会吓到您,请马上离去。但是如此麻烦您,没有什么可以报答您,山里没有别的,就将两个小奴送给您吧。一块儿领走也可以,单领一个也可以。由您选择。"于是让二奴出来。一个从东廊下走出来,仪表容貌和悦可亲。一个从西廊下走出来,愤气勃然,怒目而立。李靖心里想:"我是一个打猎的,不怕斗猛之事。现在只领一奴,要是领那个笑脸的,人家就会以为我胆小。"于是他说:"不敢将两个都领去。夫人既然相赠,我就领这个生气的吧。"夫人笑着说:"您的欲求也就这样了。"于是就作揖与他告别,那小奴也跟着他走出来。

走出门才几步,回头再看,宅舍全部消失,又扭头想去问问小奴怎么回事,却发现小奴也不见了。他只好独自寻路而归。

及明，望其村，水已极目，大树或露梢而已，不复有人。其后竟以兵权静寇难，功盖天下，而终不及于相。岂非取奴之不得乎？世言关东出相，关西出将，岂东西喻邪？所以言奴者，亦下之象。向使二奴皆取，即极将相矣。出《续玄怪录》。

等到天明,看了一眼那个小村庄,汪然一片大水,大树只露出树梢,不再有人。这以后,李靖居然当了大官,指挥军队平定了贼寇,立下了盖世的大功,但是他始终没达到相位。只怕是没领那个小奴的原因吧?人们都说关东出相,关西出将,难道那二奴一个从东廊出一个从西廊出是暗喻将相?之所以叫作奴,也是位在下的象征。假如把两个小奴都领走,那就将既做将又做相了。

出自《续玄怪录》。

卷第四百一十九
龙二

柳　毅

柳　毅

　　唐仪凤中，有儒生柳毅者应举下第，将还湘滨。念乡人有客于泾阳者，遂往告别。至六七里，鸟起马惊，疾逸道左。又六七里，乃止。见有妇人，牧羊于道畔。毅怪视之，乃殊色也。然而蛾脸不舒，巾袖无光。凝听翔立，若有所伺。毅诘之曰："子何苦而自辱如是？"妇始楚而谢，终泣而对曰："贱妾不幸，今日见辱于长者。然而恨贯肌骨，亦何能愧避？幸一闻焉。妾洞庭龙君小女也，父母配嫁泾川次子。而夫婿乐逸，为婢仆所惑，日以厌薄。既而将诉于舅姑。舅姑爱其子，不能御。迨诉频切，又得罪舅姑。舅姑毁黜以至此。"言讫，歔欷流涕，悲不自胜。

　　又曰："洞庭于兹，相远不知其几多也。长天茫茫，信耗莫通，心目断尽，无所知哀。闻君将还吴，密通洞庭，或以尺书寄托侍者，未卜将以为可乎！"毅曰："吾义夫也。闻子之说，气血俱动，恨无毛羽，不能奋飞，是何可否之谓乎？

柳　毅

唐朝仪凤年间，有一个叫柳毅的书生赴京赶考落第，要回湘滨。想到泾阳还住着自己的同乡，就前去告别。走了六七里路程，突然间鸟起马惊，马就飞快地跑到旁边的岔道上去了。又跑出六七里才停下。这时他看到一个女人正在道旁牧羊。柳毅感到奇怪，仔细一看，那女子竟是殊绝之色。但是她的俏脸愁苦不舒，她的巾袖污秽无光。她凝神而立，好像在等盼什么。柳毅问她道："你为什么如此忧伤呢？"女子这才痛苦地道歉，哭泣着回答说："我很不幸，今蒙垂问，使你受辱。但是怨恨至极，哪还能羞愧退避？请听听我的不幸遭遇吧。我是洞庭龙君的小女儿，由父母做主嫁给泾川龙王的次子。但是我的丈夫玩乐无度，被婢女奴仆迷惑，对我一天比一天差。我就把这事告诉了公公婆婆。公公婆婆溺爱他们的儿子，不能把他管住。等到我说的次数多了，要求更迫切的时候，这又得罪了公公婆婆。公公婆婆就把我赶到这里来了。"说完，她抽抽搭搭地哭泣，不胜悲切。

又说："洞庭到这，不知隔了多远。长天茫茫，连封书信都不能通，心里孤独绝望，不知有多么悲哀。听说你要到吴地去，如果能秘密地去通知洞庭，或者把一封家书交付给侍者，说不定我还真就有救了呢！"柳毅说："我是个讲义气的人。听你如此一说，气血上涌，恨自己没有翼翅，不能振飞，这还说什么可不可以？

然而洞庭深水也，吾行尘间，宁可致意耶？唯恐道途显晦，不相通达，致负诚托，又乖恳愿。子有何术，可导我邪？"女悲泣且谢曰："负载珍重，不复言矣。脱获回耗，虽死必谢。君不许，何敢言？既许而问，则洞庭之与京邑，不足为异也。"毅请闻之。女曰："洞庭之阴，有大橘树焉，乡人谓之社橘。君当解去兹带，束以他物，然后叩树三发，当有应者。因而随之，无有碍矣。幸君子书叙之外，悉以心诚之话倚托，千万无渝。"毅曰："敬闻命矣。"女遂于襦间解书，再拜以进。东望愁泣，若不自胜。毅深为之戚，乃置书囊中，因复问曰："吾不知子之牧羊，何所用哉？神祇岂宰杀乎？"女曰："非羊也，雨工也。""何为雨工？"曰："雷霆之类也。"数顾视之，则皆矫顾怒步，饮龁甚异，而大小毛角，则无别羊焉。毅又曰："吾为使者，他日归洞庭，幸勿相避。"女曰："宁止不避，当如亲戚耳。"语竟，引别东去。不数十步，回望女与羊，俱亡所见矣。其夕，至邑而别其友。

月余到乡还家，乃访于洞庭。洞庭之阴，果有橘社。遂易带向树，三击而止。俄有武夫出于波间，再拜请曰："贵客将自何所至也？"毅不告其实，曰："走谒大王耳。"武夫揭水指路，引毅以进。谓毅曰："当闭目，数息可达矣。"毅如其言，遂至其宫。始见台阁相向，门户千万，奇草珍木，无所不有。夫乃止毅停于大室之隅，曰："客当居此以伺焉。"毅曰："此何所也？"夫曰："此灵虚殿也。"谛视之，

但是洞庭湖是深水,我行于尘埃之间,难道可以前去致意吗? 只怕路途一显一晦不相通达,辜负了你的委托,又违背了你的诚心。你有什么法术,可以教给我吗?"女子哭着表示感谢,说:"负载珍重,不再说了。如果能得到我家的一点回音,我就是死了也要感谢你。你还没有答应,我怎么敢说? 既然你已经同意并且寻问,那么我告诉你,洞庭和京城,没什么两样。"柳毅让她说清楚些。她说:"洞庭的南边,有一棵大橘树,乡里人叫它社橘。你应当解去这条带子,用它捆扎别的东西,然后敲树三下,应当有人出来问你。你就跟着往里走,那就什么障碍都没有了。除了让你传书捎信外,我还把真心话全都讲出来了,希望你千万不要改变。"柳毅说:"你就放心好了。"龙女于是就从衣襟里取出一封书信,拜了两拜把书信交给柳毅。她望着东方愁泣,一副承受不住的样子。柳毅见了,心中也好不悲切,他把书信揣起来,就又问道:"你放羊有什么用呢? 难道神祇也宰杀生灵吗?"龙女说:"这不是羊,是雨工。""什么是雨工?"龙女说:"雨工就是雷霆之类的东西。"柳毅仔细看那些羊,羊的行动与其他羊很不一样,但羊的大小以及羊角羊毛与别的羊完全一样。柳毅又说:"我是送信人,日后你回到洞庭,可不要把我忘了,不见我呀。"龙女说:"怎么会不见你呢,我们应该像亲戚那样。"说完,柳毅作别东去。走了不到几十步,回头望龙女和羊,全都不见了。那天晚上,柳毅来到城里告别了朋友,

　一个多月后回到家乡,就到洞庭察访。洞庭湖的南面,果然有一棵社橘。于是他改换了带子,面对着橘树,拍打了三下。不一会儿,水波间出现一个武夫,他拜问柳毅说道:"贵客是从哪里来的?"柳毅不告诉他实话,说:"我是来拜访龙王的。"于是,那武夫在前边揭水指路,带着柳毅往里走。他对柳毅说:"你闭上眼睛,一会儿就到了。"柳毅照他说的去做,果然不一会儿就来到龙宫。睁眼一看,楼台殿阁,门户千万,奇花异草,无所不有。那武夫就让柳毅在一间大厅的一角停下,说:"你在这等着。"柳毅说:"这是什么地方?"武夫说:"这是灵虚殿。"柳毅仔细观瞧,

则人间珍宝,毕尽于此。柱以白璧,砌以青玉,床以珊瑚,帘以水精。雕琉璃于翠楣,饰琥珀于虹栋。奇秀深杳,不可殚言。然而王久不至。毅谓夫曰:"洞庭君安在哉?"曰:"吾君方幸玄珠阁,与太阳道士讲大经。少选当毕。"毅曰:"何谓大经?"夫曰:"吾君龙也,龙以水为神,举一滴可包陵谷。道士乃人也,人以火为神圣,发一灯可燎阿房。然而灵用不同,玄化各异,太阳道士精于人理,吾君邀以听。"

言语毕,而宫门辟,景从云合,而见一人披紫衣,执青玉。夫跃曰:"此吾君也。"乃至前以告之。君望毅而问曰:"岂非人间之人乎?"毅对曰:"然。"毅而设拜,君亦拜。命坐于灵虚之下,谓毅曰:"水府幽深,寡人暗昧。夫子不远千里,将有为乎?"毅曰:"毅,大王之乡人也。长于楚,游学于秦。昨下第,间驱泾水右涘,见大王爱女,牧羊于野。风环雨鬓,所不忍视。毅因诘之,谓毅曰,为夫婿所薄,舅姑不念,以至于此。悲泗淋漓,诚怛人心。遂托书于毅,毅许之。今以至此。"因取书进之。洞庭君览毕,以袖掩面而泣曰:"老父之罪,不能鉴听,坐贻聋瞽,使闺窗孺弱,远罹构害。公乃陌上人也,而能急之,幸被齿发,何敢负德?"词毕,又哀咤良久。左右皆流涕。时有宦人密视君者,君以书授之,令达宫中。

须臾,宫中皆恸哭。君惊谓左右曰:"疾告宫中,无使有声,恐钱塘所知。"毅曰:"钱塘何人也?"曰:"寡人之爱弟。

人间的各种奇珍异宝,全都陈列在这里。柱是用白璧雕成的,墙是用青玉砌起的,床是用珊瑚做成的,帘子是用水精做成的。在翠楣上雕饰着琉璃,在虹栋上装饰有琥珀。建筑之宏伟,雕饰之精巧,不可言喻。然而龙王久久不到。柳毅便对武夫说:"洞庭君在哪里呢?"武夫回答道:"我们龙王正在玄珠阁,正与太阳道士讲大经。不一会儿就能结束。"柳毅说:"什么是大经?"武夫说:"我们的君王是龙,龙以水为神,拿一滴水可以包容陵谷。道士是人,人以火为神圣,用一盏灯就可以烧掉阿房宫。但是灵用之道不同,玄化之理各异,太阳道士精通于人间的道理,我们龙君邀他来讲讲听。"

刚讲完,宫门打开,只见一人身披紫衣,手执青玉出现在那里。武夫跳起来说:"这就是我们龙王。"于是武夫走到龙王面前禀告。龙王望着柳毅问道:"难道你不是人间的人吗?"柳毅回答说:"我是。"柳毅下拜,龙君也下拜。龙君让柳毅入座,对柳毅说:"水府幽深,寡人愚昧。敢问夫子不远千里而来,有什么事吗?"柳毅说:"我是大王的同乡。生长在楚地,游学于秦地。前些日子赴考不中,走到泾水边上,看到大王的爱女在野外牧羊。风吹玉环,雨浇两鬓,窘迫得令人目不忍睹。于是我就问她,她对我说,夫婿对她不好,公婆不管,以致到了这种地步。她讲话的时候涕泪淋漓,着实令人伤心。她请求我来送一封信,我就答应了。所以我才来到这里。"于是柳毅取书信交给龙王。龙王看完信,用袖子捂着脸哭道:"这是老爹爹的罪过呀,我成了聋人和盲人,不能亲自过问女儿的情况,致使一个柔弱的女孩子,在遥远的异地遭受迫害。你是一个行路之人,竟能以此事为急,天高地厚之恩,怎么敢辜负?"说完,又哀叹半天。左右的人也都跟着流泪。这时候有一个侍者来到龙王面前,龙王把书信交给他,让他送到宫中去。

不多时,宫中上下全都恸哭失声。龙王惊慌地对身边的人说:"赶快告诉宫中,不要哭出声来,被钱塘听了去就得出乱子。"柳毅好奇地问道:"钱塘是什么人?"龙王回复道:"是我弟弟。

昔为钱塘长，今则致政矣。"毅曰："何故不使知？"曰："以
其勇过人耳。昔尧遭洪水九年者，乃此子一怒也。近与天
将失意，塞其五山。上帝以寡人有薄德于古今，遂宽其同
气之罪，然犹縻系于此。故钱塘之人，日日候焉。"语未毕，
而大声忽发，天拆地裂，宫殿摆簸，云烟沸涌。俄有赤龙长
千余尺，电目血舌，朱鳞火鬣，项擘金锁，锁牵玉柱，千雷万
霆，激绕其身，霰雪雨雹，一时皆下，乃擘青天而飞去。毅
恐蹶仆地。君亲起持之曰："无惧，固无害。"毅良久稍安，
乃获自定，因告辞曰："愿得生归，以避复来。"君曰："必不
如此。其去则然，其来则不然。幸为少尽缱绻。"因命酌互
举，以款人事。

俄而祥风庆云，融融怡怡，幢节玲珑，箫韶以随，红妆
千万，笑语熙熙。后有一人，自然蛾眉，明珰满身，绡縠参
差。迫而视之，乃前寄辞者。然若喜若悲，零泪如丝。须
臾红烟蔽其左，紫气舒其右，香气环旋，入于宫中。君笑
谓毅曰："泾水之囚人至矣。"君乃辞归宫中。须臾，又闻
怨苦，久而不已。有顷，君复出，与毅饮食。又有一人披紫
裳，执青玉，貌耸神溢，立于君左右。谓毅曰："此钱塘也。"
毅起，趋拜之。钱塘亦尽礼相接，谓毅曰："女侄不幸，为顽
童所辱。赖明君子信义昭彰，致达远冤。不然者，是为泾
陵之土矣。飨德怀恩，词不悉心。"毅拜退辞谢，俯仰唯唯。
然后回告兄曰："向者辰发灵虚，已至泾阳，午战于彼，未
还于此。中间驰至九天，以告上帝。帝知其冤而宥其失，

以前是钱塘长，如今已解除政务，辞官回家了。"柳毅问："为什么不让他知道？"龙王说："因为他勇猛过人。尧帝时候遭洪水九年，就是他一生气干的。近来与天将不如意，填塞五山。上帝因为我略有一点恩德于古今，就宽恕了他的罪过，但还是把他拘留在我这里。所以钱塘的人，天天等着他回去呢。"话还没完，忽然有响声传来，天摇地动，宫殿抖颤，云烟奔涌。霎时有一条一千多尺长的赤色龙，瞪着雷电一样的大眼，张着血盆一样的大口出现了，它的鳞和鬣火一样红，脖子上套着金锁，锁连着玉柱，千雷万霆，前后左右滚响，风雪冰雹，一时大作，然后向青天飞去。柳毅吓得倒在地上。龙王亲自把他扶起来说："不要怕，本来无害。"柳毅老半天才稍微安定下来，于是就向龙王告辞，说："我希望能活着回去，以避免他再来。"龙王说："一定不会的。他去的时候是这个样子，他回来的时候就不是这样子了。请暂留一时，让我略表情意。"于是就摆下酒宴，热情款待。

　　不长时间，和风吹来，祥云飘动，喜气融融，旗幡招展，箫鼓相随，丝竹悦耳，红妆千万，笑语连连。后边走着一人，神态自若，玉珮满身，衣裙华丽。走近一看，正是先前托自己捎信的那一位。但是她若喜若悲，零泪成串。一会儿，红烟从她的左边冒出，紫气从她的右边飘来，香气缭绕，她便进入宫中。龙王笑着对柳毅说："泾水的被囚之人到了。"龙王也告辞回到宫中。片刻间，又听到怨恨叫苦之声，久而不止。过了一会儿，龙王又出来，和柳毅一起饮食。又有一人身穿紫衣、手执青玉，神貌重重，立在龙王身旁。龙王对柳毅介绍道："这就是钱塘。"柳毅起身，赶忙上前拜见。钱塘也还礼相迎，对柳毅说："我侄女不幸，被顽童凌辱。多亏您信义昭彰，不远万里来送信。不然，这时候已变成泾陵之土了。蒙受大恩大德，用言词是不能完全表达出内心的感激之情的。"柳毅谦虚地退让，辞谢，毕恭毕敬。然后，钱塘回头向兄长报告说："刚才，我是辰时从灵虚殿出发的，巳时到了泾阳，午时在那里打了一仗，未时回到这里。这中间，我还上驰九天，把事情告诉了上帝。上帝知道侄女的冤屈，宽恕了过失，

前所遣责,因而获免。然而刚肠激发,不遑辞候,惊扰宫中,复忤宾客,愧惕惭惧,不知所失。"因退而再拜。君曰:"所杀几何?"曰:"六十万。""伤稼乎?"曰:"八百里。""无情郎安在?"曰:"食之矣。"君抚然曰:"顽童之为是心也,诚不可忍。然汝亦太草草。赖上帝显圣,谅其至冤。不然者,吾何辞焉?从此已去,勿复如是。"钱塘复再拜。是夕,遂宿毅于凝光殿。

明日,又宴毅于凝碧宫。会友戚,张广乐,具以醪醴,罗以甘洁。初,箫角鼙鼓,旌旗剑戟,舞万夫于其右。中有一夫前曰:"此《钱塘破阵》乐。"旌铓杰气,顾骤悍栗。坐客视之,毛发皆竖。复有金石丝竹,罗绮珠翠,舞千女于其左。中有一女前进曰:"此《贵主还宫》乐。"清音宛转,如诉如慕。坐客听之,不觉泪下。二舞既毕,龙君大悦,锡以纨绮,颁于舞人。然后密席贯坐,纵酒极娱。酒酣,洞庭君乃击席而歌曰:"大天苍苍兮,大地茫茫。人各有志兮,何可思量?狐神鼠圣兮,薄社依墙。雷霆一发兮,其孰敢当?荷真人兮信义长,令骨肉兮还故乡。齐言惭愧兮何时忘?"洞庭君歌罢,钱塘君再拜而歌曰:"上天配合兮,生死有途。此不当妇兮,彼不当夫。腹心辛苦兮,泾水之隅。风霜满鬓兮,雨雪罗襦。赖明公兮引素书,令骨肉兮家如初。永言珍重兮无时无。"钱塘君歌阕,洞庭君俱起奉觞于毅,毅踧踖而受爵。饮讫,复以二觞奉二君,乃歌曰:"碧云悠悠兮,泾水东流。伤美人兮,雨泣花愁。尺书远达兮,以解君忧。哀冤果雪兮,还处其休。荷和雅兮感甘羞,山家寂寞兮难久留。欲将辞去兮悲绸缪。"歌罢,皆呼万岁。洞庭君因出碧玉箱,贮以开水犀。钱塘君复出红珀盘,贮以照夜玑。

之前我所受到的谴责，也一并得到了上帝的赦免。但是我刚肠激发，没来得及告辞，惊扰了宫中，又触犯了宾客，心中又愧惧又害怕，不知还有什么过失。"于是他退而再拜。龙王说："一共杀了多少人？"钱塘说："六十万。"龙王又问："伤了庄稼没有？"回答说："八百里。"龙王继续问道："那个无情郎在哪里？"钱塘说："让我吃了。"龙王茫然自失地说道："那顽童做出这等事，实在是不可忍受。但是你也做得太鲁莽了。仰仗上帝显圣，体谅小女的大冤。不然，我怎么推辞呢？从此以后，不要再这么干了。"钱塘又拜。这天晚上，就让柳毅宿在凝光殿。

第二天，又在凝碧宫设宴招待柳毅。会见亲戚朋友，摆设宏大的乐队，各种美酒糖果应有尽有。各种乐器，各式旌旗，各样兵器应有尽有，右边有一万人随乐起舞。有一人上前报告说："这是《钱塘破阵》乐。"旗幡透着豪杰之气，勇猛异常，令人战栗。在座的人看了，毛发都竖起来了。左边有一千名女子跳舞，罗绮珠翠，金石丝竹。一女子上前报告说："这是《贵主还宫》乐。"清新的乐声轻柔宛转，如诉如慕。在座的人听了，不觉泪下。两边的舞蹈结束之后，龙王十分高兴，赐纨绮奖励跳舞的人。然后，大家依次坐好，纵酒娱乐。酒酣，龙王拍着座席唱道："高天苍苍啊，大地茫茫。人各有志啊，怎么能思量？狐神鼠圣啊，薄社依墙。雷霆一发啊，其谁敢当？感谢真人啊，信义长，令我骨肉啊，还故乡。齐说惭愧啊，何时忘？"龙王唱完，钱塘又唱道："上天配合啊，生死有途。此不当妇啊，彼不当夫。心中辛苦啊，泾水之隅。风霜满鬓啊，雨雪罗襦。靠明公啊传素书，让骨肉啊家如初。永说珍重啊无时无。"钱塘歌罢，龙王也站起来，二人一起捧杯来到柳毅面前，柳毅恭敬不安地接过杯子。喝完之后，又回敬了两杯，然后唱道："碧水悠悠啊，泾水东流。伤美人啊，雨泣花愁。尺书远达啊，以解君忧。哀冤果然昭雪啊，还处其休。承受和雅啊感甘羞，家中寂寞啊这里难久留。想要离去啊心多悲愁。"他唱完，在座的都呼万岁。洞庭龙王和钱塘龙王各出一物，一个是盛有开水犀的碧玉箱，一个是盛着照夜玑的红珀盘。

皆起进毅。毅辞谢而受。然后宫中之人，咸以绡彩珠璧，
投于毅侧，重叠焕赫。须臾，埋没前后。毅笑语四顾，愧揖
不暇。洎酒阑欢极，毅辞起，复宿于凝光殿。

　　翌日，又宴毅于清光阁。钱塘因酒作色，踞谓毅曰：
"不闻猛石可裂不可卷，义士可杀不可羞耶？愚有衷曲，欲
一陈于公。如可，则俱在云霄；如不可，则皆夷粪壤。足下
以为何如哉？"毅曰："请闻之。"钱塘曰："泾阳之妻，则洞庭
君之爱女也。淑性茂质，为九姻所重。不幸见辱于匪人，
今则绝矣。将欲求托高义，世为亲戚，使受恩者知其所归，
怀爱者知其所付。岂不为君子始终之道者？"毅肃然而作，
欻然而笑曰："诚不知钱塘君屡困如是。毅始闻跨九州，怀
五岳，泄其愤怒。复见断锁金，擘玉柱，赴其急难。毅以为
刚决明直，无如君者。盖犯之者不避其死，感之者不爱其
生，此真丈夫之志。奈何箫管方洽，亲宾正和，不顾其道，
以威加人？岂仆之素望哉？若遇公于洪波之中，玄山之
间，鼓以鳞须，被以云雨，将迫毅以死，毅则以禽兽视之。
亦何恨哉？今体被衣冠，坐谈礼义，尽五常之志性，负百行
之微旨。虽人世贤杰，有不如者，况江河灵类乎？而欲以
蠢然之躯，悍然之性，乘酒假气，将迫于人，岂近直哉？且
毅之质，不足以藏王一甲之间。然而敢以不伏之心，胜王
不道之气。惟王筹之！"钱塘乃逡巡致谢曰："寡人生长宫
房，不闻正论。向者词述狂妄，搪突高明，退自循顾，戾不
容责。幸君子不为此乖间可也。"其夕复欢宴，其乐如旧，
毅与钱塘遂为知心友。

　　明日，毅辞归。洞庭君夫人别宴毅于潜景殿，男女仆

二人一起捧给柳毅。柳毅先辞谢后接受。然后，宫中之人，全都向柳毅送来珠宝丝帛等礼物，重重叠叠，光彩焕然。不一会儿，他就被前前后后堆积如山的礼物埋没了。柳毅看看四面的人，不断地说话，不断地微笑，不断地揖手致谢。等到酒兴极浓之时，柳毅辞席，又在凝光殿住了一宿。

次日，又在清光阁宴请柳毅。钱塘借酒遮脸，对柳毅说："你听说过'猛石可裂不可卷，义士可杀不可羞'吗？我有几句心里话，想要对你说一说。如果可以，那咱们就都在云霄；如果不行，那就都成粪土。足下认为如何呢？"柳毅说："请讲。"钱塘说："泾阳的妻子，就是洞庭龙王的女儿。她性情淑雅，相貌美丽，被九姻推重。不幸被坏蛋凌辱，现在那坏蛋已经没了。想要与你结为亲戚，使受恩的知恩，让怀爱的能爱。这不是君子有始有终的做法吗？"柳毅肃然站起，淡然笑着说："实在不知道钱塘君如此浅陋低劣。我刚开始时听说您跨九州，怀五岳，发泄愤怒。又看到您挣断重锁、拉倒玉柱，去救急难。我以为论刚烈耿直，没有人能赶上你的。犯法的不避死，感动的不贪生，这是真正的大丈夫的志气。为什么音乐正优美，宾客正和谐，不顾君子之道，以威力强加于人呢？难道这是我平素希望的吗？如果在洪波之中，在玄山之间遇上您，您鼓起鳞片和长须，披着云和雨，用死来逼迫我，我就会视您为禽兽。又有什么怨恨的？现在，你身穿锦衣，头顶高帽，坐在这里谈论礼义，尽五常的志性，负百行的微旨。即使是人间的贤杰，也比不上你，况且你还是江河里的灵类呢？而你想要以蠢大的身躯，勇猛的性情，凭借着酒气，强迫别人，难道这是正直的吗？况且我的气质，不足以藏到你的一甲之间。但是我敢于以不屈服的决心，胜过你不道德的霸气。希望你三思。"钱塘龙王于是尴尬地说："我从小生长在宫中，没听过正论。刚才说话狂妄，唐突了高明，退回来自我审视，可谓罪大恶极。希望你不要因为这一件不愉快的事情而疏远。"那天晚上又欢宴，音乐如旧，柳毅和钱塘龙王成了知心朋友。

第二日，柳毅辞归。洞庭君夫人在潜景殿宴请他，男女仆

妾等悉出预会。夫人泣谓毅曰:"骨肉受君子深恩,恨不得展愧戴,遂至暌别。"使前泾阳女当席拜毅以致谢。夫人又曰:"此别岂有复相遇之日乎?"毅其始虽不诺钱塘之请,然当此席,殊有叹恨之色。宴罢辞别,满宫凄然,赠遗珍宝,怪不可述。

毅于是复循途出江岸。见从者十余人,担囊以随,至其家而辞去。毅因适广陵宝肆,鬻其所得,百未发一,财以盈兆。故淮右富族咸以为莫如。遂娶于张氏,而又娶韩氏。数月,韩氏又亡。徙家金陵,常以鳏旷多感,或谋新匹。有媒氏告之曰:"有卢氏女,范阳人也。父名曰浩,尝为清流宰,晚岁好道,独游云泉。今则不知所在矣。母曰郑氏。前年适清河张氏,不幸而张夫早亡。母怜其少,惜其慧美,欲择德以配焉。不识何如?"毅乃卜日就礼。既而男女二姓,俱为豪族,法用礼物,尽其丰盛。金陵之士,莫不健仰。居月余,毅因晚入户,视其妻,深觉类于龙女,而逸艳丰厚,则又过之。因与话昔事。妻谓毅曰:"人世岂有如是之理乎?"经岁余,有一子,毅益重之。

既产逾月,乃秾饰换服。召亲戚相会之间,笑谓毅曰:"君不忆余之于昔也?"毅曰:"夙为洞庭君女传书,至今为忆。"妻曰:"余即洞庭君之女也。泾川之冤,君使得白。衔君之恩,誓心求报。洎钱塘季父论亲不从,遂至暌违,天各一方,不能相问。父母欲配嫁于濯锦小儿,某惟以心誓难移,亲命难背。既为君子弃绝,分无见期,而当初之冤,虽得以告诸父母,而誓报不得其志,复欲驰白于君子。

妾等全都不在场。夫人哭着对柳毅说:"我的亲生骨肉受您的深恩,遗憾的是还没有很好报答,就到了告别的时候。"于是让前泾阳女当席向柳毅下拜致谢。夫人又说:"现在一别,难道还有再相遇的日子吗?"柳毅虽然当时没有应允钱塘王的提亲之请,但是现在,他很有叹恨的表情。宴罢相别,满宫人都很凄然,赠送的珍宝,尽难述说。

柳毅于是循着来路走回岸来。有十几个人担着东西跟在他身后,到家之后,那十几个人才离去。柳毅就到广陵珠宝店去,出卖他带回来的宝贝,卖了还不到百分之一,钱数已足够一兆。所以淮右的富户都以为不如他。他就娶了一个张氏女为妻,又娶了韩氏。几个月后,韩氏死了。他搬家到了金陵,常因为没有妻室而感慨,有的人就为他另谋配偶。有一个媒人告诉他说:"有一个卢氏女,是范阳人。她父亲叫卢浩,曾经是清流县宰,晚年喜欢道教,独自各地周游。如今也不知在什么地方。她母亲姓郑。前年她嫁到清河的张家,不幸姓张的丈夫早死。母亲可怜她年纪还小,爱惜她贤惠漂亮,就想再选好郎君配她。不知你有没有意?"柳毅就选择了好日子举行婚礼。男女两家都是豪门富户,典礼所用之物,极其丰盛。金陵的各界人士,没有不敬仰的。一个多月之后,柳毅晚上进屋,见自己的妻子很像龙女,而且比龙女还丰腴美艳。于是就和她谈起他与龙女的事。妻子对他说:"人世间哪能有这样的道理呢?"经过一年多的时间,妻子为他生下一子,他就更看重妻子了。

孩子满月,给孩子修饰打扮换上衣服。召集亲友相会,妻子笑着对柳毅说:"你还记得我同你结婚前的事吗?"柳毅说:"过去我为洞庭君的女儿传书,至今还记着。"妻子说:"我就是洞庭君的女儿。泾川之冤,你为我昭雪。我蒙受你的恩情,决心求报。叔父钱塘提亲你不应允就离开了,天各一方,不能相问。父母要把我嫁给濯锦的小儿子,我的决心难以改变,父母之命也难违。被你拒绝之后,分别之后再无相见,而当初的冤情,虽能告之于父母,却让我无法实现报恩的愿望,就又想跑来向你表白。

值君子累娶,当娶于张,已而又娶于韩。迨张、韩继卒,君卜居于兹。故余之父母,乃喜余得遂报君之意。今日获奉君子,咸善终世,死无恨矣。"因呜咽泣涕交下,对毅曰:"始不言者,知君无重色之心;今乃言者,知君有感余之意。妇人匪薄,不足以确厚永心。故因君爱子,以托相生。未知君意如何,愁惧兼心,不能自解。君附书之日,笑谓妾曰:'他日归洞庭,慎无相避。'诚不知当此之际,君岂有意于今日之事乎?其后季父请于君,君固不许。君乃诚将不可邪,抑忿然邪?君其话之。"毅曰:"似有命者。仆始见君子长泾之隅,枉抑憔悴,诚有不平之志。然自约其心者,达君之冤,余无及也。以言'慎勿相避'者,偶然耳,岂思哉?洎钱塘逼迫之际,唯理有不可直,乃激人之怒耳。夫始以义行为之志,宁有杀其婿而纳其妻者邪?一不可也。善素以操真为志尚,宁有屈于己而伏于心者乎?二不可也。且以率肆胸臆,酬酢纷纶,唯直是图,不遑避害。然而将别之日,见君有依然之容,心甚恨之。终以人事扼束,无由报谢。吁!今日君卢氏也,又家于人间,则吾始心未为惑矣。从此以往,永奉欢好,心无纤虑也。"妻因深感娇泣,良久不已。有顷,谓毅曰:"勿以他类,遂为无心。固当知报耳。夫龙寿万岁,今与君同之。水陆无往不适,君不以为妄也。"毅嘉之曰:"吾不知国客,乃复为神仙之饵。"乃相与觐洞庭。既至而宾主盛礼,不可具纪。

后居南海,仅四十年。其邸第舆马,珍鲜服玩,虽侯伯

正赶上你几次娶亲,先娶张氏,又娶韩氏。等到张韩二人相继早亡,你搬家到这里。所以我的父母就成全了我报答你的心愿。今天能够侍奉你,白头到老,死而无恨。"于是就呜咽啼泣,泪如雨下,对柳毅说:"才成亲的时候我没有说出实情,是因为知道你没有重色之心;今天才说,是因为知道你对我的心意。妇人微薄,不值得你立下永远对我好的决心。所以就借着你的爱子,来托付我的一生。不知你意下如何,心里又愁又怕,不能自解。你把我的书信接到手的时候,笑着对我说:'日后回到洞庭,一定不要避而不见。'实在不知道那个时候,你难道就有意于今天的事了吗?后来叔父向你提亲,你坚决不应。你是确实不愿意,还是因为生气呢?你说一说。"柳毅说:"这好像是命里注定的。我当初在泾阳之野见到你时,见你受冤抑郁而憔悴,确实有不平之心。心里想的只是帮你昭雪冤恨,没想别的。对你说'一定不要避而不见'的话,是偶然说出来的,哪有什么想法?等到钱塘逼迫我的时候,只是因为没有那样的道理,才把我激怒的。当初我就是以正义的行为为决心,哪有用帮了人家还逼人家做妻子的道理呢?这是一个不可。我平素善于以恪守真诚为志尚,难道能委屈了自己又心安理得吗?这是第二个不可。当时纷纷互相敬酒,我因为直率地抒发胸臆,只图痛快,来不及避害。但是要分别的时候,见到你有依恋的表情,我心里就特别后悔。但是最终因为人事的限制,不能报谢。唉!今天你是卢氏,又住在人间,那么我当初的想法不用疑惑了。从此以后,咱们永远相亲相爱,心里没有丝毫的顾虑了。"妻子被深深感动,娇泣良久不已。过了片刻,妻子对柳毅说道:"不要因为我不是人类,就以为我没有情意。我本来就知道应该报答的。龙的寿命是一万岁,现在我和你一样了。水陆两地没有不能去的地方,你不要以为荒唐。"柳毅赞叹地说道:"我真没想到,娶了龙女这样的国色天香,又可以当神仙。"于是夫妻共同到洞庭探亲。到了之后,宾主的盛礼难以记得周详。

后住在南海,将近四十年。他的屋宇车马,珍宝物玩,侯伯

之室，无以加也。毅之族咸遂濡泽。以其春秋积序，容状不衰，南海之人，靡不惊异。洎开元中，上方属意于神仙之事，精索道术，毅不得安，遂相与归洞庭。凡十余岁，莫知其迹。至开元末，毅之表弟薛嘏为京畿令，谪官东南，经洞庭，晴昼长望，俄见碧山出于远波。舟人皆侧立曰："此本无山，恐水怪耳。"指顾之际，山与舟相逼。乃有彩船自山驰来，迎问于嘏。其中有一人呼之曰："柳公来候耳。"嘏省然记之，乃促至山下，摄衣疾上。山有宫阙如人世，见毅立于宫室之中，前列丝竹，后罗珠翠，物玩之盛，殊倍人间。毅词理益玄，容颜益少。初迎嘏于砌，持嘏手曰："别来瞬息，而发毛已黄。"嘏笑曰："兄为神仙，弟为枯骨，命也。"毅因出药五十丸遗嘏曰："此药一丸，可增一岁耳。岁满复来，无久居人世，以自苦也。"欢宴毕，嘏乃辞行。自是已后，遂绝影响。嘏常以是事告于人世。殆四纪，嘏亦不知所在。

　　陇西李朝威叙而叹曰："五虫之长，必以灵者，别斯见矣。人裸也，移信鳞虫。洞庭含纳大直，钱塘迅疾磊落，宜有承焉。嘏咏而不载，独可邻其境。愚义之，为斯文。"出《异闻集》。

之家，也无法相比。柳毅的族人全都沾光受惠。一年年过去，却不见柳毅衰老，南海的人们，没有不惊异的。到了开元年间，皇上有意于神仙之事，到处求索道术，柳毅不得安宁，就和全家一起归居洞庭。一共十几年，没人知道他的踪迹。开元年末，柳毅的表弟薛嘏是京畿令，贬官东南，路过洞庭，大白天里向水上一望，但见青山从水中升起。船上人都望着说道："这本来没有山，恐怕是水怪。"指顾之间，山和船接近了。有一条彩船从那山中驶来，迎着薛嘏就发问。其中有一个人喊他说："柳公等着你呢。"薛嘏恍然记起柳毅，就急忙跑到山下，抓着衣襟急急忙忙上了山。山上有一所宫阙，和人间一样，柳毅站在宫室之中，前边排列着乐队，后边罗列着珠翠，古玩珍宝之多，是人间的几倍。柳毅的谈论更加玄奥，容颜更加年少。一开始在墙下迎接薛嘏，他拉着薛嘏的手说："咱俩才分别不长时间，而你的毛发都黄了。"薛嘏笑着说："你是神仙，我是枯骨，这是命啊。"柳毅于是就拿出五十丸药来送给薛嘏，说："此药一丸，可增寿一岁。岁数满了你再来，不要久居人世，自己苦自己。"欢宴之后，薛嘏就辞行了。从此以后，就再也没有踪迹。薛嘏常把这事告诉别人。大概四十年以后，薛嘏也不知去向。

陇西李朝威叙述这事并叹道："五虫一定以灵者为长，有别于这里见到的。人是裸虫，而去相信鳞虫。洞庭龙王胸怀博大率直，钱塘龙王迅疾磊落，应该有所继承。薛嘏只咏叹而未作详细记载，只有他可邻近仙境。敬佩他们的道义，就写了这篇文章。"
出自《异闻集》。

卷第四百二十
龙三

俱名国

　　僧祇律云，佛住舍卫城南方。有邑名大林，时有商人驱八牛到北方俱名国。有一商人在泽中牧牛。时有离车捕龙食之，捕得一龙，离车穿鼻牵行。商人问离车："今汝牵此龙何用？"云："我将杀而为啖。"商人欲以一牛易之，捕者邀至八牛，方许。商人即放龙令去。既而复虑离车追逐，复捕取放别池中。龙忽变为人，语谓商人曰："君施我命，今欲报恩，可共入宫，当报大德。"商人答言："龙性率暴，嗔恚无常，或能杀我。"答云："不尔。前人系我，我力能杀彼人，但以我受菩萨法，都无杀心。何况君今施我寿命，顾当加害。若不去者，少住此中，我先往扫除。"

　　商人后入宫内，见龙门边，二龙系在一处，因问："汝为何被系？"答言："此龙女半月中，三日受斋法。我兄弟守护

俱名国

和尚祇律说，佛住在舍卫城的南方。有一个叫大林的城邑，当时有一个商人赶着八头牛到北方的俱名国去。有一个商人在水洼地里牧牛。那时有一个叫离车的人捕龙用来吃，离车捕到一条龙，就穿着龙鼻子牵着走。商人问离车："你现在牵着的这条龙有什么用？"离车说："我要杀了吃。"商人想用一头牛交换那条龙，离车要商人交出八头牛才肯交换。商人就把龙放了，让它离去。然后又想到离车会来追赶，就把龙又捕来放到另外的池子之中。龙忽然变成了人，对商人说："你救了我一命，现在想要报恩，你可以和我一起入宫，我要报答你的大恩大德。"商人回答说："龙的脾气又直爽又暴躁，喜怒无常，也许会杀害我。"龙回答说："不会的。前边那个人捆我，我的力气完全可以杀死那个人，但是我受菩萨规范，完全没有杀心。何况你现在救了我的性命，怎么能加害。如果你不去，请在这里等一下，我先去扫除。"

商人随后也跟着到了龙宫，他看见龙门旁边，有两条龙被绑在一处，于是就问："你们因为什么原因被绑在这里？"两条龙回答说："这里的龙女半月之中，有三天受斋法。我们兄弟两个守护

此龙女,不为坚固,为离车所捕,以是被系。"龙女俄出,呼商人入宫坐宝床上。龙女言:"龙中有食,能尽寿而消者,有二十年消者,有七年消者,有阎浮提人食者。未知君欲何食?"答言:"须欲阎浮提食。"即时种种饮食俱备。商人问龙女:"此龙何故被系?"龙女言:"此有过,我欲杀之。"商人言:"汝莫杀。"乃言:"不尔,要当杀之。"商人言:"汝放彼者,我当食耳。"复言曰:"不得直放之,当罚六月,摈置人间。"商人见龙宫中,宝物庄严饰宫殿,即问:"汝有如是庄严,因受菩萨何为?"答言:"我龙法有五事苦。何等为五?谓生时、眠时、淫时、嗔时、死时。一日之中,三过皮肉落地,热沙簇身。"商言:"汝欲何求耶?"答言:"人道中生,为畜生苦不知法,故欲就如来出家。"龙女即与八饼金,言此金足汝父母眷属终身用之不尽。复言汝合眼,即以神变持着本国。以八饼金与父母,曰:"此是龙金。"说己更生尽寿用之不可尽。时思念仁慈不得不行,暂救龙女,恩报弥重;况持大斋,受福宁小? 出《法苑珠林》。

释玄照

释玄照修道于嵩山白鹊谷,操行精悫,冠于缁流。常愿讲《法华经》千遍,以利于人。既讲于山中,虽冱寒酷热,山林险邃,而来者恒满讲席焉。时有三叟,眉须皓白,容状瑰异,虔心谛听。如此累日,玄照异之。忽一旦,晨谒玄照曰:"弟子龙也,各有所任,亦颇劳苦,已历数千百年矣。得闻法力,无以为报,或长老指使,愿效微力。"玄照曰:"今愆阳

此龙女,守护得不够牢固,被离车捉了去,因此我们被绑了起来。"不一会儿龙女出来了,迎商人入宫坐到宝床上。龙女说:"龙中的食物,需要一生才能消化,有二十年消化的,有七年消化的,有阎浮提人吃的。不知你想吃哪种?"商人说:"需要阎浮提人吃的食物。"当时种种饮食全都具备。商人问龙女:"这两条龙为什么被绑?"龙女说:"这两条龙有过错,我想杀掉。"商人说:"你不要杀它们。"龙女说:"不行,应该杀。"商人说:"你放了它们,我才能吃饭。"又说道:"不能直接放,应当罚六个月,扔到人间去。"商人见龙宫中,宫殿很庄严,用宝物装饰着,就问:"你有如此庄严的龙宫,为什么还要接受菩萨的约束?"回答说:"我们龙的规矩中,有五种情况最苦。哪五种情况呢?是出生时、睡眠时、淫雨时、嗔怒时、死亡时。一天当中,要三次通过皮肉落地,热沙簸身。"商人说:"你想要追求什么呢?"回答说:"我想到人道中生存,因为畜生苦于不知道法度,所以我想跟着如来出家。"龙女当时给了商人八饼金,说这些金子足够你父母眷属终身用之不尽的了。还让他闭上眼睛,用神变之法把他送回本国。商人把八饼金交给父母,说:"这是龙金。"说自己再活一辈子也用不完。他当时想到不能不做善事,暂时救了龙女,报恩还如此之重;何况久持大斋,受福难道会小吗? 出自《法苑珠林》。

释玄照

　　玄照和尚在嵩山白鹊谷修道,操行精到谨慎,在出家人中推为首位。他曾经发愿想要讲授一千遍《法华经》,以利于他人。在山中开讲之后,即使冬季严寒,夏季酷热,山路险恶,但是来听讲的总是座无虚席。当时有三个老头,眉毛和胡须全都白了,相貌与众不同,在那虔诚地听讲。如此听了多日,玄照感到奇怪。忽然有一天,三个老头一大早就来拜谒玄照,他们说:"我们三个弟子,是龙,各有自己的职务,也很劳苦,已经好几千年了。能听到您的法力,没有什么报答的,如果您有什么事情需要我们去做,我们愿意效微薄之力。"玄照说:"现在阳气过盛天气干旱,

经时,国内荒馑,可致甘泽,以救生灵。即贫道所愿也。"三叟曰:"召云致雨,固是细事。但雨禁绝重,不奉命擅行,诛责非细,身首为忧也。试说一计,庶几可矣,长老能行之乎?"玄照曰:"愿闻其说。"三叟曰:"少室山孙思邈处士道高德重,必能脱弟子之祸,则雨可立致矣。"玄照曰:"贫道知孙处士之在山也,而不知其所行,又何若此邪?"三叟曰:"孙公之仁,不可诊度,着《千金翼方》,惠利济于万代,名已籍于帝宫,诚为贵真也。如一言救庇,当保无恙。但长老先与之约,如其许诺,即便奉依。"即以拯护之方,授于玄照。

玄照诣思邈所居,恳诚祇谒,情礼甚谨,坐定久之,乃曰:"处士以贤哲之度,济拔为心,今者亢阳,寸苗不植,嗷嗷百姓,焦枯若此,仁哲之用,固在于今。幸一开恩,以救危歉。"思邈曰:"仆之无堪,遁弃山野,以何功力济于人也?苟有可施,固无所吝。"玄照曰:"贫道昨遇三龙,令其致雨,皆云,不奉上帝之命,擅行雨者,诛罪非轻。唯处士德尊功大,救之则免。特布腹心,仰希裁度。"思邈曰:"但可施设,仆无所惜。"玄照曰:"既雨之后,三龙避罪,投处士后沼中以隐。当有异人捕之,处士喻而遣之,必得释罪矣。"思邈许之。玄照归,见三叟于道左,玄照以思邈之旨示之。三叟约一日一夜,千里雨足,于是如期泛洒,泽甚广被。

翌日,玄照来谒思邈。对语之际,有一人骨状殊异,径往后沼之畔,喑哑叱咤。斯须,水结为冰。俄有三獭,二苍一白,自池而出。此人以赤索系之,将欲挈去。思邈召而

已经很长时间，国内闹饥荒，你们可以下些雨来拯救天下百姓。这就是贫道的愿望。"三个老头说："聚云下雨，本来是一桩小事。只是关于下雨的禁令很严重，不奉上天之命擅自行雨，刑罚不是小事，有掉脑袋的危险呢。我们试说一个办法，差不多可以成功，不知长老能不能去做？"玄照说："愿闻其详。"三个老头说："少室山的孙思邈处士，道高德重，一定能使弟子的灾祸解脱，那就可以马上下雨了。"玄照说："贫道知道孙处士在山中，但是不知道他的道行，又怎么能如此呢？"三个老头说："孙公的仁义，不可估量，写作《千金翼方》，造福于万代，他的名望已经在天宫里登记入册，实在是个世外高人。如果他能说话相救，保证没有问题。只要长老先与他约好，如果他答应了，立即就依你的话去做。"于是他们就把救护的办法告诉了玄照。

玄照到孙思邈的住处去，诚恳地拜谒，人情礼数特别谨慎，坐定许久才说："孙处士以贤德明哲的气度，把济助苍生作为己任，现在极旱，寸苗不长，百姓叫苦不迭，焦渴干枯如此，施用仁哲的时候到了。希望你开恩，救一救天下百姓。"孙思邈说："我没能耐才遁入山野，凭什么功力救助他人呢？如果有什么可以施与百姓，保证不会吝惜。"玄照说："贫道昨天遇到三条龙，让他们下点雨，他们都说，不奉上帝的命令擅自行雨，杀头之罪不轻。只有孙处士德高功大，能把他们救下来。我特意来表示心愿，请处士斟酌。"孙思邈说："只要可以办到，我没什么顾惜的。"玄照说："下雨之后，三条龙为逃避罪责，会投到处士居所后边的池子里隐蔽。当有异人来捕捉他们的时候，处士向来人说明白，把他打发走，三条龙就会免罪。"孙思邈答应下来。玄照回山，在路上遇到三个老头，玄照就把孙思邈的意思告诉了他们。他们约好一天一夜，如期下雨，淋淋洒洒，滋润千里。

第二天玄照来谒见孙思邈。说话之间，有一个样貌十分奇特的人，直接来到后边的池畔，嘟嘟囔囔地念起了咒语。一会儿，池水结为冰。立刻有二苍一白三只水獭从池中出来。那人就用赤色绳索把三只水獭捆绑起来，要带走。孙思邈上前打招呼

谓曰："三物之罪，死无以赎。然昨者擅命，是鄙夫之意也，幸望脱之，兼以此诚上达，恕其重责也。"此人受教，登时便解而释之，携索而去。有顷，三叟致谢思邈，愿有所酬。孙曰："吾山谷之中，无所用者，不须为报。"回诣玄照，愿陈力致效。玄照曰："山中一食一衲，此外无阙，不须酬也。"三叟再为请，玄照因言："前山当路，不便往来，却之可否？"三叟曰："固是小事耳。但勿以风雷为责，即可为之。"是夕，雷霆震击。及晓开霁，寺前豁然，数里如掌。三叟复来，告谢而去。思邈至道，不求其报，尤为奇特矣。出《神仙感遇传》。

王景融

唐前侍御史王景融，瀛州平舒人也。迁父灵柩就洛州，于埏道掘着龙窟，大如瓮口。景融俯而观之，有气如烟直上，冲其目，遂失明。旬日而卒。出《朝野佥载》。

凌波女

玄宗在东都，昼寝于殿，梦一女子容色秾艳，梳交心髻，大帔广裳，拜于床下。上曰："汝是何人？"曰："妾是陛下凌波池中龙女，卫宫护驾，妾实有功。今陛下洞晓钧天之音，乞赐一曲，以光族类。"上于梦中为鼓胡琴，拾新旧之声为《凌波曲》。龙女再拜而去。及觉，尽记之。因命禁乐。自与琵琶，习而翻之。遂宴从官于凌波宫，临池奏新曲。池中波涛涌起复定，有神女出于波心，乃昨夜之女子也。

对那人说："这三个东西的罪，就是处死也是应该的。但是它们昨天擅自下雨，是我让它们干的，希望饶过它们，并请代我向上帝请求，不要责罚它们了。"那人听了这些话，立刻便解开绳索把它们放了，自己提着绳索离去。过了一会儿，三个老头向孙思邈致谢，想要酬谢他。孙思邈说："我住在山谷之中，用不着什么东西，不需要报答。"三个老头回身又拜见玄照，要为他效力。玄照说："住在山中，一个是吃，一个是穿，此外什么也不需要，不用什么报酬。"三个老头再三要求，玄照便说："前山挡路，来往很不方便，你们可以把它搬走吗？"三个老头说："这是一件小事。只要不怪怨风雷太大，马上就可以办。"这天晚上，雷霆大作，狂风四起。到了早晨风停雨住，寺前的土山没了，豁然开朗，平坦如掌。三个老头又来，叩谢而去。孙思邈的道行最高，不图他们报答，尤其令人敬佩。出自《神仙感遇传》。

王景融

唐朝前侍御史王景融，是瀛州平舒人。他迁移父亲的灵柩到洛州，在墓道里挖到一个龙窟，龙窟像瓮口那么粗。王景融俯身往下观看，有一股烟气从洞里冲上来，冲到了他的眼睛，他就失明了。十天后他死了。出自《朝野佥载》。

凌波女

唐玄宗在东都洛阳，白天在殿中睡觉，梦见一女子跪拜于床下，那女子容色浓艳，头梳交心髻，身披大袂广裳。玄宗问她："你是何人？"她说："我是陛下凌波池中的龙女，保卫皇宫，保护圣驾，我实在是有功的。现陛下洞晓天上的音乐，请陛下赐我一曲，以光耀我的族类。"皇上在梦中为她拉胡琴，拾取新旧之声为她演奏《凌波曲》。龙女向玄宗拜了两拜而去。等到醒来，都还记着。玄宗命令宫中当日禁乐。他亲执琵琶反复演练推敲，以符合原曲。之后就在凌波宫宴请百官，临池演奏新曲。池中波涛涌起而又平定，有一位神女出现在水面上，正是昨夜见到的女子。

良久方没。因遣置庙于池上，每岁祀之。出《逸史》。

陶　岘

陶岘者，彭泽令孙也。开元中，家于昆山，富有田业。择家人不欺能守事者，悉付之家事。身则泛游于江湖，遍行天下，往往数载不归。见其子孙成人，皆不辩其名字也。岘之文学，可以经济。自谓疏脱，不谋仕宦。有知生者通于八音，命陶人为甃，潜记岁时，取其声，不失其验。尝撰《集乐》录八音，以定音之得失。自制三舟，备极空巧。一舟自载，一舟置宾，一舟贮饮馔。客有前进士孟彦深、进士孟云卿、布衣焦遂，各置仆妾共载。而岘有夕乐一部，常奏《清商曲》。逢其山泉，则穷其境物，乘兴春行。岘且名闻朝廷，又值天下无事，经过郡邑，无不招延。岘拒之曰："某麋鹿闲人，非王公上客。"亦有未招而诣者。系水仙之为人，江山之可驻耳。吴越之土，号为水仙。曾有亲戚为南海守，因访韶石而往省焉。郡守喜其远来，赠钱百万。及遇古剑，长二尺许，又玉环，径四寸，及海船昆仑奴名摩诃，善游水而勇捷，遂悉以钱而贯之。曰："吾家至宝也。"乃回棹，下白芷，入湘江。

每遇水色可爱，则遗剑环于水，命摩诃取之，以为戏乐。如是数岁。因渡巢湖，亦投剑环，而令取之。摩诃才入，获剑环而便出曰："为毒蛇所啮。"遽刃去一指，乃能得免。

那女子在水面上听了很久才沉下去。于是皇上令人在凌波池上建了一座庙，每年都祭祀她。出自《逸史》。

陶岘

　　陶岘，是彭泽令陶渊明的孙子。开元年间他家住昆山，家里有丰厚的田产。他选择了一个诚实可靠能守事业的家人，把家事全交付给这人。自己则泛游于江河湖海，遍行天下，往往几年不回家。见到他的子孙长成大人，他全分辨不清他们的名字。陶岘的文学，可以经世济民，治理国家。但他自命疏脱，不谋仕宦。有一个了解他的人精通音乐，让制陶工人做砖，他偷偷地记住这些砖制成的年月日时，取它们的声音为乐曲，很有效果。陶岘曾经撰写《集乐》，记录八音，以审定音乐的得失成败。他制了三条船，做得极其精巧。一只船由他自己乘坐，一只船让宾客乘坐，另一只用来装载饮食用品。宾客中有前进士孟彦深、进士孟云卿、布衣百姓焦遂，每人都带仆妾一起乘载。陶岘的船上，有一部夕乐，常常演奏《清商曲》。遇到山泉，就尽其所兴，一游到底，历览全部景物。陶岘在朝廷里也有名，又时逢天下太平无事，一路过郡邑，没有不欢迎宴请他的。陶岘总是拒绝说："我是一个行踪不定的闲人，不是王公的上客。"也有不打招呼就到他这里来的。他就像水仙那样高洁，像江山一样能容人。吴越一带，称他为水仙。他有个亲戚是南海郡守，因为他去游访韶石就顺便去看望这位郡守。郡守因为他远道而来，特别高兴，赠给他一百万钱。等到遇上一把二尺来长的古剑，一个径长四寸左右的玉环，以及一个善于游水，勇猛迅捷，名叫摩诃的海船上的昆仑奴隶，他就用全部钱把一人二物买了下来。还说："这是我家的至宝。"于是就回舟返乡，下白芷，入湘江。

　　每逢水色可爱之地，他就把古剑和玉环扔下水，让摩诃捞上来，以此游戏取乐。如此过了几年。有一次渡巢湖，又投入古剑和玉环，让摩诃下去捞取。摩诃刚下水，找到古剑和玉环便出水说："被毒蛇咬了。"于是削掉被咬的手指，这样才免于毒死。

焦遂曰:"摩诃所伤,得非阴灵怒乎?盖水府不欲人窥也。"
岘曰:"敬奉喻。然某常慕谢康乐之为人。云终当乐死山
水,但狗所好,莫知其他。且栖迟逆旅之中,载于大块之
上,居布素之贱,擅贵游之欢,浪迹怡情仅三十载,固亦分
也。不得升玉墀见天子,施功惠养,逞志平生,亦其分也。"
乃命移舟曰:"要须一到襄阳山,便归吴郡也。"行次西塞
山,维舟吉祥佛舍。见江水黑而不流,曰:"此必有怪物。"
乃投剑环,命摩诃下取,见汩没波际,久而方出,气力危绝,
殆不任持,曰:"剑环不可取也。有龙高二丈许,而剑环置
前,某引手将取,龙辄怒目。"岘曰:"汝与剑环,吾之三宝。
今者二物既亡,尔将安用?必须为吾力争之也。"摩诃不得
已,被发大呼,目眦流血,穷泉一入,不复还也。久之,见
摩诃支体磔裂,污于水上,如有示于岘也。岘流涕水滨,乃
命回棹。因赋诗自叙,不复议游江湖矣。诗曰:"匡庐旧业
自有主,吴越新居安此生。白发数茎归未得,青山一望计
还程。鹤翻枫叶夕阳动,鹭立芦花秋水明。从此舍舟何所
诣,酒旗歌扇正相迎。"出《甘泽谣》。

齐澣

唐开元中,河南采访使汴州刺史齐澣以徐城险急,奏
开十八里河,达于青水,平长淮之险。其河随州县分掘。亳
州真源县丞崔延祎纠其县徒,开数千步,中得龙堂。初开谓
是古墓,然状如新筑净洁。周视,北壁下有五色蛰龙长丈

焦遂说:"摩诃受伤,也许是阴灵发怒吧? 大概水府不想让人看见。"陶岘说:"谢谢你提醒。不过我平常仰慕谢灵运的为人。他说终当乐死于山水,只知顺从自己的所好,不知道别的。况且停留居住在逆旅之中,立身于大地之上,处于一般百姓的地位,拥有游览名山大川的欢乐,浪迹天涯,纵情玩乐将近三十年,这也本来是一种职分。不能上玉阶见天子,不能受到皇帝的施功惠养,不能逞志平生,也是职分。"于是他就下令开船,说:"一到了襄阳山,就回吴郡去。"走到西塞山,把船停在了吉祥佛舍。只见江水乌黑而且不流动,便说:"这里边一定有怪物。"于是他就把古剑和玉环扔下去,命令摩诃下去取,摩诃下水老半天才出来,气力微弱,几乎不能支持,上气不接下气地说道:"古剑和玉环不能取了。有一条两丈来长的龙守在那里,我一伸手去取剑和环,它就怒目盯着我看。"陶岘说:"你和古剑、玉环,是我的三样宝物。现在那两样没有了,你还有什么用呢? 你必须力争为我把两样宝物取上来。"摩诃不得已,披散着头发大喊一声,眼角都流出血来,拼命住水里一跳,再也没有上来。过了好长一段时间,只见摩诃的肢体像祭祀的牛羊那样被扯裂了,污浮在水上,好像特意给陶岘看的。陶岘站在水边流泪,这才命令开船回乡。于是赋诗自叙其事,不再提遍游江湖的事了。诗是这样写的:"匡庐旧业自有主,吴越新居安此生。白发数茎归未得,青山一望计还程。鹤翻枫叶夕阳动,鹭立芦花秋水明。从此舍舟何所诣,酒旗歌扇正相迎。"出自《甘泽谣》。

齐瀚

唐朝开元年间,河南采访使汴州刺史齐瀚,因为徐城水情险急,奏请朝廷同意掘开十八里河,将河水引入青水,以平定长淮一带的水险。挖掘河道的工作,是沿河州县分工开掘。亳州真源县县丞崔延祎集合县府众多人,掘开几千步,挖到了一个龙堂。刚挖开的时候有人说是古墓,但是样子很像新建的,里面很洁净。往四处一看,北壁下有一条五色的龙蛰伏在那里,长一丈

余,头边鲤鱼五六枚,各长尺余。又有灵龟两头,长一尺二寸,睟长九分,如常龟。祎以白开河御史邬元昌,状上齐澣。澣命移龙入淮,取龟入汴。祎移龙及鱼二百余里,至淮岸,白鱼数百万跳跃赴龙,水为之沸。龙入淮喷水,云雾杳冥,遂不复见。初将移之也,御史员锡拔其一须。元昌差网送龟至宋,遇水泊,大龟屡引颈向水。网户怜之,暂放水中。水阔数尺,深不过五寸,遂失大龟所在。涸水求之,亦不获。空致龟焉。出《广异记》。

沙州黑河

北庭西北沙州有黑河。深可驾舟,其水往往泛滥,荡室庐,潴原野。由是西北之禾稼尽去,地荒而不可治。居人亦远徙,用逃垫溺之患。其吏于北庭沙洲者,皆先备牲酊,望祀于河浒,然后敢视政。否即淫雨连月,或大水激射,圮城邑,则里中民尽鱼其族也。唐开元中,南阳张嵩奉诏都护于北庭,挈符印至境上,且召郊迎吏讯其事。或曰:"黑河中有巨龙,嗜羔特犬彘,故往往漂浪腾水,以觊郡人望祀河浒。我知之久矣。"即命致牢醴,布筵席,密召左右,执弓矢以俟于侧。嵩率僚吏,班于河上,峨冠敛板,磬折肃躬。俄顷,有龙长百尺自波中跃而出。俄然升岸,目有火光射人。离人约有数十步,嵩即命彀矢引满以伺焉。既而果及于几筵,身渐短而长数尺。方将食,未及,而嵩发矢。一时众矢共发,而龙势不能施而摧。龙既死,里中俱来观之,

多,头边有五六条鲤鱼,鱼各一尺多长。还有两只灵龟,各长一尺二寸,眼长九分,像平常的龟。崔延祎报告给开河御史邬元昌,邬元昌又报告给齐澣。齐澣命他们把龙移入淮水,把龟放入汴水。崔延祎把龙和鱼运出二百多里,到了淮水岸边,河里的几百万条白鱼跳跃着向龙奔来,水都沸腾了。龙进入淮水之后往上喷水,云雾朦胧,很快不见了。起初要转运这条龙的时候,御史员锡拔了它一根须。邬元昌派人用网把龟送到宋地,路上遇到水泊,大龟屡次伸着脖子向着水。那人可怜它,将它暂时放到水里。水面几尺宽,深不过五寸,大龟很快就消失了。把水淘干了找它,也没有找到。白送了一趟龟。出自《广异记》。

沙州黑河

北庭西北的沙州,有一条河叫黑河。这河深可以摆船,河水常泛滥,冲毁房舍,淹没原野。因此西北的庄稼全都没了,田地荒废,不能耕种。当地的居民也都远走他乡,以逃避被淹的祸患。那些在北庭沙州做官的,都要先准备供品,到河边认真祭祀祷告一番,然后才能审理政事。不然就会淫雨连连,一下就是几个月,或者大水猛涨,冲淹城邑,那么广大百姓就要喂鱼了。唐开元年间,南阳张嵩奉诏到北庭做都护,他拿着符印来到北庭境内,并且召集到郊外迎接他的官吏询问此事。有人说:"黑河里有一条大龙,专爱吃羊、牛、狗、猪,所以它常常兴风作浪,冀望人们在河边祭祀。我知道已经很久了。"张嵩就命令准备祭祀用的牛羊猪狗及甘甜饮料,在河边布置宴席,秘密召集身边人,手执弓箭埋伏在两侧。张嵩率领僚属排列在河岸上,恭恭敬敬,严肃认真地等着。不多时,一条一百尺左右的龙从水中跃出水面。它迅速地来到河岸上,目光像火,射向岸上的人们。离人还有大约几十步远的时候,张嵩就命令弓箭手把弓拉满等待时机。一会儿那龙果然来到宴席前,它的身体渐渐变短,身长只有几尺。它正要吃还未来得及吃的时候,张嵩命令开弓放箭。一时间万箭齐发,而龙无法抵御,中箭而死。龙死后,百姓们都来观看,

哗然若市。嵩喜已除民害,遂以献上。上壮其果断,诏断其舌,函以赐嵩。且子孙承袭在沙州为刺史,至今号为龙舌张氏。

兴庆池龙

唐玄宗尝潜龙于兴庆宫。及即位,其兴庆池尝有一小龙出游宫外御沟水中。奇状蜿蜒,负腾逸之状。宫嫔内竖,靡不具瞻。后玄宗幸蜀,銮舆将发,前一夕,其龙自池中御素云,跃然亘空,望西南而去。环列之士,率共观之。及上行至嘉陵江,乘舟将渡,见小龙翼舟而进。侍臣咸睹之。上泫然泣下,顾谓左右曰:"此吾兴庆池中龙也。"命以酒沃酹,上亲自祝之,龙乃自水中振鬣而去。出《宣室志》。

井 龙

开元末,西国献狮子,至安西道中,系于驿树。近井,狮子吼,若不自安。俄顷,风雷大至,有龙出井而去。出《国史补》。

㳽 然

玄宗将封泰山。进次荥阳㳽然河,上见黑龙,命弓矢,亲射之。矢发龙灭。自尔㳽然伏流,于今百余年矣。按㳽然即济水也。济水溢而为荥,遂名㳽然。《左传》云"楚师济于㳽然"是也。出《开天传信记》。

哗然若市。张嵩因为百姓除了祸害而感到高兴,就把死龙献给了皇上。皇上表扬他做事果断,让人把龙的舌头割下来,装进小匣子里,赐给他。而且,他的子孙世袭为沙州的刺史,至今被称为龙舌张氏。

兴庆池龙

唐玄宗未做皇帝前曾住在兴庆宫。等到他即位,兴庆宫池中有一条小龙游到宫外的御沟水中。腾跃奔驰,蜿蜒多姿。宫中的男男女女,没有不出来看的。后来唐玄宗幸游西蜀,出发前夕,那条龙从池中驾着白云,跃然升空,朝西南方向飞去。周围的文臣武士,大都看到了。等到皇上走到嘉陵江,登上船将要过江的时候,看见那条小龙紧靠在船的一侧前进。侍臣们全都看到了。皇上感动得落下热泪,对左右的侍臣们说:"这是我兴庆池里的那条龙啊。"他命人把酒浇洒到江中,自己亲自祷告,龙才从水中奋鳞振鬣而去。出自《宣室志》。

井 龙

开元年末,西域有一个国家向朝廷进献了一头狮子,走到安西道,把狮子拴在了驿站的一棵树上。这棵树离井很近。狮子发出吼声,好像恐惧不安。不一会儿,风雷大作,一条龙从井里钻出来向空中飞去。出自《国史补》。

旃 然

唐玄宗将要上泰山去祭天。走到荥阳旃然河的时候,皇上看到河里有一条黑龙,就让人拿来弓和箭,亲自射它。箭刚发出那龙就消失了。从此,旃然河水安稳地流淌,到现在一百多年了。旃然河就是济水。济水溢出来形成荥水,于是就叫旃然河。《左传》上说的"楚师济于旃然"里的"旃然"就是这条河。出自《开天传信记》。

龙 门

旧说:"春水时至,鱼发龙门。则有化者。"至今汾晋山中,龙有遗骨角甚众。采以为药,有五色者。出《国史补》。

龙 门

旧时说:"春水按时到来,众鱼争跃龙门。就有变做龙的。"直到今天汾晋一带的山中,还有很多龙的遗骨遗角。把它们采回制药,有五种颜色。出自《国史补》。

卷第四百二十一
龙四

萧　昕　　　遗尺潭　　　刘贯词　　　韦　氏　　　任　顼
赵齐嵩

萧　昕

　　唐故兵部尚书萧昕常为京兆尹。时京师大旱，炎郁之气，蒸为疾疠。代宗命宰臣下有司祷祀山川，凡月余，暑气愈盛。时天竺僧不空三藏居于静住寺，三藏善以持念召龙兴云雨。昕于是诣寺，谓三藏曰："今兹骄阳累月矣，圣上悬忧，撤乐贬食，岁凶为念，民瘵为忧。幸吾师为结坛场致雨也。"三藏曰："易与耳。然召龙以兴云雨，吾恐风雷之震，有害于生植，又何补于稼穑耶？"昕曰："迅雷甚雨，诚不能滋百谷，适足以清暑热，而少解黔首之病也。愿无辞焉。"三藏不获已，乃命其徒取华木皮仅尺余，缵小龙于其上，而以炉瓯香水置于前。三藏转咒，震舌呼祝。咒者食顷，即以缵龙授昕曰："可投此于曲江中，投讫亟还，无冒风雨。"昕如言投之，旋有白龙才尺余，摇鬣振鳞自水出。俄而

萧　昕

　　唐朝旧兵部尚书萧昕曾经当过京兆尹。他当京兆尹的时候,京城里大旱,炎热郁闷之气,蒸变成一种病害。代宗皇帝命令大小臣子官吏们祷告祭祀于山川,一共一个多月,热气更加盛大。那时候天竺国的和尚不空三藏住在静住寺,这个三藏和尚善于用念咒的办法把龙召唤出来兴云布雨。萧昕于是到了寺中,对三藏和尚说:"现在骄阳连连晒了一个月了,皇上很担心,撤了音乐,减了饭食,担心年头不好,担心百姓生病。希望您能设置一个坛场求一场雨。"三藏说:"求场雨不难。但是召唤龙出来兴云下雨,我怕风雷震荡得太厉害,对生民植物有害,又怎么能对庄稼的春种秋收有所补救呢?"萧昕说:"迅雷急雨,确实不能滋润庄稼,恰好能够清除暑热,而略微解除百姓的病患。请您不要推辞了。"三藏不得已,就让他的徒弟取来近一尺长的一块桦树皮,在上面缵了一条小龙,把炉火、盆和香水放到前边。三藏转入念咒,大声祷告。一顿饭的时间之后,他就把桦树皮上的龙交给萧昕说:"可以把它投到曲江里去,投完要马上返回来,不要被风雨吹着淋着。"萧昕照他说的那样把龙投到江里去,随即就有一条才一尺多长的小白龙摇鬣振鳞从水中出来。一会儿

身长数丈,状如曳素,倏忽亘天。昕鞭马疾驱,未及数十步,云物凝晦,暴雨骤降。比至永崇里,道中之水,已若决渠矣。出《宣室志》。

遗尺潭

昆山县遗尺潭。本大历中,村女为皇太子元妃,遗玉尺,化为龙,至今遂成潭。出《传载》。

刘贯词

唐洛阳刘贯词,大历中,求丐于苏州,逢蔡霞秀才者精彩俊爽。一相见,意颇殷勤,以兄呼贯词,既而携羊酒来宴。酒阑曰:"兄今泛游江湖间,何为乎?"曰:"求丐耳。"霞曰:"有所抵耶,泛行郡国耶?"曰:"蓬行耳。"霞曰:"然则几获而止?"曰:"十万。"霞曰:"蓬行而望十万,乃无翼而思飞者也。设令必得,亦废数年。霞居洛中左右,亦不贫,以他故避地,音问久绝。意有所恳,祈兄为回,途中之费,蓬游之望,不掷日月而得。如何?"曰:"固所愿耳。"霞于是遗钱十万,授书一缄,白曰:"逆旅中遽蒙周念,既无形迹,辄露心诚。霞家长鳞虫,宅渭桥下,合眼叩桥柱,当有应者,必邀入宅。娘奉见时,必请与霞少妹相见。既为兄弟,情不合疏。书中亦令渠出拜。渠虽年幼,性颇慧聪,使渠助为主人,百缗之赠,渠当必诺。"

贯词遂归。到渭桥下,一潭泓澄,何计自达? 久之,以为

身体就长到几丈,宛如一条白色丝绸,忽然间横贯高天。萧昕打马急驰,追了不到几十步,云气凝聚,物象晦暗,骤然间降下暴雨。等到他到了永崇里,道上的水已经像江河决口了。_{出自《宣室志》。}

遗尺潭

昆山县遗尺潭。大历年间,一名村女成为皇太子的元妃,元妃遗失了玉尺,玉尺变化成龙,到现在就变成了深潭。_{出自《传载》。}

刘贯词

唐朝时,洛阳人刘贯词,大历年间,在苏州要饭,遇上一个潇洒英俊名叫蔡霞的秀才。一相见,蔡霞的态度就非常殷勤,称刘贯词为兄长,又携带着羊肉和酒来宴请刘贯词。酒将残尽的时候,他问道:"兄长现在泛游江湖之间,干什么呢?"刘贯词说:"要饭罢了。"蔡霞说:"是有目的的游荡,还是泛游全国?"刘贯词说:"像蓬草那样,走到哪里就在哪里要罢了。"蔡霞说:"你要到多少才打算停止?"刘贯词说:"十万。"蔡霞说:"像蓬草那样飘到哪里算哪里,还指望要到十万,这是没有翅膀就想飞。假设一定能要到,办要花废数年的时间。我住在洛中附近,家里也不穷,因为别的原因避到此地,音讯早就断了。我诚恳地请求兄长为我回家一趟,路上的盘费,飘游的愿望,用不多长时间就都能得到。怎么样?"刘贯词说:"我很愿意。"于是蔡霞赠送十万给刘贯词,又交给他一封书信,交代道:"在客栈里突然有了一个周济你的想法,就忘了仪容礼貌,立即就表露出内心的真诚。我家长是鳞虫,住在渭桥下边,你合上眼睛敲打桥柱,会有人答应的,一定会邀请你进屋。我娘接见你的时候,你一定要请求与我小妹相见。既然是兄弟,感情不应该疏远。信中也让她出来拜见你。她虽然年纪小,但是特别聪慧,让她帮助,作为主人,赠送一百缗钱,她是一定能答应的。"

刘贯词于是回到蔡霞的故乡。他来到渭桥下,看到一潭深广澄澈的水,不禁冥思苦想用什么办法能到达里面?许久,认为

龙神不当我欺,试合眼叩之。忽有一人应,因视之,则失桥
及潭矣。有朱门甲第,楼阁参差。有紫衣使拱立于前,而
问其意。贯词曰:"来自吴郡,郎君有书。"问者执书以入,
顷而复出曰:"太夫人奉屈。"遂入厅中。见太夫人者年四
十余,衣服皆紫,容貌可爱。贯词拜之,太夫人答拜。且谢
曰:"儿子远游,久绝音耗,劳君惠顾,数千里达书。渠少失
意上官,其恨未减。一从遁去,三岁寂然。非君特来,愁绪
犹积。"言讫命坐。贯词曰:"郎君约为兄弟,小妹子即贯词
妹也,亦当相见。"夫人曰:"儿子书中亦言。渠略梳头,即
出奉见。"

俄有青衣曰:"小娘子来。"年可十五六,容色绝代,辨
慧过人。既拜,坐于母下。遂命具馔,亦甚精洁。方对食,
太夫人忽眼赤,直视贯词。女急曰:"哥哥凭来,宜且礼待。
况令消患,不可动摇。"因曰:"书中以兄处分,令以百缗奉
赠。既难独举,须使轻赍。今奉一器,其价相当,可乎?"贯
词曰:"已为兄弟,寄一书札,岂宜受其赐?"太夫人曰:"郎
君贫游,儿子备述。今副其请,不可推辞。"贯词谢之。因
命取镇国碗来。又进食。未几,太夫人复瞪视眼赤,口两
角涎下。女急掩其口曰:"哥哥深诚托人,不宜如此。"乃
曰:"娘年高,风疾发动,祗对不得。兄宜且出。"女若惧者,
遣青衣持碗,自随而授贯词曰:"此罽宾国碗,其国以镇灾
厉。唐人得之,固无所用。得钱十万,可货之,其下勿鬻。

龙神不应该欺骗我，就试探着闭上眼睛敲那桥柱。忽然有一人回应，他就睁眼看去，眼前没有桥和潭了。有的是一所朱红大门的宅院，宅院楼阁参差，很壮观。有一个紫衣使者站在门前，拱手问他的来意。刘贯词说："我来自吴郡，带来了你家郎君的一封书信。"那人拿着书信进去，不一会儿又出来，说："太夫人请你进去。"于是进入到客厅里。太夫人有四十多岁，衣服全是紫色的，容貌俊美可爱。刘贯词拜见她，她也答拜。而且致谢说："我儿子远游异乡，久绝音信，有劳您走了几千里把书信送到。他和上司不大相投，怨恨不减。自从他出走，三年来家里一直很寂寞。如果不是您特意前来，我的愁绪还在增加呢。"说完，她让刘贯词坐下。刘贯词说："郎君和我约为兄弟，他的小妹就是我的小妹，也应该见一见她。"夫人说："我儿子信中也说了。她略微地梳梳头，马上就出来见你。"

不一会儿，婢女说道："小娘子来了。"只见她年龄约有十五六岁，容色美丽，聪慧过人。拜见之后便坐到母亲的下首。于是令人准备酒饭，饭菜精美干净。刚开始吃饭，太夫人忽然眼珠发红，直瞅着刘贯词。女儿急忙说："哥哥来到咱家，应该以礼相待。况且让他消除祸患，不能动摇。"然后又说："信中由哥哥嘱咐，让我赠你一百缗钱。既然你一人拿不动一百缗钱，应该换一个轻便的。现在送给你一件东西，价钱相当，可以吗？"刘贯词说："已经是兄弟，寄一封书信，难道还应该接受赏赐吗？"太夫人说："郎君贫游，儿子在信中说得很详细。现在这样做与他的请求相符，你就不要推辞了。"刘贯词表示感谢。于是就让人取来了一只镇国碗。继续吃饭。不一会儿，太夫人又瞪起红红的眼珠子，口里流出涎水。女儿急忙捂住她的口说："哥哥很真诚地托人来送信，不应该这样。"于是就对刘贯词说："我娘年纪大了，风病发作，不能再接待你。你应该先出去。"女儿好像害怕的样子，让一个婢女拿着镇国碗，自己也跟出来交给刘贯词说："这是罽宾国的碗，他们国家用它镇压灾难鬼妖。唐朝人得到它，本来没有用的。能卖上十万钱，就可以把它卖了，不到十万不能卖。

某缘娘疾，须侍左右，不遂从容。"再拜而入。

　　贯词持碗而行，数步回顾，碧潭危桥，宛似初到。视手中器，乃一黄色铜碗也。其价只三五镮耳，大以为龙妹之妄也。执鬻于市，有酬七百八百者，亦酬五百者。念龙神贵信，不当欺人，日日持行于市。及岁余，西市店忽有胡客来，视之大喜，问其价。贯词曰："二百缗。"客曰："物宜所直，何止二百缗？尚非中国之宝，有之何益？百缗可乎？"贯词以初约只尔，不复广求，遂许之交受。客曰："此乃罽宾国镇国碗也。在其国，大禳人患厄。此碗失来，其国大荒，兵戈乱起。吾闻为龙子所窃，已近四年，其君方以国中半年之赋召赎。君何以致之？"贯词具告其实。客曰："罽宾守龙上诉，当追寻次，此霞所以避地也。阴冥吏严，不得陈首，藉君为由送之耳。殷勤见妹者，非固亲也，虑老龙之嚏，或欲相啖，以其妹卫君耳。此碗既出，渠亦当来，亦消患之道也。五十日后，漕洛波腾，瀺灂晦日，是霞归之候也。"曰："何以五十日然后归？"客曰："吾携过岭，方敢来复。"贯记之，及期往视，诚然矣。出《续玄怪录》。

韦　氏

　　京兆韦氏，名家女也，适武昌孟氏。唐大历末，孟与妻弟韦生同选，韦生授扬子县尉，孟授阆州录事参军，分路之官。韦氏从夫入蜀，路不通车舆，韦氏乘马，从夫至骆谷口中，

我因为娘有病,必须侍奉于左右,不能再逗留了。"她对刘贯词又行了礼,急忙回家而去。

刘贯词拿着那只碗走出几步,回头一看,碧绿的水,陡峭的桥,和刚来时一样。看看手中的碗,乃是一个黄色铜碗。它的价钱只不过三五镮罢了,他很不相信,认为龙妹胡说八道。他拿着碗到市上去卖,有给价七百八百的,也有给价五百的。考虑到龙神看重信誉,不应该骗人,就天天拿着这只碗走在市上。一年多以后,西市店中忽然来了一个胡客,胡客见了碗非常惊喜,就打听它的价钱。刘贯词说:"二百缗。"胡客说:"这东西应有价值,何止二百缗? 但它不是中国的宝物,要它有什么好处? 一百缗可以吗?"刘贯词因为当初约定的就是这样,不再多求,就卖了出去。胡客说:"这是罽宾国的镇国碗。在他们国家,特别盛行免除灾难的祭祷活动。这只碗丢失了,国家就闹饥荒,发生兵戈之乱。我听说是被一个龙子偷去了,已将近四年了,他们的国君正用全国半年的税赋往回赎它。你是怎么弄到的?"刘贯词把实际情况详细地告诉了胡客。胡客说:"罽宾国的守龙上诉,应已追寻到此,这是蔡霞避身异地的原因。阴冥的官吏严厉,他不敢露头,就借着你的力量把它送走。殷勤地让你见她妹妹,不是他本来就亲近你,而是考虑到老龙嘴馋,怕你被吃掉,让他妹妹保护你罢了。这只碗既然已经出现,他也应该要回来了,这也是消除祸患的一个办法。五十天之后,洛水大波涌起,雨天灰暗,这就是蔡霞回来的征候。"刘贯词问:"为什么要五十天以后回来?"胡客说:"我带着碗过了岭,他才敢回来。"刘贯词记着胡客的话,等到五十天后去看,确实是那样。出自《续玄怪录》。

韦 氏

京兆人韦氏,是一名家的女儿,嫁给武昌的孟氏。唐朝大历年末,孟氏与妻子的弟弟韦生同时入选,韦生被授予扬子县尉,孟氏被授予阆州录事参军,分别上路赴官。韦氏跟随丈夫到蜀地去,蜀道上不通车子,韦氏只好骑马,跟着丈夫走到骆谷口中时,

忽然马惊,坠于岸下数百丈。视之杳黑,人无入路。孟生悲号,一家恸哭,无如之何,遂设祭服丧舍去。

韦氏至下,坠约数丈枯叶之上,体无所损,初似闷绝,少顷而苏。经一日,饥甚,遂取木叶裹雪而食。傍视有一岩罅,不知深浅。仰视坠处,如大井焉,分当死矣。忽于岩谷中,见光一点如灯,后更渐大,乃有二焉。渐近,是龙目也。韦惧甚,负石壁而立。此龙渐出,可长五六丈。至穴边,腾孔而出。顷又见双眼,复是一龙欲出。韦氏自度必死,宁为龙所害。候龙将出,遂抱龙跨之。龙亦不顾,直跃穴外,遂腾于空。韦氏不敢下顾,任龙所之。如半日许,意疑已过万里。试开眼下视,此龙渐低,又见江海及草木。其去地度四五丈,恐负入江,遂放身自坠,落于深草之上。良久乃苏。

韦氏不食,已经三四日矣,气力渐惫,徐徐而行。遇一渔翁,惊非其人。韦氏问此何所,渔翁曰:"此扬子县。"韦氏私喜,曰:"去县几里?"翁曰:"二十里。"韦氏具述其由,兼饥渴,渔翁伤异之。舟中有茶粥,饮食之。韦氏问曰:"此县韦少府上未到?"翁曰:"不知到未。"韦氏曰:"某即韦少府之妹也。倘为载去,至县当厚相报。"渔翁与载至县门。韦少府已上数日矣。

韦氏至门,遣报孟家十三姊。韦生不信,曰:"十三姊随孟郎入蜀,那忽来此?"韦氏令具说此由,韦生虽惊,亦未深信。

忽然马受到惊吓，她掉到岸下几百丈深的地方。往下一望，黑幽幽的，没有人可以下去的道路。孟氏悲号，全家恸哭，也不能怎么样，就设供品祭奠，穿丧服戴孝，舍她而去。

再说韦氏，她掉到大约几丈厚的枯烂树叶上，身上没有受伤，起初好像闷死过去，不一会儿就醒了。经过一天，她非常饥饿，就拿树叶裹上雪吃。往旁边一看，有一条岩缝，不知有多深。仰视掉下来的地方，像一口大井，按理说早该死了。她忽然从岩谷中，看见有一点光亮像灯，后来还渐渐变大，竟然是两点光亮。渐渐近了，这才看清，原来是龙的眼睛。韦氏非常害怕，背着石壁而立。此龙渐渐出来，有五六丈长。到了洞穴边，腾起身来从孔中飞出去。顷刻间又看见一双眼睛，又有一条龙想要出去。韦氏自己估计必死无疑，宁肯被龙伤害。等着龙将出去的时候，一下子就把龙抱住，跨到龙身上去。龙也没理会她，直接跃到洞穴之外，然后就腾飞于空中。韦氏不敢往下看，任龙愿意到哪就到哪。好像是半天左右，她心里怀疑已经飞过万里。睁眼往下看，这条龙渐渐飞得低了，又看到了江海和草木。她离地大约四五丈高，怕自己被龙背到江里去，就纵身自己掉下来，正好落到深草之上，好久之后才醒。

韦氏已经三四天没吃东西了，气力渐渐疲乏，走路的速度极慢。遇上一位老渔翁，老渔翁很惊讶，见她疲惫地没个人样。韦氏问这是什么地方，渔翁说："这是扬子县。"韦氏暗自惊喜，说："这儿离县邑多远？"渔翁说："二十里。"韦氏详细地讲述了她的来由，又加上饥渴，老渔翁感到同情而又惊异。老渔翁的船上有茶粥，就拿给她吃。韦氏问道："这个县的韦少府到任没有？"渔翁说："不知道到没到。"韦氏说："我就是韦少府的姐姐。如果你能把我载去，到了县府一定好好报答。"老渔翁把她载到县府门外。韦少府已经上任多日了。

韦氏走到门前，让人进去报告说孟家十三姐来了。韦生不相信，说："十三姐跟着孟郎入蜀地去了，哪能忽然上这儿来？"韦氏让传话人详细地述说因由，韦生虽然吃惊，也没有深信。

出见之,其姊号哭,话其迍厄,颜色痿瘁,殆不可言。乃舍之将息,寻亦平复。韦生终有所疑。后数日,蜀中凶问果至,韦生意乃豁然,方更悲喜。追酬渔父二十千,遣人送姊入蜀。孟氏悲喜无极。后数十年,韦氏表弟裴纲,贞元中,犹为洪州高安尉,自说其事。出《原化记》。

任 顼

唐建中初,有乐安任顼者,好读书,不喜尘俗事,居深山中,有终焉之志。尝一日,闭关昼坐。有一翁叩门来谒,衣黄衣,貌甚秀,曳杖而至。顼延坐与语。既久,顼讶其言讷而色沮,甚有不乐事。因问翁曰:"何为而色沮乎?岂非有忧耶?不然,是家有疾而翁念之深耶?"老人曰:"果如是。吾忧俟子一问固久矣。且我非人,乃龙也。西去一里有大湫,吾家之数百岁,今为一人所苦,祸且将及。非子不能脱我死,辄来奉诉。子今幸问我,故得而言也。"顼曰:"某尘中人耳,独知有诗书礼乐,他术则某不能晓。然何以脱翁之祸乎?"老人曰:"但授我语,非藉他术,独劳数十言而已。"顼曰:"愿受教。"翁曰:"后二日,愿子为我晨至湫上。当亭午之际,有一道士自西来者,此所谓祸我者也。道士当竭我湫中水,且屠我。子伺其湫水竭,宜厉声呼曰:'天有命,杀黄龙者死!'言毕,湫当满,道士必又为术,子因又呼之。如是者三,我得完其生矣。必重报,幸无他为虑。"顼诺之。已而祈谢甚恳,久之方去。

出来一看,他姐姐号哭起来,述说她的苦难遭遇,神色萎靡憔悴,简直不可言状。于是让她进屋休息,不久也就平复了。韦生始终有所怀疑。后几日,蜀中的凶信果然到了,韦生心里这才开朗起来,也更悲喜交加。他酬谢老渔翁二十千钱,派人把姐姐送往蜀地。孟氏悲喜无比。几十年后,韦氏的表弟裴纲,贞元年间,为洪州高安尉,亲口讲述了这件事。出自《原化记》。

任 顼

唐朝建中年初,乐安有一个叫任顼的人,好读书,不喜欢尘寰俗事,居住在深山之中,有老死深山的志向。曾有一天,他关上门,大白天坐于家中。有一个老头敲门前来拜访他,那老头穿黄色衣服,相貌很俊秀,挂着拐杖而来。任顼把他迎进来,坐下来与他说话。谈了半天,任顼对他语言迁讷脸色沮丧感到惊讶,看样子他心中有很不高兴的事。于是就问他说:"为什么脸色如此沮丧呢?莫非有愁事吗?不然,就是你家里有病人,你惦记得太厉害了?"老人说:"果真是这样。我忧愁地等候你问我已经等了很久了。而且我不是人,是龙。往西去一里,有一个大水池,我家在这里住了几百年,现在为一个人所苦,祸事就要来了。除了你,谁也不能让我摆脱死亡,所以就来求你。有幸你现在就问我,因此就能说出来了。"任顼说:"我是尘俗中人,只知道有诗书礼乐,其他术业我就不懂了。这样怎么能使你摆脱灾祸呢?"老人说:"只要我把话告诉你,不用借助其他道术,只劳你说几十个字罢了。"任顼说:"愿受教。"老头说:"两天之后,请你早晨为我到大水池来一趟。正当中午的时候,有一个道士自西而来,他就是所说的祸害我的人。道士会把我池中水弄干,而且杀我。等到池水干了,你就尖声喊道:'上天有命令,杀黄龙者死!'说完了,水池应当又满了,道士一定又施法术,你就再喊。如此喊三次,我就能保全性命了。我一定会重重地报答你,希望不要有其他顾虑。"任顼答应了他。而后他乞求致谢特别恳切,老半天才离去。

　　后二日,项遂往山西,果有大湫,即坐于湫旁以伺之。至当午,忽有片云,自西冉冉而降于湫上。有一道士自云中下,颀然而长,约丈余,立湫之岸,于袖中出墨符数道投湫中。顷之,湫水尽涸,见一黄龙,帖然俯于沙。项即厉声呼:"天有命,杀黄龙者死!"言讫,湫水尽溢。道士怒,即于袖中,出丹字数符投之。湫水又竭,即震声呼,如前词。其水再溢,道士怒甚。凡食顷,乃出朱符十余道,向空掷之,尽化为赤云,入湫。湫水即竭,呼之如前词,湫水又溢。道士顾谓项曰:"吾一十年始得此龙为食,奈何子儒士也,奚救此异类耶?"怒责数言而去。项亦还山中。是夕,梦前时老人来谢曰:"赖得君子救我。不然,几死道士手。深诚所感,千万何言。今奉一珠,可于湫岸访之,用表我心重报也。"项往寻之,果得一粒径寸珠,于湫岸草中,光耀洞澈,殆不可识。项后特至广陵市,有胡人见之曰:"此真骊龙之宝也,而世人莫可得。"以数千万为价而市之。出《宣室志》。

赵齐嵩

　　贞元十二年,赵齐嵩选授成都县尉,收拾行李兼及仆从,负剳以行,欲以赴任。然栈道甚险而狭,常以马鞭拂小树枝,遂被鞭梢缴树,猝不可脱,马又不住,遂坠马。枝柔叶软,不能碍挽,直至谷底,而无所损。视上直千余仞,旁无他路,分死而已。所从仆辈无计,遂闻于官而归。赵子

两天后，任顼就来到山西，果然有一个大水池，他就坐在水池旁边等着。到了正午，忽然有一片云，从西慢慢地飘来，缓缓降到水池边。有一个道士从云中走出来，这道士身体颀长，大约一丈还多，立在池边，从袖子里取出几张墨色符扔到池中。立刻，池水全部干涸，但见一条黄龙紧贴着池底俯卧在泥沙之中。任顼立即大声喊道："上天有命令，杀黄龙者死！"喊完，池水马上又涨满。道士生气了，就从袖中又取出几张红字符投到池中。池水又干了，任顼又尖声大喊，喊法和刚才一样。池水就又满了，道士更加生气。不到一顿饭的工夫，就取出十多张红色符向空中抛去，红符全都化成红云，红云落到池中。池水再一次枯竭，任顼照样再高喊一次，池水再一次溢满。道士看着任顼说："我花费了十年的功夫才弄到这条龙吃，你一个读书人，为什么要救它这个异类呢？"他愤怒地责备了几句便离去了。任顼也回到山中。这天晚上，任顼梦到前几天那个老头来谢他说："全仗您救了我。不然的话我已经死在道士手上了。我心里实在是感恩戴德，千言万语难以表达这种心情。现在为您奉上一颗珍珠，可以在池边找到，用来表示我感恩重报之心。"任顼到池边寻找，果然在池边草丛中找到一颗径寸的大珍珠，光亮耀眼，洞彻润洁，没人知道它的价值。任顼特意把它拿到广陵市上去卖，有一个胡人看了说："这是真正的骊龙之宝，世上没人得到过。"胡人用数千万的价钱把珍珠买了去。出自《宣室志》。

赵齐嵩

贞元十二年，赵齐嵩被选授为成都县尉，他收拾好行李，率领仆从，带着公文上路，前去赴任。然而栈道高峻险要而且狭窄，马鞭子经常拂到一旁的小树枝上，鞭梢绞到树上，一时解不下来，而马又急驰不能停下，就掉到了马下。树的枝叶柔软轻细，不能把他拦住，他便一直滚到谷底，但是他并没有受伤。往上一看，石壁直上一千多仞，旁边也没有路，按理是非死不可了。跟来的仆从们无计可施，就把这事报了官，然后就回去了。赵齐嵩

进退无路,坠之翌日,忽闻雷声殷殷,乃知天欲雨。须臾,石窟中云气相旋而出,俄而随云有巨赤斑蛇,粗合拱,鳞甲焕然。摆头而双角出,蜿身而四足生,奋迅鬐鬣,摇动首尾,乃知龙也。赵生自念曰:"我住亦死,乘龙出亦死,宁出而死。"

攀龙尾而附其身,龙乘云直上,不知几千仞,赵尽死而攀之。既而至中天,施体而行,赵生方得跨之。必死于泉矣。南视见云水一色,乃南海也。生又叹曰:"今日不葬于山,卒于泉矣。"而龙将到海,飞行渐低。去海一二百步,舍龙而投诸地。海岸素有芦苇,虽堕而靡有所损。半日,乃行路逢人,问之,曰:"清远县也。"然至于县,且无伴从凭据,人不之信,不得缠绻。迤逦以至长安,月余日,达舍。家内始作三七斋,僧徒大集。忽见赵生至,皆惊恐奔曰:"魂来归。"赵生当门而坐,妻孥辈亦恐其有复生,云:"请于日行,看有影否。"赵生怒其家人之诈恐,不肯于日行。疏亲曰:"若不肯日中行,必是鬼也。"见赵生言,犹云:"乃鬼语耳。"良久,自叙其事,方大喜。行于危险,乘骑者可以为戒也。原缺出处,明抄本作出《博异志》。

进退无路,第二天,忽然听到雷声大作,才知道天要下雨。不一
会儿,一个石洞中云气翻腾涌出,接着有一条赤斑巨蛇随着云气
显露出来,这蛇有合抱粗,鳞甲焕然有光。它摆头露出双角,屈
身露出四脚,礬礬振奋,头尾齐摇,这才知道这是龙。赵齐嵩心
中想道:"我在这里等着也是死,我乘龙出去也是死,我宁肯出
去死。"

　　于是他抓住龙尾,趴到龙身上去,龙乘云直上,不知不觉已
飞上几千仞高,赵齐嵩拼死地抓住不放。不一会儿就到了高空,
龙蜿蜒而行,赵齐嵩这才能跨上去。一定要死到泉水中去了。
向南看水天一色,那是南海。赵齐嵩叹道:"今天不死在山上,死
到水里了。"然而龙将到海的时候,飞行渐渐降低。离海还有一
二百步,他就撒开手从龙身上跳下来。海边一向有芦苇,他虽然
跳下来却没有摔伤。半天才路遇一人,向人打听,说:"是清远
县。"但是到了县衙之后,他身边没有伴从凭据,人家不相信他,
不能向人陈述自己的际遇。走了许多日子到了长安,一个多月
到了家。家里正给他烧三七,僧徒大集。人们忽然发现赵齐嵩
来了,都吓得撒腿就跑,说:"他的魂回来了。"赵齐嵩迎门坐下,
妻儿老小也怕他是死而复生,说:"请你到阳光下走一走,看你有
没有影子。"赵齐嵩对家人的怀疑和恐惧感到很生气,不肯到阳
光里去走。疏远的亲属便说:"如果他不肯到阳光下走走,那就
一定是鬼。"见到他说话,还说:"这是鬼在讲话。"许久,赵齐嵩详
尽地述说了死里逃生的过程,人们这才大喜。骑马走在危险之
中的人,可以引以为戒呀。原缺出处,明抄本作出自《博异志》。